묻혀진 문학사의 복원

16세기 소설사

The Study of Historical Novel on 16th Century

민족문학사연구소 고전소설사연구반

필자_게재순

김현양   명지대학교 교수
조현설   서울대학교 교수
김준형   순천향대학교 연구교수
윤세순   성균관대학교 강사
신상필   성균관대학교 연구교수
정출헌   부산대학교 교수
정환국   동국대학교 교수
장영희   성균관대학교 강사
장경남   숭실대학교 교수
조상우   단국대학교 강의교수
한의숭   경북대학교 강사

묻혀진 문학사의 복원
: 16세기 소설사

1판 1쇄 인쇄 2007년 06월 05일
1판 1쇄 발행 2007년 06월 10일

지은이 / 민족문학사연구소 고전소설사연구반
펴낸이 / 박성모
펴낸곳 / 소명출판
출판고문 / 김호영
등록 / 제13-522호
주소 / 137-878 서울시 서초구 서초동 1621-18 (란빌딩 1층)
대표전화 / (02) 585-7840
팩시밀리 / (02) 585-7848
somyong@korea.com / www.somyong.co.kr

ⓒ 2007, 민족문학사연구소 고전소설사연구반

값 20,000원

ISBN 978-89-5626-249-9 93810

묻혀진 문학사의 복원

16세기 소설사

The Study of Historical Novel on 16th Century

민족문학사연구소 고전소설사연구반

소명출판

　민족문학사연구소 고전소설사연구반에서는 2년 전부터 고전소설사에서 가장 중요한 시기가 16~17세기임을 인식하고 이에 대한 연토(研討)를 꾸준히 진행해 왔다. 그 첫 번째 결실의 하나가 이 기획이다.

　그동안 17세기는 소설사뿐만 아니라 문학사에서도 일종의 터닝 포인트로써 주목되어 왔다. 그러나 16세기는 정쟁의 시대로만 단정, 철저하게 도외·부정되어 왔다(물론 시가 방면은 주목을 받아 왔다). 문학사를 세기로 따졌을 때 16세기는 19세기와 함께 폄시되어 온 것이 사실이다. 지금 19세기의 경우도 그동안의 부정적이고 폐쇄적인 인식을 벗고 점차 복잡한 실체로써 접근하고자 하는 경향이 우세해지고 있다. 그런데 유독 16세기만은 아직도 정쟁의 그늘에 그대로 묶어두고 있는 실정이다.

　우리가 이 시기를 주목하는 이유는 이런 시기적 불균형에 대한 대안은 결코 아니다. 오히려 그동안 인식이 결여되어 왔던 이 시기 '소설사의 역동성'의 실체를 있는 그대로 살펴보자는 취지에서이다.

지금 우리가 전통시대의 '소설'이라고 할 땐 걸리는 부분이 많다. 즉 그 장르적 실체가 무엇보다 걸린다. 근대 서구의 잣대로 들이댔을 때의 장르 규정과는 너무 판이하기 때문이다. 한자문화권에서 소설의 탄생은 보다 복잡했다는 증거일 터다. 이에 대한 논의는 이제 다시 시작되어야 할 것이다. 다만 여기에 포함시켜 논의할 대상마저 아직 제대로 언급이 안 된 경우가 많다. 따라서 좀 더 다양한 종에 대한 통찰을 필요로 한다. 어쨌든 지금 우리가 소설류로 취급하여 논의하고 있는 작품들이 16세기에 이르러 복잡한 양상을 띠는 건 분명하다. 이것이 서사문학사에서 16세기를 주목해야 하는 첫 번째 이유이기도 하다.

　이야기 체제를 갖춘 것들(지금 우리는 이것을 소설이라 하지만)은 공유성이 생명이다. 즉 읽혀지는 것이 생명인 셈이다. 그런데 초기 소설류는 일종의 흥미에 대한 관심은 별로 기울여지지 않았다. 그러다가 자신도 모르게 이런 류가 대중과 교호하는 실체가 되고 있다는 사실을 뒤늦게 알고 본격적으로 다수에게 다가가기 시작했다. 우리 소설사에서 하나의 창작물을 가지고 다수가 돌려보거나 전사하여 읽을거리로 삼은 흔적은 이 16세기에 와서야 본격화된다. 15세기 『금오신화(金鰲新話)』가 창작되었으나 그것이 당시엔 '읽을거리'로 통행되진 않았다. 특히 중국소설류가 대거 유입되기 시작하면서 국내 소설류에 대한 관심도를 달리하고 있었다. 이 점 소설사에서 확실히 주목해야 할 사안이기도 하다.

　16세기의 이런저런 정황들은 우리소설사가 어떤 궤적을 그리며 형성되어 왔던가 하는 점을 확인하는데 관건이 아닐 수 없다. 그럼에도 지금까진 이 시기에 창작된 개별 작품에 대한 단편적인 이해 외엔 진척된 논의가 거의 없었다. 특히 소설사적 이해 속에 개진된 논의는 아예 없었다 해도 과언은 아닐 터다.

　우리는 이런 문제의식을 가지고 16세기 소설사를 복원하고자 출발하였다. 그 접근 방식은 다양했는데, 그러나 크게는 두 가지로 요약할 수 있겠다. 하나는 당대의 정치·사회사적 맥락 속에서 문학사의 흐름을 예의주시하고자 했다. 당대 창작층이었던 사대부들이 이른바 사화로 상징화된 정권교체기에서 어떤 이념성을 가지고 창작에 임했으며, 그들이 반영하고자 했던 것은 무엇이었던가, 그리고 이들과 저층과의 관계는 또 어떠했는가 하는 점을 주시하면서 이 시기 소설사의 맥락을 짚고자 했다. 이것이 제1부에 편제된 논의들이다.

둘째는 이 시기 산생된 작품들의 실상과 이들 작품의 향유 양상, 작품 내용에 대한 새로운 해석 등 전후 소설사적 맥락 속에서 주목해 보았다. 전기(傳奇), 몽유록(夢遊錄), 필기(筆記), 의인산문(擬人散文), 중국소설류 등 다양한 실체가 자리하고 있음을 확인하고 각 유형의 산생 조건과 향유 양상들을 적극적으로 분석한 것이다. 이것들은 제2부에 편제하였다.

이런 연구 결과는 지금까지 주목받지 못했던 16세기 서사문학사의 지형도를 새롭게 인식하는 계기가 될 것으로 믿는다. 아울러 15세기의 『금오신화』와 17세기 소설들과의 연결고리가 선명하게 드러날 것이다. 결과적으로 이를 통해서 이른바 '17세기 소설의 발전'이 평지 돌출적인 현상이 아니었음을 실감하길 기대해 본다.

끝으로 이 책을 엮어 준 소명출판에 고마운 마음을 전하며, 우리 연구반은 앞으로도 고전문학사의 여러 난제들과 함께 하기로 다짐한다.

2007년 봄
민족문학사연구소 고전소설연구반

차례

묻혀진 문학사의 복원
: 16세기 소설사

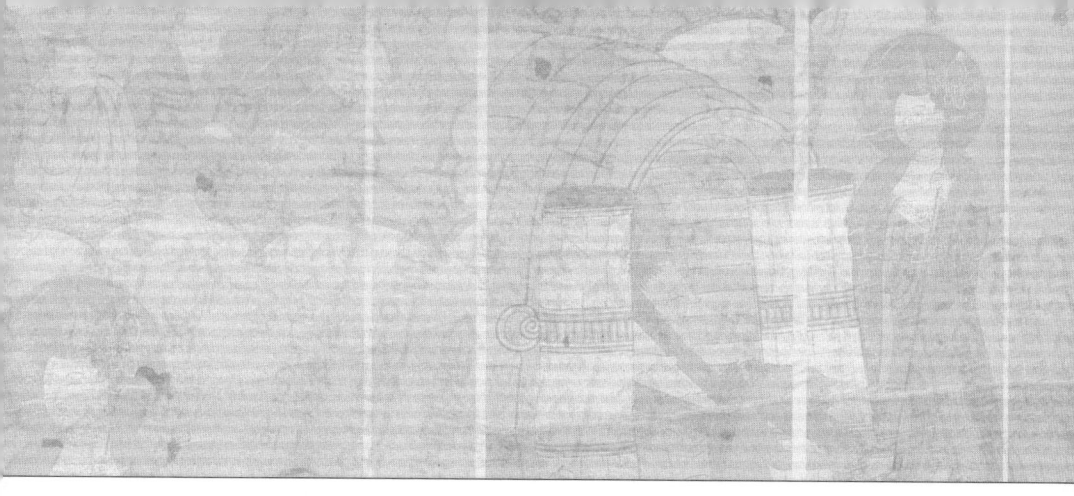

16세기 소설사의 지형과 위상

이념의 서사, 흥미의 서사, 욕망의 서사

김현양

1.

태조 이성계가 즉위하여 조선(朝鮮)을 개창한 지 100여 년이 지난 15세기의 끝자락에 연산군이 임금이 되면서 조선은 새로운 세기를 맞이한다. 연산군은 정치 문화적 안정을 이룩했다고 평가받는 성종의 뒤를 이었으나, 그가 즉위하던 세기의 전환기는 그렇게 태평하지 못했다. 그렇다면 이 전환의 시기에 무슨 일이 있었나?

가장 먼저 주목되는 것은 최초의 사화(士禍)라 일컬어지는 무오사화(戊午士禍)이다. 무오사화를 통해 김종직(金宗直) 등 소위 신진 사림(新進士林)이 유자광(柳子光) 등 훈구(勳舊) 세력에 의해 커다란 정치적 타격을 입었다. 조선 정치 세력의 변화를 알리는 예고편이 여기서 시작된 것이다. 다음으로는 연산군이 즉위한 그 해에 일어났던 빈민들의 봉기가 주목된다. 쌀값이 오른 것이 그 원인인데, 그 규모가 전국적이었다고 한다. 다음으로 주목되는 것은 외적(外敵)의 침입이다. 연산군 즉위 이전, 세기의 마지막 연대의 시작부터 여진족(女眞族)이 북쪽에서 침입하더니(1491), 잇달아 남쪽에서 왜(倭)가 침입했다(1497).

이 내환(內患)과 외우(外憂)로 연산군의 시대인 세기의 전환기는 불안했다. 우리가 알고 있듯이, 이 내환외우의 불안은 16세기를 관통한다. 정파 간의 쟁투로 인한 정치적 불안은 조광조(趙光祖, 1482~1519)의 등장과 패퇴 이후 사림이 최후의 승자가 되기까지 끊임없이 지속되었으며, 사림이 권력을 장악한 뒤로는 붕당(朋黨)간의 쟁투로 이어졌다. 민란 역시 끊임없이 계속되었다. 지배층의 토지사유화로 인해 국가재정은 점차 고갈되었고 이에 따라 백성들에 대한 수취는 가중되었다. 이로 인해 유망 혹은 저항하는 백성들이 늘어났으며 민란으로 표출되기도 했다. 외적의 침입으로 인한 국제질서의 불안 역시 끊임없이 지속되더니 급기야 16세기의 후반에 이르러서는 임진왜란과 병자호란으로 지칭되는 국가 간 전쟁으로 폭발했으며, 조선은 심각한 위기를 경험해야 했다. 내우와 외환이 지속되었고 이로 인해 심각한 위기에 처했던 16세기는 '불안(不安)의 세기'였던 것이다.

하지만 16세기를 불안의 세기로만 이해하고 말 것은 아니다. 불안이 고조되는 역사적 조건 속에서 불안을 극복하고자 하는 역사적 대응 또한 지속되고 있었다. 역사의 불안에 보다 적극적으로 대응한 주체는 사림이었다. 훈구 세력과 대립한 사림은 불안의 근원이기도 했지만 동시에 불안에 대응하는 주체이기도 했다. 훈구 세력과 치열하게 대립한 것은 물론 권력 획득을 위한 것이었지만, 그들이 내세우는 명분에는 유교 이념을 현실에 철저히 실현하여 역사의 불안을 제거하고자 하는 정치적 욕망이 내장되어 있는 것이었다. 유교 이념을 원리화하고 이에 좀 더 철저하고자 했던 사림과 자신의 기득권을 지키기 위해 유교 이념을 융통성 있게 적용하고자 했던 훈구의 대립으로 인해 불안이 야기되긴

했으나, 훈구에서 사림으로 권력이 교체되는 그 불안한 정치적 갈등도 불안을 극복하고 세상의 질서를 수립하고자 한 주체의 대응이었던 것이다. 그렇다면 16세기는 '불안의 세기'가 아니라 유교적 이념의 질서를 철저하게 구현하고자 했던 '이념(理念)의 세기'라 말할 수 있다.[1]

역사학 쪽의 주류적 시각은 16세기를 이념의 세기로 파악하는 것이다. 불안의 세기로서의 16세기의 면모 역시 주목하지 않는 것은 아니나, 사림 세력의 성장과 승리로 이념적 질서가 공고하게 구축된 점을 더욱 주목한다. 사림의 정치적 승리로 인해 성리학이 지배이념화하면서 조선이 명실상부하게 성리학적 질서로 재편된 시기로 16세기의 역사적 성격을 규정하는 것이다.[2]

문학사 또한 마찬가지다. 이 시기 문학사의 담당층은 사대부(士大夫)이며, 이들 사대부들이 교술(敎述)과 서정(敍情) 갈래를 두 축으로 삼아 자신의 이념과 정서를 담아내던 시기로 16세기는 파악된다. 이념적 글쓰기와 밀접한 관련이 있는 교술 갈래는 물론 이 시기 문학사의 주류적 갈래인 시조(時調)·가사(歌辭)·한시 등의 서정 갈래에서도 자아의 정서가 이념과 결합되어 표출되는 양상이 주목되며, 이는 사대부의 도학(道學)적 문학관의 소산으로 설명된다. 이념의 시학으로서의 사대부 문학의 본령에서 벗어나 있는 작가와 작품이 도외시되지는 않으나 그럼에도 불구하고 이념을 담아내고자 하는 사대부의 문학적 실천이 풍성하

---

1) 16세기에 사림이 훈구 세력과 대립하면서 국가 운영의 주도 세력으로 부상하는 과정에 대해서는 이병휴, 『조선 전기 사림파의 현실인식과 대응』(일조각, 1999)과 김돈, 『조선 전기 군신권력관계 연구』(서울대 출판부, 1997) 참조.

2) 물론 북한의 시각은 이와 다르다. 북한의 사회과학원역사연구소에서 간행한 대표적인 역사서인 『조선 전사 9-중세편 리조사 2』(과학·백과사전출판사, 1980)를 비롯한 대부분의 역사서에서는 지배층의 수탈로 인한 불안과 이에 맞선 인민들의 투쟁을 중심적으로 기술하고 있다. 남한에서 간행된 역사서에서도 일부 이러한 시각으로 기술된 것이 없지 않으나(구로역사연구소, 『바로 보는 우리 역사』, 거름, 1990), 주류적인 시각은 사림의 성장과 대응을 중시하는 것이다. 보수적인 입장의 역사서인 이기백의 『한국사신론』(일조각, 1982)이나 진보적인 입장의 역사서인 한국사연구회의 『한국역사』(역사비평사, 1992) 모두 사림의 성장과 대응을 중심으로 이 시기를 파악하고 있다.

게 이루어진 시기로 이 시기가 파악되고 있는 것이다.[3]

그렇다면 이 시기 소설사는 어떻게 파악되고 있는가? 이 시기 소설사의 지형은 대단히 협소하게 그려진다. 조동일의 문학사에서 이 시기의 소설로 정식으로 호명되는 작품은 채수(蔡壽, 1449~1515)의 「설공찬전(薛公瓚傳)」과 신광한(申光漢, 1484~1555)의 『기재기이(企齋記異)』뿐이다. 『기재기이』 가운데 「최생우진기(崔生遇眞記)」와 「하생기우전(何生奇遇傳)」만 소설이라 볼 수 있다고 했으니, 소설이라 할 수 있는 것은 단 세 작품뿐이다. 더구나 「최생우진기」와 「하생기우전」은 되다만 소설이라 했으니, 16세기 소설사의 적막함은 이루 말할 수 없을 지경이다.[4]

17세기 소설사가 보여주는 그 풍성함과 다채로움에 비한다면 대단히 빈약하다 아니할 수 없다. 왜 그렇게 되었을까? 무엇보다 소설의 개념 범주를 협소하게 규정했기 때문이다. 소설의 상위 갈래는 '서사'이므로, 교술문학이라고 판단되는 가전(假傳)과 몽유록(夢遊錄)을 제외했다.[5] 이로 인해 16세기 소설사의 지형은 매우 협소해질 수밖에 없었다. 뿐만 아니라 이 시기 소설은 대단히 왜소하게 평가되고 있다. 「설공찬전」은 15세기 김시습(金時習, 1435~1493)의 『금오신화(金鰲新話)』보다 후퇴했을 것이라 했고, 『기재기이』는 되다만 소설이라 했다. 한 마디로 기존의 문학사에서 16세기 소설사는 전대의 성취도 계승하지 못하고 후대의 풍성함에도 전혀 미치지 못했던 '낙후(落後)의 세기'로 그려졌던 것이다.

---

3) 조동일, 『한국문학통사』 2, 지식산업사, 1983. 도학적인 사대부 문학 이외에 방외인 문학이나 저층의 문학이 서술되고 있지만, 이 시기 문학사의 주류로 기술되고 있는 것은 역시 도학적인 사대부 문학이다.

4) 위의 책, 438~464면.

5) 임제의 「수성지」는 가전으로, 「원생몽유록」은 몽유록으로 파악해 제외한 것이 대표적인 예이다. 북한에서는 임제를 이 시기의 대표적인 소설 작가로 평가하고 있는 것과 매우 대조적이다(김하명, 『조선문학사』 3, 사회과학출판사, 1991).

2.

그렇다면 16세기 소설사에 대한 이러한 묘사는 온당한 것인가? 16세기 소설사가 우리에게 '낙후'의 인상으로 각인된 것은 무엇보다 소설이라는 갈래의 계통과 미의식을 절대화하고자 하는 시각에서 비롯된 것이다. 소설이란 갈래의 장르적 특성을 어떻게 파악하느냐 하는 문제는 여전히 풀리지 않고 있다. 서양의 근대적 소설 개념에서 벗어나 동양의 전통적 소설 이해의 지평에서 사고해야만 한다는 주장이 널리 확산되는 형국이지만, 이러한 주장 또한 구체성을 결여하고 있어 공허하고 미봉적이란 생각을 갖게 한다.6) 하지만 소설의 장르적 특성의 문제를 해결하기 위해서 기존의 장르론적 시각의 긴박에서 벗어날 필요가 있다고 생각한다.7)

기존의 장르론적 시각에 묶여 있게 되면 가전과 몽유록은 태생적으로 교술이므로 서사(소설)가 될 수 없다. 그렇다면 가전과 몽유록의 양식

---

6) 이전에는 소설의 발생을 『금오신화』로 파악하던 견해가 통설이던 것이 근자에는 「최치원」으로 파악하는 견해가 통설이 되어가는 추세가 이러한 경향을 단적으로 보여주는 것이다. 소설에 대한 개념적·미학적 이해가 난관에 부딪히고 오리엔탈리즘의 극복이 새로운 화두로 제기되고 있는 지적 풍토가 이러한 추세의 동인이 되고 있다고 생각된다. 하지만 '동양' 혹은 '동아시아'의 재발견이 단지 과거의 용법을 그대로 받아들이는 것은 아닐 것이다. 실제로 소설이라는 개념을 동아시아의 전통적인 소설 이해로 대치하면 매우 큰 개념적 혼란이 야기될 수 있다. 서양의 근대적인 소설관에서 벗어나 전통적인 소설 이해에 바탕을 두어야 한다는 원칙적인 주장만 되풀이해서는 곤란하며 전통적인 소설 이해에 바탕을 둘 때 소설을 어떻게 새롭게 개념 규정할 수 있는가에 대한 구체적인 방안이 제시되어야 한다. 그럼에도 불구하고 소설 혹은 소설사를 문제 삼기 위해서는 방편적으로 기존의 소설관에서 의도적으로 벗어날 필요가 있다. 기존의 소설 범주에서 제외되었던 작품들까지 포함한 전면적인 검토의 과정에서 새로운 이해가 싹틀 수 있기 때문이다. 그러므로 본고에서 사용하는 소설 개념의 폭은 매우 넓은데, 대체로 '창작된 허구적 서사'의 범위를 의미한다고 보면 된다.

7) 필자는 「최치원」을 대상으로 기존의 소설장르론을 한정해 검토하면서 이러한 생각을 단초적으로 제기한 바 있다(김현양, 「「최치원」의 장르 성격 논의에 대한 비판적 검토」, 『민족문학사연구』 10호, 민족문학사연구소, 1997).

적 전통 속에서 그 태생의 껍질을 벗고 새롭게 출생하는 아이를 받아낼 수 없다. 전기(傳奇)의 양식적 전통 속에서 그 태생의 껍질을 벗고 새롭게 출생하는 아이를 전기의 미학만으로 읽어낸다면 그 아이는 기형일 수밖에 없으며 수준 미달일 수밖에 없다. 그래서 우리는 16세기 소설사를 협소하고 왜소한 '낙후의 세기'로 인식했던 것이다. 그러므로 16세기의 소설 혹은 소설사를 새롭게 이해하기 위해서는 기존의 소설 인식의 지평에서 과감히 벗어날 필요가 있다. 그 경계를 의도적으로 넘어서서, 기존 논의에서 제외되었거나 혹은 부정적으로 평가되었던 텍스트들을 다시 정밀하게 살피고, 이들 텍스트가 전대 또는 후대의 텍스트와 같고 다른 점은 무엇인가를 보다 명료하게 드러낸 후, 이러한 특성의 의미를 개념적으로, 미학적으로, 소설사적으로 재음미할 필요가 있는 것이다.

기존 인식의 경계를 넘어서고자 하는 문제의식은 16세기 소설사의 지형 혹은 환경과 관련하여 새롭게 확인된 몇몇 새로운 사실에 의해서도 추동된다. 16세기 소설사의 목록에만 있었던 「설공찬전(薛公瓚傳)」 텍스트를—비록 매우 불완전하고 불안정한 형태이기는 하지만—확인하게 된 것,[8] 그리고 텍스트는 남아 있지만 지금까지 그 창작연대를 확증할 수 없어 16세기 소설사의 목록에 거명되지 않았던 「최고운전(崔孤雲傳)」을 16세기 소설사에 포함하게 된 것[9]은 무엇보다도 주시해야 할 새로운 사실에 해당된다. 이 두 작품의 실증적 확인을 통해 16세기 소설사의 지형은 보다 확장되었는데, 이 또한 기존 인식의 경계를 넘어서고자 하는 문제의식을 촉발케 하는 하나의 단서이다.

지형의 측면에서뿐만 아니라 텍스트 소통에 있어 핵심적 매개항이라 할 수 있는 언어 환경의 측면에서도 이 두 작품의 텍스트는 우리의 문제

---

8) 이에 대해서는 이복규 편저, 『새로 발굴한 초기 국문·국문본 소설』(박이정, 1998) 참조.
9) 김현룡은 高尚顏의 『效嚬雜記』의 기록을 근거로 「최고운전」의 창작 하한선을 1579년으로 추정하였다(김현룡, 「최고운전의 형성시기와 출생담고」, 『고소설연구』 4집, 한국고소설학회, 1998). 「최고운전」은 「최문헌전」 등 여러 다른 이름으로 불리나, 본고에서는 가장 널리 사용되는 「최고운전」을 작품명으로 삼고자 한다.

의식을 추동시킨다. 「설공찬전」은 원래 한문으로 기술된 한문 텍스트이지만 보고된 것은 국문본 텍스트이다. 이 국문본 텍스트가 16세기에 기술된 것인지는 좀 더 따져보아야겠지만, 「설공찬전」을 국문으로 번역하여 전파했다는 기록이 남아 있는 것으로 보아 국문본의 형태로도 소통되고 있었음을 알 수 있다.10) 「최고운전」은 국문본 텍스트와 한문본 텍스트 모두 전해지고 있는데, 어떤 것이 선행한 것인지 확증하기 어렵다. 하지만 「설공찬전」 파동이 일어났던 1511년 그 시점에 이미 「설공찬전」 한문본과 국문본이 공존하고 있었던 점, 「최고운전」 국문본의 특징으로 지적되는 있는 '화해적 세계관'이나 '행복한 결말'이 『기재기이』의 「하생기우전」에서도 보이고 있는 점,11) 민간적·무속적 층위가 텍스트에 중요하게 포진해 있는 점 등으로 볼 때 16세기 후반에 국문으로 창작되었거나 아니면 한문으로 창작된 이후 바로 국문으로 번역되었을 가능성이 크다고 본다. 이는 16세기에 국문이 텍스트 소통에 있어 중요한 언어 환경으로 자리 잡고 있었음을 말해주는 것이다.12)

이야기의 소통에 국문이 중요한 언어 환경으로 자리 잡고 있었던 사실은 중국의 백화체 장편희곡인 『오륜전비기(伍倫全備記)』를 윤색·번역하여 한문본과 국문본 「오륜전전(五倫全傳)」을 간행한 것에서도 확인된

---

10) 「설공찬전」이 국문본으로 소통되고 있었음은 다음의 기록을 통해 알 수 있다. "蔡壽作薛公瓚傳, 其事輪廻禍福之說, 甚爲妖妄, 中外惑信, 或繕以文字, 或譯以諺語, 傳播惑衆."(『중종실록』 권14, 1511년 9월 2일(기유)조)

11) 이러한 생각은 이미 최재우에 의해 표명된 바 있다(「하생기우전의 '결핍─충족' 구조와 그 의미」, 『민족문학사연구』 15호, 민족문학사연구소, 1999; 「『기재기이』의 조화 지향 인물관계의 형상」, 『동방고전문학연구』 2집, 동방고전문학회, 2000). 본고에서도 뒷장에서 『기재기이』의 이러한 특성의 소설사적 맥락에 대해 논의할 것이다.

12) 정출헌은 「최고운전」의 국문본/한문본 병존 기간을 일본인 역관 雨森芳洲가 남긴 기록을 근거로 해 18세기 초반 이전, 곧 17세기를 전후한 기간에 한문/국문으로 활발하게 표기문자를 바꿔 가며 널리 읽혔을 것이라 추정하고 있다(정출헌, 「최고운전을 통해 읽는 초기 고전소설사의 한 국면」, 『고소설연구』 14집, 한국고소설학회, 2002, 34~35면). '17세기 전후'라는 표현이 애매한데, 또 다른 곳에서는 16세기 후반 이전에 한문으로 창작되어 늦어도 18세기 초반 이전 어느 시기에 한문본/국문본 표기문자 전환이 일어났다고 하고 있다(45면). 이 역시 추정하는 연대의 폭이 상당히 넓다.

다.13) 뿐만 아니라 「오륜전전」을 간행하면서 붙인 낙서거사(洛西居士)의 서문(1531)에서 우리는 이러한 사실을 더욱 실감하게 된다. 즉 음설망탄(淫褻妄誕)한 이야기들을 여항의 무식한 사람[閭巷無識之人]들이 국문으로 베껴서 밤낮으로 읽는다고 했으니,14) 16세기에 이미 국문이 이야기 소통의 언어적 환경으로 굳건하게 자리 잡고 있었음을 구체적으로 확인할 수 있다.

그렇다면 이들이 읽었던 작품은 무엇인가? 음란(淫亂)하고 허탄(虛誕)하다는 부정적 평가를 내세우면서, 이들이 읽었던 작품의 예로 든 것은 바로 '이석단(李石端)·취취(翠翠)의 이야기'이다. '취취의 이야기'는 『전등신화(剪燈新話)』의 「취취전(翠翠傳)」인바, 이들은 중국의 문언전기집(文言傳奇集)을 읽고 있었던 것이다.15) 16세기 초반인 1506년의 기록에 이미 『전등신화』·『전등여화(剪燈餘話)』·『효빈집(效嚬集)』·『교홍기(嬌紅記)』·『서상기(西廂記)』·『여정집』 등의 중국소설(소설집)이 거론16)되고 있는 사실을 상기한다면, 뿐만 아니라 16세기 말 17세기 초 허균이 감상을 토로했던17) 그 많은 중국소설을 아울러 상기한다면, 실로 우리의 16세기는 중국의 소설문학과 본격적으로 만나는 그런 시기였다고 하겠다.18)

---

13) 이복규, 「「五倫全傳序」의 재해석」, 『어문학』 75집, 한국어문학회, 2002.

14) 洛西居士, 「五倫全傳序」. "余觀閭巷無識之人, 習僞諺字, 謄書古老相傳之語, 日夜談論, 如李石端·翠翠之說, 淫褻妄誕, 固不足取觀."(무악고소설자료연구회 편, 『한국고소설관련자료집』 I, 태학사, 2001, 103~105면)

15) 2006년 2월에 있었던 고소설학회 국제학술대회에서 정명기 교수는 漢文本 「李石丹傳」의 존재를 보고한 바 있다.

16) 『연산군일기』 권62, 1506년 4월 13일(임술)조 참조

17) 허균의 소설 감상에 대한 기록은 무악고소설자료연구회 편, 앞의 책, 122~127면 참조

18) 중국소설의 유입에 대해 16세기의 처음과 끝 시기의 양상만을 언급했으나, 이러한 양상은 16세기를 관통한다. 이는 16세기 중반에 간행된 『剪燈新話句解)』(1559), 16세기 후반에 발간된 『花影集』(1586), 『墨齋日記』(1535~1567) 이면에 필사된 「王十朋奇遇記」, 「왕시봉전」의 존재를 통해 보다 구체적으로 확인할 수 있다. 이에 대해서는 제1부 정출헌, 「표기문자의 전환에 따른 고전소설 미학의 변이양상 연구」와 임형택, 「자료읽기-『花影集』을 통해 본 16~17세기 韓中小說史-'勸善懲惡'의 서사구조」(한국고전문학회 제227차 정례학술발표회 논문집, 2003년 8월), 제1부 윤세순, 「중국소설의

우리의 소설사에서 16세기는 전대의 서사적 전통을 충실히 계승하면서 다양한 이야기 형식을 발전시킨 그런 시기였다. 여말선초(麗末鮮初) 필기패설(筆記稗說)의 전통을 계승하고 있는 김안로(金安老, 1481~1537)의 『용천담적기(龍泉談寂記)』와 어숙권(魚叔權)의 『패관잡기(稗官雜記)』까지 포함시키면, 16세기 소설사는 가전·전기·몽유록·필기패설 등의 전통적 서사 양식을 다채롭게 계승하고 있었던 것이다.[19] 게다가 국문이 이야기 소통의 언어적 기반으로 자리 잡고 있었고, 중국의 다양한 소설 양식이 큰 폭으로 유입되어 저층에서도 소통되고 있었던 사실까지 고려할 때 16세기를 과연 '낙후의 세기'로 보아야 할 것인가에 의문을 품지 않을 수 없는 것이다.

3.

16세기 소설사의 지형을 구체적으로 탐색하고자 할 때 우리의 시야에 가장 먼저 들어오는 것은 역시 「설공찬전」이다. 그것은 「설공찬전」이 16세기의 이른 시기에 창작된 작품이면서[20] 또한 16세기 소설사의 지형을 규정하는 매우 심중한 논쟁을 야기한 작품이기 때문이다. 작가인 채수를 죽음으로까지 몰아가려 했던 이 논쟁의 핵심을 보여주는 실

국내 유입과 향유 양상」 참조.

19) 15~16세기에 전기·필기·패설의 존재 양상에 대해서는 제1부 김준형의 「조선 전기 필기·패설·전기의 넘나듦」 참조.

20) 「설공찬전」 파동이 일어난 것이 1511년이므로 창작 시점은 그 이전일 터인데, 대략 1508년에서 1511년 사이에 창작되었을 것으로 추정한다. 하지만 파동이 일어난 그 시점에 이미 국문본으로 널리 퍼져 있었으므로 창작 시기는 좀 더 올라갈 수도 있을 것이다.

록(實錄)의 기록 하나를 보기로 하자.

영의정 金壽童이 말했다. "들으니, 채수의 죄를 絞首로써 단죄하자고 하는 데, 臺諫이 正道를 붙들고 邪說을 물리치고자 하는 뜻은 진실로 이러해야 마 땅합니다. 채수가 만약 스스로 요망한 말을 만들어 인심을 선동했다면, 사형으로 단죄함이 옳습니다. 단지 技癢으로 말미암아 보고 들은 대로 망녕되이 지은 것이니, 해서는 안 될 것을 한 것입니다. 형벌과 賞은 정확하게 되도록 힘써야 하니, 만약 이 사람이 죽을 만하다면, 『太平廣記』·『剪燈新話』 같은 이 야기를 지은 자들도 모두 죽여야 합니까?" 임금께서 말씀하셨다. "「설공찬전」 은 輪廻禍福의 내용으로 어리석은 백성을 미혹케 하니, 채수에게 죄가 없는 것이 아니다. 그러나 교수함은 지나치니 참작해서 파직함이 좋겠다." 남곤이 말했다. "잘못된 도로 정도를 어지럽힌 죄에 대해서 법을 집행하는 관리라면 이와 같이 단죄함이 진실로 마땅합니다." 김수동은 말했다. "채수의 죄가 과연 이 법률에 해당하다면, 이제 요망한 말을 지어내는 자는 어떤 법률로 단죄하겠 습니까? 신은 실정과 법이 어긋날까 염려됩니다."[21]

"윤회화복의 내용으로 어리석은 백성들을 미혹"케 하므로 이를 지은 채수를 교수형에 처해야 한다는 주장은 사림들에 의해 제기된 것이 다.[22] 죽은 설공찬의 혼이 산 사람에게 들어가고, 혼이 나타나 염라왕이 다스리는 저승세계에 대해 전언하는 내용이 바로 '윤회화복설(輪廻禍福 說)' 또는 '부정한 도로 정도를 어지럽히는 설[左道亂正之說]'에 해당되는 데, 또 다른 기록에서는 이를 '괴이하고 황탄한 말[怪誕之說]'이라 표현 하고 있다.[23]

---

21) "領事金壽童曰: '聞蔡壽之罪, 斷律以絞, 臺諫扶正道·闢邪說之意, 固當如是. 壽 若自造爲妖言, 鼓動人心, 則可斷以死, 但爲技癢所使, 聞見而妄作. 是所不當爲, 而爲 之也. 刑賞務要得中. 若此人可死, 則如『大平廣記』·『剪燈新話』之類, 其可盡誅乎?' 上曰: '薛公瓚傳」爲輪回禍福之說, 以惑愚民, 壽非無罪. 然絞則過矣, 故酌宜罷之.' 南袞曰: '左道亂正之律, 執法之吏, 則固當斷之如此矣.' 壽童曰: '壽罪果合此律, 則 今若自造爲妖言者, 當以何律斷之? 臣恐情與法似乖矣.'"(『중종실록』 권14, 1511년 9 월 20일(정묘)조; 무악고소설연구회 편, 앞의 책, 60~61면)
22) "嘗作薛公璨傳, 事多不經, 士林短之."(『중종실록』 권15, 1515년 11월 8일(경인)조)

좌도난정인 윤회화복설에 대한 철저한 비판은 조선 건국의 주역인 정도전(鄭道傳)에 의해 이루어졌고 그로 인해 불교가 억압되었지만, 그렇다고 해서 불교가 백성들은 물론 왕실에서조차 외면되지 않았음은 우리가 익히 알고 있는 사실이다. 이 윤회화복설을 담고 있는 이야기 또한 마찬가지였다. 비록 괴이하고 황탄하며 황당무계하다는 비난을 받았지만 그럼에도 불구하고 이들 이야기들은 '기양(技癢)'과 '이장(弛張)', '효용(效用)'의 논리적 뒷받침에 힘입어 소통되었다. 채수를 옹호하는 김수동이 기양을 말하고 『태평광기』와 『전등신화』를 예로 들면서 실정과 법의 어긋남을 지적하는 것 역시 이러한 전통적 옹호론의 논법과 같은 것이었다.

그간의 사정이 이러함에도 사림이 채수를 이토록 논죄하고자 한 것은 무슨 까닭인가? 그것은 자신들의 정치적 입지를 마련하기 위해 훈구세력에게 일정한 타격을 가하고, 유교의 원리적 이념을 바탕으로 세상을 개혁하고자 했던 사림의 의도와 관련된다. 도학적 소양을 지닌 재야세력인 사림이 출사하기 시작한 것은 성종 때부터이지만, 정치적 세력화를 본격적으로 모색하기 시작한 것은 사림의 상징적 존재인 조광조가 출사하면서부터였다. 「설공찬전」 파동이 일어났던 1511년은 바로 조광조가 과거에 급제하고 성균관에 들어간 그 다음 해였으니, 개혁을 이루고자 하는 이들의 원려(遠慮)를 단초적으로 드러낸 것이 「설공찬전」 파동이었음을 짐작할 수 있다.[24]

---

23) "命罷仁川君蔡壽職, 以其撰「薛公瓚傳」, 造怪誕之說, 形諸文字, 使人信惑. 依左遺亂正·扇惑人民律, 憲府詔以當絞, 只命罷職."(『중종실록』 권14, 1511년 9월 18일(을축)조)

24) 「설공찬전」 파동을 일으킨 사림의 의도에 대해서는 기존에 훈구와 사림 간의 정치적 갈등(박희병), 사림의 내적 결속(조현설), 소설 향유 분위기에 대한 경계(정환국) 등의 견해가 제기되었다. 이 견해들은 서로 대립되는 것이 아니며, 모두 경청할 만한 것이다. 본고에서는 그 가운데 정치적 갈등의 측면을 강조하고 있는 것이다. 박희병, 『한국고전인물전연구』, 한길사, 1992; 조현설, 제1부 「조선 전기 귀신이야기에 나타난 신이(神異) 인식의 의미」; 정환국, 제2부 「「설공찬전(薛公瓚傳)」 파동과 소설 인식의 추이」.

사림 세력은 16세기 중반 이후 선조(宣祖)가 즉위하면서 흔들리지 않는 정치권력의 중심으로 자리 잡게 된다. 그렇게 되기까지 이들은 훈구 공신의 위훈(偉勳) 삭제와 공신전(功臣田)의 회수, 내불당(內佛堂)·소격서(昭格署)의 혁파, 향약(鄕約) 시행 등 개혁을 줄기차게 주장하면서 이를 여러 차례 정치적으로 쟁론화시키고 끝내 이를 관철시켰으나, '윤회화복', '괴이황탄'한 이야기를 도마 위에 올려놓고 정치적으로 공격하는 일을 되풀이하지는 않았다. 사림 세력이 정치적으로 완전한 승리를 거두기 직전에 신광한에 의해 창작된 『기재기이』는 이러한 사실을 단적으로 보여 준다.[25]

『기재기이』 전편이 모두 해당될 수도 있지만, 특히 복자(卜者)에게 점을 쳐 귀신을 만나고, 귀신이 환생해 현실에서 인연을 맺는 「하생기우전」의 경우는 「설공찬전」 못지않게 괴이하고 황탄하다. 그럼에도 불구하고 『기재기이』가 사림에 의해 문제시되었던 역사적 흔적은 전혀 남아 있지 않다. 비난받기는커녕 오히려 『기재기이』는 추앙된다. 신광한의 제자 신호(申濩)는 다음과 같이 말한다.

옛날부터 사라지지 않는 세 가지가 있는데, 立言이 그중 하나이다. 經史子集 이하로 말하자면 齊諧나 稗官같은 것이 그것이다. 그러나 이러한 사람들과 이러한 책들은 헛되이 언어문자의 말단에만 힘을 기울일 뿐, 義理에 대해서는 텅 비었으니, 尙論하는 선비들이 어찌 취할 만하겠는가? 『기재기이』는 곧 贊成事 企齋 相公께서 지으신 것이다. 상공께서 일찍이 장난삼아 쓴 것으로 기이하게 할 의도가 없었는데 저절로 기이하게 되었다. 그것이 지극하게 되어서는 사람을 기쁘게도 하고 놀라게도 하며, 세상에 모범이 될 만한 것도 있고, 경계 삼을 만한 것도 있다. 그리하여 백성의 도리를 세워 名敎에 보탬이 되는 것이 하나 둘이 아니다. 저 평범한 소설들과는 같이 말할 수 없으니, 세상에 널리 보급된 것이 당연하다. 다만 사본들에 잘못된 부분이 있어, 好事者들이 아쉽게

---

25) 『기재기이』는 기재 신광한이 驪州 元亨里에 은거했던 1524~1538년 사이에 창작했을 것으로 추정되고 있다.

생각했다.26)

　기이한 것이 지극하게 되어 사람을 기쁘게 하고 놀라게 한다고 한 것은 그렇게 말할 수 있다. 그런데 거기에서 더 나아가 세상에 모범이 될 만하고, 백성의 도리를 세워 명교(名教)에 보탬이 된다고까지 말하는 것은 흡사 경사서(經史書)를 지칭하는 것으로 착각할 정도이다.『기재기이』를 두고 과연 그렇게 말할 수 있는가의 여부는 차치하고,『기재기이』를 두고 그렇게 말할 수 있다는 사실에 우리는 주목할 필요가 있다.『전등신화』를 두고 "용의 싸움, 귀신 실은 마차, 우는 꿩 등의 기록을/ 공자께서 없애지 않은 건 진실로 까닭이 있으니/ 말이 교화와 관련되면 괴이해도 해되지 않고/ 일이 사람을 감동시키면 괴탄해도 기뻐할 만 하네"27)라 했던 김시습의 논법과 매우 흡사하다. 김시습은 기이한 말이 교화와 관련된다고 했는데, 신호는 삶의 이념적 규준과 관련된다고 한다. 신호의 이러한 추앙과 채수를 공격했던 사림들의 비난 사이의 거리는 실로 막대하다. 신호가 아무리 신광한의 제자라 하지만 이토록 적극적으로 긍정ㆍ옹호의 논리를 펼 수 있었던 것은 채수가 공격당하던 당시와 소설을 바라보던 시각 자체가 상당히 변모했기 때문이라고 볼 수도 있다. 아니 좀 더 정확히 말하면 사림 세력이 자신의 정치적 입지를 이제 막 구체적으로 도모하고자 했던 바로 그 시점에, 자신들의 존재를 드러내기 위해 자신들의 입장을 보다 강경하게 표현해야 했던 그 시점에, 기괴하고 황당무계한 소설의 글쓰기를 좌도라 몰아세웠던 것이다.

---

26) "自古昔以來, 不朽有三, 立言其一也. 下經史子集而言, 若齊諧ㆍ稗官是已. 然而之人也, 之書也, 徒能騁力於言語文字之末, 顧於義理, 空空焉, 尚論之士, 烏足取哉?『記異』一帙, 卽今贊成事企齋相公所著也. 嘗游戲翰墨, 無意於奇, 而自不能不奇. 及其至也, 使人喜, 使人愕, 有可以範世, 有可以驚世, 其所以扶樹民彝, 有功於名教者, 不一再. 彼尋常小說, 不同年以語, 則盛行於世, 固也. 第寫本承訛, 好事者, 病焉."(무악고소설자료연구회 편, 앞의 책, 113~114면)

27) "龍戰鬼車與雉雉, 夫子不刪良有以. 語關世教怪不妨, 事涉感人誕可喜."(위의 책, 243~244면)

실제로 사림은 소설과 타협했다. 신광한의 예도 그 하나라 할 수 있겠지만, 타협의 예를 보다 극명하게 보여주는 것이 김우옹(金字顒, 1540~1603)의 「천군전(天君傳)」이다. 「천군전」은 1566년 남명(南冥) 조식(曺植, 1501~1572)의 성리학적 이념을 전파하기 위한 목적으로 창작되었다.[28] 충신인 경(敬)과 의(義)가 간신인 해(懈)와 오(傲)에 의해 패퇴되어 어지러워진 나라를 경의 주도하에 다시 바로잡는다는 내용이 「천군전」의 서사적 골격으로, 천군[마음]을 보좌하는[구성하는] 충신과 간신의 대립을 서사화하고 있다. 물론 충신과 간신의 대립이라는 서사적 골격은 조식의 성리학적 이념을 도해(圖解)한 「신명사도(神明舍圖)」에 의거한 것이다. 「천군전」이 창작된 그 다음 해에 본격적인 사림 정권이 등장하게 되는데, 「천군전」의 내용 또한 악정(惡情)을 물리치는 선성(善性)의 승리를 담고 있으니, 마치 사림의 최종적인 승리를 예고하고 있는 것처럼 보인다.

조선 성리학의 주맥(主脈) 가운데 하나인 남명의 성리학이 허구적 글쓰기로 변환되는 이 전환은 참으로 의미심장하다. 비록 「천군전」이 좌도의 내용을 담아내고 있지는 않다 하더라도, 이는 문장의 말업(末業)이라 비하하던 허구적 글쓰기를 성리학적 이념을 담는 그릇으로 인정하고 있는 것이 아닌가. 사림이 허구의 황탄함을 이념적 글쓰기의 방식으로 받아들여야만 했던 이유는 자명하다. 채수를 옹호하던 김수동이 이미 지적한대로 이 허구적 글쓰기를 법(法)을 세워 배척할 수 없을 정도로 실정(實情)이 달라졌던 것이다. 「천군전」의 창작은 법과 실정의 괴리를 인정한 사림의 타협을 의미하는 것이었으며, 이는 소설이 '이념의 서사'로서 16세기 소설사의 지형에 자신의 영토를 굳건히 마련했음을 보여주는 하나의 상징적 표지인 것이다.

---

28) 「東岡先生年譜」(『東岡集』 卷8). "嘉靖四十五年丙寅, 先生二十七歲, 作天君傳, 南冥先生嘗撰神明舍圖, 命先生作是傳."

4.

그렇다면 사림이 실정을 인정하고 소설과 타협할 수밖에 없었던 이유는 무엇일까? 「오륜전전」 또한 소설을 이념의 서사로 받아들인 대표적인 예라 할 수 있는데, 앞서 살펴보았던 그 서문에 대답이 있다. 낙서거사는 「오륜전전」을 읽으면 사람으로 하여금 '름연측달(凜然惻怛)'케 한다고 했다. 또한 『기재기이』의 서문에서 신호는 이를 사람을 '기쁘게'도 하고 '놀라게'도 한다고 표현하고 있는데, 한결같이 소설의 심리적인, 정서적인 감응력을 지적하고 있다. 후대의 김만중도 또한 소설을 읽는 이유가 이러한 정서적인 감응력에 있다고 하지 않았는가! 결국 사람이 소설과 타협할 수밖에 없었던 것은 소설의 감응력, 즉 정서적 감동을 이끌어내는 힘을 인정해야 했음을 의미하는 것이다.

성리학자 조식은 제자인 김우옹에게 「천군전」을 짓게 했다고 한다. 자신의 성리학 이론을 「신명사도」로 도식화해 쉽게 전달하는데 그치지 않고, 이를 가전이라는 전통적 서사 양식을 활용해 허구적 이야기로 창작하게 한 것도, 추상적·개념적인 성리학의 내용을 흥미롭게 받아들여 정서적으로 감응하도록 하기 위함이었을 것이다.

가전은 교훈성과 흥미성을 본성으로 지니고 있는 갈래이다. 의인화된 주인공의 허구적 행적을 통해 독자에게 교훈을 전달하고자 하는 의도를 지니고 있는 점은 전(傳)과 마찬가지다. 그렇지만 가전은 그 내용을 비유(譬喩)와 전고(典故)로 덮어 가리고 독자로 하여금 이를 들춰 확인케 하는 점에서 전과 다르다. 내용을 우회하여 확인케 하는 방식이라 할 수 있는데, 독자들은 이를 괴로워하면서도, 마치 어려운 암호를 해독한 후 만족감을 얻듯이, 암호 해독의 즐거움을 맛보며 이를 흥미로워한다. 허구화를 통해 교훈이 흥미와 결합되는 것이다.

심성(心性)을 허구적으로 의인화하여 「천군전」을 창작한 것도 이러한 가전의 본성을 활용하여 이념적 교화를 흥미와 결합시키고자 했기 때문일 것이다. 그런데 「천군전」에 와서는 기존의 가전에서 볼 수 없었던 새로운 서사 방식이 의인화의 수법과 결합되어 흥미를 배가시키고 있다. 전이 그랬듯이 가전 또한 주인공의 행적을 시간의 진행에 따라 순차적으로 나열한다. 그렇지만 「천군전」에서는 주인공의 행적을 시간의 진행에 따라 구조화한다. 긍정적 주인공의 적강―부정적 적대자와의 투쟁―천상으로의 귀환으로 요약되는 이 서사 구조는 '적강(謫降) 구조'로 개념화된 바로 그것이다. 긍정적 주인공 혹은 그 대리자와 부정적 적대자 사이에 벌어지는 선악대결의 방식 또한 '선악대결(善惡對決) 구조'로 일컬어지는 바로 그것에 해당된다. 후대의 소설, 특히 군담소설(軍談小說)의 핵심적인 서사적 표징으로 지적되는 이러한 서사 구조가 「천군전」의 서사 방식으로 실현되고 있는 것은 물론 「천군전」이 성리학적 심학(心學)의 이념을 그 내용으로 하고 있는 것과 긴밀히 관련된다. 이 새롭게 창안된 서사 구조는 가전적 글쓰기의 서사성을 강화하여 독자들에게 서사적 흥미를 더욱 불러일으키게 되는 것이다.[29]

기존의 서사 양식에 새로운 서사 방식을 결합시켜 흥미성을 강화하고 있는 또 다른 작품의 예로 「최생우진기」를 들 수 있다. 「최생우진기」는 『금오신화』의 「용궁부연록」과 흡사한 작품으로 전기의 전통을 계승하고 있는 것이다. 서생(書生)이 우연히 별계(別界)를 경험한 후 세상을 버리는 동일한 서사적 전개를 보여주고 있어, 이 두 작품의 친연성은 한 눈에 확인할 수 있다. 그렇지만 「최생우진기」에서는 새로운 서사 방식을 통해 서사적 흥미를 더욱 강화시키고 있다.

그중에 하나는 독자에게 끊임없이 궁금증과 호기심을 불러일으키는 도입 서사의 지연 서술 방식이다. 별계 체험을 서사화하고 있는 대부분의 전기 작품에서 별계 세계로의 전환은 신속하게 이루어지며 서술의

---

29) 장경남은 「천군전」의 이러한 서사 구조를 서사적 흥미성과 관련하여 논의한 바 있다(제2부 「이념의 서사화, 「천군전」」 참조).

양적 비중 또한 그리 크지 않은 것이 일반적이다. 하지만 「최생우진기」의 도입 서사는 양적 서술 비중이 전체의 3할을 차지하면서 최생이 별계로 전환되는 과정을 지연시키고 있다. 물론 이러한 전환의 지연은 별계인 용궁에 대한 궁금증과 호기심을 더욱 증폭시키기 위한 일종의 서사 전략이라 할 수 있다.[30]

용추(龍湫)를 구경하고 싶다는 최생의 제안을 증공(證空)이 만류하는 것이 1차 지연이다. 자신이 이미 다녀왔던 용추 골짜기의 그 험한 지세를 자세히 묘사하는 증공의 발화를 통해 독자는 접근하기 힘든 용추에 대한 호기심을 갖게 된다. 용추 골짜기를 오르는 최생과 증공의 모습을 비교하며 서술하고 있는 것이 2차 지연에 해당된다. 이미 골짜기를 올라 본 경험이 있는 증공의 불안에 떨고 있는 모습과 최생의 의연한 모습이 대비되면서 독자는 평범하지 않은 최생의 형상에 호기심을 갖게 된다. 사라진 최생과 이에 대한 증공의 거짓 전언이 3차 지연에 해당된다. 골짜기의 돌 위에 의연히 서 있던 최생이 갑자기 아래로 추락하는 것인데 독자들은 이 갑작스런 상황에 놀라며 최생의 행방을 궁금해 하게 된다. 절로 돌아온 증공은 자신이 오해받을 일을 염려하여 최생이 사라진 이유에 대해 거짓으로 말한다. 독자들은 증공의 거짓말이 이후 어떤 결과를 초래할 것인가를 궁금해 하게 된다. 사라진 최생이 현학(玄鶴)을 타고 중들 앞에 다시 나타나는 것이 4차 지연에 해당된다. 여기에 이르면 독자들은 골짜기에서 떨어졌던 최생의 경험에 대해 매우 궁금해 하게 된다.

이 4차 지연과 관련하여 우리가 주목해야 할 또 다른 서사 방식이 '시간의 역전' 서술이다. 인물의 발화를 통한 단순한 과거 회상이 아니라 서사의 시간적 전개가 역전되는 방식이다. 다시 나타난 최생은 증공

---

30) 「최생우진기」의 도입 서사가 그 이전의 서사적 관습과는 달리 대단히 흥미롭게 기술되어 있다는 것은 신상필에 의해 주목되었다(제2부 「기재기이(企齋記異)의 성격과 위상」 참조). 본고에서는 이를 지연의 서사 전략으로 재분석하고 있는 것이다.

에게 용추 속 용궁 경험을 이야기하는데, 최생의 발화 시점[현재]에서 최생의 경험[과거]이 재현되는 방식으로 서사화된다. 이러한 시간 구성 또한 독자에게는 대단히 흥미로운 것이라 할 수 있다.

새로운 서사 방식으로 마지막으로 지적하고 싶은 것은 관찰자적 인물의 이중 배치이다. 별계를 경험하는 전기의 주인공들은 별계 체험의 주체이면서 동시에 관찰자적 인물에 해당된다.[31] 효시적인 전기 작품으로 일컬어지는 「최치원(崔致遠)」의 주인공 최치원은 별계 인물인 두 여자 귀신을 만나는 주체이지만 동시에 두 여자 귀신의 사연을 독자들에게 전언하는 관찰자적 역할을 하기도 한다. 「용궁부연록」의 한생 또한 용궁이라는 별계를 체험하는 주체이면서 동시에 용궁의 이상적 질서를 독자들에게 전언하는 관찰자적 인물에 해당된다. 「최생우진기」의 최생 또한 마찬가지다. 그런데 「최생우진기」에서는 증공 또한 관찰자적 인물에 해당된다. 최생이 용궁의 관찰자라면 증공은 최생의 관찰자인 것이다. 증공을 관찰자적 인물로 배치함으로써 최생의 인물 형상을 좀 더 도드라지게 부조(浮彫)할 수 있었을 뿐만 아니라 사실을 전하는 목격자의 지위를 부여함으로써 서사적 진실성을 획득할 수 있었던 것이다. 서사적 진실성의 확보가 독자의 흥미와 관련된다는 것은 새삼스레 말할 필요가 없을 것이다.

5.

사림이 소설의 흥미성과 타협하면서 오히려 흥미성을 더욱 강화시킨

---

31) 이에 대해서는 필자가 이미 지적한 바 있다(김현양, 앞의 논문).

예로 「천군전」과 「최생우진기」를 들었지만, 그렇다고 해서 이 두 작품이 전대의 장르적 본성으로부터 그렇게 멀리 이탈되어 나온 것은 아니다. 「천군전」의 경우, 적강 구조와 선악대결 구조를 통해 이념적 내용을 보다 흥미롭게 전달할 수는 있었지만, 전달되는 내용은 매우 추상적인 이념 그 자체였다. 가전의 핵심적 본성을 탈피할 수는 없었던 것이다. 「최생우진기」의 경우 또한 여러 흥미로운 서사 방식을 보여주고 있음에도 불구하고 동질적인 이중 자아와 비자립적인 세계로 요약되는 핵심적인 장르적 본성, 욕망의 통로를 현실 너머에서 구하는 인식 지평은 전기 그 대로이다.32)

『기재기이』 가운데 전대의 『금오신화』에 비해 이질적이라고 평가되는 「하생기우전」 역시 전기의 전통을 충실히 계승하고 있는 작품이다. 귀신이 환생하고 하생의 현실적 성취가 이루어지는 행복한 결말이 『금오신화』와 비교할 때 이질적인 것은 사실이나, 그렇다고 해서 전기의 전통에서 벗어난 것은 아니다. 우리나라 전기의 장르적 원천이라 할 수 있는 『수이전(殊異傳)』 소재 작품 가운데 「수삽석남(首揷石枏)」에서는 죽은 최항이 살아나 행복한 결말을 맺으며, 「원광(圓光)」에서는 귀신에 대응되는 이물(異物)인 노호(老狐)의 도움으로 원광의 현실적 성취가 이루어진다.33) 우리나라 전기는 일상적 인물과 신이한 인물인 두 동질적인 자아의 관계가 현실에서 이루어지기도 하고 현실과는 구별되는 시공간적 차원에서 이루어지기도 하며 또한 두 인물의 만남이 행복하게 귀결되기도 하고 그렇지 않기도 하다.

---

32) 전기의 서사 방식에 대해서는 이대형이 세밀하게 고찰한 바 있다(「『金鰲新話』의 서사방식 연구」, 연세대 박사논문, 2001). 필자 또한 일찍이 「최치원」의 장르 성격을 논의하면서 전기의 이러한 특성을 주목한 바 있으며(「「최치원」의 장르 성격 논의에 대한 비판적 검토」, 『민족문학사연구』 10호, 민족문학사연구소, 1997), 「만복사저포기」를 대상으로 다시금 이를 본격적으로 논의한 바 있다(「「만복사저포기」의 서사적 특성과 장르적 위상」, 『열상고전연구』 15집, 열상고전연구회, 2002).

33) 김현양 외역, 『譯註 殊異傳 逸文』, 박이정, 1996.

서사적 설정과 결구가 어떠하든 전기는 유교적 합리성을 교란하는 장르이다.[34] 현실을 살아가는 현존재의 욕망을 비현실적 존재와의 만남을 통해 혹은 비현실적 차원에서의 만남을 통해 실현케 함으로써 삶은 현실의 차원에서 현존재의 관계만으로 해명될 수 없는 것이며 현실에서 현존재의 욕망을 실현하는 것이 존재의 본질은 아니라고 설파한다. 그렇기 때문에 조선의 사대부들은 이러한 이야기를 기괴하고 황탄무계한 것이라 비난하고 좌도라 공격했던 것이다.

그러므로 서사적 설정과 결구의 차이만을 가지고 작품의 의미와 가치를 규정하고자 하는 것은 지엽적이다. 오히려 「하생기우전」에서 우리가 질문해야 할 것은 왜 귀신을 환생시키고 행복한 성취를 이뤄내는 방향으로 서사가 진행되었는가 하는 것이다. 「최생우진기」는 다소 예외적이지만, 『기재기이』의 나머지 작품들은 현실의 차원을 중시한다. 「안빙몽유록(安憑夢遊錄)」에서 주인공 안빙은 꿈속에서 화원(花園)의 세계를 경험하고 현실로 돌아온다. 꿈속 세계는 안빙이 경험한 일종의 별계(別界)에 해당되는데, 그 화원의 세계는 현실의 규준이 되는 관념적 이상세계가 아니라 대립하고 갈등하는 또 다른 현실일 뿐이다. 「서재야회록(書齋夜會錄)」의 별계로 설정된 서재(書齋) 또한 오랜 세월 함께 생활하며 자신을 벗으로 인정해 주는 소중한 현실적 공간에 다름 아니다. 「하생기우전」에서 현실의 행복을 가능하게 하는 '개과천선(改過遷善)'의 논리나 '적선여경(積善餘慶)'의 논리 또한 현실을 버리고자 하는 것이 아니라 현실 안에서 욕망을 실현하며 살아가고자 하는 지향을 보여주고 있는 것이다.[35] 전기의 '초세성(超世性)'이 『기재기이』에서 현실성과 결합되면서 장르적 본성과 주제적 지향 사이에 불일치가 조성된 것이다. 초세적인 인식 지평에서 완전히 벗어나지 못한 채, 현실적인 삶을 지향하는 이중

---

34) 전기의 이러한 장르 본성을 조현설은 '반유가적 형식'이라 표현하고 있다(제1부 「형식과 이데올로기의 불화」 참조).
35) 최재우, 앞의 글.

적인 인식의 상태가 그렇게 표현된 것이라 하겠다. 『기재기이』가 『금오신화』와 미감을 달리하는 이유가 여기에 있는 것이다.

장르적 본성과 주제적 지향 사이의 불일치를 보여주는 또 하나의 대표적인 작품이 『원생몽유록(元生夢遊錄)』이다. 몽유의 주체인 원자허가 경험한 별계는 수양대군(首陽大君)에 의해 폐위된 후 죽은 단종(端宗)과 단종의 복위를 꾀하다 처형된 사육신(死六臣)의 세계이다. 요(堯)·순(舜)·탕(湯)·무(武)를 비판하는 복건자(幅巾者, 南孝溫)와 이러한 논리를 긍정하지 않는 단종의 대화, 여섯 신하의 회한 토로, 유응부의 문신 질책 등으로 이어지는 몽중세계의 목소리는 단종의 폐위를 논단하는 현실의 목소리를 반영한 것이다. 이 몽중세계의 목소리는 천도(天道)라는 유가(儒家)의 이념적 이상이 실현되기를 욕망하는 현실의 목소리이지만 그 목소리는 분열되어 있을 뿐만 아니라 좌절로 인한 회한과 분노에 사로잡혀 있다. 천도(天道)라는 유가의 이념적 이상을 욕망하나 별계 또한 이미 욕망 실현의 출구는 아니었던 것이다.

몽유록의 시원 같은 작품인 「조신(調信)」의 별계는 사랑을 성취하고 싶은 조신의 욕망이 실현되는 세계이다. 하지만 별계에서 이루어진 조신의 사랑 또한 고통스럽게 일그러져 있는 것이었다. 사랑을 이룰 수 없는 현실에서의 고뇌가 사랑을 이룬 별계로 그대로 이월되는 것을 확인한 순간 조신은 욕망을 버린다. 사랑을 이룰 수 없는 현실도 현실이며 사랑을 이룬 별계도 또 다른 현실이므로 현실의 욕망은 이루어지지 않아도 또한 이루어져도 고뇌와 고통을 동반한다는 사실을 깨달았던 것이다. 하지만 조신은 욕망을 버림으로써 현실을 버리고 초월한다.

그렇지만 「원생몽유록」의 원생이 별계를 경험한 후에 어찌 되었는지는 알 수 없다. 다만 천도를 회의하면서 명분과 의리를 강조하는 해월거사(海月居士)의 슬픔에 찬 목소리만이 울려 퍼질 뿐이다. 그렇지만 임제(林悌, 1549~1587)는 「수성지(愁城誌)」를 통해 원생의 행방을 알려주고 있다. 천도를 욕망하는 천군은 수성을 통해 끊임없이 반복되는 천도와 역사의 어긋남을 목도하고는 국양장군[술]에게 수성을 공략하도록 한다. 역사와 천도의 괴리, 현실에서 천도를 실현할 수 없음을 깨닫는 순간에 일어나는 마음의 고뇌를 술로 달랬다는 것이다.

「원생몽유록」의 원생도 「수성지」의 천군과 마찬가지로 현실을 버리지는 않았을 것이다. 다만 「원생몽유록」은 유교의 이념적 이상이 굴절된 현실의 균열에 대한 안타까움으로 종결된다. 균열된 현실에 대한 비판의식이 작품의 주조를 이루고 있는 것이다. 여기에는 여전히 천도라고 하는 유교의 이념적 이상이 현실에 구현될 것을 바라는 실낱같은 기대가 남아 있다. 하지만 「수성지」에는 이러한 기대조차 남아 있지 않다.

「수성지」의 천군은 '수성'을 경험하고 이념적 이상인 천도를 회의한다. 유교적 이념에 충실했던 역사적 의인(義人)들의 불우(不遇)가 끊임없이 반복되는 것을 확인한 순간, 역사[현실]는 이미 천도를 구현하는 시간이 아니었음을 확인했던 것이다. 천도의 구현이라는 욕망의 출구가 봉쇄되어 있음을 현실에서 확인한 순간 천군은 봉쇄된 욕망의 출구 앞에서 근심을 술로 달랠 뿐, 다른 욕망의 출구를 찾지 않는다. 천도라는 이념적 욕망 실현이 근본적으로 좌절되면서 이념적 욕망은 타락하게 된다. 이념적 욕망의 충족 가능성을 본질적으로 회의하는 「수성지」의 서술시각으로부터 제도적인 이념으로서의 천도와 화해 불가능한 대립 속에서 등장하는 진정한 의미의 욕망하는 주체가 탄생하게 되는데, 이는 17세기에 이르러 가능하게 된다.[36]

---

36) 임형택 선생은 일찍이 「수성지」가 역사 현실과 봉건 이념과의 괴리를 비판적·낭만적으로 허구화한 작품이라 통찰하면서 새로운 소설로의 전환의 계단이 되었다고 지적한 바 있다(「이조 전기의 사대부문학」, 『한국문학사의 시각』, 창작과비평사, 1984, 413~414면). 필자 또한 「수성지」의 이러한 성격에 대해 보다 구체적으로 논의한 바 있는데, 위의 서술은 이 논의를 핵심적으로 요약한 것이다(제2부 「16세기 후반 소설사 전환의 징후와 「수성지(愁城誌)」」). 한편 제도적인 이념과 화해 불가능한 대립 속에서 등장하는 진정한 의미의 욕망하는 주체의 성립에 대해 「「사씨남정기」와 욕망의 문제－소설사적 평가와 관련하여」(『고전문학연구』 12집, 한국고전문학회, 1997)에서 시론적으로 논의한 바 있다.

6.

    '16세기는 이념의 세기인가 불안의 세기인가?'라는 물음으로부터 출발했지만, 어느 측면을 주시하느냐에 관계없이, 이념의 세기이면서 동시에 불안의 세기였다고 할 수 있다. 현실의 불안에 대한 이념의 대응을 주목한다면 물론 16세기는 이념의 세기라 말할 수 있다. 하지만 이념의 대응이 역사적으로 전면화 되었다면 이는 현실의 불안이 심각하게 고조되었음을 의미하는 것이므로, 이념의 대응과 현실의 불안은 실상 동전의 양면과도 같은 것이다.

    '이념'과 '불안' 가운데 16세기의 소설사와 긴밀하게 결합된 것은 '이념'이었다. 소설은, 세기의 시작부터 사림에 의해 그 반이념적 내용이 심각한 문제로 제기되더니(「설공찬전」) 급기야 이념의 서사적 수단으로 승인되기에 이르렀으며(「천군전」) 마침내는 이념의 현실적 실현을 회의하는 전령(傳令)이 되었다(「수성지」). 허구적 서사로서의 16세기 소설은 현실의 불안을 직접적이면서 구체적으로 반영하지 못했지만, 불안에 대응하는 이념과의 길항 속에서 성장했던 것이다.

    16세기의 소설이 이념과의 길항 속에서 성장할 수 있었던 것은 물론 소설 그 자체의 본성적 힘이라 할 수 있는 '흥미성' 때문이었다. 이미 이 시기에는 국문으로 번역된 작품들이 저층에서까지 향유되고 있었으며 또한 중국의 소설이 대거 유입되어 소통되고 있었다. 이렇듯 소설이 그 지반을 넓혀 활력 있게 수용될 수 있었던 것은 바로 '흥미성' 때문이었다. 한문으로 쓰인 몇몇 작품들은 흥미성을 고양하는 새로운 서사 방식을 창안하기도 했던바, 이 또한 흥미성의 본성적 요구에 부응한 결과였다. 사림이 소설과 타협한 것은 이러한 소설의 본성적 힘을 도외시할 수 없었기 때문이었던 것이다.

    비록 역사의 불안을 폭넓게 반영해 내지는 못했지만, 16세기 소설사를 '낙후의 세기'로 인식하는 것은 부당하다. 16세기 소설은 전대의 장르적 전통을 충실히 계승하였을 뿐만 아니라 이 시기 역사적 화두인 이념의 문제와 지속적으로 길항하면서 이념적 현실을 환기해 내고 있었으며, 소설의 본성인 흥미성의 형식적 지반을 확장하고 있었다. 이를 토대로 천도[이념, 제도]와 대립하는 '욕망의 서사'로서의 소설이 역사의 불안을 폭 넓게 반영하며 17세기에 본격적으로 등장하게 되었던 것이다.

조선 전기 귀신이야기에 나타난 신이(神異) 인식의 의미

조현설

1. 신이 인식과 유가적 주체의 문제

신이[1]한 세계에 대한 인식은 과거로부터 현재까지 지속되는 인간의 본질적 구성 요소이다. 신이 인식은 원시의 신화로부터 현대의 서사에 이르기까지 지속되고 있지만 그 내포와 형식은 역사적으로 동일한 것이 아니다. 따라서 신이 인식과 그 담론에서 의미 있는 것은 그것이 지속되고 있다는 사실의 확인이 아니라 그것의 역사적 위상이다. 신이 인

---

1) 일상적 경험 너머의 세계에 대한 주체의 반응을 나타내는 말로 神異·奇異·怪異 등이 쓰인다. 異를 제한하는 말들의 뜻에 따라 신이는 다른 둘에 비해 神聖을 강조하는 의미로 쓰일 수 있으나 실제로 동아시아 용법에서 신이는 '초월적인 존재를 비롯하여 인간의 외면에서 일어날 수 있는 모든 기괴한 현상, 인간의 영혼활동까지를 포함한 광범위한 개념'(강종임, 「『수신기』 세계관 연구」, 이화여대 석사논문, 1993 참조)으로 사용되고 있기 때문에 이 글에서는 기이나 괴이 등을 포괄하는 개념으로 사용한다.

식의 역사적 위상 가운데 이 글이 특별히 주목하려고 하는 것은 조선 전기 귀신이야기[2]이다.

주지하다시피 조선 전기는 유가적 주체의 구성을 위한 다양한 움직임들이 시도되고 있던 시기였다. 주자학적 이념의 정립이나 국가적 제례의 정비 등은 그 움직임의 근간을 이룬다. 이는 새롭게 구성된 국가 권력이 권력의 지속을 보장해 줄 질서를 수립하기 위해 거쳐야 할 불가피한 과정이기도 했다. 그런데 이 유가적 주체 구성의 과정에서 피해 갈 수 없는 현안 가운데 하나가 바로 신이한 세계를 어떻게 인식할 것인가 하는 문제였다. 귀신과 부처의 세계에 거주하고 있던 고려의 인민을 조선의 충직한 신민으로 재구성하기 위해서 신이 인식은 건너야 할 정치철학의 다리였다고 해도 좋을 것이다.[3] 바로 이런 맥락에서 조선 전기의 신이 인식은 문제적 범주로 떠오른다.

신이 인식을 드러내는 조선 전기의 담론은 다양하다. 귀신과 제사를 비판하는 상소나 철학적 귀신론뿐만 아니라 역사 서술에서도 왕조 설립에 따르는 신이한 일이 기술된다. 신이 인식은 주로 신불의 세계와 연관되어 있으므로 문헌에 실려 있는 무불도(巫佛道) 계통의 설화적 이야기들은 모두 당대의 신이 인식의 저수지들이다. 유가들의 비판에도 불구하고 조선 전기에 유통되고 있던 불교계 서사들 역시 신이 인식의 소산이고 전대의 양식을 계승하고 있는 전기(傳奇) 역시 신이 인식과 깊은 관련이 있다. 이렇게 보면 조선 전기 담론의 상당 부분이 신이에 연루되어 있으며 신이에 대한 고려 없이 이 시기 문학사를 다루기는 힘들

---

2) '귀신이야기'라는 포괄적인 용어를 쓴 것은 구비문학자들은 문헌설화라고 하고 한문학자들은 흔히 神說·逸話·筆記·雜錄 등으로 부르는 서사물에서 傳奇類의 소설까지를 아우르기 위한 것이다.

3) 조선 왕조의 설계자 정도전이 「佛氏雜辨」을 통해 성리학적 관점에서 불교가 내세우는 인과응보나 윤회, 지옥 등을 혹독하게 비판하고, 「心氣理篇」을 통해 주자학적 理의 입장에서 불교의 心과 도가의 氣를 논박한 것도 유가적 주체 구성을 위한 운동의 일단이었다. 자세한 것은 『三峰集』 卷5, 卷6 참조.

다는 것을 알 수 있다.

이들 다양한 신이 담론 가운데 필자가 이 글에서 먼저 다루려고 하는 것은 귀신이야기이다. 조선 전기 귀신이야기가 특히 중요한 것은 이 시기 귀신이야기는 설화에서 소설에 이르기까지 다양한 서사 양식으로 표현되고 있을 뿐만 아니라 귀신이야기가 다루고 있는 귀신의 문제는 이 시기의 주요한 정치적 논란거리였으며 이와 관련하여 유가 귀신론(鬼神論)의 긴요한 철학적 탐구의 대상이기도 했기 때문이다. 조선 전기 귀신이야기는 이 시기 신이 인식이 지닌 문학사적 의미를 가장 잘 드러내는 표현 양식이다.

일찍이 귀신이야기의 이런 중요성을 포착한 조동일 교수는 15세기 귀신론의 전개와 귀신이야기의 관계에 대한 분석을 통해 김시습이 귀신이야기를 통해 어떻게 『금오신화』라는 소설에 이르게 되었는가를 규명한 바 있다.[4] 그 후 문제의식을 수렴한 윤주필 교수는 조선시대 전반의 귀신론과 귀신이야기의 관계를 규명하려는 시론적인 논고를 제출한 바 있다.[5] 이 글은 이들과는 다른 시각에서 조선 전기 귀신이야기를 재검토하여 귀신이야기의 문제성을 드러내려고 한다. 다른 시각이란, 앞서 언급한 바와 같이, 귀신이야기가 소지하고 있는 신이 인식이 유가적 주체의 구성과 어떻게 연관되어 있으며 그것이 조선 전기 서사 문학사에 어떤 영향을 주었는가 하는 것이다.

---

4) 조동일, 「15세기 鬼神論과 귀신이야기의 변모」, 『문학사와 철학사의 관련 양상』, 한샘, 1992.
5) 윤주필, 「귀신론과 귀신이야기의 관계 고찰을 위한 시론」, 『國文學論集』 15집, 단국대 국어국문학과, 1997.

2. 경연과 상소 그리고 귀신의 위치

조선 전기 귀신이야기의 위상과 의미를 포착하기 위해서는 먼저 당대의 정신사나 사회사의 흐름을 살펴볼 필요가 있을 것이다. 다기한 자료 가운데 실록이 보도하고 있는 경연과 상소의 장면과 대화는 귀신을 둘러싼 당대 인식의 추이를 더듬어 볼 수 있는 적절한 사료가 된다.

1400년 1월 10일의 경연(經筵)에서 정종은 하륜과 문답하면서 자신의 경험에 근거해 귀신의 도를 허(虛)라고 말할 수 없다고 주장한다. 고려조에서 자신이 벼슬할 때 감악산에서 벌어진 무의에서 복통을 앓던 기생에게 신이 내려 펄떡펄떡 뛰는 것을 본 일이 있는데 이래도 귀신의 도가 헛것이냐는 질문을 던진 것이다. 나아가 불교의 자비불살(慈悲不殺) 역시 유가의 살리기를 좋아하는 도와 비슷하다고 주장한다. 이에 대해 하륜은 유가와 달리 불가에서는 자비불살로 사람들을 달래고 윤회보응으로 겁을 주는 것이고, 음양(陰陽)의 기운으로 태어난 사람은 죽으면 음양이 흩어져 혼(魂)은 올라가고 백(魄)은 내려가는 것이므로 지옥이란 없는 것이니 임금이 믿을 바가 아니라고 대답한다.[6] 귀신과 지옥 등 신이한 세계에 대한 정종과 유신(儒臣)의 문답은 그 후에도 여러 차례 계속된다. 이런 경연의 문답은 이전의 주류적 사상인 무속과 불교의 세계관을 혁파하기 위해 반드시 거쳐야만 되는 사상적 논란의 축소판이었다고 해도 좋을 것이다.

그런데 여기서 흥미로운 것은 문답 자체보다는 문답의 방식이다. 왕은 자신의 경험에 근거해 물음을 제기하고 유신들은 유가의 철학에 근거해 대답을 내놓고 있는데 『정종실록』은 그 문답의 결말을 대부분 이렇게 맺고 있다. "임금이 옳게 여겼다." 이런 문답과 결말의 방식, 그리

---

6) 『정종실록』 권1, 1400년 1월 10일(을해)조(인용문은 「CD-ROM 국역조선왕조실록」에 따른 것임. 이하 같음).

고 문답의 과정에 대한 '실록' 형식의 기록이 의미 있는 것은 이것이 지닌 교육 기능 때문이다. 왕이 묻고 유신이 답을 내고 다시 왕이 고개를 끄덕이는 방식은 경연이라는 교육의 장을 통해 권력이 권력 자체를 이념화해 가는 과정이다. 말하자면 지배 권력이 신민을 새로운 이념에 따라 규율하기 전에 자신들 스스로를 이념적 동일성의 내부로 수렴할 필요가 있었던 것이다. 「훈민정음」으로 상징되는 훈민(訓民) 역시 이와 유사한 교육의 경로를 통해 이뤄졌을 것으로 생각한다.

물론 왕들이 항상 경연의 학생처럼 고분고분했던 것은 아니다. 태조 시기부터 사헌부를 비롯한 조야의 유생들이 귀신과 부처를 섬기는 일의 부당성, 특히 불교의 폐해를 집중적으로 성토하며 상소를 올리지만 상소가 그대로 수용된 것은 아닌 것 같다. 세종의 경우 사헌부에서 궁 안에 있던 흥천사 사리각의 불골(佛骨)을 승도들에게 회부(回附)하라는 상소를 끝내 받아들이지 않았고,[7] 중궁을 위해 불경을 간행하는 일에 반대하는 승정원이나 집현전 등의 간언을 거부했다.[8] 이는 또 하나의 이념 교육 행위라고 할 수 있는 상소를 통한 권력의 자기 이념화 과정, 혹은 유가적 주체의 구성이 만만치 않았음을 잘 보여주는 사례이다.

귀신은 이런 논란의 와중에 놓여 있었다. 귀신이 그럴 수밖에 없었던 것이 그것이 국가적 대사의 하나로 본 제사의 문제와 결부되어 있었기 때문이다. 조선 초기 건국 세력이 고려 불교의 폐해를 비판하고, 무속의 음사(陰邪)를 규탄했지만 귀신 자체를 부정할 수 없었던 것은 유가적 제례 역시 귀신을 대상으로 삼고 있었기 때문이었다. 가령 조선의 이념을 설계했던 정도전이 고려 말 공양왕에게 "삼가 바라건대 전하는 유관 관리에게 명령하여 제전(祭典)에 기재된 것을 제외하고 요괴(妖怪)에 미혹하거나 산천 귀신을 섬기는 것과 같은 행동을 일체 금지하면 재물이 절약되고 낭비가 없어질 것"[9]이라 간언했던 것도 이런 사정에서 기인한

---

7) 『세종실록』 권4, 1438년 6월 28일(경진)조.
8) 『세종실록』 권4, 1446년 3월 26일(계사)조, 『세종실록』 권4, 1446년 3월 28일(을미)조

것이다. 이들의 과제는 무속이나 불교에서 말하는 초월적 세계나 귀신과 그것으로 인한 폐단을 부정하면서도 제사를 받는 귀신을 긍정해야 하는 다소 모순된 성격을 가지고 있었다. 그리고 이 모순이 귀신을 '문제적'인 사안으로 만든다.

이들이 주어진 과제를 해결하는 길은 두 가지였다. 하나가 성리학의 귀신론을 통해 귀신을 해명하는 것이었다면 다른 하나는 귀신을 국가의 질서 내로 끌어들여 제도화하는 것이었다. 조선 초기부터 전개된 귀신론[10]이나 귀신론에 근거해 주달된 상소의 담론이 전자와 관련된 과제였다면 성종 5년(1474)의 『國朝五禮儀(국조오례의)』를 통해 완성된 국가 제의의 제도화[11]는 후자와 관련된 과업이었던 셈이다. 그렇다면 건국 세력과 유가들의 문제는 귀신 자체의 부정이 아니라 귀신을 유가의 철학에 따라 해석하여 전유하는 것, 그리고 세간의 귀신들을 유가적 질서 내로 포획하여 적절한 위치에 배치하는 것이었다고 해도 좋을 것이다. 이 전유와 배치를 통해 귀신과 귀신에 대한 신민들의 의식은 통어 가능한 문제로 이해되었던 것이다.

그런데 "우리가 유념해야 할 사실은, 조선시대 유학자들에 의해 제시된 귀신에 대한 갖가지 논의는 자연 철학적 원리 탐구 위주로 전개된 것이 아니라 종교적 의례의 근거를 마련하는데 더 큰 의의를 두었다는 것"이다.[12] 이 같은 조선 유가들의 귀신론에 대한 총괄적 평가가 의미하는 것은 조선시대의 귀신론이 현실을 적절히 설명해주려는 현실추수적인 이론체계였다는 점일 것이다. 그리고 동시에 유념해야 할 사실은 유가들의 귀신론이 철학적 원리의 탐구가 아니라 종교적 의례의 근거

---

9) 『高麗史』・「列傳」, 卷32, 「鄭道傳」.
10) 「神堂退牛說」(成俔), 「鬼神論」(南孝溫), 「神鬼說」・「鬼神」(金時習), 「問鬼神巫覡卜筮談命地理風水」(蔡壽), 「鬼神死生論」(徐敬德), 「死生鬼神策」(李珥) 등.
11) 이 문제에 대해 자세한 것은 韓亨周, 『朝鮮初期 國家祭禮 硏究』(一潮閣, 2002)를 참조.
12) 한국사상사연구회, 『조선유학의 개념들』, 예문서원, 2002, 102면.

에 관심을 집중하면서 원리로서의 귀신이 아니라 실체로서의 귀신에 다가갈 수밖에 없었다는 사실이다. 이황이 귀신을 불 꺼진 화로의 더운 기운에 비유한 것도 귀신의 실체를 인정했기 때문일 것이다. 그러나 "자연철학적 입장에서 흩어지는 기로 설명되는 귀신 개념은 제사의 대상이 되는 귀신을 영원성을 보장해 주지 못하였고, 제사의 의의를 뒷받침하기 위해 영원성을 보강한 종교적 귀신 개념은 기의 유한성을 전제로 하는 성리학설에 무리 없이 부합되는 이론이 아니었다."13) 귀신의 실체를 인정하는 종교적 귀신 개념과 성리학은 논리적인 모순을 지닐 수밖에 없다는 것이다.

예컨대 귀신 가운데 가장 문제적인 귀신인 원귀(寃鬼)가 있다. 원귀를 유가들은 어떻게 처리하려고 했을까? 권근은 태종에게 올리는 글에서 이렇게 말하고 있다.

> 우리 국가의 朝禮와 祭禮가 모두 明나라 법을 따르고 있사온데, 오직 이 厲祭 한 가지 일만이 거행되지 않사오니, 冥冥한 가운데 어찌 원통하고 억울함을 안고 혹은 憤恨을 품어서 마음속에 맺히어 흩어지지 않고, 배를 주리어 먹기를 구하는 자가 없겠습니까. 이것이 족히 怨氣가 쌓여 疾疫이 생기고, 和氣를 상하여 變怪를 가져오는 것입니다.14)

이어지는 간언의 요지는 원귀를 그대로 두면 백성의 삶이 변괴에 노출될 위험이 있으니 국가가 제사 받지 못하는 귀신들을 한꺼번에 모아 제사를 드리는 법을 시행하자는 것이다. 이런 귀신들이 명(明)의 『홍무예제(洪武禮制)』에 등장하고 조선이 수용한 여(厲)인데 여란 다름 아닌 원귀이다. 권근이 문제를 제기하고 결국 후대의 『국조오례의(國朝五禮儀)』가 「소사(小祀)」의 여제(厲祭) 항목을 통해 국가적 제사의 대상으로 수용

---

13) 위의 글, 114면.
14) 『태종실록』 권1, 1401년 1월 14일(갑술)조.

한 것도 실재로 원귀가 민간의 삶과 깊이 연루되어 있어서 부정할 수 없었기 때문이다. 원귀를 부정하는 대신 국가적 제의의 대상으로 등록함으로써 원귀를 둘러싼 민심을 유가적 질서 내부로 수렴하고자 했던 것이다.

그런데 여제 가운데 흥미로운 점의 하나는 여제의 제사 대상이 조선 초에는 12위(位)였다가 세종 때에는 3위(難産死者, 震死者, 墮死者)가 추가되어 15위로 늘어났다는 사실이다. 이는 국가가 여제를 통해 원귀의 실체를 인정했으며 그런 인정 자체가 자신들의 이념적 기틀을 부정하는 것이라는 점에서 흥미로울 뿐만 아니라 제사의 대상이 늘어났다는 사실을 통해 제사 체제가 모든 귀신들을 다 등록시키기가 어려웠으리라는 점을 추측할 수 있게 해준다는 점에서 더 흥미롭다. 사실 국가가 제례의 체계화를 통해 상징적 질서를 선포하고 그 선포가 이념적 효과가 있었다고 해도 실재로 민간의 삶에 관여하는 원귀들을 모두 포획하기란 쉬운 일이 아니다. 원귀의 유형은 얼마든지 더 늘어날 가능성이 있고 중세적 국가 권력 자체가 원귀를 양산하는 장소일 수 있기 때문에 원귀란 국가적 제례가 끝내 도달할 수 없는 지점에 있는 것일 수도 있다는 것이다. 여제는 국가의 제의 체제 자체가 지닌 모순의 한 본보기라고 할 수 있다.

그렇다면 왜 유가들은 논리적 모순을 감수하면서도 귀신론을 통해 귀신을 부단히 해명하려고 고투했는가 하는 것이다. 그것은 유가적 질서의 구축하는 데 있어 귀신이 문제적이었기 때문이다. 말하자면 귀신론을 통해 귀신을 이념적으로 포획하지 않고서는, 국가적 제의를 통해 귀신을 국가적 편재 안에 등록시키지 않고서는 유가적 질서의 구축이 어려우리라는 것을 유가들이 알고 있었을 것이다. 귀신으로 표상되는 신이 인식은 유가의 인식론과 근본적으로 배치되는 측면이 있었기 때문이다. 유가적 인식론과의 불협화음, 이것이 조선 전기 귀신의 위상이다. 귀신은 성리학의 이치(理致) 시스템에 이의를 제기하고 이치 시스템에 오류를 쌓이게 하는 잉여값으로 작용할 소지를 지닌 변수였던 것이다.

3. 조선 전기 귀신이야기에 나타난 신이 인식의 두 형식

조선 전기에 유가적 국가 질서를 정비하는 과정에서 귀신이 문제가 되었듯이 귀신은 이 시기 문학의 주요한 주제이기도 했다. 주로 여항과 사대부들 사이에 전승되고 있는 이야기들을 모아 놓은, 필기나 잡록으로 불리는 문집에 귀신이야기가 소개되고 있는데 이런 자료들은 유가 지식인들이 귀신을 어떻게 인식하고 있었는가를 잘 보여준다. 15~16세기에 편찬된 문집인 서거정(1420~1488)의 『필원잡기(筆苑雜記)』, 성현(1439~1504)의 『용재총화(慵齋叢話)』, 남효온(1454~1492)의 『추강냉화(秋江冷話)』, 김안로(1481~1537)의 『용천담적기(龍泉談寂記)』 등이 그런 자료들이다.

그런데 이들 문집 속에서 귀신이야기는 상대적으로 소략하다. 서거정이나 남효온의 경우는 귀신이야기를 거의 무시하고 있으며 성현이나 김안로가 소개하고 있는 귀신이야기도 문집의 전체 분량에서 보면 미미한 정도이다. 이는 분명 이들 유가 지식인들이 신이 인식의 개인적 차이에도 불구하고 귀신이야기 자체에 대해 공식적으로는 부정적인 인식을 가지고 있었다는 것을 말해 준다. 실재 일상적 담화 속에서야 귀신이야기를 적지 않게 했을 테지만 적어도 그것을 기록으로 남기고 문집으로 엮는 것은 일종의 회피의 대상이었다고 해도 좋을 것이다. 그것은 유가들의 이념과 어긋나는 행위였기 때문이다.15) 그러나 그럼에도

---

15) 채수의 경우가 좋은 사례가 된다. 그는 科試에 제출한 策文에서는 분명 "鬼神者, 陰陽之所以行也. 神者, 陽之靈也, 鬼者陰之靈也"라고 하여 모범적인 유가처럼 귀신을 음양의 문제로 이해하고 민간에서 믿는 인격적인 존재로서의 귀신을 부정하는 것으로

불구하고 성현이나 김안로의 사례에서 알 수 있듯이 이념에서 상대적으로 자유로울 수 있는 노년의 시기나 권력의 전선에서 물러난 은일의 시기에 개인적인 관심에 따라 귀신이야기를 수습해 놓았기 때문에 문학사를 이해하는 데에 요긴한 자료가 되고 있는 것이다.

조선 전기 원귀이야기를 다룰 때 기준점으로 삼아야 할 것이 『용재총화』의 원귀이야기들이다. 성현은 기본적으로 유신론적 입장에서 유가의 귀신론을 상당히 포괄적으로 받아들이고 있었던 것 같다. 이런 입장이라면 성현은 자신이 들은 이야기들을 비교적 가감 없이 기록했을 것이고, 서술자가 이야기에 개입하지 않는 진술 방식을 취하고 있는 『용재총화』의 기록은 그것을 잘 보여준다. 따라서 『용재총화』의 원귀이야기들은 조선 초기 귀신이야기의 준거가 될 만한 것으로 일단 인정할 수 있다.

『용재총화』에 실려 있는 귀신이야기들은 귀신에 대한 인식을 기준으로 크게 두 유형으로 나눌 수 있다. 하나가 '귀신을 물리친 이야기[逐鬼譚]'라면 다른 하나는 '귀신에 사로잡힌 이야기[惑鬼譚]'이다. 축귀담 유형에 속하는 이야기들은 주로 관리인 주인공이 백성을 미혹하는 귀신들을 물리친 이야기이다. 이 경우 대개 관리는 강직한 성격을 지닌 인물로 귀신과 대결하는 자세를 보인다. 말하자면 귀신의 세계에 대한 부정적인 인식을 드러내는 경우이다. 혹귀담 유형에 속하는 이야기들은 주인공이 원한을 쌓아 원귀로부터 보복을 당하는 경우이다. 주인공의 성격의 강직성 여부와 상관없이 스스로 쌓은 원한이 화를 불러 죽음에 이르는 이야기들이 여기에 속한다. 귀신의 실재성을 긍정하는 인식을 드러내는 경우이다.

보이지만 그의 문집인 『懶齋先生文集』에 귀신 체험담이 기록되어 있고, 말년에는 귀신이야기를 담은 창작소설 「설공찬전」으로 인해 한 바탕 소동을 치른 것을 보면 공식적인 귀신관과 비공식적인 귀신관이 일치하지 않았다는 것을 말해준다. 이런 태도가 조선 전기에 채수의 것만은 아니었을 것이다.

①나의 外舅 안공은 성질이 엄하고 군세어 12주의 현을 역임하였으나 추호도 남을 범한 일이 없어 관리들이 두려워하고 백성들이 따랐다. 또 鬼形을 잘 보았는데 일찍이 林川 군수가 되었다. (…중략…) 언젠가 비가 부슬부슬 내리는 날 촛불을 든 종을 앞세우고 변소에 가게 되었는데 대숲 속에서 한 여자가 붉은 襴衫을 입고 머리를 풀고 앉아 있었다. 공이 곧장 앞으로 다가가니 여자가 담을 넘어 달아났다. 그곳 풍속이 귀신을 공경했는데 관아에 입주하는 자가 계속 죽어나가므로 고을 사람들이 귀신 숲이라고 버려두었다. 공이 와서 처음으로 들어가려고 하니 고을 사람들이 모두 말렸으나 공이 듣지 않았고, 민간의 淫祠도 모두 태워 헐어버렸다.16)

②홍재상이 아직 현달하지 못했을 때 도중에 비를 만나 굴 속에 들었다가 17, 18세 되는 예쁜 여승을 만났다. 그는 여승과 정을 통하고 모월 모일에 맞이하러 오겠다고 약속했다. 약속이 지켜지지 않자 여승은 마음의 병을 얻어 죽었다. 공이 남방절도사가 되었을 때 어느 날 도마뱀 같은 것이 이불 위로 지나가 아전을 시켜 죽이게 했는데 다음 날 또 나타났다. 또 죽였지만 그 후 죽일 때마다 점점 커져 나중에는 큰 구렁이가 되었다. 군졸로 하여금 사방을 지키게 하고 사방에 불을 피우곤 했지만 막을 수 없었다. 할 수 없이 공은 구렁이를 함 속에 넣어 함께 지냈다. 그 후 공은 정신이 점점 쇠약해지고 얼굴빛도 파리해지더니 마침내 병들어 죽었다.17)

『용재총화』의 유형을 기준으로 삼아 다른 문헌들의 이야기를 살펴보면 대부분의 이야기들은 ①과 같은 축귀담 유형에 속한다. 원귀이야기는 아니지만 『필원잡기』에 실린 유일한 귀신이야기를 보면 귀신의 말을 하는 여무(女巫)가 있었는데 청년 여럿이 한꺼번에 들어가 물으니 입을 다물고 열지 못했다는 서거정 자신의 경험담을 소개하고 있다. 서거정은 이를 양기에 눌린 음기의 결과로 해석하고 있는데 축귀담 유형에 속하는 이야기라고 할 수 있다. 『용천담적기』에 실려 있는 대부분의 귀

---

16) 『慵齋叢話』 卷3(『대동야승』 권1).
17) 『慵齋叢話』 卷4(『대동야승』 권1).

신이야기는 귀신을 물리친 유생들의 사례를 소개하면서 귀물(鬼物)과 대결을 벌이는 유자(儒者)들의 정기를 칭찬하고 있다.[18] 한 가지 이야기만 사례로 든다.

蔡聘君 襄靖公이 어릴 적에 아버지를 따라 경산에 있을 때 두 아우와 관사에서 자다가 갑자기 소변이 마려워 옷을 입고 밖으로 나가니 흰 기운이 火圓鏡(확대경 — 필자 주)과 같이 오색이 현란하게 공중에서 돌면서 가까이 오는 것이 바람과 같았다. 양정공이 놀라 창황히 방으로 들어오는데 겨우 문턱을 넘어서자 그것이 방안으로 따라 들어왔다. 조금 있다가 막내 동생이 방구석에서 자다가 놀라 일어나 아프다고 부르짖으며 입과 코에서 피를 흘리며 죽어버렸다. 그러나 양정공은 조금도 상한 데가 없었다. 대저 邪氣가 사람을 상하게 할 때 그 虛함을 타서 하니 사람의 기운이 완전하면 해치지 못하는 것이다.[19]

조선 전기 문집 소재 귀신이야기의 상당 부분을 차지하는 유형은 귀신을 물리치는 이야기이다. 그리고 이는 귀신과 신이에 대한 전형적인 유가들의 인식과 태도를 대변하고 해도 과언이 아니다. 그런 입장에 철저하지 않았던 성현의 경우 귀신의 실재를 인정하고 민간에 널리 퍼져 있었을 것으로 여겨지는 귀신에게 사로잡힌 이야기도 전해주고 있지만 일반적 유가라면 그런 이야기는 알아도 삼가고 피해야 할 부분이었을 것이다.

귀신과 같은 신이한 현상에 대한 인간의 반응은 믿음과 두려움이라는 두 가지 심리적 자질로 상정해 볼 수 있다. 믿음은 대상을 안으로 끌어들이는 것이고 두려움은 대상을 밖으로 밀어내는 것인데 이런 자질

---

18) 『추강냉화』에 실려 있는 이승언 이야기는 일종의 원귀담이지만 귀신이야기를 모으는데 무관심했던 남효온의 기록답게 단순하다. 어우동과 간통했다는 누명을 쓴 이승언이 형장에서 원통함을 호소하며 죽었는데 그때 폭우와 우박과 우뢰가 천지를 흔들어 사람들이 놀랐다는 이야기이다. 단순하여 다른 이야기들과 대등하게 견주기는 어렵지만 비교적 혹귀담(B) 유형에 가까운 이야기라고 할 수 있다.
19) 『龍泉談寂記』(『대동야승』 권13).

을 기준으로 삼아 경우의 수를 조합하면 신이한 현상에 대한 인간의 반
응은 다음과 같은 네 갈래로 나타난다.

유형＼반응	믿음	두려움	신이 인식의 정도
①	×	×	부정
②	×	○	부정
③	○	×	긍정
④	○	○	긍정

　이 네 가지 반응 유형 가운데 유가들의 지향점은 ①이었다고 해야 할
것이다. 신이한 사건이나 현상에 대한 두려움을 넘어서기 위해서는 현
상에 대한 이해가 필요한데 유가들에게 그것은 이기철학에 근거한 귀
신론이었다. 그리고 귀신론은 이들에게 귀신과 같은 신이한 현상을 기
의 취산으로 설명해줌으로써 믿음의 세계로부터 벗어날 수 있게 해 주
기도 했다. 귀신을 부정한 기운으로 보고 정기(正氣)로 맞서려고 한 『용
천담적기』에 등장하는 유생들의 태도는 여기에서 기인한 것이다. 그러
나 ①이 이념적 지향점이기는 해도 현실 안의 유생들에게 있어서 신이
한 현상은 두려움 없이 맞서기가 쉽지 않았을 것으로 생각한다. 현상에
대한 합리적 이해와 심리적 반응이 반드시 일치하지는 않기 때문이다.
따라서 ②의 태도 또한 유가들에게 없었다고 말하기는 어렵다. 대부분
의 유가, 혹은 사대부들은 ①과 ② 사이를 오가는 신이 인식을 지니고
있었다고 해도 좋을 것이다.
　①의 대척점에 ④가 있다. 대상에 대한 믿음과 두려움을 동시에 지니
고 있는 이런 반응을 우리는 흔히 미신이라고 하는데 조선 전기 백성들
의 상당 부분은 이런 세계에 빠져 있었다. 이와 가까운 곳에 ③ 유형이
있는데 이 유형은 신이한 현상과 신이한 현상 가운데 있는 신적 존재를
철저히 믿음으로써 그 믿음을 통해 두려움을 넘어가는 종교적 반응이

라고 할 수 있다. 종교적 믿음의 세계이고 신화의 주인공들이 대개 이런 반응을 보이는데 조선 전기 백성들의 또 다른 상당 부분은 이런 세계에 속해 있었을 것이다. 좀 더 엄밀히 말하면 소수의 유가들을 제외한 대부분의 인민들은 ③과 ④ 사이를 오가며 살고 있었다고 해도 좋을 것이다.

축귀담 유형의 주인공이나 서술자의 태도는 많은 경우 ① 유형의 반응을 보인다. 『고려사』에 보이는 안향이나 우탁의 축귀(逐鬼) 이야기[20]도 그런 사례인데 축귀담 유형은 그런 전통을 이은 것이다. 이런 유형의 이야기들은 이야기하기를 통해 탈유가적 흐름들을 적절히 포획하고 있는 것처럼 보인다. 이런 이야기들은 경연에서 정종을 '교육'하던 하륜의 언설과 동일한 맥락 속에 있다. 그러나 이런 이야기가 단절되지 않고 여항과 유가들 사이에서 계속되고 있다는 것은, 역설적으로, 포획해야 할 귀신들이 근절되지 않는 현실을 일정 부분 반영하고 있다. 다시 말해 유가적 담론의 지배력이 아직 충분치 못했던 것이다.

더구나 현실의 구술 담론을 채우고 있었던 것은 필경 혹귀담 유형의 이야기들일 터였다. 조선 전기 기록의 담당자인 유가 지식인들이 축귀

---

20) 안향의 처음 이름은 安裕였는데 興州 사람이었다. (…중략…)충렬왕 원년에는 尙州 판관으로 파견되었는데 당시 여자 무당 세 사람이 있어서 요망한 신을 받들고 여러 사람들을 유혹하고 있었다. 그들은 陝州(합천)로부터 여러 군과 현들을 돌아다니었는데 이르는 곳마다 공중에서 사람이 부르는 소리를 지어 내었고 그 소리가 은은하게 울려오는 것이 마치도 길을 호령하는 것 같았다. 그리하여 듣는 사람들이 분주히 제사를 지내었는데 서로 뒤질세라 덤비었고 수령으로서도 그와 같은 행동을 하는 자가 있었다. 그들이 상주에 오자 안향은 그들을 붙잡아서 곤장을 치고 칼을 씌워 놓았더니 무당들이 귀신의 말이라고 하면서 자기들을 붙잡아 두면 화를 면치 못한다고 위협하였으므로 상주 사람들이 모두 겁을 내었으나 안향은 동요하지 않았다. 며칠이 지나서 무당들이 용서해 달라고 빌므로 그제야 놓아 주었더니 이 요망한 귀신이 드디어 없어졌다.
   우탁은 丹山 사람인데 아버지 禹天珪는 鄕貢進士였다. 우탁은 과거에 급제하고 처음에 寧海司錄으로 임명되었다. 고을에는 八鈴이라는 요괴한 귀신의 사당이 있었는데 백성들은 그의 영험이 신기하다는 데 미혹하여 미신놀이를 하여 민심을 흐리게 하였다. 우탁이 부임하자 곧 이것을 파괴하여 바다에 처넣었더니 미신이 드디어 없어졌다.

담 유형의 이야기를 앞세우면서 혹귀담 유형의 이야기들은 의도적으로 소홀히 취급한 혐의가 짙지만 조선 후기의 야담이나 오늘날 전승되고 있는 귀신이야기들을 참조하면 분명 귀신이야기의 주류에 해당하는 것은 혹귀담 유형이다. 대개 ④ 유형, 즉 주인공이 신이한 현상을 믿지만 그 현상에 대해 두려움의 반응을 보이는 소위 미신적인 혹귀담 유형의 이야기들은 축귀담 유형의 이야기와 함께 조선 전기 사회를 흘러 다니고 있었다는 것은 조선 전기의 이기철학적 이치 시스템이, 제도화된 제사 체계가 아직 적절한 힘을 발동하지 못하고 있었다는 것을 보여준다.

그렇다면 이제 이렇게 말할 수 있지 않을까? '귀신이야기는 조선 전기 주도적 담론으로 자리 잡기 시작한 유가적 인식론에 어떤 인식론적이고 개념적인 혼란을 야기하여 유가적 주체의 구성에 균열을 일으키는데 기여하고 있다'라고. 다음 장에서 검토하려고 하는 15~16세기 전기(傳奇) 양식 역시 이 균열과 불가분의 관계에 놓여 있다.

4. 귀신이야기의 탈유가적 성격과 조선 전기 서사문학사의 변동

그간 조선 전기 서사문학사, 특히 조선 전기 소설사를 논할 때 16세기는 공백처럼 인식되어 온 게 사실이다. 저 17세기의 개화(開花)와 15세기 『금오신화(金鰲新話)』의 출현 사이에 16세기는 잠복기처럼 보이는 것도 사실이다. 그러나 우리는 이 시기 소설사의 운동을 간과할 수 없다. 『금오신화』에 비해 소설적 성취가 후퇴한 것으로 평가되지만 『기재기이』와 같은 의미 있는 소설집이 만들어졌으며, 『신독재수택본전기집(愼獨齋手澤本傳奇集)』을 통해 알 수 있듯이[21] 「최고운전」과 같은 도가계 소설이 창작 유통되었고,[22] 「왕시봉전」의 사례에서 알 수 있듯이 중국의 서사물이 수용되어 한문 전기(傳奇)로 재창작되고, 그것이 다시 한글 소설로 번역되어 유통되고 있었다[23]는 사실을 염두에 둘 필요가 있다. 그 외에서도 이 시기에는 「원생몽유록(元生夢遊錄)」으로 대표되는 몽유록 계통의 서사물, 「왕랑반혼전(王郎返魂傳)」과 같이 전대에 형성되었거나 새롭게 나타난 「안락국태자전」 등의 불교계 서사물들도 이 시기 서사문학사의 장(場) 안에서 운동하고 있었다.

그런데 이 시기 서사의 운동에서 우리가 주목해야 할 부분이 이들 대부분의 서사물이 기본적으로 신이한 세계 인식의 기초 위에 구축되고 있다는 사실이다. 15세기를 거쳐 『국조오례의』와 같은 제도적 정비가 이뤄지고, 16세기 들어 사림들이 목소리를 높이면서 유가적 이념이 사회적으로 자리를 잡아가고 있는 시기에, 다시 말해 '자불어괴력난신(子不語怪力亂神)'에 기초하여 신이적 인식론을 밀어내면서 합리적 인식에 기초한 유가적 주체 설립에 박차를 가해 가고 있던 시기에 신이 서사들이 여전히 잦아들지 않고, 나아가 그것이 국문이라는 새로운 형식으로 사대부 사회의 담장을 넘어 확산되고 있었다는 사실은 의미심장하다. 필자가 귀신이야기의 맥락에서 언급하려고 하는 「만복사저포기(萬福寺樗蒲記)」·「이생규장전(李生窺墻傳)」(『금오신화』), 「안생전」(『용재총화(慵齋叢話)』), 「설공찬전(薛公瓚傳)」, 「하생기우전(何生奇遇傳)」(『기재기이(企齋記異)』) 등도 그런 작품들이다.

이들 작품들이 공유하고 있는 신이 인식과 그 작용의 의미를 따지기

---

21) 이 '전기집'이 필사된 것은 17세기지만 수록된 작품이 창작된 것은 17세기 이전으로 추정된다(이에 대해서는 정학성, 「신독재수택본전기집의 17세기 소설집으로서의 성격과 위상」, 『고소설연구』 13집, 고소설학회, 2002를 참조할 것).
22) 「최고운전」의 조선 전기 소설사의 위상에 대해서는 정출헌, 「최고운전을 통해 읽는 초기 고전소설사의 한 국면」(『고소설연구』 14집, 고소설학회, 2002)을 참조할 것.
23) 이 문제에 대해서는 이복규 편저, 『초기 국문·국문본소설』(박이정, 1998); 박재연, 「왕시봉면, 중국 희곡 형차기의 번역」(『중국학논총』 7, 한국중국문화학회, 1998); 정길수, 「王十朋奇遇記의 개작양상과 소설사적 위상」(『고전문학연구』 19집, 한국고전문학회, 2001) 등을 참조할 것.

전에 먼저 16세기 벽두에 벌어진 「설공찬전」을 둘러싼 파문을 점검해 보는 것이 우리의 논의에 도움이 될 것으로 생각한다.

　　사헌부에서 아뢰기를, "蔡壽가 「설공찬전」을 지었는데, 내용이 모두 禍福이 輪廻한다는 논설로 매우 요망스럽습니다. 中外가 현혹되어 믿고서 문자로 옮기거나 諺語로 번역하여 전파함으로써 민중을 미혹시킵니다. 사헌부에서 마땅히 공문을 내려 수거하겠습니다만 혹 미처 거두어들이지 못한 것이 있거나 뒤에 발견되면 죄로 다스려야 합니다" 하니, 답하기를, "「설공찬전」은 내용이 요망하고 허황하니 금지함이 옳다. 그러나 법을 세울 필요는 없다. 나머지는 윤허하지 않는다"고 하였다.[24]

　『중종실록』이 전하는 중종 6년(1511)의 기록은 당시 채수의 「설공찬전」이 일으킨 파장이 적지 않았음을 보여 준다. 중종반정의 공신이었던 채수에 대해 조정이 처벌 여부를 두고 논란을 벌이고, 문제 도서의 전국적 수거와 소각이 벌어지고, 이를 어길 경우 요서은장률(妖書隱藏律)을 적용 하는 등[25] 파동이 계속되다가 결국은 9월 20일 채수의 파직으로 이어졌다. 그러나 『중종실록』에 따르면 그 후에도 그 해가 다가도록 「설공찬전」에 대한 조정의 논란은 계속되고 있다. 여기서 문제는 왜 「설공찬전」이, 사헌부가 작자를 교수형에 처하라고 간언할 정도의 '사건'이 되었는가 하는 것이다.

　이 의문에 대해서 『묵재일기(默齋日記)』의 배면에 필사되어 있던 「설공찬전」을 발견한 이복규 교수는 세 가지 이유를 들었다.[26] 유교이념과 배치되는 윤회화복에 대한 이야기, 고위층 인사의 창작물이 주는 민중적 영향력, 왕권모독죄와 풍기문란죄에 해당하는 진술의 등장이 그것이다. 이 세 가지 외에 훈구파와 사림파의 정치적 갈등의 구도 속에서 이

24) 『중종실록』 권14, 1511년 9월 2일(기유)조.
25) 『중종실록』 권14, 1511년 9월 5일(임자)조.
26) 이복규 편저, 『설공찬전, 주석과 자료』, 시인사, 1997, 21~23면.

문제를 풀어볼 여지도 없지 않으나 채수가 신진사류의 배척 대상이 될 만한 인물은 아니었다고 하여 다소 유보적인 태도를 보였는데 필자는 오히려 이 대목이 중요하다고 생각한다. 정치적 갈등의 문제는 겉에 드러난 세 가지 이유의 심층에 해당한다.

정치적 갈등의 문제를 이해하려면 당대의 정치적 지형에 대한 정밀한 탐색이 필요할 터인데 우선 참조가 될 만한 것이 파동이 진정되고 난 후인 12월 13일에 있었던 대사간 안팽수(安彭壽)와 12월 15일에 있었던 영사 성희안(成希顔)의 다음과 같은 간언이다.

> 채수가 「설공찬전」을 지은 것은 진실로 잘못이나, 옛날에도 또한 『剪燈新話』·『太平閑話』가 있었는데, 이는 실없는 장난 거리로 만든 것뿐으로 李之芳의 일과는 다릅니다. 이미 정한 죄이지만 이제 상께서 조심하고 반성하시는 때를 맞아 감히 아룁니다.[27]

> 채수의 조율은 진실로 실정에 지나쳤으며 신도 아뢰려고 하였습니다. 역대의 史書에도 괴이한 일들이 씌어 있거니와, 지금의 蔡壽도 우연히 한 것이요, 세상에 전하여 사람들을 미혹하려고 한 것이 아닙니다.[28]

두 사람의 주장은 채수가 「설공찬전」을 지은 행위가 과거의 사례에 비춰 특별히 문제가 될 일은 아니라는 것이고 아마도 상당수의 유신들이 이런 생각을 공유하고 있었을 것이다. 결국은 파직에 이르기는 했지만 중종 역시 처음에는 크게 문제 삼지 않고 책만 회수하라고 했다. 그리고 파직 후 얼마 되지 않아 다시 관직을 회복(12월)시키는데 이런 사실만 봐도 중종은 이를 별로 심각하게 여기고 있지는 않았던 것 같다. 그렇다면 심각하지 않은 현상이 심각한 사건으로 전이된 까닭인데 이 문제는 정치적 갈등 이외에 달리 해명할 방도는 없을 것으로 생각한다.

---

27) 『중종실록』 권14, 1511년 12월 13일(기축)조
28) 『중종실록』 권14, 1511년 12월 15일(신묘)조

당시 처음으로 「설공찬전」 문제를 제기한 사헌부의 대사간 이세인(李世仁), 대사헌 남곤(南袞) 등은 모두 갑자사화로 유배의 화를 입었다가 중종반정 이후 등용된 초기 사림의 일원이었다. 채수 역시 김종직의 문인 계보에 속하는 인물로 크게 보아 사림 세력에 포괄될 수 있을 것으로 생각된다.[29] 따라서 이들의 갈등을 훈구와 사림의 정치적 갈등[30]으로 단순하게 환원하기는 어렵다. 설령 채수의 문예취향이 훈구파 문인의 전형적인 것[31]이었다고 하더라도 「설공찬전」에 대한 일련의 비판이 사림의 훈구를 향한 문제제기였다고 말하기는 어렵다는 것이다.

그렇다면 「설공찬전」 파동은 왜 일어났으며 파동을 불러일으킨 사림들의 정치적 목적은 무엇이었을까? 이 물음에 대해 1515년 채수가 죽은 후 내려진 다음과 같은 졸기(卒記)는 약간의 단서를 제공해 준다.

> 仁川君 蔡壽가 졸하였다. 채수는 사람됨이 영리하며 글을 널리 보고 기억을 잘하여 젊어서부터 문예로 이름을 드러냈고, 成宗朝에서는 廢妃의 과실을 극진히 간하여 諫諍하는 신하의 기풍이 있었다. 그러나 성품이 경박하고 조급하며 허망하여 하는 일이 기칠고 경솔하였으며, 늘 詩酒와 音律을 가지고 스스로 즐겼다. 일찍이 「설공찬전」을 지었는데, 떳떳하지 않은 말이 많기 때문에 士林이 부족하게 여겼다.[32]

이 졸기는 실록에 올라 있는 공식적인 기록이므로 사실에 가까울 것으로 생각되는데 여기서 분명히 지적하고 있는 것은 「설공찬전」을 사건화한 쪽이 사림이었다는 사실이다. 이들 사림 세력들이 특별히 문제가 되지 않을 수도 있는 사안을 불러내어, 그리고 이미 벼슬을 사양하고 은거하고 있던 늙은이를 시빗거리로 삼아 사건을 만들었던 것은 이들이

29) 이병걸, 「사림세력의 진출과 사화」, 『한국사』 28, 국사편찬위원회, 1996, 176면; 최이돈, 『朝鮮中期士林政治構造研究』, 일조각, 1994, 70면 참조.
30) 소인호, 『韓國傳奇文學研究』, 국학자료원, 1998, 181면.
31) 박희병, 『韓國古典人物傳研究』, 한길사, 1992, 120면.
32) 『중종실록』 권15, 1515년 11월 8일(경인)조.

사건화를 통해 어떤 정치적 효과를 노렸기 때문일 것이다. 그 효과가 무엇이었는가는 일률적으로 말하기는 어려우나 당대의 정치적 정황으로 보아 점점 성균관 유생들을 중심으로 요구 수준이 높아지고 있던 중종 초기 정치적 기풍의 일신이나 그와 맞물려 있는 사림의 내적 결속의 문제와 무관하지 않을 것으로 본다.[33] 요컨대 유가적 의식이 철저하지 않았던 한 '부족한 사림'을 공격함으로써 밖으로는 「설공찬전」을 유통시키고 있는 불미한 사회의 풍조에 경종을 울리고, 안으로는 사림 내부를 의식화를 고양시키려 했던 것이다. 결국 1511년에 벌어진 「설공찬전」 사태는 유가적 주체를 구성해 가는 과정에서의 정치적 진통을 상징적으로 보여주는 셈이고 그 진통의 중심에 탈유가성의 한 표징인 '신이 인식'의 문제가 놓여 있었다는 사실을 다시금 확인시켜 주고 있다.

윤회화복과 같은 허황된 논리를 통해 민중을 미혹한다고 고발당한 「설공찬전」은 기실 원귀이야기이다. 나이 스물에 장가도 못 가고 죽은 설공찬의 '원혼'이 사촌인 설공침을 드나들며 괴롭히자 공침의 아버지 설충수가 귀신을 물리치기 위해 귀신 다루는 주술을 아는 김석산을 동원하는데 그 결과 이들 사이에 벌어지는 대결이 이야기의 전반부를 이루고 있다. 물론 자료가 온전치 않아 전체 내용을 알 수가 없고, 현전 자료의 뒷부분은 설공찬이 공침의 입을 통해 전하는 저승이야기여서 결말을 알기도 어렵지만 전반부만을 두고 볼 때 이 이야기는 앞서 문헌설화를 다루면서 언급한 귀신에게 사로잡힌 이야기 유형에 속한다. 현재 남아 있는 자료만으로 보면 설공찬의 원혼이 강력하여 김석산도 어쩔

---

33) 이 문제와 관련하여 『중종실록』의 기사를 보면 중종은 반정으로 즉위한 후 「三綱行實」을 백성들에게 외게 하자는 청을 받고 이를 제작하여 중종 5년(1510) 정월, 6년 10월에 반포하는데 '근래에 아름답지 않은 풍속의 교화'를 목적으로 삼고 있다. 「삼강행실」 반포는 중종 6년(1511) 9월에 벌어진 「설공찬전」 사건과 묘하게도 맞물려 있다. 또 사림의 표상인 조광조가 같은 해 4월 관직에 서용되고 있다는 점도 주목할 필요가 있다. 「설공찬전」은 분명 이 시기 정치적 개혁의 와중에 벌어진 개혁을 위한 본보기 사건이었을 것이다.

수 없는 것으로 그려지고 있기 때문이다.

그런데 「설공찬전」은 귀신에 사로잡힌 이야기를 그리고 있으면서도 문헌 설화의 그것처럼 사건을 단일하게 끌고 가는 것이 아니라 사건을 중층화하여 대결을 흥미롭게 구성하고 있으며 설공찬의 혼령으로 하여금 저승 이야기를 하게 하여 독자를 환상에 빠뜨리고 있다. 비판적 유가들의 말대로 백성을 미혹하는 이런 이야기 구성과 내용은 그 신이한 세계를 통해 신이한 세계를 부정하는 당대의 주류적 현실과의 갈등을 불러일으킨다. 말하자면 작품의 세계와 작품을 둘러싼 세계의 중간에 위치한 독자들로 하여금 현실을 반성하게 할 뿐만 아니라 현실과의 관계를 불편하게 만드는 것이다. 물론 이때의 현실이란 유가적 이념이 공고화되어 가는 현실이다.[34]

16세기 벽두에 벌어진 「설공찬전」을 둘러싼 파문과 그 경과는 조선 전기 소설사의 추이를 새롭게 이해할 수 있는 실마리를 제공한다. 「설공찬전」의 유통과 파동을 가운데 놓고 앞쪽에 15세기의 「만복사저포기(萬福寺樗蒲記)」・「이생규장전(李生窺墙傳)」, 혹은 「안생선(安生傳)」을, 뒤쪽에 16세기의 「하생기우전」(『기재기이』)을 늘어놓으면 이들 귀신이야기 사이에는 신이의 문제를 둘러싸고 어떤 변이의 지점들이 보인다는 것이다. 이들 작품들의 주체 구현 양상 사이에는 유가적 주체의 서로 다른 표징들이 숨어 있고 유가적 주체의 구성과 신이의 문제가 무관하지 않다는 증거가 들어 있다는 것이다.

「만복사저포기」의 양생, 「이생규장전」의 이생은 모두 서생(書生)들이고, 그 점에서는 16세기 작품인 「하생기우전」의 하생도 마찬가지이다. 여기서 서생이란, 이들 작품의 배경이 고려시대로 설정되어 있음에도 불구하고, 유생(儒生)이란 말과 다르지 않다. 낭자들과 시로 교유하는 서생들의 포즈는 전형적인 유가들의 그것이기 때문이다.[35] 말하자면 이들

---

34) 「설공찬전」은 뒷부분이 잘려 있어 이야기가 온전하지 않기 때문에 이 이상의 논리를 전개하기는 어렵게 되어 있다.

소설의 주인공들은 모두 유가적 지향과 세계관을 소지한 인물이라는 것이다.[36] 유생이라는 점에서는 「안생전」의 주인공 안생이 가장 분명하다. 그는 성균관에 이름이 걸린 명문거족 출신의 유생이었다. 그런데 문제는 유가적 주체성을 지닌 인물이라고 해도 좋을 주인공들이 작품 내에서 사건을 만들고 서사를 이끌어 가는 또 다른 주인공인 원귀를 만나면서 그 주체의 표정이 균열을 경험한다는 데 있다.

김시습이 창조한 주인공들은 원귀를 만나 그들과 사랑을 나누면서 원귀들이 표상하는 현실 외부의 세계로 포획되어 들어간다. 「만복사저포기」의 양생은 인연을 맺은 혼령을 위해 재를 지내주고는 지리산으로 들어가 종적을 감추고, 「이생규장전」의 이생은 오랑캐에게 살해당한 아내의 원혼을 만나 원혼과 살다가 유골을 거두어 주고는 두서너 달 만에 병으로 따라 죽는다. 원귀들과의 만남을 통해 주인공들은 모두 그들이 속한 세계, 다시 말해 유가적 질서로 구축된 세계로부터 이탈해 가는 것이다. 김시습 소설의 이런 구조는 신이를 부정하거나 제도 속에 배치(配置)함으로써 세계를 재구축하려 했던 유가의 인식론과 정면으로 배치(背馳)되는 것이다.

현실의 시간으로부터 이탈해 가기는 「안생전」의 주인공 안생 역시 마찬가지이다. 「안생전」은 명문 사대부가의 남성과 정승집 여종이라는 신분차를 넘어선 결연과 정승의 방해로 인한 애정 장애를 서술하는 부분에서는 대단히 사실적인 필치로 그려지다가 아내의 자살 이후 이야기는 전기(傳奇)적 기율을 따라간다. 이런 점에서 「안생전」은 「이생규장전」과

---

35) 양생의 경우 명시적인 신분 지표가 드러나지는 않지만 이생은 분명 국학에 다니는 유생으로 설정되어 있다.

36) 물론 유가적 인물이라고 하더라도 개별적인 취향의 차이가 있을 수 있고 특히 만복사의 福會에 참석하여 부처 앞에 소원을 비는 「만복사저포기」의 양생은 불교적 취향을 지닌 儒者임을 알 수 있다. 이는 현실적으로 조선 초기의 많은 사대부들이 불가적 취향을 가지고 있었고 도첩제가 실시된 성종 이전까지만 해도 사대부들이 공공연히 사찰을 드나들었던 사실과 상통한다.

방사하다. 안생 역시 꿈을 통해, 또는 달밤 행로에서 원귀가 된 아내를 만난 후 "심신이 흐리멍텅하여 바보 같기도 하고 미치광이 같기도 하더니 달포가 지난 뒤에 예로 장사를 지낸 다음 얼마 안가 그도 역시 죽는다."[37] 신이가 부정되고 귀신이 제치되는 것이 아니라 그것이 긍정되고 있다. 초월의 시간이 현실의 시간에 의해 통어되는 것이 아니라 초월적 시간이 현실의 시간을 견인하고 있다. 안생은 자신의 욕망을 이기지 못하여 신분 질서를 위반하고 드디어는 유가적 도덕율을 넘어 괴력난신의 세계로 달아나 버린 문제적 인간이 되는 것이다.

김시습과 성현의 전기(傳奇)는 사랑에 대한 욕망으로 인해 결국은 원귀에 사로잡히는 인간들에 관한 이야기이다. 그러나 여기서 인간은 단지 보편적 인간이 아니다. 이들은 모두 유가적 세계관 내에 거주하는 유생들이다. 이들 전기들은 유생을 주인공으로 내세워 스스로 자신이 속한 세계의 이념을 회의케 하고 당위적 신념을 뒤흔든다. 말하자면 이런 설정을 통해 주인공을 구성하고 있던 유가적 주체에 문제를 제기하는 것이다. 이런 점에서 이들 전기의 귀신이야기들은, 양식의 차이에도 불구하고 앞서 거론한 혹귀담 유형의 문헌설화의 계보를 잇고 있는 작품인 것이다.

그런데 16세기에 창작된 신광한의 전기는 앞 시기의 전기와는 다른 면모를 보여 준다. 「하생기우전」의 주인공 하생 역시 태학에 소속된 유생이다. 한미한 집안 출신인 하생은 뛰어난 능력에도 불구하고 뜻을 이루지 못한 불우한 유생이다. 그런데 이 불우함이 그를 현실의 유가적 규율로부터 이탈하게 만든다. 그는 복사(卜師)를 찾아가고 그 점괘에 따라 귀녀(鬼女)를 만나게 되는 것이다. 귀녀를 만나 정을 나누고 신물(信物)을 받고 신물을 통해 그 부모를 만나 인연을 확인하게 되는 과정은 다 아는 바와 같이 「만복사저포기」와 유사하다. 그런데 문제는 하생과

---

37) 『慵齋叢話』 卷5, 125면.

귀녀와의 만남이 김시습이나 성현의 전기처럼 단지 인연을 확인하고 그 인연으로 인해 주인공이 세상을 등지는 것으로 끝나지 않는다는 점이다. 부친의 악업(惡業)으로 요절한 귀녀는 되살아나고 신분을 내세운 부친의 불허라는 애정장애를 거쳐 결혼에 이른다. 두 부부는 40년을 해로하면서 그토록 대망하던 입신양명을 이루고 복을 누린다.

이렇게 본다면 「하생기우전」에는 신이에 대한 두 방향의 지향이 겹쳐져 있는 것이다. 귀녀와의 만남이나 귀녀가 구사하는 인과응보의 논리는 일찍이 정도전이 「불씨잡변」에서 논박했던 논리를 다시 부정한다. 이 부정 속에는 불교나 무속의 신이에 대한 일정한 긍정이 있다. 그런데 「하생기우전」은 이 긍정을 행복한 결말의 구조를 통해 다시 약화시킨다. 말하자면 현실과의 대결의식을 무디게 하는 것이다. 기존의 현실을 반성하게 하기는커녕 원귀와의 만남을 통해 분열되었던 유가적 주체를 다시 구축하는 작용을 한다. 이런 점에서 「하생기우전」은 앞에서 다룬 문헌설화의 귀신이야기 가운데 축귀담 유형에 상대적으로 가까운 이야기이다. 좀 더 엄밀히 말한다면 귀신에 사로잡혔다가 귀신으로부터 벗어나는 이야기인 것이다. 현실의 질서를 등지고 외부를 추구하다고 현실의 질서 속으로 귀환하는 이야기라고 해도 좋을 것이다. 따라서 「하생기우전」에서 신이는 「만복사저포기」・「이생규장전」・「안생전」의 신이에 비해 탈유가적 문제성이 대단히 약화되어 있는 셈이다.

「만복사저포기」・「이생규장전」・「안생전」과 「하생기우전」의 이런 차이는 작가의식의 차이이면서 동시에 15세기와 16세기 전기의 차이라고 할 수 있을 것이다. 자신이 속해 있던 유가적 세계와 끊임없이 불화한 김시습이 전기 양식을 통해 유가적 주체로부터 이탈하는 주인공과 소설의 구조를 주조했다면 김시습과는 다른 맥락에서 신이의 세계를 포용하는[38] 다소 유연한 유가적 입장을 지니고 있었던 성현 역시 탈유가

---

38) 축귀담과 흑귀담을 동시에 수용하고 있는 『용재총화』는 성현의 포용적인 태도를 잘 보여준다. 또 귀신 문제를 다룬 「神堂退牛說」도 앞뒤에서는 유가의 공식적인 귀신에

적인 소설의 세계를 주조했던 것이다. 이런 결과는 김시습의 이른 바 방외적 성격과 그의 작품과의 관련에 대한 우리의 통념을 건드린다. 방외적 관점에서 보면 지극히 방내적 인물이었음에도 불구하고 어떻게 성현은 「이생규장전」과 방불한 「안생전」을 창작할 수 있었는가 하는 것이다. 이는 방외적 관점 김시습의 전기를 설명하는 그간의 논리로는 해명할 수 없는 부분이다. 오히려 김시습과 성현의 세계관의 차이보다는 15세기의 창작 환경, 다시 말해 성리학적 지도 이념이 유가 지식인들을 강력하게 통어하지 못했던 사림 이전의 정치적 환경이 이들의 방사한 전기의 생산을 가능케 했을 것으로 생각한다. 물론 김시습에 비해 성현의 작가적 자의식이 약한 것은 사실이지만 성현 역시 전기라는 탈유가적 양식을 선택하여 안생의 이야기를 '입전'함으로써 의도하지 않은 가운데 자신이 발 담고 있던 세계에 균열을 빚었던 셈이다.

그런데 16세기의 신광한은 유가적 주체로부터 이탈하려는 주인공을 다시 내부로 포획하는 이야기의 구조와 주인공의 형상을 창안한다. 왜 이런 주인공의 형상이 주조되었을까? 그것은 아마도 신광한의 사림적 지향과 무관하지 않을 것이다. 신광한은 출신성분으로 인해 훈구적인 속성을 지니고 있으면서도 조광조와 함께 도학정치를 실현하려고 했던 사림의 일원이었다.[39] 신광한의 이런 이중적인 처지는 「하생기우전」의 서사 구조와 무관하지 않을 것으로 생각한다. 신광한을 전기 양식으로 이끌고, 「하생기우전」을 통해 귀녀와 하생을 만나게 한 것은 훈구적 문예취향의 결과일 수 있지만 하생을 비현실적 공간에서 구출해낸 것은 신이한 세계와의 동반을 부정하는 사림적 지향이었을 것이다. 이 사림적 지향이 입신양명이라는 주인공의 욕망을 성취시키고 행복한 결말을

대한 태도, 즉 등급에 따른 제사와 음사타파를 말하면서 주된 내용은 祀典에 올라 있지 않은 태백산 산신제를 소개하고 있어 유가의 공식적인 입장은 입으로만 중얼거리는 듯한 느낌을 준다.

39) 윤채근, 『소설적 주체, 그 탄생과 전변』, 월인, 1999, 256면.

창조함으로써 작품의 긴장을 훼손[40]하지만 「하생기우전」은 오히려 이 훼손을 통해 16세기 전기의 창작 환경을 적절히 드러낸다. 그리고 16세기 벽두에 벌어진 「설공찬전」 파동은 유가적 주체에 조응하는 「하생기우전」의 서사 구조를 주조한 이 시기 창작 환경의 조성에 일정한 역할을 수행했을 것이다.

이렇게 본다면 「설공찬전」은 박희병 교수의 언급대로 16세기 문학사의 향방을 결정지은 상징적 의의[41]가 있는 사건이라고 할 수 있을 것이다. 그러나 이 사건은 "고려 후기와 15세기의 전에서는 발견할 수 없었던 전혀 새로운 충동을 전사에 현시"했고 이를 문제시한 사림계 언관들이 주축이 되어 채수를 징계함으로써 "15세기 이래 훈구파 문인들에 의해 발전되어 와 마침내 채수에 이른 소설적 지향에 확호한 제동을 가"[42]했기 때문에 의의가 있는 것이 아니라 전기(傳奇) 양식을 통해 발현되는 신이를 향한 충동이라는 15세기 이전의 문학사적 유산이 이 상징적 필화 사건을 통해 약화되었다는 점에서 의의가 있는 것이다.[43] 귀신을 통해 발휘되는 신이의 탈유가적 문제의식이 16세기 이후의 전기 양식에서 현저히 약화되는 것도 이 때문일 것이다.

---

40) 이렇게 본다면 작품의 구조가 유가적 인식론과 배치될수록, 혹은 신이한 세계와의 접촉을 통해 유가적 주체에 균열을 일으키는 인물 형상을 창조할수록 소설적 긴장과 성취는 높아진다고 해도 좋을 것이다.

41) 박희병, 앞의 책, 121면.

42) 위의 책, 120~121면.

43) 박희병 교수는 『조선 후기 전의 소설적 성향 연구』(성균관대 대동문화연구원, 1993) 에서는 「설공찬전」에 대한 이전의 견해를 수정하여 이 작품이 애초부터 傳奇로 창작된 것이지 傳의 소설적 경사를 보여주는 작품이라고 하기는 어렵다(410면)고 했다. 「설공찬전」은 '전'의 맥락이 아니라 전기 양식사의 맥락에서 봐야 그 문제성이 잘 드러나는 작품이다.

5. 신이의 문학사를 위하여

조선 전기 서사문학사에서 문헌설화와 소설은 공히 귀신을 이야깃거리로 삼고 있다. 이 시기 서사문학사는 귀신이야기로 인해 한층 풍부해졌다고도 할 수 있다. 물론 귀신이야기가 이 시기 서사문학의 주류라고는 할 수 없다. 주류의 문제를 지배적 질서, 지배적 담론의 문제와 연관짓는다면 이 시기의 서사문학의 주류는 인물전이나 역사실기류, 사대부들의 일화였다고 할 수 있을 것이다. 신이한 세계를 드러내고 신이 인식을 표현하는 귀신이야기는 오히려 배척의 대상이었고, 따라서 주변적이고 소수적인 것이었다. 그러나 문제는 소수적인 것이다. 소수적인 것은 그 존재 자체로 인해 세계를 불편하게 만들고 세계를 반성으로 인도한다.

귀신이야기는 그것이 비록 귀신을 부정하기 위한 축귀담 유형의 이야기라고 하더라도, 『태평광기』류의 이야기들에 대한 옹호자들의 발언대로 이야기하기를 통해 어떤 경계와 귀감을 지향하더라도, 그리고 경계와 귀감을 통해 표면적으로는 공식적 이념을 강화하더라도 귀신에 대한 이야기 자체가 이미 유가적 이념을 그 내부에서 취약하게 만들 수 있다. 그러나 귀신이야기 가운데서도 더 문제적인 것은 귀신에게 미혹되는 이야기들이다. 이 혹귀담 유형의 이야기들은 인간을 미혹하는 존재로 여겨진 무속이나 불교의 귀신을 부정하고 그 부정 위에 구축하려고 한 유가적 주체를 정면에서 반박하기 때문이다. 부정할 수 없는 신이계(神異界)의 존재는 신이계를 구축(驅逐)하려는 지배담론에 시비를 건다. 신이계를 주조하는 환상은, 조르주 바타이유의 말처럼 '존재하는 것에 대한 불만족'44)을 드러낸다.

---

44) 로즈메리 잭슨, 서강여성문학연구회 역, 『환상성―전복의 문학』, 문학동네, 2001, 30면.

이런 귀신이야기의 탈유가적 성격은 혹귀담 유형의 문헌설화 위에 지어진 15~16세기의 애정 전기들 속에서 새롭게 부화된다. 그러나 원 귀와의 만남을 다룬 애정 전기들은 16세기 벽두에 벌어진 「설공찬전」 파문이라는 상징적 사건을 겪으면서 사건 이전의 애정 전기들(「만복사저 포기」·「이생규장전」·「안생전」)이 지니고 있던 탈유가적 문제의식을 상당 부분 상실한다. 「하생기운전」이 서사 구조가 그것을 증언한다. 신이계 와의 조우를 통해 현실을 초월하는 형식으로 현실을 반성으로 인도하 는 것이 아니라 신이계와의 조우에도 불구하고 현실로 귀환함으로써 주인공을 신이계로 밀어냈던 부조리한 현실을 추인하고 있는 것이다. 유가적 주체와 길항 관계를 유지하고 있던 전기 양식은 「하생기우전」 에 와서 양식적 정체성을 잃고 유가적 주체의 생산에 복무하게 된다.

이 글은 조선 전기에 유통되고 있던 문헌설화와 전기의 귀신이야기 를 분석 대상으로 삼아 신이 인식과 문학사의 관계를 살핀 것이다. 그 러나 조선 전기 서사문학에서 신이를 표현하는 양식이, 환상계의 의미 를 말하는 양식이 귀신이야기만은 아니다. 몽유록이 있고, 도가계통의 인물전이 있고, 불전에서 온 불교계 서사물, 그리고 신이담·영험담· 신선담·해몽담·풍수담 등의 문헌설화들도 있다. 이 글에서 얻은 결과 를 이 같은 문학 양식들을 통해 재론하고 심화하여 신화적 사유로부터 흘러나온 신이 인식이 우리 문학사에서 어떤 위상을 차지하고 있는지 를 규명하는 작업은 그간의 문학사를 반추하는 의미 있는 과업이 될 것 으로 생각한다.

조선 전기 필기 · 패설 · 전기의 넘나듦

김준형

1. 조선 전기 필기 · 패설 · 전기

초기 서사문학 연구에서 가장 많은 주목을 받은 갈래는 전기문학[1]이라 하겠다. 심지어 15~16세기를 '전기의 시대'로까지 부를 만큼 전기는 초기 서사문학사의 대표적인 문학 갈래로 위치한다. 실제 전기는 이 시기의 중심에 놓아도 좋을 만큼 향유의 폭이 넓었고, 그 역량도 컸다. 그렇다고 해도 이 시기 서사문학사를 전기라는 하나의 잣대로만 파악할 수 있는가? 이 시기에는 전기 외의 다른 문학 갈래는 무시해도 좋을 만큼 그 역량이나 향유의 폭이 좁았는가? 이 글은 이러한 문제제기에서 비롯된다. 그리고 그 중심에 동안 많은 관심을 보이면서도 정작 국문학

---

1) 전기문학은 傳奇 · 志怪 · 傳奇小說을 총칭하는 용어로 사용한다. 이 글에서는 이들
   에 대한 세부적인 갈래 구분이 굳이 필요할 경우를 제외하고는 모두 전기로 쓴다.

연구에서는 전기에 비해 상대적으로 주변부에 놓여 있었던 필기와 패설2)을 주목한다.

언뜻 보면 전기는 필기·패설과 그리 관련이 깊어 보이지 않는다. 그렇지만 다른 한 편으로 보면 필기집이나 패설집에는 전기와 유사한 작품이 다수 수록되어 있다는 점에서 그 관련성을 엿볼 수 있다. 예컨대 서거정(徐居正, 1420~1488)의 『필원잡기(筆苑雜記)』에는 『수이전(殊異傳)』 일문인 「영오세오(迎烏細烏)」가 전재되어 있고, 전기소설로 파악하고자 하는 「안생(安生) 이야기」는 『태평한화골계전(太平閑話滑稽傳)』·『용재총화(慵齋叢話)』·『청파극담(靑坡劇談)』 등에 실려 있으며, 이미 전기소설에 편입시켜 논의되는 「월단단(月團團)」도 천리대본 『태평한화골계전』에 수록되어 있다. 이처럼 서로 무관한 듯한 세 갈래도 일정한 관련을 보인다. 이 점만으로도 전기·필기·패설의 관련성을 살피는 일은 의미 있다 하겠다.

물론 이러한 문제의식 아래 전기의 실체를 밝히고자 한 노력이 없었던 것은 아니다. 이미 여러 연구자에 의해 다양하며 정밀한 성과가 제시되었다.3) 이 글도 선행 연구 성과에 기댄 바 크다. 다만 이 글에서 차이를 두고자 하는 것은 연구의 접근 방향에 있다. 즉 15~16세기 필기와 패설은 단지 전기의 잔존 형태를 확인해 주는 보조적인 역할만을 담당한 것이 아니라, 이 세 갈래가 등가의 가치를 가지면서 존재해 왔다는 점을 전제로 한다. 따라서 이 글 역시 단지 전기의 소원(溯源)을 밝히기 위해 필기와 패설을 보조적으로 이용하는 것이 아니라, 세 갈래를 동등

---

2) 임형택이 「이조 전기의 사대부문학」(『한국문학사의 시각』, 창작과비평사, 1984)에서 필기와 패설을 구분한 이래 명칭에서부터 그 갈래적인 속성을 설명하는 데에 이르기까지 실로 다양한 논의가 이루어져 왔다. 이에 대한 검토는 김준형의 「야담의 문학적 전통과 독자적 갈래로 변전」(『고소설연구』 12, 한국고소설학회, 2001)으로 미룬다. 이 글에서 사용하는 필기와 패설에 대한 개념 역시 이에 준한다.

3) 대표적인 성과로 박희병(『한국 전기소설의 미학』, 돌베개, 1997), 소인호(『한국전기문학연구』, 국학자료원, 1998), 장효현(『한국고전소설사연구』, 고려대 출판부, 2002) 등을 들 수 있다.

한 위치에 놓고 이들이 어떻게 상호 경쟁과 보완을 하며 존재했는가의 일단을 찾는 데에 무게중심을 두게 된다.

그러자면 논의의 출발은 당연히 필기·패설·전기의 개념과 범위, 그리고 그 특징을 밝히는 데에 놓여야 할 것이다. 하지만 이 글에서 이 문제에 대한 세세한 논의를 펼 수는 없다. 이에 대한 논의는 이미 여러 연구자에 의해 다양하게 제시되었지만 아직까지도 합의점을 찾지 못하였는데, 이 글에서 다시금 이들 갈래에 대한 별도의 이론을 제시한다면 자칫 논의의 초점까지 흐려질 수 있기 때문이다. 오히려 '이것은 무슨 갈래로 볼 수 있다'는 선험적인 판단이 아직까지 더 강하게 작용하고 있다면, 지금은 그 판단에 기대는 것도 전혀 무의미하지 않다고 본다. 과학적이며 구체적인 갈래론도 중요하지만, 때로는 문학의 기능이나 미의식에 초점을 두는 연구 방법이 문학이해에 더 효과적일 수 있다고 믿기 때문이다.

필기·패설·전기는 초기 서사문학의 중심에 놓이는데, 이들은 향유 방식도 동일했던 것으로 보인다. 이 점은 세 갈래를 같은 위치에 놓고 파악할 수 있다는 전제이기도 하다. 세 갈래는 모두 성책(成冊)된 하나의 '집(集)'의 형태로 존재하기에, 필기든 패설이든 전기든 간에 이들은 모두 개별 작품 하나가 하나의 텍스트가 되는 것이 아니라, '집'으로 묶인 작품집이 하나의 텍스트가 되는 것이다. 즉 우리가 『필원잡기』와 『태평한화골계전』을 보며 두 작품집의 성향이 다르다고 생각하는 이유는 작품집 안에 수록된 개별 작품 하나하나가 다르기 때문이 아니라, 두 작품'집'의 전체적인 지향점이 다르다는 데에서 비롯된 것이다. 설령 『필원잡기』에 수록된 어느 한 작품이 『태평한화골계전』에 그대로 들어가 있다 해도, 두 작품집은 여전히 다른 갈래로 존재한다. 그것은 작품 하나하나를 따지기보다 작품집의 전체적인 성향을 따르고 있기 때문이다.

물론 전기는 이와 다르다고 볼 수도 있다. 하지만 전기가 독자적으로 향유된 것은 17세기에 와서야 가능했던 것이지,[4] 그 이전에는 전기 역시 '집'의 형태로 향유되었다. 실제 『수이전』・『금오신화』・『기재기이』 등은 모두 집의 형태로 묶여서 존재하고 있었다. 이처럼 세 갈래는 '집'으로 향유되고 있었다는 점에서 동질성을 갖는다.

개별 작품이 아닌 개별 작품을 한데 묶은 작품집이 하나의 텍스트로 설정될 수 있는 이유는 무작위로 아무 이야기나 수록해놓은 듯한 작품 '집'에도 그 안에서는 나름의 질서가 부여되어 있기 때문이다. 각각의 작품은 제멋 대로인 것처럼 보여도, 그를 수록한 작품집 안에서 그 작품이 놓인 자리가 자연스럽게 느껴지는 이유도 여기에 있다. 제 각각인 듯한 작품 역시 그 작품집이 지향하는 갈래적인 속성에서 크게 일탈하지 않았기 때문에 그 작품집 안에서 자연스러울 수 있었던 것이다. 이는 각각의 '집'에는 잡다한 작품이 자유롭게 수용될 수 있는 것처럼 보여도, 실제 그 자유로움에는 일정한 제약이 따랐음을 말한다. 그 제약은 곧 각 갈래가 지향하고 있는 내적인 질서라 하겠는데, 그 질서 안에서 개별 작품은 무한히 자유롭지만, 그 질서를 완전히 깰 만큼의 이질적인 작품은 배제되었던 것이다. 이 때문에 찬자나 독자들은 어떤 한 작품집을 보고 그 갈래적인 속성을 읽어냈던 것이다. 여기에서 '집'을 하나의 텍스트로 설정할 수 있다. '집'에는 잡다한 작품이 무작위로 실린 것처럼 보여도 실제 수록된 작품은 '집'이 지향하는 질서에서 크게 벗어나지 않기 때문이다.

이러한 현상은 곧 동양에서 삶을 인식하는 태도에서 비롯된다. 앤드루 플랙스의 논지를 빌리자면[5] 동양은 서구와 달리 현실세계는 전체 체계의 한 가지 특정 관점이 아니라 오로지 체계 전체를 통해서만 인식

---

4) 17세기 전기소설 역시 다수는 각편이 한데 묶인 집의 형태로 존재하였다. 예컨대 金集 수택본 전기소설집, 국립중앙도서관 소장 『三芳錄』, 이헌홍 교수 소장 전기소설집, 정경주 교수 소장 전기소설집, 김기현 교수 소장 『先賢遺音』, 『花夢集』, 李明善 구장 『古談』, 서강대 소장 『隨記』 등 17세기에 창작되고 향유된 작품집 중 다수는 '집'의 형태를 취한다.
5) 앤드루 플랙스, 「중국서사론」, 『이야기 소설 Novel』, 예문서원, 2001.

이 가능하다는 세계관이 강하다. 하나의 욕망에만 집착하는 것이 아니라, 눈에 보이는 단면들에서도 진실은 존재한다는 사고라고 할 수 있다. 따라서 동양에서의 작가는 눈물과 웃음, 삶과 죽음, 고통과 즐거움, 상승과 하강 등 다양한 삶의 모습을 그린 개별 작품을 포함한 '집'을 보여줌으로써 독자들로 하여금 스스로 자신의 삶을 느끼게 했다. 작품을 통해 유기적인 하나의 세계를 그려내는 것이 아니라, 다양한 사람의 단면을 보여주는 방식을 동양에서는 선호했던 것이다. 이러한 이유로 인해 동양에서는 단일한 하나의 세계를 그려내는 방식보다 다양한 세계를 담고 있는 설화집·단편집과 같은 '집'의 형태를 갖춘 문학 작품이 성행하였다고 할 수 있다.

하지만 '집'이라 하더라도 무작위로 여러 작품을 그 '집'에 한데 담아내지 않았다. 그 미의식의 차이를 적절히 고려하여 '집'으로 수용하였다. 이러한 차이 때문에 이 세 갈래는 서로 달리 존재하고 향유될 수 있었던 것이다. 그렇다면 다시 처음으로 돌아와 필기·패설·전기는 문학의 기능 중 무엇을 지향하며, 또한 그 미의식은 어떠한가를 살펴보자.

문학의 기능에 대해 대다수의 연구자는 교훈성과 오락성으로 양분한다. 이 둘은 불가분의 관계를 맺는 것으로, 어느 한 쪽의 기능만을 전적으로 지향하는 문학은 존재하지 않는다고 해도 과언이 아니다. 교훈성을 강조했다고 해도 그 이면에는 오락적인 기능이 있고, 오락성을 강조했다고 해도 그 이면에는 교훈적인 기능이 녹아 있는 것이다. 따라서 '교훈적이다', 혹은 '오락적이다'라는 언술은 두 기능 중 어느 한 쪽이 더 강함을 말한 것으로 이해해야 할 것이지, 전적으로 그 작품이 교훈적이거나 오락적일 수는 없음을 의미한다. 이러한 점을 고려하더라도 앞서 말한 세 갈래 중 필기는 이 중 교훈적인 측면에 중심이 놓였다면, 전기와 패설은 오락적인 측면에 중심이 놓여 있음은 부정할 수 없다.

교훈적인 측면에 무게를 둔 필기는 지식 전달을 목적으로 하기 때문에 필기집에 수록된 이야기의 지향점 역시 사실의 전달이라든가 박학을 드러내기 위한 재료로 사용되는 경우가 많다. 반면 전기와 패설은 오락성에 초점이 놓인다. 하지만 전기와 패설의 미의식은 상반된 양상을 보인다. 전기는 다분히 비극적인 미의식을 지향한다면, 패설은 그와 달리 희극적인 미의식을 지향한다. 패설은 골계적이며 일회적인 완결미를 보여주는 데 반해, 전기는 전기가 지닌 비극적이고 분열된 세계관을 드러내기 때문에 그 미의식은 전혀 다른 양상을 보였다고 하겠다. 즉 필기는 교훈성에, 패설·전기는 오락성에 중심이 놓이고, 이 중 패설은 골계미에, 전기는 비장미에 그 미의식을 두었던 갈래임을 알 수 있다. 이처럼 필기·패설·전기는 서로 다른 미의식과 지향점을 가지면서 향유되고 존재해 왔다. 이들은 초기 서사문학사에서 이렇게 동시대에 각기 다른 형태로 존재하면서 서로 경쟁하기도 하고 상보하기도 하면서 존재하고 있었던 것이다. 그렇다면 이제 필기·패설·전기의 넘나드는 양상을 살펴보고, 이러한 논의가 초기 서사문학을 이해하는 데에 무슨 의미가 있는가를 고찰해 보기로 하자.

2. 필기·패설·전기의 넘나듦의 양상과 의미

1) 필기·패설·전기의 넘나듦의 양상

(1) 필기와 패설

필기집과 패설집에는 공유되는 이야기가 많다. 자구까지 완전히 동일한 경우는 찾아볼 수 없다 해도 그 내용이 유사한 경우는 다수 존재한다. 예컨대 『태평한화골계전』 8화는 『용재총화』 3권에도 수록되어 있고,6) 『태평한화골계전』198화는 『필원잡기』 2권과 『청파극담』에 실려 있다.7) 이들 작품은 약간의 차이가 있지만 동일한 이야기로 보아도 무방하다. 다만 『태평한화골계전』에 수록된 이야기에는 간혹 웃음을 유발하기 위한 부분적인 과장이 있을 뿐이다. 필기와 패설은 태생부터 넘나듦의 폭이 컸기 때문에 상호 교섭 양상이 그리 큰 문제가 되지 않는다. '집'이 갖는 지향점이 어디에 있는가에 따라 필기와 패설은 차이를 보였던 것이지, 그 '집' 안에서 개별 작품은 갈래가 지닌 내적 질서를 파괴하지 않는 한 자유롭게 넘나들 수 있었기 때문이다.

① 정승 李思哲, 첨추 權枝, 정언 申枰, 첨추 李夏成이 젊었을 때 술병 하나씩 차고 삼각산에 놀러 갔는데, 술을 마실 그릇이 없었다. 마침 권지가 신고 있던 말가죽 신발이 한두 잔을 담아낼 수 있어서 이정승이 선두로 술을 따라 마시니 나머지 사람들도 순서대로 거기에 술을 마셨다. 나중에 이정승이 현달하였을 때 권지에게 말하기를 "오늘 금술잔으로 마시는 술맛이 삼각산에 놀러갔을 때 가죽신 술잔에 마신 술맛만 못하네!"라고 하였다.8)

② 문안공[이사철―필자 주]이 젊었을 때 여러 친구들과 더불어 삼각산 사찰에 술병 하나씩 차고 놀러 갔는데, 술을 마실 그릇이 없었다. 그 때 사문 권지가 새로 만든 말가죽 신발을 신고 있었는데, 문안공이 선두로 술을 따라 마시니 나머지 사람들도 순서대로 술을 따라 마셨다. 그리고는 서로 마주보고 웃으

---

6) 이 이야기는 관찰사가 된 趙云仡이 새벽마다 아미타불을 외웠는데, 하루는 조운흘이 새벽에 자기 이름을 외우는 수령을 보게 된다. 이에 조운흘이 그 이유를 묻자, 그 수령은 '관찰사는 부처가 되기 위해 아미타불을 외우지만, 자신은 관찰사가 되기 위해 조운흘을 외웠다'고 한다는 내용이다.

7) 許誠은 고집이 있어서 청탁이 오면 항상 반대로 결정을 내린다. 그 사연을 안 ―雲 스님은 斷俗寺의 주지가 되고 싶어서 일부러 허성에게 永明寺의 주지를 시켜달라고 한다. 그러자 허성은 그와 반대로 단속사의 주지를 시켰다는 내용이다. 『청파극담』은 『필원잡기』와 다소 차이를 보이는데, 『청파극담』에는 허성에게 청탁을 한 중이 단지 '어떤 중'이며, 가고 싶어 한 절도 단속사가 아닌 '釋王寺'로 되어 있다.

8) 『太平閑話滑稽傳』 79화. "李政丞思哲, 權僉樞枝, 申正言枰, 李僉樞夏成, 少遊三角山, 各佩一壺, 但無飲器. 權穿馬皮套鞋, 可容一二椀. 政丞初酌飲之, 諸君以次皆飲. 後政丞貴顯, 語權曰: '今日金杯味, 甚不如遊山時皮鞋杯也.'"

며 말하기를 "가죽신 술잔은 우리들로부터 고사가 되었으니 또한 좋지 않은
가?"라고 하였다. 훗날 문안공이 현달하였을 때 권지에게 말하기를 "오늘 금술
잔으로 마시는 술맛이 삼각산에 놀러갔을 때 가죽신 술잔에 마신 술맛에 크게
미치지 못하네!"라고 하였다.[9]

두 작품은 내용상 큰 차이가 없다. 다만『필원잡기』에 수록된 이야기
는 이사철(李思哲)의 성품을 말하기 위한 세 개의 삽화 중에 하나로 사용
된 데 반해,『태평한화골계전』에 수록된 이야기는 삽화가 아닌 독립된
하나의 작품으로 존재한다는 차이가 있을 뿐이다.『필원잡기』에서는 한
인물의 성품을 이야기하기 위해 인용문을 보조적으로 사용했고,『태평
한화골계전』에서는 그 삽화 자체가 주는 웃음에 초점을 두었기에 독자
적으로 향유되었던 것이다. 이처럼 필기와 패설은 이야기가 보조적인
역할을 담당하는가, 혹은 독자적으로 존재하는가에 따라 그 성격이 달
라지고 있음을 확인할 수 있다.

그렇지만 보다 중요한 문제는 여기에 있지 않다. 그것은 패설집에 수
록되어 있지 않지만, 패설로 볼 수 있는 작품이 필기집에 버젓이 실리기
도 한다는 점이다. 물론『용재총화』나『청강선생후청쇄어(淸江先生鯠鯖瑣
語)』등처럼 찬자의 갈래 인식 아래 패설류가 한데 묶여 존재하는 것은
큰 문제가 되지 않는다. 성현(成俔, 1439~1504)이나 이제신(李濟臣, 1536~
1583)은 패설만을 별도로 모아서 한 권의 책으로 만들지 않고, 한 책 안
에 패설이라는 소항목을 설정한 것으로 보이기 때문이다. 실제로『청강
선생후청쇄어』에는 '청강선생후청쇄어'에 이어 '청강선생 사제록(淸江先
生 思齊錄)', '청강선생 시화(淸江先生 詩話)', '청강선생 소총(淸江先生 笑叢)'
이라는 항목이 있고, 그 항목 아래에는 그 분류에 맞는 각각의 이야기가
실려 있다.[10] 이는 이제신이 필기와 시화와 패설을 한 권의 책으로 묶었

---

9)『筆苑雜記』1권 65화. "文安之少也, 與諸輩遊三角山僧寺, 各佩壺, 但無飮器. 時權
斯文枝, 穿新製馬皮套鞋, 文安先酌飮之, 諸君以次飮之, 相視大笑曰 : '皮鞋杯自我
作古, 不亦可乎?' 後文安貴顯, 語權曰 : '今日金杯酒味, 大不如遊山時皮鞋杯也.'"

지만, 그래도 갈래 인식은 하고 있었음을 보여준 예라 하겠다. 이처럼 한 작품집에 각각의 갈래에 맞는 소항목을 두고 거기에 한 묶음의 이야기를 싣는 현상은 필기와 패설의 갈래간 넘나듦의 양상으로 보기에는 다소 어려움이 있다. 이는 한 책 안에서의 갈래 분류일 뿐이지, 실제 갈래간 넘나듦의 양상을 보여주는 것은 아니기 때문이다. 정작 중요한 것은 이러한 분류가 없는데도 패설로 볼 수 있는 작품이 필기집 안에 산발적으로 한두 편씩 실리는 경우에 있다.

실제로 1522년 김안로(金安老, 1481~1537)가 지은 『용천담적기(龍泉談寂記)』에 수록된 이야기 중 한두 편은 패설로 볼 가능성이 있다. 예컨대 성격이 엄격한 한 재상이 남도 안찰사로 가게 되었지만 도덕자연하여 기생을 가까이 하지 않기에 한 기생이 이를 미워하여 그 재상을 유혹해 대야에 술을 마시게 한다는 줄거리를 갖춘 작품도 그러하다. 이 이야기는 '기생-사대부 관계담'으로 패설의 전형성을 갖춘 작품으로 분류할 수 있다. 이처럼 패설로 볼 수 있는 작품이 필기집에 수록되는 양상은 『용천담적기』에만 한정되지 않는다. 대부분의 필기집에는 패설로 분류해도 좋을 작품이 적게는 한두 편, 많게는 수십 편이 거의 예외없이 수록되기도 한다.

1525년에 조신(曺伸)이 지은 『소문쇄록(謏聞瑣錄)』도 마찬가지다. 여기에는 강릉에 사는 남자가 너무 못생겨 결국 아내도 얻지 못하고 죽는데, 그 때 그는 자기보다 더 못생긴 사람이 있었다면 자신은 사람의 도리를 알고 죽을 것이라면서 아쉬워한다는 내용의 이야기가 수록되어 있다. 이 역시 패설로 분류할 수 있는 작품이다. 이처럼 필기집에는 패설로 볼 수 있는 작품이 산발적으로 발견된다. 그렇다면 패설로 분류될 수 있는 작품이 어떻게 필기집에 끼어 들어갈 수 있었는가라는 의문이 제기된다. 이 의문은 필기와 패설의 갈래적 특성을 밝히는 계기가 되기도 한다.

---

10) 李濟臣, 『淸江先生鯸鯖瑣語』(『국역 대동야승』 14), 민족문화문고간행회, 1985.

앞서 논의했듯이 필기에는 지적인 요인이 강조된다. 필기의 작가는 실로 박물군자라 불릴 만하다. 필기집은 곧 찬자가 자신의 박식함을 보여주기 위해 저술된 것이기 때문이다. 하지만 패설은 이와 달리 오락적인 기능이 강조된다. 때문에 패설 작품이 갖는 특성도 일회적인 웃음에 초점이 놓인다. 이 점은 중요하다. 필기집에 수록된 패설적인 성향을 갖는 작품이 비록 패설집에 수록된 것과 동일한 내용이라 해도 그 의도는 다를 수 있음을 의미하기 때문이다. 패설에는 단지 한바탕 웃고 끝내기 위한 장치로 한 작품이 선택되었다면, 필기에서는 그 자체를 목적으로 하지 않는다. 필기에 쓰인 우스갯소리 역시 자신의 경험에서 우러나온 박학의 소산으로 이해할 뿐이다.

앞서 언급한 『용천담적기』에 수록된 '기생-사대부 관계담'에는 본 이야기에 이어 지리할 만큼 장황한 논평이 덧붙어 있다.[11] 즉 『용천담적기』의 '기생-사대부 관계담'은 논평을 뒷받침하는 부차적인 요인으로 이해할 것이지, 이야기 그 자체에 초점이 놓인 것이 아님을 알 수 있다. 『소문쇄록』에 수록된 이야기는 논평도 없다는 점에서 『용천담적기』 수재 이야기와 다른 양상을 보인다. 그렇지만 이 이야기가 특이한 인물을 소개하는 작품들 사이에 놓여 있다는 점은 주목을 요한다. 즉 양수척(楊水尺)이 효도를 잘한 이야기, 억울하게 사형을 받은 사람이 자신을 죽이면 하늘에서 변고를 내릴 것이라 하였는데 실제 그러했다는 작품에 이어 이 이야기가 수록되어 있다. 이 이야기 다음에는 결벽증을 가진 비구니 이야기가 소개된다. 이들 모두 특이한 행동을 보인 인물들의 이야기임을 알 수 있다. 즉 조신은 죽을 때까지 숫총각인 상태로 죽은 사람 역시 특이한 행동을 보인 인물로 여겼기에 이 이야기를 특이한 인물들을 소개하는 자리에 끼워 넣었던 것이다. 즉 이 작품 역시 필기 작가의 박식함을 드러내기 위한 장치로 이야기가 사용된 것이지, 일회적

---

11) 논평은 본이야기의 세 배에 가까운 분량을 갖는다.

인 웃음을 드러내기 위한 목적은 아니었다.

이처럼 필기는, 작가의 의도가 일회적인 웃음을 드러내기 위한 패설과 달리 지적 과시를 드러내기 위한 장치로 씌어졌음을 알 수 있다. 동일한 이야기라 하더라도 수록 목적은 일정한 차이가 있었던 것이다. 이 점은 곧 필기집과 패설집에는 공유되는 부분이 있지만, 이 역시 이야기를 통해 드러내고자 했던 궁극적인 목표는 서로 달랐음을 확인할 수 있다.

필기집에 전기로 볼 수 있는 작품이 다수 수록되어 있는 점도 이와 유사한 양상을 보인다. 이제 별도의 항을 설정해 그 양상을 고찰해 보자.

(2) 필기와 전기

필기집에는 패설 성향을 띠는 작품만 수록되어 있지 않다. 일회적인 골계미를 드러내는 데에 초점이 놓인 패설 이외에 다분히 비극적인 정조와 기이함을 기저에 깔고 있는 전기적인 속성을 지닌 작품도 필기집에는 다수 수록되어 있다.

> 다만 『신라수이전』에 이르기를, "동해가에 사람이 있었는데, 남편은 영오라 하고 아내는 세오라 하였다. 하루는 영오가 바닷가에서 해초를 따다가 홀연 표류하여 일본국 작은 섬에 이르러 그 곳 왕이 되었다. 세오는 그의 남편을 찾다가 또한 표류하여 그 나라에 이르니, 영오는 세오를 왕비로 삼았다. 이때 신라에서는 해와 달이 빛을 내지 않았다. 이에 日者가 '영오와 세오는 해와 달의 정령인데, 지금 일본으로 가버린 까닭에 이러한 변괴가 생겼습니다.' 왕이 사신을 보내 두 사람을 데려오게 하였는데, 영오가 이에 말하기를, '내가 이곳에 이른 것도 운명이오'라고 하였다. 그리고 세오가 짠 직물을 사자에게 부치면서 '이것으로 하늘에 제사를 지내도록 하시오'라고 말하였다. 그 비단으로 제사를 지낸 곳을 영일이라 하고 이에 현을 두었으니, 이때는 신라 아달라왕 4년이었다."[12]

---

12) "但新羅殊異傳云 : '東海濱有人, 夫曰迎烏, 妻曰細烏. 一日, 迎烏採藻海濱, 忽漂至

위 이야기는 전대의 지괴·전기집이라 할 수 있는 『수이전』에서 발췌한 것이다. 이 이야기는 『삼국유사』에도 실려 있는데,[13) 내용상 큰 차이가 없다. 다만 『삼국유사』와 자구의 차이를 보인다는 점에서 서거정은 위 이야기를 『삼국유사』가 아닌 『수이전』에서 직접 발췌하여 기록했다고 볼 수 있다.[14) 이처럼 필기집에는 전대의 전기집에서 발췌한 이야기가 수록되기도 하였다.

그렇지만 서거정은 이 이야기를 단지 흥미의 제고를 위해 쓴 것이 아니다. 서거정은 우리나라 사람으로 일본의 왕이 된 자가 있는가를 고증하는 과정에서 일본 대내씨(大內氏)의 기원이 혹 영오와 세오에서 비롯된 것일 수도 있음을 이 이야기를 통해 입증하고자 했을 뿐이다.[15) 이

日本國小島爲王. 細烏尋其夫, 又漂至其國, 立爲妃. 是時新羅日月無光, 日者奏曰: '迎烏細烏, 日月之精, 今去日本, 故有斯怪.' 天遣使, 求二人, 迎烏曰: '我到此天也.' 乃以細烏所織綃, 付送使者曰: '以此祭天可矣.' 遂名祭天所曰迎日, 仍置縣, 是新羅阿達羅四年也."(「延烏郞細烏女」)

13) "第八阿達羅王, 卽位四年丁酉. 東海濱有延烏郞細烏女, 夫婦而居. 一日, 延烏歸海採藻, 忽有一巖, 負歸日本, 國人見之曰: '此非常人也.' 乃立爲王. (按日本帝記, 前後無新羅人爲王者, 此乃邊邑小王而非眞王也.) 細烏怪夫不來, 歸尋之, 見夫脫鞋, 亦上其巖, 巖亦負歸如前. 其國人驚訝, 奏獻於王, 夫婦相會, 立爲貴妃. 是時, 新羅日月無光, 日者奏云: '日月之精, 降在我國, 今去日本, 故致斯怪.' 王遣使來二人, 延烏曰: '我到此國, 天使然也. 今何歸乎? 雖然, 朕之妃有所織細綃, 以此祭天, 可矣.' 仍賜其綃, 使人來奏, 依其言而祭之. 然後, 日月如舊, 藏其綃於御庫, 爲國寶. 名其庫爲貴妃庫, 祭天所名迎日縣, 又都祈野."(「延烏郞細烏女」)

14) 물론 이 이야기가 『수이전』에서 발췌된 것이 분명한가에 대해서는 다시금 문제를 제기할 필요가 있다. 이 이야기는 權文海(1534~1591)가 찬집한 『大東韻府群玉』에도 실려 있다. 『대동운부군옥』에는 이 이야기의 출전을 "遺事"로 쓰고 있다. 권문해는 이 이야기를 『삼국유사』에서 발췌하였다고 말한 것이다. 그렇지만 자구를 대비해보면 권문해가 발췌한 이야기는 오히려 『삼국유사』보다 서거정이 보았다는 『수이전』에 더 가깝다. 이 점은 권문해의 오류인지, 서거정의 오류인지, 혹은 지금은 일실된 전혀 다른 책자가 있었는지 좀 더 따져볼 필요가 있다. 참고로 『대동운부군옥』에 수록된 내용은 다음과 같다. "新羅時, 東海濱, 有二人, 夫曰迎烏郞, 女曰細烏女. 一日, 迎烏採藻海濱, 漂至日本爲王. 細烏尋, 至其國爲妃. 時日月無光, 日者奏云: "迎烏細烏, 日月之精, 今去日本, 故有此怪." 王遣使, 求二人. 迎烏以細烏, 所織綃付之. 使祭天於池上, 日月復光. 名其池曰, 日月池, 遂置縣以迎日爲名."

15) 『태평한화골계전』. "我國人之爲王於日本者, 止此耳. 但未知其說之是非也. 大內之先, 恐或出此"

야기가 지닌 오락적인 요인보다 자신의 논거를 뒷받침하는 자료로 이 작품이 사용된 것이다. 즉 이 이야기는 전기가 오락적인 기능보다 고증을 위한 증거 자료로 쓰였음을 확인케 한다.

그렇지만 필기집에는 어떠한 고증을 위해 전기를 이용하지 않고, 순수하게 전기를 기록한 경우도 있다. 『소문쇄록』에 수록된 다음의 이야기도 그러하다.

> 강릉부에 사는 한 어부가 병을 얻어 항상 '바닷가로 보내달라'고 외치기에 시험삼아 수레에 태워 보내주었다. 그러자 그는 옷을 벗고 물 속으로 들어가더니 곧바로 팔초어가 되었다.[16]

위 이야기는 성격상 지괴(志怪)다. 만약 조신이 이 이야기의 출전을 『수이전』으로 밝혀 놓았다면 의심의 여지없이 전기로 볼 수도 있다. 또한 이 이야기는 「영오세오」처럼 어떠한 사실을 고증하기 위한 것도 아니다. 이야기 자체가 필기집에 덩그러니 놓여 있는 것이다. 그렇다면 이 작품은 어떻게 볼 것인가?

이 물음에 대해 먼저 답할 것은 조신은 이 이야기를 단지 일회적인 기이함, 혹은 흥미만을 위해 싣고 있지 않다는 점이다. 이 역시 앞서 필기집에서 패설 작품을 수록하는 것과 마찬가지로, 찬자 자신의 박학함을 보여주기 위해 기이한 이야기를 '제시'한 것일 뿐이다. 실제로 『소문쇄록』에는 이 이야기에 이어 다음의 이야기가 실려 있다.

> 용강현에 한 어부가 있었는데 고기잡이로 삶을 꾸려갔다. 자못 자손들에게까지 가업으로 두고자 하였다. 나이 아흔이 지나자 자손들을 불러놓고 항상 이르기를 "어찌하여 나를 물가에 두지 아니하느냐? 나는 마음대로 노닐고 싶구나!"라고 하였다. 그 자손들은 늘그막에 생긴 병 때문에 답답하여 그런 것으로

---

16) 『諛聞瑣錄』. "江陵府, 漁夫得病, 常呼往海傍, 試興置之, 脫衣入水, 卽化爲八稍魚."

만 여겨 따르지 아니하였다. 이 말을 하고서도 해를 지내자 어부는 "진실로 내 말을 따르지 않는다 해도 내 곁에 물 한 동이도 두지 않는 것은 무엇 때문이냐"라고 말하였다. 자식이 시험 삼아 그것을 두었더니, 어부는 손과 발을 씻는데 그 기뻐하는 것이 평상시와 달랐다. 이렇듯이 하며 또 해를 지나게 되자 점차 물고기 비늘로 변해 가는 것이었다. 같이 어업을 하던 사람이 그 말을 듣고 황급히 와서 그 이유를 물었다. 그러자 어부는 우러러보며 미소만 지었는데, 그 허리 아래 부분은 이미 농어가 되어 있었다. 몇 달 후 어부가 완전히 물고기로 변하자 그를 바다에 놓아주었다고 한다.[17]

위의 이야기는 앞의 이야기에 살이 붙었지만, 그 내용적인 골간은 동일하다. 즉『소문쇄록』에는 동일한 이야기가 연속해서 수록되어 있는 셈이다. 그렇다면 조신은 왜 동일한 이야기를 반복하여 수록하였는가? 이는 필기의 찬자가 단지 이야기의 내용만을 듣고 끝내려는 것이 아니라, 다양한 종류의 삶의 경험을 보여주려고 했기 때문에 내용상 골간은 동일하지만 세부적인 면에서 차이를 보인 이 작품을 굳이 앞의 이야기에 이어 수록한 것이다.

필기집 찬자는 동일한 유형의 이야기라 하더라도 자신이 보고들은 이야기의 출처가 다를 경우에는 이처럼 한데 싣고 있다. 이는 찬자가 동일한 유형의 이야기라는 것을 몰랐기 때문에 같은 이야기를 굳이 두 번 연속해서 적은 것이 아니라, 출처가 다른 이야기는 별개의 이야기라는 기록자의 입장이 강하게 작용했기 때문에 나타난 현상이다. 필기집에 한 인물에 대한 일화가 두세 개씩 묶여서 나오는 것도 그 인물에 대한 출처가 다양하기 때문에 유사한 내용을 한데 묶었을 가능성도 전혀 배제할 수 없으며, 또한 한 책에 한 인물에 대한 이야기가 산발적으로

---

17)『소문쇄록』. "龍岡縣, 有一海翁, 漁釣爲生, 頗有子孫家業. 年過九十, 常呼子孫云 : '何不置我水傍, 我欲恣意游戱.' 其子以爲老病督悶耳, 不從之. 呼之竟歲, 乃云 : '苟 不從我言, 則何不置一盆水於我傍.' 子試置之. 翁澡洗手足, 其喜異常. 如此又竟歲, 漸化爲魚鱗. 有同業者聞之, 趨往問之, 翁仰視而微笑, 其腰下則鱸魚也. 數月盡化爲 魚, 放之於海云."

여러 편이 수록되는 것도 이러한 이유에서 설명할 수 있다. 이는 찬자가 이야기를 즐긴다는 목적보다는 기록자의 입장에서 이야기를 제시하기 때문에 나타난 한 현상이라 하겠다.

또한 전기적인 색채를 띠는 작품들 중에는 당시에 기이한 이야기로 존재하던 작품을 기록자의 입장에서 수록한 것인지, 혹은 찬자가 지어낸 것인지 분간하기 어려운 작품도 있다. 그렇지만 이러한 점을 감안하더라도 필기집에 수록된 다수의 이야기는 기본적으로 그 당시 널리 향유되던 이야기에 기초하고 있음은 부정할 수 없다. 김안로가 찬집한『용천담적기』수재 다음의 이야기도 그러하다.

①박생이 병에 걸려 10일 만에 숨을 거둠.
②박생은 吏卒들에 끌려가 저승 군왕을 만남.
③박생의 운명이 다하지 않음을 알고 돌려보내려 했으나, 저승에서는 쓸 만한 사람이라 여겨 돌려보내지 말자는 의견이 나옴.
④결국 저승에서 박생을 돌려보내기로 하고, 박생은 되살아남.
⑤박생이 눈을 뜨자 집에서는 자신의 장사를 치르려고 하고 있었음.
⑥박생이 저승에서 들은 말을 전하자 사람들은 미친 사람이라 하였지만, 그 말이 나중에는 사실로 판명됨.

위 이야기를 보면서 「남염부주지(南炎浮洲志)」를 떠올리는 것은 이상한 일이 아니다. 박생이라는 사람의 저승 여행담을 근간으로 했다는 점에서 두 작품은 동일하다. 다만 「남염부주지」가 교술적인 성격을 갖는 의론체의 글이라면, 「박생 이야기」는 다분히 이야기를 전달한다는 입장이 강조되었을 뿐이다. 물론 「박생 이야기」와 「남염부주지」는 직접적인 영향 관계가 없다. 김안로가 쓴 「박생 이야기」는 당시 내의원에서 벼슬을 했던 박세거(朴世擧)의 실제 일을 기록한 것이기 때문이다. 그런데도 마치 「남염부주지」와 「박생 이야기」는 한 뿌리에서 나온 것처럼 유사성을 보인다. 이는 이미 저승 여행을 근간으로 한 이런 유형의 이야기가 널리 향유되었기 때문에 두 이야기는 전혀 다른 이야기인데도 마치 동일한 하나의 사건을 달리 기술한 것처럼 보이는 것이다. 실제 이러한 유형의 이야기는 당시 널리 향유된 것이기 때문에 여러 문인들의 손에 의해 수습되었다. 그렇지만 이야기를 수용하는 태도는 달리 나타난다.

김안로와 김시습만 놓고 보더라도, 김안로는 기이한 한 사건을 기록한다는 입장을 취했다면, 김시습(金時習, 1435~1493)은 하나의 사건 유형에 별도의 목적성을 부여하였음을 엿볼 수 있다. 이 점은 곧 전기와 필기의 갈래 지향적인 차이를 가져오게 하는 한 요인으로 이해할 수 있는 대목이기도 하다.

이처럼 당시 널리 향유되었던 한 이야기라도 필기와 전기의 작자는 서로 다른 시각으로 바라보고 있었음을 확인할 수 있다. 이러한 양상은 곧 당시 유행했던 이야기 유형이 무엇이었고, 이를 각각의 갈래를 향유하는 작가나 찬자는 어떻게 받아들이고 있는가를 이해하는 데에 일정한 도움이 된다.

①강선비가 과거에 실패하여 집으로 돌아오는데 날이 저묾. 이에 불빛이 있는 곳을 찾아감.
②그 곳에는 한 늙은이가 있었는데, 그는 세 아들이 사냥을 하고 돌아올 시간이라며 강선비를 내보냄.
③강선비는 주변 숲 속에 숨어 있다가 장부로 변한 큰 뱀 세 마리가 그 집으로 들어가는 것을 봄,
④늙은이가 세 아들에게 일이 잘 되었는가를 묻자, 막내만 잘 되었다고 함.
⑤막내는 여자의 발뒤꿈치를 물었다고 하자 늙은이는 우리가 다 죽을 일을 했다면서 해독약의 소재를 말함.
⑥강선비가 이 말을 엿듣고 여자의 집에 가서 늙은이가 한 말대로 하여 여인을 치료함.
⑦뒷날 강선비가 늙은이의 집에 가서 보니 네 마리 뱀이 죽어 있었음.
⑧부대 설명.

위의 인용문 역시 『용천담적기』에 실려 있다. 이 작품의 정황은 「호원(虎願)」과 유사하다. 호랑이가 뱀으로 바뀌었고, 내용상 애절한 양상이 거세되었으나 큰 틀은 혹사하다. 이 점에서 이 이야기 유형 역시 당시에는 널리 향유되었던 것으로 짐작할 수 있다. 물론 이 이야기가 당시 전기로 존재했는지 그렇지 않았는지는 알 수 없다. 그렇지만 이 이야기의 미의식이 기이함에 있음은 부정할 수 없다. 그런데도 김안로는 이 이야기를 통해 전기적인 요인을 드러내기보다는 오히려 뱀에게 물렸을 때의 약방문을 소개하는 것에 초점을 둔다. 이야기가 지닌 흥미를 드러내다가도 결국은 다시 '이런 사실이 있었다'라는 정보 제공으로 되돌아가고 있음을 알 수 있다. 김안로 역시 필기가 지닌 '보여주기'의 속성에서 벗어나지 않으려고 했기 때문이다. 기이함 역시 기록해 둘 일이고, 이에 문식을 가미하여 갈래적인 변환을 꾀하지는 않았던 것이다. 이 점은 필기집에는 물론 당시 유행하던 전기 작품의 골격이 실려 있을 수도 있지만, 그 작품을 그대로 수록하기보다는 필기라는 갈래가 지닌 본질까지 왜곡할 만큼 변형을 꾀하지는 않았음을 말하는 것으로 볼 수 있다. 즉 필기와 전기는 갈래간에 넘나듦이 있어도 각각의 갈래가 지향하는 본질은 바뀌지 않은 채 향유되고 있었던 것이다.

이상에서 살펴본 바와 같이 필기집은 다양한 전기 작품과도 넘나듦도 허용하며 존재하고 있었다. 하지만 각각의 갈래가 지닌 기본적인 속성은 기본적으로 지켜졌다. 필기는 지적인 면을 고려하여 작품의 흥미보다는 사실 전달에 초점을 두고 있다면, 전기는 기이함을 소개하는 데에 주어져 있었음을 유추할 수 있었다. 이제 문제는 과연 전혀 이질적으로 보이는 패설과 전기가 어떻게 엇물리고 있는가 하는 점에 있다.

(3) 패설과 전기

전기와 패설은 상반된 미의식을 갖는 갈래다. 전기가 기본적으로 비극적인 정조를 갖는다면 패설은 희극적인 정조를 갖기 때문이다. 두 갈래는 상반된 미의식을 드러내기에, 두 갈래간 넘나듦의 양상도 잘 나타나지 않을 수 있다. 실제 패설집에는 전기 작품으로 볼 수 있는 작품이 극히 적다. 더구나 패설집에는 기존 전기집에서 발췌한 이야기라고 출처를 밝힌 경우도 보이지 않는다. 그렇지만 패설집에 전기적인 색채를 띠는 작품이 전혀 없는 것은 아니다.

> 세상에 전하다. 신라 때 김생이라는 스님이 있었는데, 필법이 천하에 묘하였다. 황룡사의 종 가운데에 또한 김생이란 이름을 가진 자가 있었는데, 명부의 사자가 그 종을 잡아갔다. 그러자 염라대왕이 말하였다. "이 종은 내보내고 승을 잡아오너라." 그래서 스님은 죽고 종은 환생하게 되었다. 종은 자신의 육체에 정신과 혼백을 의탁하려 했지만, 이미 본래의 육체는 썩어 문드러져 있었다. 하지만 스님은 죽은 지 하루밖에 되지 않아 피와 육체가 완전하였기에 그 몸에 의탁하였다. 이로부터 형상과 행동거지는 스님의 모습이지만, 생각이나 언어는 종의 모습이었다.[18]

신라 때의 명필 김생(金生)에 대한 이야기다. 명필 김생이 동명이인인 황룡사의 종 김생과 혼백이 바뀌었다가 환생했다는 줄거리로, 그 정조는 다분히 기이하다. 저승 여행은 전기에서 작품의 소재로 흔히 사용되었는데, 이 작품 역시 저승 여행을 골간으로 하였다는 점에서 그 미의식도 패설보다는 전기에 더 가깝다. 이러한 유형의 이야기는 골계미에 바탕을 두고 인간의 행동을 모방하여 그려내는 패설에서는 좀처럼 보기 어려운 작품이다. 물론 이 이야기에서 골계미를 찾을 수 없는 것은 아니지만, 이 작품은 분열된 세계를 그려낸다는 점에서 패설보다는 전기가 갖는 미감에 더 가까이 가 있다고 할 만하다. 마치 전기를 수용하

---

18) 『太平閑話滑稽傳』 224화. "世傳. 新羅時, 有僧金生, 筆法妙天下. 黃龍寺奴, 亦有名金生者, 冥府使者, 拿寺奴去. 閻王曰: '當還此奴, 拿僧來.' 僧死, 奴生還, 欲托精神魂魄於本身, 則已壞爛矣. 僧死纔一日, 血軀完全, 乃托其中. 自是形骸轉動者僧身, 而意氣言語則寺奴矣."

되, 전기가 갖는 미감을 제거하고 그 자리에 골계미를 집어넣었다는 느낌까지 든다. 이 이야기는 전기에서 보였음직한 세부적인 묘사는 가급적 배제하고 줄거리를 요약하여 내용 전달에 초점을 두었던 것이 아닌가 한다.

이는 패설이 다른 갈래의 작품을 수용하는 태도로 이해할 수 있다. 즉 패설집에서 전기 작품을 수용할 때에는 가급적이면 전기적인 색채를 지우고, 그 자리에 골계미를 집어넣음으로써 전혀 새로운 이야기로 생성되게끔 하였다. 그러니까 패설집에 수록된 전기적인 이야기는 다분히 희화회되어 있거나, 소재적인 차원에서만 다루어질 수밖에 없는 셈이다.

실제 패설집에는 전기와 일정한 관련이 있는 것으로 보이지만, 이야기에서는 단지 소재적인 차원에서만 다루어져서 이야기가 가지고 있었던 본래의 구조조차 찾을 수 없는 경우도 있다. 한 예로『태평한화골계전』124화에는 이야기 중간에 다음과 같은 내용이 있다.

> 도령이 말하기를 "천하에 어찌 말에게 뿔이 있단 말이냐?"라고 했다. 그러자 종이 "궁예왕 때에 말의 머리에 뿔이 났다고 했는데, 이것이 바로 그것입니다"라고 말했다.19)

종의 말 중에 "궁예왕 때 말의 머리에 뿔이 났다"는 기록은 분명히 무슨 전고가 있어서 쓴 것임에 틀림없다. 그리고 당시에는 이에 대한 내용이 비교적 널리 퍼져 있었기에 서거정은 아무런 근거도 제시하지 않고 단지 이야기의 한 예문으로만 사용한 것이다. 궁예왕 때 말머리에 뿔이 났다는 이 이야기가 지닌 미감은 기이함에 있다.

이 이야기는 기이함에 바탕을 두면서 당시 널리 퍼져 있던 이야기의 한 유형이었음을 미루어 짐작할 수 있다. 그렇다면 이 이야기는 당시에

---

19)『太平閑話滑稽傳』124화. "郎曰 : ‘天下安有馬角?’ 奴曰 : ‘弓裔王時, 馬頭生角, 此其物也.’"

향유되던 전기일 가능성도 배제할 수 없다. 당시 향유되던 전기 작품은 사라지고, 그 소재적인 요인만이 패설 작품에 흔적으로 남아 있는 것으로 볼 개연성도 있다. 즉 패설은 당시 향유되던 전기적인 이야기 내용의 일부분만을 차용함으로써 전기가 갖는 미의식조차 골계적인 것으로 바꾸어 놓고 있었음을 짐작케 한다. 그렇다면 패설집에서 전기를 수용하는 데에 이처럼 냉정했던 이유는 어디에 있을까?

단지 소재적인 차원에서만 전기적인 이야기를 수용한 것은 그만한 이유가 있었을 것이다. 그 이유에 대해 먼저 생각해볼 수 있는 것은 이 두 갈래가 당시 문학사에서 맡은 역할이 확연하게 달랐다는 점이다. 초기 서사문학사에서 패설의 기능은 패설이 지닌 골계적이며 일회적인 완결미를 드러내는 데에 있었고, 전기의 기능은 전기가 지닌 비극적이고 분열된 세계관을 드러내는 데에 있었기 때문에 서로 넘나들더라도 그 영향은 매우 적었던 것이라 하겠다. 따라서 패설과 전기에 동시대에 존재했으면서도 갈래간에 넘나듦의 양상이 적을 수밖에 없었던 것은 여기에 있지 않은가 한다.

물론 전기에도 찬자가 의식했든 혹은 의식하지 않았든 간에 패설의 미의식이 수용되기도 한다. 그 양상은 「최치원(崔致遠)」에서 찾을 수 있다. 『태평통재(太平通載)』 수재 「최치원」과 『대동운부군옥(大東韻府群玉)』 수재 「선녀홍대(仙女紅袋)」는 동일하다. 다만 「최치원」에는 수록되어 있는 시가 「선녀홍대」에서는 삭제되는 차이가 있을 뿐이다. 그런데 시 외에 글자의 출입이 한 군데서 보인다.

> 공은 아리따운 글을 보고 자못 기뻐하는 빛이 있었다. 그리고 이내 그 여자의 이름을 물었다. 그러자 그 여자는 '취금'이라 대답하였다. 공은 기뻐하며 그를 희롱하니 취금이 화를 내며 말하였다. "수재께서는 답장을 주심이 합당하오니 공연히 사람에게 폐를 끼치지 마옵소서." 그러자 최치원은 이내 시를 주어 취섬에게 부쳤다.[20]

인용문에서 강조된 부분은 「최치원」에는 보이나, 「선녀홍대」에는 빠져 있다. 「선녀홍대」에는, 최소한 여기까지, 시를 제외하고는 글자의 출입조차 없다. 「선녀홍대」에는 강조된 부분만 빠진 것이다. 그런데 강조된 부분은 전기소설에서 지향하는 진지한(혹은, 무거운, 고독한) 최치원의 인품에 다소 손상이 가는 내용이라는 점이 흥미롭다.

「선녀홍대」는 『해동잡록(海東雜錄)』에도 수록되어 있는데, 역시 이 부분은 배제되어 있다. 이는 「선녀홍대」에서 이 부분을 의도적으로 삭제하였거나, 혹은 「최치원」에서 이 부분을 의도적으로 삽입시켰거나 둘 중에 하나일 가능성이 높다. 두 가능성 중 필사는 후자가 더 타당성을 갖는다고 보지만, 한 쪽 편을 드는 것보다 더 중요한 것은 이처럼 진지한 분위기에서 주동인물의 희극적인 면을 그려낸다는 점이다. 이 자체가 패설의 직접적인 영향으로 볼 수는 없지만, 이야기의 향유 과정에서 찬자가 의도했든, 혹은 의도하지 않았든 간에 최치원을 희화화했다는 점은 전기와 패설의 상호 넘나듦의 양상을 의미한다. 이는 곧 진지한 전기의 세계에도 골계미가 부분적으로 수용되고 있었음을 직접적으로 보여준 좋은 예라 하겠다.[21] 전혀 어울릴 것 같지 않은 전기와 패설 역시 각각의 갈래가 지닌 미의식은 최대한 유지하면서도, 부분적으로 각각의 갈래가 지닌 경계를 넘어서면서 갈래 간에 서로 넘나들면서 상호 보완과 경쟁을 하고 있었던 것이다.

이처럼 패설과 전기는 부분적인 측면에서만 상호간 영향을 미치고 있음을 엿볼 수 있다. 그런데 여기에서 짚고 넘어가야 할 작품이 있다. 그 작품은 「안생 이야기」로, 이는 『용재총화』·『청파극담』·『태평한화골계전』에 수록되어 있다. 필기집과 패설집에 두루 실려 있는 셈이다. 따라서 이 작품은 필기와 패설의 관련 양상을 설명하는 데에 필요한 자료

---

20) 「仙女紅袋」(『大東韻府群玉』). "公旣見芳詞, 頗有喜色. 乃問其女名字, 曰翠襟. 公惶而挑之, 翠襟怒曰: '秀才合與回書, 空欲累人.' 致遠乃作詩, 付翠襟."
21) 이러한 양상은 후대 전기의 통속화를 설명하는 데에 일정한 참고가 될 수도 있겠다.

라 하겠다. 하지만 이 자료를 굳이 패설과 전기라는 항에서 다루는 것은 다수의 연구자가 이 작품을 전기소설로 보려는 경향 때문이다. 그렇지만 이 이야기는 다소 황당하기는 하지만 실재했던 사건으로 보인다. 적어도 실재했다고 믿었던 이야기다. 『청파극담』을 통해 보면 안생은 안륜(安檜)이며, 안륜과 사랑을 나눈 계집종은 곧 하성부원군(河城府院君) 정현조(鄭顯祖)의 비자(婢子)였음을 확인할 수 있기 때문이다. 따라서 이 작품은 전대부터 전해오던 이야기가 아니라, 그 당시에 만들어지고 널리 향유되었던 실사(實事)인 셈이다.

그런데 이 작품을 굳이 전기소설로 보고자 하는 것은 이 작품이 17세기에 널리 향유된 애정 전기소설에 지극히 가깝기 때문으로 보인다. 신분의 벽을 초월한 사랑 이야기는 17세기 애정 전기의 주요 소재이기 때문에, 이러한 내용을 담고 있는 「안생 이야기」를 전기소설로 보고자 했던 것이다. 하지만 이 작품은 적어도 15~16세기에는 기이한 일이 아닌 주변에서 벌어진 일상을 기록했던 것이다. 실제로 『청파극담』의 찬자 이육(李陸, 1438~1498)은 이 이야기를 실은 다음 안륜의 표형제(表兄弟)인 김세자(金細子)가 자신의 친구인데, 자신은 이 이야기를 김세자에게서 들었다는 이야기의 출처와 함께 비자의 열(烈)이 옛사람보다 빼어나다는 논평을 덧붙이고 있다. 이 이야기를 통해 기이함을 느낀다기보다는 오히려 사실을 기록하려는 의도가 강했음을 알 수 있다. 그리고 『태평한화골계전』에서는 이 일을 가소로운 일이라고 여겼기에 하나의 작품으로 수록하였을 개연성이 높다. 즉 이 작품은 실사로, 17세기 전기 소설의 형성 과정에 일정한 영향을 주었을 수는 있지만, 이 자체가 당시에 전기로 인정받았던 작품은 아니었다. 오히려 「안생 이야기」는 앞 절에서 논의된 『용천담적기』 수재 「강선비 이야기」와 궤를 같이하는 작품으로 보는 것이 타당성을 갖는다고 하겠다.

이상에서 살펴보았듯이 패설과 전기의 관련 양상은 부분적인 요인에서만 그 넘나듦이 허용되었음을 알 수 있다. 전기 작가는 작품에서 분열된 자아의 문제를 작품 안에 들여보내지만 그 문제가 해결되지 않는 반면, 패설 찬자는 모든 문제를 작품 안에서 완전히 해결한다. 전기 작가는 자신의 문제점을 밖으로 드러내 보이려는 데에 초점을 두었다면, 패설의 찬자는 문제를 안으로 끌어들이려고 했음을 짐작할 수 있다. 따라서 전기는 작품을 읽은 다음에 심각한 문제점이 남게 되지만, 패설은 한 바탕 웃고 나면 모든 문제가 해소된다. 이처럼 각각의 갈래는 각기 지향하는 역할이 있었던 것이다. 조선 초기에는 분열과 갈등의 양상을 보여주는 갈래인 전기가 이미 존재하고 있었기에 패설집에서는 세계와 대치하며 심각한 문제점을 드러낸 작품을 가급적 수용하지 않았던 것이다.

초기 서사문학사에서 패설과 전기 간에 넘나듦은 일반적이지 않았다. 패설은 자신이 지닌 미의식을 충분히 활용하였고, 그 미의식에서 벗어나려 하지 않았기 때문에 굳이 다른 미의식을 갖는 전기와 갈래 교섭을 할 하등의 이유가 없었기 때문이다. 패설은 독자적인 미의식을 유지하면서 향유되었을 뿐, 그와 다른 미의식을 가진 갈래와는 일정한 거리를 두었음을 확인할 수 있다.

2) 필기 · 패설 · 전기의 넘나듦의 의미

앞 장에서는 초기 서사문학사에서 필기 · 패설 · 전기가 상호 넘나들면서 존재하는 양상에 대해 고찰하였다. 이를 통해 각각의 갈래는 서로 넘나드는 양상을 보이지만, 실제로는 각각의 갈래가 지닌 본원적인 특성을 유지하면서 다른 갈래와 상호 교섭하고 있음을 확인할 수 있었다. 그렇다면 이제 한 가지 질문을 다시 던져야 한다. 그것은 곧 초기 서사문학사에서 갈래의 넘나드는 양상이 무슨 의미가 있는가 하는 점이다.

이 물음에 답을 하기 위해 전제되어야 할 요소가 있다. 그것은 곧 15~16세기에는 필기집 · 패설집 · 전기집이 얼마큼 많은 독자를 확보하고 있었는가 하는 점이다. 채수(蔡壽)의 「설공찬전(薛公瓚傳)」과 같은 작품이 "언문으로 번역되어 여항에 전파되어 민중을·미혹시켰다"고[22] 하는 것을 보면 이들 작품도 널리 읽혔을 듯도 하다. 하지만 이들이 널리 읽혔다는 기록은 찾기가 어렵다. 오히려 이와 전혀 다른 기록만이 더러 보인다.

　우리나라 전적으로 볼만한 것은 드물어 겨우 몇 개 있는데, 전해진 지도 오래되지 않았다. 지금 전해지는 고려조의 소설로는 오직 이인로의 『파한집』, 최자의 『보한집』, 익재의 『역옹패설』이 있을 뿐이다. 또한 있지만 전해지지 않아서 후생들이 얻어볼 수 없는 것인가? 가히 한탄스러울 뿐이다.[23]

　추강 남효온의 「육신전」은 세상에 전해진 것이 드물기에 본 사람이 또한 많지 않다.[24]

위의 기록을 보면 필기집·패설집·전기집의 독자는 그리 많았던 것으로 보이지 않는다. 이보다 후대의 기록이기는 하지만 다음의 기록도 이를 뒷받침한다.

　홍치 연간에 송세림은 문장으로 이름이 났다. 병으로 인해 고향에 물러가서 『어면순』한 권을 지었는데, 모두가 시골의 우스갯말이다. 가정 연간에 그의 아우 세형이 芸閣의 提調로 있으면서 사사로이 몇 권을 인간하였는데, 이렇게 함으로써 영원히 없어지지 않기를 도모한 것이다. 지금 세속에서는 남을 속이고 미혹케 하는 사람이나 남을 농락하고 맹랑한 자를 일러 禦眠睡라고 부르는데, 나는 어면수 세 글자를 방언으로만 알았지 그 근원은 알지 못했다. 지금 송세림의 소설로 미루어 보니 그것이 세속에서 말하는 어면수의 근원으로, 睡는 楯이 와전된 것임을 알겠다.[25]

---

22) 『중종실록』 권12, 1511년 9월 2일(을묘)조.
23) 『謏聞瑣錄』. "吾東方罕有, 而僅有著, 載傳之不遠. 今存麗代之小說, 唯李仁老破閑集, 崔滋補閑集, 益齋櫟翁稗說而已. 抑有之, 而不傳播, 使後生未得見耶, 是家嘆已."
24) 『遣閑雜錄』 71화. "南秋江孝溫六臣傳, 罕傳於世, 人之見者, 亦不多矣."

유만주(兪晩柱, 1755~1788)의 『흠영(欽英)』에 씌인 기록이다. 『어면순(禦
眠楯)』은 송세림(宋世琳, 1479~1519)의 동생인 송세행(宋世珩)이 예각(芸閣)
의 제조(提調)로 있을 때에 목활자로 인간된 패설집이다. 그렇지만 이 책
은 널리 읽히지 않았다. 극히 소수의 집단에서만 읽혔던 것이다. 더욱이
발행 부수도 적었다는 점은 그만큼 독자가 한정적일 수밖에 없었음을
의미한다. 앞서의 기록이나 이런 기록들을 볼 때 15~16세기에는 인간
된 책도 적었을 뿐만 아니라, 그 독자도 지극히 제한적이었음을 짐작할
수 있다.

그렇다면 지극히 제한적으로 읽힌 그 책을 향유했던 사람은 누구인
가? 이미 여러 논자에 의해 밝혀진 바지만, 이러한 갈래의 작품은 대부
분이 인척으로 묶여진 동호인적 그룹 안에서 향유되었다.26) 『촌중비어
(村中鄙語)』와 「설공찬전」의 작가인 채수는 서거정이나 성현과 친밀한
교유 관계를 가졌을 뿐 아니라, 그의 사위는 『용천담적기』를 쓴 김안로
와 『음애일기(陰崖日記)』를 쓴 이자(李耔, 1480~1533)라는 점이라든가, 성현
과 이륙이 사돈이라는 점도 그 한 예라 하겠다. 때문에 이들 중 누가 책
을 저작한다면 그 독자 역시 그 그룹에 한정될 수밖에 없었다. 독자가
제한적임을 알 수 있다. 따라서 이들은 하나의 문학이 지향하는 성향에
맞게 각각의 이야기를 한데 묶어 동호인들에게 보였던 것으로 볼 수 있
다. 때문에 그들의 저작한 문학 갈래 역시 무질서한 듯하면서도 동일한
지향점을 갖는 작품이 한데 묶였고, 다른 지향을 보인 작품은 다른 책
으로 한데 묶었던 것이다. 이 때문에 패설은 패설이 지닌 독자적인 갈
래로 존재하였고, 필기는 필기가 지닌 특성에 맞는 갈래로 존재하고, 전
기도 그에 맞춰 존재할 수 있었던 것이다. 그렇지만 찬자의 성향에 따

---

25) 兪晩柱, 『欽英』 5(서울대 규장각, 1997, 527면). "弘治間, 宋世琳, 頗以文墨稱. 因病
退居于鄕, 著禦眠楯一卷, 盖村野戲談. 嘉靖辛亥, 其季世珩, 提調芸閣, 私印若干件,
盖欲以此, 圖不朽也. 今俗每稱譎詐欺誑人籠絡孟浪者, 爲禦眠睡. 禦眠睡三字, 余亦
認爲方言, 而不知其源. 今以宋氏小說推之, 是其俗說之源, 而睡乃楯字之訛也."
26) 소인호, 『한국전기문학연구』, 국학자료원, 1998, 132~140면.

라 부분적으로는 그 지향과 다른 작품이 수록될 수 있었던 것이다. 그런데도 각자의 갈래가 지닌 본질적인 미의식은 바뀌지 않았다. 그것은 곧 각자의 갈래가 지닌 내적 질서를 중심축에 두면서 그 범위를 벗어나지 않는 범위 내에서 충분히 자유로울 수 있도록 엮었기 때문이다.

초기 패설집·패설집·전기집에 다양한 갈래가 넘나드는 양상도 여기에서 설명이 가능하다. 이들은 향유층이 같았기 때문에 각각의 갈래가 지닌 미감을 충분히 즐겼다고 하겠다. 그 과정에서 그 갈래와 전혀 상관이 없는 작품이 별도로 존재할 수도 있었던 것이다. 천리대본『태평한화골계전』은 패설집인데 이 책에 「월단단」이 후대에 덧붙여진 것이나,27) 『묵재일기(默齋日記)』 배면에 「설공찬전」이나 「주생전(周生傳)」이 쓰인 것이나, 유재영 복사본『어면순』 후미에 「위경천전(韋敬天傳)」으로 알려진 「위생전(韋生傳)」이 붙어 있는 것28)은 이들 작품을 향유했던 독자층이 일치했기 때문에 같은 책에 한두 편의 이야기를 작품 후미나 배면 등에 기록해 놓았던 것이다. 패설과 전기는 상호 어울릴 것 같지 않지만, 같은 계층에서 향유되었기 때문에 한 책에 같이 묶여 전해질 수 있었던 것이라 하겠다.

이 점은 또한 필기·패설·전기는 각자의 갈래가 지닌 미의식을 드

---

27) 천리대본은 서거정이『태평한화골계전』을 찬술한 때와 비교적 시간적인 거리를 두고 필사된 것이다. 그 한 예로『태평한화골계전』 1권 43화는 "근래에 김씨 성을 가진 사람이 있었는데[近有金姓者]"라는 대목으로 시작한다. 이는 김씨 성을 가진 사람은 서거정이 살았던 시기와 그리 멀리 않은 시기임을 밝힌다. 그러나 천리대본은 여기에서 '근래(近)'가 배제되고 있다. 천리대본이 비교적 후대에 필사되었기 때문에 '근래(近)'를 쓸 수 없었던 것이다. 이처럼 '근래(近)'가 나오면 천리대본은 그 부분을 배제한다. 특히 2권 12화는 '근래(近)'를 배제하고 있을 뿐만 아니라, 세 개의 삽화 중 하나의 삽화만을 수록하고 있다. 이외에도 여러 군데서 천리대본을 善本으로 볼 수 없는 부분이 허다하게 보인다. 따라서 「월단단」 역시 후대에 첨가된 이야기로 보는 것이 타당하다.

28) 이 책은 패설류를 비롯하여 「嘆窮文」 등 다양한 작품이 수록되어 있다. 이 책에 수록된 패설류 역시 아직까지 확인되지 않은 이야기다. 따라서 이 책은 송세림이 지은『어면순』과 일정한 차이가 있다. 「위생전」의 후반부는 「운영전」을 전사하였다.

러내는 데에 초점을 두었을 개연성이 높다. 각각의 갈래는 별도의 미감을 가지고 있기 때문에 그들이 창작하고 향유하는 작품들 역시 비교적 철저하게 갈래 분할에 따른 역할을 담당한 것이다. 즉 필기는 지적인 면을 드러내는 데에, 패설은 골계미를 드러내는 데에, 전기는 비극미를 드러내는 데에 각각의 갈래는 소용되고 있었던 것이다. 따라서 필기에서는 기록자의 입장이 강하게 드러나고, 패설에서는 완결된 세계의 모습이, 전기에서는 패설과 달리 분열된 세계의 양상을 잘 드러내게 된 것이다. 이처럼 이들 갈래는 당시 서로 경쟁하기도 하고, 상보하기도 하면서 존재했던 것이다. 상호 견제와 균형 속에 각각의 갈래는 각자 맡은 바 소임을 다하면서 향유되어 왔던 것이라 하겠다.

3. 단편 서사류의 장르 교섭을 위한 제언

이 글은 조선조 초기 서사문학사에서 필기·패설·전기가 어떻게 존재하고 있는가를 거시적으로 밝히기 위해 씌어졌다. 이들 세 갈래는 초기 서사문학을 대표하는 갈래지만, 아직까지 전기를 제외하고는 그리 큰 주목을 받지 못하였다. 때문에 초기 서사문학은 전기가 줄곧 담당해 온 것처럼 인식되었던 것도 사실이다. 하지만 실제 그러했는가에 대한 근원적인 물음이 필요했다. 이에 따라 이 글에서는 이들 세 갈래를 등가적인 가치를 가진 것으로 인식하고, 그에 따라 상호간에 넘나듦의 양상을 밝혀 각각의 갈래가 지향하는 세계와 의미를 파악한 것이다. 물론 아직까지는 필기와 패설이 갈래가 아니라는 주장도 강하고, 개별 작품이 아닌 '집(集)'이 과연 하나의 텍스트로 인식될 수 있는가에 대한 반론도 있다. 잡동사니를 한데 묶어놓은 작품집에 무슨 질서가 있으며, 그렇기 때문에 어떻게 작품집을 하나의 갈래로 인식될 수 있는가라고 이야기할 수도 있다. 부분들의 집합체, 그 부분은 너무 많다. 하지만 그 부분이 무한히 많은 변수를 갖는 것이 아니라, 상호 연관된 운동을 하고 있다면 이들 역시 하나가 아닌가 하는 생각을 하게 된다. 이 점에서 필기와 패설과 전기의 관련성을 살피는 일은 일정한 의의가 있지 않은가 한다.

이 글에서는 이에 따라 초기 서사문학에서 필기와 패설, 필기와 전기, 패설과 전기라는 세 항목을 설정하여 상호간에 넘나듦의 양상이 어떠한가에 대해 고찰하였다. 그 결과 필기는 지적인 면을 강조하는 데에, 패설은 골계미를 드러내는 데에, 전기는 기이함과 분열된 세계를 드러내는 데에 놓여 있는 갈래임을 확인하였다. 이는 당시 서사문학을 향유하던 사람들이 이들 갈래가 지닌 독자적인 미의식을 십분 만끽하면서 문학을 향유하고 있었음을 짐작케 한다. 즉 골계미에 관심이 있다면 패설 작품을 읽었고, 좀 더 박학한 지식을 습득하기 위해서는 필기를 읽는 등 독서의 폭이 그만큼 자유로울 수 있었던 것이다. 또한 이들은 동일한 집단에 속한 인물들이기 때문에 그들이 읽는 작품 중에 흥미로운 작품이 있지만, 별도로 책으로 만들지 못하는 경우가 있을 수 있다. 그래서 이들은 책의 후미나 배면에 기록을 남기기도 했던 것이다. 다양한 작품들이 후미나 배면에 별도로 존재하는 것은 이러한 이유에서 비롯된 것이다.

이 글은 큰 틀에서 필기와 패설과 전기가 상호 넘나드는 양상을 살핀 것으로, 이들에 대한 구체적이고 미시적인 접근이 요청된다. 예외로 처리될 작품도 있을 수 있고, 보다 구체적인 설명이 요구되는 작품도 없지 않다. 이 점에 대해서는 좀 더 시간을 두고 고찰해야 할 숙제로 남겨둔다.

중국소설의 국내 유입과 향유 양상

윤세순

1. 고전소설에서 중국소설의 영향

　　고전소설사에서 우리나라에 유입된 중국소설들을 예의 주시하는 것
은 중국을 중심으로 형성되었던 동아시아 공동의 문화적 패러다임을
간과할 수 없기 때문이다. 나말여초(羅末麗初)에 전기소설(傳奇小說)들이
창작되었을 때, 중국 당나라에서도 전기소설이 유행하고 있었다. 물론
이 시기에 우리나라에서 전기소설들이 창작될 수 있었던 사회적 분위
기와 문화적 수준이 형성되어 있었다고 하지만, 당대(唐代) 전기의 영향
이 직·간접적으로 있었음은 부인할 수 없는 사실이다. 이렇게 소설의
발생초기단계부터 우리 고전소설은 중국의 소설과 일정 정도 관련성을
띠면서 형성 발전되어 왔다.

　　그런데 중국에서는 원말명초(元末明初), 즉 14세기 중·후반부터 소설

들이 본격적으로 창작되어 성행하기 시작하였다. 이런 중국소설들은 이조 체제가 확립된 이후, 그리고 대명무역 체계가 공무역에서 사무역으로 전환되어 가던 16세기 전반 이후의 시기에 차츰차츰 조선사회로 유입되어 하나의 독서물로 자리 잡아 나아갔던바, 폭넓은 독자층을 형성하여 우리의 고전소설이 발전할 수 있는 환경을 조성하는데 상당히 기여하였던 것으로 보여 진다. 때문에 16세기 무렵 중국소설의 유입과 그것의 향유 양상에 대해 관심을 기울여 고찰해 본다면, 16세기 당시의 소설 환경을 새롭고도 심도 있게 그려낼 수 있을 것으로 기대된다.

이 과제를 수행하기 위해 먼저 중국소설의 유입 배경에 대해 검토해 볼 것이다. 여기서 필자는 중국 명대(明代) 소설의 흥성과 16세기 서책 무역의 변화 양상, 그리고 조선사회 내부의 소설적 욕구와 필요성을 통해 중국소설의 유입 배경을 고찰할 것이다. 그 다음에는 국내에 유입된 중국소설의 향유 양상을 파악해 가면서 그 의미에 대해 고심해 보려고 한다.

2. 중국소설의 유입 배경

1) 중국 명대 소설의 흥성

명대 전기[1]에 연의류(演義類) 소설 중에서도 가장 빼어나고 영향력이 컸던 『삼국지연의(三國志演義)』가 창작되면서 중국 고전장편소설의 길이 열려졌고, 또 『수호전(水滸傳)』이 창작되어 이후 영웅전기소설이 번창하

---

1) 명대 초기는 대략 洪武 연간에서 天順 연간까지(1368~1464)의 약100년 간을 가리킨다.

는 시발점이 마련되기도 하였다. 즉 『삼국지연의』와 『수호전』은 16세기 이전이 이미 창작되었던 것이다. 14세기부터는 당대(唐代) 전기소설의 전통을 이은 문언소설(文言小說)도 부흥하기 시작하여 구우(瞿佑, 1341~1417)의 『전등신화(剪燈新話)』, 이정(李禎, 1376~1452)의 『전등여화(剪燈餘話)』, 『화영집(花影集)』 등의 전기소설집이 나왔다.

일반적으로 중국문학사에서 명대 중기에는 도시를 중심으로 상품화폐 경제가 발전되면서 인쇄술이 발달되어 소설 창작이 가속화되는 계기가 되었다고 한다.2) 이 시기에 출현한 장편소설 『서유기(西遊記)』는 민중창작과 문인창작이 결합된 전형을 보여주는 작품으로, 신이한 소재의 소설에 관심을 불러일으켰으며, 이후 신마지괴소설(神魔志怪小說) 창작에 커다란 영향을 끼쳤다.

명대 말기 즉 만력(萬曆, 1573~1620) 이후의 시기에는 가정(嘉靖) 시기부터 발전하기 시작한 소설과 희곡이 많이 창작되었고 소설의 소재도 비교적 넓어져, 정통적인 시문이론도 확연히 변화되어 갔다. 이 시기에는 상공업의 발달로 한층 성장한 도시의 시민계급이 확실한 독자로 자리잡으면서 통속소설이 발전할 수 있는 기회를 얻게 되었다. 풍몽룡(馮夢龍, 1574~1645)은 『삼언(三言)』을 편찬하였고, 능몽초(凌濛初)는 『삼언』의 영향으로 『이박(二拍)』을 창작하였다. 또한 『금병매(金瓶梅)』가 창작되어 인정소설(人情小說) 창작의 문을 열었는데, 명말청초(明末淸初)의 재자가인소설(才子佳人小說)은 바로 이 계열의 소설이라 할 수 있다.3)

이처럼 16세기 전후 중국에서는 소설이 상품화폐 경제와 인쇄술의 발전이라는 흐름을 타고 대중의 사랑을 받는 독서물로 자리를 굳히게 되었던 것이다. 중국 고전소설의 백미로 일컬어지는 사대기서(四大奇書)가

---

2) 인쇄술은 전파하는 방식을 바꾸어 놓아 소설, 희곡, 기타 통속문학의 번성과 확대에 유리한 조건을 만들어 주었다.

3) 명대 소설문학에 대해서는 『중국 소설문학의 이해』(중국소설연구회 편, 학고방)와 『中國明代文學史』(趙景雲·何賢鐸, 『中國全史』 79)를 읽고 필자가 나름대로 정리한 것이다.

완성되어 여항간에서 널리 읽혀졌던 시기도 바로 16세기이다. 16세기 중국 도심을 중심으로 흥성하였던 중국소설들이 소설적 욕구와 필요성이 고개를 들기 시작하던 당시 조선으로 유입되는 것은 시간문제였다.

2) 서책 무역의 변화

유교를 국가 이념으로 채택한 조선은 이상적인 유교 국가의 기틀을 확립하기 위해 국초부터 유교의 종주국인 중국 명나라로부터 유교와 관련된 문화를 받아들이려고 부단히 애썼다. 더군다나 동아시아 문화의 중심에 있었던 명나라의 다양한 문물을 눈여겨보고 배우는 것이 필요하였다. 이러한 조선의 명나라 문물에 대한 학습은 국초부터 진행된 중국 서적 수입에서 단적으로 드러난다.4) 문헌 기록을 살펴볼 것 같으면, 조선 전기[국초부터 15세기까지]에 중국에서 입수된 서적은 거의 대부분이 유교 국가의 초석을 다지기 위해 필요한 것들이었다. 태종 3년에는 『대학연의(大學衍義)』·『춘추회통(春秋會通)』·『진서산독서기(眞西山讀書記)』·『주자성서(朱子成書)』·『원사(元史)』·『십팔사략(十八史略)』 등이 들어왔고,5) 태종 6년에는 『통감강목(通鑑綱目)』·『사서연의(四書衍義)』·『고금열녀전(古今烈女傳)』 등이 들어왔다.6) 또 세종 8년에는 『사서오경대전(四書五經大全)』 120책과 『통감강목(通鑑綱目)』 14책이 들어왔다. 세종 17년에는 형조참판 남지(南智)를 성절사(聖節使)로 임명하여 북경으로 보내면서 호삼성(胡三省) 편찬의 『음주자치통감(音註資治通鑑)』, 조완벽(趙完璧)의 『원위(源委)』, 김리상(金履祥)의 『통감전편(通鑑前編)』, 진경(陳桱)의 『역대필기(歷代筆記)』, 원(元)나라 승상 탈탈(脫脫)이 찬집한 『송사(宋史)』·『국

---

4) 이존희, 「朝鮮前期의 對明 書冊貿易」, 『진단학보』 44집, 진단학회, 1976.
5) 『태종실록』 권6, 3년 10월 신미조.
6) 『태종실록』 권12, 6년 12월 정미조.

어(國語)』등의 서책을 구해 올 것을 명하고 있기도 하다.[7] 또 세종은 고신안(高伸安)의 진언에 따라 서운관(書雲館) 소장 지리서의 부족을 보충하고자 북경사신을 통해 지리제서(地理諸書)를 구입해 오도록 하였다.[8]

이러한 중국 서적들은 모두 사신의 왕래를 통한 공무역으로 입수되었다. 즉 조선측의 요구에 의해서 중국측이 보내주는 것이 거의 전부였던 것이다. 공무역만이 존재하였고, 국가기반의 확립에 필요한 서적의 수입이 급선무였던 조선 전기의 상황에서 당시 중국에서 성행하였던 소설들이 조선에 유입된다는 것은 쉽지 않았을 것이다. 물론 김시습의 「제전등신화후(題剪燈新話後)」를 통해 15세기에 『전등신화』가 이미 국내에 유입되었음을 확인할 수 있지만, 이는 아주 예외적인 일이었을 것이다.

16세기 들어서도 국가적 차원의 서책 무역은 여전히 진행되었다. 중종은, 서책은 국가지보(國家之寶)이므로 무역하지 않을 수 없다고 하여 서적무역에 적극성을 보였다. 김안국(金安國, 1478~1543)의 『모재집(慕齋集)』을 보면, 중국에서 들여온 『여씨독서경(呂氏讀書經)』·『고문관건(古文關鍵)』·『황극경세서설(皇極經世書說)』·『역경집설(易經集說)』·『지재집(止齋集)』·『상산집(象山集)』·『고문원(古文苑)』·『산해관지(山海關志)』·『안씨가훈(顔氏家訓)』 등이 인반(印頒)되었음을 확인할 수 있다.[9] 또 명종 9년에도 예조에서 영평부(永平府) 곽경가(郭經家) 소장의 서책을 무역해 들여오라고 하고 있는데, 한편으로 곽가 소장본이 아니더라도 북경 일대에서 널리 구입할 수 있을 것이라고 하면서[10] 서책입수의 다른 길을 모색하고 있다. 서책 입수가 다양한 경로를 통해 이루어질수록 서책 무역의 책임을 맡고 있었던 역관들이 소설을 접할 기회가 많아졌을 것이다. 중국 대도시를 중심으로 확실한 독서물로 자리 매김한 소설이 역관들의

---

7) 『세종실록』 권69, 17년 8월 계해조.
8) 『세종실록』 권51, 13년 정월 정축조.
9) 金安國, 『慕齋集』 권9, 「赴京使臣收買書冊印頒議」(『한국문집총간』 20, 174~176면).
10) 『명종실록』 권17, 9년 7월 경술조

눈에 띄지 않았을 리 만무하다.

한편 공무역 차원의 서책 무역을 역관에게 일임하는 것이 한계를 드러내자, 중종 때에는 전문가인 삼학관원(三學館員) 중 한 사람을 대동시키게 하고 있다.[11] 이때 서책 무역의 임무를 띠고 북경에 간 삼학관원이 자신의 직책을 이용하여 개인적으로 몇 권의 책을 구입했을 가능성도 배제할 수 없다. 게다가 구입해 들인 책 가운데 소설류가 있었을 것이라는 가정도 해 볼 수 있다. 실제로 1546년(인종 1) 중국에 사은하러 갔던 첨지(僉知) 윤계(尹溪)는 명대 문언단편소설집인 『화영집(花影集)』을 들여왔다.[12] 15세기에 국내로 들어왔던 『전등신화』도 아마 이런 경로를 통했을 것이다.

그런데 16세기 초반을 지나면서부터 국가에 의해서 철저히 관리되던 공무역 체제가 차츰 와해되어 가기 시작하였다.[13] 상업의 발달로 말미암아 새로이 성장한 부상대고(富商大賈)들이 궁금(宮禁)·권신(權臣)들과 결탁하거나 역관·군관으로 가장하는 특권무역의 형태로 공무역 체계를 내부로부터 해체시키기 시작하였다. 즉 외형적으로는 공무역 형태가 유지되었지만, 그 이면을 파헤쳐 보면 사무역이 심심치 않게 이루어져 급기야 16세기 중엽 이후로는 사무역이 만연하게 되었다.[14] 이런 사무역 활동에 깊이 관여한 사람들은 다름 아닌 역관들이었다.[15] 사행의 일

---

11) 『중종실록』 권87, 33년 5월 신묘·임진조.
12) 崔岦의 「花影集跋」(무악고소설자료연구회 편, 『한국고소설관련자료집』 I, 태학사, 2001, 121면). "兄(尹景禧-필자 주)之同姓從祖父尹斯文溪, 于嘉靖丙午, 奉使中朝, 購得此集云." 박재연은 「조선각본 『화영집』에 대하여」(『뉴방삼의면, 화영집』, 선문대 중한번역문헌연구소, 1999)에서 처음으로 『화영집』이 조선시대에 판각되었다는 사실을 밝힌 바 있다.
13) 한상권, 「16世紀 對中國 私貿易의 展開」, 『김철준박사 화갑기념사학논총』, 지식산업사, 1984.
14) 박원호, 『明初 朝鮮關係史 硏究』, 일조각, 1999.
15) 역관들은 사행 중에서 금은을 가장 많이 소지하였고, 대명무역로를 확보함에 주요 수단이었던 서책 무역을 빙자하여 사치품을 비롯한 唐物의 밀무역도 펴고 있었다(『中宗實錄』 卷7 3년 11월 경자조;『中宗實錄』 卷36 14년 8월 임신조;『明宗實錄』 卷22

원 중에서 누구보다도 중국어[백화]에 능통했고, 게다가 서책 무역을 주관하였던 역관들에게 소설책 한 두 권쯤 구입해올 것을 요청하는 사람들이 있었을 것이라는 가정도 무리한 억측이 아니다. 송나라 말기의 충신 악비(岳飛)의 이야기를 다룬 『정충록(精忠錄)』은 1584년(선조 17)에 연경에 갔다가 돌아온 역관에 의해 국내에 유입되었다.16) 이 역관은 누군가의 부탁을 받고 『정충록』을 구입해 온 것 같지는 않다. 북경에 갔을 때 서책 무역을 주관하는 자신의 직무에 충실하여 여러 책들을 구경하다가 『정충록』에 주목하게 된 것이 아닐까 여겨진다. '충절(忠節)'이라는 이 책의 소재가 세교에 도움이 되면서도 『열녀전(烈女傳)』 따위보다 한층 읽는 재미가 있었기 때문에17) 역관이 당당히 무역해 와서 임금께 바쳤던 것이다.

무역의 형태가 공무역에서 사무역으로 변모되어 가면서 비공식적이거나 개인적인 물품들을 들여오는 것이 한결 수월해졌고, 사행편에 필요한 물품을 구입해 달라고 개인적으로 부탁하는 건수도 예전보다 많아졌던 것으로 보인다. 16세기 말기의 저작으로 보이는 유희춘의 『미암일기초(眉巖日記草)』18)에서 이런 사실을 확인할 수 있다. 유희춘은 사은사(謝恩使)로 북경에 가는 서장관(書狀官) 이정서(李廷瑞)에게 『사문유취(事文類聚)』의 구입을 부탁하면서 구입비용을 주고, 이로부터 7개월 후에 이 책을 받고 아주 흡족하였던 사실을 기록해 놓았다.19)

12년 정월 정축조).

16) 柳成龍, 『西厓集』 卷17(『한국문집총간』 52, 343~344면) 「精忠錄跋」. "萬曆甲申, 有譯官來自燕都, 以『精忠錄』一帙進者."

17) 유성룡의 『精忠錄』 발문을 살펴보면, 『精忠錄』의 구성이 소설의 흥미적인 요소도 다분히 갖추고 있음을 알 수 있다(주 52 참조).

18) 『眉巖日記草』는 유희춘이 1568~1577년에 이르는 동안의 公私의 經歷을 쓴 것이다.

19) 『眉巖日記草』(『조선사료총간』 8, 조선사편수회, 1936; 국학자료원, 1982; 담양문화원, 1990 재영인) 第1冊 戊辰 2月 11日條. "軍器李元祿廷瑞, 爲我所招來臨, 握手談話, 余請付價買『事文類聚』, 廷瑞時以謝恩使書狀官赴京故也. 廷瑞許諾." 『眉巖日記草』 第1冊 戊辰 2月 12日條. "以祿布二匹, 白鵠扇十柄, 送李廷瑞處, 『事文類聚』之價也." 『眉巖日記草』 第1冊 戊辰 9月 6日條. "又就見李公元祿廷瑞, 以書狀官無恙

사무역이 갈수록 성장해 가면서 개인적으로 중국 서적을 구입하는 건수가 증가 추세를 보였기 때문인지 16세기 후반기로 가면 아예 서적 상인이 등장하여 중국 서적들을 수입하는데 관여하기도 하였다. 이런 사실은, 유희춘이 서적 상인 송희정(宋希精)을 통해 각종 서책을 구입하였고, 또 중국 서적의 무역을 서로 의논하기도 했던 일을 통해 알 수 있다.20) 이렇게 중국 서적 수입을 업으로 하는 서적 상인이 등장하면서 중국 서적의 국내 유입과 국내 유통이 보다 활발해졌을 것이 분명하다. 유몽인(柳夢寅, 1559~1623)의 『어우야담(於于野談)』을 보면, 중국에서 간행된 소설책이 해를 넘기지 않고 간행된 그 해에 바로 국내로 유입된 사실을 확인할 수 있는데,21) 이렇게 신속한 중국 서적의 국내 입수는 송희정 같은 서적 상인들이 존재했었기 때문에 가능했던 것으로 이해된다.

16세기는 사무역의 발전으로 공무역의 질서가 느슨해지면서 개인의 중국서적 구입이 앞 시기보다 수월해졌다. 이런 상황 속에서 소설은 사은사를 통해 흘러 들어오기도 했고, 새로이 등장한 서적 상인을 통해 본격적으로 수입되기도 했을 것으로 미루어 짐작할 수 있다.22)

回來, 爲我貿『事文類聚』, 字甚分明云."
20) 『眉巖日記草』第1冊 戊辰 3月 14日條. "書冊儈宋希精來謁, 約『參同契』·『皇華集』·『謏聞鎖錄』·『杜詩』等而去." 第2冊 戊辰 8月 20日條. "書冊儈宋希精, 來示『輿地勝覽』, 又議各等天使集貿易事而去."
21) 『於于野談』卷3(성균관대 소장 高興 萬宗齋本). "금년 봄에 중국에서 간행된 70편 소설의 제목 가운데 '종리호로(鍾離葫蘆)'라는 것은 외설스러워서 차마 보고 들을 수가 없는데, 유독 두 가지 일만은 세교에 관련될 만하다[今年春刊中原書七十小說, 目曰'鍾離葫蘆', 自西伯所來, 淫褻不忍視聞. 獨其二事可關世教]."
22) 그 시기가 17세기로 넘어가 주저되기는 하지만, 許筠(1569~1618)의 『閑情錄』을 살펴볼 것 같으면, 그가 중국 四大奇書인 『西遊記』·『水滸傳』·『金甁梅』·『三國志演義』와 『隋唐志傳演義』·『兩漢志』·『齊魏演義』·『殘唐五代演義』·『北宋三遂平妖傳』을 읽어보았음을 확인할 수 있다. 이런 장편소설이나 연의류 소설들이 다 개인적인 차원에서 국내로 유입되는 것은 불가능했을 것이다. 권수가 많은 이런 소설들의 수입에 서적 상인들이 관여했을 가능성이 높다. 이런 흥미 거리의 소설들을 찾는 사람들의 수가 다른 전문 서적을 찾는 사람들의 수보다 많았을 것이기 때문에 서적 상인들은 이익을 보다 많이 내기 위해서라도 소설류의 책들을 적극적으로 수입하였을 것이다.

3) 조선사회 내부의 소설적 욕구와 필요성

16세기 초기, 소설 창작에 쐐기를 박았던 「설공찬전(薛公瓚傳)」 파동에도 불구하고 16세기 이전부터 사대부문학의 이면에 잠재해 있었던 소설에 대한 무의식적 욕구가 면면히 이어져 내려왔다. 주지하다시피 15세기는 권력의 중추에 있었던 훈구파 문인들에 의해 문학이 주도되던 시기였다. 훈구파 문인들은 문학의 다양성을 추구하였기 때문인지 정통한문학인 시와 산문만을 고집하지 않고, 서사물의 일종인 필기류(筆記類, 잡록류)의 글을 즐겨 썼다. 즉 15세기 훈구파 문인들 사이에서는 자신들의 주변에서 일어난 신변잡기적인 이야기들은 물론 여항간에 떠돌던 이야기까지도 기록의 형태로 남겨두는 것이 대유행하였다. 그런데 필기류 중에 훈구파 문인들의 소설에 대한 무의식적 욕구가 반영된 이야기들이 더러 눈에 띤다. 바로 『용재총화(慵齋叢話)』의 안생(安生) 이야기, 『태평한화골계전(太平閑話滑稽傳)』의 기생 월단단(月團團) 이야기 등이 그것이다. 이들 이야기는 필기 가운데 소화나 일화로 분류되는데, 소설로 발전할 가능성이 농후한 과도기적 작품들이라는 견해가 있다.[23] 이렇듯 15세기 훈구파 문인들에 의해 성행하였던 필기류는 16세기에도 지속되면서, 한편으로 소설에 대한 욕구를 불러 일으켜 소설 장르의 발전에 일정한 도움을 주었던 것으로 이해된다. 게다가 15세기에 유입되었던 『태평광기(太平廣記)』나 『열녀전』의 독서도 소설에 대한 욕구를 부추겼을 것으로 여겨진다.

반면 사림파들이 권력을 장악했던 16세기는 표면적으로 문이재도(文以載道)의 문학관이 우세하였던 시기이다. 사림파 문인들은 경술(經術)을

---

23) 박희병에 의하면, '月團團'은 조선 전기 훈구파 문인의 생활감각과 취향·의식을 짙게 반영하고 있는 이야기로서, '소화' 혹은 소화적 성격을 갖는 '사대부일화'가 '전기소설'로 전환된 사례로 보아야 적절하다고 하였다. 또 '安生傳'은 패설로부터 '소설'로 상승하는 과정을 보여주는 작품이라 해야 온당하다고 보았다(박희병, 『韓國漢文小說』, 한샘출판사, 1995).

문장의 근본으로 삼아 지금까지 부화했던 문풍(文風)을 바로잡아 조정과 여항간의 기강을 쇄신하고자 하였다. 이런 상황 속에서 소설에 대한 긍정적인 언급은 공공연하게 금지되었고, 소설 창작도 위축될 수밖에 없었다. 그런데 도학을 강조하였던 사람들 가운데서도 문장을 중시하는 부류가 있었음을 확인할 수 있는 글이 있다.

　비록 士林 중에 학문에 뜻을 둔 사람들조차도 글귀를 가다듬는 데서 벗어나지 못하여 화려한 문장을 구사하는 데만 골몰하니 떳떳한 도리에 마음을 두고 있는 사람이 적다. 이러하니 하물며 평범한 선비나 백성들, 아녀자들에 있어서이겠는가. 이로 말미암아 부자가 혹 그 친함을 잃고, 군신이 혹 그 의리를 잃으며 (…중략…) 이러니 풍속이 돈후해지고 세상이 잘 다스려지기를 바라는 것이 또한 어렵지 않겠는가?[24]

낙서거사(洛西居士)는 모범을 보여야 하는 집권층인 사림들 가운데 조충전각지도(彫虫篆刻之徒)가 있음을 개탄하며, 이런 무리들로 말미암아 사회 기강이 무너져 내려 질서가 어지럽게 된다고 개탄하였다. 낙서거사의 이런 우려를 통해, 역으로 16세기 조선사회가 도학 일변도로 치달아 문풍이 전적으로 경직되는 방향으로만 나아가지 않았었음을 알 수 있다. 낙서거사에게 이처럼 비난의 세례를 받았던 무리가 16세기에 엄연히 존재하여 도학보다 문장에 관심을 기울였기 때문에 세계를 향해 힘껏 발돋움을 준비하던 소설의 싹이 자양분을 얻을 수 있었다고 본다.
　원래 사림파의 학문적 경향은 사장학(詞章學)보다는 경학(經學)을 중시하는 쪽이었다. 하지만 사림의 종장으로, 또는 사림의 영수로 추앙받던 김종직(金宗直)조차도 사장학과 경학을 겸비한 과도기적 인물이었고, 그

---

24) 洛西居士, 「五倫全傳序」(유탁일 편, 『韓國古小說批評資料集成』, 아세아문화사, 70면). "雖士林中有志於學問者, 亦不過綺章繪句, 馳務爲於華藻, 而存心於彝倫者尙少, 而況於凡庸士庶乎. 而況於婦人女子乎. 由是父子或失其親, 君臣或失其義 (…중략…) 如此而慾望俗化之歸厚, 世道之至治, 不亦難乎?"

의 문인들도 사장을 추구하는 부류와 성리학을 탐구하는 부류로 나뉘게 되었다고 한다.[25] 이들 두 부류 가운데 아무래도 사장을 추구하는 쪽이 자신들의 이념인 성리학 — 좀 더 구체적으로 말하면 심학(心學) — 을 널리 전파시키기 위해 이념의 교화라는 차원에서 소설을 허여하였을 것이다. 천군전(天君傳)류는 이렇게 하여 탄생된 소설들이다.

여하튼 16세기 조선사회에서 소설은 이전 시기부터 잠재해 있었던 소설에 대한 자연스런 욕구의 발로에 의해, 그리고 사림파 중에서도 좀 더 문장에 관대하였던 자들에 의해 꾸준히 관심의 대상이 되면서 조용하게 성장해 나아갔다. 이런 분위기가 조선사회에 형성되어 있었기에 당시 중국에서 유행하였던 소설들이 유입되었을 때, 새로운 독서물로 정착해 갈 수 있었던 것이다.

3. 16세기 중국소설의 향유 양상과 그 의미

지금까지 중국소설들이 유입될 수 있었던 배경을 세 가지 측면에서 살펴보았다. 이제 본 장에서는 어떤 중국소설들이 16세기 조선사회에 들어와 향유되었는지 파악해 보고, 나아가 그 의미에 대해 살펴볼 것이다.

1) 16세기 초기—전기류(傳奇類) 단편소설집의 유입

1506년에 연산군은 중국소설책들을 무역하여 오라는 전교를 내리고

---

25) 이병휴, 『朝鮮前期 士林派의 現實認識과 對應』, 일조각, 1999, 13면.

있다.

> 전교하기를, 『剪燈新話』・『剪燈餘話』・『效顰集』・「嬌紅記」・「西廂記」 등
> 의 책을 謝恩使에게 구입해 오도록 하였다. (…중략…)『전등신화』・『전등여화』
> 등을 인출하여 올리라고 하였다.26)

이들 작품은 16세기 초기에나 우리나라에서 그 이름이 공식적으로
언급되었지만,27) 사실 원나라 말기나 명나라 전반기에 성립된 작품들이
다. 또『연산군일기(燕山君日記)』에는 연산군이 전기소설류에 상당한 관
심이 있었음을 엿볼 수 있는 구절이 있다.28) 그런데 여기에『연방집(聯
芳集)』・『향대집(香臺集)』・『유예집(游藝錄)』・『여정집(麗情集)』・『교홍기
(嬌紅記)』라는 책제목들이 보인다.29) 평소 염정류(艶情類)의 시문에 관심
이 많았었다는 연산군이『전등신화』에 실려 있는 「연방루기(聯芳樓記)」
와『전등여화』에 실려 있는 「가운화환혼기(賈雲華還魂記)」를 이미 읽어

---

26) 『연산군일기』권62, 12월 4일조 "傳曰：『剪燈新話』・『剪燈餘話』・『效顰集』・「嬌
紅記」・「西廂記」等, 使謝恩使貿來 (…중략…)『剪燈新話』・『剪燈餘話』等書印進."
27) 이 가운데『剪燈新話』만이 15세기에 유입된 것을 김시습의 「題剪燈新話後」를 통
해 확인할 수 있다. 하지만 15세기에 이 책이 어떤 경로를 통해 국내에 유입되어 읽혀
졌는지를 알 수 있는 기록은 아직 찾아볼 수 없다.
28) 『연산군일기』권62, 12월 12일조 "『聯芳集』餘他可見書, 令赴京人貿來, 承政院以『香
臺集』・『游藝錄』・『麗情集』書啓, 傳曰：'何所據而書啓耶?' 承旨等啓, '『香臺集』・『游
藝錄』, 則載在『剪燈新話』,『麗情集』, 則姜渾以所聞書啓.' 傳曰：'『麗情集』廣索以入.
嘗覽重刊『剪燈新話』, 有蘭英・蕙英, 相與唱和, 有詩百首, 號『聯芳集』, 當時豪士,
多傳誦之, 故令貿來耳. 且魏生嘗出室, 娉携侍姬蘭苕, 見『嬌紅記』一冊云云. 今下冊
乃此集也. 前敎'竹窓幽戶尙如初'之句, 亦在于此. 但間有漢語多不可解, 其以文字注
解開刊.'"
29) 『聯芳集』은『전등신화』의『聯芳樓記』의 여주인공인 蘭英과 蕙英 자매가 수창한
시를 엮어 놓은 시집이다. 『香臺集』은 시집이고, 『游藝錄』은 잡기류의 책인데, 둘 다
『전등신화』의 작자인 瞿佑가 편찬한 것이다.『麗情集』은 송나라 張君房이 편찬한 전
기소설집이고,『嬌紅記』는 재자와 가인이 만나 사랑을 나누나, 여러 가지 혼사장애 요
소에 의해 이별과 재회의 우여곡절을 겪는다는 애정류 전기소설의 전형성을 띠고 있
는 元・明傳奇小說이다(정환국, 「17세기 애정류 漢文小說 연구」, 성균관대 박사논문,
1999).

보았음을 알 수 있다. 연산군은 이 전기류 소설들을 중국에서 입수하여 한문으로 주해를 달아 간행하라고 명하였는데, 바로 이해에 연산군이 폐위되어서 그 입수와 간행 여부를 확인할 길은 없다. 「설공찬전」 파동과 두 차례의 사화, 그리고 도학에 이념적 기반을 둔 사림파들이 지치(至治)를 추구하며 득세하던 초창기였기 때문인지 16세기 전반기에는 중국소설 향유에 대한 이렇다 할 기록을 더 이상 찾아볼 수 없었다.

하지만 채수가 1508년에서 1511년 사이에 창작한 것으로 추정되는[30] 「설공찬전」을 통해 『전등신화』의 향유 양상을 추정해 볼 수 있지 않을까 한다. 「설공찬전」은 한문으로 창작된 전기소설인데, 나온 지 얼마 안되어 집중적인 관심을 끌게 되었고, 얼마 지나지 않아 국문으로 번역되어 여항간의 사람들까지도 읽었다고 한다.[31] 「설공찬전」이 이렇게까지 급속도로 전파되어 항간으로 침투할 수 있었다는 기록 가운데서 당시 이미 전기소설류에 대해 여항간의 사람들까지도 상당히 알고 있었음을 추정해 낼 수 있다. 그렇지 않았다면 「설공찬전」을 이처럼 쉽게 수용하지 못했을 것이다. 또 여항간의 사람들이 국문으로 번역된 전기소설을 이미 향유하고 있었을 것이라는 추정도 가능할 것이다. 이러한 추정은 결국 『전등신화』가 사대부들 사이에서 독서물로 자리잡혀가면서, 한편으로 국문으로 번역되어 여항간에서도 상당한 호응을 받으며 향유되었을 것이라는 심증을 굳히게 만든다.[32]

---

30) 정환국은 채수가 상주 함창으로 내려간 시점이 1506년 10월경이고, 작품의 배경이 1508년으로 잡혀지기 때문에 「설공찬전」의 창작 시기를 1508년에서 1511년 사이로 추정한 바 있다(제2부, 「「설공찬전(薛公瓚傳)」 파동과 16세기 소설 인식의 추이」 참조).

31) 『중종실록』 권14, 6년 9월 기유조 "蔡壽『薛公瓚傳』, 其事皆輪回禍福之說, 甚爲妖妄, 中外惑信, 或翻以文字, 或譯以諺語, 傳播惑衆."

32) 『전등신화』는 이미 15세기에 유입되어 김시습(1435~1493)이 『금오신화』를 창작하는 데 영향을 주었다고 전해지고, 16세기 벽두 공식적인 기록에 그 이름이 언급되고 있는 조선시대 최초로 유입된 소설이다. 이처럼 그 유래된 시기가 다른 어떤 전기소설류보다 앞서기 때문에 여항간에서 전기소설들을 향유했다면 단연 『전등신화』일 것이다.

2) 16세기 중기-번역과 주석으로 인한 독자층의 확대

이처럼 16세기 초기 여항간에서도 향유되었을 것이라는 심증만 있었던 『전등신화』가 16세기 중반으로 넘어가면서 여항간에서 인기리에 읽혀졌다는 사실이 문헌기록에 보인다.

> 세상에 『전등신화』나 『전등여화』와 같은 책들이 있어 많은 사람들이 좋아하며 전한다. 비록 펼쳐진 문장이 볼 만하지만, 대개 滑稽戱談에 불과할 따름이다.[33]

위의 인용문은 1550년 심수경(沈守慶)이 쓴 『요류전전(五倫全傳)』 충주본(忠州本) 발문의 일부분이다. 이 발문은 『오륜전전』의 긍정적인 측면에 초점을 맞추어야 하는 글이었다. 때문에 『오륜전전』과는 전혀 다른 이야기를 담고 있는 전등신화류를 다소 폄하하여 상대적으로 『오륜전전』의 가치를 높이려고 했을 따름이지, 전등신화류를 절대적으로 부정한 것은 아니다. 이는 '펼쳐진 문장이 볼 만하다'는 언급에서 확인할 수 있다. 비록 『오륜전전』처럼 세교에 도움이 되는 내용은 아니지만, 문체가 아름답고 문장을 엮어나가는 솜씨가 상당한 수준이어서 심수경 같은 사대부 독자들을 매료시켰을 것이 분명하다. 『전등신화』류의 소설에서 이런 매력을 포착할 수 있었던바, 많은 사람들이 서로 전하며 읽었던 것이 아니겠는가.

여기서 전기소설의 확산 양상을 고찰해 보기 위해 『전등신화』류를 좋아하며 전했다는 '많은 사람들'의 범위가 어디까지인지 파악해 볼 필요가 있다. 하지만 위의 인용문에서는 전혀 파악할 수 없다. 사실 『전등신화』나 『전등여화』는 모두 유려한 문어체의 한문으로 구사되어 있

---

33) "世有『剪燈新話』·『餘話』等書, 人多傳玩, 雖鋪張文詞之可觀, 皆不過滑稽戱談耳."(무악고소설자료연구회 편, 『한국고소설관련자료집』 I, 태학사, 2001, 107~108면)

다. 게다가 『전등여화』에 삽입되어 있는 사부(詞賦)는 다소 까다롭기까지 하다. 이런 문자적 한계로 인하여 비록 '많은 사람들'이라고 했을지라도 그것이 번역되지 않은 상태라면, 그 독자층은 아마도 한문 해독 능력이 일정 수준 이상인 상층의 남성들로 제한될 수밖에 없을 것이다. 그런데 이 시기 아전층이 『전등신화』를 애독한 사실을 확인할 수 있는 글이 있다.

요즘 문자(한문—필자 주)를 암송하는 자들은 반드시 이 책(『전등신화』—필자 주)을 이야기한다. 그러나 경사를 인용한 말이 많아, 모두들 주석이 없는 것을 한탄하였다. 정미년(1547) 가을에 예부 宋糞이 내게 주석을 구하였다. (…중략…) 드디어 교정을 하여 송분에게 맡기어 印刊하게 하였다. 아! 송분의 의지가 근면하구나. 송분은 아전이다. 관청문서가 시급할 텐데 이 책에 대해서 스스로 알고자 하고 또한 타인들도 알 수 있게 하였으니, 이 마음을 미루어보면 비록 옛적에 타인의 善을 돕는 경우도 이보다 더하지 않을 것이다.34)

아전 송분은 『전등신화』의 내용을 대략 파악할 정도의 한문 수준은 되었으나, 경전(經傳)이나 사서(史書)에서 인용된 말이 많아 그의 실력으로는 구절마다의 정밀한 뜻을 파악해 내지 못한 듯하다. 이에 답답한 마음으로 이문학관(吏文學官)이었던 임기(林芑, ?~1592)를 찾아와 주석해 줄 것을 간청하였다. 이에 임기는 소설에 주석을 한다는 것이 생소하게 여겨져 망설이다가 주석을 하게 된다.35) 임기는 자신이 펴낸 『전등신화구해(剪燈新話句解)』에 자부심을 드러내며36) 이 책을 지침으로 삼아 초

---

34) 林芑, 「剪燈新話句解跋」. "近世記誦文字者, 必於是焉. 假余而祈禱. 然而引用經史語多, 咸以無釋爲恨. 歲丁未秋, 禮部令史宋糞者, 求釋於余. (…중략…) 遂爲讐正, 委諸宋糞, 使之募印! 噫! 糞之志勤矣. 糞, 吏也. 惟簿書是急, 乃於是書, 己欲昭昭, 而又欲使人昭昭, 推此志也, 雖古之與人爲善者, 不是過也."(무악고소설자료연구회 편, 앞의 책, 115~119면)

35) 위의 글, "余以爲稗說不適於實用, 何以釋爲, 乃辭. 旣而思之, 『山海經』・『博物志』, 語涉弔詭, 俱有箋疏, 佛氏諸典, 字本梵書, 尙皆鑿空而演解, 其釋是書, 不猶愈於釋梵書者乎?"

학자가 문장 짓는 법을 공부한다면 도움이 될 것이라고 하였다.[37] 여기서 초학자들이란 한문을 배우는 어린 아이들이 아니라, 송분처럼 성인이지만 한문 실력이 초보 수준인 사람들을 지칭한다고 보아야 한다. 임기는 송분처럼 중인 계층으로 관청에서 실무를 담당할 수 있을 정도의 한문 실력을 갖춘 사람들이 이 책의 의미를 이왕이면 정밀하게 파악할 수 있도록 배려한 것이다. 더군다나 송분은 외교에 관련된 일을 맡아보던 예조의 아전이 아닌가. 예부의 아전이라면 특히 중국 측의 문물에 밝아야 했으므로 자연히 중국 서적을 다른 부서 아전들보다 많이 접해야 했을 것이다. 송분은 단지 흥미본위로『전등신화』를 읽었다기보다는 중국 관련 문적(文籍)을 읽을 목적으로『전등신화』를 갖고 문장을 익혔던 것으로 이해된다. 이렇게『전등신화』가 주석되었다는 것은 이 책의 독자층이 사대부 남성층으로만 한정지어지지 않았다는 것을 의미한다.

『전등신화』가 주석된 것과는 물론 다른 차원의 문제이지만, 여기서『전등신화』가 국문으로 번역된다면, 그 독자층은 더욱 넓어지게 될 것이다.

> (…전략…) 내가 살펴보건대, 여항의 무지한 사람들이 언문을 익히고 전하며, 노인들이 서로 전하는 말을 베껴 밤낮으로 이야기하고 있는데, 이석단과 취취 이야기 같은 것은 외설스럽고 터무니없어 실로 취해 볼 것이 없었다.[38]

위의 인용문은 1531년 낙서거사가 쓴『오륜전전』의 서문(序文)이다. 이 글에 보이는 취취 이야기는 바로『전등신화』속에 실려 있는「취취전(翠翠傳)」이다. 16세기 중반 경에 이미『전등신화』가 국문으로 번역되

---

36) 위의 글. "學雖愧於三多, 註不讓於五臣."
37) 위의 글. "但所釋者, 雖似煩冗, 其於易解, 未畢不爲擊蒙之指南矣. 資是而學爲文字, 則亦不可謂無少補矣."
38) "余觀閭巷無識之人, 習傳諺字, 謄書古老相傳之語, 日夜談論, 如李石端・翠翠之說, 淫藝妄誕, 固不足取觀"(柳鐸一 편,『한국고소설비평자료집성』, 아세아문화사, 1994)

어 여항간에서 읽혀졌음을 알 수 있다. '여항의 무지한 사람들'이란 중인 계층 이하의 일반인들이다. 이들은 다른 사람이 들려주는 이야기를 듣는 것에 만족하지 않고, 언제라도 자신이 직접 읽기 위해 국문 습득을 감행했던 것이다. 국문으로 번역되어 여항간으로까지 전파된 전기소설은 단지 취미 오락 수준의 흥미진진한 읽을거리의 차원을 넘어서 여항간의 사람들에게 국문을 익히는 동기를 부여하였던 것이다.

사실『전등신화』에 실려 있는 20편의 작품이 다 번역된 것은 결코 아닐 것이다. 그렇지만「취취전」만이 번역되었다 할지라도 그것이 갖는 의미가 축소되지는 않는다.「취취전」이 번역되어 여항간에서까지 읽혀졌다면, 가사에서 얼마간 벗어날 수 있었던 일부 사대부가의 규방여성들이 이렇게 번역된 전기소설을 간과했을 리 만무하다.

규방의 여성들이 국문으로 번역된 전기소설류를 탐독하는 모습을 탐탁하지 않게 여기던 차에 그들에게 오상(五常)의 도리를 가르쳐 바른길로 인도하기 위해 낙서거사가『오륜전전』을 번역하였을 것이라는 추정을 가능하게 해주는 구절이『오륜전전』서문에 보인다.

> 이 책은 지금 바야흐로 다투어 서로 전하고 익히며, 집집마다 보관하여 사람마다 외운다. 만약 그 밝은 바로 통하여 그 좋아하는 바로 나아간다면, 인도하고 권유하는 방법이 어찌 쉽지 않겠는가? (…중략…) 짐짓 또한 언문으로 번역하여 비록 漢字를 모르는 아녀자들 같은 사람들도 주시하여 보면 훤히 이해하지 못함이 없을 것이다. 그러나 어찌 널리 전하기를 바라겠는가? 다만 집안의 아녀자들과 더불어 볼뿐이다.39)

『오륜전전』은 낙서거사가 명나라 때 민간의 남희(南戲) 연출본인『오륜전비기(五倫全備記)』를 번역한 이야기책이다. 서문에서 "지금 바야흐

---

39) "是書時方, 爭相傳習, 家藏而人誦. 若因其所明, 就其所好, 則其開導勸誘之方, 豈不易耶? (…중략…) 故又以諺字飜譯, 雖不識字如婦人輩, 寓目而無不洞曉. 然豈欲傳於衆也? 只與家中妻子輩, 觀之耳."(柳鐸一 편, 앞의 책)

로 다투어 서로 전하고 익히며, 집집마다 보관하여 사람마다 외운다[是書時方, 爭相傳習, 家藏而人誦]"라고 한 점으로 보아 1531년 당시 세간에서 『오륜전비기』가 유행하였었음을 알 수 있다. 게다가 이 책은 오륜전과 오륜비 형제의 효우충의(孝友忠義)한 이야기를 내용으로 하고 있어 사람들에게 인의(仁義)와 오륜(五倫)을 일깨우기에 아주 바람직하였다. 낙서거사는 이왕이면 당시에 유행하면서도 세교에 도움이 되는 이 책을 번역하여 자기 집안의 아녀자들에게 주어 그가 생각하기에 외설스럽고 터무니없는 「취취전」 같은 이야기를 접하지 못하게 하면서 동시에 그들을 교화시키려고 했던 것이다.

이상에서 알 수 있는 바와 같이 16세기 중반 시기에는, 위로 상층의 사대부들로부터 아래로 여항간의 일반 사람에 이르기까지, 각기 그들 나름의 방법으로 중국소설을 향유하였던 것으로 이해된다.

3) 16세기 후반—역사연의류의 유행

16세기 후반으로 접어들어 연의류 소설들이 상당수 유입되어 궁중과 사대부 식자층을 중심으로 읽혀지고 있었다. 『선조실록』 2년 6월 임진조 기사[40]에서 이를 확인할 수 있다.

지난번 장필무를 인견하실 때 전교 가운데 '장비가 한 번 고함쳐 만군을 달아나게 했다'고 한 말은, 정사에는 보이지 않는데 『삼국지연의』에 그런 말이 있다고 하셨습니다. 이 책(『삼국지연의』—필자 주)이 나온 지가 오래 되지 아니하여 소신(기대승—필자 주)은 미처 보지 못했는데, 간혹 벗들에게 들으니 허망하고 터무니없는 말이 매우 많다고 합니다. (…중략…) 신이 뒤에 그 책을 보니 단연코 이는 무뢰한 자가 잡된 말을 모아 고담처럼 만들어 놓은 것입니

40) 이 기사는 宣祖가 文政殿 夕講에 나와 『近思錄』 제2권을 강론할 때, 기대승이 『三國志演義』 · 「剪燈新話」 등의 해로움에 대해 상계한 것이다.

다. 잡스럽고 무익할 뿐 아니라 의리를 크게 해치기까지 합니다. 전하께서 우연히 그것을 한 번 보시게 된 것은 매우 편치 못한 일입니다. (…중략…) 전하께서 행여 이 책의 근본을 모르시는 것은 아닐까 하여 감히 아뢰는 것입니다. 시문이나 사화라도 보지 않아야 할 터인데, 하물며 『전등신화』·『태평광기』처럼 사람의 마음과 뜻을 잘못되게 할 만한 책들은 말해 무엇 하겠습니까? 전하께서 무망함을 아시고 경계하시면 학문의 공이 절실할 것입니다."41)

『삼국지연의』가 나온 지 오래 되지 않아서 읽어보지 못했다는 말은 이 책이 중국에서 국내로 유입된 지 얼마 되지 않았음을 의미한다. 그렇다면 『삼국지연의』는 언제쯤 유입되었을까? 국내에서 간행된 『삼국지연의』는 1627년 제주(濟州)에서 간행된 목판본42)이 현재까지 알려진 가장 이른 시기의 것이다. 그러나 이 시기 향유 양상을 감안하면 16세기에 이미 국내에서 판각이 이루어졌으리란 추측도 가능하다. 여기 기사에서 확인할 수 있듯이 1569년에서 그다지 오래되지 않은 시기에 『삼국지연의』가 유입되었음을 알 수 있다.

이런 『삼국지연의』는 지금도 그 위력이 대단하지만 당대에도 그 인기가 보통이 아니었던 모양이다. 택당(澤堂) 이식(李植, 1584~1647)은 정사인 『삼국지』가 『삼국지연의』에 가려서 사람들이 거들떠보지도 않는다43)고 개탄하고 있을 정도이니 말이다. 또 간혹 벗들에게서 『삼국지연

---

41) 『선조실록』 권3, 2년 6월 임신조. "頃日張弼武引見時, 傳敎內, 張飛一聲走萬軍之語, 未見正史, 聞在『三國志演義』云. 此書出來未久, 小臣未見之, 而或因朋輩間, 聞之, 則甚多妄誕. 如天文地理之書, 則或有前隱而後著, 史記, 則初失其傳, 後難臆度, 而敷衍增益極其愧誕. 臣後見其冊, 定是無賴者, 裒集雜言, 如成古談, 非但雜駁無益, 甚害義理, 自上, 偶爾一見, 甚爲未安. (…중략…) 自上, 幸恐不知其冊根本, 故敢啓. 詩文詞華, 尙且不關, 況『剪燈新話』·『太平廣記』等書, 皆足以誤人心志者乎? 自上知其誣而戒之, 則可以切實於學問之功也.'"

42) 내표제가 "新刊校正古本大字音釋三國志傳通俗演義"로 되어 있으며, 전 12권 12책으로 간행된 것으로 보인다. 이 목판본은 최근 12책 중 3책이 발견되었다. 동국대 도서관과 임형택, 그리고 통문관에 각각 한 책을 소장하고 있다. 이 중 통문관 소장본이 12권이다. 그 끝에 "歲在丁卯耽羅開刊"라는 간기가 나와 있는바, 1627년임을 알 수 있다.

43) 李植, 「別集」(『澤堂集』 권15). "如陳壽三國志, 馬班之亞也, 而爲演義所掩, 人不復

의』에 대해 들었다는 언급에서 기대승(奇大升, 1527~1572) 주변의 인물들 즉 사대부 남성들이 이 소설을 읽어보았음이 확인된다. 비록 기대승과 그의 주변 사대부 남성들은 『삼국지연의』에 대해 곱지 않은 시각을 갖고 있었는지 모르겠지만, 완질이 아닌 『삼국지연의』를 구득하고도 대단히 흡족해 하는 사대부 남성도 있었다. 그는 바로 『미암일기초(眉巖日記草)』의 작자 유희춘이다. 그가 사부(師傅) 박광옥이 찾아온 자리에서 『삼국지』 이야기를 꺼내자, 박광옥은 아는 사람이 소장하고 있는 『삼국지』를 갖다 주겠다고 약속한다. 며칠 후 박광옥이 완질에서 10책이 부족한 『삼국지』 20책을 보내오자, 유희춘은 기쁨을 감추지 못하였다.44)

기대승이나 유희춘 두 사람 모두 성리학에 조예가 깊은 유학자들이었는데, 소설류에 대한 입장의 차이를 보이고 있다.45) 이러한 견해 차이는 사림파 중에서도 도학(道學)에 전념하였던 부류와 도학을 중시하면서도 문장학(文章學)에 대해 유연한 자세를 취했던 부류 사이의 차이로 이해된다. 또 다른 한편 기대승은 임금이 『삼국지연의』를 읽고 신하를 인견하는 자리에서까지 이 책에 대해 이야기하는 등의 흥미를 보이자, 임금이 소설류에 탐닉하게 되어 정사를 그르치게 될까 우려하는 신하의 입장으로 공식석상에서 한 발언이었기 때문에 『삼국지연의』에 대해 이렇게 강경하게 비난할 수밖에 없었다고 볼 수도 있다. 반면 유희춘은 당시 관직에 있었지만, 공인(公人)으로서가 아니라 일개 자연인으로서 자신의 욕구를 억제할 필요가 없는 입장이었기에 소설에 대한 관심을 자연스럽게 드러냈다고 할 수도 있다. 이들 연의류 소설들은 파한(破閑)

觀."

44) 『眉巖日記草』, 1573년 1월 17일조 "師傅朴光玉景瑗來訪. 余語及『三國志』, 朴以丈祖徐同知祉, 藏有不秩者二十餘冊, 當奉贈云.";『眉巖日記草』1573년 1월 21일. "師傅朴光玉, 送『三國志』二十冊來, 雖未備者十冊, 然亦感喜."(무악고소설자료연구회 편, 앞의 책, 183~184면)

45) 물론 유희춘이 『삼국지연의』에 대해 어떠한 평가도 하고 있지 않지만, 이 책을 구득하게 되자 그가 보인 기쁨의 반응에서 소설류에 대해 그가 그렇게 부정적이지 않았다는 것을 미루어 짐작할 수 있다.

거리로 더없이 좋은 것이었겠지만, 또한 이따금 이 가운데서 정사(正史)에서 얻을 수 없는 지식을 습득하기도 하였다. 윤근수(尹根壽, 1537~1616)는 『월정만필(月汀漫筆)』에서 당 태종의 정예군사에 대항하여 안시성(安市城)을 지킨 성주(城主)의 성명이 우리 역사에 전하지 않았는데, 『태종동정기(太宗東征記)』와 『당서연의(唐書衍義)』에서 안시성주(安市城主)가 양만춘(梁萬春)임을 확인할 수 있었다고 하였다.[46] 이처럼 정사에 없는 것을 연의류 소설에서 얻는다는 것은 흔치 않은 일이겠지만, 이런 점은 당시 사대부들이 연의류 소설을 부정적으로만 바라보지 않았을 것이라는 단서가 된다.

한편 기대승이 상계한 말 가운데 "다만 이 책(『삼국지연의』-필자 주)만이 아니라 『초한연의(楚漢演義)』 등과 같은 부류의 책들이 하나 둘이 아니니, 모두가 의리를 심히 해치는 것들입니다"[47]라는 구절이 보이는데, 여기서는 1569년 당시 연의류 소설의 종류가 제법 있었던 것을 짐작할 수 있다. 그렇다면 허균의 「서유록발(西遊錄跋)」에 언급되어 있는 『수당지전연의(隋唐志傳演義)』·『양한지(兩漢志)』·『제위연의(齊魏演義)』·『잔당오대연의(殘唐五代演義)』·『북송삼수평요전(北宋三邃平妖傳)』이, 허균이 태어나던 해인 1569년에 이미 국내에 유입되어 읽혀지고 있었을 것이라는 추정이 가능할 것이다.

이렇게 16세기 후반 국내에 유입되어 사대부 남성들을 중심으로 읽혀지던 연의류 소설들이 대략 언제부터 국문으로 번역되어 규방에서 읽혀지게 되었는지 알 수 있는 기록이 오희문(吳希文, 1539~1613)의 『쇄미

---

46) 尹根壽, 『月汀漫筆』. "安市城主, 抗唐太宗之精兵, 卒全孤城, 其功偉矣. 姓名不傳, 我東之書籍鮮少而然耶? 抑朱氏時無史而然耶? 壬辰亂後, 天朝將官出來我國者, 有吳宗道, 謂余曰: '安市城主, 姓名梁萬春, 見『太宗東征記』'云. 頃見李監司時發, 則云: '傾見『唐書衍義』, 則安市城主果見梁萬春, 而又有他人守將, 凡二人'云."(무악고소설자료연구회 편, 앞의 책, 187면)
47) 『선조실록』 권3, 2년 6월 임진조. "非但此書, 如『楚漢演義』等書, 如此類不一, 無非害理之甚者也."

록(鎖尾錄)』48)에 실려 있다.

> (을미년 1595년 1월) 3일. 종일토록 집에만 있자니 무료하기 짝이 없었는데, 딸이 청하기에 『楚漢演義』를 언문으로 풀이하여, 둘째딸에게 쓰도록 했다.49)

오희문은 피란 시절 특별히 할 일이 없어 한가한 날에 답답함을 물리치기 위해 딸들과 함께 『초한연의』를 국문으로 번역하는 작업을 하게 된다. 만약 오희문의 딸이 『초한연의』의 내용을 전혀 모르고 있었다면, 부친에게 번역을 요청하지 못했을 것이고, 또 한문으로 되어 있는『초한연의』를 읽을 수 있을 정도의 한문 실력을 갖추고 있었더라도 번역을 요청하지 않았을 것이다. 즉 오희문의 딸은 다른 사람에게 『초한연의』의 스토리를 들어서 잘 알고 있었지만, 직접 책으로 이 소설을 읽어보고 싶은 욕심에서 부친에게 『초한연의』를 번역해 달라고 했을 것이다. 17세기 들어 규방 여성들에 의해 많이 읽혀지던 국문본 연의류 소설들이 어떻게 하여 탄생되었는지 위의 인용문을 통해 그 한 과정을 살펴볼 수 있었다.

선조는 신하인 기대승이 우려할 정도로 소설에 관심을 쏟았던 듯하다. 선조가 자신이 갖고 있던 『포공안(包公案)』을 부마인 동양위 신익성에게 읽어보라고 보내준 사실50)에서 그의 소설에 대한 관심을 짐작해

---

48) 『鎖尾錄』은 임진·정유 양란 당시의 전란사실을 기록하고 있다. 작자 오희문이 한양을 떠난 1591년 11월 27일부터 환도한 다음날인 1601년 2월 27일까지 만 9년 3개월간 난리를 피해 이리저리 떠돌아다니면서 지내던 일을 기록한 피란일기라고 한다(무악고소설자료연구회 편, 앞의 책, 186면).

49) 吳希文, 『鎖尾錄』 권4. "初三日. 終日在家, 無聊莫甚, 因女息之請, 諺解『楚漢演義』, 使仲女書之."

50) "今日亦親往見之, 則幾盡脹起하고 녀나믄 證이 업스니 너일 모리스이면 庶有回根之望矣. 且四書一帙·『書言故事』一帙·『包公案』一帙 보내노니 駙馬 주라.『包公案』乃怪妄之書, 只資閑一哂而已. 萬曆 癸卯 冬十一月 念五日 午時."(무악고소설자료연구회 편, 앞의 책, 189면) 위의 문장은 선조가 동양위 신익성에게 下嫁한 정숙옹주에게 보낸 1603년에 보낸 편지인데,『포공안』한 질 보내니 부마에게 주라는 내용이 보인다. 『包公案』은 宋代 명재판관인 包拯의 재판기록으로, '說公安'이라고도 한다. 이후 明

볼 수 있다. 또 선조가 『정충록(精忠錄)』을 간행하도록 한 사실에서도 이를 재차 확인할 수 있다.[51] 『정충록』은 송나라 말기 국가를 위기 상황에서 구하기 위해 고군분투하였지만 간신의 모함으로 무고하게 죽은 충신 악비의 실기(實記)이다. 만약 기대승이 살아 있어 『정충록』을 보았다면, 이 책 또한 소설류라고 도외시하며 선조의 간행하라는 명령에 반기를 들었을까. 아마 기대승은 동일한 소설류이지만 『삼국지연의』를 바라보던 부정적 시각으로 『정충록』을 바라보지는 않았을 것이다. 오히려 선조의 간행 명령을 적극적으로 옹호했을 것이다. 이러한 추정은 『정충록』을 간행하고 나서 그 이듬해인 1585년에 쓰인 이산해(李山海, 1538~1609)의 서문을 통해서 해보았다.

　　이 시기는 온 천하가 매우 위태로운 상황이었다. 탁월한 지혜와 월등한 용맹과 하늘을 감동시킬 수 있는 충성과 해를 관통할 수 있는 정성을 가진 자가 아니면 이 난국을 타개하기가 어려웠다. 무목이 태어나서 이것을 겸하여 소유하였으니, 어찌 이른바 탁월하고 걸출한 자라고만 하겠는가. (…중략…) 책을 펴고 세 번 반복하여 읽어보면, 우리 동방인으로서 고무되어 흥기하는 자가 장차 중국 조정에 양보할 수 없을 만큼 많을 것이고 행실이 드러난 충신과 효자가 온 나라 안에 가득하고 간사하고 아첨하는 무리들이 조정에 발을 붙이지 못하고 오랑캐의 무리들이 변방을 엿보지 못할 것이니, 원기가 장성해지고 국가의 형세가 견고해지는 점에 대해서는 족히 말할 것이 없을 것이다.[52]

이산해가 서문을 쓴 것은 악비의 충정 어린 사적이 세교에 도움을 줄

清代 중국 의협소설·공안소설의 대본이 되었다고 한다.
51) 柳成龍, 「精忠錄跋」(『西厓集』卷17). "萬曆甲申, 有譯官來自燕都, 以『精忠錄』一帙進者, 上覽之, 嘉歎, 下書局印出."
52) 李山海, 「精忠錄序」(『鵝溪遺稿』卷6). "於斯時也, 天下岌岌乎殆哉. 自非出君之智, 絶倫之勇, 動天之忠, 貫日之誠, 則難乎有爲, 而武穆之生, 兼有之, 豈所謂卓犖傑出者乎. (…중략…) 開卷三復, 吾東人之鼓舞奮興者, 將無讓於中朝, 行見忠臣孝子滿一國之中, 而姦侫之輩, 不得接跡於朝端, 胡虜醜種不得窺覘於邊圉, 元氣之壯, 國勢之固, 有不足言矣."

수 있다고 판단했기 때문이다. 이산해는, 『정충록』을 읽는 사람들은 반드시 악비에게 감화되어 충효하는 마음이 절로 생겨날 것이라는 확신을 갖고 있었던 것이다. 그런데 유성룡(柳成龍, 1542~1607)은 『정충록』이 교화의 수단이 될 수도 있지만, 한갓 흥미로운 읽을거리로 전락할 우려도 있음을 간파하고 경계를 늦추지 않았다.

> 뒷날 이 책을 보는 자가 만약 戰陣과 치고 찌르는 형상만을 좋아하고 狼居에서 패배시킨 일만 상쾌하게 여기고 충효가 근본이 되는 것을 알지 못한다면 한낱 이것은 衛靑과 霍去病의 일일 따름이니 어찌 武穆을 잘 알았다고 할 수 있으며 또 전하께서 오늘날 이 책을 반포하도록 하신 뜻이겠는가?[53]

『정충록』이 비록 실기류이지만, 읽는 재미에 빠질 정도로 형상화가 잘 되어 있는 작품인 것이다. 독자가 『정충록』에서 악비의 충정을 간파해 내지 못하고 소설적 흥미에만 몰두하거나 사로잡힌다면, 이산해와 유성룡 역시 기대승이 연의류 소설과 전기류 소설에 퍼부은 비난을 그대로 감행할 것이다. 이렇게 세교에 도움을 주는 작품이었던바, 『정충록』은 사대부 식자층으로부터 공식적으로 적극적인 지지를 받았고 왕은 이것을 간행하라는 지시를 내리기까지 한다. 게다가 읽는 재미도 맛볼 수 있었다. 이런 이유로 『정충록』은 순조롭게 전파되어 곧바로 항간에서도 읽혀지게 되었을 것으로 판단된다. 정환국은 장서각에 소장된 『무목왕정튱록』이 『대송중흥통속연의』을 번역한 국문필사본으로, 필사 시기는 1760년으로 잡혀 있다고 하였다. 하지만 연의류가 상당히 읽혀지던 16세기 후반의 정황으로 미루어 보아 『대송중흥통속연의』의 국내 향유를 1760년보다 훨씬 앞당겨 잡아도 될 것임을 시사한 바 있다.[54]

---

53) 柳成龍, 「精忠錄跋」. "後之觀者, 若但喜其戰陣之形, 擊刺之狀, 而欲快心於狼居之北, 不知以忠孝爲本, 則是直衛霍之事耳. 豈足以知武穆哉? 而亦非殿下今日印頒是書之意也."
54) 정환국, 「洞仙記의 志向과 소설사적 의미」, 『대동한문학』 14집, 대동한문학회, 2001.

이것으로 미루어 보아 악비의 실기인 『정충록』 역시 세교를 위해 국문으로 번역되었을 가능성이 크다. 이러한 악비 이야기는 '정강지변'을 배경으로 하여 남녀의 이합을 다루고 있는 17세기 전기소설 「동선기(洞仙記)」의 창작에 일정한 영향을 주었다는 선행 연구가 있다.[55] 16세기 후반 유입된 중국소설류들이 읽혀지는 데만 그치지 않고 17세기 소설 창작에 일정하게 기여하였음을 알 수 있다.

한편 15세기에 유입된 『전등신화』는 16세기 후반에 들어서면 교서관에서 판각까지 할 정도로 관심이 지대하였다.[56] 물론 이 시기에도 『전등신화』에 대한 비판은 여전하였다. 기대승은 『삼국지연의』를 비난할 때 『전등신화』도 아울러 비난하면서 이런 저속한 책자를 교서관에서 간행할 수 없다고 반발하였다.[57]

하지만 『전등신화』에 대한 비난보다는 관심이 더 컸던 듯하다. 이는 16세기 중반에 임기가 펴낸 『전등신화구해(剪燈新話句解)』가 10년 후에 거듭 간행된 점에서 알 수 있다. 임기의 『전등신화구해』는 1549년 이미 아전 송분(宋糞)에 의해 간행된 바 있는데, 책의 상태가 양호하지 않자, 1559년에 교서관 관리의 힘을 빌어 다시 간행하였다. 임기는 경전을 도외시하는 당시의 학문 풍토에서 사람들의 관심이 어차피 『전등신화』에 쏠려 있다면, 이 책을 초학자들에게 가르쳐 우선 글을 깨우치게 하고, 그 다음에 경전을 통해 도를 구하게 해도 괜찮을 것이라고 주장하였다.[58] 이것은 권도(權道)를 통해 정도(正道)로 나아가는 돌파구를 찾자는

---

55) 정환국은 위의 논문에서 "「동선기」는 시종 정강지변의 소용돌이를 따라, 그리고 악비가 금군을 물리치는 구도 속에서 서사가 진행되는데, 진작부터 우리나라에서 고조되어 있던 악비의 사적과 매우 밀접한 관련 속에서 성립된 작품"이라고 규정하였다.

56) 柳希春의 『眉巖日記草』에는 외교서관의 책장 億享이 와서 『전등신화』 인쇄할 것을 의논한 내용("外校書館冊匠億享, 來議印『剪燈新話』")이 나온다.

57) 『선조실록』 권3, 2년 6월 임진조. "『剪燈新話』, 鄙褻可愕之者, 校書館私給材料, 至於刻板, 有識之人, 莫不痛心, 或欲去其板本, 而因循至今, 閭巷之間, 爭相印見, 其間男女會淫神怪不經之說, 亦多有之矣."

58) 林芑, 「剪燈新話句解跋」. "或有嘲於余曰 : '(…중략…) 聖賢經世之書, 不一而足. 吾

것이다. 임기는 기대승처럼 정도만을 고집하지 않았다. 정도가 세간의 대세(大勢)가 아니라면 억지로 급하게 역류시켜 바로잡으려 하지 말고 대세를 따라 흘러가면서 시간을 갖고 정도로 가는 길을 모색해 보고자 하였다. 임기의 사고가 기대승보다 좀 더 유연함을 알 수 있다. 물론 이 차이도 앞에서 거론한 바 있듯이 입장의 차이일 수 있다.

임기가 이렇게 자신이 주해한 책에 당당했지만, 고상안(高尙顔, 1553~1623)은 그의 주석에 오류가 있음을 지적하고 있다. 당시 사대부들이 『전등신화』의 주석까지 꼼꼼히 챙겨 읽었음을 알 수 있다. 이는 그만큼 『전등신화』에 대한 관심의 수준이 높아져 단순히 소설 작품으로 읽는 차원을 넘어서 학술적인 차원으로까지 나아갔음을 의미한다.

현재로서는 16세기 소설과 관련되는 문헌 기록들이 아직 많이 발견되지 않아 16세기 소설 지형도를 확실하게 파악해낼 수 없다. 그런데 본고에서 기존의 문헌 기록들만을 갖고 퍼즐 조각을 끼워 맞춰 나가듯이 이리저리 고심하다보니 16세기 소설 지형도의 대체적인 윤곽을 그려볼 수 있었다. 또한 이를 통해서 16세기에도 상하층 모두에서 소설을 향유하였을 정도로 소설은 이미 폭넓은 독자층을 확보하며 전파되고 있었음을 확인하였다.

子去彼取此, 何?' 余答曰 : '聖賢之書, 先儒之訓詁, 備矣. 然猶今世之學者, 其深造乎道者無盡. 與其學聖賢書而不能深造乎道, 孰若學是書而以爲談助乎? 且古人以爲經傳, 道之筌蹄也. 況是書乎! 雖然, 初學者誠能解文於此, 而求道於彼, 則是書亦經傳之筌蹄也. 顧何以譏余乎?'"(무악고소설자료연구회 편, 앞의 책, 115~118면)

4. 여언(餘言) – 소설독자층의 형성 문제

지금까지 16세기 조선사회에 중국소설들이 어떻게 유입되어 향유되었는지 문헌기록을 통해 추정해 보아 소설이 독서물로 자리 잡아 나아가는 과정을 대강이나마 그려보았다. 16세기 당시 중국에서 대도시를 중심으로 전성기를 구가하던 중국소설들은 대명무역의 형태가 사무역으로 전환되어 가면서부터 국내로 서서히 유입되기 시작하였다. 이렇게 유입된 중국소설들은 소설적 욕구가 잠재되어 있었던 식자층을 중심으로 읽혀지면서 은연중에 여항간으로까지 전파되기에 이른다.

16세기 초기에는 주로 『전등신화』 같은 전기류 소설들이 유입되었는데, 16세기 중반으로 접어들면서 『전등신화』 가운데 「취취전(翠翠傳)」이 번역되어 여항간에서까지 읽혀졌음을 확인할 수 있었다. 16세기 중반에는 남희(南戲)의 연출대본인 『오륜전비기』가 유입되어 『오륜전전』으로 윤색·번역된 것 이외에 다른 중국소설들이 유입된 기록을 지금으로서는 찾아볼 수 없었다. 이 시기는 도학에 치중하던 사림파들이 우세했기에 소설에 대한 긍정적 평가를 공공연하게 하지 않는 것이 불문율처럼 되어 있었지만, 실제로는 많은 사람들이 소설을 향유하였음을 알 수 있었다. 16세기 후반기에는 『삼국지연의』를 비롯하여 여러 종류의 연의류 소설들이 유입되었는데, 사대부 남성들은 각기 자신들이 처한 입장에 따라 연의류 소설들을 강력하게 비판하기도 하였지만, 무료함을 달래기 위해 읽기도 하였으며, 때로는 정사에서 확인할 수 없는 지식을 습득하기도 하였다. 16세기에 유입된 중국소설류들을 어느 계층보다도 먼저 접했을 사대부 남성들이 소설 그 자체를 부정한 것은 아니었다. 다만 사회적으로나 가정 내에서 모범을 보여야 하는 위치에 있었던바, 사람들이 연의류 소설이 주는 재미에만 빠져들어 일을 그르치거나 연의류 소설이 만연하게 될 경우 나타나게 될 병폐를 우려했을 뿐이다. 하지만 이런 우려를 무색하게 하는 양 16세기 후반 경에는 주석에 대한 오류를 과감히 지적하기도 하여 『전등신화』를 학술적인 차원으로 끌어올리기까지 하였고, 심지어 『전등신화』를 교서관에서까지 간행하기도 하였다. 16세기에 유입된 중국소설들은 사대부 식자층, 실무에 종사하던 중인층, 규방의 여성들, 그리고 여항간의 사람들에게까지 전파되어 읽혀지면서 독자층을 폭넓게 확보하여 나아갔다.

형식과 이데올로기의 불화

16세기 몽유록(夢遊錄)의 생성과 전개

조현설

1. 왜 몽유록인가?

주인공이 꿈이라는 매개를 통해 이계를 경험하고 돌아오는 몽유(夢遊) 모티프를 지닌 서사 유형을 몽유 양식이라고 한다면 몽유 양식은 우리 서사문학사에서 13세기 「조신전(調信傳)」을 통해 비로소 구현된다. 조신의 꿈은 현실의 외부에 있는 불교적 깨달음에 이르도록 관음보살이 제공한 일종의 가상 체험이었다. 이런 가상 체험의 형식은 15세기의 「용궁부연록(龍宮赴宴錄)」·「취유부벽정기(醉遊浮碧亭記)」·「남염부주지(南炎浮洲志)」에서도 반복된다. 꿈을 통한 용궁·선계·염부주 여행은 문제적 주인공들을 현실의 외부로 인도한다. 말하자면 몽유 모티프의 활용은 전기(傳奇)가 구사하는 긴요한 서사 기법의 하나였던 것이다.

그런데 16세기에 새롭게 창작된 몽유록(夢遊錄)은 이전의 몽유 양식과는 다른 서사적 지향을 보여준다는 점에서 주목된다. 심의(沈義)의 「몽기(夢記)」(일명 大觀齋夢遊錄, 1529), 신광한(申光漢)의 「안빙몽유록(安憑夢遊錄)」(1553), 임제(林悌)의 「원생몽유록(元生夢遊錄)」(1576)[1] 그리고 최현(崔晛)의 「금생이문록(琴生異聞錄)」(1594) 등의 몽유록 작품은 꿈을 통해 다른 세계를 경험한다는 점에서는 같지만 그 경험의 '내용'이나 '효과'가 다르다는 점에서 전기와는 상당히 이질적이다. 그렇다면 문제는 몽유 모티프를 이미 잘 활용하고 있는 전기라는 서사 형식이 있었음에도 불구하고 몽유록이라는 새로운 서사 형식이 왜 16세기에 요청되었는가 하는 것이다.

그러나 이런 질문 자체는 전혀 새로운 것이 아니다. 이미 1970년대 후반에, 비록 전기와의 연관 속에서 문제를 제기하거나 16세기만을 거론하지는 않았지만, "몽유록이라는 특이한 유형의 작품들이 특정 시대에 왜 창출되고 유행되었는가"[2]라는 질문이 던져진 바 있기 때문이다. 정학성은 이 물음에 대해 "몽유록은 양반 사대부들이 역사 과정에 대한 그들의 갈등과 신념을 표현하기 위해, 역사적 실재에 무관심한 허구적(虛構的) 서사유형을 그들 나름의 고유(固有)한 사고방식과 표현방식에 의해 변형시킨 독특한 류의 작품"[3]이라고 하여 몽유록을 16~17세기의 정치적 환경 속에서 소외된 사대부들이 우언(寓言)이라는 문예적 전통을 활용하여 자신들의 갈등과 좌절을 허구화한 서사 양식이라는 시각을 제시했다. 하지만 이런 시각은 몽유록을 소외된 사대부들의 표현 양식

---

1) 「원생몽유록」은 아직 작자 시비가 마무리되지 않았는데 작자가 원호라면 15세기, 임제라면 16세기 작품이 된다. 임제설의 경우에도 창작 시기에 대해서는 1568년(황패강), 1576년(윤주필·신해진) 등의 견해가 있다. 필자는 일단 임제설을 지지하는 입장에서 「원생몽유록」을 다룬다. 몽유록이라는 양식의 생성과 전개에 대한 논의 과정에서 간접적으로나마 「원생몽유록」이 왜 16세기에 창작될 수밖에 없는 작품인지가 드러날 것으로 기대한다.

2) 정학성, 「몽유록의 역사의식과 유형적 특질」, 『관악어문연구』 2집, 서울대 국문과, 1977, 278면.

3) 위의 논문, 297면.

으로만 볼 수 없다는 점,4) 사대부라는 규정이 너무 포괄적이라는 점5)에
서 타당한 비판을 받은 바 있고, 우언의 전통만을 강조하고 전기라는
더 직접적인 관련항을 소홀히 여긴 한계가 있었다.

그 후 정학성은 "서사구조면에서는 환상과 현실의 대립적 결합으로
이루어진『금오신화』중 「남염부주지」등에 차용되고 있는 몽유담(夢遊
譚, 꿈이야기)의 형식을 잇고 있는데, 주인공이 암흑 속의 현실로 되돌아
와 고뇌 속에 남게 되는 결말처리와 함께 실재했던 역사적 사건과 인물
을 환상세계 속에 끌어 들이고 있는 점이『금오신화』와 차이가 난다"6)
고 하여 15세기 전기와의 관련 속에서 몽유록의 양식적 위상을 언급하
여 소설사적 논의의 가능성을 보여 주었다. 그러나 왜 몽유록이 역사적
사건을 환상 속으로 끌어들이고 있는지, 주인공의 어두운 현실로의 귀
환이라는 결말이 어떤 양식사적 의미가 있는지에 대해서는 공백으로
남겨 두었다.

몽유록의 소설사적 위상에 대해서는 그 후 신재홍이 '몽유 양식'의
역사적 전개라는 관점에서 총괄적인 논의를 펼친 바 있다. 그러나 그는
몽유 양식을 지나치게 포괄적으로 적용하려는 욕심을 보이고 있을 뿐
만 아니라7) 「몽기」나 「안빙몽유록」을『금오신화』와 같은 몽유전기소설
로 다루고 있으며, 이른바 '좌정―토론―시연'이라는 형식적 측면을 강

---

4) 신해진,『조선 중기 몽유록 연구』, 박이정, 1998, 141면 참조.
5) 신해진, 위의 책; 김정녀,「몽유록의 현실대응 양상과 그 의미」(고려대 석사논문,
  1997) 등의 논의 참조.
6) 정학성,「조선 전기의 비판적 문학」,『민족문학사 강좌』상, 창작과비평사, 1995, 154면.
7) 신재홍은『韓國夢遊小說研究』에서 몽유 양식의 하위 갈래를 몽유전기소설・몽유
  록・몽유장편소설로 분류하고 있는데 13세기 몽유전기소설로「조신전」외에「최치원」
  을 들고 있다. 그러나「최치원」에 몽유 양식이 등장한다고 보기는 어렵다. 그래도 신
  재홍은 귀녀들과의 만남이 몽유와 유사하다는 이유를 들어 '유사몽유 양식'으로 처리
  하고 있다. 그 점은 15세기『금오신화』의「만복사저포기」・「이생규장전」등에서도 마
  찬가지이다. 그러나 원혼과의 만남과 결연이라는 문제와 꿈을 통한 사건의 전개는 비
  록 양자가 모두 주인공의 간접화된 욕망을 드러내는 것이라고는 해도 그 내포는 다르
  다고 생각한다. 몽유 양식을 지나치게 포괄적으로 적용하면서 비롯된 무리로 보인다.

조하여 「원생몽유록」을 몽유록의 완성태로 보고 있을 뿐 좀 더 긴요한 서사문학사적 매듭으로 여겨지는 몽유전기와 몽유록의 양식적 차이에 대해서는 깊이 있는 논의를 보여주지 못했다고 생각된다.

정학성·신재홍 등의 문제제기 이후 몽유록에 대한 적지 않은 연구들이 이어졌지만 근래의 연구들은 주로 작가론이나 작품론적 분석에 주력하고 있어 연구 초기의 이 같은 소설사적 문제제기를 심화하지 못한 것으로 판단된다. 따라서 몽유록의 서사문학사적 위상을 검토하여 16세기 몽유록의 생성과 전개에 대한 새로운 문학사적 시각을 수립하려는 우리의 논의는 필경 '왜 몽유록이라는 새로운 서사 형식이 16세기에 요청되었는가'라는 질문에서 다시 시작될 수밖에 없다.

2. 16세기의 새로운 서사 환경과 몽유록의 생성

몽유록이라는 새로운 양식의 출현을 해명하기 위해서는 무엇보다도 16세기의 새로운 서사 환경에 주목해야 한다. 지금까지의 논의가 주로 몽유록의 작가인 사대부들의 개인적 성향과 그들의 사회적 문제의식에 초점을 맞추고 있다면 이제는 작가의 창작을 추동한 16세기의 새로운 서사문학사적 추이에 관심을 가질 필요가 있다는 것이다. 그저 현실에 문제의식을 느낀 작가가 허구적인 수법을 사용하여 새로운 의미를 표현했다고만 할 것이 아니라 왜 허구적 수법이 이 16세기 사대부 지식인들에게 중요한 표현의 도구로 취택되었는가를 물어봐야 한다는 것이다.

그간 서사문학사, 특히 소설사에서 16세기는 15세기에 비해 소설적 성취가 떨어진 시기이거나 향후 만개할 17세기의 화려한 소설사를 예비하는 시기라는 식의 온당치 못한 문학사적 평가를 받아왔다. 그러나

「설공찬전」 등 새로 발굴되거나 새로 인식된 다양한 자료들은 16세기 역시 나름의 서사문학사적 활력을 지닌 시기였다는 것을 증언하고 있다는 점에서 기존의 편협한 시각은 재조정되어야 한다고 생각한다.

16세기의 서사 환경을 고려할 때 무엇보다도 염두에 두어야 할 것은 명으로부터 상당한 양의 서적과 소설류들이 유입되었다는 사실이다. 쉽게 확인할 수 있는 것만 해도 연산군 12년(1506), 곧 16세기 초반에 이미 『전등신화(剪燈新話)』·『전등여화(剪燈餘話)』·『효빈집(效顰集)』과 같은 문언체-단편 전기소설집과 『교홍기(嬌紅記)』·『서상기(西廂記)』와 같은 백화체-장편 희곡소설이 함께 거론되고 있고,[8] 명대 문언소설집인 「화영집(花影集)」의 수입(1546)과 판각(1586)이 있었다는 것이나,[9] 낙서거사(洛西居士)라는 이가 1531년에 쓴 「오륜전전(五倫全傳)」이 중국 희곡 『오륜전비기(五倫全備記)』의 번안작이라는 사실뿐만 아니라 그 서문에 "내가 보니 여항의 무식쟁이들이 한글을 배워 늙은이들이 전하는 이야기를 베껴 밤낮으로 떠들고 있는데 이석단(李石端), 취취(翠翠) 이야기 같은 것은 심히 허탄하고 음탕하여 참으로 볼 만한 것이 없다"고 한 것을 보면 『전등신화』류 등 다양한 중국소설들이 상당수 유입되어 널리 읽히고 있었다는 것을 알 수 있다.

이와 함께 고려해야 할 것이, 위에 언급한 「오륜전전」의 서문이 보도해 주듯이 소설 작품들의 국문 번역 유통이다. 취취 이야기 등의 유통에서 알 수 있듯이 『전등신화』류의 중국소설은 물론이고, 채수의 「설공찬전」 파문[10]이나 보우의 「왕랑반혼전」의 사례에서 드러나듯이 16세기에는 이미 국내 작가에 의한 창작소설이나 불교계 소설 등 상당수의 소

---

8) 제1부 정출헌, 「표기문자 전환에 따른 16~17세기 소설 미학의 변이 양상」 참조

9) 최근 연구에 따르면 『효빈집』 역시 16세기에 목판본이 간행되었던 것으로 추정되고 있다(『효빈집』의 판본 등에 관한 자세한 논의는 최용철, 「效顰集의 傳播와 板本 硏究」, 『中語中文學』 32집, 한국중어중문학회, 2003을 참조할 것).

10) 이 문제에 대한 자세한 논의는 제1부 조현설, 「조선 전기 귀신이야기에 나타난 신이(神異) 인식의 의미」 참조

설 작품들이 한글로 번역되어 독자들을 확보해 가고 있었다.

이 흐름을 이해하는 데 "16세기 고전소설의 문학사회학적 지평을 '서사적 흥미'와 '이념적 교화'라는 모순적인 관계 속에서 조망할 필요가 있다"는 최근 정출헌의 문제제기[11]는 시사하는 바가 크다고 생각한다. 말하자면 전통적으로 허구는 유가들에게 교화라는 관점에서 수용되고 있었고, 「오륜전비기」의 「오륜전전」으로의 번안과 한글의 번역도 그런 맥락에 있는 것이지만 한편으로는 서사적 흥미에 대한 관심이 여항의 무식쟁이들에게까지도 고조되고 있었기 때문에 소설을 한사코 거부하던 유가들 역시 서사적 흥미라는 허구의 다른 측면에 무심할 수 없게 되었다는 것이다. 우리는 바로 이런 변화된 서사 환경이 16세기의 사대부 작가들에게 '허구를 향한 충동'을 불러 일으켰을 가능성이 높다고 생각한다. 이런 충동은 유가 이데올로기에 균열을 불러일으킬 수 있다는 점에서 위험한 것이었지만 유가의 입장에서는 이런 흐름을 도외시할 수만은 없었던 것이 아닐까? 말하자면 공식적으로는 비판을 늦추지 않으면서도 비공식적으로는 이념적 교화라는 명분을 통해 서사적 흥미를 수용하고, 나아가 이념의 표현을 위한 도구로 허구를 포획해 들였으리라는 것이다. 16세기의 다양한 문학사적 실험 가운데 「최문헌전」과 같은 도가적 취향의 소설, 「천군전(天君傳)」류의 심성 가전, 그리고 몽유록은 바로 이런 환경 속에서 창작될 수 있었을 것으로 생각한다.

주지하다시피 16세기는 중종반정과 함께 열린다. 이 말은 이 시기에 사대부 내부의 정치적 알력이 간단치 않았다는 것, 그리고 그에 따른 사대부들의 정치적 부침이 적지 않았다는 것을 아울러 함축하고 있다. 이런 알력과 부침 가운데 핵심적인 사안은 사림들의 정치적 진출을 또한 번 좌절시킨 기묘사화(己卯士禍, 1519)와 사화를 넘어 결국 지방 중소 지주 출신인 사림들이 중앙 정계를 장악하게 되는 16세기 후반의 변화

---

11) 정출헌, 앞의 논문 참조.

일 것이다. 이런 사회적 추이는 훈구와 사림으로 나뉘어 정치적 긴장을 주고받았던 사대부 내부에 적지 않은 문학적 자극을 주었을 것으로 생각된다. 훈구 출신이면서도 훈구파와 갈등 관계를 노출하고 있던 문제아 심의, 훈구 가문 출신이지만 훈구와 사림을 오가면서 양자의 조화를 화두로 삼고 있던 신광한, 사림 집권 이후의 동서붕당에 지극히 비판적이었던 임제, 그리고 기축옥사(己丑獄死, 1589) 이후 사림의 학맥이 뚜렷해져 가는 과정에서 퇴계의 계보에 있던 최현, 이들 몽유록의 작가들은 사대부들의 정치적 갈등과 분화 과정에서 자신들의 고민과 이념을 표현할 적절한 문학 양식을 모색했을 것이다. 우리는 바로 이 양식의 모색 과정에 '허구를 향한 충동'이라는 16세기의 서사 환경이 적지 않은 압력으로 작용했을 것으로 생각한다. 물론 거기에는 직필하기 어려운 비판이나 이념을 둘러말하려는 우의적 서사의 전통도 작용했겠지만 허구를 통해, 다시 말해 서사적 흥미에 실어 이념을 말하려는 강한 시대적 충동이 그간 기휘하던 이른바 소설 양식 쪽으로 이들 사대부 작가들을 유인했을 것이다. 심의의 「몽기」가 몽유록이라는 새로운 양식을 모색하면서 전기(傳奇)를 참조하지 않을 수 없었던 까닭도 여기에 있었으리라. 지금까지 적절히 해명된 것으로 보이지 않는 16세기 몽유록 생성의 매듭을 풀 수 있는 실마리가 여기에 있는 것이다.

3. 형식과 이데올로기의 불일치

①몽유록의 생성의 경로와 양식적 특성을 규명하기 위해서는 몽유록 이전에 있었던 두 유형의 서사적 전통에 주목해야 한다. 하나가 가전(假傳)이라면 다른 하나는 전기(傳奇)이다.

주지하다시피 고려의 가전은 우언의 전통을 이은 것으로 조선시대에 와서 '천군전'류의 심성 가전으로 확장되는데 가전의 기본적인 서사 방식은 사물을 의인화하여 인간사를 빗대거나 그 속에 작자의 이념을 담는 것이다. 가전은 의인체를 활용한다는 수법면에서는 몽유록과 무관하지만 작가가 가상의 세계를 구성하여 그 세계에 등장하는 인물들의 관계들을 통해 작가의 사상을 표현한다는 점에서는 몽유록과 무관치 않다. 더구나 16세기 몽유록의 하나인 「안빙몽유록」이 사물의 의인화라는 가전의 수법을 차용하고 있다는 점에서 몽유록은 가전의 토양 위에서 생성되었다고도 할 수 있을 것이다.

그러나 몽유록이 좀 더 직접적으로 계승한 것은 전기로 보인다. 그것은 무엇보다도 전기의 이계와의 만남이 몽유록의 꿈을 매개로 한 상상적 세계의 구축과 유사하기 때문이다. 달리 말하면 '현실→이계→현실'이라는 서술 구조가 동일하다는 것이다. 더구나 형성기 몽유록이라고 할 수 있는 「몽기」나 「안빙몽유록」에 남가일몽(南柯一夢)이라는 표현이 등장하고 있는 것이나, 「안빙몽유록」의 "세상에 전해 오는 괴안국 이야기는 매우 허탄하고, 아 또한 괴이하구나 하고 몸을 기댈 듯 말 듯하다가 한가하고 홀연한 생각에 선잠이 들었다"[12]는 입몽(入夢) 부분에 드러나는 「남가태수전(南柯太守傳)」(唐, 李公佐)의 영향을 염두에 둔다면 몽유록이 전기를 그 모태로 삼았다는 것은 부인할 수 없다. 문제는 서술 구조의 외적 동일성에도 불구하고 두 양식 사이에는 상당한 거리가 있다는 사실이다.

전기가 기이한 세계와의 접속을 위해 가장 흔히 사용하는 장치가 무의식의 통로라고 할 수 있는 꿈이라는 것은 주지의 사실이다. 꿈을 통해 주인공은 다른 세계 안으로 진입하게 되는데 이 다른 세계는 주인공의 욕망이 실현되는 공간이 된다. 그런데 전기 양식, 특히 우리의 전기

---

12) 『企齋記異』. "世傳槐安之說, 甚誕吁亦怪哉, 徙倚閑忽思假睡."

양식가 보여주는 특이성은, 이미 많은 논자들이 지적한 바와 같이, 실현된 욕망이 일시적 환상으로 마무리되는 것이 아니라 환상이 현실을 변형시킨다는 점이다. 주인공은 환상을 통해 현실을 초월하는 존재의 전환을 이룩한다. 이런 의미에서 박희병은 전기를 "현존하는 세계를 부정하면서 그것을 초월하기를 희구하는 작자의 심리감정의 반영이자 그 형식화"[13]라고 했던 것이다.

그런데 전기 양식이 환상을 매개로 현실의 초월하는 주인공의 형상을 통해 세계를 부정한다는 것은 무슨 뜻인가? 이때 세계란 저 '광포한' 일반 세계 이상의 것이다. 그 세계는 분명 전(傳)을 통해 유가적 이데올로기를 구축하려는 세계이다. 전기는 글쓰기와 독서경험을 통해 괴력난신 자체를 부정하는 유가적 이데올로기를 교란하는 양식인 것이다. 우리는 『금오신화』 읽기를 통해 이 교란의 현장을 충분히 목도할 수 있다고 생각한다. 그리고 이런 점에서 전기는 그 서사 형식과 이데올로기가 일치하는 문학 양식이라고 할 수 있다. 이계 여행이라는 반유가적 형식을 통해 유가 이데올로기로 구축된 현실에 대한 강력한 부성의 담론을 구축하고 있으니까 말이다.[14]

이런 전기 양식의 '행복한' 서사에 비해 몽유록은 상대적으로 '불행한' 서사 양식이다. 이 양식적 행불행은 심의의 「몽기(夢記)」와 「몽사자연지(夢謝自然誌)」를 비교해 보면 잘 드러난다. 두 작품은 비슷한 시기에

---

13) 박희병, 『한국 전기소설의 미학』, 돌베개, 1997, 225면.
14) 이계 여행과 같은 기이한 세계와의 접촉을 서사의 골간으로 운용하고 있는 전기가 반드시 반유가적 양식이냐에 대해서는 논란이 있을 수 있다. 왜냐하면 유가적 교양과 지향을 분명히 가지고 있었던 적지 않은 작가들이 기이한 세계를 서사화하고 있기 때문이다. 그래서 유가적이냐 반유가적이냐가 아니라 구체적 현실에서 작가가 어떤 입장을 취하느냐가 중요하다는 시각이 있을 수도 있다고 본다. 그러나 현실의 삶의 자세가 유가의 그것이라고 하더라도 그가 모종의 표현 욕구를 가지고 미학적 관점에서 전기라는 양식을 취택하는 순간 그는 이미 전기 양식의 기율을 따를 수밖에 없다. 우리가 전기 양식 자체가 유가의 세계관과는 다른 세계관의 소산이라는 사실을 부정할 수 없다면 거기에 '반유가적'이라는 수사를 사용해도 큰 무리는 없으리라고 생각한다.

먼저 「몽기」가, 뒤이어 「몽사자연지」가 창작되었고, 몽유 모티프를 가졌다는 점에서는 같지만 서사적 지향은 사뭇 다르다는 점에서 대단히 흥미롭다.

나중에 지어진 「몽사자연지」는 주인공 '나[余]'가 사자연이라는 선녀를 낮꿈에서 만나 담소를 나누고 연정을 느끼다가 깨어난다는 줄거리인데 여기서 긴요한 부분은 이들이 나누는 대화 속에 드러나는 강한 도가적 지향이다. 사자연이 한유가 어떤 인물이냐고 묻자 '나'는 문장은 유여(有餘)하지만 인물은 고집스럽고 꽉 막혔다15)고 하면서 한유가 지은 「사자연시(謝自然詩)」에서 "오호라 저 한녀여, 영영 이물들 속으로 들어갔구나"라고 한 것을 예로 들어 세상 사람들이 한유를 군자라고 하지만 나는 그것을 믿지 않는다16)고 대답한다. 이 대답으로 '나'는 사자연의 칭찬을 듣고 상으로 선주(仙酒)를 받는다. 여기서 주인공이 비판한 한유는 기실 노불(老佛)사상에 비판적이었던 인물이다. 그의 「사자연시」도 당나라의 여관(女官)이었던 사자연의 승선(昇仙) 이야기를 듣고 신선사상의 그릇됨을 비판한 시편이라고 할 수 있다. 이런 한유를, 이 작품은 한유의 비판을 받은 사자연과의 몽중상봉(夢中相逢)을 통해 다시 비판하고 있는 것이다. 이렇게 본다면 심의의 「몽사자연지」는 서사 형식과 이데올로기가 어긋나지 않는다. 몽유라는 반유가적 장치를 통해 도가적 세계관에 대한 친밀감을 드러내고 있으니까 말이다. 그리고 이 친밀감은 사자연의 무명지를 손톱으로 찌르는 '나'의 사자연에 대한 감각적 연정의 표현을 통해 강화되고 있기까지 하다. 이런 점에서 「몽사자연지」는 전기 양식, 그 가운데서도 애정 전기에 가깝다고 할 수 있다. 그러나 애정 전기와는 달리 몽중의 만남이 가볍기는 하지만 이념에 대한 토론으로 전개된다는 점에서 몽유록 일반이나 「남염부주지」와 같은 토론 형식의 전기들과 양식적 특징을 공유하고 있기도 하다. 따라서 「몽사자연

---

15) 沈義, 「夢謝自然誌」. "愈也, 文章雖有餘, 人物則執拗而杜撰也."
16) 위의 글. "愈作仙娘詩, 噫乎彼寒女, 永託異物群. 世稱韓愈爲博雅君子, 吾獨不信."

지」는, 몽유록이라는 견해[17]가 없지 않지만, 전기와 몽유록의 중간쯤에 있는 작품이라고 해야 할 것이다. 이런 「몽사자연지」의 위치는 「몽기」를 보면 더 분명해진다.

「몽기」 역시 도가적 취향을 가지고 있다. 주인공 심모(沈某)가 들어간 호성전(昊聖殿)의 분위기, 천자의 지위를 상제(上帝)가 특별히 마련해 주었다는 진술, 조문희(曹文姬)나 사자연 같은 선녀들의 출현, 홍애(洪崖)·선문(羨門)·도골(道骨)·선적(仙籍)·태상(太上)과 같은 표현 등은 「몽기」의 도가적 분위기를 짐작하기에 충분하다. 이는 물론 작자인 심의의 사상적 취향과도 무관치 않을 것이다. 그러나 좀 더 본질적인 것은 몽유라는 형식 자체가, 그 동아시아적 기원이라고 할 수 있는 장자의 호접몽(胡蝶夢)에서 알 수 있듯이 노장적 사유가 형식화된 것이며, 그것이 전기라는 양식을 통해 구조화되었다는 사실이다. 따라서 꿈을 통한 이계여행의 서사 구조를 선택하는 순간 작가는 작가의 의도와 무관하게 도가적 사유를 추인하게 되는 것이다. 다시 말하면 허구적 담론의 무의식적 추인을 통해 유가 이데올로기와 맞서게 되는 것이다.

그런데 「몽기」의 문제는 허구적 담론, 반유가적 서사 형식을 통해 오히려 유가 이데올로기를 표현하려고 한다는 데 있다. 「몽기」에 대해 모든 논자들이 동의하는 것은 그것이 이념의 텍스트라는 점이다.[18] 「몽기」가 환상의 공간을 통해 구상하고 있는 것은 천자 최치원, 수상 을지문덕, 좌상 이제현, 우상 이규보, 그리고 김극기·이인로·권근·이색·정몽주·이숭인·유우선·강희맹·김종직 등이 관각의 요직을 나눠 맡고 있는 이상적인 문인의 왕국이다. 그리고 이 왕국은 "천자는 문장을 좋아하셔서 현부귀천을 묻지 않으시며 또한 나이와 지위를 막론하고

---

17) 조동일, 『한국문학통사』 2(3판), 지식산업사, 1994, 485면.
18) 일찍이 정학성은 몽유록을 이념제시형과 현실비판형으로 유형화하여 분류한 바 있다. 이 분류에서 「몽기」는 이념제시형의 첫머리에 놓이는 작품이다. 자세한 것은 정학성, 앞의 논문 참조.

오직 문장이 낮고 높음을 보아서 벼슬을 올리시기도 하고 낮추시기도 하신다네"[19]라는 박은(朴誾)의 전언이나 "천자께서는 문장을 취할 때 그 체제를 당률(唐律)과 똑같이 했다"[20]는 주인공의 판단에서 알 수 있듯이 당의 시문에 기준을 둔 문장지상주의의 왕국이다. 이런 왕국에 대한 환상은 물론 작자 심의의 현실에 대한 비판, 다시 말해 훈구 출신이면서도 훈구들의 사장(詞章) 중심적 글쓰기에 대한 비판을 담고 있는 것이다. 문제는 현실의 문풍을 우의적 환상을 통해 비판하고, 결국은 유가적 이상주의를 구가하려는 작가의 이념적 지향이 반유가적 서사 형식을 통해 구현된다는 사실이다. 형식과 이데올로기의 불일치, 전기와는 다른 몽유록의 양식적 특이성이 바로 여기에 있다고 필자는 생각한다. 1529년에 창작된 「몽기」는 이런 양식적 특이성을 비로소 드러낸 몽유록 작품인 것이다.[21]

이런 맥락에서 본다면 「몽기」의 작자가 김시습을 반역자로 설정한 연유를 어느 정도 짐작할 수 있다. 김시습은 "지금의 천자는 성격이 편벽하고 당율(唐律)에만 탐닉하여 지란(芝蘭)처럼 오직 파리할 뿐 부드럽고 부귀한 기상이 없다. 다만 벼슬길에만 채찍을 날려 맹교(孟郊)와 가도(賈島) 같은 가난한 사람을 백 리 밖 외임(外任)으로 내보냈으나 이들은 다 소식(蘇軾)과 황정견(黃庭堅) 같은 사람이다. 이에 나의 날쌘 군사를 내어 저 마른 잎 같은 천병(天兵)을 쳐부수고 썩어빠진 학사들의 목을 베어버리며 천자를 바꿔치우려 한다. 소인들은 저 멀리 쫓겨날 것이며 이후로는 우리들이 묵은 먼지를 털어 버리고 조정에 서게 될 것이다"라

---

19) 「夢記」. "令天子好文章, 不文賢不貴賤, 勿論個限循賓, 推親文章高下, 以官爵陞降除授."
20) 「夢記」. "天子取文章體制如唐律."
21) 신재홍은 「몽기」에 대해 "몽유전기소설과 몽유록의 중간적 · 복합적 성격을 지닌 작품"(신재홍, 앞의 책, 80면)으로 이해했지만 이런 시각은 「원생몽유록」을 몽유록의 형식적 틀이 완성된 작품으로 상정하고 그 틀을 「몽기」에 소급 적용하면서 발생한 오류로 보인다. 중요한 것은 외형적 틀이 아니라 형식과 이데올로기의 상관 관계다.

는 격문을 날리며 반란을 도모하다가 작자의 분신인 주인공 심모의 소영비술(嘯咏秘術)에 의해 간단히 제압된다. 이 반란과 평정에 대해서는 "송시풍을 대변한 김시습이 당시풍을 추구한 최치원에게 반기를 들었으나 당시풍을 숭상하는 심의에 의해 좌절된 것"이라는 견해[22]가 설득력을 얻고 있고 필자도 이런 견해에 동의하지만 양식사적인 측면에서 볼 때 김시습의 반란과 심모의 평정을 15세기 전기와 16세기 몽유록의 관계에 대한 은유로 읽을 수도 있다고 생각한다.

심의는 앞에서 거론한 「몽사자연지」에서 노장사상을 비판한 한유를 꽉 막힌 인물이라고 비판한 바 있다. 그런데 「몽기」에서는 한유에 대한 평가가 달랐다. 한유는 천자 두보를 따라 '사단(詞壇)'에 나온 재사들(한유·유종원·소식·황정견) 가운데 한 사람으로 "문장이 웅장하고 호방하며 준수하고 정결하여" 문장 왕국의 천자 최치원도 당하지 못할 정도라고 평가되고 있다. 이런 한유에 대한 상반적인 평가는 「몽기」의 양식적 지향과 관련이 있다. 다시 말해 "풍월이나 농하고 사치가 몸에 밴" 조정의 관료들,[23] 다리가 후들후들 떨려 '사단'에 오르지도 못하는 대신들, 곧 훈구 대신들을 비판하고, 경술(經術)에 근본을 둔 유가의 본질적인 문학관을 드러내려고 했던 작가의 태도와 무관치 않다는 것이다. 따라서 이 같은 함의를 지닌 한유에 대한 평가가 김시습에 대한 비판과 짝을 이루는 것은 당연한 것이다. 김시습은 송시풍을 대변케 하기 위해 내세워진 인물일 수 있지만 하필 김시습이 지명된 것은 한유가 비판했던 노장사상을 수용하고 있던, 그야말로 '방외적' 인물이고, 도가와 무관치 않은 몽유 모티프나 전기 양식을 통해 유가 이데올로기의 정당성을 심문했던 인물이기 때문이었을 것이다. 이렇게 본다면 심의는 주인공 심모 앞에 적장 김시습이 무릎을 꿇고 항복하게 함으로써 한편으로는 자신의 능력을 부당하게 평가하는 당대의 훈구 사대부들에게 자신의 능

---

22) 이 문제에 대해서는 신해진, 앞의 책, 56면에 잘 정리되어 있다.
23) 「夢記」. "在朝百執事, 吟弄風露, 奢靡成習 (…후략…)."

력을 과시하면서 한편으로는 김시습과 같은 방외적 흐름으로부터 유가 이데올로기의 정당성, 다시 말해 시와 문장으로 건립된 왕국의 정당성을 옹호하려고 했던 셈이다.

2 「몽기」 이후 16세기 중반에 나온 「안빙몽유록」(1553)과 「원생몽유록」(1576)에서도 「몽기」가 노출하고 있는 '불일치'는 지속된다. 물론 두 작품은 작가 신광한과 임제의 정치적 위치, 시대적 환경, 몽유의 내용 등 여러 면에서 차이가 있지만 몽유의 형식과 이데올로기의 불일치라는 점에서는 큰 차이가 없다.

「안빙몽유록」이나 「원생몽유록」은 「몽기」와는 달리 몽중세계가 이상적이지는 않다. 물론 「몽기」에도 주인공을 낙향케 하는 한원(翰苑) 선생의 탄핵과 같은 부조리한 부분이 사대부적 이상의 '잉여'처럼 도사리고 있지만 두 작품에서는 몽중세계 자체가 부조리한 현실의 거울로 존재한다. 과거에 거듭 실패하고 전원의 한가로운 삶을 누리고 있던 안빙이 몽유를 통해 경험한 화원왕국은 "권도(權道)가 횡행하고 있을 뿐만 아니라 군주가 절도에 맞지 않게 칠정(七情)을 표현하고 있으며 그에 따라 기강과 체통이 바로 설 수 없게 되어 시기와 질투가 만연할 수밖에 없었고 또 언로가 폐쇄되어 뜻 있는 선비들이 떠나지 않을 수 없었던 세계"24)였고, 의리를 아는 강개한 선비로 불의한 세상에 대해 원한을 품고 있던 원자허가 몽유를 통해 진입한 세계는 '몹쓸 신하들이 어진 임금을 치고도 요순탕무(堯舜湯武)를 빙자하여 자신들의 행동을 정당화하는'25) 부조리한 현실에 대한 울분으로 가득 찬 세계였기 때문이다. 이렇게 본다면 몽중세계를 통한 우의적 현실 비판은 몽유 모티프가 지닌 반유가적 이데올로기와 일치하는 것 같기도 하다. 몽유록을 소외된 사대부의 양식이라고 보는 시각26)도 여기에서 비롯되었을 것이다. 그러나

---

24) 신해진, 앞의 책, 100면.
25) 「安憑夢遊錄」. "堯舜湯武萬古之罪人也. 後世抓媚取禪者藉焉, 以臣伐君者名焉."

이 비판은 부조리한 현실에 대한 비판적 시선을 통해 부조리 너머에 있는 상도(常道)의 세계, 천도(天道)가 구축된 세계의 도래를 앙망하고 있다는 점에서 오히려 유가적이다. 이렇게 본다면 「안빙몽유록」이나 「원생몽유록」 역시 몽유라는 형식과 몽유를 통해 드러내려고 한 이데올로기 사이에 불화가 존재하는 셈이다.

여기서 우리가 주목해야 할 지점이 각몽(覺夢) 이후의 현실이다. 「몽기」의 경우 이상적 문장왕국을 몽유했지만 깨어난 현실은 어두운 분위기에 휩싸여 있다. 희미한 등불과 병든 아내가 누워 있는 방으로 돌아온 주인공의 현실은 다시 40여 년 동안 부풀어 오른 뱃속의 먹물로 시문을 쓰지 않을 수 없는 처지로 묘사되어 있다. 다시 말해 시문을 통해 부조리한 세계와 싸워야 할 유가 지식인의 운명을 부여주고 있는 것이다. 「안빙몽유록」의 주인공은 우레 소리에 깨어난 후 몽중세계가 화원의 사물들이 일으킨 괴변임을 깨닫자 "휘장을 내리고 글만 읽을 뿐 다시는 정원을 엿보지 않는다."[27] 이 불규(不窺)의 분위기 역시 단호하고 결기에 차 있기보다는 뭔가 답답하고 어두운 느낌이 강하다. 이런 분위기가 가장 고조되어 있는 것은 역시 「원생몽유록」이다. 원자허도 우레 소리에 깨어나는데 자허의 친구 해월거사의 입을 통해 토로되고 있는 각몽의 분위기는 "우주는 막막한데 한갓 뜻 있는 선비의 슬픔을 자아낼"[28] 정도로 암담하다. 이런 분위기들은 물론 몽유를 통해 사대부로서의 억압된 욕망을 우의적으로 표출했으나 다시 귀환한 현실의 불가역성에 대한 주인공 혹은 작가의 심리를 드러내는 장치일 터이지만 그보다 중요한 것은 주인공들이 현실의 암담함 속에 계속 거주한다는 사실이다. 전기의 주인공이 현실을 부정하고 초월한다면 이들 몽유록의 주인공들은 어두운 현실을 벗어나지 못한다. 이 지점에서 바로 앞서 강조

---

26) 정학성, 앞의 논문 296면.
27) 「안빙몽유록」. "生自此下, 惟讀書, 不復窺園云."
28) 「원생몽유록」. "宇宙悠悠, 徒增志士之悲也."

했던 형식과 이데올로기의 불일치가 노출되는 셈인데 여기서 다시 질문해야 할 것은 왜 이들은 현실로부터 탈주하지 않는가 하는 점이다.

이 물음에 답하기 위해서는 작가들의 정치적 지향을 검토해 보아야한다. 잘 알려진 바와 같이 심의는 훈구 집안 출신이었지만 그 행동이나 지향에 있어서는 비훈구적이었다. 그는 훈구 척신인 형 심정과는 상당히 구별되는, 직언을 서슴지 않는 인물이었다. 서경덕이 그의 뜻을 이해하고 가까이 지냈다는 기록은 그의 정신적 지향의 일단을 짐작할 수있게 해 준다. 말하자면 그는 훈구 출신이지만 스스로 자신의 출신 성분에 불만을 가진 인물로 사림에 가까운 정신적 지향을 소지한 사대부였다. 「몽기」가 그리고 있는 문장의 왕국에서 정몽주나 김종직이 중요한 보직을 맡고 있는 것도 이와 무관치 않을 것이다. 신광한 역시 훈구출신이지만 훈구와 사림의 갈등 속에서 양자의 조화를 추구했던 인물이다. 그는 현실 속에서는 훈구일 수밖에 없었지만 의식적 지향 속에서는 사림의 도덕률이나 출처관을 이상적인 항목으로 설정하고 있었을것이다. 그가 조광조를 좋아했다는 명종실록의 기록29)이 그것을 잘 말해준다. 따라서 「안빙몽유록」의 결말은, 그 밝지 않은 분위기에도 불구하고, 이런 작자의 처사적 수양관을 피력하고 있는 것30)이라고 볼 수있는 것이다. 임제 역시 「원생몽유록」의 원자허처럼 현실에 얽매이지않는 자유분방한 삶을 추구했던 것은 사실이지만 성운(成運)을 만나 『중용(中庸)』을 8백 번이나 읽고 얻은 구절31)이 공자의 "도는 사람에게서멀지 않은 법이니 사람이 도를 행하되 사람에게서 멀리 한다면 도라고할 수 없다"32)는 것이었던 것을 보면 의식 자체는 당대의 사림들과 크게 다르지 않았다고 생각된다. 그가 당대의 사림들이 끊임없이 주장해

---

29) 『명종실록』 권19, 1555년 윤 11월 2일(계해)조.

30) 소인호, 「나말선초의 전기문학 연구」, 고려대 박사논문, 1996, 154면.

31) 李睟光, 「詩藝」(『芝峯類說』 卷14 文章部 7). "道不遠人, 人遠道, 山非離俗, 俗離山, 用中庸語也."

32) 『中庸』 13章. "子曰 : '道不遠人, 人之爲道以遠人, 不可以爲道.'"

결국은 관철시켰던 소릉 복위와 숙종 17년(1691)에 가서야 관작이 회복된 사육신들의 신원에 동의하지 않았다면 「원생몽유록」과 같은 작품은 창작되지 않았을 것이다.

이렇게 본다면 현실로 귀환한 몽유록의 주인공들이 전기의 주인공들과는 달리 현실의 부조리 속에 머무는 방식은 16세기 사대부들, 좀 더 엄밀히 말한다면 훈구와 사림의 갈등 속에서 사림적 지향을 가지고 고뇌하거나 사림의 입장에서 현실을 바라보았던 유가들의 정신세계와 무관치 않았을 것이라고 생각한다. 이들의 관심은 현실의 초월이 아니라 현실 자체였기 때문이다. 이들은 천도(天道)와 시세(時勢)에 따른 출처관을 견지하고 있었지만 처사적 삶을 살아갈 때에도 여전히 정치적 현실 속에 있었다. 현실로부터 탈주는 이들의 유가적 사유체계에서는 있을 수 없는 일이었다. 하지만 그 현실이 천도 부재의 현실로 인식되었을 때, 몽유는 불가능한 현실을 상상적으로 재구성해 보고, 말할 수 없는 것을 말하게 하는 수사학이 되는 것이지만 꿈의 여행이 끝났을 때 거기 남는 것은 여전히 지속되는 천도 부재의 우울한 현실이다. 이것이 바로 몽유록의 형식과 이데올로기, 표현 형식과 표현 내용 사이의 불화가 산출될 수밖에 없는 조건인 것이다.

그런데 이런 분위기는 「금생이문록」에 와서 사뭇 달라진다. 주지하듯이 「금생이문록」은 퇴계의 계보에 있었던 최현이 선산 지방을 중심으로 이어진 영남 사림파의 전통을 옹호하려고 하는 목적으로 창작 작품이다. 특정 학파의 옹호라는 이런 식의 "방향전환이 주제의 약화를 가져왔다"[33]고 평가되고 있지만 몽유록의 주제의식을 단지 현실의 우의적 비판만이 아니라 허구를 통한 유가적 이념의 표현이라는 좀 더 긴요한 차원에 둔다면 「금생이문록」의 주제의식이 약화되었다고 말할 수는 없을 것이다. 오히려 이 작품은 몽유록의 첫 작품인 「몽기」의 주제의식

---

33) 조동일, 앞의 책, 452면.

을 한층 강화하면서 허구를 이념의 자장 안으로 포획해 들인 작품으로 볼 수도 있다고 생각한다.

「금생이문록」의 두 요처(要處)는 몽중의 좌정 대목과 각몽 이후 분위기이다. 도가적 취향34)을 지닌 주인공 금생이 배 위에서 꿈을 들어 청풍입나지문(淸風立懦之門)으로 들어간 후 정몽주와 네 선생(吉再, 金宗直, 鄭鵬, 朴英), 네 장로(金湜, 河緯地, 李孟專, 金叔滋), 두 처사(朴雲, 金就成)가 등장하여 자리를 잡는데 문제는 다시 한 번 자리 배치가 이뤄진다는 것이다. 이 자리 배치의 반복은 「금생이문록」을 앞 시기 몽유록과 구별시켜 주는 중요한 지표 중의 하나이고 「금생이문록」의 의미가 집약된 부분이라고 할 수 있겠는데 문제는 왜 이런 좌정의 반복이 발생했는가 하는 것이다. 의문을 푸는 열쇠는 자리의 재배치를 지시하는 정몽주의 말 속에 있다. 정몽주는 주객을 따지지 말고 도덕의 높낮이와 사제의 의리로 차서를 정하자고 말한다.35) 이 재배치를 통해 정몽주는 조선 성리학의 비조로 추대되고 성리학의 학통은 선산 출신이자 퇴계의 계보에 서 있던 최현에 의해 '정몽주→길재→김숙자→김종직→정붕→박영→박운·김취성'으로 규정된다. 그리고 그런 규정의 논리가 정몽주의 말과 정몽주와 금생의 문답을 통해 제시되고 있는 것이다.

그런데 여기서 중요한 것은 계보의 구체적 내용36)만이 아니라 좌정의 기준을 도덕의 고하와 사제의 의리에 두는 태도 그 자체이다. 이는 「몽기」가 강조하던 문장의 높낮이, 「안빙몽유록」의 기준인 관직·주객(主客)·족속(族屬)의 관계, 「원생몽유록」의 기준인 관직이나 단종복위운동에서의 비중과는 판이한 것이다. 문장이 아니라 도덕과 사제 관계를 중시하는 이런 태도는 사림의 윤리로밖에 설명할 수 없다. 좀 더 분명

---

34) 금생은 봉래산 도사에게 배워 풍운을 일으키고 귀신을 부릴 줄 아는 인물이었고, 遠遊之志가 있는 장자적 인물이었다.

35) 「琴生異聞錄」. "於是以道德齒序, 師弟分義爲次, 而不論主客."

36) 이 문제에 대해서는 신해진, 앞의 책, 171~192면에 잘 정리되어 있다.

히 말하면 1576년 사림정권의 등장 이후 붕당으로 분열해 가던 사림이 언제나 내세우던 도덕률과 사승의 도리 그것이다.

「금생이문록」의 각몽의 분위기가 이전 몽유록과 다른 것은 바로 도덕률과 사승의 도리로 이뤄진 조화로운 몽중세계의 체험 때문이다. 입몽 이전에 도가적 취향을 노출하던 주인공은 사림의 상징적 기원인 정몽주의 발언을 통해 제시되는 도덕의 고하와 사제의 의리로 구성된 세계, 삼강오륜이 만고불변의 진리37)인 유가—사림의 몽유세계로 동화되어 들어간다. 이 동화가 꿈에서 깨어난 주인공으로 하여금 낙강(洛江)이 끼고 도는 금오산 자락에 있는 충신묘를 발견하게 하고, "아득하고 아득하구나. 진실로 어려운 모습이로다. 즐겁고도 아름답도다. 도가 여기 있구나"38)라는 깨달음의 노래를 부르게 하는 것이다. 작자는 이 대목에서 "한숨을 쉬며" 노래를 부른다고 묘사하고 있지만 이 한숨은 부정적인 의미의 한숨이 아니라 몽중 체험과 깨달음에서 발생한, 도달하기 어려운 아득한 경지지만 즐거움과 아름다움이 있는 도(道)의 무게에 대한 존재의 신음이라고 하는 것이 타당할 것이다. 따라서 「금생이문록」이 보여주는 각몽의 분위기는 우울하거나 어두운 것이 아니라 경건하고도 밝다.

금생은 배를 멈추고 산에 올라 사당의 문을 여는 순간 꿈에서 만난 네 선생의 위패가 차례대로 놓여 있는 것을 발견한다. 말하자면 꿈과 현실, 환상과 실재가 단절 없이 이어지고 있는 것이다. 이는 꿈과 현실의 단절을 통해, 그리고 단절의 우울함을 통해 의미를 드러내던 이전의 몽유록과는 다른 방식이지만 「금생이문록」은 이런 접합의 방식을 통해 주인공의 존재의 전환을 드러낸다. 도가적 취향을 보이던 주인공은 이제 온전한 유가로, 혹은 영남 사림의 일원으로 재탄생하고 있는 셈이다.

---

37) 「琴生異聞錄」. "相公曰 : '君子語常不語變, 忠臣徇義不徇利. 三綱五常, 民之則也, 萬古不易 (…하략…)."

38) 「琴生異聞錄」. "生喟然歎曰 : '怳矣惘矣, 固難狀矣. 樂矣美矣, 道在是矣."

이렇게 본다면 「금생이문록」은, 몽유를 통해 존재의 전환에 이르렀다는 점에서는 전기의 몽유 양식에 가까워지는 것 같다. 그러나 중요한 것은 '몽유록'인 「금생이문록」은 그 세계관적 방향이 전기와는 전혀 다르다는 사실이다. 전기와 달리 「금생이문록」은 주인공의 세계관적 전환을 통해 오히려 강력한 사림의 이데올로기를 구축하고 있다. 다시 말해 「금생이문록」에 와서 몽유록은 몽유 양식이 지닌 반유가적 성격에서 발생한 형식과 이데올로기의 불화를 견고한 유가적 담론의 구축을 통해 조정해 갔던 것이다.

4. 16세기 몽유록의 소설사적 위상

필자는 앞에서 훈구와 사림의 피로 얼룩진 갈등과 사림의 최종적 승리라는 16세기의 정치적 환경과 이 시기에 고조된 허구가 지닌 이념적 교화와 서사적 흥미의 모순과 긴장, 그리고 타협과 조정이라는 새로운 서사 환경의 만남을 통해 몽유록이라는 새로운 허구적 서사 양식이 「몽기」를 통해 비로소 생성되고 「안빙몽유록」·「원생몽유록」 그리고 「금생이문록」으로 전개되었다고 말한 바 있다. 그렇다면 이제 이 16세기 몽유록에 어떤 문학사적 위상을 부여해야 온당할까?

이 문제를 해명하려면 전기, 특히 몽유 전기라는 몽유록의 형식적 태반(胎盤)으로 돌아가야 한다. 주지하듯이 한문문화권의 서사 양식 가운데 전기는 유가의 교화적 담론들에 의해 금지된 주제들을 말하고 의미 없는 것에 의미를 부여해왔다.[39] 그렇게 함으로써 경(經)과 경에 대한

---

39) 루샤오펑, 조미원 외역, 『역사에서 허구로―중국의 서사학』, 길, 2001.

일종의 주석으로서의 전(傳)의 전통을, 다시 말해 유가적 서사의 전통으로부터 이탈했던 것이다. 전기는 유가적 담론의 질서에 포획되지 않으려는 욕망의 서사화라고 해도 좋을 것이다. 유가 담론이 부정하던 기이한 세계와의 만남이라는 서사 형식과 그 이데올로기의 일치라는 전기의 특이성도 여기서 비롯된 것으로 보인다. 이 특이성이 우리 문학사에서는 주자학적 세계관에 의해 사회구성체가 새롭게 구축되어 가던 15세기에 『금오신화』를 통해 꽃을 피웠다는 것은 주지의 사실이다.

그러나 16세기에 비로소 생성된 몽유록은 역설적이게도 반유가적 양식인 전기의 허구적 장치를 수용함으로써 오히려 허구를 통해 사대부적 이념을 표현하려고 했다. 말하자면 금지된 양식을 포획하여 금지자의 이데올로기를 재구축하려고 했던 것이다. 16세기에 조성된 새로운 서사적 환경은 사대부 작가들에게, 의식적이든 무의식적이든, 서사적 흥미를 통한 이념의 교화라는 방향을 선택하지 않을 수 없게 만들었고, 이 불가피한 조건 속에서 출생한 몽유록은 태생적 모순을 형식 안에 지닐 수밖에 없었다. 형식과 이데올로기의 불일치가 그것이다. 그러나 사대부 작가들은 이 불화를 운명으로 받아들이지 않을 수 없었다. 허구를 향한 충동을, 다시 말해 서사적 흥미를 수용하던가, 이념의 교화를 포기하던가, 16세기의 서사 환경과 정치 환경은 그들에게 새로운 선택을 요구하고 있었기 때문이다. 바로 여기에 16세기 몽유록의 서사문학사적 혹은 소설사적 위상이 있다고 생각한다.

소설 주해 작업의 현실적 기반

『전등신화구해(剪燈新話句解)』의 경우

신상필

1. 『전등신화』와 그 주변

근대 이전의 고전 문학, 그중에서도 소설에 한정해 본다면 구우(瞿祐, 1341~1427)의 『전등신화(剪燈新話)』만큼 연구자들의 지속적 관심을 끌었던 작품도 없는 듯싶다. 이는 직접적인 관심이라기보다 김시습(金時習)의 『금 오신화(金鰲新話)』를 비롯한 일본의 『가비자(伽婢子)』와 베트남의 『전기만록(傳奇漫錄)』으로 확대된 연구의 배후에 『전등신화』가 자리하고 있음을 염두에 둔 말이다. 그러나 『전등신화』에 대한 관심이 단순히 현재적 관점에서만 그런 것은 아니었다. 『전등신화』의 전래와 주변 각 국의 문학적 반응은 당시인들의 『전등신화』에 대한 관심을 극명하게 말해주기 때문이다. 달리 생각해보면 사대기서(四大奇書)와 같은 장편 거작이 아닌 『전등신화』가 이처럼 지대한 전파력과 영향력을 주변국에 행사했다는 점은 아

이러니하다. 유독 『전등신화』와 관련하여 『금오신화』・『가비자』・『전기만록』이 성립하였으니, 이들은 '전기(傳奇)'라는 소설 양식의 보편적 전통에 근거한 각 국의 독자적 역량에 힘입어 산출된 것이다. 그렇다면 당시인들의 『전등신화』에 대한 관심의 실체는 무엇이었을까? 그들의 관심이 '소설'의 기본 성격, 즉 재미와 흥미에만(그렇다고 무시할 수도 없지만) 근거한다고 단정하기엔 무언가 석연찮은 구석이 있다.

전교하기를, "『聯芳集』과 기타 볼 만한 책을 燕京에 가는 사람에게 사오도록 하라" 하므로, 승정원이 『香臺集』・『遊藝錄』・『麗情集』 등을 적어서 아뢰니, 전교하기를, "이런 책들을 어떻게 알아 書啓하였느냐?" 하였다. 승지 등이 아뢰기를, "『향대집』과 『유예록』은 『전등신화』에 실렸고, 『여정집』은 姜渾이 들은 것을 적어서 아뢰었습니다" 하니, 전교하기를, "『여정집』을 널리 구득하여 들이라" 하였다. 일찍이 『重增剪燈新話』를 乙覽했었는데, 蘭英과 惠英이 서로 화답한 詩 1백 수를 『연방집』이라 하여 당시 호걸들이 거개 傳誦하였다 하였으므로 사오게 한 것이며, 또 '魏生이 항상 내실에 있으면서 侍姬 蘭茗를 거느리고 있었는데, 『嬌紅記』 한 권을 보았다 하였으므로 『교홍기』가 있는 줄 알았는데, 지금 내린 책이 바로 그 책이다. 앞서 下敎에 '으슥한 집 죽창이 아직도 예와 같네[竹窓幽戶尙如初]'란 글귀 역시 여기에 실려 있는데, 다만 漢語가 있어 해석할 수 없는 데가 많으므로 文字로 注를 달아 간행하였었다.[1]

『연산군일기』 12년(1506) 8월의 기록이다. 연산군의 독특한 행적을 감안하더라도 조선조 임금의 소설 구독에 대한 열정은 매우 특이하게 여겨진다. 주의해 볼 것은 『연방집』과 함께 "볼 만한 책"을 구해보라는 연산군의 전교에 대한 주변의 반응이다. 전교를 받든 승정원이 『향대집』・『유예록』・『여정집』을 추천하고 있다. 『향대집』과 『유예록』은 구우의 저술로 「중교전등신화후서(重校剪燈新話後序)」에 의하면 전자는 시집(詩集)이고

---

1) 『연산군일기』 권62, 1506년 8월 7일(갑인)조(CD-ROM 국역조선왕조실록, 서울시스템 주식회사).

후자는 기사문(紀事文)이다. 『여정집』은 명나라 양신(楊愼)의 저술로, 강혼이 추천하였다고 한다. 『교홍기』는 『전등여화(剪燈餘話)』의 한 작품인 「가운화환혼기(賈雲華還魂記)」에 나오는 내용이다.

『중증전등신화』를 보았던 연산군이 「연방루기(聯芳樓記)」에 나오는 『연방집』을 구득하는 과정에서 다음과 같은 사정을 엿볼 수 있다. 연산군과 승지를 비롯한 상층 사대부들이 『전등신화』는 물론 『전등여화』 등의 내용을 소상하게 알고 있다는 점이다. 소설 독서 자체가 사대부들의 소설에 대한 부정적 인식과는 별개의 사실이었음을 말해준다. 알려진 자료에 의하면 김인후(金麟厚, 1510~1560)는 병석에서 윤예원(尹禮元)에게 빌린 『금오신화』를 읽고 시를 남기기도 하였다.[2] 당대 유명한 학자였던 그가 『금오신화』를 읽는다는 것도 의외지만, 주변에서 쉽게 빌려 읽었다는 점에서 당시 소설읽기의 일면을 짐작할 수 있다. 그렇다면 『금오신화』와 관련된 조선조 저간의 사정을 좀 더 자세히 살필 필요가 있겠다. 특히 우리의 경우 『전등신화』의 주석서(註釋書)인 『전등신화구해(剪燈新話句解)』의 등장은 사회·문화적 관점에서 주목을 요하며, 본고는 이와 관련된 당시 소설 환경의 저변을 탐색해 보고자 한다.

2. 『전등신화』에 관한 논란과 변증

조선의 경우 소설은 변변찮은 대접을 받아 왔다. 경사(經史)를 중심으로 공고화된 지배체제 내에선 너무나 당연한 것이었다. 하지만 그 배후에서 소설에 대한 다양한 계층의 관심과 동향을 그리 어렵지 않게 느낄

---

2) 金麟厚, 『河西集』 卷7, 「借金鰲新話於尹禮元」(『한국문집총간』 33), 134~135면.

수 있다. 소설 배격은 왕조의 운영과 관련된 문제였으므로 드러내놓고 옹호하지 않았던 것이지, 일상에서의 향유 자체는 별개의 문제로 고찰해야 할 것이다.

> 錢塘 瞿祐의 字는 宗吉로 『전등신화』를 저술하였는데, 鬼怪하고 음란한 내용이 많이 실려 있다. 같은 시대 廬陵 李昌祺가 다시 『전등신화』의 속편을 지었으며, 이 두 책은 서점에서 잘 팔린다. 나는 일찍이 嘉興의 周鼎 先生에게 다음과 같은 말을 들었다. "『전등신화』는 종길의 저서가 아닐세. 元 말엽에 富某라는 자가 있었는데 宋나라 정승 鄭公의 후손으로 杭州의 吳山에 살았네. 楊廉大(楊維楨-필자 주)도 항주에 있었는데 한번은 그의 집에 들렀지만 마침 富生은 다른 일로 출타한데다 큰 눈이 내려 10여 일 머물며 재미삼아 이를 지어 주인에게 주려던 것이지. 종길은 젊어서 富氏의 養婿가 되어 그때 염부를 모시다가 이 原稿를 얻었다네. 그 뒤 이 사실을 숨기고 자신의 저술이라 하였지만, 「秋香亭記」 1편만은 그의 솜씨라네."[3]

이는 이규경(李圭景, 1788~?)이 청나라 이조원(李調元)의 『타여신습(唾餘新拾)』에 실린 내용을 인용한 「전등신화변증설(剪燈新話辨證說)」의 한 대목이다. 그는 『전등신화』가 탐탁한 글은 아니지만 누가 지은 것인지도 모르고 있어 변증한다고 하였다. 이 언급의 바탕에는 부정적 시각이 깔려 있는데 사실에 대한 정보 전달과 함께 작품에 대한 애정과 관심도 느껴진다. 흥미로운 것은 구우의 저술로 알려져 있는 『전등신화』 가운데 「추향정기」를 제외한 20편을 양유정(楊維楨)이 저술한 것으로 인정한 점이다. 그 진위여부는 흥미롭지만 별도의 논의가 필요한 문제기에 여기서 굳이 가리지는 않는다. 다만 중국과 조선에서 저자에 관한 논증이

---

3) 李圭景, 「剪燈新話辨證說」,(『五洲衍文長箋散稿』 권47, 「經史篇・經史雜類・其他典籍」, 고전간행회본). "錢塘瞿祐字宗吉著『剪燈新話』, 多載鬼怪淫藝之事. 同時, 廬陵李昌祺, 復著剪燈新話續之, 二書坊間盛行. 予嘗聞嘉興周先生鼎云: '「新話」非宗吉著, 元末有富某者, 宋相鄭公之後, 家杭州吳山上. 楊廉夫在杭, 嘗至其家, 富生以他事出, 值大雪, 廉夫留旬日, 戲爲作此, 將以遺主人也. 宗吉少時爲富氏養婿, 嘗侍廉夫, 得其稿, 後遂掩爲其作, 惟「秋香亭記」一篇, 乃其自筆.'"

있었다는 것은 기본적으로 『전등신화』에 대한 이해와 관심이 적지 않았음을 말해준다. 이와 같이 저자에 대한 언급은 작품의 전래 이후 지속적으로 있어 왔다.

> 고금의 서적 가운데 『전등신화』와 같이 이름을 의탁한 것은 한정이 없다고 생각한다. 게다가 『전등신화』 가운데 「水宮慶會錄」은 오로지 『東坡志林』을 취했고, 「申陽洞記」는 「白猿傳」만을 답습하고 약간 다듬었을 뿐이다. 나머지도 모두 모방한 것이니 『전등신화』는 效顰이 심하다 하겠다.4)

이수광(李睟光, 1563~1628)은 이규경보다 먼저 앞서 인용한 저자 변증 내용을 중국 패사(稗史)에서 확인한 것으로 전하고 거기에 자신의 견해를 덧붙여 평하고 있다. 『지봉유설(芝峰類說)』이 백과전서의 성격을 가지고 있다는 점에서, 이수광은 『전등신화』 각 편에 대한 감상과 함께 「수궁경회록」이 『동파지림』에서 소재를 취하고, 「신양동기」의 구성 역시 「백원전」과 흡사함을 하나하나 지적하였다. 이수광은 이미 소식의 필기 『동파지림』은 물론 전기소설 「백원전」도 숙독했던 것이다.

> 『전등신화』는 宗吉 瞿佑가 元·明시대 소설들을 수정하여 만든 것이다. 「藤穆醉遊聚景園記」·「秋香亭記」 등은 또한 그가 직접 지은 것이다. 「牧丹燈記」는 陳惜, 「金鳳釵記」는 柳貫, 「綠衣人傳」은 吾衍, 「渭塘奇遇記」는 明馬龍이 지은 것이다.5)

---

4) 李睟光, 『芝峰類說』. "稗史曰 : '『剪燈新話』乃楊廉夫所著. 惟「秋香亭記」是瞿宗吉所撰. 觀其詞氣不類, 可知'云. 余謂古今書籍, 如此托名者何限. 且『新話』中「水宮慶會錄」, 專取『東坡志林』, 「申陽洞記」專襲『白猿傳』而少加栝, 其他莫不模倣爲之, 若『剪燈新話』則效顰又甚矣."

5) 李鈺, 「剪燈新語註」(실시학사 고전문학연구회 역, 『역주 이옥전집』 2, 소명출판, 2001, 83~84면). "'『剪燈新語』者瞿宗吉之所刪述, 元明間小說者, 而若「聚景園」·「秋香亭」等記, 亦佑之所作也. 「牧丹燈記」陳惜作, 「金鳳釵記」柳貫作, 「綠衣人傳」吾衍作, 「渭塘奇遇錄」明馬龍作."(원문은 『역주 이옥전집』 3, 147면, 이하 면수만 표시함)

이옥(李鈺, 1760~1813)의 기록인데 「모란등기」・「금봉차기」・「녹의인전」・「위당기우기」의 저자를 자세하게 밝혀 놓았다. 이옥이『전등신화』저자에 관한 정보의 출처를 밝히진 않았지만 근거가 있었음은 분명하다.『전등신화』와 관련된 필기류 기록은 기본적으로 견문에 근거하며, 전언자에 따라 정보의 신빙성에 차이가 있기 마련이다. 하지만 인용문들은 대체로『전등신화』의 저자를 구우로 단순하게 인식하기보다 구체적인 정보를 통해 고증적 입장을 취한다. 진실성을 추구하는 경향이라 할 수 있는데, 이는 조선 후기 필기의 백과전서식 전문화 경향과도 관계가 깊다. 하지만 무엇보다 이와 같은『전등신화』에 대한 논란은 작품에 대한 다양한 관심과 궁금증에서 비롯되었다는 점이 중요하다.

문제는 이와 같은 당대인의 관심이 견문을 단순 전재한 것과 다르다는 데 있다. 지금까지 알려진 소설에 대한 조선조 문인들의 태도는 '소설배격론'으로 불릴 정도의 불만을 토로한 경우가 많다.[6] 물론『전등신화』에 대한 논조 역시 크게 다르지 않다. 이 언급들은 구우의 저술로 알려져 있는『전등신화』에 대해 「추향정기」 한 편만을 구의 작품으로 인정하고, 나머지 작품들은 가탁이거나 다른 문인의 작품으로 인식하고 있는 것이다. 구우라는 문인의 문학적 재능과 성과를 애써 부정하고자 한 느낌이 들 정도이다.

그럼에도 인용문마다 일관되게 엿볼 수 있는 모습은『전등신화』에 대한 각별한 관심이 느껴진다는 점이다. 적어도『전등신화』의 문학성만은 결코 부정하지 않기 때문이다. 그렇다고 해서 중국에서 조선에 소개된 소설의 하나로 무덤덤하게 언급한 것도 아니다. 지금 조선조 사대부들이 일개 소설에 보여 준 지대한 관심은 사대기서를 제외한다면『전등

---

6) 무악고소설자료연구회는 이와 관련된 일련의 자료수집 작업을 진행해『한국고소설관련자료집』I(태학사, 2001)에 모았다. 최근 18세기 자료를『한국고소설관련자료집』II(이회, 2005)에서 소개한 바 있다. 이들 자료를 일람해보면 소설에 대한 당시인들의 경계와 우려의 목소리가 저간에 자리하고 있음을 알 수 있다(이하 두 책에서의 인용은 I, 면수/II, 면수로 표기함).

신화』가 거의 유일하지 않은가 싶다. 이러한 조선조 문인들의 발언을 추동시킨 배경에는『전등신화』열독으로 형성된, 요컨대 '『전등신화』 붐'이라 할 정도의 사회 현상에 더해 거기서 촉발된 지적 관심과 애정 이 자리하고 있음을 간과할 수 없다.

> 세상에『전등신화』나『전등여화』와 같은 책들이 있어 많은 사람들이 좋아하 며 전한다. 비록 볼 만한 글로 펼쳤지만, 대개 골계희담에 불과할 따름이다.[7]

> 근래에 소설잡기로서 세상에 돌아다니는 것이 참으로 많은데, 그중 뛰어난 작 품으로 말하자면, 중국에서 온 것으로『전등신화』와『艶異篇』이 있고, 우리의 것 으로는『鍾離胡盧』와『禦眠楯』등이 있다. 이것들은 귀신이 나오는 괴탄한 말이 아니면 모두 남녀가 만남을 기약하는 사건들이니, 역사연의와 거리가 멀다.[8]

전자는『오륜전전(伍倫全傳)』의 발문이고, 후자는『천군연의(天君演義)』 의 서문이다. 모두 소설에 붙인 글이다. 그런데 이들은『오륜전전』이 형 제의 우의를 다루고『천군연의』가 심성(心性)을 역사 연의 형식으로 풀 어낸 점에서 긍정적 입장을 취한 반면,『전등신화』·『전등여화』·『염이 편』·『종리호로』·『어면순』에 대해서는 골계희담과 괴탄한 말이거나 남 녀의 애정을 다뤘다는 이유로 가치를 폄하한다. 궁색한 변명이 아닐 수 없다. 문제는 이들이『오륜전전』과『천군연의』에 글을 붙이면서 공히 상 대역으로 삼은 작품이『전등신화』라는 점이다. 왜 하필『전등신화』란 말 인가? 더구나 역사 연의를 거론하면서『삼국지연의』를 상대역에서 제외 한 것도 의외라 하겠다.

앞서 저자에 관한 언급은『전등신화』에 대한 직접적 관심이었다면,

---

7) 沈守慶,「伍倫全傳跋」. "世有『剪燈新話』·『餘話』等書, 人多傳玩, 雖鋪張文詞之 可觀, 皆不過滑稽戱談耳."(I, 107~108면)
8) 鄭泰齊,「天君衍義序」. "近來小說雜記, 行於世者, 固多. 而以其中表著者言之, 來 自中國者,『剪燈新話』·『艶異篇』; 出於我東者,『鍾離胡盧』·『禦眠盾』等書, 非鬼神 怪誕之說, 則皆男女期會之事, 其不及諸史衍義遠矣."(I, 138~139면)

지금 두 언급은 타작품의 서발문에서 간접적으로 논란을 삼았다. 그렇다면 이들은 『오륜전전』과 『천군연의』의 서발문에서 비교 대상으로 내세울 만한 작품을 『전등신화』로 꼽은 것이다. 여기서 『전등신화』가 "뛰어난 작품"이라는 점을 그 이유로 꼽았다. 대개 '작품성'을 고려한 언급임에 분명하다. 거기에 더해 "많은 사람들이 좋아하며 전"하고 "볼만한 글"이라는 지적은 당시 『전등신화』가 '흥미성'과 '대중성'을 겸비하여 인기를 누리며 주목 받았을 저간의 상황을 짐작케 한다.9)

대중의 인기를 샀다는 점에서 사대기서의 경우와 유사한 면이 있지만 『전등신화』는 경우가 좀 다른 듯싶다. 그렇다면 그 차이는 어디서 연유하는 것일까? 김태준(1905~1949)의 언급에서 단서를 찾아보기로 하자. 그는 『전등신화』를 두고 "**고문**(古文)**에 복기고지 하는 시대의 정신을 따라** 시속에 유행하는 백화소설(白話小說)을 배척하고 당인(唐人)이 지은 염정소설을 사모하며 모방하여 간간 환괴(幻怪)한 것을 섞어서 남녀의 정사를 문언체로 기술한 것으로 공전(空前)의 걸작"10)으로 평가하였다. 이는 『전등신화』의 특징적 성격을 명확하게 지적하고 있다. 그는 『전등신화』를 장회소설이나 백화소설과 성격이 다른 문언소설의 수작으로 인정하였다. 더구나 문언소설의 연장선에서 그치지 않고, "古文에 복귀"하려는 문학사적 목적의식이 창작의 바탕에 깔려 있다고 한다. 이로 미루어 볼 때 『전등신화』는 창작의 밑바탕에 저류하는 고문의식, 그리고 문언체로 된 고도의 작품성으로 조선 독자층의 반향을 일으켰음에 분명하다.

이처럼 『전등신화』가 조선의 소설 독서계에 미친 영향은 지대하였고, 그 힘은 작품의 내면에 근거한 것이다. 다만 『전등신화』에 대한 관심과

---

9) 이와 관련해 당시인들이 『전등신화』를 문학적 측면에서 인식했던 정황은 다음의 자료에서 재확인할 수 있다. 李養吾, 「題九雲夢後」(무악고소설자료회, 같은 책, 315면). "『전등신화』 나온 후 견줄 것이 없더니, 누가 다시 「구운몽」을 지었는가(剪燈文成無伯仲, 誰家更做九雲夢)."

10) 김태준 저, 박희병 校注, 『증보조선소설사』, 한길사, 1995, 54면. 강조는 인용자.

평가가 작품성에 더한 소설의 흥미성에서 비롯되었음은 인정할 수 있지만, 소설에 대한 비판과 폄하가 대중성과 어떻게 공존하고 있는지는 여전히 의심스럽다. 이를 두고 사대부 문인들의 이중적 태도로만 치부하기엔 미진한 감이 없지 않다. 적어도 소설 작품에 대한 문인들의 비판적 독서 성향을 대중적 관심으로 언급하진 않았을 것이며, 실제 사실과도 다르다고 여겨지기 때문이다. 그렇다면 『전등신화』에 얽힌 대중들의 독서열은 다른 각도에서 확인할 필요가 있어 보인다. 이제 그 윤곽을 좀 더 살펴보기로 하자.

3. 『전등신화구해(剪燈新話句解)』 성립의 정황

『전등신화』가 조선은 물론 일본·베트남 등에 전래되어 각 국의 문학 작품으로 재창조되었음은 주지의 사실이다. 그런데 조선의 경우 『금오신화』와는 별도로 『전등신화』의 주석서 간행이라는 매우 독특한 문화 현상이 있었다. 『전등신화구해』가 바로 그것이다. 이문학관(吏文學官)이었던 임기(林芑, ?~1592)와 윤춘년(尹春年, 1514~1567)에 의해 이루어진 성과다.11) 한자문화권에선 서동문(書同文)이라 할 정도로 '문장(文章)'은 매우 중요한 비중을 차지하였다. 그중에서도 경서(經書)와 사서(史書)의 지위는 지대하여 법전(法典)의 역할을 하였으며, 이에 따라 주석서 역시 상당히 중시되었다. 그런데 이와 같은 지위를 누리지 못했던 소설에 주석을 붙이는 이례적 사건이 『전등신화』와 관련하여 16세기 조선에서 이루어진 것이다. 경서와 사서의 주석서는 정치체제와 관련되어 그 자체

---

11) 정용수는 『剪燈新話句解』(푸른사상, 2003)를 번역하고 해설을 통해 『전등신화』·『전등신화구해』와 관련된 저자, 판본은 물론 전래와 가치 등을 논의하였다.

로 충분한 가치를 인정받았지만, 소설에 왜 주석까지 필요했던 것일까? 그리고 소설 주석서의 간행이 가능할 수 있었던 배경은 무엇이었을까? 『전등신화』는 당시에 이미 실용의 측면에서 나름의 필요성이 제기되고 있었다.

여러 문체가 구비되어 있어 吏文에 도움이 되는지라 吏胥家들이 『전등신화』를 많이 읽었다.[12]

지금 閭巷의 吏胥들이 오로지 익히는 것은 『전등신화』 한 책인데, 이를 읽으면 吏文에 능숙해지기 때문이다. 이는 刀筆吏의 熟習으로 志氣가 이미 그 속에 얽매였으니 굳이 책할 필요가 뭐 있겠는가.[13]

(『전등신화』는—필자 주) 근래 시골 서당의 훈장들이 외우고 익히는 것이다.[14]

이들 자료는 『전등신화』에 대한 당시의 분위기를 상당 부분 알려준다. 그중 이서가(吏胥家), 즉 관아의 아전들이 『전등신화』를 많이 읽고 익혔다는 점은 매우 특징적이다. 뿐만 아니라 초학을 지도하는 시골 서당의 훈장조차 『전등신화』를 외우고 익혔다 한다. 아전들이 "다독(多讀)"

---

12) 趙在三, 「剪燈新話」(『松南雜誌』, 아세아문화사, 1986, 1018면), 제목에 "稗史曰: '『剪燈新話』乃楊廉夫所著, 惟「秋香亭記」是瞿宗吉所撰.'"이라는 주가 있다. 『전등신화』의 창작과 관련된 재미난 일화가 있어 전문을 인용해 둔다. "世傳, 元末瞿宗吉與曾先之善, 約十年別, 各著一書, 垂名後世. 及期, 宗吉載『剪燈新話』厪百卷于船, 將訪先之誇, 先之獨懷『史略』八卷而往. 宗吉先索見之, 歎曰: '子書將天下萬世人讀之, 我書乃稗官小說, 不過村兒燈下弄談.' 盡投之江, 先之急攫, 只二卷云. 百體具備, 利於吏文, 故吏胥家多讀之."

13) 李圭景, 「剪燈新話辨證說」. "今閭巷吏胥輩所專習者, 有『剪燈新話』一書, 以爲讀此, 則嫺於吏文云. 斯爲刀筆之熟習, 志氣已梏於其中, 則何必苛責也."

14) 李學逵, 『洛下生集』冊十五「書剪燈新話後」(『한국문집총간』290, 480면). "山陽瞿佑著『剪燈新話』四十卷, 今本所載二十一篇, 不知何人所選. 爲今日鄕塾學究所持誦, 書尾載「秋香亭記」, 卽佑自敍, 如元稹之于「會眞」, 托言張生者也."

하고 "전습(專習)"하거나, 훈장들이 "지송(持誦)"하는 것은 『전등신화』를 단순한 파적거리가 아닌 특별한 대상으로 생각하였음을 말해준다. 소설을 흥미가 아닌 목적으로 인식하고 있는 것이다. 더구나 이규경이 아전들의 "관습(慣習)으로 지기(志氣)가 이미 그 속에 얽매였다"고 한 것은 이러한 현상이 짧은 시일에 이루어진 것이 아님을 의미한다.

실제 『전등신화』 가운데 한 편인 「애경전(愛卿傳)」의 경우 이미 15세기에 역관 양성 교재로 저술된 이변(李邊, 1391~1473)의 『훈세평화(訓世評話)』(1473)에 줄거리 중심의 원문과 함께 한어(漢語)로 번역되어 인용된 사실이 있다.15) 또한 서당 훈장들의 사례는 훈장 개인의 관심이기보다 학동들의 이해와 요구에 견인된 것으로 생각된다. 그렇다면 아전과 초학들의 이해가 『전등신화』와 연관되고 있을 터이다. 그 정황을 주해 당사자인 임기에게서 들어보자.

근래 문자를 기록하고 암송하는 자들은 반드시 『전등신화』에서 길을 빌리고 메아리를 구한다. 그러나 經書와 史書에서 인용한 말이 많아 모두들 주석이 없음을 한으로 여겼다. 丁未(1547) 가을 禮部令史 宋冀이 나에게 주석을 구했다. (…중략…) 聖賢의 글에는 先儒들의 訓詁가 갖춰져 있는데도 요사이 학자들은 도에 나아간 바가 거의 없다. (…중략…) 비록 그럴지라도 초학자들이 『剪燈新話句解』로 문장을 능히 이해할 수 있고 저것(경서와 사서—필자 주)으로 도를 구할 수 있다면, 이 책 역시 경전의 길잡이인 셈이다.16)

임기는 『전등신화구해』의 성립을 예부영사(禮部令史)였던 송분(宋冀)이

---

15) 이 경우 본고에서 주목한 『전등신화구해』 성립의 사례와는 일정한 차이가 있다. 하지만 이 역시 역관 양성에 있어 「애경전」의 교화적 내용에 주목하여 실용화된 경우이다. 이에 관해서는 신상필, 「漢語學習으로 본 소설환경」,(『동방한문학』 30집, 동방한문학회, 2006) 참조

16) 林芑, 「剪燈新話句解跋」. "近世記誦文字者, 必於是焉. 假途而祈響. 然而引用經史語多, 咸以無釋爲恨. 歲丁未秋, 禮部令史宋冀者, 求釋於余. (…중략…) 聖賢之書, 先儒之訓詁備矣. 然猶今世之學者, 其深造乎道者盡無. (…중략…) 雖然初學者誠能解文於此, 而求道於彼, 則是書亦經傳之筌蹄也."(정용수, 앞의 책, 451~452면)

『전등신화』의 주석을 요청함으로 가능했다고 한다. 이로 보면 임기는, 평소 문학에 대한 감식안으로 이름을 떨쳤던 인물이긴 하지만, 애초『전등신화』의 주석을 염두에 두고 있었던 것은 아닌 듯하다. 그럼에도 송분의 요청에 선뜻『전등신화』의 주석을 감당한 이유는 따로 있었다. "문자를 기록하고 암송하는 자들이『전등신화』로 길을 빌리고 메아리를 구"하는 현실이 있었다. 문자를 기록하고 암송하는 자들이란 다름 아닌 "전습"과 "지송"에 골몰했던 아전[吏]과 초학[士人]들이다. 이들은『전등신화』를 "전습·지송"함으로써 문장을 익혀 메아리, 곧 자신의 영달을 바랬던 것이다.

당시『전등신화』에 대한 독서열이란 기본적으로 소설에 대한 흥미에서 비롯되었을 것으로 짐작된다. 다만『전등신화』에는 경서와 사서의 내용이 많아 아전과 사인들에게 흥미를 동반한 학습서의 역할을 겸할 수 있었다. 문제는 수많은 전고에 녹아 있는 경사(經史)의 내용이 독해에 걸림돌이었다. 아전이었던 송분은 이에 주해서의 필요성을 절감하고 임기에게 주석을 부탁한 것이다. 송분이 다른 이들과 주서을 갖추고자 했다는 점에서도 다수가 필요성을 느끼고 있음을 재확인할 수 있다.[17)]

한리학관이었던 임기 역시 그 제안에 충분히 공감하였던 것이고 주석 요청에 흔쾌히 응한 것이다. 더구나 임기는 자신의 주석 작업, 즉『전등신화구해』를 경서의 주석서에 비교할 정도로 상당한 자부심을 갖고 있었다. 성현의 글에는 이미 상당한 훈고가 갖춰졌어도 도에 나아간 경우가 드물지만, 자신의 소설 주석서는 문장의 이해를 돕고 거기서 나아가 경전을 통한 구도(求道)의 길잡이가 될 수 있다는 것이다. 이는 윤춘년의 언급에서 보다 자세하게 드러난다.

　　다만『전등신화』를 지음에 널리 百家書를 끌어오고 두루 諸子書를 채록하

---

17) 앞의 글. "糞吏也. 惟簿書是急, 乃於是書, 已欲昭昭, 而又欲使人昭昭, 推此志也. 雖古之與人爲善者, 不是過也."

여 독자가 그 말을 이해할 수 없어 세상 밖으로 주유하여 멈출 곳을 알 수 없는 것과 같다. (···중략···) 儒生들로부터 吏胥까지 『전등신화』 읽길 좋아해 文理를 이해하는 첩경으로 삼았다. 하지만 用事한 것을 찾기 힘들고 造語 역시 알기 어려운 것이 문제였다. 이제 이 주석을 가지고 본다면 어두웠던 것이 환해지고 막히던 곳도 통해 위로는 立身揚名의 바탕이요 아래로는 문서에도 소용이 되니 初學들을 도움이 크다 하겠다.[18]

『전등신화』의 고도한 문학적 성과는 아전과 사인들에게 관심의 대상이 되었다. 윤춘년이 지적한 바와 같이 "입양지자(立揚之資)"이자 "분부지용(文簿之用)"이 되는 현실적·실용적 측면이 강하게 작용하였기 때문이다. 하지만 앞서 임기의 지적이나 지금 인용문과 같이 『전등신화』의 경사서와 제자백가서 채록은 "용사(用事)"와 "조어(造語)"에 대한 해박한 이해가 없는 독자들의 접근에 걸림돌이 될 수밖에 없었다.

사대부에게 『전등신화』는 허탄하고 남녀의 애정을 다룬 소설이라는 점에서 터부의 대상이지만, 문인으로서는 거부할 수 없는 문학성과 예술성을 지닌 존재였다. 다만 이는 그 안에 갖춰진 풍부한 한문학 전통을 이해할 수 있는 한에서 가능하다. 따라서 『전등신화』가 성취한 고도의 문학적 성과는 특정 계층에 유효했으며, 아전들은 한문 학습의 수단으로 『전등신화』의 가치를 재발견하였다. 아전들의 『전등신화』 애호는 여기서 비롯되었다.

이런 현상은 아전에만 국한되진 않았다. 문과에 응시할 사인(士人)들도 문장 학습이 필요하기는 마찬가지였던 것이다. "유생(儒生)들로부터 이서(吏胥)까지 (···중략···) 입신양명의 바탕이" 되었다는 윤춘년의 언급은 이를 잘 말해준다. 이렇듯 아전과 문과에 응시할 유생들의 독서열은

---

18) 윤춘년, 「題注剪燈新話後」, "但其所爲文, 廣引百家, 博采諸子, 讀者不得其說, 如遊汗漫而不知止焉. (···중략···) 上自儒生, 下至吏胥, 喜讀此書, 以爲曉解文理之捷勁, 而所患者, 用事難尋, 而造語難知爾. 今因此註, 一披而盡, 昧者以明, 窒者以通, 上焉爲立揚之資, 下焉爲文簿之用, 其有補於初學大矣."

하나의 사회적 현상이 되었고, 경사가 아닌『전등신화』를 통한 문장학
습과 독서열의 흥미로운 현상은 상층 사대부의 이목에 포착되어 종종
기록으로 남을 수 있었다.

4. 『전등신화』 독서열과 그 학습의 현장

『전등신화구해』에는 70여 문인의 시문과 120여 종의 경서(經書)·제자
서(諸子書)·사서(史書)·필기(筆記)·소설류(小說類)가 인용되어 있다. 출
처 없이 내용만 제시한 경우도 상당하다. 이들 자료를 인용한 주석은 대
부분 인명과 지명, 그리고 역사적·문학적 전고에 관한 것이다. 그렇다
면 아전들이 소설을 읽고 어떤 도움을 받았을까? 앞서 이를 두고 吏文
에 도움이 되기 때문이라 했다.

> 知印 張宗得이 『전등신화』를 가지고 와서 배우기를 원하기에 나 또한 때때
> 로 뒤져보니 주석이 자못 자세하였다.[19]

이옥이『전등신화구해』를 열람한 연유에 대한 언급이다. 그는『전등
신화』를 배우려는 장종득을 통해 그 주석서를 처음 보게 된다. 장종득
은 지인(知印), 즉 통인(通引)이었으니 다름 아닌 이서(吏胥)이다. 아전들의
『전등신화』 독서 현장인데, 단순한 독서가 아니라 학습을 겸한 것이 분
명하다. 게다가 장종득이 가져온『전등신화』는 주석이 자세하다는 것으
로 보아『전등신화구해』임에 틀림없다. 임기의 구해본이 나온 이후 문

---

19) 이옥, 「剪燈新語註」(앞의 책, 84면). "知印張宗得以『新語』來願學, 余亦時閱之, 註
釋頗詳."(147면)

리를 깨치려는 이들이 『전등신화』를 학습 교재로 삼고 있음을 확인해 주는 현장이기도 하다.

유희춘의 기록에 의하면 "이성(李星)이 『전등신화』 2책과 『이문집람(吏文集覽)』 2책을 장정해서 보냈다"[20]는 내용이 확인된다. 우연일 수도 있지만 『전등신화』와 『이문집람』이 함께 움직이고 있다. 최세진(崔世珍, ?~1542)이 저술한 『이문집람』은 관공문서를 모은 『이문(吏文)』 가운데 어려운 어구만을 모아 풀이한 책이다. 앞서 문서에도 도움이 된다고 한 『전등신화』의 묘한 특성이 감지되는 듯도 싶다. 하지만 구체적으로 어떻게 이문에 도움이 되는지는 역시 미지수다. 다만 장종득의 경우처럼 아전들의 필요성이라는 점에서 해결의 실마리를 풀어보기로 하자.

아전들은 관서의 곳곳에 배속되어 해당 부서의 문서를 전담하였다. 상하 각급 관서의 다양한 문서를 작성·처리하는 것이 그들의 임무이다. 이들 문서는 행정 절차와 관련되어 일정한 양식을 갖춘 기능적 성격이 강하다. 그래서 이를 담당할 관리를 취재하는 별도의 시험이 존재하며, 취재 과목도 문과와는 상이하다.[21] 무엇보다 중요한 점은 한문에 익숙하지 않고는 결코 그 일을 감당할 수 없다는 것이다. 아전들이 행정상의 기능적 업무를 처리한다지만 한문을 이해하지 못한다면 문서 처리는 물론 작성 또한 엄두도 못 낼 일이다. 장종득의 경우에서 알 수 있듯 아전들의 독서열은 『전등신화』가 행정상의 한문교양 습득에 상당한 도움이 되고 있음을 시사해준다. 이처럼 한문교양 습득과 관련한 대체적 정황은 『전등신화』에 관한 평가에서 짐작해 볼 수 있다.

정사신(鄭士信)은 "문장을 자신의 뜻대로 펼쳐낸 것이 묘사는 수를 놓아 그려낸 듯하며 기세는 휘황하여 역시 사람을 움직일 만한 것들이 있

---

20) 柳希春, 『眉巖日記』 1568년 3월 29일. "李星粧送『剪燈新話』二冊·『吏文集覽』二冊."

21) 정광·정승혜·양오진, 『吏學指南』, 태학사, 2002. 이문의 성격과 언어적 특성에 관한 본고의 논의는 양오진, 「吏文과 吏文諸書輯覽의 언어」(『중국언어연구』 14, 한국중국어학회, 2002)에 의거함을 밝혀둔다.

다"22)고 『전등신화』를 평가한 바 있다. 『전등신화』가 귀신, 남녀 사이의 이야기를 다뤄 비난은 받을지언정 문장 솜씨만큼은 인정받은 것이다. 실제 『전등신화』가 근간으로 삼은 전기 양식은 운문과 산문을 결합시킨 집합체로서 문학적 예술성이 고양된 글쓰기 양식이다. 이에 대해 『금오신화』가 문장 기교와 형상화 수법에서 고도한 성과를 이룬 것으로 평가받음은 주지의 사실이다. "전(傳)·기사(記事)·산수기(山水記)·문대(問對)·론(論)·가전(假傳)·제문(祭文)·제(制)·상량문(上樑文)·축문(祝文) 등 당시까지 발전해온 한문학 산문의 온갖 장르를 포섭하고 활용"하고 있기 때문이다.23) 앞서 인용했듯 조재삼이 『전등신화』의 "백체구비(百體具備)"를 아전들의 열독 요소로 지목했음은 이를 잘 말해준다. 요컨대 한문학이 구축한 다양하고도 수준 높은 문장을 『전등신화』를 읽음으로써 섭렵할 수 있었던 것이다. 문제는 경향(京鄕)에 배속된 수많은 아전들이 이를 어떻게 익히느냐 하는 것인데, 주석의 필요성은 바로 이 지점에서 제기되었다.

『전등신화』가 초학(初學)들에게 환영받을 수 있었던 것은 몇 가지 기본적 사항들 때문이었을 것이다. 앞서 살핀 당대인들의 『전등신화』 평가, 즉 문학적 완성도의 측면이다. 윤춘년도 언급했듯 경서·사서·제자백가서에 근거한 다양한 "용사(用事)"와 "조어(造語)"는 한문 문장 이해에 상당한 도움을 준다. 이는 임기가 『전등신화구해』를 완성하면서 가장 공력을 들인 부분이며, 내용의 대부분을 차지하고 있다. 대체적으로 인물·역사사실·지명·특수용어 등이다.

예를 들어 임기는 「영호생명몽록(令狐生冥夢錄)」에서 극도로 노기가 충천한 모습을 뜻하는 "불분(不忿)"에 대해 "지금 이전(吏典)의 공사(供詞)

---

22) 鄭士信, 『梅窓集』 卷4, 「題剪燈新話後」(『한국문집총간』 13, 163면). "觀其縱橫闔闢, 摸寫繪繪, 氣焰華藻, 亦或有動人者."
23) 박희병, 「『金鰲新話』 創作의 淵源과 背景」, 『韓國傳奇小說의 美學』, 돌베개, 1997, 180면.

에 불분(不忿)이라는 말이 매우 많다[今吏典供詞, 多有不忿語]"고 설명한다. 그가 『전등신화』의 주석 과정에서 『전등신화구해』의 실질적 효용성을 감안하고 있음을 말해준다. 「영호생명몽록」의 내용에는 공초문(供招文)이 사용되고 있을 뿐 아니라 작품 이곳저곳에서 관서의 면모가 그려지기도 하고, 지옥의 치죄하는 과정이 펼쳐지기도 해서 아전들의 실직(實職)과 요구에 부응하는 점이 많다. 그렇다면 이를 접하는 아전들은 이야기 전개 과정에서 행정절차는 물론, 그에 필요한 문장 학습을 동시에 익힐 수 있다. 지금과 같은 공구서가 미비하였을 당시로서는 아전들에게 『전등신화구해』가 절실했음은 두말할 나위가 없다. 이런 저간의 사정은 『전등신화』의 주석을 감당할 수 있는 박학의 인물을 요구하였고, 이문학관이었던 임기야말로 적임자였다. 따라서 『전등신화구해』는 간행과 함께 대단한 호응을 받으며 전파·향유될 수 있었다.

그렇다면 『전등신화』는 실제 얼마나 문장 학습에 유용했을까? 이옥의 언급에서 확인할 수 있다. 이옥은 삼기(三岐)에 글 아는 기생이 있었는데 이미 죽었다는 말을 듣고 아쉬워하며 그녀가 남긴 시 한 수를 기록해 두었다. 그는 시에 대해 "『전등신화』를 조금 읽었고, 소대죽지체(蘇臺竹枝體)를 모방한 것"[24]으로 평하였다. 또 다른 기록은 이런 사실도 전하고 있다.

> 먼 시골의 학동들이 배우기를 원하는 것은 所志狀의 글이다. 그러므로 베껴서 전하고 외우는 것이 대부분 이러한 것이다. 여기 宜寧의 규수 必英의 소지장은 대체로 『전등신화』를 많이 읽어 거기에서 얻어 온 것이다.[25]

필영(必英)이라는 규수의 소지장 내용을 소개하며 붙인 기록이다. 이와 함께 시골 학동들의 향학열도 소개되어 있다. 이옥이 소개하고 있는

---

24) 이옥, 「能詩妓」(앞의 책, 43면). "蓋粗讀『剪燈新話』, 倣得蘇臺竹枝體者也."(126면)
25) 이옥, 「必英狀辭」(앞의 책, 95면). "遐鄕小童之所願學者, 乃狀牒之文. 故謄錄而傳誦者, 多此類, 此則云宜寧良女必英之狀, 而多得力於剪燈者也."(152면)

두 여인은 『전등신화』를 읽었기에 자신의 감정과 뜻을 글로 표현하고 남길 수 있었다. 『전등신화』에 실린 시문과 소장(訴狀)을 통해 글의 형식과 내용을 구성할 수 있었을 것이다. 지금보다 교육의 기회가 드물었을 두 여인들의 상황은 『전등신화』의 학습 효과가 어느 정도였는가를 짐작케 한다.

　『전등신화구해』가 성립된 16세기에서 19세기 문인의 언급에도 확인되는 『전등신화』의 영향력은 대단하다 못해 자못 특이하기 까지 하다. 그리고 학구들의 "실업"과 이교 자제들의 "소망"이 발굴한 『전등신화』에 대한 기대는 주석서를 필요로 한 것이다. 여기서 우리는 임기의 노고로 탄생한 『전등신화구해』의 성립 배경과 유통, 영향의 한 사회사를 확인할 수 있다.

5. 보론―이본과 명칭에 대하여

　『전등신화』는 흥미와 문장 학습이라는 독특한 경로로 상당한 인기를 누릴 수 있었다. 이러한 관심이 조선에서는 주석서로 하나의 결실을 거두었으니, 『전등신화구해』 출현의 정황은 이미 살펴본 바와 같다. 여기서는 주해자였던 임기와 『전등신화구해』에 관한 몇 가지 자료와 의문을 제시하는 것으로 결론을 대신하고자 한다. 임기는 원래 윤춘년과 함께 주석을 시작하였다. 그러나 임기는 윤춘년의 유배로 혼자 주석을 마쳐야 했다. 그는 자신의 주석 작업에 대해 학문이 비록 삼다(三多)에는 부끄럽지만, 주석만은 오신(五臣)에게 양보할 수 없다는 자신감을 표시하였다.[26] 자신의 『전등신화구해』를 통해 문장을 익히고, 도(道)는 경서에서 구하면 된다고 했을 정도였으니, 자신의 주석에 상당한 포부를 지넜던 모양이다. 이는 그가 스스로를 호음 정사룡보다도 박람하다 여겼다거나,[27) 다른 이들도 그를 박학으로 인정했다는 기록에서도 확인된다. 물론 『전등신화구해』의 내용 또한 이를 증거하고 있다. 그런데 임기는 「전등신화구해발」에 다음과 같은 말을 남겼다.

> 드디어 교정을 송분에게 맡기어 印刊케 했다. (…중략…) 그러나 宋糞이 목판에 새길 수 없게 되자, 목활자를 모아 인간하였는데, 글자가 많이 뭉그러져 보는 사람들이 문제로 여겼다. 금번에 滄洲(윤춘년-필자 주)께서 이조판서로 校書館提調를 겸하자 諸員 尹繼延이 판목을 구입하여 널리 전하자고 청했다. 내가 다시 번거로운 것은 줄이고 간략히 만들어 句解라고 하였거니와, 실은 창주께서 정정하신 것이다. 이에 주석한 대강의 경위를 추려 전말을 적어보면, 송분의 인본은 己酉(1549)에 마쳤고, 尹繼延이 판각할 나무를 구입해 새긴 것은 己未(1559)에 끝났다.[28)

임기는 처음 『전등신화』의 주석을 마치고 송분에게 간행케 했지만 목판에 새기지 못해 1549년에야 목활자로 간행하였다. 하지만 목활자본은 글자가 분명치 않아 윤춘년이 교서관제조를 맡게 되어서야 목판으로 완성을 본다. 임기는 이를 계기로 주석의 번다한 부분을 정리해 간명하게 만들고 『구해』라 명했다는 것이다. 이 대목을 보면 임기의 『전등신화』 주해서는 이때 이르러 『전등신화구해』라는 정식 명칭을 얻은 듯하다. 그렇다면 송분의 목활자본은 뭐라고 했던 것일까?

현재 남아 있는 『전등신화구해』에 "滄洲 訂正, 垂胡子 集釋"으로 되

---

26) 林芑, 「剪燈新話句解跋」. "於是, 就滄洲大人而謀焉, 意旣克合, 方始輯疏. 纔解一錄, 而滄洲適居棘于宣城, 余獨以平昔所記聞, 竊爲之盡釋. 學雖愧於三多, 註不讓於五臣."

27) 高尙顔, 『泰村集』卷3 「雜著」. "垂胡子自謂博覽勝於湖陰."

28) 林芑, 앞의 글. "遂爲讎正, 委諸宋糞, 使之募印. (…중략…) 然而糞也不克鏤板, 乃輳合木字而印之, 字多刓缺, 覽者病焉. 今玆, 滄洲以天官卿兼提調校書館, 而諸員尹繼延者稟於其提調, 欲入梓以廣其傳. 余更爲之刪煩就簡, 以爲句解, 而滄洲實訂正焉, 因撮其注釋之梗槩, 書諸顚末. 糞之印本, 訖於己酉, 而繼延之購刻, 終於己未."

어 있고, 임기는 창주 윤춘년이 목판본을 정정했다고 증언하였다. 그렇다면 오늘날 우리가 접하는『전등신화구해』는 윤계연의 목판본이 된다. 이렇게 볼 때 송분의 목활자본과 차이가 있음이 분명하다.

> 나는 이절 책지 스물일곱 권, 壯紙 네 권, 白紙 세 권 등 모두 예순여덟 첩으로『韻府群玉』·『註剪燈新話』·『本草』15권에서 19권까지, 그리고『中庸或問』을 인쇄했다.[29]

유희춘은 1567년에『운부군옥』·『본초』·『중용혹문』과 함께『주전등신화』를 인쇄했다고 한다. 그는『전등신화구해』가 아닌『주전등신화』를 인쇄하였다. 이것이 송분의 목활자본이 아닌가 한다. 적어도『전등신화구해』가 아니기 때문이다. 이규경도 「전등신화변증설」에서 "『新話』之注, 但書垂胡子注云"이라고 하여 구해나 집석이라는 말은 없다. 또한 고상안(1553~1623)도 "垂胡子『註剪燈新話』, 亦多杜撰"이라 하고 있다. 해석에 따라 "수호자가『전등신화』에 주를 붙였는데"라고도 할 수 있다. 하지만 ㄱ에 앞서『고문진보』의 절점을 언급한 뒤라 "수호자의『주전등신화』역시 두찬(杜撰)이 많다"로 읽힌다. 특히 고상안이 지적한 주석의 내용은『전등신화구해』의 내용과 달라 분명 그는 다른 판본을 본 것임에 분명하다. 임기가 발문에 밝혔듯 목판본『전등신화구해』는 "번거로운 것은 줄이고 간략히 만들"었기에 내용이 다른 것이다. 모리스 꾸랑도『전등신화』를 소개하면서 저자와 주석자만 소개하고 윤춘년을 언급하지 않아 더욱 의문이 생긴다.[30]

그렇다면 임기의 첫 주석서인 목활자본에는『주전등신화』혹은『주해전등신화』였을 것이고, 여기에 교정을 더한 것이『전등신화구해』가

---

29) 柳希春,『眉巖日記草』1567년 10월 9일. "余以二折冊紙二十七卷·狀紙四卷·白紙三卷, 凡六十八貼, 乃印『韻府群玉』·『註剪燈新話』·『本草□』卷十五之十九, 次及『中庸或問』也."

30) 모리스 꾸랑, 이희재 번역,『한국서지-수정번역판』, 일조각, 1994, 266~267면.

아닌가 생각된다.[31] 문제는 고상안이나 윤춘년의 언급 시기가 모두 목판본이 출현한 1559년 이후라는 점이다. 더구나『전등신화구해』의 정정을 담당한 윤춘년이 굳이 이전 판본에 제후문(題後文)을 쓰거나 인쇄해낼 필요는 없었다. 지금 남아 있는『전등신화』의 주석서도 모두『전등신화구해』만이 남아 있다. 이 점은 의문이다.

이 의문은 필자의 오독일 수도 있다. 다만 현재 전하는『전등신화구해』의 판본에 두 가지 경향이 나타나고 있음에 주목하고 한다. 두 경향은 주석의 자세한 정도에 따라 구분할 수 있는데, 이는 현재 남아 있는『전등신화구해』에 공통적으로 드러나는 면모이다. 정용수의 번역『전등신화구해 역주』는『전등신화』의 원문을 번역하고 임기의 주해를 주석으로 처리하였다. 여기서 규장각본을 대본으로 삼아 국립본과 비교하고 있다. 이를 살펴보면 두 본에는 주석의 차이가 있다. 특히 국립본은 보다 축약된 형태다.「연방루기(聯芳樓記)」는 그 대표적인 예이다. 이옥역시 "『전등신화』의 인본(印本)이 심히 많아 예닐곱 개 본에 이른다"고 전한 바 있다.[32]

그렇다면『전등신화구해』는 임기 자신이 간략하게 만들었다고 했으니 보다 정제된 주석본들이 개정본에 해당하지 않을까 한다. 이 역시 보다 자세한 검증을 요한다. 만일 초판인 목활자본과 개정판인 목판본이 다른 이름으로 존재할 가능성이 존재한다면, 양자의 주석 차이를 통해 윤춘년의 개정 참여도를 확인할 수 있을 것이라는 점에서 추후의 과제로 남겨둔다.

---

31) 변은전,「일본강호시에 있어서의『전등신화구해』와『금오신화』의 수용」,『민족문화연구』35, 고려대 민족문화연구소, 2001, 343면에서 宮內廳書陵部藏本『전등신화구해』가 1549년 간행된 목판본일 가능성이 있으나 조사가 필요한 것으로 소개한 바 있어 그 가능성을 말해준다.
32) 이옥,「剪燈新語註」, 앞의 책, 84면, "聞『新語』印版甚多, 至六七本云."(147면)

표기문자 전환에 따른 16~17세기 소설 미학의 변이 양상

정출헌

1. 표기문자 전환을 다루는 시각

고전소설 연구사에서 이본 연구는 많은 연구자가 관심을 기울여 온 분야이다. 그런 적극적인 관심 아래에서 고전소설 이본에 대한 조사·정리 작업, 그리고 국문본과 한문본에 대한 비교 연구 또한 적지 않게 이루어져 왔다. 하지만 이들 연구는 이본 파생의 계보를 세워보려 하거나 주제 분화의 양상을 점검해 보려하는 데 초점을 맞추는 경우가 많았다. 한문본과 국문본이 병존하는 작품의 경우, 창작 표기문자를 둘러싼 실증적 논란이라든가 한문 담당층의 사대부적 지향과 국문 담당층의 서민적 지향이라는 일반론적 이해는 그런 사례에 해당한다.

하지만 현전하는 자료만 가지고 이본의 계보를 정연하게 계열화한다거나 개별 작품의 세계관적 지향을 계층에 따라 선명하게 도식화하는 작업은 위험할 수밖에 없다. 현전 자료의 절대적 부족은 말할 것도 없고, 다양한 계층을 향해 열려 있는 갈래가 바로 소설이기 때문이다. 후자의 경우만 보더라도, 필사(筆寫) 과정은 물론이고 독서 계층에 있어서 어느 한 곳에 전적으로 귀속되는 경우가 드물었다. 소설은 불변의 전범을 용납하지 않은 채 필사자에 따른 첨삭·변개가 자유로웠을 뿐만 아니라 전근대 문학사에서는 그 유례를 찾기 어려울 만큼 계층과 계층을 수시로 넘나들곤 했던 것이다.

그런 까닭에 소설을 매개로 한 한문 담당층과 국문 담당층의 교류 양상을 살피는 작업은 고전소설사의 구도를 새롭게 설계하는 의의를 지님은 물론, 국문과 한문이라는 표기문자의 전환에서 비롯된 질적 변이와 미적 특질을 파악하는 중요한 관건이 된다. 그러기 위해서는 국문본과 한문본의 선후 문제라든가 주제 분화의 차원을 넘어서서, 표기문자의 전환을 가능케 한 작품 외부의 '문학사회적 맥락'을 추적한다든가 표기문자의 전환 과정에서 야기된 작품 자체의 '문예미학적 변이'에 주목할 필요가 있다. 이런 까닭에 우리는 고전소설에서 표기문자의 전환을 추동했던 문학사회적 기반을 폭넓게 점검하는 한편, 표기문자의 전환을 경험한 구체적인 작품 분석을 통해 미적 변이의 양상을 세심하게 고찰하고자 한다.

그때, 우리는 표기문자의 전환이 시작되었던 16세기와 그런 경향이 보다 확대·심화되었던 17세기 고전소설의 문학사회학적 지평을 변별적으로 점검할 필요가 있다. 표기문자 전환의 동기, 목적, 그리고 주체가 상호 밀접하게 연계되면서도 때론 날카롭게 분기되는 것으로 보이기 때문이다. 그리고 그런 맥락 위에서 표기문자의 전환을 경험한 작품들, 곧 「왕십붕기우기(王十朋奇遇記)」·「최고운전(崔孤雲傳)」·「번설경전(飜薛卿傳)」에 초점을 맞추기로 한다. 이들 작품에 주목하는 까닭은, 한문본과 국문본을 비교할 수 있는 텍스트가 현전한다는 점이 우선적으로 고려되었다. 하지만 그런 이유 때문만은 아니다. 이들 작품은 17세기를 전후하여 표기문자의 전환을 경험하였다는 소설사적 동질성과 함께 그 전환의 경로를 다양하게 보여주고 있다는 점도 고려하였다. 중국에서 유입된 소설이 한문/국문으로 윤색·번역된 경우를 「왕십붕기우기」와 「왕시봉전」이 보여준다면, 「최고운전」은 한문소설인 전기소설이 국문소설로 전환된 경우이고 「번설경전」은 역으로 대중적 국문소설이 한문소설로 전환된 경우이다. 이런 동질성과 이질성의 공유는 표기문자의 전환을 경험한 여타의 작품을 이해하는 데도 유익한 시사점을 제공해 주리라 기대된다. 다만, 이들 작품을 살피는 가운데 유사한 소설사적 경험을 보이고 있는 「오륜전전(五倫全傳)」·「주생전(周生傳)」·「사씨남정기(謝氏南征記)」 등도 적극 활용하도록 하겠다.

2. 16세기 고전소설의 문학사회학적 지평과 표기문자 전환의 맥락

1) 고전소설의 문학사회학적 지평 – 흥미와 교화, 그 모순적인 관계

고전소설사의 층위를 담당층과 관련지어 논의할 때, 우리들은 으레 한문소설은 사대부 남성, 국문소설은 규방 여성(또는 평민 남성)의 문예물로 구분 짓곤 한다. 표기수단이 사회경제적 지위를 가늠하는 유력한 지표로 활용되던 전근대 사회의 특수성을 감안한다면, 이런 구분은 납득할 수 있다. 실제로 초기 고전소설사는 전근대 동아시아 사회의 보편문어인 한문으로 창작된 전기소설이 주도했으며, 이를 대변하는 김시습(金時習, 1435~1493)의 『금오신화(金鰲新話)』는 사대부 남성의 전유물이었다 해도 과언이 아니다. 하지만 채수(蔡壽, 1449~1515)가 지은 「설공찬전(薛公瓚傳)」의 사례가 웅변하듯, 고전소설은 그보다 과히 늦지 않은 시기에 이미 창작 당시의 표기문자로 고정되어 있지만은 않았다. 한문과 국문으로 표기문자를 전환시켜 가며 다양한 독자들과 대면했던 것이다. 「설공찬전」을 둘러싼 논란이 벌어진 때는 16세기 초반이었다.[1]

우리가 관심을 두고 있는 표기문자의 전환이 국문 창제 반세기만에 고전소설사의 지평에서, 그것도 경향(京鄕) 각지에서 급속하게 진행되고 있다는 점은 참으로 놀랍다. 그러하다. 조정에서 「설공찬전」을 굳이 문제 삼은 까닭은, 단지 불온한 내용을 담았다는 데 있지 않다. 그보다는 들불처럼 빠르게 번져나가는 작품의 감염력에 대한 우려였던 것이다. 그때, 그런 급속한 감염을 표기문자의 전환이 가속화시켰음은 물론이다. 하지만 표기문자의 전환이 사후세계(死後世界)에 대한 근원적 두려움과 그를 극복하고자 했던 종교적 신념에서 증폭되었으리라는 점을 염두에 두어야만 한다. 거기에는 남녀노소 또는 빈부귀천의 경계가 없을 것이기 때문이다. 이보다 약간 늦은 16세기 중반, 보우(普雨, ?~1565)에 의해 국문으로 번역·전파된 「왕랑반혼전(王郎返魂傳)」의 사례에서도 그런 정황을 짐작할 수 있다.[2] 작자의 뚜렷한 '목적성'을 국문소설의 두터운 '대중성'에 힘입어 유포·전달하고자 했던 것이다. 우리는 이를 소설 갈래가 특장으로 여기던 '흥미'와 '교훈'의 결합으로 환언할 수 있겠는데, 그런 맥락에서라면 다음의 발언도 다시금 음미해 볼 필요가 있다.

> 내 보니 閭巷의 무식쟁이들이 諺字를 배워 古老들이 전하는 이야기를 베껴 밤낮 떠들고 있는데, 李石端·翠翠의 이야기 같은 것은 음탕하고 허탄하여 보기에 부족하다. 오직 五倫全 형제의 이야기만이 아들이 되어서는 孝를 행하고, 신하가 되어서는 忠을 행하고, 부부간에는 禮가 있고, 형제간에는 매우 順하

---

1) 이에 대한 구체적인 정보는 제2부 정환국, 「「설공찬전(薛公瓚傳)」 파동과 소설 인식의 추이」 참조
2) 「왕랑반혼전」의 표기문자 전환 동기 및 번역 양상과 관련된 자세한 논의는 황패강, 「나암 보우와 왕랑반혼전」, 『한국서사문학연구』(단국대 출판부, 1972)와 권혁래, 「최척전의 이본 연구」, 『조선 후기 역사소설의 탐구』(월인, 2001)를 참조할 것.

며, 또 친구와는 信實하여 은혜로움이 있다. 그것을 읽으면 사람으로 하여금 凜然惻怛케 하니, 어찌 본연의 성품에 느끼는 바가 있기 때문이 아니겠는가?[3]

위의 인용문은 낙서거사(洛西居士) 이항(李沆, 1474~1533)[4]이 중국에서 유입·번안되어 읽히던 「오륜전전」을 한문으로 윤색하고, 국문으로 재차 번역한 동기를 밝히고 있는 대목이다. 여기서 우선 확인해 둘 점은, 16세기에 들어서면 「설공찬전」처럼 국내에서 창작된 소설과 「오륜전전」처럼 중국에서 전래된 소설이 한문/국문으로의 전환을 빈번히 경험하고 있었다는 사실이다.[5] 하지만 표기문자 전환의 맥락을 세심하게 분별하기 위해서는 낙서거사가 국문으로 떠돌고 있던 당시 고전소설을 '이석단(李石端)과 취취(翠翠)의 이야기'[6]와 '오륜전(五倫全) 형제의 이야기'로 명확하게 갈라놓고 있는 점에 주목해야 한다. 두 유형 모두 『전등신

---

3) 洛西居士, 「五倫全傳序」. "余觀閭巷無識之人, 習傳諺字, 謄書古老相傳之語, 日夜談論, 如李石端翠翠之說, 淫藝妄誕, 固不足取觀, 獨五倫全兄弟事, 爲子而克孝, 爲臣而克忠, 夫與婦有禮, 兄與弟甚順, 又能與朋友信而有恩. 讀之, 令人凜然惻怛, 豈非本然之性有所感歟?"

4) 洛西居士를 李沆으로 추정한 자세한 근거는 윤주필, 「16세기 사림의 분화와 낙서거사 이항의 「오륜전전」 번안의 의미」, 『국어국문학』 131호(국어국문학회, 2002.9)를 참고할 것.

5) 이처럼 표기문자 전환의 다양한 사례를 한 자리에서 보여준 것은, 『默齋日記』 뒷면에 적혀 있던 일련의 국문/국문본 소설들이다. 여기에는 「설공찬전」과 함께 「왕시전」·「왕시봉전」·「비군전」·「주생전」 등 다섯 작품이 필사되어 있다. 그런데 이들 가운데 「설공찬전」·「주생전」은 국내 창작 한문소설이 국문으로 표기문자를 전환한 것이며, 「왕시봉전」은 중국 宋나라 때의 희곡인 『荊釵記』를 번안·번역한 것이다. 한문으로 쓰인 전기소설은, 16세기를 거치면서 상층지식인이라는 폐쇄적인 향유집단을 대상으로 창작·유통되는 데 머물지 않고 국문으로의 전환이 신속하고도 다양하게 이루어졌던 것이다. 이에 대한 자세한 사항은 이복규 편저, 『새로 발굴한 초기 국문·국문본 소설』(박이정, 1998)을 참고할 것.

6) 여기에서 翠翠가 『전등신화』 소재 「취취전」을 가리키는 것인 데 반해, 李石端은 누구를 가리키는 것인지 분명치 않다. 혹은 취취를 掠取하여 함께 지내던 李將軍으로, 혹은 「玉瑠春傳」의 남주인공으로 조심스럽게 추정하기도 한다. 이에 대해서는 심경호, 「조선 중기의 번안소설 오륜전전」, 『국문학 연구와 문헌학』(태학사, 2002)과 정길수, 「왕십붕기우기의 개작 양상과 소설사적 위상」, 『고전문학연구』 19집(한국고전문학회, 2001)을 참조할 것.

화』와『오륜전비기』처럼 중국에서 전래된 소설임에도 불구하고, 음탕(淫蕩)·허탄(虛誕)한 작품과 교화(教化)·감계(鑑戒)의 작품으로 구분했던 것이다. 거칠게 도식화한다면, 전자가 독자의 '서사적 흥미'를 촉발시키는 데 초점을 둔 부류라면 후자는 독자에게 '이념적 교화'를 제공하려는 데 초점을 둔 부류라고 할 수 있다. 물론 흥미와 교화란 모든 문학, 특히 소설 갈래에 있어서는 본원적인 존재 조건이라 할 수 있다. 어떤 작품이든 이들의 원만한 결합을 통해 독자를 더 높은 미적 감동으로 끌어올리려 하겠기 때문이다. 그럼에도 불구하고, 우리는 이들 두 부류가 비중을 두고 있는 차이를 좀 더 날카롭게 구분하기로 한다. 이런 차별적 지향은 창작 의도나 감상 태도뿐만 아니라 표기문자의 전환 과정에서도 미묘한 의미 분화를 초래하는 것으로 판단되기 때문이다.

그런 미묘한 차이를 음미하기 위해서는,『전등신화』와「오륜전전」과 같은 소설이 널리 읽히던 16세기 고전소설의 문학사회학적 지평에 대해 좀 더 살펴볼 필요가 있다. 낙서거사가 지목하고 있는 이들 두 작품은 명나라에서 창작·유입된 작품이다. 전자가 동아시아 소설사의 판도에 지대한 영향을 준 문언체(文言體) 전기소설(傳奇小說)의 대표작이라면, 후자는 명나라 주자학자인 구준(丘濬, 1420~1495)이 지은 백화체(白話體) 장편 희곡(長篇戲曲)의 대표작이다. 16세기에 이미 '문언─단편' / '백화─장편'의 중국소설이 유입되어 읽혔을 뿐만 아니라 그것의 번안·윤색이 곧바로 이루어졌던 것이다. 돌이켜 보면, 연산군 12년(1506년), 곧 16세기 초반에 이미『전등신화』·『전등여화』·『효빈집』과 같은 문언체─단편 전기 소설집과『교홍기』·『서상기』와 같은 백화체─장편희곡소설이 함께 거론되고 있었다.[7] 이들의 전래와 독서가 우리 고전소설사를 보다 뜨겁게 달구는 계기가 되었음은 재론의 여지가 없다.『전등신화』의 독서 경험에 촉발되어『금오신화』가 산출되었던 사정은 널리 알려진 바다. 다만,

---

7)『연산군일기』권62, 1506년 4월 13일(임술)조.

그 당시 고전소설의 문학사회학적 지평을 살펴보기 위해 김시습의 다음 감상을 읽어보기로 하자.

> 말이 敎化에 관련되면 괴이해도 꺼리길 것 없고　　　語關世敎怪不妨
> 일이 사람을 感動시키면 허탄해도 기뻐할 만하네.　　事涉感人誕可喜[8]

김시습은 『전등신화』를 읽고 난 감상을 적어내려 가면서, 괴이(怪異)·허탄이라는 서사적 특성에 대한 비난을 세교·감화라는 교화적 관점으로 감싸 안으며 옹호한다. 낙서거사가 개도·권유의 효용성이 있다는 「오륜전전」과 구분한 뒤, 음설(淫褻)·망탄(妄誕)의 맥락에서 이를 혹평하던 것과는 사뭇 다른 태도이다. 사실 『전등신화』는 많은 사람을 열렬한 독자로 끌어들였지만, 낙서거사와 같은 비판에 늘 시달려야만 했다. 『전등신화구해(剪燈新話句解)』 서문에서도 그런 정황을 짐작할 수 있다.

> 어떤 사람이 나를 조롱하기를, "옛날 韓愈가 「毛穎傳」을 지었는데, 張籍이 잡박하고 허황하다고 기롱하였습니다. 瞿佑의 이 책은 진실로 잡박하기 그지없는데, 그대는 이를 注解하였으니, 어찌 모르십니까? 聖賢이 세상을 바로잡는 책들이 많은데, 그대는 저것을 버리고 이것을 취하니, 어찌된 일입니까?" 하였다.[9]

『전등신화』를 둘러싼 논란에서 빠지지 않고 등장하는 비난은 바로 위와 같이 잡박·허황하다는 점이다. 수많은 독자의 요구에 부응하기 위해 『전등신화』를 주해했던 임기(林芑, ?~1592)와 윤춘년(尹春年, 1514~1567)도 그 점은 동의했던 바다. 그들 모두 "이 책은 전기(傳奇)에 근거하

---

8) 金時習, 『梅月堂集』 卷4, 「題剪燈新話後」.
9) 林芑, 「剪燈新話句解跋」. "或有嘲於余曰 : '昔韓愈嘗作毛穎傳, 張籍譏其駁雜無實. 瞿氏是書, 固駁雜之尤者也. 而吾子從而注解, 寧無識乎. 聖賢經世之書, 不一而足, 吾子去彼取此, 何?'"

여 말이 괴이하다"거나 "그 내용은 신이한 자취와 남녀의 정을 기술하였다"고 인정한다. 그러나 "권할 만한 선과 경계할 만한 악을 기록하였으니 어찌 버려 둘 것인가?"라는 논리로 또는 "그 의미는 선악보응의 이치의 명확함을 드러내려 한 것이다"라는 논리로 변호하는 것도 잊지 않는다.10) 괴이하고 허탄하다는 비판을 세교와 감화의 논리로 옹호한 김시습의 태도와 닮았다고 하겠는데, 그럼에도 불구하고 낙서거사는 그런 논리를 결코 받아들이지 않았던 것이다. 『전등신화』를 대하는 김시습(또는 임기와 윤춘년)과 낙서거사의 상이한 관점, 그것은 16세기 고전소설의 문학사회학적 지평을 '서사적 흥미'와 '이념적 교화'라는 모순적인 관계 속에서 조망할 필요가 있다는 점을 시사한다.

2) 고전소설의 표기문자 전환의 맥락 — 한문과 국문으로의 번안, 그리고 간행

매월당 김시습과 달리, 낙서거사 이항(李沆, 1474~1533)은 『전등신화』에서 구가되는 남녀 애정을 둘러싼 기괴함에 대해 매우 비판적인 입장을 취했다. 이는 소설을 대하는 개인적 취향의 차이로 해석할 수도 있고, 15세기와 16세기라는 문학사회적 지평의 차이로 해석할 수도 있다. 물론 두 요인을 함께 고려해야 하겠지만, 그래도 후자에 좀 더 비중을 두는 것이 타당하다. 김시습과 이항은 약 반세기 정도밖에 차이가 나지 않지만, 그 짧은 기간 동안 소설의 존재 조건은 놀랍도록 변화된 것으로 판단되기 때문이다. 과연 어떤 변화가 일어났던 것인가? 우선, 16세기에 이르면 소설을 활용한 세교·감화의 효과를 생각할 만큼, 더욱이 그 대상을 사대부 문인에만 한정시킬 수 없을 만큼 소설은 자신의 향유

---

10) 林芑, 「剪燈新話句解跋」. "且是篇, 盖本諸傳奇, 雖符於語怪, 固亦文章游刃地, 況文善可勸而惡可徵者, 其惡可已乎?"; 尹春年, 「題注解傳燈新話後」. "其事則述其神異之迹·男女之情, 其意則□乎善惡報應之孔昭."

층을 넓혀 나가고 있었다. 여항의 식견 없는 자들조차 국문으로 소설을 베껴 밤낮 떠들고 있다는 낙서거사의 증언은 괜한 소리가 아니었던 것이다. 흔히 17세기에 들어서서 국문소설의 시대가 열렸다고 하지만, 16세기에 이미 그런 토대가 구축되기 시작했던 것이다.

하지만 소설의 존재 조건이 변화된 사실을, 이런 양적 확산에서만 진단한다면 그건 일면적이다. 그보다는 소설에 대한 당대인의 인식 변화를 함께 조망할 필요가 있는데, 그때 「설공찬전」을 둘러싼 조정에서의 논란은 흥미로운 시사점을 제공한다. 우리는 그것의 불온한 내용, 그리고 그것의 급속한 확산에 대한 우려가 논란의 발단이라고 앞서 지적한 바 있다. 하지만 각도를 달리하여, 그런 '사소한' 소설을 둘러싸고 벌인 사회적 분위기에 주목할 필요가 있다. 그런 논란이 벌어진 시점은 중종 초기였다. 연산군을 패륜으로 몰아 축출한 정치 세력에 의해 옹립된 중종은, 그에 걸맞는 일련의 사업을 활발하게 전개한다. 풍속을 교화한다는 명분을 내걸고, 당대인의 일거수일투족을 세세하게 규정하던 『소학(小學)』 ·『주자가례(朱子家禮)』 ·『여씨향약(呂氏鄕約)』과 같은 윤리 서적을 조직적으로 출판 · 보급했다. 『삼강행실도』를 대대적으로 간행한 시점도,[11] 사림의 표상인 조광조(趙光祖)가 등용되는 시기도, 「설공찬전」을 둘러싼 뜨거운 논란이 벌어지던 그때였다. 요컨대 소설 한 편 창작한 것을 두고 그 작가를 사형시켜야 한다는 과격한 논의가 오고간 저 기이한 현상은, 이때의 이런 사회적 분위기와 분리하여 생각할 수 없다. 그런 점에서 유가적 의식이 철저하지 않았던 한 '부족한 士林'을 공격함으로써 밖으로는 「설공찬전」을 유통시키고 있는 불미한 사회의 풍조에 경종을 울리고, 안으로는 사림 내부의 의식화를 고양시키려 했다는 시

---

11) 세종 때 만들어진 『삼강행실도』는 성종 때 諺解되었다가, 중종 때 이르면 이를 대대적으로 간행 · 보급한다. 중종 6년에는 총 2,940질을 찍었는데, 이는 조선시대를 통틀어 출판사상 1회에 찍은 부수로는 최대 규모일 것이라 한다. 강명관, 「삼강행실도-약자에게 가해진 도덕의 폭력」(『한국고전여성문학연구』 5집, 한국고전여성문학회, 2002), 20면.

각으로 이 논란을 읽고 있는 시각은 흥미롭다.12)

기실, 16세기는 조선사회를 진정한 유교국가로 탈바꿈하기 위한 개혁적 열기로 들끓던 시기였다. 그런 분위기는 급속하게 성장해 나가던 소설도 버려두지 않았다. 오히려 철저한 검열과 통제의 대상으로 삼았는데, 이전 소설이 즐겨 다루던 음란·허탄한 내용에 대한 혹독한 비판은 그런 소산에 다름 아니었다. 정조대(正祖代)를 '문체반정(文體反正)의 시대'로 명명할 수 있다면, 우리는 그 전사(前史)를 중종대에서 본다. 그런 점에서 전기 양식을 통해 발현되는 신이(神異)를 향한 충동이라는 이전의 문학사적 유산이 「설공찬전」을 둘러싼 상징적 필화 사건을 계기로 약화되었다는 진단은,13) 16세기에 구축되기 시작한 소설의 문학사회학적 지평을 이해할 때 원용할 만하다. "당대 사림(士林)들이 「설공찬전」을 두고 떳떳하지 않은 말이 많기 때문에 부족하다고 여겼다"14)는 실록의 사평(史評)은, 「오륜전전」을 한문으로 윤색하고 국문으로 번역한 까닭을 밝히고 있는 낙서거사의 다음과 같은 태도와 참으로 닮아 있었던 것이다.

①비록 士林 중에 학문에 뜻을 둔 사람들조차도 글귀를 다듬는 데서 벗어나지 못하여 화려한 문장을 구사하는 데만 골몰하니 떳떳한 도리에 마음을 두고 있는 사람이 적다. 이러하니 하물며 범용한 士庶人, 그리고 婦女子에 있어서랴! (…중략…) ②그러나 본성은 진실로 예나 지금이 다르지 않으니, 만약 그 밝은 바로 말미암아 인도하고, 그 좋아하는 바를 가지고 권유한다면 五常의 가르침이 어찌 세상에 다시 밝아지지 않겠는가?15)

---

12) 제1부 조현설, 「조선 전기 귀신이야기에 나타난 신이(神異) 인식의 의미」 참조.
13) 위의 논문, 161~172면.
14) 『중종실록』 1515년 11월 8일(경인)조.
15) 洛西居士, 「五倫全傳序」, "雖士林中有志於學問者, 亦不過締章繪句, 馳務爲於華藻, 而存心於彛倫者尙少, 而況於凡庸士庶乎! 而況於婦人女子乎! (…중략…) 然其所受之性, 則固未嘗有古今之異, 若因其所明而開導之, 就其所好而勸誘之, 則五常之敎, 豈不復明於世乎?"

①이 당시 사림의 불철저한 문학 창작 태도를 비판하고 있는 것이라면, ②는 자신들이 지향해야 할 문학적 실천의 방도를 제시하고 있는 것이다. 우리 문학사에서 조선 전기 문학 담당층을 사장파(詞章派)와 사림파(士林派)로 구분하는 것이 상례이지만, 표방한 이념과 창작한 작품이 일치하지 않는 경우가 허다했다. 사림파가 자신의 정체성을 충분히 확립하지 못한 중종대라면 사정은 더욱 열악할 수밖에 없었을 터다. 낙서거사가 지적하고 있듯, 사림을 자처하는 자들 가운데 문학 창작의 실천에 있어 전대의 관습을 털어버리지 못한 경우가 많았던 것이다. 하지만 그런 현실 비판에 이어지는 대목, 특히 '그 좋아하는 바를 가지고 권유한다면'이란 말에 주목할 필요가 있다. 그때, '좋아하는 것'이 소설류를 가리킨다는 점은 분명하다. 낙서거사는 사림이란 모름지기 떳떳한 도리를 세상에 밝게 드러내야 하고, 나아가 '범용(凡庸)한 사서인(士庶人)'과 '부녀자(婦女子)'들도 일깨워야 한다고 생각했다. 그리고 그런 목적을 달성하는 가장 효율적인 방법으로 소설을 떠올렸던 것이다. 보우가 「왕랑반혼전」을 통해 불교적 신심을 불러일으키고자 했다면, 낙서거사는 「오륜전전」을 통해 유가적 이념을 일깨우려 했던 것이다.

이렇듯 16세기 고전소설의 지평은 새로운 국면을 맞이하고 있었다. 『전등신화』를 둘러싼 김시습과 낙서거사의 상이한 관점을, 개인적 취향에서가 아니라 소설이 놓인 문학사회학적 맥락에서 접근해야 한다고 했던 것은 이 때문이다. 낙서거사의 이런 기획은 조선사회를 유교국가로 탈바꿈시키려는 열정으로 들끓던 16세기라는 시대적 흐름을 타고 있었던 것이고,[16] 실제로 그것은 간단치 않은 파장을 불러일으켰다. 그가 윤색한 「오륜전전」은 얼마 뒤 관부(官府)에서 정식으로 간행·유통되

---

16) 최근 윤주필 교수는 이런 16세기의 문학사회학적 맥락보다는 이항의 정치적 행보와 관련하여 「오륜전전」의 번안 배경을 설명한 바 있다. 소설적 감염력에 기대어 윤리의 저변화를 도모한 측면을 인정하면서도, 훈구파의 일원이자 사장파의 문학 경향을 주도했던 그가 자신의 정치적 몰락을 윤리적으로 보상받고 더 나아가 정치적 입지를 회복하기 위해서라는 데 좀 더 무게를 두었던 것이다(윤주필, 앞의 논문, 333~335면 참조).

기에 이르렀던 것인데, 이런 작업을 주도한 유중령(柳仲郢, 1515~1573)은 그때의 정황을 이렇게 밝히고 있다.

　　경술년(1550년) 여름, 내가 이 현에 부임해 왔을 때, 외숙이신 上舍 李國柱께서 마침 들러서 이틀 밤을 묵었는데, 상자에 보관하고 있던 책 한 질을 꺼내주시니 곧 「오륜전전」이었다. 父母 子息과 兄弟 사이에서는 윤리를 다했고, 君臣과 師友 사이에 있어서는 의리를 다했으며, 夫婦 사이에 있어서도 지극함을 다하지 않은 바가 없었다. (…중략…) 이에 애착을 가지고 흩어진 글자를 모아 엮어서 한 질을 만들었으니, 그 말이 비록 약간에 불과하나 敎化를 돈독히 하고 風俗을 선하게 하는 방편이 또한 옛 군자의 서적에 버금가리로다. 아, 세상 사람들이 이 책에 마음을 두어 이 모범을 따르게 한다면 그 보탬 되는 바가 어찌 미미하겠는가?[17]

　　유성룡의 부친 유중영은, 낙서거사가 「오륜전전」을 한문과 국문으로 윤색·번역한 지 20년이 지났을 즈음 충주 부사에 부임했다. 그리하여 외숙 이국주(李國柱)와 치민(治民)의 도리를 의논하던 차 「오륜전전」을 간행하기로 마음먹는다. 그것이 교화를 돈독히 하고 풍속을 순화하는 방편으로 옛 군자의 서적, 이를테면 『소학』·『주자가례』·『여씨향약』 등보다 효율적이라는 확신을 가졌기 때문이리라. 이런 사실은 유중영의 친구 심수경(沈守慶, 1516~1599)이 덧붙인 발문에서도 확인된다. 특히, 지방관으로 부임하자마자 발간·보급하는 작업에 착수[18]했던 데서 소설을 통한 교화를 얼마나 절실하게 여겼는지 짐작할 수 있다.[19] 이런 시도

---

17) 柳仲郢, 「忠州本 跋文」. "歲庚戌夏, 余來守是縣, 表叔李上舍國柱, 適過信宿, 出篋藏一帙, 乃五倫全傳也. 處母子兄弟而盡其倫, 遇君臣師友而極其義, 以至夫婦之間, 亦無所不用其極. (…중략…) 玆用是愛, 裒集散字, 聯爲一帙, 其言雖不過若干, 而其敎化善俗之方, 亦庶幾乎古君子之書矣. 噫! 使世之人, 存心於此篇, 而從事於是典, 則其所補, 豈淺之哉?"

18) 沈守慶, 「忠州本 跋文」. "世有剪燈新話餘話等書, 人多傳玩, 雖鋪張文詞之可觀, 皆不過滑稽戲談耳. 夫孰若是書之慕世敎而切於日用者乎? 彦遇爲縣數月, 首印是書, 其化民成俗之志, 爲如何哉?"

는 이후에도 지속되었는데, 재령군수(載寧郡守) 한희설(韓希卨, 1612~?)의
경우가 그러했다.

일찍이 수십 년 전에 언문 서적 가운데 「오륜전전」을 얻어 보았는데, 그 탄
복할 만한 것이 지극했기에 한문으로 번역하여 세상에 널리 알리려 했지만 뜻
한 바를 아직 이루지 못했다. 군내에 사는 늙은 선비 孫廷俊이 소매에 책 한
권을 넣어 와서 나에게 보여주니 곧 「오륜전전」이었다. 깊이 다행으로 여기고,
즉시 관찰사 姜裕後(1606~1666)께 아뢰어 판각해서 배포하게 하니, 풍속을 교
화하는 데 조금이라도 도움이 되기를 바란다.20)

한희설이 「오륜전전」을 발간한 의도는 유중영과 다르지 않다. 하지만
여기서 발견되는 흥미로운 사실은, 이들 소설을 간행·보급했던 인물과
이런 작업을 독려·협조했던 인물을 구분해 볼 수 있다는 점이다. 간행
사업을 주관한 유중영·한희설·강유후와 같은 인물들이 모두 지방 목
민관(牧民官)이었던 반면, 이를 위해 텍스트를 제공한 이국주·손정준은
그곳의 재지사족이었다. 이들의 관계를 통해, 조선 중기 지방수령과 재
지사족의 상호 협력 아래에서 진행된 향촌사회개혁운동의 구체적 실상
을 읽어낼 수 있는 것이다. 그때 그곳은 성리학적 이념의 보급을 위한
각종 사업이 진행되던, 또는 임병양란으로 황폐해진 향촌사회를 재정비
하려는 전후 복구의 시대이자 무대였다. 『소학』·『주자가례』·『삼강행

---

19) 유중영이 「오륜전전」을 간행하려 했던 직접적 동기로 충주에서 일어난 실제 사건에
주목하기도 한다. 충주에 살던 李洪男이 그의 아우 李洪胤의 亂言을 허위로 고발하
여, 동생은 처형되고 忠州牧은 維新縣으로 강등된다. 충주 부사로 부임한 유중영은
이런 사태를 목도하면서 풍속 교화의 필요성을 절감했으리라는 것이다. 또는 이보다
큰 정치적 맥락에 주목하여, 을사사화가 일어났을 때 충주의 士類들이 대거 관련 혐의
를 받았던 사실을 특기하기도 한다. 이런 추론에 대해서는 심경호의 앞의 논문(48~49
면)과 윤주필의 앞의 논문(335면) 참조.
20) 韓希卨, 「載寧本 跋文」. "嘗於數十年前, 得見五倫全傳於諺書中, 極其可歎, 欲爲
飜眞行布於世, 而有志未就矣. 郡居老儒孫廷俊, 袖一卷書來示余, 乃書五倫全傳也.
深以爲幸, 卽告于觀察使姜公裕後, 入梓行布, 庶幾有補於風化之萬一矣."

실도』와 같은 윤리 서적을 이용해서, 향약(鄕約)과 같은 자치단체를 이용해서, 시조·가사·경기체가와 같은 국문시가(國文詩歌)를 이용해서! 그리고 급기야, 그토록 천시하던 소설류도 가세하기에 이르렀던 것이다. 그들은 조선사회를 '성리학의 왕국'으로 만들고 싶어 했다. 소설을 활용한 이들의 의도가 얼마만한 결실을 맺었는지, 우리는 정확히 알지 못한다. 하지만 그런 시도가 16세기 고전소설의 문학사회학적 지평을 새로운 시각에서 읽어야 한다는 사실을 웅변하고 있다는 점만큼은 분명하다.

3. 고전소설의 표기문자 전환과 그 미적 변이 양상

1) 16세기 백화소설(白話小說)의 번안·번역과 그 양상
　　ー「王十朋奇遇記」와 「왕시봉전」의 경우

앞서 살핀 것처럼, 우리 고전소설사에서 16세기는 참으로 역동적인 시대였다. 중국에서 유입된 백화체 장편희곡 『오륜전비기(伍倫全備記)』, 그것의 구술에서 발원한 국문본, 이것의 문맥과 내용을 교화적 관점에서 윤색한 한문본과 그 국문번역본,21) 그리고 본격적인 독서물로의 간행·보급이라는 일련의 과정이 모두 그때 일어났던 것이다. 그 과정에서 미묘한 미적 변이가 수반되었으리라는 것은 짐작하고도 남음이 있다.22) 하지만 그런 역동적인 소설사의 움직임을 집약적으로 보여주는

---

21) 낙서거사가 명 희곡 『伍倫全備記』가 아닌 구술을 통해 성립된 「오륜전전」을 저본으로 삼아 한문본과 국문본으로 각기 윤색 / 번역했다는 사실은 이복규, 「「五倫全傳序」의 재해석」, 『어문학』 75집(한국어문학회, 2002)을 참조할 것.
22) 「오륜전전」의 국문본이 현전하지 않지만, 한문본은 현재 3종이 발굴·보고된 바 있

사건은, 아마도『신독재수택본전기집(愼獨齋手擇本傳奇集)』과『묵재일기 (默齋日記)』의 재발견일 것이다. 11편에 이르는 전기소설을 읽고 손수 교 열을 본 신독재(愼獨齋)가 김장생(金長生)의 부친이자 예학(禮學)의 대가인 김집(金集, 1574~1656)인가를 둘러싼 논란이 있지만,[23] 최근에서야 정식으 로 공개된『신독재수택본전기집』이 17세기 고전소설사의 판도를 생생 하게 보여주고 있다는 점만큼은 분명하다. 그때 그곳에서는「주생전」처 럼 국내에서 창작된 전기소설과「왕십붕기우기」처럼 중국에서 전래·번 안된 전기소설, 그리고「이생규장전」처럼 문인사대부의 정돈된 미의 식을 담고 있는 전기소설과「최문헌전」처럼 상층 사대부의 담론과 저 층의 민간적·무속적 담론을 집합하고 있는 전기소설[24]이 각축을 벌이 고 있었던 것이다. 한편, 얼마 전 발견된『묵재일기』뒷면에 적힌 5편의 국문소설 역시 17세기 고전소설사의 판도를 이해하기 위해서라면 거듭 음미할 필요가 있다.「왕시봉전」처럼 중국에서 유입된 백화소설은 물론 「주생전」처럼 국내에서 창작된 전기소설까지 국문으로 번역되어 사대 부 문인의 테두리를 벗어나 보다 저층의 국문 담당층에게 읽히고 있었 던 것이다.

그런 가운데 양쪽 문헌에 모두 실려 있는 한문본「왕십붕기우기」와 국문본「왕시봉전」이 중국 회곡인『형차기(荊釵記)』에 기원을 두고 번 안·번역된 작품이라는 사실은, 표기문자의 전환에 관심을 두고 있는 우리의 눈길을 끌기에 충분하다. 이들 두 작품과 원작『형차기』와의 관 계, 그리고 이들 두 작품 사이의 관계에 대한 엇갈린 견해들이 최근 속

다. 이들의 변이 양상을 좀 더 자세하기 확인하기 위해서는 윤주필,「「오륜전형제전」 이본에 대한 고찰」(한국고소설학회 발표문, 2002) 참조할 것.
23)『愼獨齋手擇本傳奇集』에 대한 소개와 편자에 대한 논란에 대해서는 정학성,「신독 재수택본전기집에 대하여」,『17세기 한문소설집』(삼경문화사, 2000)을 참조할 것.
24) 초기 전기소설사에서『금오신화』류와「최문헌전」류가 층위를 달리하여 형성·유통 되고 있었던 사정에 대해서는 정출헌,「「최고운전」을 통해 읽는 초기 고전소설사의 한 국면」,『고소설연구』14집(한국고소설학회, 2002)을 참조할 것.

속 제출되고 있다.25) 하지만 이들의 관계를 판단할 만한 유력한 근거를 확보하지 못한 상태에서, 이런 논쟁에 깊이 참여하는 것은 유보하도록 한다. 표기문자의 전환에 따른 변이에 대한 우리의 관심에 부응하기 위해서는 "어디에 초점을 맞춰 한문과 국문으로 번안·번역했는가?", 그리고 "이들 두 작품의 지향이 어떻게 갈라지는가?"에 초점을 맞추는 게 보다 절실하기 때문이다. 그때 국문본 「왕시봉전」이든 한문본 「왕십붕기우기」든 『형차기』보다 봉건 지배층 중심의 가치관과 윤리 관념이 좀 더 짙게 투영되어 있다는 점은 동일하지만, 전자가 원작 장편의 줄거리를 비교적 충실하게 따라가며 축약·번역하고 있는 반면, 후자는 원작 희곡을 사대부 문인에게 익숙한 전기소설의 서사문법에 의거해 축약·번안하고 있다26)는 사실에 유념할 필요가 있다.

이런 번안·번역의 특징은 서사적 흥미보다 이념적 교화를 보다 강조하던 '16세기의 문학사회적 분위기'와 청춘남녀의 상호독점적인 애정관계를 자주 그리던 '전기소설의 창작 관습'이 영향을 준 결과이겠다. 그런 점에서 「왕십붕기우기」를 애정전기소설과 관련지어 살필 만한 여지는 충분하다. 하지만 왕십붕(王十朋)과 옥련(玉蓮)이 엮어내고 있는 기구한 사연을 전기소설의 관점으로만 읽어내려 한다면, 오히려 작품의 지향을 간과·왜곡할 위험성이 높다. 우리의 기대와 달리, 이들이 벌여나가는 인생역정은 『전등신화』나 『금오신화』와 같은 전기소설과 참으로 다르다. 사랑으로 맺어진 청춘남녀가 빚어내는 애틋하면서도 우수어린 사대부 문인의 독특한 미감으로 설명하기엔 너무나 편차가 큰 것이다. 오히려 숙명처럼 주어진 부부간의 도리, 그리고 그것의 묵수를 거듭거듭 확인할 수 있다는 것이 적실한 독법일 터다. 이를테면 "충신은 두

---

25) 이와 관련된 대표적인 논의는 다음과 같다. 정학성, 「왕십붕기우기에 대하여」, 『고소설연구』 8집(한국고소설학회, 1999); 정길수, 「왕시붕기우기의 개작 양상과 소설사적 위상」, 『고전문학연구』 19집(한국고전문학회, 2001); 이복규, 「형차기·왕시봉전·왕십붕기우기의 비교 연구」, 『한국문학논총』(한국문학회, 2001).
26) 정학성, 앞의 논문, 287~292면.

임금을 섬기지 않고, 열녀는 두 지아비를 바꾸지 않는다"[27]라 강변하는 옥련에게서 우리는, 비슷한 시기에 간행·유포된 『삼강행실도』에 그려진 열녀의 모습을 연상하게 되는 것이다. 심하게 말하면 서사적 모습을 갖추고 있는 열녀전(烈女傳)이라 부를 수 있겠는데, 그 점은 국문본 「왕시봉전」의 경우 더하다.

> 아버님 하시는 대로만 하되, 다른 말은 따르지 않겠습니다. 충신은 두 임금을 섬기지 않고, 열녀는 두 남편을 섬기지 않는다고 합니다. 내가 어찌 두 남편을 두는 더러운 이름을 두겠습니까? 차라리 목이나 매어 죽겠습니다.[28]

사실, 왕십붕과 옥련이 걸어간 서사적 여정이란 이런 결심을 한 치의 흐트러짐도 없이 밟아감으로써 부부의 도리가 무엇인가 제시하고자 했던 것이다. 적어도 「왕십붕기우기」와 「왕시봉전」의 번안자(또는 번역자)는 자신의 문학적 책무를 그렇게 설정하고 있었던 것인데, 그건 16세기 고전소설사가 발 딛고 있던 문학사회학적 지평의 강력한 자장 안에서 번안·번역되고 있었음을 반증한다.[29] 이런 각도에서 음미해 볼 때, '나무비녀[荊釵]'라는 납채(納采)가 작품의 시말(始末)을 통괄하는 구조조차 예사롭지 않게 읽힌다. 꼼꼼하게 읽어보면, 거기에는 조선 전기 사대부들이 그토록 강조·정착시키려던 새로운 혼례의 규범이 낡은 관습과 맞부딪치며 내는 파열음과 그것의 수습 과정이 촘촘하게 배치되어 있

---

27) 「王十朋奇遇記」, 23면. "玉娘答曰, 王蠋云, 忠臣不事二君, 烈女不更二夫." 원문 인용은 정학성 역주, 『17세기 한문소설집』(삼경문화사, 2000)에 의거한다. 이하 같다.

28) 「왕시봉전」, 107면. 작품 인용은 이복규 편저, 『새로 발굴한 국문·국문본소설』(박이정, 1998)에 의거하되, 이해의 편의를 위해 현대역을 따르기로 한다. 이하 같다.

29) 정학성 교수는 『신독재수택본전기집』에 실려 있는 일련의 작품들, 곧 「왕경룡전」·「유소랑전」·「왕십붕기우기」가 한결같이 貞烈과 婦德, 孝 등 禮를 강조하고 名敎를 미화·선양하는 측면을 지닌다고 지적한 뒤, 이런 특성을 김집의 교열·편집 사실과 은근하게 연계시켜 이해한 바 있다. 하지만 이런 특징적 면모는 16~17세기 고전소설의 문학사회학적 지평과 연계시켜 설명하는 것이 보다 적실할 것이다. 정학성 역주, 앞의 책, 293면 참조.

었다. 그러기에 다음과 같은 말을 첨가하는 것조차 잊지 않는다.

福建 원은 이것이 불교의 허황된 일인 줄은 아나 玉娘의 정 또한 거스를 수 없는 까닭에 허락을 하였다.[30]

길상사(吉祥寺)에 가서 죽은 남편의 재(齋)를 올리겠다는 옥련의 청을 전자하(全自夏)가 허락하는 장면에서, 서술자가 굳이 덧붙이고 있는 대목이다. 성리학적 이념이나 예절과 어긋나는 풍습에 대해서는 이런 불필요한 '자기 검열'도 마다하지 않았던 것이다. 그러기에 전기소설이라면 으레 남녀 주인공의 애틋한 정감을 섬세하게 꾸미려하겠지만, 여기서는 교화소설답게 이들의 결연한 의지를 견고하게 다지려는 데 온힘을 기울인다. 따지고 보면 계모와 고모, 손여권(孫汝權) 그리고 재상 등은 왕십붕과 옥련의 굳센 의지를 끊임없이 위협하고 흔들어보려는 일종의 소도구에 불과했다. 실제로 손여권·승상과 같은 훼방꾼이 자신의 역할만을 충실하게 수행한 뒤 작품 뒷면으로 사라지고 마는데, 그건 이들이 후대 소설에 자주 등장하는 '악인의 음모'라는 플롯과 비슷하면서도 구별되는 지점이다.[31] 그런 까닭에 "권위에 빙자하여 순종을 강요하는 탐욕스런 무리의 악행을 폭로·풍자하고, 이에 저항하는 청춘남녀의 투쟁과 사랑의 승리를 그리고 있다"[32]는 원작 『형차기』의 작품세계와는 거리가 멀다.

그렇다면 자아와 세계의 팽팽한 갈등을 대거 털어내면서 획득한 미적 성취는 무엇인가? 그건 서사적 초점을 왕십붕과 옥련이 '부부간의

---

30) 「王十朋奇遇記」, 24면. "建倅雖知異敎之虛誕, 玉娘之情, 亦未可忤也, 故許之."
31) 『형차기』에서는 이들이 자기 나름의 현실적 논리를 가지고 보다 구체적·지속적인 역할을 하고 있는 데 반해, 「왕십붕기우기」에서는 이런 대목을 대폭 생략하고 있다. 하지만 이런 태도를 단순히 문언단편소설로 개작하는 과정의 불가피한 문제로만 해석한다면, 그건 불충분하다. 정길수, 앞의 논문, 189~194면 참조
32) 郭紹基 主編, 『元代文學史』(북경인민문학출판사, 1998), 562~564면. 정학성, 앞의 논문, 291면에서 재인용.

신의'를 어떻게 시험받고 어떻게 지켜나가는가에 집중했던 데서 찾을 수 있다. 이런 서사적 구조는 「왕십붕기우기」, 특히 「왕시봉전」을 올바르게 읽는 관건이다. 우리는 이들 작품을 읽을 때, 방해자의 지속적인 음모·위협·회유의 대목에서 이들에 대한 분노보다는 여기에 대응하는 주인공의 일거수일투족을 인상적으로 기억하게 된다. 앞서 인용한 "烈女不更二夫, 云云"하던 장면을 비롯하여 이런 식의 발화와 행동은 간단없이 지속되는데, 가장 뿌리치기 힘들었던 유혹의 순간에 취했던 이들의 태도 하나만 보기로 한다.

① (中媒가) 거듭 권하자 왕시봉이 말하였다. "내 아내가 나를 위해 죽었으니 어찌 차마 새장가를 들겠소? 자식이야 하다못해 남의 자식으로 養子를 삼았으면 삼았지 죽을 때까지 장가를 들지 않으리다."[33]

② (全自夏가) 그 딸에게 물으니 대답하기를, "지아비 죽었다 하고 다른 사람을 섬기게 되면 전에 물에 빠지던 일이 거짓이 될 것입니다. 정 제 뜻을 알려고 하신다면 이제 도로 물에 빠지겠습니다."[34]

왕시봉은 옥련이 죽었다고 생각했고, 옥련은 왕시봉이 죽었다고 생각했던 때의 일이다. 자신의 든든한 후원자 전자하(全自夏)가 진정 호의를 가지고 권유했던 재혼과 재가(再嫁)의 권유를 이들은 최후의 순간까지 이토록 단호하게 거절한다. 암행어사가 되어 나타난 이도령이 춘향이의 의지를 짓궂게 시험했던 「춘향전」처럼! 하지만, 우리는 작가가 그토록 강조하던 '부부의 도리'를 여자에게만 일방적으로 강요하고 있지 않는다는 사실에 유의할 필요가 있다. 옥련이 재물을 이용한 손여권의 회유를 거절하고, 왕시봉이 권세를 이용한 승상의 회유를 거절하고, 다시 옥련은 부모의 개가 협박에 강물에 몸을 던지고, 왕시봉은 옥련이

---

33) 이복규 편저, 앞의 책, 110면.
34) 위의 책, 110~111면.

죽었다는 말에 기절을 하고, 끝내 왕시봉은 후사(後嗣)를 잇기 위해서라
도 재혼하라는 권유에 ①의 말로 거절하고, 옥련은 지아비가 죽었으니
재가하라는 권유에 ②의 말로 거절한다. 그리하여 극적인 해후를 한 왕
시봉은 무한히 높은 벼슬에 등용되고, 옥련은 부인의 작위를 제수 받는
다. 이처럼 시험과 극복이 병렬·반복되는 작품 구조야말로 독자의 흥
미를 이끌어가는 서사적 동력인 동시에 고리타분한 윤리 서적이 넘보
기 어려운 교화의 극적 효과였다. 그리고 우리나라 초기 전기소설의 일
반적인 창작 관습을 뒤엎은 '행복한 결말'이야말로 독자의 흥미에 대한
통속적 영합이자 교화의 효과를 배가시키려는 서사적 보상이 만들어낸
귀착점임은 물론이다.

　그럼에도 불구하고 주인공의 행복을 지연시키는가 하면 이들의 굳센
의지를 돋보이게 만드는 소도구라고 짐짓 과소평가했던 훼방꾼의 형상
은 여전히 문제적이다. 이들에 대한 '불쾌한 감정'은, 지배계급이 그토
록 강조하던 떳떳한 인간의 도리를 지키려는 행동을 가로막는 위선과
강압에 맞서는 저항으로 발전할 싹이기도 했기 때문이다. 실제로 이들
세력은 그 자체의 현실적 논리를 갖추며 끊임없이 후대 소설에 등장했
고, 그에 대한 불쾌한 감정은 높아만 갔다. 그리하여 선과 악의 팽팽한
갈등 구조를 갖춘 본격소설로 발전할 수 있었던 것인데, 그건 이념적
교화라는 목적을 수행하기 위해 활용하려 했던 소도구적 삽화의 서사
적 분립·발전을 의미한다. 교화와 흥미의 아슬아슬한 긴장 관계를 거
대 서사에 본격적으로 담아내기 시작한, 그리하여 사대부 가문의 규방
여성을 비롯하여 수많은 독자를 열광케 한 17세기 고전소설사는 그렇
게 열릴 수 있었던 것이다.35)

---

35) 실제로 「왕십붕기우기」에서 활용된 소도구적 모티프는 다양한 문맥으로 변용되며,
　　우리 고전소설사의 면모를 풍성하게 만들었다. 「최척전」에서 최척을 향한 옥영의 견
　　결한 자세는 물론 규방소설에서 빈번하게 등장하는 복잡한 갈등도 이와 무관하지 않
　　을 터다. 「왕십붕기우기」를 둘러싼 소설사적 의의 및 위상에 대해서는 정학성의 앞의
　　논문 292~295면과 정길수의 앞의 논문 198~204면을 참조할 것.

2) 17세기 전기소설(傳奇小說)의 국문 전환과 그 양상
　 ―「周生傳」과 「崔孤雲傳」의 경우

　온전한 모습으로 전하지는 않지만, 「설공찬전」·「왕랑반혼전」·「취
취전」·「오류전전」과 같은 작품은 16세기에 이미 한문소설에서 국문소
설로 표기문자를 전환하고 있었다. 훈민정음이 창제된 직후부터 이러저
러한 언해 작업이 이루어지긴 했지만, 그 대상을 소설까지 넓혀나간 현
상을 단지 '서사적 흥미'를 활용하여 '이념적 교화'를 이루려는 측면만
으로 설명할 수는 없다. 상층에서 향유하고 있는 문예물을 자신의 언어
인 국문으로 번역하여 전유하려던 하층의 문화적 욕구를 인정해야 옳
기 때문이다. 문인 지식인의 미적 정감이 짙게 투영된 전기소설에서부
터 그네들의 박학다식한 관심이 반영된 필기·패설에 이르기까지, 국문
담당층의 문화적 욕구와 관심은 상층 사대부의 문학세계 주변을 끊임
없이 서성거렸다.『묵재일기』뒷면에「설공찬전」과 함께 기록되어 있는
「왕시전」·「왕시봉전」·「비군전」·「주생전」과 같은 국문번역본이라든
가 최근 발굴된 국문필사본『전등신화』·『태평광기』는 그때의 그런 정
황을 편린처럼 드러내 보여준다.36)

　그 가운데 권필(權韠, 1569~1612)의 「주생전」이 17세기부터 국문으로
여러 차례 번역되었다는 사실은 또 다른 맥락에서 주목할 만하다.37) 앞
서 「취취전」이 국문으로 번역·유통되던 상황을 확인한 바 있지만, 「주

---

36)『전등신화』와『태평광기』의 국문필사본이 최근 단국대도서관과 연세대도서관에서
　　발굴된 바 있다. 비록 조선 후기에 번역·필사된 것으로 보이지만, 그 이전의 정황을
　　더듬어보는 디딤돌이 되리라는 점은 의심할 여지가 없다. 자세한 내용은 윤주필·박
　　재연 교주,『剪燈新話諺釋』(선문대 중한번역문헌연구소, 2001); 김장환·박재연 교주,
　　『태평광기 권지이』(선문대 중한번역문헌연구소, 2003)를 참조할 것.
37) 국문본「주생전」은『묵재일기』뒷면에 기록된 것 외에 현재 2종의 이본이 발굴되어
　　있다. 특히 권필의 창작 여부를 둘러싼 논란이 있는「위경천전」과 함께 연철되어 있는
　　필사본도 있어 흥미롭다. 자세한 정보는 김일근,「周生傳과 韋敬天傳 諺解의 連綴本
　　(쥬싱뎐·위싱뎐) 출현에 따른 書誌的 問題」(『겨레어문학』25집, 겨레어문학회, 2000)
　　을 참조할 것.

생전」의 국문 번역은 우리나라에서 창작된 전기소설로서 순전히 소설적 흥미를 목적으로 삼고 있다는 점에서 그러하다. 사대부 문인이 창작·향유하던 고급한 문예물조차 표기문자의 전환을 통해 국문 담당층과 만나게 된 것이며, 이념적 교화를 위해 국문으로 번역되던 이전의 양상과 뚜렷이 구분되는 것이다. 실제로, 한문소설을 국문으로 번역한 까닭은 부녀자 및 하층 남성에게 감계의 자료로 삼게 한 것이라는 의도를 군이 감추지 않았다. 조금 늦은 시기의 자료이지만, 다음 후기(後記)들도 그러했다.

　　① 「경업전」을 諺文으로 번역하여 사람마다 알게 하기는, 東國忠臣의 말이매 혹 蠻民이라도 깨달아 본받게 함이라.[38]

　　② 사씨의 덕행과 행실은 만고에 드문 고로 천의 감동하서 일국이 태평하여, 眞諺翻謄하여 여염閭閻에 전파하니 愚婦愚氓은 착심 열람하여 덕과 행실을 닦아 각별 조심하라[39]

　　한문본 「임경업전」과 「사씨남정기」를 국문으로 번역한 까닭은 임경업의 충성스런 행동을 읽어 본받도록, 또는 사씨의 덕행과 행실을 읽어 본받도록 하기 위해서였다. 그때 가르침의 대상으로 우부우맹(愚婦愚氓), 곧 어리석은 부녀자와 남성을 명기(明記)하고 있음은 물론이다. 이런 맥락과 대비해 본다면 어떤 교화적 의도도 감지하기 어려운 「주생전」, 곧 두 여자에게 품은 연모의 감정을 상황에 따라 옮겨가는 한 남성의 애정 행각을 다룸으로써 오히려 당대의 윤리규범에 반하는 것처럼 읽힐 법한 소설을 국문으로 번역한 사례는 결코 간과할 수 없다.

　　이런 사례는 한문소설이 국문으로 전환되는 맥락을 '이념적 교화'와 '서사적 흥미'의 차원으로 구별하여 살피지 않을 수 없도록 만든다. 소

---

38) 연세대 도서관 소장 경판본 「임경업전」 後記.
39) 박순오 소장 국문필사본 「謝氏南征記」 後記.

설을 활용한 이념적 교화라는 대대적인 공세에도 불구하고, 서사적 흥미를 추구하려는 욕구가 국문소설로의 전환을 가능케 한 또 다른 층위를 이루고 있었던 것이다. 역사적 인물 최치원을 주인공으로 삼아 창작·유통되던 한문소설 「최문창전(崔文昌傳)」이 17세기에 국문소설 「최고운전(崔孤雲傳)」으로 전환된 사례도 그런 맥락에서 음미할 수 있다. 「최고운전」은 사대부 문인을 중심으로 형성된 '사대부적 담론의 층위'와 오랫동안 저층을 관류해 오던 '민간적·무속적 담론의 층위'가 결합하여 형성된 전기소설이다.[40] 물론 이처럼 다층적인 층위를 하나의 서사 구조로 통합할 수 있었던 동력은 무엇보다 최치원이란 문제적 개인이 발휘한 흡인력일 것이고, 다른 하나는 그런 층위를 무리 없이 소화할 수 있었던 소설의 포용력일 것이다. 소설이란 갈래는 이른 시기부터 문제적 인물을 주인공으로 내세워 인접한 양식이나 유사한 체험을 흡수하여, 완정한 허구적 서사로 재현하곤 했다. 17세기 동아시아를 휩쓸었던 전란 체험을 강홍립·최척·김영철이라는 역사적 인물을 내세워 전(傳) 또는 전계(傳系) 한문소설로 새롭게 담아낸 것도 그러하다. 하지만 역사적 인물과 그들의 경이로운 체험에 대한 관심은 비단 한문 담당층에게만 국한될 수 없었고, 실제로 국문 담당층은 자신의 언어로 번역해 향유하고자 했던 것이다.[41]

---

40) 「최고운전」의 창작연대는 1579년 이전이 확실하다. 高尙顔(1553~1623)이 보았다는 사실을 밝혀 놓았기 때문이다. 그리고 17세기에 이미 국문으로 번역되어 읽히고 있었다. 1703년 조선에 건너와 「淑香傳」·「李白瓊傳」을 통해 조선어를 익혔던 일본인 雨森芳洲(1668~1755)가 40部에 달하는 조선어 관련 저서를 남겼는데, 그 가운데 「崔忠傳」도 끼어 있기 때문이다. 이와 관련된 자세한 사항은 정출헌, 「최고운전을 통해 읽는 초기 고전소설사의 한 국면」, 『고소설연구』 14집(한국고소설학회, 2002)을 참조할 것.
41) 그런 사정을 극적으로 보여주는 작품으로 「姜虜傳」을 꼽을 수 있다. 姜弘立이 청나라를 치기 위해 만주로 출병한 1618~1627년 사이의 사건을 權侙(1599~1667)이 傳으로 지었는데, 이것이 國譯되어 읽히다가 곧이어 李健(1614~1662)에 의해 漢譯된다. 한 인물의 행적에 대한 '한문→국문→한문'으로의 전환이 불과 몇 년 사이에 이루어졌을 정도로 17세기 고전소설의 표기문자 전환은 신속하게 이루어졌던 것이다. 박희병, 「17세기 초의 숭명배호론과 부정적 소설주인공의 등장」, 『한국 고전소설과 서사문

17세기 고전소설사의 판도가 이러했다면, 표기문자를 전환하는 과정에서 이들 두 계층은 서로의 간극을 넘나드는 문학적 공감대를 형성하는 한편 또 다른 의미 지평을 파생시키기도 했을 터다. 우리가 관심을 두고 있는 「최고운전」 역시 예외가 아니다. 전기소설의 서사문법을 바탕으로 한 한문본이 국문으로 번역되면서 크고 작은 변화를 수반했던 것인데, 가장 큰 차이는 '자아와 세계의 갈등을 다루는 방식'과 '여성에 대한 형상화의 시각'을 꼽을 수 있다. 먼저, 갈등의 처리 방식을 살펴보도록 하자. 한문본은 세계와의 화해할 수 없는 소설적 자아의 형상을 뚜렷이 견지하면서 작품 전편을 팽팽한 긴장감과 비극적인 분위기로 이끌어 간다. 사대부 남성의 문예물인 조선 전기 전기소설에서 일반적으로 확인되는 미적 특징이기도 하다. 하지만 국문본은 이런 갈등의 관계를 일정하게 유지하면서도 자아와 세계의 날카로운 대립을 화해의 분위기로 전환시키려는 경향을 보인다. 국문본의 그런 지향은 결말을 처리하는 방식에서 두드러진다. 직접, 결말부를 비교해 보기로 하자.

①신라왕이 놀이를 나왔다가 駟馬를 타고 지나가는 사람을 보고 잡아와서 보니 최치원이었다. 왕이 꾸짖어 말하기를, "임금 앞에서 말을 타고 지나가는 죄는 마땅히 죽여야 할 바다. 그러나 나라에 공이 많은 사람이로다" 하고 사면하며 이르기를, "이후로는 이와 같은 짓을 하지 말라."[42]

②이때에 최공이 신라국에 다다르니 한 들판 가운데 사람들이 모여 놀거늘, 최공이 본 체 아니하고 동문 밖에 이르러 들으니 국왕이 나와 노신다 하거늘, 최공이 나아가 조정대신들을 보고 반갑게 여기어 국왕에게 여쭈오니 왕이 대희하여 즉시 부르시니 최공이 들어가 四拜한 후에 중원 사정과 궂은일을 일일이 아뢰니 왕이 칭찬하여 왈, "경의 공덕은 河海 같도다."[43]

학」 상, 집문당, 1998 참조.
42) 김기동 소장본 한문본 「최고운전」, 244면.
43) 최삼룡 교주본 국문본 「최충전」, 538면.

한문본이든 국문본이든 주인공 최치원이 속세를 등지고 은거한다는 점에서는 동일하다. 최치원과 관련된 역사적 전문(傳聞)에 긴박될 수밖에 없었기 때문이다. 하지만 그런 은거에 도달하는 방식은 확연하게 구분된다. 한문본은 ①에서 예측할 수 있는 것처럼 현실세계에서 배척받은 자의 쓸쓸한 은둔에 초점을 맞추고 있다면, 국문본은 ②에서 예측할 수 있는 것처럼 현실세계에서의 영화를 극진하게 누리던 자의 신비한 초월에 초점을 맞추었던 것이다. 우리는 한문본에서 국문본으로 전환될 때 보인 이런 미묘한 차이를 통해, 사대부 문인의 창작 문예물이던 전기소설과 민간에서 널리 성행하던 통속적 국문소설이 서로 다른 서사적 지향으로 분기되었던 단초를 감지할 수 있다. 초기 고전소설사에서 자주 구가되던 비극적 결말과 후기 고전소설사에서 자주 구가되던 행복한 결말은 이렇게 17세기 어름에 일어난 표기문자의 전환에서조차 갈려지고 있었던 것이다.

다음, 한문본이 국문본으로 전환되면서 여성의 형성이 어떻게 변모하는가에 주목할 필요가 있다. 물론 「최고운전」에 그려진 현실세계는 철저하게 남성 중심적인 공간이었다. 가장(家長)-국왕(國王)-천자(天子)가 정점에 위치한 권력의 구조 아래에서 여성은 최대 희생자 가운데 하나였던 것이다. 실제로 작품 전편에 걸쳐, 여성은 언제나 남성의 부수적인 존재로 등장한다. 하지만 남성들을 위해 조직된 작품세계에서 남성들이 언제나 나약하고 무기력한 모습으로 그려지는 것은 흥미롭다. 최치원(崔致遠)의 아버지 최충(崔冲)은 문창현(文昌縣) 수령으로 제수되자 근심에 휩싸이고, 아내가 금돼지에게 납치되자 흐느껴 울며, 나승상(羅丞相)은 석함(石函)을 받아들고 와서는 식음을 전폐한 채 울기만 하고, 중국에 가야 한다는 왕명(王命)에 흐느낄 뿐 그 어떤 해결 방안도 마련하지 못한다. 국왕이라고 해서 예외가 아니었으니, 중국 천자의 위압에 신하를 모아 놓고 그저 근심만 하고 있을 따름이다. 그런 가장과 국왕, 곧 남성에 비해 여성의 자세는 참으로 다르다.

나라에서 옛 재상의 후예라 하여 文昌令을 시켰으나 문득 즐겨 아니하거늘, 그 아내 괴이히 여겨 그 연고를 물으니 崔冲이 沈吟不答하다가 이르되, "들으니 문창 고을에 괴이한 변이 있어 가는 수령마다 그 아내도 잃고 과년한 딸도 잃는다 하니 아무리 벼슬이 좋다 한들 그런 흉한 곳에 가리오 벼슬을 바꾸고자 하나이다." 아내 가로되, "귀신이란 것이 사람을 잃게 하면 短命한 자는 이기지 못하여 죽는다 하거니와 肉身을 앗아간다는 말은 실로 알지 못하겠나이다. (…중략…) 사직하여 끝내 듣지 아니하거든 그 고을에 가십시오. 妾이 한 計巧 있사오니 근심 마르소서."[44]

국문본의 한 대목이다. 여기에 그려진 최충 아내의 면모는 한문본과 큰 차이를 보인다. 한문본에서는 최충의 근심에 아내 역시 탄식만 할 따름이었다. 대신, 위 인용문의 강조된 아내의 말은 모두 남편 최충의 발화로 처리된다. 남성의 무기력이 국문본과 한문본 공통임에도 불구하고, 한문본에서는 그나마 최소한의 역할이 유지되고 있었던 것이다. 한문은 남성 / 지배층의 문자인 데 반해, 국문은 여성 / 피지배층의 문자라는 데서 기인한 결과로 해석된다. 그러나 국문본으로 전환되면서 위에서 볼 수 있는 것처럼, 아내가 남편의 근심을 해결하는 계책을 내는 것으로 뒤바뀌는 것이다.

이처럼 국문본은 한문본보다 여성의 존재를 보다 적극적·능동적으로 형상화하고 있다. 물론 무기력한 남성과 대비되는 여성의 이런 형상은 전기소설에 이미 갖추어졌던 특징적 면모일 수도 있다. 하지만 전기소설에서 발견되는 여성의 적극성·능동성을 좀 더 엄격하게 분석해 본다면, 그건 문인지식인의 욕망이 은밀하게 투사·분식된 '남성적 허상(虛像)'일 가능성이 높다. 그런 점에서 국문소설에서 발견되는 여성의 주체적인 형상과는 구별되는데, 그렇다면 이런 전위(轉位)의 사례를 통해 전기소설이 국문으로 전환되는 과정에서 규방여성의 역할을 가늠해

---

44) 최삼룡 교주본 국문본 「최충전」, 478면.

볼 수 있다.[45] 고전소설사의 전개 과정에서 규방여성의 역할을 흔히 소극적·수동적인 것으로 평가하곤 하지만, 그런 국면에 국한되지 않고 소설을 통해 여성 특유의 정서와 세계관을 가다듬는 한편 직접 소설 창작에 나선 사례를 발견하기란 어렵지 않다. 「최고운전」의 표기문자 전환 과정에서 발견되는 위와 같은 면모도 규방여성의 적극적·능동적인 고전소설 독법 및 재창작의 사례일 터, 그런 역할이 17세기 고전소설의 표기 문자 전환 국면에서 구체적으로 확인되는 것이다.[46]

3) 18세기 규방소설(閨房小說)의 한문 번역과 그 양상
　－「謝氏南征記」와 「飄薛卿傳」의 경우

　소설을 통한 이념적 공세가 위세를 떨치던 16세기와 소설을 통한 허구적 욕망이 다양하게 분출되던 17세기를 넘어설 즈음, 고전소설사는 새로운 국면을 맞이한다. 이제, 소설은 그 어떤 문학 양식보다 가장 열광하는 갈래로 성장해 있었던 것이다. 규방여성의 소설 애호는 특히 두드러졌는데, 이를 지켜보는 사대부 남성의 시선은 미묘할 수밖에 없었다. 이런 국면에 대한 가장 적절한 표현은, 아마도 "여성을 규방 속에 속박해 놓고서 살짝 늦추어 주어야 하는 모순의 타협점에서 출현한 것이 규방소설이다"[47]라는 말일 것이다. 이젠, '서사적 흥미'와 '이념적 교화' 가운데 어느 한쪽이 일방적으로 타자를 배제하거나 포섭하기란 불가능

---

45) 전계 한문소설인 「김영철전」이 국문본 「김철전」으로 번역되면서, 여성의 삶에 대한 관심과 감성적 요소가 강화되는 사례에 대해서는 권혁래의 「나손본 「김철전」의 사실성과 여성적 시각의 변모」, 『조선 후기 역사소설의 탐구』(월인, 2001)에 면밀하게 밝혀져 있다.

46) 한문본 「최고운전」이 국문본으로 전환되는 과정에서 일어난 변모의 양상은 정출헌의 앞의 논문(2002)에서 자세하게 다룬 바 있다.

47) 임형택, 「17세기 규방소설의 성립과 존재 양태」, 『동방학지』 57집, 연세대 국학연구원, 1988.

한 것처럼 보였다. 그야말로 팽팽한 긴장 관계를 유지할 수밖에 없었던 것인데, 역설적으로 그런 틈새를 비집고 우리 고전소설사의 명편들이 쏟아져 나왔다. 「소현성록」·「창선감의록」처럼 전아한 장편의 녹책류(錄冊類)를 비롯하여, 구체적으로 적시하기 어려울 정도로 많은 투박한 단편의 전책류(傳冊類)가 뒤섞여 창작·유통되기에 이르렀다.

　이런 환경을 맞이하여 국문 / 한문으로의 표기문자 전환이 훨씬 자유롭고 전면적으로 진행되고 있었음은 말할 필요도 없다. 「구운몽」을 둘러싼 창작 표기문자에 대한 '해묵은' 논란도 이런 사정에서 기인한다. 하지만 국문소설을 한문으로 번역한 사실이 명백한 「번언남정기(翻諺南征記)」는 표기문자 전환에 따른 미적 변이의 양상을 고찰하는 데 더할 나위 없이 좋은 텍스트이다. 특히, 김춘택(金春澤, 1670~1717) 자신이 밝혀 놓은 '번역의 원칙[凡例]'은 주목을 요한다. 그는 '문자체계가 다른 데 따른 불가피한 차이', '번역 과정에서 의도적으로 행한 산정(刪定)·첨가 및 윤색', '소설적 문투에 대한 일정한 탈색', '불합리한 내용에 대한 변개' 등 여섯 항목을 명시해 놓았던 것이다. 하지만 김춘택이 저본으로 삼은 원작 「사씨남정기」를 잃어버린 현재, 표기문자의 전환에 따른 구체적인 변이 양상을 가늠하기란 사실상 불가능하다.[48] 그럼에도 불구하고 우리는 김춘택이 밝힌, 곧 '번복(繁複)한 것은 산제(刪除)하고, 빠진 것은 첨가하고, 간혹 윤문한 것이 있다'라는 두 번째 범례에 주의를 기울일 필요가 있다. 이런 태도는 국문소설을 한문으로 번역할 때, 으레 거론하는 '불변의 원칙'에 가깝기 때문이다. 많은 사례가 있지만, 다음의 경우도 그러하다.

---

48) 현재 「사씨남정기」의 이본으로는 한문본이 39종, 국문본이 35종이 전한다. 하지만 국문본 가운데 김춘택이 번역한 한문본 「諺翻南征記」의 영향을 받지 않은 이본은 하나도 없다. 때문에 김만중의 원작 「사씨남정기」가 김춘택에 의해 한문으로 전환되면서 구체적으로 어떤 변화를 일으켰는지 확인할 길은 없다.

늙은 내가 병중에 사람을 시켜 [설제전을] 읽게 하고 누워서 들으니 적이 마음에 감동되는 바 있었다. 어찌 俚諺이라고하여 모두 荒誕하다고만 하겠는가? 내가 煩瑣한 것을 싫어하여 간략히 한문으로 번역하였으니, 보는 사람들은 나에 대해 쉽게 논하지 말라. 내게도 다 생각이 있다.[49]

국문소설을 듣고 느낀 바 있어 한문으로 번역한 권섭(權燮, 1671~1759)의 「번설경전(飜薛卿傳)」 후기(後記)이다. 여기에서 그는, 김춘택과 마찬가지로 국문소설을 번역하면서 번쇄한 것을 간략히 다듬었다고 했다. 이들은 도대체 국문소설의 어떤 국면을 번복(繁複)하거나 번쇄(煩瑣)하다고 일컬었던 것일까? 그건, 대략 두 가지 측면에서 생각해 볼 수 있다. 첫 번째는 낭독(朗讀)이라는 향유 방식에 적합하도록 구축된 국문소설 특유의 서사문법이다. 청각에 의존해서도 감상할 수 있기 위해서는 스토리 라인은 되도록 단순할 것, 관습적인 표현을 적절하게 구사할 것, 주요 대목은 극적으로 강조하여 표현할 것, 앞선 사건을 환기시키는 장치를 적절하게 반복 배치할 것 등이 요구되었다. 하지만 이런 면모는 사고할 여유를 갖고 감상하는, 곧 묵독을 통해 향유하도록 구축된 한문소설의 서사문법에 비추어 지리번쇄(支離煩瑣)하게 보일 수밖에 없었을 터다. 두 번째는 주로 규방여성이 창작·향유하며 구축된 국문소설 특유의 서술 방식이다. 고전소설의 성장에 지대한 역할을 담당한 여성은, 자신이 일상생활에서 경험한 자질구레한 일들을 지루할 정도로 길게 늘여가면서 서사적 편폭을 확장시켜나가곤 했다. 17세기에 본격적으로 발생·발전한 장편대하소설이 그런 글쓰기 방식을 단적으로 보여준다. 하지만 이런 서술 방식은 간결한 문장과 거대담론에 익숙한 사대부 남성의 시각으로 볼 때, 잡담이나 한담처럼 지리번쇄하게 보일 수밖에 없을 터다.[50]

---

49) 權燮, 「飜薛卿傳」 後記(『玉所稿』 「雜著」 권3). "斯老夫病中, 使伊吾而臥聽, 窃自感於吾心, 豈俚諺而爲誕? 我嫌煩瑣, 簡以文翻, 觀者勿易論我, 我自有心."
50) 국문소설과 한문소설이 갖는 이런 서사문법에 대한 자세한 논의는 정출헌, 「17세기

하지만 우리가 좀 더 눈여겨보아야 할 대목은, 이런 불만에도 불구하고 김춘택·권섭과 같은 사대부 남성들로 하여금 규방소설을 한문으로 번역하게 만들었던 문학사회학적 욕구이다. 「사씨남정기」에 한정하여 말한다면, 일차적으로는 한 가문의 분란을 자신들이 직면하고 있던 국가의 위기로 환치시켜 읽을 만한 작품이었다는 점이다. '유연수-사씨-교씨'가 벌이는 소설적 갈등을 '숙종-인현왕후-장희빈'이 벌이는 당대의 정치적 갈등과 거기에 배어 있는 윤리적 문제로 읽어냈던 것이다. 그리고 그런 사실을 명기하고 있는 경우도 적지 않다. 하지만 고전소설이 처한 문학사회학적 맥락에 유념한다면, 표기문자 전환의 이유를 좀 더 풍부하게 이야기할 수 있다. 우리는 앞서 17세기 즈음을 '서사적 흥미'와 '이념적 교화'가 아슬아슬한 긴장 관계를 유지했던 시기로 규정한 바 있다. 사대부 남성이 국문소설에 일정한 불만을 느끼면서도 굳이 자신들의 언어인 한문으로 번역하려 했던 것은, 바로 이런 팽팽한 긴장 관계에서 촉발된 창작 욕구의 발로였던 것이다.

권섭이 국문소설 「설저전」을 듣고 한문으로 번역한 까닭도, 그런 맥락에서 좀 더 깊이 따져볼 여지가 있다. 권섭의 한역 동기를 그의 개인사적 이력과 밀착시켜 소인(小人)이 활보하는 세태와 그로 인해 아들을 잃은 분노와 슬픔의 위로·해소 차원에서 찾기도 하지만,[51] 거기에만 초점을 맞춘다면 사태를 일면적으로 파악할 우려가 있다. 때문에 우리는 권섭 자신이 밝힌 감상을 음미해볼 필요가 있다.

> 이 皇室에 골라 뽑힐 만한 자질로 어찌 奸賊에게 더럽힘을 당했는가? 天道와 人心이 一宗胡廬로 어리석은 君子가 액에 걸린 것은 간교한 小人의 勢가 곧 그러해서이지 어찌 侍郎이 지나치게 소활해서였겠는가? (…중략…) 자그만

국문소설과 한문소설의 대비적 위상」, 『고전소설사의 시각』, 소명출판, 1999, 200~206면을 참조할 것.

51) 최호석, 「玉所 權燮의 小說 漢譯과 그 意味」, 『고소설연구』 11집, 한국고소설학회, 2002.

규수의 몸으로 당돌하게도 이런 대장부의 사업을 해낸 것은 고금의 수많은 사람 중에서도 보지 못했다. 혁혁한 부마로 뽑혔다가 나중에는 존귀한 황후의 지위에 오르니 또 얼마나 기이한가?52)

위의 후기는 권섭이 국문소설 「설저전」을 읽으면서, 아니 「번설경전」으로 한역할 마음을 먹으면서 어느 대목에 주목했는가를 짐작케 한다. 우선 설월영(薛月英)과 같은 뛰어난 자질을 지니고 있음에도 더럽힘을 당해야만 했던 것은, 가문의 파산에서 연유한다는 데 주목한다. 병부시랑 설중(薛中)이 간신 최훈(崔薰)의 모함을 받아 유배가게 된 사실에 주목했던 것이다. 다음, 설월영이 남복(男服)을 하고 과거에 급제해 부친을 구한 뒤 황후에 오르게 되는 데 주목한다. 간신의 모함으로 인해 충직한 신하가 곤경에 빠지는 사태와 그런 역경을 딛고 일어선 어린 소녀의 놀라운 행적에 주목했던 것이다. 물론 권섭은 후자에 보다 무게를 두고 감상했지만, 전자와 같은 감상을 보다 선명하게 이해하기 위해서는 다른 독자의 감상과 견주어 보는 것도 필요하다. 우선 '가문의 파산'이라는 대목에 주목하고, 이를 '천도(天道)와 인심(人心)', '군자(君子)와 소인(小人)'을 대비하여 논하고 있는 태도를 보자. 이런 태도는 김춘택과 같은 사대부 남성이 「사씨남정기」를 당대의 정치적·윤리적 맥락으로 감상·번역했던 것과 닮았는데,53) 그것이야말로 이네들의 독특한 독법이

---

52) 權燮, 「飜薛卿傳」後記. "斯皇家妙選之姿, 何見汚於奸賊也? 天道人心一宗胡盧, 愚君子之橫罹巧小人, 勢之卽然, 何侍郎之太疎也? (…중략…) 以眇然之閨秀, 唐突辦此偉男子之事業, 千萬人中吾不見於今古. 赫赫儀賓之選, 畢竟歸於翟褘之尊貴, 又何異也?"

53) 김춘택은 「翻諺南征記引」에서 그것의 번역할 만한 가치를 다음과 같이 밝혀 놓고 있다. "『남정기』는 본래 우리 西浦 선생께서 지으신 책이다. 그런데 그 사건은 人家의 부부와 처첩 사이에서 벌어졌던 것이다. (…중략…) 단지 그러할 뿐만이 아니다. 범위를 넓혀 의리를 따져 본다면 장차 사람들을 가르치지 않는 것이 없을 것이다. 이른바 放臣怨妻와 그 主人이 天性과 人倫을 서로 啓發하는 점은 『楚辭』와 같다. 이른바 사람들의 善心을 감발하게 하고 사람들의 逸志를 징계하게 하는 점은 『詩經』에 가깝다. 이 소설을 어떻게 다른 소설들과 같은 자리에서 논할 수 있겠는가!" 이내종, 『사씨남정기』, 태학사, 1999, 9면.

기도 했다. 다음과 같은 감상에서 그 점을 확인할 수 있다.

> 이 책(사씨남정기—필자 주)은 비록 齊諧에 가까우나 君子出處의 의리와 夫婦
> 居室의 도리, 적게는 一身의 榮辱이요 크게는 國家의 治亂이 그 안에 담겨 있다.
> 그 말을 완미하고 그 뜻을 궁구하여 선한 것을 본받고 악한 것을 경계한다면,
> 이 책이 어찌 風化에 조그마한 보탬이 되지 않으리오?[54]

위의 남성 독자처럼 「사씨남정기」에서 처첩을 둘러싼 갈등보다 우선
하여 유한림의 부친에게 군자의 출처관을 읽어내는 것은 좀처럼 접하
기 어려운 독법이다. 소설 나부랭이나 감상·번역하며 지내는 궁벽한
자신의 처지에 대한 자위였는지도 모르겠다. 하여튼, 어떤 사대부 남성
은 유한림이나 그의 부친 유심, 심지어는 사씨로부터도 사대부가 걸어
야 할 길을 반추하는 데 열의를 바치곤 했다. 그런 점에서 권섭이 「설저
전」에서 당대의 혼란한 정치현실에 주목한 까닭은, 그의 개인사적 비
극[55]의 차원을 넘어서서 이런 사대부 남성의 관습적인 소설 독법을 반
영한 것이기도 했다.

하지만 한문소설로의 전환에 관심을 두고 있는 우리에게 보다 의미
있게 다가오는 권섭의 감상은, 여주인공 설월영의 행적을 읽는 태도이
다. 현재 「설저전」의 국문본은 총 10종이 전하는데, 이들 이본간의 차이
는 거의 없다. 오히려 흥미로운 점은 '셜졔전'·'충효록'·'셜비효힝록'
·'의녈비튱효록'·'의렬왕비츙효록'처럼 다양한 제목으로 전한다는 사
실이다. 현재 학계에서는 「설저전」으로 통용되고 있지만, 이는 한 이본
의 제목일 뿐이고 7편에 이르는 작품이 '의열비충효록'을 제목으로 내
걸고 있다.[56] 대부분의 독자들은 충과 효에 초점을 맞추어 이른바 '설

---

54) 고려대 도서관 소장 한문본 「謝氏南征記」 跋文.
55) 「설저전」을 한역할 즈음 권섭이 겪었던 개인사적 비극은 최호석이 앞의 논문에서
상세하게 밝혔다.
56) 그 외에 '설비효행록'·'충효록'으로 제목을 달고 있는 것이 1편씩이다. 이처럼 대부

저전'을 읽고 있었던 것이다.

비(妃)의 효힝(孝行)과 셜승상(薛丞相)의 관후튱직(寬厚忠直)으로써 잠간 세
상의 젼ᄒ며 □명지왈 튱효록(忠孝錄)이라 ᄒ니 일노써 셰쇽(世俗) 녀지(女子)
효녈(孝烈)을 법측(法則)ᄒ며 근본얼 숨아 만셰의 □유젼ᄒ여 식ᄌ의 감동할
비로다.57)

하지만 권섭은 설승상의 '충직'은 물론 월영의 그 같은 '효행'에 전혀
눈길을 주지 않고 있다. 권섭의 시대는 이념적 교화라는 문학사회학적
맥락이 위세를 떨치던 16세기가 아니었기 때문일까? 그럴 수 있다. 하
지만 보다 정확한 진단은, 「설저전」이 비록 '효'라는 중세적 외피로 포
장하고 있기는 하지만 그것의 서사적 지향은 그런 이념석 차원을 훌쩍
넘어서 있었기 때문이다. 좀 더 구체적으로 말한다면, 비록 『삼강행실
도』와 같은 규훈류(閨訓類)에서 강조하던 효행·정절이라는 윤리적 가치
를 염두에 두고 창작58)되었을지 몰라도 그것을 추구한다면서 고안된
서사적 결구는 어느덧 '이념적 교화'의 울타리를 훌쩍 빗어나 그 자체
로 독립된 '서사적 흥미'를 향해 내달리고 있었던 것이다. 가문의 몰락
으로 내몰린 여아(女兒)의 가련한 처지, 원수 집안의 강압적 폭압으로부
터 힘겨운 탈주, 남복으로 세상에 나선 여자의 기이한 행적, 부친의 구
원과 황후로 이어지는 극적 상승이라는 설월영의 여성영웅적 일대기는
이미 효행이란 틀로 구속하기 어려웠다. 그건, 이념으로 무장한 목적소

분의 필사자가 '충'과 '효'이라는 중세적 가치를 제목으로 내걸고 있지만, '충'이 작품
의 내용과 부합하지 않는다는 점을 감안한다면 그건 '효'와 짝을 맞추려는 상투에 가깝
다 하겠다. 그런 점에서 '셜비효행록(薛妃孝行錄)'이 실상에 가장 근접한 명명일 수 있
다. 우리가 앞서 살핀 16세기식의 소설 독법을 염두에 둔다면, '셜월영'과 그녀의 '효
행'에 주목하는 것은 지극히 자연스럽기 때문이다. 이본 상황과 제목 문제에 대해서는
최호석, 「설저전 이본 연구」, 『우리문학연구』 13집(우리문학회, 2000)을 참조할 것.
57) 정신문화연구원 소장 국문필사본 「의녈비튱효록」, 後記.
58) 최호석, 「셜졔젼 연구」, 『고소설연구』 6집, 한국고소설학회, 1998.

설로부터 흥미를 추구하는 본격소설로 들어섰다는 사실을 보여주는 시금석이기도 했다. 또는 국문소설의 강력한 대중성은 사대부 남성의 독서세계를 뒤흔들며 이들을 자신의 품안으로 끌어들이기 시작했다는 사실을 보여주는 이정표이기도 했다.

4. 앞으로의 과제

고전소설은 당대 지배 계층의 배척과 폄하라는 악 조건을 견뎌내며, 전근대 문학 양식 가운데 의미심장한 역할을 성공적으로 수행하곤 했다. 한문문학과 국문문학으로 명확하게 구획된 전근대의 문학적 경계를 매우 혼란스럽게 만든 갈래가 바로 고전소설이었던 것이다. 표기문자의 전환을 통해 계층과 계층을 자유롭게 넘나들던 고전소설의 맥락은 그래서 문제적이다. 그런 까닭에, 소설을 둘러싸고 전개된 표기문자의 전환을 살피려는 우리의 의도는 단지 고전소설사의 판도를 면밀하게 살피려는 문학적 관심에만 국한될 수 없다. 오히려 한문 담당층(지배층/남성)과 국문 담당층(피지배층/여성)이 소설이란 갈래를 매개로 무엇을 함께했고, 무엇을 달리 했는가를 분별하려는 문제의식과 대면해야만 하는 것이다. 국문본과 한문본의 선후 문제라든가 계열 탐구라는 차원을 넘어서서, 표기문자의 전환을 가능케 한 문학사회사적 맥락을 추적해 본다든가 표기문자의 전환 과정에서 야기된 문예미학적 변이 양상에 주목했던 것은 이런 이유에서였다.

그때, 16세기는 우리의 이런 문제의식을 해명하는 데 있어 매우 중요한 연대기라는 점을 확인할 수 있었다. 모든 문학의 존재 조건이기도 한 흥미와 교화는 때론 배척하고 때론 연대하는 모순 관계에 있었는데,

조선사회를 유교국가로 만들고자 했던 지배계급은 바로 그때 소설 갈래가 구가하고 있는 서사적 흥미에 주목했던 것이다. 자신이 그토록 천시하던 양식을 빌어 자신의 이념을 전달해야 하는 이율배반의 분위기 속에서, 고전소설은 자신의 존재를 제한적으로나마 인정받았다. 그리고 표기문자의 전환도 본격적으로 경험하기 시작했다. 중국에서 유입된 백화소설 『오륜전비기』가 「오륜전전」이라는 이름으로 번안·번역되고, 급기야 지방 관아에서 정식으로 출간·배포되던 일련의 과정은 16세기 고전소설의 문학사회학적 지평과 표기문자 전환의 맥락을 생생하게 보여준다.

하지만 16세기를 경과하면서 맞이한 표기문자 전환의 실제와 그에 따른 미적 변이의 양상을 효과적으로 검토하기 위해서는 몇 개의 국면으로 나누고, 그를 대표할 만한 작품을 선별할 수밖에 없었다. 그리하여 이념적 교화를 목적으로 중국 백화소설을 한문과 국문으로 각각 번안·번역했던 16세기 무렵의 「왕십붕기우기」와 「왕시봉전」, 이념적 교화라는 의도가 배제된 국내 창작 전기소설을 국문으로 번역했던 17세기 무렵의 「주생전」과 「최고운전」, 그리고 소설의 시대를 주도한 규방소설을 한문으로 번역했던 18세기 무렵의 「번언남정기」와 「번설경전」이 그것이다. 그리하여 이들 작품의 표기문자 전환 양상을 통해, 고전소설사의 특징적인 몇몇 국면을 짚어볼 수 있었다. 「왕시봉전」에서 서사적 흥미를 통해 이념적 교화를 수행해내던 구체적 실상을 확인하고, 「최고운전」에서 적극적인 여성의 형상과 화해적인 작품세계로의 지향을 감지하고, 「번설경전」에서 이질적 독자까지 몰입하도록 만든 본격적인 서사세계의 일단을 실감할 수 있었던 것이다.

물론 이런 결과는 해당 작품에 대한 섬세한 분석을 통해 보완해야 할 부분이 적지 않을 뿐만 아니라 고전소설사의 전개라는 거시적 관점에서 꼼꼼하게 되짚어보아야 할 부분도 많다. 또한 18세기 중반 이후에 전개된 표기문자 전환의 양상에 대해서는 전혀 다루지 못했다. 그런 점에서 본고는 시론에 불과할 수밖에 없는데, 그런 한계에도 불구하고 고전소설의 표기문자 전환 양상을 다루는 앞으로의 작업에 유효한 디딤돌이 될 수 있기를 기대해 본다.

2부

「설공찬전(薛公瓚傳)」 파동과 소설 인식의 추이

정환국

1. 금서(禁書)와 소설

1511년 9월, 소설사의 큰 획을 그을 만한 사건이 터졌다. 그 무렵 「설공찬전(薛公瓚傳)」이 비상한 관심을 끌어 한문본은 물론이고, 국문번역본이 서울을 중심으로 나돌고 있었다. 이 소설은 당시 일종의 필사본 베스트셀러였다. 급기야 정부에서는 요서(妖書)로 지목하고 모두 환수하여 불태웠으며, 책을 숨겨두고 내놓지 않는 자에게는 '요서은장률(妖書隱藏律)'을 적용하여 치죄하겠다고 엄포를 놓았다. 그리고 작가 채수(蔡壽)는 사사될 뻔하다가 파직을 당하는 선에서 사건은 일단락 지어졌다.

16세기 벽두에 터진 이 금서조처는 그 유례를 찾기 힘든 소설 파동이었다. 뿐만 아니라 이 사건은 전후 소설사에 있어서 적지 않은 전환의 계기를 마련해 주었다. 아니 그렇게 보고자 하는 것이 이 글의 의도이다. 당시 사회에서 이 사건이 대중에게 과연 어떻게 받아들였는지 구체적으로 확인해 볼 길은 없지만, 지금의 관점에서 16세기 소설사의 이면을 뒤집어 볼 때 이 파동을 계기로 상당한 변화가 초래되었음을 감지할 수 있다.

이 변화를 감지하기에 앞서, 「설공찬전」 파동이 단순한 문학 방면의 한 사건이 아니라 정치적 역학 관계 속에서 터진, 사상적·문화적 재편 과정에서 불거져 나온 중요한 징표임이 확인될 필요가 있다. 물론 이에 대한 기존의 견해가 없지 않다. 그러나 지금까지 제시된 견해는 여러 가지 가능성을 열어 놓은 데 불과하다. 이 점이 전방위적으로 밝혀졌을 때 파동이 일어난 진의까지 파악할 수 있겠다.

다음, 이러한 파동의 진의를 통해서 「설공찬전」이라는 문제적인 작품에 국한해서만 보지 않고, 이것이 16세기 소설사, 소설 인식의 문제와 연관을 가지게 된다는 점을 주목해 보려고 한다. 성급한 가정 중에 하나는 이른바 '사화의 시기'를 맞이하여 집권이데올로기의 고취가 절대적인 명제가 되었던바, 여기엔 '소설'을 포함한 문학에 대한 처리 문제도 분명한 현안 중에 하나였을 것이란 점이다. 이런 문제들을 함께 엮어 16세기 소설(인식)의 향방을 새롭게 읽어내는 방편으로 삼고자 한다.

2. 16세기 벽두에 터진 「설공찬전」 파동

1) 「설공찬전」 파동 전후의 분위기

과연 「설공찬전」 파동은 왜 일어났는가? 이 점은 억지 의문을 설정한 느낌이 들 수도 있다. 그러나 이 파동의 전후시기에 치열하게 진행된 정치 내외적 상황을 접하고 나면 이 우문이 그리 단순하지 않음을 직감케 된다. 특히 전후시기에 벌어진 '이단'에 대한 논쟁은 이 분야를 이해하는데 좋은 실마리를 제공해 주며, 당시의 전반적인 분위기까지 느끼게 해준다.

이단에 대한 부정과 그 혁파는 성리학적 체계 내에서 이른바 사문(斯文)을 보호하기 위해서, 또는 교화를 위해서는 언제나 있어 왔으며 최소한 조선시대 동안은 지속된 과정의 하나였다. 이것이 분명하지만, 유독 이 시기에는 그 어느 때보다도 구체적이며 뚜렷한 목적의식 속에서 이루어지고 있었다.

이단에 대한 재인식과 혁파의 바람은 주로 성종 때부터 거세어지는데, 특히 불교에 대한 비판의 날을 먼저 세운다. 채수도 일찍이 우승지로 있을 때 '복세암(福世菴)이 궁궐을 누르고 있으니 철거하는 것이 좋겠다'고 임금에게 간청한 일이 있거니와,[1] 불교의 타파에 대한 신호탄은 공교롭게도 내불당(內佛堂)·원각사(圓覺寺)·복세암 등 왕실 사찰을 철폐하자는 주장에서였다.

이를 계기로 이제 구체적인 이단의 상징물들을 혁파하자는 의견이 광범위하게 나오기 시작한다. 이단이 상대적으로 그나마 설자리가 있었던 조선 초기의 분위기와는 완전히 다른 것이었다. 그 대세를 짐작하기에 어렵지 않은 것이 이런 말이다. "성현(成俔)은 유자(儒者)인데, 임금의 뜻에 맞추어 부처를 배척하는 사람을 탄핵하도록 청하였으니 옳겠는가?"[2]

이 같은 불교에 대한 혁파 논의는 성종대에 와서 이른바 '도첩제(度牒制) 폐지'로 정점을 맞이한다. 정작 도첩제는 불교를 제한적으로 억압하기 위한 도구가 아니었던가? 그런데 이것마저도 완전히 폐지함으로써 형식적으로는 승려가 되는 길을 원천적으로 봉쇄해 버리고자 한 것이

---

1) 『성종실록』 권114, 11년 2월 11일(신유)조. "壽曰 : 福世菴臨壓宮闕, 撤去爲便."
2) 『성종실록』 권117, 11년 5월 28일(정미)조. "史臣曰 : 成俔儒者也, 希旨請劾闢佛之人, 可乎?"

다. 이 논의는 성종대에 본격적으로 진행되어, 결국 1492년 도첩제는 폐지되기에 이른다. 그때의 승려에 대한 인식은 "화복설(禍福說)에 현혹되어 그 도를 닦으려는 자가 아니고, 모두 군역(軍役)을 피하려는 자들"3)이라는 것에 지나지 않았다.

이렇게 불교를 이단으로 몰아 붙여 건국 초에 유지해 왔던 이교와의 적당한 긴장감마저 완전히 끊어버리려는 시도가 어느 정도 달성될 무렵, 이번에는 그 대상을 도교 쪽으로 옮겨간다. 그 상징물은 다름 아닌 소격서(昭格署)였다. 사실 소격서란 것도 기본적으로 조선왕조의 건국과 함께 고려 때의 소격전(昭格殿)을 축소 개편하면서 그 위상을 격하시킨 것이었다. 그런데 연산군과 중종대에는 이 상징물마저 혁파하자는 논의가 거세진다. 유신들의 끈질긴 혁파요구에 연산군대에 이미 형식적으로 혁파된 것이나 다름이 없게 되었으며, 중종 13년(1518)에는 조광조 등의 집요한 요청에 의해서 결국 한 때 혁파되기에 이른다. 이 해는 가히 '소격서 혁파 파동'이라고 할 만큼 소격서의 존폐를 놓고 치열한 공방이 벌어졌다.

지금 이단에 대한 비판과 혁파의 대상이 왕실과 관련된 상징물들이란 점이 흥미를 끈다. 내불당이 그렇고, 여기 소격서가 또한 그러하다. 그 혁파를 주장하는 이들의 똑같은 목소리는 '오도(吾道)를 부흥하기 위해서 이단을 혁파해야' 하는데, 이는 임금부터 실천해야 신하가 따르고, 나아가 만백성들이 순화된다는 취지가 담겨져 있었다. 그래서 조광조는 임금에게 직접 "소격서를 설치한 것은 도교를 펴서 백성에게 사도(邪道)를 가르치는 것인데, 기꺼이 따라 받들고 속임수에 휘말려서 밝고 밝은 의리에는 멀어지고 허망한 것에만 밝게 되오니, 이는 실로 임금 마음의 사(邪)와 정(正)의 갈림길"4)이라며 옥죄기까지 한다. 중종은 한 때 '소격

---

3) 『성종실록』 권261, 23년 1월 29일(경자)조 "持平劉璟曰 : 今之爲僧者, 非惑於禍福之說欲其修道, 皆避軍役者也."

4) 『중종실록』 권34, 13년 8월 1일(무진)조 "今昭格之設, 載敷道敎, 訓民于邪, 憲憲趨

서는 자전(慈殿)께서 큰 병이 있어 불가피하게 세운 것이라 혁파하지 못할 형편에 있다'고 항변까지 하지만,[5] 대세는 혁파 쪽으로 기울게 된다. 이런 과정에서 이단의 구체적인 대상은 불교와 도교로 집약되고 있었다. "이단의 무리는 부처나 노자가 모두 그런 것인데, 소격서도 그 하나인"[6] 셈이었다. 더욱이 소격서의 초제(醮祭)는 "불가에서 말하는 지부시왕(地府十王)도 포함되었다고 하니, 황탄 해괴하기가 더욱 심하다"[7]는 인식이 깔려 있어서, 소격서는 이단을 혁파하는데 가장 중요한 상징물이 된 셈이다.

그런데 이단에 대한 문제가 예민해지면서 비단 이 이교뿐만이 아니라, 사문이나 오도가 아니면 무조건 이단으로 몰아 부치는 상황이 벌어졌다. 이 사정을 우리는 공교롭게도 남곤(南袞)의 입을 통해서 확인할 수 있다.

> 詞章은 국가의 중대한 일입니다. 예로부터 우리나라를 문헌의 나라라고 일컬었던 데에는 빛나는 문장이 있었기 때문인데, 근간에는 吟風咏月을 모두 그르디 히여 이단이라고 시목하므로, 문장이 보잘 것 없어지고 경술도 거칠어 졌으니, 만약 중국에서 文士가 사신으로 온다면 누가 그 책임을 맡아 화답하겠습니까?[8]

음풍농월하는 것까지도 이단으로 몰아붙이는 정치판의 살벌한 분위

奉, 泄泄謬悠, 邈乎顯顯之義, 瞭然誕妄之象, 實君心邪正之分."

5) 『중종실록』 권47, 18년 윤4월 14일(갑인)조. "傳曰 : 復昭格之事, 慈親大病之際, 迫於不得已復立. (…중략…) 勢有所不能革也."

6) 『중종실록』 권56, 21년 2월 14일(정묘)조. "異端之徒, 佛老皆是, 而今之昭格署, 居一也."

7) 『중종실록』 권21, 10년 2월 21일(기유)조. "昭格署醮祭, 佛家所謂地府十王, 亦與焉, 荒怪尤甚."

8) 『중종실록』 권38, 15년 1월 11일(경자)조. "詞章國家重事, 古稱吾國爲文獻之邦者, 以其有文章之華也. 近聞吟風咏月者, 皆非之, 指爲異端, 以此文章蕭索, 經術亦爲荒蕪. 若天使文士出來, 則誰任其責而和答耶?"

기가 여과 없이 드러나 있다. 바야흐로 이단의 공격은 대외 관계에 영향이 미칠 만큼 광범위하고 철저하게 진행되고 있었다. 이는 그만큼 정치적으로 팽팽한 긴장감을 유지하였고, 그에 따라 이념적 편향성 또한 경직될 수밖에 없었던 사화 시기의 한 초상이 아닐 수 없다.

한편 「설공찬전」 파동이 일어나기 직전에는 풍속이 불미스럽다며 『삼강행실도』를 간행하여 전국에 반포하는가 하면,9) 사풍(士風)의 문란함이 극에 달해 이에 대한 언사(言事)를 맞고 있는 대간이 '차라리 좌천이 될지언정 대간이 되는 것은 원치 않는다'고 할 정도였다.10) 이단과 불미한 풍속에 대한 경계가, 이를 간언하는 대간이 그 직임을 기피할 정도로 예민했으며, 사안에 따라 그에 대한 기득권층의 거부도 만만치 않았다는 사실을 반영하고 있다. 당연히 이 같은 이단에 대한 철저한 배척과 부정은 이 시기 사림파의 등장과 그들의 정론과도 무관하지 않다.

그렇다면 문학 분야에서 이단 문제가 거론된다면 그것은 어떤 대상이었을까? 당연히 소설 쪽이 예의주시될 수밖에 없었으리라. 「설공찬전」은 바로 이런 시기에 느닷없이 출현하여 한동안 조야(朝野)를 시끄럽게 달구었다.

2) 「설공찬전」 창작과 파동의 진의

「설공찬전」의 창작 시점은 대략 1508년에서 1511년 사이로 좁혀진다. 채수가 1506년 10월경에 상주 함창으로 내려갔고, 작품의 배경이 1508

---

9) 『중종실록』 권14, 6년 6월 28일(을사)조. "傳曰近來風俗不美, 三綱行實多印, 頒布中外, 使閭巷小民, 無不周知."

10) 『중종실록』 권14, 6년 9월 29일(병오)조. "檢討官孔瑞麟曰: '近來士習不美, 可謂寒心. 有道之世, 則以臺諫入侍經筵, 莫不以爲榮幸, 聞近來人皆有言, 寧爲左遷, 而願勿爲臺諫. 所以然者, 言事者厭於上聽, 而忤於大臣, 一言出口, 衆謗叢身, 誰樂爲敢言直諫哉?'"

년으로 잡혀지는바, 이렇게 짐작되는 것이다. 그런데 1511년 9월 파동이 일어난 시점은 사헌부의 보고처럼 이미 「설공찬전」이 조야에 쫙 퍼져 있었다는 점을 감안하면 그 창작 시기는 조금 더 앞으로 당겨질 판이다.

굳이 창작 시기를 언급한 이유는 「설공찬전」 창작의 계기가 궁금하기 때문이다. 이쯤해서 작자인 채수(蔡壽, 1449~1515)에 대해 주목할 때가 되었다. 채수는 허백당(虛白堂) 성현(成俔)·매계(梅溪) 조위(曹偉)와 일찍부터 관직 생활을 같이 하고, 개성과 금강산 등지를 함께 유람한 돈독한 우정을 과시한 사이였다. 특히 성현과는 학문적 동지로 허여하고 있었다. 성현은 「촌중비어서(村中鄙語序)」에서 채수가 문학에 노성(老成)했던 점을 강조한 바 있다.11) 그런데다 김안로(金安老, 1481~1537)와 이기(李芑, 1480~1533)는 바로 채수의 사위들이다. 이들은 각각 『용천담적기(龍泉談寂記)』와 『음애일기(陰崖日記)』를 저술하였으며, 채수 자신은 『촌중비어(村中鄙語)』(1496)를 남겼다. 더구나 그는 이미 "산경(山經)·지지(地誌)·패관소설 등에도 해박했던" 터다.12) 이런 사실은 상당히 흥미로운데, 그것은 채수와 그 주변이 '필기(筆記)의 창작군'으로 형성되어 있었다는 점을 말해준다.

그런데 사료에 의하면 그의 관력은 「연보」의 기록과는 달리 적잖은 부침을 겪었음을 알 수 있다. 「연보」와 실록 자료 사이에 상당한 심리적 거리가 느껴진다. 사료의 기록은 채수에 대해서는 상당히 가혹한 편이다. 그가 정치적으로 가장 활발한 활동을 벌인 시기는 성종조 때이다. 이때 그는 왕명의 출납을 맡은 승지로 활약하며 국정 전반에 관여하고 있었다. 그런데 "채수는 임금의 뜻에 따라 도리어 문신들이 사후(射侯)하

---

11) 成俔, 「村中鄙語序」(『虛白堂集』 卷7, 「拾遺」). "吾友蔡耆之氏, 於退閑之際, 以平昔所嘗聞者與夫朋僚談諧者, 雖鄙俚之事, 皆錄而無遺. 其著述之勤, 用力之深, 非老於文學者, 其何能爲? 可爲後人之勸戒也, 可爲野外之逸史也, 可爲老境之玩愒而閑居之敲鍾也."

12) 南袞, 「碑銘」(『國朝人物考』). "山經地誌, 稗官小說, 無不該博."

는 것을 즐겁다고 하였으므로, 듣는 자들이 병통으로 여겼다"[13]는 논평이 있듯이, 그는 엄정한 태도를 견지하지 못하고 가볍게 처신했다는 주변의 따가운 평판을 듣곤 하였다. 더구나 임사홍(任士洪)을 몰아낼 때 무고의 의혹이 있었고, 근무 중에 음주로 처벌을 받는 등 항상 왕의 주변에 있으면서, 그리고 재예가 출중한 인물로 촉망을 받으면서도 그의 행실은 도마 위에 오르곤 하였다. 그리고 1515년 그가 죽었을 때 다음과 같은 평가가 내려진다.

> 인천군 채수가 졸하였다. 채수는 사람됨이 영리하며 글을 널리 보고 기억을 잘하여 젊어서부터 문예로 이름을 드러냈고, 성종조에는 廢妃의 과실을 극진히 간하여 간쟁하는 신하의 기풍이 있었다. 그러나 성품이 경박하고 조급하여 하는 일이 거칠고 경솔하였으며, 늘 詩酒와 음률을 가지고 즐겼다. 일찍이 「설공찬전」을 지었는데, 떳떳하지 않은 말이 많았기 때문에 士林의 헐뜯음을 받았다.[14]

한마디로 그는 영리하지만 성품이 경박하여 처리한 일이 거칠다는 것이다. 그는 이런 평가를 들을 만큼 처신에 있어서는 그리 후한 점수를 받지 못한 형편이었다. 그런 그가 중종반정이 일어났을 때 본의 아니게 반정의 공신이 되었다.[15] 그때는 이미 노경에 접어든 몸이었다. 조정에서 그의 자리는 더 이상 주어지지 않았고, 그도 거기에 연연하지 않았다. 그런 상황에서의 퇴거의 선택은 꽤 자연스러워 보인다.

「설공찬전」의 창작도 이런 점과 무관하지 않을 것이다. 말하자면 채

---

13) 『성종실록』 권103, 10년 4월 26일(임자)조. "蔡壽又順上旨, 反以文臣趨射爲樂, 聞者病之."
14) 『중종실록』 권23, 10년 11월 8일(경인)조. "仁川君蔡壽卒. 壽爲人聰穎, 博覽强記, 少以文藝顯名. 在成宗朝, 極諫廢妃之失, 有諍臣風. 然性輕躁誕妄, 擧措粗率, 常以詩酒音律自娛. 嘗作薛公瓚傳, 辭多不經, 士林短之."
15) 중종반정을 주도한 朴元宗 등은 이 반정에 채수를 끼워 넣지 않을 수 없다고 하면서 모시려 하였고, 그의 사위 金勘이 사태의 추이를 보고 억지로 술을 마시게 하여 만취 상태에서 궁궐문으로 끌고 와 결국 거사에 동참하게 되었다고 한다.

수의 성향과 주변 환경이 이런 작품을 지을 여건을 마련해 주었다 하겠다. 그가 패관소설을 즐겨했다는 말처럼 함창으로 퇴거해 있으면서 하나의 기이한 이야기를 엮은 것으로, 이는 일종의 퇴거(退去)의 산물쯤으로 간주된다. 더구나 「설공찬전」의 성격과 그의 「문귀신무격복서담명지리풍수(問鬼神巫覡卜筮談命地理風水)」 등에 나타난 귀신에 대한 이해, 그리고 『용천담적기』에 기록된 그의 '귀신 체험' 등을 연결시켜 볼 때 작품 창작의 연결고리가 자연스럽게 그려지기도 한다.16)

물론 「설공찬전」의 내용 중에 당대 정치와 연결시켜 볼 만한 부분이 없지는 않다. 이를테면 왕권모독죄에 해당할 만한 대목이 '중종반정'을 빗댄 예로 받아들여지고 있기도 하기 때문이다. 그런데 과연 이런 목적의식이 선명한가? 아니 사회의 어떤 파장을 일게 하려는 의도에서 이것을 창작했던가? 이는 전후 사정으로 볼 때 아무래도 부자연스럽다. 그런 비판의식이 철저한 소유자로서의 채수의 모습은 최소한 나에게는 그려지지 않는다.

그가 말년에 지은 「쾌재정기(快哉亭記)」에서 '의식두 족한 편이며 시수로 자오하는 한가로운 사람'이라고 하면서, 이제 자신에 대한 '찬사와 헐뜯음은 일체 알지 못하는 일이다'고 세상의 모든 평가에 대해 귀를 닫아버린다.17) 아마 이 비방 중에 가장 큰 부분은 「설공찬전」에 대한 것일 게다. 그렇게까지 의도하지 않았는데 파장은 이외로 컸던 상황을 그려볼 수 있다. 그렇다면 「설공찬전」 파동의 진의는 무엇일까?

이에 대한 답은 사실 그동안의 연구에서 이미 주어졌다고 해도 과언은 아니다. 작품 내적 원인으로는 윤회화복설이나 왕권모독죄에 해당할 만한 대목이 들어 있다는 점18)을, 그리고 작품 외적 요인으로는 훈구파

---

16) 물론 실제 있었던 薛氏 집안의 일을 소설화했다는 최근의 연구가 있다(이복규, 「「설공찬전」이 實話에서 유래한 소설일 가능성」, 『국제어문』 28집, 국제어문학회, 2003).
17) 「快哉亭記」(『懶齋集』, 서벽외사해외수일본). "主人者何, 蔡壽之也. 少年登科, 濫龍頭也; 位至封君, 榮過分也. 年老辭祿, 來故鄉也; 衣食纔足, 餘無望也, 詩酒自娛, 一閑人也; 是非毀譽, 摠不知也. 優哉優哉! 聊卒歲也."

와 사림파간의 정치적 갈등 구도에서 빚어졌다는 점19)을 들고 있다. 다만 전자의 경우는 너무 당연한 이유가 되겠고, 따라서 그것은 오히려 진정한 이유가 될 수 없겠다. 그리고 후자의 경우는 대체적인 경향으로 살펴진 것이라 아직 확답을 얻지 못하고 있는 형편이다. 한편 정치적 구도 속에서 일어났으되, 사림의 훈구를 향한 문제제기보다는 사림의 내적 결속을 위한 의도에서 기획되었다는 최근의 논의가 있고 보면,20) 이 문제가 그리 호락호락하지 않다는 사실을 말해준다.

한 가지 분명한 사실은 채수는 분명 훈구 계열의 인사로 분류될 수밖에 없다는 것이다. 그런데 이 점을 점검하기에 앞서 언급해 둘 사실이 있다. 이 시기 정국이 비록 '훈구'와 '사림'의 갈등으로 인한 사화로 점철된 것은 역사적 실체이지만 문제는 정작 지금의 관점에서 재단하여 훈구와 사림이 두부 자르듯 구분되지는 않는다는 점이다. 더구나 당시 사림파란 끊임없이 동요되는 왕권과 재상권 간의 안정을 꾀한 정치그룹이라고 했을 때,21) 주로 언관계통의 인물들이 사림 계열로 채워졌을 뿐, 두 축이 무조건 서로 갈등하는 대상으로만 표상되었던 것은 아니다. 그러므로 채수와 「설공찬전」 파동 문제는 꼭 훈구와 사림의 알력 속에서 살필 일만은 아니다. 다만, 당시 언관제도가 재상권—주로 훈구 계열—의 견제를 위해서 확장된 사실은 유념할 필요가 있겠다.

이런 전제 아래에서 채수가 과연 어느 계열이었냐고 묻는 것은 오히려 불필요할지도 모르겠다. 그런데 최근에는 그가 사림파로 인정되곤 한다. 그리하여 아예 사림파로 단정하고 논의를 하는 경우도 없지 않다.22) 그 이유를 사림파의 대표적인 인물인 김종직에게서 배웠다고 하

---

18) 이복규, 『최초의 국문본 소설 설공찬전』, 시인사, 1997.
19) 박희병, 『한국고전인물전연구』, 한길사, 1992, 119면.
20) 제1부 조현설, 「조선 전기 귀신이야기에 나타난 신이(神異) 인식의 의미」 참조.
21) 기사모토 미오·미야지마 히로시, 김현영 외역, 『조선과 중국 근세 오백년을 가다』, 역사비평사, 2003, 102면.
22) 신병주·노대환, 『고전소설 속 역사여행』, 돌베개, 2002.

는 사실을 들고 있다. 그러나 김종직과는 어디까지나 종유(從遊)하는 처지였지, 구체적인 사제 관계는 아니었다. 그것보다 앞에서 살펴보았던 왕성한 활동을 벌였던 성종 시기에 채수는 예문관의 응교(應敎)를 지내는 등 엘리트 코스를 밟고 있었다. 그는 양촌(陽村) 권근(權近)의 재종외증손이며, 역시 권근의 외손이 되는 사가(四佳) 서거정(徐居正) 등과는 집안으로, 당대 문단을 책임진 집안의 일원이었다. 물론 채수는 문형을 지내지는 않았지만 권근으로부터 최항(崔恒)―서거정에 이르는 당대 관각문학의 중심에 있었던 것은 분명하다.23) 더구나 이 시기에는 아직 '사림'이다 '훈구'다 하는 구분이 따로 서지도 않았다.24) 그러다가 연산군과 중종 시기에 오면 채수는 이미 원로 취급을 받고 있었다. 중종반정때 박원종(朴元宗)이 채수를 억지로 끌고 나오게 하여 대궐 앞에 세운 의도도 그런 맥락이었으리라. 결국 「설공찬전」 파동 시점에서 봤을 때 채수는 집안의 문한적 전통으로 보나 그의 행력으로 미뤄 짐작해도 어쩔수 없이 훈구 계열로 정리될 수밖에 없었다. 그런데 그렇다고 하더라도 이미 정치 내외적 힘을 거의 상실한 상태였다.

또 한 가지는 앞에서 언급한 이른바 '필기창작군'이란 점도 지적하지 않을 수 없겠다. 필기 및 소설을 즐겨 읽고 직접 창작에 가담한 자신과

---

23) 이런 사정은 서거정의 「贈蔡應敎壽」(『四佳詩集』, 卷31)의 내용을 통해서 알 수 있으며, 이에 대한 소개는 진재교, 「『歷代世年歌』 연구」(『이조 후기 한시의 사회사』, 소명출판, 2001, 98~99면) 참조.

24) 여기서 정경주의 지적은 참고할 만하다. 성종·연산군 때의 新進士流와 중종 이후의 사림파와는 엄연히 구별할 필요가 있다는 것이다. 즉 김종직을 중심으로 한 15세기 후반의 신진 계열과 16세기에 접어들어 조광조를 중심으로 형성된 집단은 훈구관료 세력과의 대립적 시각을 견지했다는 점에서는 통하지만, 그들의 문학풍토나 사상 경향이 적잖은 차이를 있다고 보았다(「成宗朝 新進士流 집단의 문학 流派的 성격」, 『부산한문학연구』 5집, 1990, 167~169면). 그런데 이 시기의 채수는 신진사류 쪽에 포함되어 있는 것으로 보인다. 훈구벌열계인 任士洪 등을 공박하는 데 참여하였기 때문이다. 그러나 연산군시절에 터진 무오사화 때 김종직의 문도들을 일거에 숙청하는데 채수는 포함되어 있지 않았다. 정치 신인으로서 신진사류적인 면이 없지 않았겠지만, 딱히 새로운 세력으로서의 신진사류는 아니었던 셈이다.

주변은 결국 훈구 계열의 모습이지 결코 그것이 사림 계열의 모습으로는 읽혀지지 않는다.

이 점과 관련해서는 특히 앞의 인용문에서 '설공찬전을 지어 사림이 이를 헐뜯었다'는 대목을 주목할 필요가 있겠다. 이때의 사림은 일반적인 용어로 재야 세력 정도로 볼 수도 있겠으나, 당시 훈구와 노선을 달리했던 사림 세력으로 보아야 할 것이다.

그런데 그가 훈구파로서 사림파의 공격을 받았다는 말은 수정될 필요가 있다. 결과적으로 훈구 계열에 속하지만, 공격을 위한 공격 대상은 분명 아니었다. 이미 세력도 잃었을뿐더러 노경에 접어든 채수로서는 사화를 바람직한 정치적 사건으로 바라보고 있지도 않았으며, 오히려 그런 점에서는 사림 쪽의 성향이 강하기까지 하였으니 말이다.

여기서 다시 거슬러 올라가 1511년 9월 2일 사헌부에서 공식적으로 「설공찬전」을 수거, 불태울 것을 요청하게 되기까지 일련의 과정을 되짚어보면, 일종의 '여론몰이'가 적지 않았던 것으로 짐작이 간다. 이미 중종도 "「설공찬전」은 내용이 요망하고 허탄하니 금지하여 거둬들이는 것이 옳다"며 이 작품을 보았거나 최소한의 정보를 접수한 상태였다. 역사적 사실로서도 사림파는 중종반정을 계기로 정계 진출이 재개되었으며, 이 시점에 오면 사림파의 목소리가 보다 가다듬어지고 있었다.[25]

또 한 가지 흥미로운 사실은 작자 채수는, 교수시키라는 여론의 거센 항의에도 불구하고 결과적으로 인천군에서 파직되었을 뿐 함창에서의 생활에 별다른 변화가 없었다는 것이다. 금방이라도 죽임을 당할 것 같았지만 63세의 늙은이는 정작 조정에서 치열하게 벌어지고 있었던 논쟁의 한복판에서는 벗어나 있었다.[26]

그렇다면 과연 이 여론몰이의 주체는 누구였을까? 당시 여론을 수렴하여 임금에게 이를 헌의하는 언관은 대부분 사림 세력이 장악하고 있

---

25) 이태진, 『한국사회사연구』, 지식산업사, 1986, 257면.
26) 「연보」에는 의도적이겠지만, 이 63세의 일은 통째로 빠져 있다.

었다. 이 파동이 일어났을 때 사헌부를 비롯한 대부분의 의논은 징치해야 한다는 분위기임은 이미 확인한 바다. 그런데 이와는 반대편에서 『전등신화』·『태평광기』 등을 거론하며 채수를 옹호하려드는 경우도 있었다. 대표적인 인물이 김수동(金壽童)·성희안(成希顔) 등이다. 이들은 대표적인 훈구파로 역사에 알려져 있다.

앞서 언급했듯이 채수는 이런 상황을 야기시키려 「설공찬전」을 지은 것으로 판단되지 않는다. 이 파동이 일단락되고 나서 "지금 채수는 우연히 그렇게 한 것이고(창작한 것이고), 세상에 전해 민중을 현혹시키려는 것은 아니었다"[27]라고 귀결된 점이 보다 실상과 부합될 것으로 판단된다. 1506년 중종반정이 일어나자 그는 3등 공신에 오르고 인천군에 제수되는 영광을 누리지만, 그로 인해 정치에 환멸을 느끼고 낙향을 해버렸다. 말하자면 사림 쪽에 큰 원한을 살 이유도 없었다. 그런데도 이토록 사림 쪽의 공격을 받아야 했던가?

이 점은 이 파동이 채수 일개인에게 국한되지 않는다는 사실을 반증한다. 「설공찬전」과 채수에 대한 공격은 「설공찬전」과 채수에 있었던 것이 아니라, 당대 이단에 대한 비판과 함께 성리학적 이념체계를 보다 공고히 하면서 자신들의 정계 진출의 정당성을 확보하려는 사림파를 중심으로 한 이념무장의 과정에서 불거져 나온, 고도의 정치적 메커니즘 속에서 발생한 사건이었다.

그런데 이 점은 이렇게 정치적인 공세로만 끝난 것이 아니고 이후 소설 분야에 상당한 영향을 미쳤다는 점에서 「설공찬전」 파동은 또 다른 의미로 다가온다.

---

27) 『중종실록』 권14, 6년 12월 15일(신묘)조. "今壽偶爾爲之, 非欲傳世惑衆也."

3. 소설 인식의 변화와 그 향방

1) 소설 인식의 맞섬-'技癢'과 '左道亂正'

領事 金壽童이 아뢰기를, (…중략…) 채수가 만약 스스로 요망한 말을 만들어 인심을 선동했다면 사형으로 단죄함이 가할 것입니다. 다만 재주를 부리고 싶은 욕구[技癢]에 따라 보고들은대로 함부로 지었던 것입니다. (…중략…) 이에 南袞이 아뢰기를, "左道亂正律에 있어서 법을 집행하는 관리라면 참으로 이와같이 단죄함이 옳을 것입니다." (『중종실록』 6년 9월 20일조)

채수를 파직시킨 후의 「설공찬전」에 대한 논의이다. 그를 두둔한 김수동의 경우는 표현 욕구에 따른 결과, 즉 '기양(技癢)'이라는 차원으로 이해하고 있는 반면에, 남곤은 좌도난정(左道亂政)의 패덕한 산물이라고 본다. 「설공찬전」에 대한 인식이 이처럼 정반대이다. 「설공찬전」 파동이 정치적인 갈등 구도 속에서 빚어진 일이지만, 그에 대한 구체적인 갈등의 국면은 그것이 '기양'의 소치로 이루어진 것이냐, 아니면 정도를 어지럽히는 대상이냐는 쪽으로 귀결되어 있었다. 이 상반된 견해 사이에는 좀처럼 합치될 수 없는 긴 평행선이 놓여 있는 것처럼 느껴진다.

그런데 이들 용어는 물론 정치적 색깔에 따른 서로 다른 입각점이지만, 엄밀하게 말해 차원이 다른 문제이다. 기양은 일종의 문학적 표현 욕구를 말하는 것으로, 어쩔 수 없이 지을 수밖에 없는 문학 행위이다. 그런 반면 좌도난정은 정사를 어지럽히는 패덕한 행위이다. 그러므로 문학적인 '표현 욕구'와 정치적인 '좌도'의 맞섬은 다른 층위의 주장일 뿐이다.

「설공찬전」 파동이 일단락되고 나자 공식 기록에는 언제 그랬냐는 듯이 소설을 '기양'의 차원이냐, '좌도난정'의 차원이냐를 문제 삼은 예는 보이지 않는다. 다만 공식석상의 언급에는 항상 소설은 좌도난정의 상징인양 취급되게 된다.

신이 뒤에 그 책(『삼국지연의』-필자 주)을 보니 단연코 이는 무뢰한 자가 잡된 말을 모아 古談처럼 만들어 놓은 것입니다. 잡스럽고 무익할 뿐만 아니라 의리를 크게 해치기까지 합니다. 전하께서 우연히 그것을 한 번 보시게 된 것은 매우 편치 못한 일입니다.28)

기대승(奇大升)의 이 언급은 조정에서의 정론에 다름 아니다. 의론을 개진한 개인이나 그 주변에서 과연 이런 정도로 소설류를 거부했을까 적이 의심스럽지만, 어쨌든 이것이 공론이 되어 있었던 사실만큼은 분명하다. 그런 이유 때문인지 히디믓애 개인의 폴세남을 간행하는데도, '그 글은 우의이며 부탄(浮誕)하지 않다'는 변명을 끊임없이 되풀이하면서도 이마에 땀이 삐질삐질 난다29)는 경계를 늦추지 못하곤 하였다.

그러나 이런 공식적인 상황에서 조금만 자유로워지면 '기양'의 차원은 그야말로 별개의 개인적인 창자 욕구로 남는다. 문제는 어떤 삭품이나 그 내용이 정치적인 문제와 여하한 관련을 맺느냐에 달려 있었다. 여기 기대승은 선조가 『삼국지연의』를 통독한 사실이 교화에 편치 못한 행위라며 우려를 나타낸 것이다. 아마도 국왕 선조가 이 작품을 통독하고 어떤 언급이 있었기 때문에 이렇게 발 벗고 나선 것일 게다. 그런데 이렇게 상주한 기대승 자신도 물론 『삼국지연의』를 통독한 상태였다. 분명히 그 대상이 문제가 있다면, 어디에 어떤 문제가 도사려 있는가 하는 점을 꼼꼼히 따져 봐야 하는 것은 당연하다. 그러므로 기대

---

28) 『선조실록』 권3, 2년(1568) 6월 20일(임진)조. "臣後見其冊, 定是無賴者裒集雜言, 如成古談. 非但雜駁無益, 甚害義理. 自上偶爾一見, 甚爲未安."
29) 宋世珩, 「饗眠楯序」. "功訖披閱, 不覺泚顙." 참고로 이 시기 소설 관련 서발 자료들은 무악고소설자료연구회 편, 『한국고소설관련자료집』 I(태학사, 2001)에 모아져 있다. 여기 인용문들도 상당 부분 이 책의 정리에 힘입었으며, 번역 또한 이를 참조하되 필요에 따라 약간의 가감을 하였다.

승은 이 작품을 읽고 '무뢰한 자의 잡된 말'로 '잡스럽고 무익할 뿐만 아니라 의리를 크게 해치는' 것으로 단정하였던 것이다. 따라서 이 시기에 문제가 되는—즉 '좌도난정'에 해당하는—소설일수록 비상한 관심 속에서 읽혀지고 나서 '난정'이라는 꼬리표를 달게 되었다. 그러나 그렇지 않은 경우의 작품은 대개 '기양'의 차원에서 지어졌고, 또 그렇게 이해되었다. 말하자면 좌도난정의 차원에서 말이 나오면 그것은 혹독한 비판의 대상이 되지만, 단순히 기양의 차원으로 치부해 버리고 말면 언제라도 존재하는, 그런 묘한 지점의 산물이 소설이었던 셈이다.

이 점은 당연히 소설 전반에 대한 인식으로 이해해도 무방할 터다. 사실 소설류에 대한 인식이 이렇게 변별되면서 애매하게 자리하는 사정은 그 역사가 깊은 것이 실상이기도 하다. 그런데 여기 하나의 문제작, 「설공찬전」을 처리하고 나서 정리된 이런 대립적 논의는 좀 더 다른 의미로 느껴진다. 특히 이것이 사림파의 이념의 무장 문제와 연동되어 있다면 더더욱 새로운 국면으로 다가온다. 더구나 이 같은 소설에 대한 인식은 16세기 이후에도 그 차원과 경향을 달리할 뿐, 조금도 바뀌지 않고 이어지게 된다. 이처럼 이 시기를 기점으로 소설은 항상 감시를 받으면서도 안으로는 보다 흥미 있는 읽을거리로 세인에게 다가가고 있었다.

2) 16세기 소설사 향방-'향유'와 '비판'

우리는 여기서 이 시기에 왜 소설을 좌도난정의 상징물로까지 규정, 이를 구체적으로 비판하게 되었을까 하는 점을 물어보아야 한다. 그리고 그 답을 우리는 번거롭지만 다시 「설공찬전」 파동이 터지게 된 이유를 또 다른 차원에서 되짚어봄으로써 확인해 보아야 한다. 그것은 「설공찬전」이 항간에 나돌던 시기에, 이미 중국으로부터 들어온 소설류가 불특정 다수에게 읽혀지고 있었다는 추측을 통해서다. 이미 잘 알려진 대로 이 파동이 일어나기 5년 전인 1506년에 연산군은 사은사에게 직접 명하여『전등신화』와『교홍기(嬌紅記)』등을 구입해 오게 하여 이 중 일부를 인출(印出)하게 하였다. 또한 연산군은『전등신화』를 신하들에게 내려주며 "어찌 성색이나 가무로 인하여 나라가 꼭 망하겠는가?"[30]라고 하며, 소설이 가지는 '교화'의 혐의를 오히려 두둔하고 나서기까지 한다. 그동안 공공연하게 금기시 되어 온 소설을 교화의 책임을 지고 있던 국정의 최고 통치자가 내놓고 두둔하고 나섰으니, 이는 실로 중대한 사건이 아닐 수 없었다. 더욱이 국왕이 허락한 터라 그 파급효과는 두말할 필요가 있겠는가? 그렇다면 연산군대에 촉발된 이 같은 소설 향유는 상당하였을 것으로 짐작이 간다.

그런 연산군이 폐주가 되고 새로 중종이 들어섰다. 아울러 사림도 다시 정계에 복귀하고 있었다. 말하자면「설공찬전」파동은 이러한 소설류가 궁궐 안팎에서 향유되고 있는 것에 대한 경계의 한 제스처로 이해된다. 결국 당대 소설이 일반적으로 향유되고 있던 것에 대한 반발의 한 구체적인 행동이었던 것이다.「설공찬전」을 두둔하는 이들의 한 목소리가 '그럼「전등신화」등도 똑같이 없애야 된다는 말인가'였으니, 이 언급은 오히려 이 시기 분위기를 잘 짐작케 한다.

흥미롭게도 사림파가 정전으로 들고 나왔던『소학』은 이 시점부터 지속적으로 선양되어 언해 사업과 대중을 위한 실천 사업이 강력하게 추진되고 있었다. 그런데 1519년 기묘사화를 기점으로『소학』에 대한 비판이 거세진다. 이를테면, "여염(閭閻)에서『소학』을 힘써 행하게 된 것은 다 저들이 주창하였기 때문이므로, 저들이 귀양간 뒤로는 무지한 백성들이 '죄받은 것은『소학』을 행하기 때문이다'고 하니, 듣기에 편치 못하옵니다. 조광조 등이 죄받은 일은『소학』을 행하기 때문은 아니나

---

30)『연산군일기』권62, 12년 4월 12일(신유)조 "下剪燈新話曰: '(⋯전략⋯) 豈因聲色歌舞, 而國必亡乎?'"

사세가 이렇게 되었으니 죄가 되지 않을 수 없습니다"[31]라는 식이었다. 사림에 대한 공격이 『소학』 자체에 있었던 게 아니라, 그 『소학』을 이용하는 이들에게 향하고 있다. 이 논리는 사림 쪽에서 「설공찬전」을 공격했던 양상과 짝을 이룰 만큼 흡사하다.

앞에서 언급했듯이 16세기 소설의 향유는 주로 중국으로부터 유입된 중국소설에 한정된 것이었다. 물론 『금오신화』 등도 읽히고 있었음은 『패관잡기』의 "나는 이 책을 어루만지며 세 번이나 감탄을 하였다"[32]는 대목이나, 김인후(金麟厚)의 「차금오신화어윤예원(借金鰲新話於尹禮元)」[33]에서 이미 짐작이 가지만, 그래도 주류는 중국소설이었던 것만큼은 분명하다. 그런데 16세기 초 소설의 향유 중심은 아이러니컬하게도 이들 소설책을 직접 열람할 수 있었던 조정과 그 주변, 즉 사대부 층에 한정되어 있었다. 16세기 초반의 인물 유계린(柳桂麟)이 『전등신화』의 맥락을 이미 환하게 꿰뚫고 있었음을 그의 아들 희춘(希春)이 전하고 있으며,[34] 임기(林芑)의 『전등신화구해(剪燈新話句解)』는 비록 학관들의 한어교육용으로 기획된 것이라는 미명으로 간행되었지만, 소설에 대한 흥미가 중요한 취택의 대상이 되었음은 이론의 여지가 없다. 그 결과 상세한 주석이 달림으로써 난해처가 풀리며 그 유통을 오히려 활발하게 하는 역할을 하였다.

이 시점에서 「설공찬전」이 조야에 쫙 퍼지고 언문으로 읽혀졌다는 언급을 다시 주목할 필요가 있다. 여기서 '야(野)'가 어디까지를 포함하고 있는지는 확실치 않으나, 아마도 서울 장안과 그 주변일 것이다. 그리고 일반 시정에까지 퍼지기 위해서는 국문 번역의 과정이 불가피하

---

31) 『중종실록』 권37, 14년 12월 16일(병자)조. "袞曰 : 閭閻間, 務行小學, 皆由於行小學之故, 聞之心甚未安. 光祖等被罪, 非行小學之所致, 事勢至此, 亦不得不爲之罪也."
32) 魚叔權, 『稗官雜記』 卷4. "余讀之, 未嘗不撫卷三歎."
33) 『河西全集』 卷7.
34) 柳希春, 「文學第十」 『眉巖集』 卷4. "文章軌範・古文眞寶・東萊博議・剪燈新話, 莫不洞究脈絡 (…후략…)."

였다. 그러므로 「설공찬전」의 경우는 상당히 드문 예에 속하며, 이때까지는 그 구득이 가능했던 사대부에 한정된 독서가 당시 소설 향유의 일반적인 환경으로 보는 것이 더 타당하리라. 그러다가 이후의 이런 자료, 즉 "내가 항간의 무지한 사람들을 살펴보니, 언문을 익히고 전하며, 노인들이 서로 전하는 말을 베껴 밤낮으로 이야기하고 있는데, 이석단(李石端)과 취취(翠翠) 이야기 같은 것은 음란하고 허탄하여 참으로 취해 볼 것이 없었다"35)는 언급을 보면, 이미 여항에 상당 정도 소설류가 퍼져 있었다는 사실을 확인시켜 준다.

이처럼 16세기 소설 향유층은 상층에서 하층으로 그 범위가 확대됨으로써 더 이상 제도적으로 금지시킬 수 없는 상황이었다. 그 만큼 '소설 읽기'는 만연한 상태였다. 이제는 「설공찬전」처럼 해당되는 소설을 모두 회수하여 불태운다고 해결될 수 있는 성질의 것이 못되었다. 따라서 새로운 대안책이 모색되어야 할 판이다.

이 대안은 공교롭게도 또 다른 측면에서 소설이 제한적으로나마 존립하게 되는 근거를 마련해 가는 과정이기도 했다. 소설에 대한 '향유'와 '비판'이 이 시기의 새로운 대세로 자리할 때, 그 향유는 소리 없이 조야로 퍼져나간 반면, 그에 대한 비판은 항상 공식적인 네트워크를 통해서 이루어지고 있었다. 그런데 16세기 중반에 이르면 이 향유와 비판 사이의 묘한 조정 국면이 조성되게 되는데, 그것은 이른바 '교훈성'이란 화두에서다.

　　상공께서 일찍이 장난삼아 쓴 것으로 기이하게 할 의도가 없었는데 저절로 기이하게 되었다. 그것이 지극하게 되어서는 사람을 기쁘게도 하고 놀라게도 하며, 세상에 모범이 될 만한 것도 있고, 경계삼을 만한 것도 있다. 그리하여 백성의 도리를 세워 名教에 보탬이 되는 것이 하나 둘이 아니다. 저 평범한 소

---

35) 洛西居士, 「五倫全傳序」(1531). "余觀閭巷無識之人, 習傳諺字, 謄書古老相傳之語, 日夜談論. 如李石端翠翠之說, 淫褻妄誕, 固不足取觀."

설들과는 같이 말할 수 없으니, 세상에 널리 보급된 것이 당연하다.36)

세상에 『전등신화』·『전등여화』 같은 책들이 많은 사람들에게 즐겨 읽히며 전해진다. 비록 볼 만한 글로 펼쳐졌지만, 대개 滑稽戲談에 불과할 따름이니, 이 책(『五倫全傳』-필자 주)이 세상의 교화에 보탬이 되고, 일용에 긴요한 것만 같겠는가?37)

이 서발문은 16세기 중반에 쓰였다. 잘 알려진 『기재기이(企齋記異)』의 발문은 작품의 '기이성'을 거론하면서 명교에 보탬이 될 만한 자료로써 세상에 알려진 존재 의의를 밝히고 있다. 그러면서 일반적인 소설류와의 차별성을 시도한다. 그런데 이 기이성과 세교는 어떻게 조합이 되는가? 퍽 설득력이 있어 보이지는 않는다. 그러나 어쨌든 이 『기재기이』도 항간에 많이 읽히고 있었다. 분명히 그것은 교훈성보다는 흥미에 의해 널리 읽혔을 것이다. 따라서 여기 명교에 보탬이 된다는 언급은 명분일 뿐이다. 그럼에도 이런 언급은 비록 구실로나마 그것의 존립 근거를 밝혀준다.

한편 『오륜전전』의 서문의 경우, 보다 구체적으로 『전등신화』 등과 차별화 시키면서, 교훈성을 강조한다. 그러면서 "부모 자식과 형제 사이에서는 그 윤리를 다했고, 군신과 사우(師友)간에 그 의리를 다했으며, 부부 사이에 있어서도 그 지극함을 다하지 않은 바가 없다. 그러니 그것을 읽는 사람이 오랫동안 사모하는 정을 일으키고 선한 본심을 불러내는 것이 곧 이 책이다"38)고까지 치켜세운다. 언문을 익히고 전하며

---

36) 申濩, 「企齋記異跋」(1553). "嘗游戲翰墨, 無意於奇, 而自不能不奇. 及其至也, 使人喜使人愕, 有可以範世, 有可以驚世, 其所以扶樹民彝, 有功於名敎者, 不一再. 彼尋常小說, 不同年以語, 則盛行於世, 固也."

37) 沈守慶, 「五倫全傳跋」(1550). "世有剪燈新話·剪燈餘話等書, 人多傳玩, 雖鋪張文詞之可觀, 皆不過滑稽戲談耳. 夫孰若是書之慕世敎而切於日用者乎?"

38) 柳仲郢, 「五倫全傳跋」(忠州本). "處母子兄弟而盡其倫, 遇君臣師友而極其義, 以至夫婦之間, 亦無所不用其極. 使讀之者, 起慕於千載之下, 而發其本心之善, 則是篇也."

노인들이 서로 전하는 말을 베껴 밤낮으로 이야기하는 무지한 백성들에게 이와 같이 오륜을 실천한 인물의 기록은 가장 모범적인 이야기라면서 그 기능성을 강조하기까지 한다. 바야흐로 하층민들에게 교훈이 되는 자료로써, 소설의 존립근거가 서고 있는 상황이다. 이 시기에 중국에서 들어온 『화영집(花影集)』은 바로 이 교훈성이 중요한 매개가 되었던바, 확실히 이때 이르면 이미 세간에 퍼져 있었던 다양한 소설들에 대한 금서조처는 도저히 불가능한 현실이 되고 있었다. 그러므로 이에 대한 억압조처로 차선책이 필요했다. 그래서 들고 나온 것이 바로 이 차별화 전략이었다. 그만큼 이 시기에 오면 소설 향유가 일반화되었으며, 이것을 원천봉쇄할 수 없는 상황에 봉착하자 이를 선별화시켰던 것인데, 이 경우 교훈성을 담보한 작품은 정당한 비평 속에 읽혀질 수 있었다. 동시에 이 교훈성이란 미명 아래 그렇지 않은 이런저런 소설류들도 호된 비판의 매를 맞으며 나름대로 꾸준히 읽혀졌다.

4. 새로운 전망

16세기 소설사는 비록 창작적인 면에서 전대의 『금오신화』나 17세기의 왕성한 작품들에 비해 부진한 것으로 비춰진다. 그러나 전기, 몽유록, 심성소설, 불교계 작품 등 다양한 종류의 작품들이 새로운 시도 속에서 자리하고 있었다. 이 점 또한 새롭게 주목될 필요가 있겠다. 그러나 무엇보다 소설사적 측면에서 중요한 사실은 창작 쪽보다는 향유와 비판이 지속적으로 이루어지면서 소설의 저변화가 이루어진 시점이란 점이다. 비판이 구체화되고 거세어졌다는 사실은 그만큼 사회적 문제가 될 만큼 소설이 많이 향유하고 있었다는 반증이다. 이런 향유와 비판은 중반에 들어 교훈성이란 잣대가 들이대어지면서 새로운 돌파구로서의 어떤 합의점이 찾아지기도 하였다. 그 결과 소설은 제한적으로나마 존립 근거가 마련되게 되었다. 16세기 소설 인식의 이러한 궤적은 17세기에 접어들어 분출하기 시작한 소설 창작의 내적 요건을 착실히 마련하고 있었던 과정으로도 이해된다.

따라서 「설공찬전」 파동은 정치적 역학 관계 속에서 필요 이상으로 확대된 사건이지만, 소설사의 흐름에서 볼 때는 중요한 전환의 계기가 되었던바, 소설이 점점 저변을 확대하는 과정에서의 '경계경보'가 되었으며, 이후 소설사는 지속적인 비판의 눈초리를 감내하며 상층은 물론, 하층까지도 향유하게 하는 중요한 시발점이 되었다. 아울러 '한번 터짐으로써 촉발되는 하나의 사회적 현상', 즉 소설의 향유가 이제 엄연한 현실이며, 이는 거스를 수 없는 대세였다는 징표로도 이해될 수 있겠다. 16세기 소설사는 이를 기점으로 점점 대중에게 접근하는 장르로 이해되었고, 이런 경향은 17세기 활발한 소설 창작과 향유에 중요한 계기로 작용하기도 하였다. 그러면서도 소설은 언제나 비판의 시선에서 자유롭지 못한, 전통 사회의 뒤틀린 자화상으로 자리매겨지고 있었다.

『기재기이(企齋記異)』의 성격과 위상

신상필

1. 『기재기이』 독법의 전제

『기재기이(企齋記異)』는 16세기 전반 기재(企齋) 신광한(申光漢, 1484~1555)이 창작한 전기소설집(傳奇小說集)이다. 이 간단한 언급에는 소설사의 관점에서 쉽게 지나칠 수 없는 몇 가지 문제가 내포되어 있다.

우선 16세기 전반이라는 창작 시기가 주목된다. 이는, "嘉靖紀元之三十二年(1553년-필자 주)孟秋望後三日"로 명시된 신호(申濩) 발문(跋文)의 저작 시기와 「최생우진기(崔生遇眞記)」의 공간적 배경인 두타산(頭陀山)을 저자의 1523년 삼척부사 재직 경험에서 비롯된 것으로 보아, 기재가 여주(驪州) 원형리(元亨里)에 은거했던 1524년에서 1538년의 15년간을 유력한 창작 시기로 잡아 본 것이다. 이때는 『금오신화』라는 전기소설 정점의 작품이 산출된 이후 전기 장르의 괄목상대할 만한 성과들이 쏟아져 나온 17세기까지 150여 년 소설사 공백기의 중간에 해당된다.

두 번째는 『기재기이』의 작자가 분명하다는 점이다. 작자미상의 작품에 비해 『기재기이』는 신광한의 생애와 성향을 고려한 이해가 가능하기 때문이다.

마지막으로 『기재기이』는 양식상 이전 시기 '전기소설'을 계승한 작품이라는 점이다. 16세기 중반에는 『기재기이』 외에도 심성가전(心性假傳)으로 분류되는 「천군전(天君傳)」류와 몽유록(夢遊錄) 계열 작품은 물론 국문 작품들이 일정 정도 세를 형성하고 있었다.[1] 다시 말해 '전기(傳奇)' 양식으로 출발한 우리나라 소설사에 양식을 달리하는 소설'군(群)'이 바로 지금 16세기에 등장한다는 것이다. 이는 소설을 비롯한 서사 양식이 이전과는 다른 환경에 당면하였고, 그에 따른 작자의식의 변화 가능성을 말해준다. 실제 17세기 전기소설이 구각을 상당히 벗어버린 점과 관련하여, 필자는 전기 양식인 『기재기이』가 16세기 서사 환경에서 자신의 성격을 어떻게 마련하고 있는가에 자못 관심이 끌리는 것이다.

『기재기이』에 대한 연구는 이상 세 가지 문제에서 벗어나지 않을 듯싶다. 처음 문제의 경우, 연구자들은 작품을 발굴·소개하고 각 편의 내용 분석과 의미를 추출하고 『금오신화』와의 비교를 통해 『기재기이』만의 특성을 드러내고자 노력하였다.[2] 이들 성과는 『기재기이』의 존재 확

---

1) 이에 관한 논의는 제1부 정출헌, 「표기문자 전환에 따른 16~17세기 소설 미학의 변이 양상」 참조. 이 연구는 한문과 국문이라는 표기문자의 전환에 주목하여 16세기 고전소설 변화에 주목하고 있다. 이는 『기재기이』의 '흥미 추구' 면모가 신광한 개인의 개별 작품에서 산출된 것이 아닌 당대 서사 환경 변화의 일단을 반영한 것임을 밝히려는 본고의 논의와 괘를 같이 한다.

2) 소재영은 「신광한의 기재기이」(『숭실어문』 3, 숭실대 숭실어문연구회, 1986)와 『기재기이 연구』(고려대 민족문화연구소, 1990)에서 『기재기이』의 전모를 소개하고 작자를 확정함과 동시에 각 편의 의미를 살폈으며, 유기옥은 『申光漢의 『企齋記異』 硏究』(한국문화사, 1999)에서 작품의 형성 배경과 구조를 분석해 소설사적 의의를 부여하였다. 비교 연구의 경우 김종철, 「서사문학사에서 본 초기 소설의 성립문제-전기소설과 관련하여」(『古小說硏究論叢』, 茶谷李樹鳳先生回甲記念論叢, 경인문화사, 1988); 김근태, 「초기 서사유형의 모색과정과 기재기이」(『열상고전연구』 6집, 열상고전연구회,

인과 그 자리를 잡아주어 보다 깊이 있는 연구의 발판을 마련해 주었다는 점에서 의의가 있다. 반면 유사한 위상을 갖는 15~16세기 한·중·일 작품과의 비교 연구는 『기재기이』의 독자성을 밝혀내려는 노력에도 불구하고 대상 작품들이 이미 구축해 놓은 강력한 자기장에서 벗어나지 못한 경우가 많아 아쉬움으로 남는다.

둘째 문제와 관련해서는 신광한의 생애를 작품에 투영시킴으로써 각 편의 의미를 재해석한 연구가 있었다. 이 경우 작자가 기묘사화(己卯士禍)의 피해자라는 점에 매몰되어 작자와 작품을 과대포장한 감이 없지 않았다. 이는 16세기라는 전기소설사의 공백기에 등장한 『기재기이』에 부하된 지나친 기대감과 사화라는 정치적 상황을 작품에 과도하게 연관시킨 데서 비롯된 결과였다. 이렇게 볼 때 신해진과 윤채근의 연구는 작자에 대한 시각을 일정정도 조정하고 있어 주목된다.[3]

마지막 문제는 『금오신화』에서 17세기로의 이행 과정에 있는 16세기를 정당하게 규명해 내기 위해 가장 비중 있게 다루어졌어야 했음에도 성과는 그리 많지 않다.[4] 전후 소설사의 중간다리 역할을 했을 『기재기

1993); 박태상, 「何生奇遇傳의 미적가치와 성격」(『동방학지』 89·90합집, 연세대 국학연구원, 1995); 소인호, 「羅末−鮮初의 傳奇文學 硏究」(고려대 박사논문, 1996) 등이 참고 된다.

3) 대개 『기재기이』 전체를 다룬 학위논문에서 이러한 방법이 시도되었으나 주로 창작 배경에 치우쳐 있다. 재해석이라는 점에서 신해진의 「「安憑夢遊錄」의 主題意識 考察−작가의 의식성향 및 정치적 입장과 관련하여」(『한국한문학연구』 20집, 1997)는 16세기라는 사화기에 신숙주를 조부로 둔 훈구파의 후손이면서 己卯士禍의 피해자라는 점에 착안해 설명하고 있음이 주목된다. 여기서 나아가 윤채근은 「16세기 전기소설에 나타난 주체의 성격」(『소설적 주체, 그 탄생과 전변−韓國傳奇小說史』, 월인, 1999)에서 사회문화적 환경에 기반한 작자를 '소설적 주체'라는 개념으로 분석하여, 신광한이 정치적 우의에 적합한 인물이었지만 16세기 정신사의 변화된 위상에 걸맞는 작품으로 만들어 내지 못한 것으로 파악하여 시사해주는 바가 크다.

4) 이와 관련해서는 최재우의 「하생기우전(何生奇遇傳)의 '결핍−충족' 구조와 그 의미」(『민족문학사연구』 15호, 1999), 「『기재기이(企齋記異)』의 조화지향 인물관계의 형상−「최생우진기(崔生遇眞記)」와 「하생기우전(何生奇遇傳)을 중심으로」(『동방고전문학연구』 2, 동방고전문학회, 2000)와 윤채근의 「16·17세기 문화환경과 전기소설」(『황혼과 여명−16세기 문학사의 맥락』, 월인, 2002)이 참고된다.

이』를 그 시대의 역량과 분위기의 산물로 이해하기 어려웠던 때문이다. 최재우는 「최생우진기」와 「하생기우전」에 대해 "16세기의 변모된 상상력의 토양"에서 생성되었다는 적극적 의미를 부여하고, 이를 "'결핍—충족' 구조"와 "인물들의 조화지향 관계"로 분석하여 16세기 소설 환경을 재음미함으로써 한층 진전된 논의를 내놓았다. 근래 이와 관련해,『기재기이』를 대상으로 삼은 것은 아니지만, 16세기 소설사의 구도를 살피려는 연구들이 있어 앞으로 16세기에 대한 인식의 전환을 기대해 볼 수 있게 되었다.[5]

선행 연구들은 각각의 문제들을 특화, 혹은 세분해낸 의의가 있으나, 반대로 16세기 소설 환경을 고려한 보다 확장된 시각의 연구는 근래에서야 출발점에 선 느낌이다. 이제는 언급된 문제들을 정합(整合)시킬 수 있는 균형 감각이 요청된다.『기재기이』한 작품을 두고 지금까지 긍정 혹은 부정의 상반된 평가가 있어 왔다는 사실이 이러한 필요성을 말해주는 것일 터이다. 이에 16세기 조선의 상황과 그 사회를 숨쉬며 살았던 작자 신광한의 현실적 조건 등을 고려하여『기재기이』의 성격과 위상을 재조정해야 할 것이다. 특히『기재기이』가 전기라는 양식인 점에 주의하여 그 시기 소설사의 추이를 주시하는 것도 잊지 말아야 하겠다.

『기재기이』는 전기소설의 영역에 위치하고 있으며, 당연히 그 장르의 성향에 기대거나 힘입고 있다. 그런데『기재기이』가 16세기에 창작된 '유일한 전기소설집'이라는 것에 강박되어,『금오신화』와 17세기 전기소설이 이루어낸 고도한 작자정신과 작품성의 사이에서, 작자 신광한과

---

5) 임형택, 「자료읽기—『花影集』을 통해 본 16, 7세기 韓中小說史 : '勸善懲惡'의 서사구조」(한국고전문학회 제227차 정례학술발표회 논문집, 2003년 8월), 그리고 정환국의 「『薛公瓚傳』 파동과 16세기 소설사의 추이」, 조현설의 「형식과 이데올로기의 불화—16세기 몽유록의 생성에 관한 시론」, 장경남의 「16세기 중반 소설사의 한 경향—『天君傳』의 경우」, 조상우의 「『崔孤雲傳』의 형성배경과 '반중화적 의식'의 의미」(네 논문은 제11회 민족문학사학회 정기학술대회 "16세기 소설사의 재인식"(2003년 12월)에서 발표된 것임) 참조. 본고 역시 이러한 관점에서『기재기이』를 중심으로 16세기 소설사의 일단을 점검해 보려는 것이다.

작품에 과도한 책임을 지우거나 평가절하 하는 방향으로 진행된 연구가 적지 않다. 평가절하도 문제겠으나 전후 시기의 성과에 미흡한 부분을 기묘사화의 피해자라는 작자의 경력에 기대 위상을 높게 잡는 것도 마찬가지로 문제된다.

그렇다면 이러한 간극을 어떻게 처리해야 할 것인가? 그저 작자의식의 미숙함에서 빚어진 작품성의 결함으로 치부할 것인가? 결론부터 말해본다면 『기재기이』에는 전대의 전기소설이 견지했던 세계에 대한 진지한 자세를 보여주면서도 '소설적 기교', 즉 소설의 기본 성향이라 할 '흥미' 혹은 '재미'에 대한 추구가 작품을 이끌어 가는 원동력이 되고 있다. 다시 말해 『기재기이』는 전기소설의 장르성격에 기반하고 있으면서, 흥미 자체를 추구하는 성향이 더해진, 그 양자 간의 미묘한 공존이 탄생시킨 결과라는 것이다.

17세기 전기소설은 비극미를 바탕으로 심각한 주제의식을 유지하면서 편폭의 확대·현실성의 증가·인물의 다양화와 같은 성과를 이루었다. 그러나 우리는 이것을 16세기 전란이라는 사회변동에 의해 가능했던 것으로만 볼 수는 없다. 소설이 현실생활을 배경으로 다양한 인물들의 이야기를 확장시킬 수 있었던 까닭은 '흥미'라는 요소가 능동적으로 발휘되었던 때문으로 생각한다. 이는 미약하나마 16세기의 시공간 자체가 숙성시키고 있었는데, 『기재기이』에서 바로 그 일단을 확인할 수 있을 것이다.

본고는 이에 초점을 맞춰 각 편의 특징을 재점검하고, 이를 바탕으로 『기재기이』의 위상을 가늠해 보려 한다. 자칫 위에서 말한 극단적 평가들을 적당히 얼버무린 것처럼 보일지도 모른다. 하지만 이런 중간자적 성격은 16세기라는 환경이 조건을 마련한 『기재기이』의 한 성향이기도 하다. 다만 작품의 미흡한 부분을 일종의 성과로써 미봉하려는 것은 아니다. 오히려 미진하거나 미숙한 모습이 왜 그렇게 될 수밖에 없었는가를 적극적으로 밝혀주는 것이 16세기 소설사의 실상에 접근하는 방법

이자, 『기재기이』의 성격과 위상을 잡아주는 길이 될 것으로 믿기 때문
이다.

2. 전기소설의 전통에서 본 『기재기이』의 주제화 양상

　이제야 우리나라 소설사는 『금오신화』에서 한참을 거슬러 그 시작을
나말여초(羅末麗初)로 지목하는데 주저하지 않을 수 있게 된 듯싶다. 이
는 이론의 뒷받침이 있어서이지만, 그보다 「최치원(崔致遠)」·「김현감호
(金現感虎)」·「조신(調信)」과 같은 작품의 존재가 현실적 근거를 마련해준
덕분이다. 이로써 이들 작품에서 『금오신화』에 이르는 초기 소설의 전
개는 양식상 '전기'로 인정되었고, 우리 소설사를 대략 전기소설사라 해
도 과언은 아닐 것이다. 특히 그 전통은 '애정전기(愛情傳奇)'에 편중되었
으며, 이와 관련된 많은 연구가 이루어 졌다.
　이 점에서 학계에 소개된 『기재기이』는 그 자체로 의의를 지니지만,
그 양식과 형식에 있어 「안빙몽유록(安憑夢遊錄)」과 「서재야회록(書齋夜會
錄)」은 의인체(擬人體)의 활용과 몽유록 양식의 작품으로 주목받았으며,6)
「최생」과 「하생」은 『금오신화』와 관련해 전기적 속성에 관심이 두어졌
다. 무엇보다 서사 방식과 장르적 성격에 주목한 것이다. 의인과 몽유의
서사 방식은 현실 상황이나 자신의 이야기를 실체에서 한 걸음 물러나
표현함으로써 '우의'를 구사할 수 있었고, 전기 양식을 통해서는 사회에

---

　6) 송병렬은 「『企齋記異』의 擬人體的 性格」(『한국한문학연구』 20집, 1997)에서 의인
　　화의 방식에 보다 주목하여 이들을 '擬人體 散文'으로 명명하고, 고려시대 假傳에서
　　이 시기에 이르는 의인 형식의 변화 양상과 의의를 규명하고 있어 참고가 된다. 이
　　후 「안빙몽유록」·「서재야회록」·「崔生遇眞記」·「何生奇遇傳」은 각각 「안빙」·「서
　　재」·「최생」·「하생」으로 약칭한다.

대한 진지하고 심각한 작자의식을 표출할 수 있었기 때문이다. 적어도 이점에서, 「안빙」과 「서재」는 이전 시기 소설사가 추구해 온 방식과는 달라 보이지만, 전기소설이 보여주었던 사회에 대한 관심을 드러내고 있다. 「안빙」과 「서재」가 작자 자신의 문제라면, 「최생」과 「하생」은 사회에 대한 현실 인식으로 관심이 확대되는 주제 구현 양상을 보여준다.

우선 「안빙」을 살펴보자. 무엇보다 작품에 설정된 여성과 남성 집단의 대결 국면이 흥미롭다. 여성 집단은 모란의 의인화인 화왕(花王)과 그 측근으로 형상화되어 있고, 남성 집단은 야인(野人)의 성격을 지닌 '객(客)'으로서, 양자의 대립 구도가 분명하게 드러나기 때문이다. 이러한 형식은 「화왕계(花王戒)」에서 이미 문학적 향수(享受)가 이루어 졌다. 그 성격도 설총(薛聰)이 왕에게 간언하기 위한 것이었음을 고려할 때, 「안빙」이 이를 이어받아 그 구도를 확대·부연하고 있는데서 작품의 성격은 자명해 보인다. 그런데 이상하게도 「안빙」은 작품이 끝난 시점에서도 무언가 채워지지 않는 허전함이 남고 만다. 무엇 때문인가? 갈등의 양상이 구체적이지 않거나, 몽유자인 안빙의 태도가 분명치 않기 때문인가? 작자의 우의가 너무나 교묘해서인가? 그 대결의 양상을 되밟아 보기로 하자.

작품의 갈등은 안빙의 방문에 맞춰 초대되거나 스스로 찾아온 손님들이 함께 한 연회에서 불거진다. 여왕은 연회가 시작될 때 금루기(金縷妓)와 우의기(羽衣妓)가 부른 절양류(折楊柳)와 접련화(蝶戀花)를 두고 "속악(俗樂)은 사람의 귀만 어지럽힐 뿐이니, 저희 집안의 옛 악보를 선보일까 합니다"[7]라며 〈남훈곡(南薰曲)〉을 연주케 한다. 이에 좌중의 손님들은 모두 찬탄을 마지않아 여기까지는 서로가 조화로운 모습을 보여주는 듯하다. 그러나 다음 장면에서 저마다 시(詩)를 읊으면서부터 여성과 남성으

---

7) "俗樂只亂人耳, 欲閱吾家舊譜."(소재영, 앞의 책, 14면) 본고의 작품 인용과 면수는 고려대 만송문고본을 영인한 이 책을 따르며, 이후 면수만을 기록한다. 작품 번역은 박헌순의 번역(범우문고 99 『奇齋記異』, 범우사, 1990)을 참고로 가감하였다.

로 대별되는 두 집단 간의 간극이 드러난다.

여왕은 먼저 매화인 옥비(玉妃)에게 시를 청하는데,8) 그 시에는 정인(情人)을 그리는 아련한 애상의 정조가 담겨 있다. 시적 표현으로 간취될 뿐 아니라, 옥비 자신의 탄식에서도 이러한 정조가 확인된다. 이에 마음이 느껴워진 여왕도 봄의 의인화인 동황(東皇)에 대한 자신의 심경을 애절하게 토로한다. 안빙에게 화답을 청하면서 읊조린 여왕의 시9) 역시 옥비의 정조와 별반 다르지 않다. 앞서 여왕이 두 기녀의 노래를 '속악'으로 규정하며 들을 만한 것이 못된다고 선언했음에도, 이들의 시는 떠나는 님에게 보내는 버들가지[折楊柳]와 꽃을 그리워하는 나비[蝶戀花]의 의상으로 회귀하여 〈남훈곡〉은 무색해져 버렸다. 자체 모순을 스스로 드러낸 셈이다. 이에 대해 조래선생(徂徠先生)·수양처사(首陽處士)·동리은일(東籬隱逸)이 자신들의 절개를 읊은 시로 맞서면서 상황은 악화되고, 이부인과 반희의 시에 여왕이 상을 내리자 조래선생이 자리를 떠남으로써 연회는 파국을 맞는다.

이러한 「안빙」의 갈등 양상은 16세기 정치사와 관련해서 훈구와 사림의 알력을 우의한 것으로 인정할 수도 있다. 다만 그 대립을 형상화하면서도 어느 일방에 지지를 나타내지 않아 우의의 대상과 목적이 선명치 않다. 특히 안빙은 꽃의 세계를 찾아가 참석한 연회에서 전혀 개성적인 목소리를 드러내지 않아 작품의 주제를 파악하는 데 더욱 어려움을 주고 있다. 유일하게 목소리를 내고 있는 안빙의 시도 별세계(別世界)를 방문한 데 대한 감상만을 드러낼 뿐이다.

여기서 좀 더 주목해야 할 대목이 있다. 여왕이 자신의 시에 안빙의 화답을 요청한 다음의 상황이다. 안빙은 자신의 뒤를 이을 사람으로 연

---

8) 「안빙몽유록」. "慇懃千里江南信, 應到孤山處士家. 一入玉欄春寂寂, 自憐疎影爲誰斜."(15면)

9) 위의 글. "珎重東皇解誤人, 別離如昨怨芳辰. 粧樓暮雨臙脂落, 步幛餘香錦繡新. 天上佳期唯七夕, 樽前良會未經旬. 夜看牛女寬愁思, 奏罷南風只阜民."(17~18면)

꽃을 상징한 부용성주(芙蓉城主) 주씨(周氏)를 지목한다. 그러자 주씨는 세 사람이 지은 것과는 다르다면서 〈창랑곡(滄浪曲)〉을 부른다.10) 자작시가 아니라며 여왕이 다시 짓기를 청하자 주씨가 새로 읊는데, 그 곡조의 차분하면서도 단아한 정조며 속뜻이 〈창랑곡〉과 별반 다르지 않다.11) 아니나 다를까 곡이 끝나자마자 주씨의 청도 없이 조래 선생, 수양처사, 동리은일도 자신들의 절개를 자부하는 시를 짓는다.12)

안빙의 목소리가 주목할 만한 개성을 가진 것은 아니지만, 안빙이 다음 차례를 주씨에게 넘기면서 작품 전체의 흐름이 전환되고 있다. 여러 야인들도 바로 연회 분위기의 전환을 감지했던 것이다. 이 분위기의 전환은 곧 여왕과 야인들 간의 갈등을 더욱 구체적으로 심화시키고 있어, 이를 안빙의 역할로 볼 수 있겠다. 안빙을 작자의 분신으로 설정한다면 16세기 정치사에서 사림의 등장에 일정한 역할을 했다는 자의식의 표출로 이해할 수도 있겠다. 하지만 이러한 결론이 작자의 성향에 부합한다고 여겨지지는 않는다.

지금 작자로서의 안빙은 어느 쪽으로도 치우치지 않는 전환의 와중에 있음이 실상에 가까워 보인다. 더군다나 안빙은 꿈에 보았던 인물들을 자신의 후원이라는 '현실공간'에서 재확인하고, 간밤의 일이 한갓 일장춘몽만은 아님을 깨닫는 순간 다시는 후원을 돌아보지 않기로 마음먹는다. 그렇다면 작품의 결말은 자신만의 소요 공간에서마저 현실정치를 떠올릴 수밖에 없는 어떤 괴로움의 행동이 아닐까? 일견 사회 현실에 대한 우의로 보이는 「안빙」의 핵심은, 안빙의 작품 내적 처지와 결말의 행동으로 보아, 작자 자신의 문제로 생각된다. 현실을 벗어나거나, 만족할

---

10) 위의 글. "周氏低頭良久曰 : '異乎三子者之撰.' 遂歌滄浪曲, 歌曰 : '滄浪之水淸兮, 可以濯吾纓; 滄浪之水濁兮, 可以濯吾足.'"(18~19면)

11) 위의 글. "叨主芙蓉歲幾周, 等閒花裏棹蓮舟."(19면)

12) 위의 글. "周氏未有所屬, 徂徠先生左執盃右擊盤, 泠然細吟, 淸楚可聽. 其詞云 (…중략…) 是後, 各以次有作, 首陽之辭曰 (…중략…) 東籬之詞云 (…중략…) 兩篇句句皆警."(20~21면)

수 없는 자신을 발견한 이때 사대부 문인 지식인에게 남은 것이 독서 말고 무엇이겠는가.13) 문인의 안식처인 서재로 향하게 되는 것이다.

「서재」의 주인공은 달산촌(達山村)에 별서(別墅)를 짓고 친척·교우와의 왕래는 물론, 이웃도 몇 년이나 그의 얼굴을 모를 정도로 오직 서사(書史)에만 빠져 있는 인물이다. 이러한 심정을 헤아리기라도 하듯 중추의 보름을 앞둔 어느 밤 잠시 자리를 비운 서재에선 물괴(物怪)들의 시회(詩會)가 벌어진다. 물괴란 다름 아닌 지필연묵(紙筆硯墨)이다.

이들은 "누가 무(無)로 몸을 삼고 생(生)을 임시로 가탁한 것으로 보며, 사(死)를 본래의 모습으로 여길 수 있을까? 누가 동정흑백(動靜黑白)이 같은 이치라는 것을 알까? 그런 자가 있다면 내 그와 친구가 되리라"14)고 말문을 연다. 그리곤 자신들끼리 희학(戲謔)을 벌이는데, 주인공이 서두에서 함께 할 이가 없다고 읊은 시의 내용과는 달리 자신들이야말로 오랜 세월 그의 벗이었음을 자처한다. 그렇다면 이 외로운 주인공은 과연 누구인가?

「서재」는 기재가 15년 간 은거하면서 침잠했을 학문이나 문한(文翰) 생활을 의인하였다거나, 문방사우 각각의 목소리가 작자의 내면을 웅변하는 것으로 논의되곤 하였다. 주인공이 문방사우에게 자신을 소개하면서 "저는 고양씨의 후손으로 집안은 선한 일을 베풀어 경사가 많아 대대로 높은 벼슬을 세습하였다"거나, "행실은 허물을 숨기지 못하여 아홉 번이나 죽을 고비를 넘기고 깊은 함정에서 겨우 빠져나왔는데, 친구들은 나를 버렸고 집안사람마저도 자신을 비난하였다"15)고 한 대목들이 작자의 생애와 부합하기 때문이다. 게다가 다른 작품에서는 주인공의 성씨라도 밝히고 있지만 「서재」는 "성명은 생략하여 쓰지 않는다(略

---

13) 위의 글. "生自此下, 惟讀書, 不復窺園云."(26면)
14) 위의 글. "孰能以無爲身, 以生爲假, 以死爲眞, 孰知動靜黑白之一理者. 吾與之友矣."(30면)
15) 각각의 원문을 이러하다. 위의 글. "某乃高陽氏之後也, 家積善慶, 世襲貂蟬."(36면) "行不掩過, 濱於九死, 出於重坎, 賓朋相棄, 室人交謫."(37면)

姓名不書]"고 하여, 성명을 드러내지 않은 것이 오히려 독자들에게 작자를 의식케 만드는 효과를 가져왔다.

주인공은 다시 "이제 몸은 늙고 지혜도 나지 않아 세상을 등지고 적막한 산에서 혼자 초당을 하나 지어놓고 삽니다. 정신은 안씨(安氏)와 사귀지만 꿈에 더 이상 주공(周公)을 뵐 수가 없습니다. 혹 인의(仁義)를 연구하기도 하고, 혹 부질없는 글장난으로 지냅니다"[16]라고 고백한다. 작품의 인물이 반드시 작자를 대변하지 않을 수도 있으나, 적어도 「서재」에는 기재를 연상시키기에 충분한 인상들이 주인공과 겹쳐지면서 어느 작품보다 작자의 생활 정감을 진하게 투영시키고 있다. 작품에선 비록 주인공의 버림을 받은 것으로 그려졌으나, 문방사우를 단순히 필기도구로 그려낸 것은 아니다. 후술하겠지만 이렇게 볼 때 작품은 낡아버린 사우(四友)의 제문을 지어주는 희작(戲作)의 성향이 다분하다. 다만 서사(書史)에 침잠할 수밖에 없었던 주인공의 모습이 작자와 겹쳐지는 순간 작품의 희작적 성격은 가볍게만 느껴지지 않는다. 더구나 「안빙」의 주인공이 현실의 상황을 후원에서 목도한 후 선택한 독서라는 행위의 의미가 지금 「서재」에로 연장되어 읽힐 수 있기 때문이다.

「최생」은 작품의 구도와 전개가 상당히 독특하다는 점에서 주목된다. 그래서 재미의 측면으로 읽히는 내용이 작품의 곳곳에 녹아 있다. 이는 뒤에서 자세히 언급하기로 하며, 여기서는 주제가 드러난 부분에 집중해 살펴보기로 한다. 상당히 긴 도입부 이후 전개되는 용추동(龍湫洞) 용궁의 연회 과정을 보자. 용왕은 유자(儒者)인 최생에게 시를 청한다. 이에 최생이 「용궁회진시삼십운(龍宮會眞詩三十韻)」을 읊자, 용왕은 "九年水唐堯, 七載旱商湯. 無非恭帝命, ――爲黔蒼"의 대목을 지적하며 최생을 '달리자(達理者)'로 칭찬한다. 세상 유자로서 홍수나 가뭄을 하늘의 운수로 돌려 임금에게 아첨하는 이들이 많은데, 최생은 구 년 홍수와

---

16) 위의 글. "今者, 枯形墜智, 遯世離羣, 山阿寂廖, 草堂孤絶, 神交顔氏, 夢斷周公, 或
沈潛仁義, 或譴浪辭章."(37면)

칠 년 가뭄을 잘 다스린 요(堯)와 탕(湯)이 인사(人事)를 다하였기에 성군
(聖君)으로 칭송받음을 명확히 지적하였다는 것이다. 용왕은 군주들이
이러한 사정을 살피지 못한 채 하늘의 뜻을 져버리고 있음을 슬퍼한다.
이는 다시 백성들의 삶을 가련하게 여기는 마음으로 확장되고 있어 유
자들에게 현실에의 직시와 각성에 기초한 인사의 중요성을 재확인시키
고 있다.[17] 이 지점에서 최생은 사리가 분명하여 세교(世敎)를 담당할
만한 인재로 대우받는다. 더구나 신선이 된 최치원(崔致遠)으로 설정된
동선(洞仙)이 최생을 자신의 후손이자 자질이 뛰어난 사람으로 인정하고
있는 것이다.[18] 우리나라 문학의 비조(鼻祖)로 추앙 받는 최치원의 후손
이니 문인으로 이만한 영광이 없다.

이런 최생이 현실로 돌아가 자신의 능력을 펼치려 하지 않는다는 데
작품의 문제성이 있다. 연회를 마치면서 돌아가겠느냐는 왕의 질문에
'기우(奇遇)'를 이루었으니 용궁의 미천한 일을 맡더라도 현실로 돌아가
진 않겠다고 대답한다.[19] 신선계를 동경하는 인간의 보편적 심성으로도
보이지만, 유자가 현실을 외면하고 있음은 문제가 아닐 수 없다. 동선마
저 최생의 대답을 긍정적으로 받아주는데, 실은 그의 진심이 아니다. 그
자신이 신선이면서도 "배울 수 있는 요순은 공부하지 않고, 되지 못할
신선이 되고자 한다"거나, "누가 신선을 배워 속세를 벗어나는 것이 즐
겁다 하겠습니까"라고 말하기 때문이다.[20] 최치원의 생애를 반추해 보
거나, 전기 작품인 「최치원」을 떠올려 보아도 그 연유를 알 수 있을 것이
다. 하지만 이는 미루어 짐작해 본 것일 뿐 작품은 이 문제를 해결하

---

17) 위의 글. "王再吟'九年水 · 七載旱'之句, 謂洞仙曰 : '崔生可謂達理者非耶? 世儒有
詔其君者多, 以水旱委諸天數, 如以水旱爲天數而不修人事, 則何貴乎堯湯? 堯湯能
禦水旱, 則何患乎天數.' (…중략…) 時君不察, 乃絶于天, 可不謂大哀歟? 自世敎衰 ·
道德微, 圖書之秘久矣. 二五之應, 惡得若乎, 則民之生憫矣."(67~69면)
18) 위의 글. "崔生是我子孫行, 而又有可做之資."(72면)
19) 위의 글. "生曰 : '蜉蝣杳質, 塵土愚性, 三生結願, 一成奇遇, 雖執鞭守履, 亦所不辭,
不願歸也.'"(74면)
20) 위의 글. "不學可爲之堯舜, 欲求難得之神仙."(76면); "孰謂學仙度世樂歟."(69면)

기 위한 일말의 암시도 주지 않는다. 이에 대한 대답은 오히려 「하생」에서 구체적으로 나타난다.

「하생」은 『금오신화』의 「만복사저포기(萬福寺樗蒲記)」를 연상케 하지만 그 주인공의 면모와 결말의 내용에서 상당한 차이를 보인다. 우선 남녀 주인공이 만나게 되는 과정을 보자. 하생은 복사(卜師)의 말에 따라 도성을 나섰다가 해 저문 산 속 외딴집에서 한 여인을 만난다. 그녀 역시 복사의 말에 따라 그 곳에 이르렀다고 함으로써 결코 평범하지 않은 만남을 설정하였다.21) 사실 하생은 빼어난 재주를 인정받아 태학생에 천거되었지만 조정의 문란함으로 너덧 해를 허송세월하다 답답함을 풀어 보고자 복사를 찾았던 것이다.22) 여인은 당시 국정을 담당한 모시중(某侍中)의 딸로, 요로(要路)에 있던 아버지의 탐학함을 미워한 천제의 벌로 다섯 오라비에 뒤이어 사흘 전에 죽은 혼령이다. 결국 두 사람은 빼어난 재주를 인정받지 못하거나, 아버지를 대신해 비명을 맞이함으로써 자신들의 뜻과 생을 펼쳐보지도 못하고 현실에서 버림받은 인물들이다.

이처럼 불평한 심정을 지닌 남녀가 무덤이라는 유명(幽冥)의 공간에서 만났으니 현실에 대한 고발이 심각하게 표출된 셈이다. 통상 맺어지기 힘든 남녀의 결연 구조는 일찍이 「최치원」·「김현감호」 등을 비롯한 초기 작품에서 시작해 「만복사저포기」와 「이생규장전(李生窺墻傳)」으로 이어진다. 이와 같은 전기소설의 구도는 불합리한 현실에 대한 알레고리로 읽히며 지금 「하생」 또한 그러하다. 앞서 「최생」에서 제시하지 않았던 현실 거부의 이유가 애정전기의 전통을 잇는 「하생」의 남녀 결연에서 드러난 셈이다.

지금 작자 자신의 상황이나 현실 사회에 대한 인식을 표명한 대목

---

21) 위의 글. "吾聞駱駝橋傍有卜師, 言人壽夭禍福, 期以日月, 吾將就卜, 以決狐疑."(78
~79면) "弱質亦信卜師之說, 度厄而來, 斯非偶然, 室雖陋, 請好一宿."(84면)

22) 위의 글. "風儀瑩秀, 才思穎拔, 鄕曲多稱其賢者, 州宰聞其名, 選補大學生. (…중략…) 生以爲龍頭可捷, 靑雲可步, 驚然有高世之志. 時朝政旣亂, 選擧亦不以公, 荏苒四五載, 抱屈黌舍, 常悒怏不樂."(77~78면)

에 밀착해 각 작품의 주제를 살펴보았다. 이미 선행 연구에서 논의된 점도 있지만, 작품들의 의도와 그것으로 구성된 『기재기이』 전체의 의미망을 설정해본 것이다. 이로써 「안빙」과 「서재」는 개인의 문제에, 「최생」과 「하생」은 사회의 문제에 각각 무게 중심을 두어 『기재기이』로 총괄되고 있음을 알 수 있다. 물론 개인과 사회의 관계는 엄밀하게 나누어 설명될 수 있는 것이 아니며, 이전 시기 소설에서도 이런 문제는 다루어지고 있다. 특히 이전 시기 전기라는 양식적 전통에서 추구한 명혼 체험을 통한 인귀교환(人鬼交歡)의 남녀 관계는 사회적 문제에 보다 민감하게 반응하였다. 그러나 이 또한 작자 개인의 문제와 완전히 별개일 수 없으며 결국 작자 개인의 문제에서 확대된 의식이 지향한 것이다. 마찬가지로 『기재기이』는, 가전(假傳)과 몽유(夢遊)의 형식에 기대 표현 방식을 달리했을 뿐, 전대 문인들이 비판적 시각과 첨예한 현실 인식으로 형상화한 전기소설의 주제화 양상을 계승하고 있다. 다만 『기재기이』의 달라진 점은 그간 전기 작품들이 보여준 진지함과 비장함이 비극적 결말을 거쳐 증폭되는 과정으로 일관하지 못하였다는 것이다. 『기재기이』가 전기의 전통에 서있으면서도, 그 미의식만은 적극 수용하지 않은 것이 결국 작품성을 약화시키는 요인으로 작용하고 말았다. 작자의식과 관련되는 문제일 텐데, 그 원인은 장을 달리하여 살펴보기로 한다.

3. 작자의식의 지향과 그 소설사적 분기(分岐)

각 편의 주제로 여겨지는 내용에 주목해 『기재기이』를 살펴본 결과, 각 작품의 단편적인 언술에서 보이는 진중한 면모들은 작자의 현실적 처지와 겹쳐지면서 하나의 우의를 구도하고 있는 것으로 생각된다. 그럼에도 불구하고 다시 작품 전체를 돌아보면 작품마다 주제가 선명하게 드러나진 않는다. 작품들은 그처럼 진지하거나 심각한 주제들을 깊이 있게 반추하거나 힘 있게 끌어가지 못한 것이다. 그래서『기재기이』는 작자의 중간자적 정치의식으로 인해 풍자적 반성을 회피하거나 진지한 현실반영을 억제하려 한 산물로 이해되기도 한다.23)

『기재기이』의 이처럼 모호한 양상을 어떻게 이해해야 하는가? 이는 작자에게서 기인하는 면이 다분하며, 한편으론 작품이 산생된 16세기라는 소설사의 환경에 작자 자신도 모르게 견인된 것임을 간과할 수 없다. 먼저 작자의 측면을 살펴보면, 지금까지 대부분의 연구는 기재가 기묘사화에 연관된 까닭에 그를 사림파로 간주하거나 을사사화에서 소윤(小尹)에 가담했음을 고려하여 사림보다는 훈구에 가까운 인물로 평가하거나 혹은 그 중간자의 존재로 파악하기도 하였다. 이런 인물평가에 따라『기재기이』에 대한 분석 결과도 달라졌다.

본고는 이와 관련해 신광한이 관학(官學) 쪽에 자신의 입지를 둔 것으로 주목하고자 한다.24) 신광한은 신숙주(申叔舟)의 손자로서 자신이 관각 문인의 계보에 속해 있음을 자부하고 있었다.25) 이렇게 볼 때『기재

---

23) 윤채근, 앞의 논문.

24) 여기서 훈구가 아닌 관학이라 한 것은 사림이나 훈구라 이름했을 때는 인물에 대한 지향이 정치적인 면에 과도하게 치우치기 때문이다. 정치적 대립과 작자의 처세가 작품에 투영되지 않을 수는 없겠으나, 이는 정치적 갈등에서 산생된 작자의식의 반영으로만 작품을 이해할 소지가 많다. 이 때문에 본고는 작자가 소설이라는 문학 자체의 성향에 보다 경사되어 있다는 점을 중시하여 관학이라는 용어를 사용하였다. 신해진은「「安憑夢遊錄」의 主題意識 考察─작가의 의식성향 및 정치적 입장과 관련하여」에서 사림파의 긍정적인 면을 절충하면서 훈구파로 활동하고 있음을 실록 등의 자료를 통해 밝히고, 작품에는 이러한 입장이 '循環論的 進退의 修養 處世觀'으로 일관되어 있다고 보았다. 이 역시 정치적 입장과 의식 성향에 치우친 결과이다.

25)『企齋集』卷14에 실린 洪暹이 지은 기재의 墓誌銘에 다음과 같은 내용이 있다. "公昔成均廣坐中, 笑謂暹曰: '吾祖父文忠始主文衡, 吾從父兄從濩亦以詩文之妙, 受知成廟, 從父兄用漑復爲大提學. 今吾又典文, 吾將以衣鉢付趙甥.' 甥卽判書公, 其文章亦見重於當時. 故公以此許之, 一坐聞之, 不以公言爲過."(신해진, 위의 논문에서 재

기이』에서 그 전후 시기의 『금오신화』나 『원생몽유록(元生夢遊錄)』 등이
보여준 심중한 작자의식 혹은 현실에 대한 심각한 문제제기를 기대하
는 것은 어려울 듯싶다. 기재를 이해하기 위해서는 한 세대 앞선 관각
문인 성현(成俔, 1439~1504)의 언급이 오히려 도움이 될 듯하다.

> 그대의 말은 너무나 꽉 막혔구료. 이는 몸을 보양하는 자가 五穀만을 알고
> 다른 맛을 모르는 것과 같습니다. 六經은 오곡 가운데서도 精한 것이요, 史記
> 는 맛난 고기와 같고, 諸家의 기록은 과일이나 채소와 같습니다. 맛은 다르더
> 라도 입에 맞지 않는 것이 없으며, 입맛에 맞으면 혈기와 골수에 도움이 될 것
> 입니다.26)

이는 성현이 채수(蔡壽, 1449~1515)의 『촌중비어(村中鄙語)』라는 필기집
의 서문에서 언급한 말이다. 당시 소설은 정통 한문학 범주에서 벗어나
필기와 유사하게 취급되었기에 관각 문인들의 문학에 대한 입장을 살
필 수 있는 자료로 인용해 본 것이다. 그는 육경(六經)을 중시하는 입장
에 대해, 다양한 음식의 맛이 다르더라도 몸을 기르는 데는 저마다 도
움이 되듯 문학 역시 저마다의 쓰임이 있다고 주장한다. 필기는 물론,
소설에 대해 그 문학적 의의와 독자성을 인정하고 있음을 알 수 있다.
그리고 이를 아주 당연한 것으로 말하고 있다. 성현의 뒷시대 인물인
신광한이 그와 동일한 입장은 아닐지라도 관학의 측면에서 이해할 때
그의 문학 성향은 여기서 크게 벗어나지 않으리라 여겨진다. 이제 작품
에 즉해서 그의 관학적 입장이 어떤 방향으로 표출되었는지 살펴보자.

인용-.)
26) 成俔, 『虛白堂文集』卷7, 「村中鄙語序」(『한국문집총간』14, 474면). "[或有問於余
   曰 : '六經之外, 皆虛文也. 經爲治道之律令, 而所當先者也; 至於史家記錄之書, 亦不
   可闕, 然未免浮誇潤飾之弊; 況外於史而怪僻者, 不可錄也.'] 余應之曰 : '若子之言,
   固滯甚矣. 是猶養口腹者, 徒知五穀, 而不知他味也. 夫六經, 如五穀之精者也; 『史記
   』如肉藏之美者也; 諸家所錄, 如菓蓏荣茹. 味雖不同, 而莫不有適於口者也; 莫不有
   適於口, 則莫不有補於榮衛骨髓也.'"

우선 「안빙」과 「서재」의 경우 그 배경은 각각 '후포(後圃)'와 '서재(書齋)'라는 현실 공간이다. 그리고 거기에 심겨진 다양한 기화이초(奇花異草)와 서재에 응당 갖추었을 문방사우(文房四友)가 의인화되어 작중 인물로 등장한다. 꽃의 경우 사대부 문인들이 여가에 취미를 붙여 애완(愛玩)하거나 음영(吟詠)의 대상으로 삼았음은 익히 아는 바다. 문방사우는 문인들의 일상에서 가장 긴요한 물건이며, 그런 중에 각별한 애착도 생겼을 터이다. 꽃의 재배·완상이나 문방사우는 그야말로 문인적 취향과 관계가 깊음을 알 수 있다.

> 正統 己巳年(1449) 仲秋에 나는(강희안—필자 주) 吏部郎으로 있다가 승급되어 副知敦寧을 제수받았다. 돈녕은 한직이라 정사를 다스리는 소임이 아니므로 날마다 조회에 참여만하고 나와서는 어버이를 봉양하며 여가에 다른 일은 모두 제쳐놓고 꽃가꾸기를 일삼았다. 이에 친구들이 간혹 색다른 화초를 얻으면 반드시 나에게 분양하여 주었으므로 나는 화초를 제법 골고루 갖추게 되었다.[27]

이는 강희안(姜希顔, 1417~1464)이 화훼를 가꾸면서 경험한 다양한 식물들의 특성과 재배법을 기록한 『양화소록(養花小錄)』의 서문이다. 꽃 기르는 일은 강희안이 직접 했으며, 그 관심의 정도도 일천하지 않았다. 이를 강희안이라는 특정인의 이례적인 경우로 차치할 것은 아니다. 그의 친구들도 이초(異草)를 얻으면 그에게 가져다준다고 했으니 이는 그들의 취미이자 생활의 일부였음을 말해준다. 게다가 자서의 말미에 "진귀한 고급 화초는 구양수(歐陽修)·유반(劉攽)·왕관(王觀)의 화보(花譜)에 자세하니 내가 구태여 말하지 않는다"[28]라고 하였는데, 이는 『낙양모란

---

27) 姜希顔, 「養花小錄自序」(이병훈 역, 『養花小錄』, 을유문화사, 1973). "正統己巳仲秋, 余以吏部郎, 秩滿陞, 授副知敦寧, 無治事之任. 朝參之後, 定省之餘, 悉屛他事, 日以養花爲事, 親舊如得其異者, 必與之. 故余獲花草備焉."
28) 위의 글, "名品具載歐陽永叔·劉貢父·曁王觀花譜, 余不敢贅云."

기(洛陽牧丹記)』·『작약보(芍藥譜)』·『양주작약보(揚州芍藥譜)』를 말하는 것으로 사대부 문인들의 화훼 취미가 일개인의 특성으로 치부될 것이 아님은 분명하다.

『양화소록』에서 다루고 있는 식물은 노송(老松)·만년송(萬年松)·오반죽(烏斑竹)·국화(菊花)·매화(梅花)·혜란(蕙蘭)·서향화(瑞香花)·연화(蓮花)·석류화(石榴花)·백엽(百葉)·치자화(梔子花)·사계화(四季花)·월계화(月桂花)·산다화(山茶花)·자미화(紫薇花)·일본척촉화(日本躑躅花)·귤수(橘樹)·석창포(石菖蒲) 등인데, 「안빙」에서 의인화된 화훼가 여기에 거의 포함되어 있다. 보다 재미있는 점이 강희안의 동생 강희맹(姜希孟)의 서문에서도 보인다.

(『양화소록』에는) 나라의 일을 다스리고 교화를 협찬할 뜻이 은연히 담겨 있으니, 실로 천지조화의 미묘한 힘과 이치를 마음으로 체득한 사람이 아니면 능히 할 수 없는 일이다. (…중략…) 하늘이 만일 仁齋先生으로 하여금 오래 살게 하여 꽃가꾸는 솜씨로 세상을 다스리게 하였더라면, 그 사랑과 은혜와 이로움이 널리 백성에게 미쳤을 것이다. 어찌 다만 꽃가꾸기의 조그만 일에 가탁하여 신기한 조화의 오묘한 운용을 궁리케 하였으랴?[29]

강희안은 당대 시(詩)·서(書)·화(畵) 삼절로 일컬어 질 정도의 재주를 갖추었지만 국가에 크게 쓰이지는 못했다. 동생의 입장에서 형의 저술에 남달리 큰 의미를 부여해본 듯하다. 이를 「안빙」과 비교해보면 꽃세계의 갈등 양상을 구도해 놓은 「안빙」과는 상반된 듯하지만, 화원을 하나의 소천지로 규정하여 학자의 경륜을 펼쳐보려 한 대체적인 취지는 별반 다르지 않다. 굳이 『대학』의 팔조목(八條目)을 거론치 않더라도 조선조 사대부 문인학자들의 일반적인 성격에 속하는 것이다. 다만 사군

---

29) 위의 글. "隱然有彌綸贊化之意, 非心通至道·妙詣天機者, 不能也. (…중략…) 向使天假之年, 移此手段, 陶甄一世, 則其仁恩利澤及人者廣矣. 豈但假養花之末事, 窮神化之妙用者哉?"(같은 책, 20~21면)

자(四君子)와 같이 특정 식물의 개별적 성격을 취하는 것과 달리, 다양한 화훼에 취미를 붙이는 정신세계는 관학적 입장의 관료들에게 보다 두드러진다는 점을 염두에 두고자 한다.

「서재」역시 소재에서부터 문인 취향이 강하게 간취되는데, 다만 희작적 성향이 상당 부분 반영된 것으로 여겨진다. 문방사우는 서재의 주인이 정원을 거니는 사이에 모습을 드러내 서로의 심회를 토로한다. 붓의 의인인 탈모자(脫帽者)가 말하는 그네들의 모습은 이러하다.

> 우리가 살갗을 문지르며 뼈를 갈아내고 머리를 적시거나 등을 축축히 젖게 하면서 일을 맡아 해온 지 오래다. 그런데 나는 노둔하다는 놀림을 당했고 자네는 경박하고 이 사람은 이가 빠져 못 쓰게 되었으니, 앞으로 주인과 더불어 지낼 날이 얼마나 되겠는가? 이런 자리에서 한 마디 아니하기에는 저 고운 달이 너무나 아깝구려.30)

여기서 그들의 모습이 분명해지는데, 그저 평범한 모습이 아니다. 그들은 이가 빠지거나 다 닳았으며, 뚜껑도 없이 털이 빠지고 너덜너덜해져 제 수명을 다한 처지이다. 게다가 주인에게 타박마저 들었으니 곧 버려질 운명에 처해 그 쓸쓸한 소회를 풀어보고자 모인 것이다. 일견 작자의 처지와 문방사우가 겹쳐져 연상된다. 그러나 문맥을 가만히 살펴보면 한탄과 쓸쓸함의 정조가 그다지 강하지도 않다. 오히려 등장인물로 의인화된 문방사우가 다 낡고 초라한 모습으로 희화되어 웃음을 유발시킨다. 문방사우의 본래 기능을 제대로 수행할 수조차 없이 낡은 모습은 독자에게 예상 밖의 재미를 주는 것이다.

이후 작품 결말에서 문방사우는 자신들의 내력을 들려준 끝에 한결같이 주인공에게 부탁의 말을 남긴다.31) 주인공은 그 진의를 전혀 이해

---

30) 「서재야회록」. "磨肌戛骨濡首霑背, 執役已久. 吾被老鈍之譏, 子有輕薄之誚, 彼則運盡, 此亦玷缺, 其與主人處者 能復幾時? 於此若無一言, 奈如明月何?"(위의 책, 30~31면)

하지 못하지만 아침이 되어 방안에 남은 벼루·먹·붓과 장독 덮개로 쓰게 했던 종이를 찾아보고서야 깨닫고는 종이에 나머지 세 물건을 잘 싸서 묻은 후 제문(祭文)까지 지어준다. 문인의 서재에서 그 수명을 다한 문방사우에게 표하는 작은 성의가 담긴 작품이라 하겠다.

이렇게 볼 때 「안빙」과 「서재」는 소재의 측면에서 사대부 문인들의 취향이 반영된 작품임이 분명하다. 또한 기법적인 면에서 대상 사물을 의인화하고 있는데, 이때 의인화는 각 사물이 지닌 특성을 다양한 인간들의 성격에 빗대어 표현하기 마련이다. 「안빙」과 「서재」에는 이 두 가지 요소가 자연스럽게 혼효된 데다, 역대 한문학 유산의 다양한 전고가 빈틈없이 짜여 있다. 이는 가전(假傳)처럼 꽃과 문방사우의 내력을 소개하는 대목에서 힘을 발휘한다.

요컨대 두 작품에는 향유층인 사대부 문인들이 흥미롭게 읽을 수 있게끔 만드는 매력적인 요소가 내재되어 있다. 그 요소란 그들의 취향에 부합하는 일상적 소재를 문학적 교양에 기초한 전고로 치밀하게 구성함으로써 재미와 흥미를 추구했다는 점이다. 이는 가전이 하나의 사물만을 의인화한 것과 달리 단순한 전고의 활용에 그치지 않고 다양한 사물들을 한자리에 모아 서사화시킨 과정에서 파생된 것이다. '흥미 추구' 이야말로 이전 시기 소설과의 분기점이며, 『기재기이』가 작품들의 주제를 고조시키지 못한 이유의 하나이다.

이러한 '흥미 추구'는 「최생」에 보다 분명하게 드러난다. 「최생」의 주된 내용은 용궁에서의 연회지만, 용궁과는 직접 관련되지 않는 도입부가 작품 전체의 1/3을 차지한다는 점에 주목해 보자. 작품은 주인공 최생이 삼척의 서편에 자리한 두타산(頭陀山)의 학소동(鶴巢洞), 혹은 용

---

31) 위의 글. "但今年老一敗, 萬事瓦裂, 縱有微勞於斯文, 誰復記取? 願托瓦李之交, 明公肯許之乎?"(39면); "雖托知己, 難圖漆身之報, 敢依仁人, 不作老棄之歎, 明公幸垂憐焉."(40~41면); "雖疏淪心志, 澡雪精神, 本非受采之資, 暗蒙輕薄之譏, 終覆醬瓿, 敢望再收, 明公幸察之."(42면); "如今老鈍, 夙志摧盡, 短髮脫帽, 羞見傍人. 願受作家之榮, 不效上楬之詩, 明公可無情乎?"(44면)

추동(龍湫洞)으로 불리는 진경을 무주암(無住菴)에 거처하던 증공(證空)이라는 스님과 찾아가기로 하는 장면으로 시작된다. 산수유람을 좋아한 최생은 어느 날 문득 증공에게 지금껏 못 가본 용추동에 함께 가자고 청하지만, 증공은 위험하다며 최생을 만류한다.

> 제가 이 산에 들어온 지 21년이 지났는데, 일찍이 그 골짝이 신령스럽다는 말을 듣고 眞人이 그곳에 살고 있으리라 여겨, 그를 만나보고 싶은 생각이 간절하였습니다. 그래서 바위 구멍이나 벼랑 틈의 조금이라도 물이 흐르는 곳은 살펴보지 않은 곳이 없었으나, 사면이 깎아지른 듯이 가팔라 올라갈 만한 실낱 같은 길도 하나 없었습니다. 다만 그 골짜기의 북동쪽 벼랑 사이로 약간 틈이 있기에 기어 올라가 보니, 벼랑 끝에 盤石이 하나 있는데, 몇 사람이 앉을 만한 것이었습니다. 발을 올리기만 하면 기우뚱거려서, 비록 아슬아슬한 바위 위에 올라서기를 잘하는 伯昏無人이라도 올라서기 어려운 바위였습니다. 이 바위에 올라서는 사람은 이 골짝을 엿볼 수 있습니다. 제가 佛力을 믿고 바위 위에 한 걸음 내디뎌 그 골짜기 입구를 굽어보니, 아득히 아무 것도 보이지 않고, 푸르디 푸른 龍湫와 멀리 날고 있는 학만 보였습니다. 머리가 아찔하고 간담이 서늘하여 엉금엉금 기어서 물러나왔습니다. 그대가 이 바위를 딛고 올라설 수만 있어도 대단한 것입니다. 그대가 어찌 이 골짜기에 들어가 볼 수야 있겠습니까?[32]

용추동을 유람한다는 것이 얼마나 어려운가를 증공 자신의 체험을 들려주며 곡진하게 전달하고 있다. 용추동의 험난한 외형과 겨우 올라가 볼 수 있는 위태한 반석의 모습을 자세히 표현하여 아찔한 풍광을 상상할 수 있게 한다. 도입에서부터 독자들에게 궁금증과 함께 읽는 재미를

---

32) 「최생우진기」. "貧道入此山已二十一年, 嘗聞洞之靈, 秘意有眞人存焉. 頗懷往從之志, 石竇崖罅, 泉脉滲漏處, 靡不探索, 而四面嶬嶮, 無線路可遵. 但洞之艮方, 兩崖微凹, 攀緣而上, 則崖盡前頭, 有盤石, 可坐數人. 步輒傾搖, 雖能履危石, 如伯昏者, 亦難履此. 能履此石者, 可窺此洞, 貧道嘗恃佛力, 亟出一履, 俯瞰洞口, 茫不見物, 龍湫蒼然, 鶴飛杳然, 頭眩膽悸, 匍匐而退, 子若能履此石者足矣, 子焉能遊此洞乎?"(51~52면)

유도하고 있다. '그곳은 너무나 위험해 갈 수가 없습니다' 정도로 그칠 말을, 독자의 대리 체험을 고려하여 자세히 묘사한 것이다. 최생의 간곡한 청탁에 증공은 결국 함께 용추동을 찾게 되었으니, 앞선 배경 설명은 자연스럽게 이야기 전개에 긴장감과 홍미를 더해줄 것이 분명하다. 그런데 용추동에 이른 최생은 평탄한 길을 밟는 듯 반석에 너무도 쉽게 올라서는데, 이와는 대조적으로 증공은 땅에 얼굴을 묻고 식은땀만 흘리고 있다.

　　최생은 혼자 돌 위에 서서 아무렇지도 않게 손가락으로 가리키며 어느 곳에 鶴巢가 있고, 어느 곳에 龍湫가 있다고 말하였다. 말이 채 끝나기도 전에 갑자기 몸이 번쩍 떠서 아래로 떨어졌다. 증공은 깜짝 놀라 최생을 부르며 울부짖었으나 산울림과 골짜기의 메아리만 들릴 뿐 깎아지른 듯한 푸른 벼랑에 전혀 소리나 그림자도 없었다.[33]

벌벌 떨고만 있는 증공과 달리 의연한 모습으로 사뿐히 험한 곳에 오른 주인공이 비범하다고 생각되는 순간 최생은 독자들의 눈앞에서 사라지고 만다. 작품의 시작에서 주인공이 종적을 감추는 독자들의 허를 찌르는 상황 전개는 긴장을 늦추지 못하게 만든다. 게다가 어쩔 방도가 없어 절로 돌아온 증공이 "속세의 선비가 풍정(風情)을 억제하지 못하고 산 아래 마을 오르내렸는데, 기생집에 이끌려 들어간 것이 분명한 듯합니다"라고 다른 중에게 거짓말을 하는 대목은 긴장감을 더욱 고조시킨다. 독자들은 여기에 이르면 주인공의 실종과 증공의 거짓말이 어떻게 전개될 지에 대한 궁금함을 지닐 것이기 때문이다.[34]

---

33) 위의 글. "生獨立石上, 神氣不變, 指道某處有鶴巢, 某地有龍湫, 語未訖, 欻身飄而墜. 空愕然呼號, 但聞山鳴谷應, 靑壁峭然, 了無聲影."(53면)
34) 용추동에 떨어진 최생이 정신을 차리고 용궁을 찾아가는 행동 하나 하나가 또 다른 홍미를 선사함은 췌언이 필요 없을 것이다. 이와 관련해 최재우(앞의 논문, 2000)는 '조화 지향 인물 관계'를 통해 주변 인물에 대한 적극적인 관심으로 작품을 설명하고 있다. 주변 인물에 대한 배려와 관심을 통해 인물간의 관계가 향상되고 있음은 분명하다.

증공이 최생을 죽였으리라는 의혹이 점점 커지던 몇 개월 후, 죽은 줄로만 알았던 최생은 현학(玄鶴)을 타고 다시 증공의 앞에 나타난다. 그리곤 스님들을 불러 증공에 대한 의심을 풀어주고, 증공에게 사건의 전말을 들려준다. 여기에 이르면 독자도 그의 행적에 대해 증공과 같은 마음이 된다. 바로 이러한 부분에서 우리는 독자의 궁금증을 불러일으키는 작가의 의도를 확인할 수 있다. 이전 시기 작품들이 독자를 고려한 흥미 유발에 직접적 관심을 드러내지 못했다는 점에서, 지금 『기재기이』의 의도는 소설사의 분기를 충분히 확인시켜준다.

앞 장에서 「하생」은 사회 부조리로 인해 불우했거나 비명으로 생을 마감한 남녀를 유명 세계에서 만나게 함으로써 현실 비판의 주제를 다루었다고 했다. 이는 물론 소설 전통에서 살핀 부분이며, 여타 연구에서는 남녀가 결연을 이룸으로써 미숙하지만 행복한 결말을 보여주는 최초의 작품으로 의미를 부여하기도 했다. 다만 고려할 것은 주인공 남녀의 불평한 상태를 전면에 펼쳐 놓다가 행복한 결말을 맺기 위해서는 불행을 해결하는 만족할 만한 방법이 제시되어야 한다는 점이다.

「하생」은 여인의 비명(非命)과 하생의 불우가 공히 국정을 담당한 모 시중(某侍中)의 비리에서 비롯된 것으로 작품의 갈등 요소를 설정하였다. 작품은 여기서 시중이 무고한 사람들의 목숨을 구하도록 함으로써 이 문제의 실마리를 풀어간다. 이를 통해 천제(天帝)가 시중의 처사를 감안하여 여인의 죽음에 유예를 마련하고, 하생을 만나게 함으로써 그녀를 소생시킨 것이다. 이는 바로 '개과천선(改過遷善)의 논리'이다. 또한 하생은 문벌의 차이라는 현실의 한계로 혼사장애를 겪지만, 죽은 여인과의 약속을 묵묵히 이행함으로써 부부의 연을 맺고 상서령(尙書令)에 이르게 된다. 이는 '적선(積善)'이 곧 일개인의 영화로 이어진다는 서사 방식을 이루어 내었다.

그러나 단순한 배려차원이 아닌 '흥미 추구'라는 강력한 지향이 인물간의 관계는 물론 전체 작품의 진행과 구조를 보다 탄탄하게 만든 원동력이었음을 간과해선 안 된다.

지금 주목한 '개과천선'과 '적선'의 논리는 남녀주인공에게서 그치지 않으며 작품 말미에서 재확인된다. 부부는 40여 년을 해로하였고, 두 아들 역시 세상에서 현달한 인물이 되어 인간세상의 부귀영화를 한껏 누리는 것이다. 그래서인지 두 아들의 이름도 '적선'과 '여경(餘慶)'이라 하였다. 작품은 이러한 방식을 통해 행복한 결말을 이끌어 낼 수 있었다. 이는 이후 소설사에서 항용되는 '복선화음(福善禍淫)·권선징악(勸善懲惡)' 구조의 초기적인 모습으로 여겨진다. 그래서 이 작품이 진정한 해피엔딩이라 하기에는 아직 너무나 어설프지만, 그 시작을 보여준다는 점에서는 의미가 적지 않다. 이후 전개될 17세기 규방소설(閨房小說)들이 복선화음과 권선징악의 구도를 견지했던 것은, 부녀자로 대표되는 '독자'를 염두에 두고 소설이 창작되었기 때문이었다. 그렇다면 적어도 「하생」의 경우 미숙하나마 개과천선과 적선의 논리 설정은 소설 환경의 변화를 감지할 수 있는 산물로 인정할 수 있다.

　이로써 『기재기이』에서 살펴지는 작자의식의 지향은 대략 흥미 추구로 가닥이 잡히며, 이를 지금까지의 소설사에서 보이지 않았던 새로운 분기로 주목해 보았다. 흥미 추구라는 큰 방향은 네 편이 모두 같지만 소재적 측면, 혹은 서사 진행과 서사 문법의 측면에서 그 양상은 다소 다르다. 전자에 해당하는 「안빙」·「서재」는 사대부 문인들의 고아한 취향과 부합함으로써, 후자에 해당하는 「최생」·「하생」은 인간 보편의 정서에 호소함으로써 흥미를 유발하였다. 특히 후자는 이후 소설사의 전개에 비추어 볼 때, 그 근원적 작동원리의 규명을 위해 반드시 살펴야 할 대목이다.

4. 『기재기이』의 소설사적 위상

이상에서 『기재기이』에 실린 4편의 작품을 주제 구상과 홍미 추구의 두 측면에서 살펴보았다. 『기재기이』는 전기소설의 전통을 잇고 있지만 한편에선 홍미를 지향하는 양상이 공존하고 있다. 이러한 공존을 어떻게 이해해야 할까? 서로 상반된 내용이 혼재된 것으로 보이는 이 공존의 의미를 살펴 『기재기이』의 소설사적 위상을 조정해야 하겠다.

『기재기이』에 대한 대부분의 연구는 이것이 15세기 『금오신화』에서 「운영전」·「주생전」·「최척전」으로 대표되는 17세기의 급작스런 소설 시대를 연결해 준다고 논의한다. 그러면서도 『기재기이』가 이들 작품의 고도한 작자정신과 작품성에는 미치지 못하고 있음에 당혹스러워 한다. 16세기라는 조선의 소설 공간에 대한 당혹감이기도 하다. 『금오신화』에서 「운영전」·「주생전」·「최척전」으로 이행하는 순차적 과정으로 『기재기이』를 자리매김하면서 맞닥뜨린 이 문제에 대해 많은 논의가 있었다. 그러나 이러한 당혹감은 17세기로의 전환을 모색하면서 '전기'라는 장르가 지닌 현실비판정신과 그에 따른 비장미에 힘입어 편폭의 확대, 현실성의 강화, 다양한 인간관계의 설정 등 외형적 미덕을 발견했으나 '홍미 추구'라는 소설 본연의 내재적 역할을 간과한데 원인이 있다.[35]

이점에서 『기재기이』는 전기소설의 관성으로 주제를 구성해 냈지만, 홍미 추구라는 작자지향이 서사 전반에 영향력을 행사한 결과로 이해할 필요가 있다. 다시 말해 한 「안빙」과 「서재」는 사대부들의 애완물이었던 꽃과 문방사우를 가전의 형식을 빌려 의인화함으로써 문인의 취향을

---

35) 이러한 경향은 보통 통속성으로 이해되곤 한다. 그러나 통속성은 독자층의 형성이 전제되어야 한다는 점에서 『기재기이』는 본격적 의미에서의 통속성으로 운위할 순 없다. 다만 16세기라는 서사 환경에서 미미하나마 그 일단을 반영하고 있는 바 『기재기이』의 이러한 성격을 '홍미 추구'로 이해함이 옳다고 생각한다.

농밀하게 발현시킨 작품이고, 「최생」은 산수 유람에 독자들의 호기심을 지속적으로 자극하도록 구성하였으며, 「하생」은 미약하나마 '권선징악'이라는 주제하에 시중(侍中)의 '개과천선'으로 갈등국면을 해결하였다. 읽는 재미를 십분 발휘한 소품이 모여 『기재기이』로 완성된 것이다. 이렇게 본다면 신광한의 문인이었던 신호(申濩)의 발문(跋文)은 좀 달리 읽힐 여지가 있다.

> 일찍이 장난삼아 쓴 것이 奇異하게 할 뜻이 없었는데도 절로 기이하게 되었는데, 그 지극함에 이르러서는 사람을 흐뭇하게 하기도 하고 사람을 놀라게 하기도 하며, 세상에 모범이 될 만한 것도 있고 세상을 경계시킬 만한 것도 있다. (…중략…) 세상에 성행하는 것이 당연하다. 다만 寫本은 잘못된 것을 그대로 전승하였기 때문에 好事者들이 그것을 병으로 여겼다.36)

일반적으로 이런 소설류에 대해 작자 주변의 문인들이 서발문을 쓸 경우, 세교에 도움이 된다는 점을 강조하기 마련이다. 또는 『사기(史記)』의 골계전(滑稽傳)을 거론하거나 『시경』에도 여인의 부덕(不德)함을 표현한 시가 실렸음을 들어 변호하기에 바쁘다. 신호의 서문 역시 경세적 측면에 기대고는 있지만, 오히려 '기(奇)·희(喜)·악(愕)'을 전면에 내세우면서 『기재기이』의 특징으로 지적하였다. 작품이 흥미를 추구하는 방향으로 경사되어 있음을 재확인할 수 있다. 세상에 사본이 성행하고 있다는 언급도 그러하거니와 「안빙」의 경우에는 국문 번역본이 전하고 있어 나머지 세 작품과 함께 사대부 부녀나 일반 하층민에게까지 읽혔을 가능성도 짐작된다.37)

---

36) 姜希顔, 「養花小錄自序」. "嘗游戱翰墨, 無意於奇而自不能不奇. 及其至也, 使人喜, 使人愕, 有可以範世, 有可以警世. (…중략…) 盛行於世固也. 第寫本承訛, 好事者病焉."(99~100면)

37) 이 국문본은 최승범이 소개한 『金剛遊山記』란 제목의 책에 「금강유산일기」·「홍션뎐」·「유여매쟁춘」·「오화뎐」·「녀용국평난긔」·「빅화국뎐」·「빅화국진셜등홍녹」 등과 함께 실려 있으며, 소재영(위의 책)은 만송문고본과 함께 영인해 놓았다. 최승범,

작자가 『기재기이』에서 보여준 흥미 추구 양상은 16세기 소설사의 한 성격이라 할 수 있을 것이다. 다만 이 논리를 보강하는 의미에서 전후 시기의 흥미 추구 양상에 대해 언급해 둘 것이 있다. 흥미 추구의 양상은 서사 양식 일반에 적용될 수 있으며, 특히 소설 장르의 경우 필수적인 것으로 여겨진다는 점이다. 『기재기이』와 관련된 서사 양식으로 이미 전대의 가전체, 『금오신화』를 비롯한 전기소설, 그리고 필기의 소화(笑話) 등에 흥미를 추구하는 지향이 있었다. 그러나 『기재기이』가 이들과 다른 점은 서사 전개의 전반에서 흥미 추구에 보다 관심을 쏟았다는 것이다.

　이전 시기 전기소설은 작자의 문제의식을 주제화하는데 주력했기에 독자에게 흥미를 주는 '요소'가 있다고는 해도 「취생」처럼 흥미를 '추구'하는데 도달하지는 않았다. 가전체 역시 하나의 사물을 의인화하기 위한 완벽한 전고의 활용에서 문인들에게 재미를 선사하지만, 「안빙」과 「서재」처럼 서사화에 보다 구체적인 형상을 설정한 것과는 차원이 다르다. 적어도 서사 전개를 통해 '흥미 자체를 추구'하려는 시도는 16세기에 와서야 논의될 수 있다고 생각된다.[38] 이러한 16세기라는 변화의 과정을 거침으로써 「운영전」을 필두로 하는 17세기 전기소설의 시대를 맞이할 수 있었다. 흥미를 추구하려는 지향이 편폭의 확대·다양한 인물의 등장·사실성의 증대라는 방향으로 전개되었던 것이다.

　작자 신광한은 기묘사화의 피화인이었다는 점에서 당대의 현실을 작품에 적극 반영해 낼 수도 있었을 것이다. 그러나 이러한 심각한 경험을 자신의 고뇌와 반성을 통해 작품에 녹아들게 하지는 못하였다. 도리

　「안빙몽유록에 대하여」, 『국어문학』 24집, 전북대 국어국문학회, 1984.
　38) 이는 『기재기이』에 앞서 「薛公瓚傳」에서 구현되었을 것으로 생각되지만 작품이 온전히 전하지 않으므로 그 가능성만을 말해 둔다. 그리고 바로 뒷시기 작품으로 여겨지는 「崔孤雲傳」도 함께 논의해 볼 수 있다. 이 점에서 흔히 사화기로 말해지는 16세기에 보이는 흥미 추구 경향은 하나의 재미있는 문화 현상으로 논의해야 할 것이며, 16세기 소설사에 남은 과제로 여겨진다.

어 반대 방향으로 작품이 끌림으로써 작자 자신은 진지한 주제에 미온 적이었거나, 애당초 무관심했던 것이 아닌가 한다. 결국 『기재기이』의 각 작품들은 전기소설의 양식적 전통에 근거하면서도, 특정한 주제의식 의 구현보다는 사대부 문인의 취향 및 권선징악이라는 인간보편의 기 대심리로 독자의 흥미를 고조하면서 하나의 소설사적 분기를 시작한 것이다.

필기(筆記)의 새로운 국면

『기묘록(己卯錄)』·『용천담적기(龍泉談寂記)』

장영희

1. 16세기 필기의 변모

문학사에서 필기[1] 양식이 등장하여 이를 주도적으로 담당한 사람들은 고려시대 신진사인(新進士人)들로부터다. 본고의 대상 자료『기묘록(己卯錄)』·『용천담적기(龍泉談寂記)』의 시원은 고려말 익재(益齋) 이제현

---

[1] '필기'의 한문학 갈래를 처음으로 논한 것은 임형택 선생의 「이조 전기 사대부문학」에서부터이다(『한국문학사의 시각』, 창작과비평사, 1984). 이 논의에 의하면 견문을 기록한 것을 문체상 필기라 한다. 필기의 하위 갈래를 나누기도 하였는데, 본고와 관계 있는 야승과 패설과의 관계만을 언급하기로 한다. 필기는 詩話와 국고 및 사료로 의미가 있는 野乘으로 유별되기도 한다. 본고는 야승과 패설에 관한 임형택의 논의를 따른다. 곧 야승은 이조전기에 발달한 보편적인 내용 성격이다. 여기에 패설과의 관계를 고려해야 하는데, 민간에 돌아다니는 이야기가 사대부 생활의식을 내용으로 하는 필기에 기록된 것도 있다. 조선 전기에는 일상생활에 견문을 잡기한 관습적인 기록과 국고적인 야승과 패설이 사대부의 견문기록에 수용되어 기록된 것도 있다는 것이다.

(李齊賢)의 『역옹패설(櫟翁稗說)』이라 할 수 있다. 필기는 조선시대로 들어와서 사대부들이 정치·문화적으로 지배적인 자리를 차지하면서 내용과 성격이 풍부하고 다양하게 발전하였다. 보고 들은 바를 기록하는 것이기에 형식은 일관되어 있지 않으며, 견문의 제재는 일상적인 일과 공적영역까지도 망라한다.2) 그런데 16세기에 필기는 역사상(歷史像)을 견문기록 하여 기록서사로 전통을 변주(變奏)한다. 그 계기는 16세기 사림파가 역사의 주역으로 부상한 것이며, 이들의 견문기록에서 변화 양상을 찾을 수 있다. 기묘사화가 구체적인 사건이었고 훈구파에 대립했던 그들의 이념이었다. 이에 관한 기록 서술의 특징을 포착할 수 있는 자료는 『기묘록』과 『용천담적기』이다.3)

『기묘록』은 16세기에 일어난 이른바 기묘사화라는 정치적인 사건에 관한 견문기록을 모아 총록화한 것이다. 16세기에 이르러 사림파가 역

---

2) 이러한 필기문학에 관한 논의들이 쏟아져 나왔다. 임완혁은 逸話·野史·詩話·辨證文으로 나누었으며 변증문에 관하여 좀 더 천착한 성과가 있었다「조선 전기 필기 연구」, 성균관대 석사논문, 1991). 윤종배는 「역옹패설연구」(『동양고전연구』 3, 1994)에서 野乘·逸話·笑話·詩話로 나누어 필기의 성격을 규명하였다. 이후 필기 연구들은 개개의 견문록을 연구하기도 하였다. 장인진은 「청파극담연구」(『한문학연구』 4, 계명 한문학연구회, 1987)에서 實記·滑稽·紀異·雜論으로 나누었다. 이문세는 「용재총화 구조」(단국대 석사논문, 1992)에서 野乘·詩話·笑話·逸話·神異談·愛情談·雜論으로 기록의 소재적 측면을 염두에 두어 좀 더 세분하여 나누었다. 이래종은 「선초 필기의 전개 양상에 관한 연구」(고려대 박사논문, 1997)에서 다양한 양상을 띠고 있는 필기의 유형을 분류하여 稗說類(逸話·說話), 野史類(史話·典故), 詩話類(詩論·詩評·作詩逸話), 辨證類(經史·名物)로 나누어 선초 필기류를 분석하였다. 최근 김준형은 「조선조 패설문학 연구」(고려대 박사논문, 2003)에서 웃음을 지향하는 패설을 범주화 하였다. 흥미로운 것은 이러한 패설을 전해져 오는 集 그대로 분석해야 그 성격을 알 수 있다는 것이다.

3) 본고는 『기묘록』과 『용천담적기』의 특징적 양상을 구명하고자 한다. 이 기록은 글쓰기의 내용상 성격이 다르다. 하나는 견문필기를 근원 자료로 하여 인물전을 지향해 가는 과도기적 성격을 지니며, 다른 하나는 필기 속에 패설이 수용된 것이다. 그것은 필기의 야승적 성격을 지닌 『기묘록』과 패설적 성격을 포함한 필기 『용천담적기』이다. 그러나 양자는 16세기라는 시기에 사대부의 글쓰기라는 의식적 측면에서 서사 기록의 공통적인 특징을 이끌어낼 수 있다. 그러므로 본고는 갈래적 성격에 관해서는 논하지 않는다. 다만 두 기록을 앞서 전제한 필기 갈래로 구조 분석하여 서사기록적 성격을 이끌어내어 16세기 사대부들의 글쓰기에 있어 공통점을 구명하고자 한다.

사의 주역으로 등장했던 것은 주지의 사실이다. 훈구파와는 사회적 처지가 달랐던 이들의 행보는 정치적 대립 중간점으로 갈등이 증폭되어 급기야 사화(士禍)로 불거졌다. 여느 사화보다 정치적 갈등이 첨예하였고, 피화자인 사림파가 입었던 화(禍) 역시 컸다. 이 사건의 핵심인물은 야승류의 필기인 『필원잡기』에 언급된 공경대부(公卿大夫)에 해당하는 사람들이며, 그들의 언행을 기록한 내용은 조정전고(朝廷典故)에 해당하는 성격을 갖고 있다. 곧 『기묘록』은 기묘사화를 배경으로 피화된 인물의 언행을 기록한 것이다.

이는 조선 전기 사대부들이 "사필(史筆)을 잡은 선비가 세상에 끊어지지 않았으나 언론을 세워 세상에 전한 이가 몇 사람 되지 않음은 그 지은 사람이 없는 것이 아니라, 실은 오래 전할 수 없었기 때문"[4]이거나 "후일의 사가(史家)가 옛 사고(史稿)를 찾아 상고할 때에 이 책에서 취할 것이 없을 것인가"[5]라고 하였으나, 16세기 이전까지 필기류는 사대부 생활상의 여유에서 비롯된 견문기록이었으며, 역사적 기록으로의 본격적 글쓰기는 『기묘록』에서 시작된다. 이러한 성격을 지니고 있는 『기묘록』에 관한 필기문학적 연구는 없었다.[6] 우선 본고는 『기묘록』을 구체적으로 분석하여 필기로서 16세기 기록문학의 한 특징을 드러내고자 한다.[7]

또한 동시대 필기인 『용천담적기』는 이 『기묘록』과 소재적인 면에서

---

4) 『筆苑雜記』. "秉筆之士世不乏人, 而立言傳後者, 盖無幾焉, 非著之無其人, 實不能久於傳也."
5) 『筆苑雜記』. "他日太史氏, 紬蘭臺蓬觀之藏, 其將無取於是也乎."
6) 필기문학의 총화적인 성격과 傳으로 발전 양상에 대해서는 장영희, 「기묘록 연구」 (성균관대 석사논문, 1995) 참조.
7) 필기는 고려말 『역옹패설』로 시작하여 15세기에는 대표적으로 『필원잡기』·『청파극담』·『용재총화』·『추강냉화』 등이 저작되었다. 그리고 본고와 관련하여 16세기 필기 중 전반기에 저작된 것을 보면 다음과 같다. 조위(曺偉, 1454~1503)의 『소문쇄록(謏聞瑣錄)』, 이자(李耔, 1480~1533)의 『음애일기(陰崖日記)』, 임보신(任輔臣, ?~1558)의 『병진정사록(丙辰丁巳錄)』, 어숙권(魚叔權, ?~?)의 『패관잡기(稗官雜記)』이며 『용천담적기(龍泉談寂記)』와 『기묘록보유(己卯錄補遺)』가 저작되었다.

는 대치된다. 『용천담적기』에 대해 현혜경은 소재와 주제의 공통점을 중심으로 구분하여 그 서술 양상을 분석한 바 있다.[8] 그는 논문에서 언급한 채생(蔡生)과 박생(朴生) 이야기를 패설류 서사체라고 하고, 그 전개 과정 자체의 재미를 중시하여 단편소설로 발전할 수 있는 면모를 지녔다고 하였다. 그런데 작품에 관한 구체적인 분석보다는 소재적 차원에서 간략한 소개만을 하였을 뿐이다.

본고 역시 『용천담적기』의 채생과 박생 이야기를 대상 작품으로 한다. 이 경험 기록은 패설적인 민간의 이야기가 사대부 필기에 수용된 것이다. 이는 사대부의 전통적인 견문기록의 글쓰기에 민간의 패설이 짜임새 있는 이야기로 수용된 것이다. 민간의 기이한 경험 이야기가 사대부적 시각에 의해 윤색되지 않고 그대로 기록된 것이 주목된다. 본고는 필기에 수용된 패설적 이야기의 의미를 구체적으로 분석해 나간다. 민간의 경험인 패설적 이야기 자체의 의미를 구명하기 위해서이다. 이야기의 분석과정에서 16세기 필기의 특성이 자연스럽게 드러날 것이다.

그 특징은 기록자의 사대부적 시각에서 비판된다는 점이다. 기록은 패설적 이야기로 마무리 되지 않고 철저히 사대부 의식으로 사건이 귀결되기에 『기묘록』과 함께 비교하여 16세기 기록서사의 특징을 이끌어 내고자 한다. 따라서 이 글의 종국적인 의도는 16세기 필기의 특징적인 일면을 밝히는 데 있다. 16세기 사림파의 정치적 쟁투를 기록하여 그들의 이념성을 명시적으로 드러낸 『기묘록』과, 내용은 패설을 다루었으되 사림파의 일원으로 정치인생을 시작하였고 견문기록에서 그러한 의식을 보인 김안로의 『용천담적기』가 그 대상 자료이다. 두 작품의 서술 양상은 사뭇 다르지만 필기라는 공통적 지반을 갖고 있다.

---

8) 현혜경, 「16세기 雜錄 연구」, 『한국고전연구』 6집, 한국고전연구회, 2000, 69~77면.

2. 『기묘록(己卯錄)』의 기록적 특징

    15~16세기에 걸쳐 일어난 사화는 한편으론 관련 기록물을 숱하게 쏟아냈으니, 당대 피화된 인물들의 기록을 남김으로써 후세에 그 진실을 알리겠다는 사명감도 한몫 거들었다.[9] 그 대표적인 작품이 『기묘록』[10]이다. 『기묘록』은 정치적 쟁투에서 피화된 사람들의 정당성을 기화자인 훈구파와 대립적 지점에서 서술한 목적의식적인 기록이다.

    우선, 『기묘록』의 구성 요소와 관계를 일괄해 보았다.

---

9) 기묘사화 이전 사화 관련 견문기록은 개별문집에 다음과 같은 것이 전한다. 이는 문집의 저자가 사화와 관련된 짤막한 견문기록이다. 서사적 기록성은 찾기 어렵고 인물이 士禍를 겪은 報告인 記事에 한한다. 관련 기록은 다음과 같다.
  表沿沫(1449~1498)의 문집 『藍溪集』에 무오사화 관련 필기－「史禍首末」,「戊午黨籍」
  鄭汝昌(1450~1504)의 문집 『一蠹集』에 있는 「史禍首末」
  曹偉(1454~1503)의 『梅溪集』에 있는 「史禍事實」
  李穆(1471~1499)의 문집 『李評事集』에 있는 「戊午史禍事蹟」,「戊午黨籍」
  李耔(1480~1533)의 문집 『陰崖集』에 있는 「記甲子士禍」
10) 『기묘록』 편찬 시기에 관한 기록은 없으며, 기묘사림이 신원된 선조조로 추정되며 이때 비로소 사화 관련 기록을 총록화한 것으로 추정된다. 이를 편찬한 安璐 또한 생몰연대는 전하지 않으며, 사림의 진출에 큰 역할을 하였던 安瑭의 孫子이다. 다만 족보에 字는 大珍이며 號는 蕉浦이고 진사와 현감을 지냈으며, 『기묘록』을 저술하였다고 되어 있다("字大珍, 號蕉浦, 進士縣監, 著「己卯錄」, 贈禮曹參議").
  현전하는 『기묘록』은 원래 전하던 『기묘록』에 안로 자신이 수집한 내용을 첨가한 것이다. 안로의 『기묘록』 이전에 이미 여러 사람의 견문기록을 총록화한 것이 있었고, 기묘사화 이후 60여 년이 지난 선조조 즈음 안로가 原來의 『기묘록』에 자신이 모은 견문 자료를 보유하여 편찬한 것이다. 『기묘명현록』 서문에 다음과 같은 내용이 있다. "원본은 곧 초포 안로가 편집한 것이고 잠곡 김육이 발간하였으나 아직까지 널리 알려지지 않았고 또 다소 탈락되었다. 을축년 역내에 여러 집에서 모아 연산 도통사에서 장판을 중간한다[舊有己卯名賢錄刊, 行于世, 卽安貞愍公之孫. 蕉浦進士璐所編輯, 金大司成之玄孫潛谷桐公堉增刪入梓也]."(『己卯名賢錄』序文) 그리고 "구본도 보유가 있는데 보유 또한 한 책이다. 유찬·삭과·혁과 등 원본의 예에 의거하여 삼가 엄격히 순서를 밟아 틀리지 않았다[舊本且有補遺, 補遺亦一也, 故今新舊連編]." 따라서 『기묘록』은 안로 당시 전하던 원 『기묘록』에 관련 인물에 관한 자료를 보충 내용인 '보유'를 첨가하여 편찬한 것이다.

各傳 구성 요소의 관계

鄭光弼傳	「己卯黨籍」	『陰崖日記』	「摭言」	『觀物筆記』	補遺
安瑭傳	「己卯黨籍」				補遺
李長坤傳	「己卯黨籍」				補遺
金淨傳	「己卯黨籍」		「摭言」		補遺
趙靜庵傳	「己卯黨籍」		「摭言」		補遺
金湜傳	「己卯黨籍」				補遺
奇遵傳	「己卯黨籍」		「摭言」		補遺

1519년 기묘사화 이후 사림들은 피화된 기묘사림의 복작(復爵)을 위한 운동을 전개하였다. 그래서 선조조에는 모두 신원된다. 이제 명실상부하게 그들이 지향했던 지치주의(至治主義)시대가 본격적으로 열리기 시작한 셈이다. 그런 결과물의 하나가 『기묘록』이었다. 『기묘록』에 수록된 인물은 200여 명이나 된다. 그중 기묘사화의 대표적 인물인 조광조에 대한 기록은 이 저술의 전범이라 할 만하다. 따라서 여러 인물 가운데 대표적 사례로 그에 관한 기록을 중심으로 살펴본다.

『기묘록』의 서두에는 해당 인물의 호(號)나 성명(姓名)을 쓰고 '○○○전'이라는 제목을 붙였다. 그리고 위의 표에서와 같이 해당인물 기록의 출처를 밝혔다. 『기묘록』의 조광조 관련 자료의 출처는 사재(思齋) 김정국(金正國, 1485~1541)의 「기묘당적(己卯黨籍)」·「척언(摭言)」과 음애(陰崖) 이자(李耔, 1480~1533)의 『음애일기』순으로 기록되었고, 이어 보유를 붙였는데, 그 자료들은 견문기록뿐 아니라 행장(行狀)·소장(疏章)·시(詩) 등 여러 기록물을 수용하였다.

『기묘록』의 두드러진 특징은 사재의 「기묘당적」 부분을 각 인물의 도입부에 제시한 것이다. "전(傳)의 서술형식 중 가장 일반적인 것은 '인정기술(人定記述)－행적부(行績部)－논찬(論贊)'의 이른바 3단 구성의 서술형식이다. '인정기술'이란 입전인물의 가계(家系)·신분·성명·거주지 등에 대한 서술을 가리킨다."[11] 『기묘록』은 본격적인 전이라고 할 수 없지만, 전의 서술 방식을 지향하고 있다. 「기묘당적」은 94인에 관한 적

(籍)으로 기묘사림으로 인정되는 인물들의 짤막한 인적 사항이다. 200여 명 가운데 94인의 인적 사항은 「기묘당적」을 근거 자료로 제시하였으며 인물 관련 행적은 사화 관련임을 한정하는 것이다. 당적은 '생연(生年)－자(字)－급제시기(及第時期)－관력(官歷)－피화사실(被禍事實)'의 내용으로 이루어졌다. 조광조의 당적 내용은 다음과 같다.

> 조광조는 임인생이고 자는 효직이며 경오년 진사에 장원을 하였다. 천거로 참상에 특배되어 조지서사지가 되었다. 을해년에 급제하여 벼슬은 대사헌에 올랐다. 능성으로 귀양갔다가 곧 사사되었다.[12]

『기묘록』에 당적을 실어 그의 신원을 제시하였다. 서두에 「기묘당적」의 내용을 제시하였기에 인물의 행적은 기묘사화와 관련된 행적 기술이 당연한 순서이다. 인물의 행적은 우선 당대인의 견문기록을 수용하여 기록하였다. 바로 음애 이자의 『음애일기』에서 조광조 관련 기록을 발췌하였다. 이와 같이 『기묘록』은 해당인물 관련 견문기록을 인물의 행적으로 제시한다 발췌된 일기 내용은 인물의 성품, 성리학석 학행과 관직에 있을 때의 공로이다. 그리고 음애 자신이 조광조의 죽음을 안타까워하는 감정을 그대로 실었다. 기묘사화로 인해 피화된 것은 신(新)·구(舊)의 갈등으로 빚어진 억울한 죽음이었음을 다음과 같이 술회하고 있다.

> 조효직공이 임금의 명을 받고 죽었으니, 아! 사람이 죽었다 하는데, 어찌 할 말이 없겠는가. 공의 성품은 지극히 효성스러웠고, 젊어서부터 큰 뜻이 있어 널리 배우고 힘껏 행하였다. 과거에 잇달아 높은 성적으로 합격하였고, 청현한 벼슬을 지냈다. 무릇 시설한 바가 남 때문에 흔들리지 않았고, 도에서도 이탈

---

11) 박희병.『朝鮮 後期 傳의 小說的 性向 硏究』, 성균관대 대동문화연구원, 1993, 21면.

12) 『己卯錄』「趙靜庵傳」. "趙光祖壬寅生, 字孝直, 庚午進士壯元. 以薦特拜參上職, 爲造紙署司紙. 乙亥及第, 官至大司憲, 被謫于綾城, 尋賜死."

하지 않았으니, 사람이 다 추중하였다. (…중략…) 공이 신대용·권중허와 함께 신·구 두 사이를 조화시켜서 파국에 이르지 않게 하고자 하였으나 신·구가 서로 미워하여 오늘날 이 지경에 이르렀으니, 어찌 사람의 꾀한 것이 착하지 못했음에랴. 아! 옳고 그름이 비록 한 때는 혼돈했으나 후일에는 반드시 드러날 것이니, 어찌 반드시 운운하리오.[13]

해당 인물에 관한 행적은 주관적 견문기록인 일기를 원천 자료로 하였다. 이것은 한 세기 뒤 김육(金堉)의 『기묘제현전』에 그대로 기록되기도 하였다. 음애 이자의 개인일기를 통한 주관적 술회는 조광조의 급진적이라고 할 수 있는 개혁정치를 따뜻한 시선으로 바라보게 시각화한다. 그리하여 개인 견문기록의 수용은 인물의 정치적 행적을 긍정적으로 바라보게 하는 효과를 획득하였다.

그 다음으로 『음애일기』에 이어 『사재집(思齋集)』 권4에 있는 '척언'을 표시하고 조광조 관련 기록을 발췌하였다. 「척언」 또한 사재의 견문기록이다. 『기묘록』은 「척언」에 있는 조광조와 관련된 네 가지 일화를 차례로 기록하였다. 「척언」의 기록에 "나는 병방승지로서 참석하였다"[14]고 하며 견문자가 직접 경험한 것임을 노출하였지만, 경험의 현장적 상황은 대화로 이루어졌고, 인용된 조광조 관련 일화도 견문기록자의 객관적 시각으로 기술되었다.

첫 번째 일화는 야인(野人) 속고내(速古乃)가 피해를 입힌 사건이다. 삼공 및 여러 신하가 기병을 풀어 잡기를 청하자, 왕이 선정전에 거둥하여 소대(召對)하고 전송하는 잔치를 벌였다. 그런데 조광조가 소대에 참석하여 '기병(奇兵)' 여부에 관한 말을 상주하자 왕은 여러 논의를 물

---

13) 위의 글. "趙孝直受君命而死, 嗚呼! 人之云亡, 豈無可謂乎. 公性至孝, 自少慷慨有大志, 博學力行. 連捷高科, 躡盡淸顯. 凡所施設, 不撓於人, 不離於道, 士林咸推重. (…중략…) 公與申大用權仲虛, 欲調適兩間, 不至敗亂, 而新舊恚之, 以至今日, 斯豈人謀之不藏哉. 噫! 是非雖混於一時, 情狀必露於後日, 何必云."
14) 위의 글. "余以兵房承旨入參."

리치고 조광조의 말을 받아들인다. 이에 대해 "광조는 3품관인데 능히 한마디 말로 왕의 뜻을 움직여 조정의 큰 논의를 바로잡으니 사람들이 모두 눈을 흘겼다"[15]라고 하여 그 사건경과를 기록하였다. 그리고 소격서(昭格署) 폐지와 관련하여, 조광조가 왕과 소대할 때마다 경전의 비유를 들어 왕을 설득한 말이 모두 윤허되었던 일, 찬성 고형산(高莉山)을 만나 인사하지 않고 지나갔다가 사람들의 미움을 받은 일도 인용하였다.

이처럼 「척언」에 기록된 일화를 인용하여 인물의 언행을 직접 제시함으로써 사건을 객관적으로 전달한다. 당대인이 견문한 실제 사실을 통해 조광조의 정치적 개혁에 대한 진실을 드러내려는 서술상의 효과를 준다. 음애의 감정적인 술회에 이어 실제 사건을 듦으로써 인물 행위는 객관적인 사건과 주관적인 평가가 긴밀하게 맞물려 인물전으로 자연스럽게 짜임을 이루어 나간다. 그런데 바로 이어 사재 자신의 의견을 다음과 같이 비판적으로 개진한다.

> 일찍이 대사헌으로서 衙門에 出仕하는 길에 贊成 고형산을 만났으나 인사하지 아니하고 지나갔으므로 미워하는 자들이 이를 갈았다. 漢나라 역사를 상고하니, 蕭望之가 어사가 되어 마음에 승상을 가볍게 여기고 만나서도 예하지 않았고, 張湯은 어사가 되어 매양 아침에 정사를 아뢰기 시작하여 해가 돋은 다음에 파하니, 승상은 자리만 지킬 뿐이고 천하 일은 모두 장탕이 결정하였다. 두 사람의 어질고 어질지 않음은 비록 같지 아니하나, 거만하고 권세를 마음대로 하다가 화를 취한 것은 예나 지금이나 같다. 군자가 처신하는 데 있어, 공경하고 겸손한 것이 복을 누리는 기초이니 조심하지 않을 것인가.[16]

---

15) 위의 글. "光祖以三品之官, 能以片言感動上意, 以正朝廷大議, 人皆側目."
16) 위의 글. "嘗以大憲仕衙道, 遇贊成高莉山, 不禮而過, 疾之者切齒. 按漢史, 蕭望之爲御史, 意輕丞相, 遇之無禮, 張湯爲御史, 每朝奏事, 日昕乃罷, 丞相充位而已, 天下事皆決於湯. 二者賢否, 雖不同均之, 倨傲專權而取禍, 古今一轍. 君子處身, 持敬謙遜, 享福之基, 可不愼哉."

또 '참언(僣言)'이라 하여 상사(上舍) 정사원(鄭士元)이 저술한 내용을 기록함으로써 조광조가 왕께 소대하는 자리에서 왕을 억지로 설득하는 것을 비판하였다. 소격서를 혁파하는 일을 계달(啓達)할 때 왕이 싫어하는 뜻을 살피지 못하고 범연하게 상인(常人)의 마음으로 요량한 것이라고 하였다. 물론 사재의 비판적인 사건 서술과 참언의 내용은 후대 인물전에서는 산삭(刪削)된다. 이로써 보면 16세기 안로의 『기묘록』은 본격적인 인물전이 아니며, 자료의 인멸을 막고자 모두 기록하여 편찬한 점도 간과할 수 없다. 인물을 전(傳)하기 위해 여러 기록을 수집해야만 했던 안로는 이전에 이루어진 기록을 그대로 실을 수밖에 없었던 것이다. 그래서 당대인이 견문한 필기류를 종합하는데 상충되는 면을 피할 수 없었다.

그러나 이점은 『기묘록』에서 주목할 바다. 당대인의 견문기록인 필기류에서 개개의 단편들을 하나로 모은 것이다. 사화로 인해 목도한 경험을 모아 총록화한 것이며 전시기에 없었던 새로운 기술방식이다. 물론 이는 문학의 형식미로 따지자면 불완전하다. 서사문학의 형식적 측면에서 『기묘록』은 과도적 성격을 지닌다. 그것은 여러 사람의 경험적 편린인 필기가 모여 일정한 구조를 지향해 가고 있는 과정의 기록이기 때문이다.

한편 『기묘록』은 기록 시기에 따라 의미 지향의 성격을 달리한다. 당대인(當代人)이 겪었던 경험적 서사물이 있는가 하면, 후대의 여러 기록을 수집하여 편찬한 자료도 들어 있다. 시기를 달리하는 견문기록의 조각들이 인물에 대한 서사의 구성 요소가 된다. 형식미로 보면 불완전한 구조가 그 자체로 의미를 가질 수 있는 것은 목적의식적 기록성이 작동한다는 것이다. 그것은 『기묘록』이 선조조, 즉 사림들이 명실상부한 승리를 거둔 때 이른바 사림파의 정당성을 설파하기 위한 주객관적인 자료의 나열로 자기 세력의 이념을 고양한 셈이다.

그리고 후대의 기록인 보유 부분에는 상당히 많은 내용을 보충하였다. 주된 내용은 조광조의 지치주의에 역점을 둔 그의 도학정치의 정당성에 관한 것이다. 사림들은 조광조를 필두로 개혁정치를 추진하였으며, 사건의 실재를 기록하기보다 인물의 공적을 기술하는데 신경을 쓰고 있다. 이는 앞서 당대인의 견문기록에서 인물에 대한 비판적 견해를 수록한 것과 달리 사건 기술에 있어 개혁정치의 긍정성을 서술하는데 치중한다. 그것은 소격서 혁파, 속고내 관련 사건, 선왕의 법을 거행하고 소학으로 인재를 양성하였으며 향약으로 풍속을 교화하여 마침내 모든 관리들이 용동(聳動)하였다는 것이다. 그런데도 조광조의 도학 정치는 기묘년 5월 남곤·심정이 올바른 논의를 용납하지 않음으로써 좌초되었고, 마침내 화가 일어나게 되었다.[17] 개혁정치를 추진하던 사림을 위기에 빠뜨리게 한 인물로 인해 조광조는 억울하게 적소에서 생을 마감한다. 여기엔 당연히 훈구와 사림의 치열한 다툼이 간접적으로 예각화되기 마련이다.

그러므로 이러한 인물의 언행기록에 사대부의 '한담(閑談)'이 들어갈 여유는 없으며, 일상적 흥미나 '기이(奇異)'한 생활 체험이 개입될 여지 또한 없다. 특히 보유 부분에는 당대의 견문기록인 필기류를 근원 자료로 하되 삶의 일상성에 대한 내용이 없다. 기록은 진실규명을 위한 일종의 물증으로 수용되었다. 물증은 인물이 역사적 사건에서 얼마나 억울하였는가의 진실을 규명한다. 특히 인물의 부당한 죽음은 후세에까지도 알려야만 한다. 그리하여 기록의 의미는 인물이 훈구와 사림의 정치적 대립에서 부당하게 생을 마감했다는 것과 그에 관한 정치적 이념성을 부각하고자 했다.

그리고 『기묘록』 결구의 내용은 다음과 같이 이루어졌다. "왕을 사랑

---

17) 조광조가 죽은 이유는 훈구계 인물인 남곤·심정이라는 인물 때문이라는 이념에 의한 정치적인 대립점을 제시한다. 물론 사림의 대립적 인물에 대한 구체적인 기록은 없다. 다만 『己卯錄』續集에 '禍媒'라 하여 사화를 일으킨 주요인물인 심정·남곤 등 각각의 인물의 행적을 장을 달리하여 기록해 놓았다. 인물의 전을 기록하는데 사림파와 훈구파를 장을 나누어 기록하였으나 상관 지어져 있는 것이다.

한 것이 아이를 사랑함과 같았다. 하늘과 해가 나의 단심을 비출 것이다"[18]라는 조광조의 마지막 유언을 실어 인물의 충절을 드러냈다. 뒤이어 공적 자료인 태학관 유생의 소장(疏章)을 수록한다. 소장에는 '정몽주(鄭夢周)-길재(吉再)-김굉필(金宏弼)'로 이어지는 학통과 이를 이은 것이 바로 조광조이며, 그의 교우 관계, 사제지간을 엮어 성리학적 도통(道統)이 정몽주에서부터 기묘사림으로 이어졌음을 계보화 하였다. 이는 기묘사림이 한 때 억울하게 피화됐으나 성리학적 정통을 잇는 후계자이며 그들의 이념으로 마침내 정치적 승리를 이룬 역사의 주역임을 천명하는 것이다. 실로 훗날 조광조는 성균관 문묘에 배향되었다. 그리고 기록의 끝에는 퇴계(退溪)가 지은 행장(行狀)을 실어 조광조의 사적을 장중하게 수식하였고, 박상(朴祥)의 시를 통해 인물을 기리고 칭송하는 것으로 맺는다.

『기묘록』에서 주목할 바는 필기류가 인물서사의 구성 요소로서 근간을 이루지만 일상의 사소한 이야기가 개입될 수 없다는 점이다. 견문기록류는 기묘사화라는 정치적 사건에서 인물의 행적을 부각하기 위한 의미 단위이다. 기록물은 그 내용과 성격상 층차가 있으나 하나로 종합화되어 인물 행적을 긍정적으로 전달하고 있다. 따라서 『기묘록』은 16세기 정치적 사건인 기묘사화라는 역사적 현장을 목도한 당대인의 견문기록류에 후대인의 기록물을 더하여 인물전을 지향하고 있다.

그리하여 16세기 인물전을 지향하던 기록물『기묘록』은 17세기에 이르러 인물의 부정적 내용을 산삭함으로써 성리학적 지치주의(至治主義)의 정당하고도 이상적인 인물전으로 형상화된다. 그것은 선조조 안로의 『기묘록』을 근원 자료로 삼아 1638년에 이르러 기묘사림의 한 사람인 김식(金湜)의 현손 잠곡(潛谷) 김육(金堉, 1580~1658)에 의해 한문학 양식인 '전(傳)'으로 찬술(撰述)된 것을 말한다. 김육이 충청도 관찰사로 있을 때

---

18) 『己卯錄』「趙靜庵傳」. "愛君如愛父, 天日照丹衷."

『기묘제현전』[19]으로 표제하고 해당 감영에서 각판한 것이다. 전은 인간의 선행이나 미덕을 표창하는 것을 목적으로 한다. 기묘사림의 인물전인 『기묘제현전』은 16세기 안로의 『기묘록』을 근간으로 17세기 김육이 자료를 선별하여 찬술한 것이다. 『기묘제현전』에는 인용 자료 표지가 없어지고 인물의 긍정적 언행기록만을 선별하여 인물전으로 구조화하였다. 김육은 『기묘록』을 전의 형식으로 구성함으로써 기묘사림의 정당한 실천과 성리학적 이념을 명확히 드러냈다.

3. 『용천담적기(龍泉談寂記)』의 기록적 특징

『용천담적기』의 저자 김안로(金安老, 1481~1537)는 1519년 기묘사화에 관련되어 유배되었던 사람이다. 기묘사화 이후 권력의 중심에 서기 시작하여 1523년 윤임(尹任)과 함께 세자빈 간택에 개입해 권력을 잡아 새로운 정치 세력으로 부상하였다. 그리하여 훈구대신 남곤(南袞)·심정(沈貞)·홍경주(洪景舟)뿐 아니라 문정왕후(文定王后)의 지지기반인 소윤(小尹)과도 대립하였다. 결국 문정왕후의 폐위를 도모하다 중종의 밀령을 받은 윤안임(尹安任)과 대사헌 양연(梁淵)에 의해 체포되어 유배 후 사사(賜死)된다.

---

19) 장영희, 「기묘록 연구」에서 이에 대해 고찰한 바 있다. 『기묘록』은 견문한 기록의 기존 자료와 그 자료들에서 傳의 형성 과정과 체재를 알게 하는 중요한 자료이다. 이 연구에서 原『기묘록』을 復原하고자 했다. 그리고 기묘사림을 다룬 기록을 통칭하여 『기묘록』이라 하였다. 그런데 기묘사화 120년 후 기묘사림 중의 한 사람인 김식의 현손인 김육이 『기묘제현전』을 찬술하였다. 『기묘제현전』은 한문학 정통 양식인 傳이다. 이는 『기묘록』을 대본으로 하여 增添과 添削을 가하여 整齊된 傳으로 형식화한 것이다. 『기묘록』을 대본으로 하여 傳으로 형식화한 『기묘제현전』의 인물 鄭光弼·安瑭·李長坤·金淨·趙靜庵·金湜·奇遵·申命仁을 분석하였다.

그런데 이처럼 권력의 부침이 있었던 행적과는 달리 그의 견문기록
『용천담적기』에는 자신과 관련된 정치적 사건이 전혀 서술되어 있지
않다. 16세기에 이르러 사활을 건 사화 관련 필기류가 속출하였지만, 『
용천담적기』에는 이에 관한 내용이 없는 것이다. 오히려 기록의 소재는
사대부의 일상적 관심에서 비롯된, 정치적 사건과 무관한 생활상의 기
록으로 이루어졌다. 야승류 필기인 『기묘록』은 16세기 사림들의 정치적
쟁투에 대한 기록이다. 그런데 『용천담적기』는 이와 전혀 다른 일상의
관심거리를 기록하였다. 또한 일상적인 문인의 필기로서 『용천담적기』
는 내용 범위가 방대하다.

그럼에도 불구하고 양자의 기록의 지향점은 같다. 그것은 16세기 사
림이라는 유가적 이념에 기반하고 있다는 것이다. 이전 시기에는 그저
가볍게 웃고 지나갈 사소한 이야기를 16세기 사림파의 일원이었던 김
안로의 『용천담적기』는 이념적인 토를 달아 비판한다. 16세기 벽두에
사림파와 훈구파 간의 치열했던 사화로 인해 이전 시기에는 그저 한담
의 거리이자 일상사였던 견문기록을 엄숙한 이념으로 평가하려 든다.

『기묘록』은 역사적 현실의 치열했던 다툼을 다루어 사림의 이념을
인물기록에 선명하게 투영한 것이라면 지금 고찰할 『용천담적기』의 대
상 작품은 한미한 인물의 비현실적인 기이한 경험을 기록하였으되 거
기에 사대부의 이념을 제시한다. 결국 양자의 귀결은 기록의 의식면에
서 일치하는 것이다. 이것이 양자를 함께 비교할 수 있는 지점이며 16
세기 필기의 특징적인 일면이라 여겨진다. 『기묘록』의 서사기록성과 저
술의식을 고려하여 『용천담적기』에서 비교분석할 작품은 채생과 박생
(朴生)의 이야기를 선택하였다. 작품을 서술 순서대로 분석하여 그 특징
을 구명하고자 한다.

우선 「채생 이야기」를 보자. "근래 채씨란 성을 가진 한 학생이 훈련
원 가까이 살고 있었다."[20] 채생은 기록자 김안로와 동시대 인물로 훈
련원 가까이 살았던 학생이다. 전체 내용에는 이 한미한 신분인 채생의

기이한 체험 부분이 확장되어 있다. 한미한 인물의 경험인 셈이다. 채생은 여귀(女鬼)에 홀려 환상의 공간에 이르게 된다.[21]

　이야기의 공간[22]은 현실적 인물인 채생의 입장에서 보면 환상에 매개되어 욕망을 실현하는 장소이다. 그곳에서 채생은 한 부인과 사랑을 나누게 된다. 공간은 현실과 비현실로 분할되어 있지만, 비현실적 공간은 따지고 보면 현실적 욕망의 공간이다. 여귀와의 결연은 청년인 채생이 소망(所望)하는 바이며 지극히 현실적이다. 다만 이야기에서 '비현실적 공간'으로 들어가는 초입 부분이 여귀에게 홀리는 정신착란의 비정상적 장치로 되어 있는데, 그 공간은 지극히 사랑스런 여성과 풍요로 가득 찬 현실적인 욕망의 세계일 뿐이다.

　그러나 현실의 인물인 채생이 비현실의 여귀에게 홀린 상태에서 체

---

20) 『용천담적기』. "近有一學生姓蔡者, 居近訓練院."

21) 이야기의 시간적 배경은 어느 날 해가 지고 어둑어둑할 무렵이었다. 한 여인에게 홀리듯 이끌리는데 그 내용은 다음과 같다. "저만큼 떨어져 한 부인이 길에 서 있거늘 서로 한동안 바라보다가 채생이 천천히 다가가 보니 엷은 화장에 비녀를 나직이 꽂았는데 얼굴은 밝고 요염한 것이 사람에게 비쳐왔다. 생이정신이 황홀하여 자신도 모르게 눈짓을 해보고 손으로 만져도 여인은 놀라거나 싫어하는 빛이 없었다[遙視一婦人 倚街而立, 相望移刻, 生徐步就之, 淡粧低鬢, 明艶照人. 生不覺神魂蕩恍, 目成手挑, 不見驚猜]." 채생이 계속 수작하니, "부인은 얼굴을 약간 붉히면서 나직한 목소리로, 君子는 어떤 분이시기에 바쁘게 가시다가 이다지도 정중하신가요. 미천한 저에게 혹시 뜻이 있으시면 제가 가는 곳으로 따라오시겠습니까?[婦人色微禎低聲答曰 : 君子何人, 敢於草次, 垂此鄭重. 若固有意賤質, 能從我行乎?]"라고 말하니, 마침내 채생은 그녀를 따라 간다.

22) 여귀에게 홀려 이른 공간은 다음과 같이 묘사돼 있다. "골목을 돌아 개천을 하나를 건너니 큰 저택이 바라보이는데 흰 담장이 둘러 쳐 있다. 생을 잠깐 기다리게 하고 부인이 먼저 들어가고 나니 사람소리라고는 들리지 않고 인적도 끊어졌다. 생이 주위를 배회하며 우두커니 기다리는데, 놀란 듯 잃어버린 듯도 하여 마음을 채 가눌 수 없었다. 한참만에 머리를 갈라땋은 한 소녀가 나와 문을 반쯤 열고 생을 인도하여 여덟 겹 대문으로 들어서니 흰 돌로 기둥을 한 누각이 솟아 있는데, 집의 짜임새나 그 웅장한 모습이 사람의 손으로 이루어진 것 같지 않았다. 그 옆에 깊숙하고 아늑한 방이었는데 녹색 창과 자줏빛 발이 영롱하여 눈이 부시었다[轉曲巷涉一用, 望見高門大屋, 繚以 粉墻. 止生少憩, 婦人先入, 聞無人聲, 蹤跡悄然. 生徘徊延佇, 若驚若失, 心不自定. 良久, 小丫鬟出啓半扉, 引生入八重門, 有樓用粉石爲桂, 結構之制, 矗束之壯, 殆非 人工. 傍有密室奧房, 綠窓朱箔玲瓏奪目]."

험한 것이므로 다시 현실로 환원해야 된다. 이 체험은 채생에게 심각한 갈등을 일으킨다. "놀라 눈을 뜨니 자기가 돌다리 아래 누워서 흙투성이 돌을 베개 삼아 시달리는데 코를 찌르는 악취가 앞을 가린다."[23] 풍요로움과 사랑스런 여인이 있었던 공간과 상반된 부정되어야 할 현실이다. 그래서 부정적 현실에서 채생은 "소스라쳐 놀라 미친 사람처럼 집으로 돌아와 며칠이 지나서야 겨우 안정되는 듯하였으나 아직도 망연히 마음이 울적하여 마치 하늘에 오르다 떨어진 것 같은 마음"[24]이 일어난다. 결국 채생의 심정적 우울함은 풀 길이 없고 바라는 욕망은 거세된 채, 현실적으로 "무당이 굿을 하고 의사가 뜸도 뜨는 등 약물과 기도를 백방으로 행하여 겨우 병이 낫게" 하는 병리적 현상에 의한 치유로 끝을 맺는다.

이는 실제 인물의 체험으로 '기이(奇異)'한 서사 구조를 갖춰 당시 전문(傳聞)한 사람들에 따라 이 공간은 희망과 좌절을 맛보게 하였을 터이다.

이처럼 기이한 공간에 대한 저술자의 의론은 박생이라는 인물이 겪은 일을 서술한 것에도 볼 수 있다. 박생 이야기는 박생이 염병에 걸려 10여 일을 앓다가 숨을 거두는 것으로 시작된다. 그래서 다다른 곳이 저승이며, 그곳에서 벌어진 사건이 제시된다. 처음 저승에서 목격하고 체험한 것은 인간세상과 딴판인 듯하지만 현실에서 볼 수 있는 장면[25]과 아래의 사건이 일어난다.

---

23) 『龍泉談寂記』. "驚皇開目, 則臥在石橋下. 枕塊石被毁苦, 臭穢滿前."

24) 위의 글. "生竦駭狂走, 累日而定, 猶且惘然心悲, 如自鈞天而落."

25) 장면은 다음에서 보듯이 조선시대 관청을 방불한다. "조금 있다가 야차를 시켜 上司로 보내어졌다. 큰 궁궐에 이르러 중문에 들어가니 의자가 놓여 있었고 좌우에 탁자가 있는 것이 지금의 관청과 같았다. 면류관을 쓰고 수놓은 옷을 입고 사람들이 그 위에 줄지어 앉아 있고 수레와 侍衛者들의 성대함은 마치 군왕과 같았다. 帳簿와 移牒은 구름처럼 쌓여 있고 판결의 도장이 벼락처럼 찍혀지고 있었다. 청색 두건을 쓴 서리와 나졸들은 책상 아래 엎드렸다가 문서를 가지고 간다. 엄숙하고 준엄한 것이 인간세상과는 달랐다[俄令夜叉傳付上司, 行至大宮闕, 入重門設倚子左右几卓, 如今官府. 裁冕繡裳者 列踞其上, 輿衛之盛如君王, 簿牒雲堆, 署判雷下, 靑頭胥吏羅伏案下行文書, 淸嚴峻肅, 逈非人世]."

박생을 끌어와 묻기를, "너는 세상에서 어떤 일을 하였으며 또 어떤 직책을 맡아 보았는가?" 했다. 박생이, "세상에서 별다른 일은 하지 않았으며 직책은 醫局에 속해 있었으며 처방전 출납을 맡았었습니다" 하였다. 신문이 끝나니 관리가 여러 관인에게 이것을 모두 알리었다. 여러 관인들이 의논하여 말하기를, "이 사람은 운명이 다 끝나지 않았는데 관리가 저승 명부를 잘못 알고 오류를 범한 것이니, 어떻게 처리해야 하는가?"라고 하였다. 그 가운데 한 관인은 모습이 빛나고 온화하여 마치 우리 선대의 왕과 같았다. 그가 개인적으로 박생을 이끌고 자리 뒤쪽에서 말하기를, "지금 너에게 떡을 줄 것이다. 네가 만약 그 떡을 먹으면 다시는 세상으로 돌아가지 못할 것이다" 하였다.[26]

저승과 이승이라는 공간의 차이가 있을 뿐 박생이 죽어 혼령이 되어 겪은 것은 이승의 관청에서 죄인이 문초를 받는 것과 같다. 저승에서 판결은 박생의 운명이 다 끝나지 않았으며, 관리들이 저승 명부를 잘못 알고 이런 실책을 한 것이라 하여 다시 이승으로 복귀시킨다. 저승에서 돌아오려고 할 때 한 관리가 한 통첩에 도장을 찍는 것을 보았다. 저승의 통첩에 박효산(朴孝山)·윤숭례(尹崇禮)는 당상계(堂上階)에 올려주고, 서복경(徐福慶)은 안악(安岳) 군수를 시키는 것이 옳다고 하였다. 박생은 이것이 무슨 뜻인지 몰랐다고 하는데, 이 통첩은 저승과 이승을 연결하는 표지로 저승의 통첩이 현실에서 효력으로 작용한다. 그리고 통첩의 내용과 같은 일이 이승에서 일어난다.

그런데 실제 인물 박생의 체험은 서사화 과정에서 저승에 새로운 공간성을 창출한다. 그 공간에서 일어난 사건은 현실의 복제판 같다. 또한 이야기는 이승에도 있을 법한 저승에서의 사건이 서술되면서 미묘하게 현실을 비판하기도 한다.[27] 그동안 일상의 견문만을 기록하던 필기문학

---

26) 『龍泉談寂記』. "引生問曰:‘爾在世有何行事, 且爲何等任職?’ 生對曰:‘在世別無異行, 職隸醫局, 掌出納方書.’ 供畢, 吏白諸官人遍. 諸官人議曰:‘此人運不窮不當來, 吏按冥籍失審覈, 以貽此謬, 何以處之.’ 其中一官人容儀郁穆, 似若我先代王. 私引生至座後謂曰:‘今當賜爾餠餌, 爾若食下, 則更不返世矣.’"
27) "우리 선대왕 같은 사람이 비단폭에다 글을 쓰고 구슬함을 열쇠로 잠가 붉은 비단보

이 『용천담적기』에 와서 저승이라는 공간 체험을 다루면서 전 시기 짧은 기록물과 구별되는, 서술 편폭의 확장을 가져왔다. 또한 현실의 범위를 넘은 공간에 대한 서술은 중층적 의미까지 던져주었다. 그것은 채생이 정신착란 상태에서 여귀를 만나 사랑을 나눈 경험과도 같다.

이 두 견문기록의 사건 내용과 결구는 다른 차원이다. 양자는 분리되어 대립적 의미가 주어진다. 그래서 이야기는 작가의 의론이 채색되지 않은 채 기록될 수 있었다. 이야기와 분리된 저술자의 의론은 사대부의 현실주의적 세계관을 강조한 것이다. 물론 이후 기이한 민간의 이야기는 서사문학을 발전케 하는 역동성을 주었다. 저술자의 견문기록에서 기록자의 논평보다 이야기적 삶에 비중이 두어져, 새로운 공간에서 개인의 욕망이 표출되는 서사적 상황이 연출된다.

17세기에 이르면 논평 부분이 지극히 짧아지거나 아예 없는 경우가 있으며, 실제 보고 들은 것을 기록한다면서 기이하기 그지없는 이야기들이 서술된다. 그리하여 필기에서 야담으로 하나의 서사문학의 물꼬를 트게 한다. 이제 필기는 견문을 기록하는 것에서 출발하여 자신의 시대를 그대로 묘사하기도 하지만 문필 속에서 허구적 서사에 대한 진행방향을 열어 놓게 된 것이다.

그런데 먼저 분석한 채생 이야기와 박생 이야기 모두 실재 인물의 체험담이며 이를 견문한 김안로가 기록한 것이다. 『용천담적기』는 사대부 견문필기로서 사실의 기록이다. 경험담에 이어 견문자의 평가적 서술이 이어진다.

채생 이야기를 듣고 김안로는 다음과 같이 평한다. 그런 일이 있었던가! 요귀는 사람을 미혹하게 하기를 잘 한다. 추악하고 괴이함을 꾸며 미모로 만들고

에 싸서 박생에게 주었다.” 그 내용은 “너희 나라 군주에게 전하라. 너희 나라 군주의 소문이 대단히 좋지 못하니 내가 정말 무안할 지경이다”라고 하였다[似若我先代, 王裁帛書鎖玉函, 裏以紅錦袱付生曰：‘可傳與爾國主! 爾國主聲聞大不佳, 在予何以爲顏.’].

사악하고 거짓됨을 좋은 말로 하여, 더러운 악취를 향기롭게 하고 더러운 흙투성이를 아름다운 궁실로 만들어 사람의 마음을 흐리고 눈을 어리석게 하여 온갖 수법으로 현혹시켜서 꾀이니 크고 강직한 기상을 지니지 못하고는 그 누가 유혹되지 않겠는가?[28]

김안로의 이념적 평가가 이어지지 않았다면 이야기는 자체의 내적 세계에서 서사문학적 자율성을 지닌다. 그러나 인물이 겪은 일을 기록하였고, 이어 김안로가 논평을 하였다. 따라서 이야기에 이은 기록자의 논평 부분까지도 전체 내용에 포함시켜 유기적으로 이해해야 한다.

채생 이야기의 결구에 다음과 같은 내용이 있다. "생을 만나본 어느 사람이 그 일을 퇴재(退齋)에게 상세히 말하니, 퇴재가 듣고 탄식해 말하였다."[29] 필기는 견문한 바를 기록하는 것이기에 서사문학의 서술자는 없으며 기록자의 관점에서 서술된다. 서사 외적 요소인 기록자가 내용을 이끌어 간다. 이처럼 마지막에 김안로의 평술(評述)로 인해 이야기 자체가 허구적이 될 수도 있는 사건을 실제의 현실로 환원시킨다.

결국 이 두 이야기는 기록자가 자신의 이념으로 논평을 부기함으로써 현실의 인물에게 있었던 기이한 일로 환원한다. 그래서 채생과 박생이라는 인물의 특이한 경험은 김안로의 비평적 논술로 현실에서 자리매김 된다. 채생 이야기의 경우 채생이 현실로 돌아와 겪게 된 심리적 고통에 주목한다. 현실에서 한 인물이 정신적 착란을 겪은 것으로 이야기를 수습하고 있다. 이야기는 현실에 무게중심을 두며, 이를 기록자가 해석, 평가하여 기이한 공간성의 중의적 의미는 부정된다. 박생 이야기 또한 저승과 이승의 미묘한 관계망이 분절되며, 저승의 이야기를 세상을 속이는 불가(佛家)의 교리이며 괴상한 이단으로 배척한다.

---

28) 『용천담적기』. "有是哉! 幻婦之善蠱人也. 飾醜怪爲美貌, 孰邪僞爲善談, 化臭穢而薰馥, 變汚壤而佳宮, 塗心愚目, 百出眩詭, 而慾誘之, 自非至大至剛之氣, 孰得以無惑?"

29) 위의 글. "人有見生者, 詳道其事于退齋. 退齋聞而嘆曰."

일찍이 그 일을 이야기한 것이 퍽 상세하다. 나는 "그대의 말은 마치 불교에서 세상을 속이기 위한 말과 꼭 같다. 괴상한 말과 이단을 서술하는 것은 군자가 취할 바가 아니다. 그러나 저 사람이 관직에 올라 영화를 누리는 것과, 서자가 분수에 넘치는 직분을 무릅쓰는 따위는 진실로 昏朝의 문란한 정치였으나 그 곳에 무슨 분수 같은 것을 찾아볼 수 있겠는가. 대개 인간의 득과 손실, 화와 복, 業을 경영하고 구하기를 도모하는 것은 모두 그 사람의 잘하고 못함, 어리석거나 간사한 데에 달려 있는 것이어서 사실은 사람의 임의로 할 수 있는 것이 아니며 전세에서 정해진 운수이다. 때가 되어 펴고자 하여 반드시 묘하게도 일이 들어맞아 그로 하여금 이 운수를 타서 잠시나마 성공하게 된다. 사람들은 알지 못하고 망령되게 그 사람의 지력이라고 하여 마음을 피로하도록 쓰고 정력을 기울여 죽을 때까지는 그치지 않으니 가소로운 일이다. 그러나 乘하고 除하고 갚고 받는 것이 사람의 선함과 지나침에 달려 있는 것은 이치이다. 이치로 미루어 보면 운수 또한 옮겨 갈 수 있는 것이다. 저 의원과 서자들이 얻었던 것이 눈에 차지 않았으며 곧 그것도 잃고 말았으니, 어찌 엿보아 훔쳐서 한정된 자기 분수를 돌보지 않고 외람되게 관직을 뒤집어썼던 까닭으로 얼마 되지 않아 그만두고 말게 될 것이 아니겠는가" 하였다.30)

박생 이야기는 불가에서 세상을 속이는 말과 같으니, 사대부는 이러한 괴이한 것을 취할 바는 아니라고 한다. 곧 유가에서 말하는 귀신(鬼神)은 형체와 소리가 없는 것이다. 귀신은 조화의 자취이니 그 이치를 궁구하지 않고 쉽게 밝힐 수 있는 것이 아니다. 다만 귀신을 공경하되 멀리하는 대상인 것이지 형상화하여 말한다는 것은 괴이한 것이며 불가의 이단이다. 이는 현실세계에 불가의 종교적 세계를 윤색하여 또 다른 현실을 말하는 것을 철저히 부정하는 것이라고 할 수 있다.

---

30) 위의 글. "嘗道其事甚詳. 忍性子曰 : '子言正類釋氏誣世之說. 語怪述異, 君子所不取. 然彼醫者之僭干榮秩, 支蘗之貨冒不分, 固是昏朝政紊, 而若有數存乎其間. 凡人得喪禍福營業圖求, 若係其人之巧拙癡點, 而實非人爲, 前定之數. 時至欲發.則必生出妙幾奇軸, 使其人有以乘, 假之及其成也. 人自不知, 妄謂容人智力, 疲心憊精.死不知止可笑也. 雖然, 乘除報應, 由人善淫, 則理也. 以理推之, 數亦可以轉移. 彼醫者支蘗之獲, 不滿眼, 喪失旋隨, 豈非窺竊冒濫不顧涯分之致然耶.'"

이러한 기이한 이야기를 의론으로 분리하는 것은 사대부의 합리주의적 세계관의 일단이기도 하다. 현실과 저승의 법칙을 엄격히 구분하고 현실의 합리적 법칙만을 인정한다. 비합리적인 일은 괴이한 것이어서 실재 현실에 매개된다는 것은 인정할 수 없다. 이러한 의론이 강조된 기록의 의도를 따른다면 현실에서는 현실적인 법칙에 따를 뿐이다. 이야기 말미에 저술자의 의론이 들어감으로써 이야기 외부에서 서술 내용을 자신의 세계관으로 재해석하여 유가적 합리주의로 이야기를 마무리하고 있다.

4. 필기의 전통과 16세기 필기의 기록문학적 특징

조선 전기 대표적 필기인 『필원잡기』의 서문(序文)에 의하면 『파한집』·『보한집』은 시인의 논담 자료로 글귀의 기교를 보이는 바 경세(經世)의 내용은 아니며, 본받을 점은 익재 이제현의 『역옹패설』에 있다고 하였다. 『역옹패설』에는 조종세계(朝宗世系)와 조정전고(朝廷典故)를 다루었기 때문이다. 견문 기록의 갈래가 나뉜 것은 아니지만, 오늘날 필기의 하위 갈래인 '시인의 논담'을 기록한 것은 『파한집』·『보한집』이고, 『필원잡기』에는 '조종세계와 조정전고'의 유사적(遺事的) 성격을 지녀 『역옹패설』과 같다. 그리고 조선 전기의 필기에는 『역옹패설』의 국고(國故)에 해당하는 역사적 기록과 일상의 견문에 대한 글쓰기가 분리된다.

『필원잡기』에 『역옹패설』이 대유(大儒)의 언론이어서 익재와 닿는 도통(道統)의 연원이 있으며 우국충정의 절개가 있다고 평가하였다. 이것이 구체적으로는 사대부 글쓰기의 한 유형으로, 역사에 관해 사필(史筆)을 잡은 이는, 익재 이제현부터 사가정(四佳亭) 서거정(徐居正)으로 이어진 것이라 할 수 있다. 그리하여 "그 마음과 그 학문과 그 사업의 거룩함은 진실로 익재에게 양보함이 없을 것이며, 그 편찬한바 착한 임금과 어진 신하의 제작한 것과 행사한 자취는 고려 군신이 그 만에 하나도 따르지 못할 것인즉, 이 글의 전함이 패설(稗說)에 비할 바가 아님은 확실하다."[31] 『필원잡기』를 자질구레한 소문, 인정세태나 민간의 풍속적 이야기라 할 수 있는 '패(稗)'와 구별하려는 것이다. 철저한 의식으로 도덕성을 겸비하여 후대의 귀감이 되도록 기록한 것임을 의미한다.

『필원잡기』에 의거해 그 내용을 구분하면 제왕의 언행과 국가제도에 관한 것, 그리고 명사(名士)를 중심으로 문학·도량·충효·호방·재기·용맹한 인물묘사와 품평 등 서거정의 견문한바 왕가와 상류사회의 풍모가 기록되었다. 이에 관한 전통은 16세기 『기묘록』에서 확인되는 바이다. 공경대부들의 언행에 대해 당대인들이 견문 기록한 것이 그것이다. 『기묘록』은 16세기 사림파들로 사대부 자신들의 모범이 될 만한 언행에 관한 견문기록이다. 또한 후대인에게 귀감이 된다. 그런데 이전 시기 필기류는 저술자들이 끊임없이 언급하는 '사필(史筆)을 잡은 이의 기록의식에 대한 글쓰기'라고 하기에는 기록의 역사성이 부족한 듯하다. 철저한 역사관에 따라 귀감이 되는 이들은 의식적으로 기록한 것은 『기묘록』부터라고 본다. 그 계기는 사림과 훈구라는 지배집단 내의 정치적 쟁투에서 피화자의 억울함과 그 진실을 알리려는 것이었다. 그래서 각인(各人)의 공경대부에 해당하는 사림파에 대한 견문을 모아 편찬하였다. 직접 체험자의 견문기록이 수용되어 인물의 언행을 보여주는 서사성도 있었다. 한편 후대의 기록을 모아 이념성 짙게 수식되기도 하였다. 그래서 『기묘록』은 직간접적인 견문 자료를 수용하여 인물을 서사화하는 과도적인 기록물로서 의의를 지닌다. 그리고 역사적 사건과 관련하여 인물의 기록을 모아 편찬한 이 기록물은 17세기에 이르러 고

---

31) 위의 글. "其心其學其事業之盛, 固將無讓於益齋, 而其所纂錄. 聖君賢相制作行事之迹, 有非高麗君臣所可彷彿其萬一也, 則是書之傳, 又非稗說之比也審矣."

난과 극복의 비전을 제시하는 전(傳)으로 서사화(敍事化) 된다.

한편 『용천담적기』는 어떠한가? 이에 관한 글쓰기 전통은 아무래도 『역옹패설』까지 소급될 수 있을 듯하다.

> 객이 역옹에게 일러 말하기를 "그대의 前集에서 기술한 바는 祖宗世系의 먼 내용과 이름난 공경의 언행도 자못 많이 실려 있으나 滑稽의 말로 끝을 맺었다. 후집의 기술에는 경사를 강론한 내용은 얼마 없고 나머지는 모두 장구를 다듬어 꾸민 것뿐이니, 어찌 특별한 조심이 없었는가? 이것이 어찌 단아한 선비와 씩씩한 장부가 해야 할 일이겠는가?"라고 하니, 대답해 말하기를, "둥둥 북을 친다[坎坎擊鼓]는 내용은 「國風」에 있고, 너울너울 춤을 춘다[屢舞婆婆]라는 내용은 「小雅」에 있다. 하물며 이 기록은 본래 무료하고 답답함을 몰아내기 위하여 붓 가는 대로 한 것이니, 실없는 이야기가 있음이 무엇이 괴이할 것이 있겠는가? 공자께서도 '장기나 바둑을 두는 것이 마음을 쓰지 않는 것보다 낫다' 하였으니, 장구를 다듬는 일은 장기나 바둑에 비교하여 오히려 낫지 않겠는가? 또 내용이 이렇지 않다면 '稗'라 이름 하지 않았을 것이다"라고 하였다.[32]

이 글에서 주목되는 바는 시시콜콜하다고 할 수 있는 일상에 관한 글쓰기를 옹호하는 점이다. 『역옹패설』 전집(前集)의 마지막 부분을 "골계의 말로 끝을 맺었다"는 필기의 일화[33]적인 내용이다. 어떤 객이 마지막 부분을 골계로 끝맺은 것에 대하여 비판하자 장기나 바둑 같은 놀이

---

32) 『역옹패설 후집』 「序文」. "客謂櫟翁曰: '子之前所錄, 述祖宗世系之遠, 名公卿言行, 頗亦載其間, 而乃以滑稽之語, 終焉. 後所錄, 其出入經史者, 無幾, 餘皆雕篆章句而已, 何其無特操耶! 豈端士壯夫所宜爲也.' 答曰: '坎坎擊鼓, 列於風; 屢舞婆婆, 編乎雅. 矧此錄也, 本以驅除閑悶, 信筆而爲之者, 何怪夫其有戲論也? 夫子以博奕者, 爲賢於無所用心, 雕篆章句, 比諸博奕, 不猶愈乎? 且不如是, 不名爲稗說也.'"

33) 익재가 崔瀣의 삶의 단면을 표현한 것은 고려 후기 사대부의 모순에 찬 인생역정을 나타내고자 한 것이다. 이로써 필기는 오히려 인간의 현실적 삶을 진솔하게 그려낼 것을 예고한다. 이러한 글쓰기는 신진사인(新進士人)이 건설한 조선조에 만연(漫然)하게 된다. 여러 인물들의 진솔하고도 대담하기까지 한 일화로 표현한 『용재총화』를 필두로 조선조의 필기는 바로 『역옹패설』의 '稗'를 계승·발전시킨 것이라 할 수 있다.

보다는 낮다고 하면서 그렇기에 '패'로 이름하지 않았느냐고 변명하고 있다. 문인이 무료하고 답답한 심경을 달래 보려는 것이므로 장기나 바둑을 두기보다 나은 것이라고 하여 내용의 범위에 있어 제약이 없는 견문록임을 표명하고 있다. 물론 변명이며, 다분히 겸손의 뜻을 담고 있는 수사적 표현이다. 그리고 그 의미는 최해의 삶의 비참함을 애정 어린 시선으로 바라본 것이며, 인간의 현실적 삶을 진솔하게 그려내고자 하였다. 그렇기에 오히려 '패(稗)'를 내세워 오히려 견문한 바 글 쓴 내용에 떳떳함을 드러낸 것이다. 이러한 인간적 삶의 진솔함에 대한 견문기록이 조선 전기에 족출하였다.

그리고 대개 조선 전기의 사대부는 위와 같은 글쓰기를 생활 속에서 경험한바 일종의 풍류와 파적거리로 기록하였다. 또 사대부의 견문기록에 간혹 패설적 성격의 민간의 세태도 섞여 들어가 내용을 풍부하게 하였다. 그리하여 필기·패설류는 기록의 내용 범위를 더욱 확대시켜 나갔다.34) 『용천담적기』는 바로 이러한 글쓰기 전통 속에 나온 것이다. 『용천담적기』의 내용과 글쓰기 방법을 이 책의 서문에서 확인할 수 있다.

　긴 밤과 기나긴 낮을 뜻 둘 곳이 없어 때로 예전에 친구들이 하던 이야기를 기억하며 붓 가는 대로 기록하여 친구들과 사귀며 얘기하던 것을 기록한다. 또 새로 얻은 것이 있어 이어서 그 끝에 보충하여 번민을 덜고 쓸쓸함을 위로하는데 도움이 되게 하였다. 비록 이런 것으로 마음을 썼다고 할 수는 없지만 장기나 바둑을 두거나 낮잠을 자는 것보다는 낫지 않겠는가. 어떤 사람이 말하기를, "패관소설도 충분히 博識을 돕고 잃어버리거나 떨어진 것을 주워 모을 수 있어서 역사의 편집을 맡은 사람들이 반드시 찾아야 하는 것이니 어찌 끝끝내 감추어 두어 사유물로만 할 수 있겠는가" 하였다.35)

<hr/>

34) 이는 기록의 내용 범위가 광범위하여 조선 전기 생동하는 생활상을 볼 수 있다. 이에 해당하는 것으로 李陸(1438~1498)의 『青坡劇談』, 成俔(1439~1504)의 『慵齋叢話』, 魚叔權(?~?)의 『稗官雜記』 등이 있다.

35) 『용천담적기』 「序文」. "永夜長晝, 無以遣情, 則時頗省記平昔所得朋儕中語, 信筆裒錄, 以當交遊談謔. 且有新獲, 隨補其尾 用爲撥悶慰寂之助. 雖不可以用心云耳, 不

『용천담적기』는 김안로 자신이 들은 이야기를 형식적 틀에 얽매이지 않고 자유롭게 저술한 것이다. 전체 35여 개의 짤막한 내용으로 이루어졌다. ① 인물의 일화, ② 자연 현상, ③ 시화, ④ 저자의 체험, ⑤ 관심의 대상물에 대한 세세한 묘사 등 광범위한 내용을 포괄하고 있다.

이 중 채생과 박생 이야기는 우리의 주목을 끌었다. 평범한 인간이 경험한 기이(奇異)한 이야기이다. 기이한 경험기록만으로 귀결되었으면 우리는 하나의 온전한 패설로 다루었을 터이다. 그런데 논평이 부기(附記)되어 이야기는 저술자의 사대부적인 이념에 의해 비판된다. 사대부의 이념에 영향을 받지 않게 되는 것은 다음 시대에 이르러야 '이야기' 그 자체로 용인되며, 이는 향후 야담계 서사로 이어질 공산이 크다. 필기문학의 서사문학적 발전 양상에서 보면 『용천담적기』의 기이한 이야기는 필기 안에 포섭되어 있음이 분명하다. 훗날 이러한 이야기는 견문한 현상 그대로 재현하든가 사실을 빙자한 허구로, 그리고 저술자의 견문이라는 투식을 없앤 완전한 허구적 서사로 그 지형을 넓혀가기도 하였다.

그러나 『용천담적기』는 이야기 서술 뒤에 저술자의 이념적 견해를 강하게 드러낸다. 평범한 인간의 경험에 대해 저술자의 이념을 구체적으로 적시한 것이다. 이 점은 『기묘록』과 『용천담적기』의 글쓰기 지향점이 같음을 앞에서 확인했던 터다. 물론 하나는 역사적 현장의 견문기록으로 조정전고에 해당하고, 다른 하나는 기이한 경험을 견문한 필기이다. 그러나 글쓰기 제재의 차이는 있지만 편찬·저술의 근저에는 사대부적 의식이 지배하고 있다. 『기묘록』은 사림파 언행의 견문기록이다. 이를 인물 중심으로 모아 자신들의 이념에 따라 편찬한 것이다. 그리하여 『기묘록』은 유가적 이념에 의한 전형화를 지향하였다. 16세기 사림파 쪽에서 기록된 필기류는 사대부의 일상적 삶이나 보편적 정서를 드

猶愈於博奕晝寢者乎. 或曰稗官小說, 亦足資辯博, 而綴遺缺職編歷者之所必採, 豈能終秘以自私耶."

러내려는 기존 관습적인 필기류와 달리, 사화 시기 인물들의 부침(浮沈)을 통해, 그리고 인물들의 행적을 엮어 논의함으로써 그 정당성을 획득하였다고 할 수 있다. 거기에는 기존 사대부들의 행적이 들어갈 여유가 없으며, 비일상적인 흥미나 취미도 개입될 여지가 없었다.

『용천담적기』는 한미한 신분의 기인한 경험을 기록하였으나 그 경험은 사대부 김안로에 의해 현실적으로 비판된다. 김안로 자신의 논평에서 드러나듯 사대부적 의식에 철저하였다고 할 수 있다. 기이한 이야기 속에 인간의 보편적 욕망과 현실적 비판의 장의로서의 서사 공간은 이념 지형에서 배척되는 것을 볼 수 있었다. 김안로가 긍정한 인물 언행의 표준이 되는 지점은 『기묘록』의 사대부 이념에 의한 현실세계이다. 김안로는 사람이 아무리 어려워도 정도(正道)를 가야 하며 그러한 경험 기록을 긍정한다.

결국 16세기 필기는 저술자의 철저한 의식에 의해 지배되며 그것에 따른 사실의 경험만을 긍정한다. 이로써 보면 기록의 목적의식성은 허구적 서사를 뿌리내릴 수 없게 한다. 이 두 기록의 글쓰기에 드러난 공통의식을 김안로의 말에서 빌려 제시해 본다.

> 사람이란 반드시 먼저 변란을 당하고 그 후에 향락을 누려야만 보전할 수 있는 것이다. 무릇 사람이 번영한다는 것은 하늘이 혹시 그 사람에게 복을 주기 위한 것이다. 또한 혹시 하늘이 그 사람에게 화를 주려고 액란을 시험하는 경우도 있다. 액란을 많이 겪는다는 것은 그 후에 복이 올 기틀을 만드는 것이다. 사람에게 번영은 그 분수를 넘어서 누리는 일이 없다면, 어찌 종족을 멸하게 한단 말인가. 사람이 고난을 견뎌내지 못한다면 어찌 큰 사람이 될 수 있겠는가. 세상 사람들은 알지도 못하고 한 사람이 영달하는 것을 보면 복이라 하고, 한 사람이 불운한 것을 보면 모두 화를 입었다 하니 이것은 미혹된 것이다.[36]

---

36) 『용천담적기』. "人必先變難而後, 其亨可保. 凡人營盛者, 天或福其人而與之, 亦或禍其人而致之. 其試厄難, 多爲後福之基. 人不有榮盛踰涯, 豈有赤宗之禍乎. 人不有

결국 현실 도착적인 상태의 경험은 헛것이며, 저승의 일이 현실에 관여해서는 안 된다. 중요한 것은 정도를 걸으며 그것으로 살아갈 뿐이다. 정도를 걷다 보면 불운(不運)하여 화(禍)를 입을 수도 있지만 마침내 화가 복이 되며, 그렇지 않을 경우 그 반대의 운수가 초래된다. 그러니 현실에서 정도를 걸어가며, 고난을 만나더라도 참아 나가는 것이 사대부(士大夫)의 길이며, 그러한 것을 기록하는 것만이 바람직한 일이다. 이것이 15·17세기를 가르는 16세기 필기문학의 한 특징으로 유가적 이념에 의한 현실주의적 세계관의 기록성이라고 할 수 있다.

動心忍性, 有大造之器乎. 世人不知, 見其榮盛則皆曰福, 見其蹇厄則皆曰禍, 惑也."

이념의 서사화, 「천군전(天君傳)」

장경남

1. 「천군전」의 등장

16세기는 조선이 명실상부하게 성리학적 질서로 재편된 시기이다. 훈구파와의 대결에서 사림파가 승리를 거두면서 성리학은 지배 이념화되고 체계화되기에 이르렀다. 성리학을 국가 이데올로기로 내세움과 동시에 윤리적 실천 내용을 담은 『소학』·『삼강행실도』·『주자가례』·『향약』과 같은 교훈서를 편찬 배포하여 개인—가족—향촌으로 이어지는 사회 각 층위에 대한 일관된 이념화를 노렸다.[1]

이 글에서 주목하는 「천군전(天君傳)」의 등장 또한 이와 무관하지 않다. 잘 알려진 대로 이 작품은 남명(南冥) 조식(曹植, 1501~1572)의 「신명사

---

1) 강명관, 「삼강행실도—약자에게 가해진 도덕의 폭력」, 『한국고전여성문학연구』 5집, 한국고전여성문학회, 2002, 7면.

도(神明舍圖)」를 바탕으로, 동강(東岡) 김우옹(金宇顒, 1540~1603)이 지은 것이다. 「동강선생연보(東岡先生年譜)」에 "가정(嘉靖) 45년 병인, 선생이 27세(1566) 되던 해에 천군전을 지었다. 남명선생이 일찍이 신명사도를 찬하고 동강 선생에게 명하여 전(傳)을 짓게 하였다"[2]고 한 기록으로 보아 「천군전」은 1566년에 지어졌고, 직접적인 창작 동기가 된 것은 남명의 「신명사도」임을 알 수 있다. 바로 남명의 성리학적 이념을 전파하기 위한 목적으로 지어진 것이 「천군전」이다.

이 작품은 천군소설(天君小說)의 효시 작품으로 평가하기도 한다.[3] 천군소설은 마음, 즉 천군(天君)이 주요 인물로 등장하여, 그 아래에 많은 신하[四端七情]를 거느리고 백체(百體, 즉 온몸)에서 일어나는 심통성정(心統性情)의 사건들을 관장하고 있는 것으로, 사건의 배경도 천군의 나라이며 소재도 대부분 천군과 관계 있는 것이고 주제도 천군과 관계되는 심법(心法)의 논리를 다루고 있는 일련의 소설들을 뜻한다.[4]

「천군전」이 천군 '소설(小說)'이냐 아니냐의 문제를 떠나 '천군(天君)'을 중심인물로 내세운 서사물이라는 데에 우선적으로 관심을 가져야 할 것이다. 즉, 16세기 중반에 창작된 「천군전」에서 천군소설의 핵심 요소가 될 만한 '천군'을 중심인물로 내세웠다는 사실이 바로 16세기 소설사를 재인식하게 해 주는 근거가 되기 때문이다. 남명은 「신명사도」와 함께 「신명사명(神明舍銘)」까지 지어 부족한 부분을 상호 보완하고 있다. 즉, 말로 다 나타낼 수 없는 부분은 그림으로 표현함으로써 느끼어 깨닫게 하고, 그림으로 다 표현할 수 없는 부분은 명(銘)으로써 보완하고 있

---

2) 『東岡集』卷8 「東岡先生年譜」. "嘉靖四十五年丙寅, 先生二十七歲, 作天君傳, 南冥先生嘗撰神明舍圖, 命先生作是傳."
3) 「천군전」의 장르에 대해서는 傳, 假傳, 假傳體小說, 小說 등으로 다양하게 거론되고 있다. 이 글에서는 허구적 서사물이라는 넓은 의미의 소설 개념을 택하여 소설로 보고자 한다. 천군계 소설의 특징을 담고 있는 초기 작품이므로 넓은 의미의 소설로 보아도 별 무리가 없으리라 생각했기 때문이다.
4) 김광순, 『天君小說研究』, 형설출판사, 1980, 10면.

다. 그런데 이에 그치지 않고 동강으로 하여금 서사문학 작품으로 형상화하게끔 했다는 데 주목해야 한다. 동강은 새로운 서사 형식을 창안하기보다는 이전부터 존재했던 양식인 가전(假傳)의 형식을 빌어 「천군전」을 지음으로써 스승의 명에 답했다. 그런데 문제는 동강이 지어낸 「천군전」은 이전의 가전과는 사뭇 다른 모습을 하고 있다는 데 있다. 여기서 주목할 것은 성리학자들이 문장의 말업(末業)이라 비하했던 허구적 글쓰기를 그들의 이념을 담는 그릇으로 사용하고 있다는 점이다. 심성 수양을 강조하던 사림파에 의해 심성을 의인화한 「천군전」이 만들어졌다는 것은 서사문학의 지평이 그만큼 확대되었다는 것을 의미하기도 한다.

이 글은 「천군전」이 이야기 문학으로서 지니고 있는 서사적 특성이 무엇인지를 밝히고, 그 특성은 심성 수양의 문학적 형상화가 가능했던 16세기 중반의 소설적 환경과 어떤 관련을 맺고 있는지를 밝혀내는데 목적이 있다. 이로써 16세기 중반 우리 소설사는 어떠한 경향을 띠고 있었는지를 드러낼 수 있으리라 생각한다.

2. 16세기 소설사의 한 경향-이념의 소설화

16세기 초반 사림파가 중심이 된 향약(鄕約) 보급운동은 향촌 지배질서를 구축하기 위한 활동이었다. 이는 종래의 불교적인 향촌 질서를 성리학적 향촌 질서로 재편하고자 하는 이념적 지향과도 관계되는 것이다. 훈구파와의 대결에서 승리하면서 사림파의 이념은 더욱 체계화되기에 이르렀고, 성리학적 이념 가운데 하나인 심성 수양은 이로써 더욱 강조되었다. 그런데 문제는 이를 어떻게 전파시키느냐에 있었다. 심학(心學)과 같은 추상적인 이념의 전달은 쉬운 일이 아니었다. 사림파는 자신들의 이념을 손쉽게 전달하기 위한 수단으로 문학을 주목하게 되었다.

물론 사장학을 비판했던 사림파는 문학을 긍정적으로 여겼던 것은 아니었다. 사림파는 문학을 도학의 일부로 여겼다. 이론적으로는 문학이 인간의 정감에 작용하는 면을 주의했지만, 거기에 교조적인 해석이 가해졌다. 인간생활상의 일체의 요구를 욕(欲)으로 규정하여 인욕(人欲)을 억제하고 천리(天理)를 보존해야 한다고 한 것이다. 정감의 자유로운 유출이 제약을 받아 시와 문 등 작품에서 문학이 일반적으로 지녀야 할 예술적인 내용과 생동감을 찾아보기 어려운 경우가 허다하였다. 소설은 인간에게 대단히 해로운 것으로 보았던 것도 이러한 도학주의적 편견 때문이었다.[5] 그러나 이 시기에 이미 소설은 많은 사람들에게 인기 있는 독서물로 자리 잡아 가고 있었다. 사림파는 소설을 바람직한 것으로 여기지는 않았지만 소설이 가지고 있는 서사적 흥미에는 관심을 두고 있었다. 교화에 보탬이 되는 서사적 흥미는 긍정적으로 인식하고 있었던 것이다. 그렇기 때문에 소설이 어렵지 않게 교화에 이용될 수 있었다.

16세기 벽두에 터진 「설공찬전」 파동을 보면, 파문의 이유가 무엇에 있었든지 간에 이 사건을 통해 우리는 소설이 이미 폭넓게 향유되고 있었다는 사실을 알 수 있다. 16세기에 소설이 유통되었다는 것은 「오륜전전」을 통해서도 알 수 있다.

천상종가본(川上宗家本) 「오륜전전(五倫全傳)」에는 1개의 서문과 3개의 발문이 첨가되어 있다. 서문의 주된 내용은 중국에서 유입되어 읽히던 "오륜전 형제 이야기"에 불만을 느껴 한문으로 윤색하고 국문으로 다시 번역했다는 것이다. 주지하듯이 우리는 이들 서문에서 두 가지 사실을 알 수 있다. 우선, 여항의 무식쟁이들까지 국문으로 소설을 베껴 밤낮 떠들고 있다고 한 데서 알 수 있듯이 이미 소설은 사대부 문인에게만 한정할 수 없을 만큼 그 향유층을 넓혀 나갔다는 것이다. 그리고 다른

---

5) 임형택, 「李朝前期의 士大夫文學」, 『韓國文學史의 視角』(창작과비평사, 1984, 370
~371면) 참조.

하나는 소설이 교화에 활용되었다는 것이다. 「오륜전전」을 번안한 주된 목적은 바로 여기에 있었다. 낙서거사는 국문소설들이 풍속에 좋지 않음을 개탄하면서 이석단, 취취의 이야기 같은 것은 음설망탄하여 도무지 볼 것이 없다고 하였다. 그러나 오륜전형제의 이야기는 오륜(五倫)을 밝힌 것이고, 당시 굉장히 널리 읽혔다는 점을 들어 교화의 도구로 활용하고자 다듬었다고 하였다.

> 이 책을 보는 사람들에게 감격하고 우러르는 마음이 일어나서 한가한 가운데 농담하는 수단으로만 그치게 하지는 않았으니, 밝은 가르침을 세우는 데 도움이 없지는 않을 것이다. 또한 언문으로 번역하여 비록 한자를 모르는 아녀자들 같은 사람들조차도 보고 이해할 수 있도록 한 것이다.6)

이처럼 이 소설은 심심풀이 농담의 소재가 아닌 성현의 가르침을 돕기 위해 이루어진 것이다. 즉, 낙서거사의 국문 번역은 소설효용론의 관점에서 이루어졌는데, 이 작품이 목판으로 인쇄되기에 이른 것도 같은 맥락에서였다.7)

충주간본을 간행한 유중령(柳仲郢)의 발문에는 "그 말이 비록 약간에 불과하나 교화를 돈독히 하고 풍속을 선하게 하는 방편를 또한 옛 군자의 서적에 버금가리로다"8)라고 했다. 유중령은 심수경(沈守慶)에게 국문본 「오륜전전」의 발문을 청하였는데, 거기에서 "애초에 어떤 사람에게서 나온 것인지는 알지 못하지만, 낙서거사가 윤색해서 바로잡고, 유언우가 비로소 간행하여 길이 전해지도록 했다. (…중략…) 유언우가 태수가 된 지 몇 개월 내에, 먼저 이 책을 찍어 내었으니 백성을 교화하고 풍속을 제대로 이루려 한 뜻이 어떠한가?"9) 하였다. 교화의 목적으로

---

6) 洛西居士, 「五倫全傳序」(무악고소설자료연구회 편, 『한국고소설관련자료집』, 태학사, 106면) 참조.
7) 심경호, 「오륜전전에 대한 고찰」, 『애산학보』 8집, 애산학회, 1989, 119면.
8) 柳仲郢, 「五倫全傳 跋文」(무악고소설자료연구회 편, 앞의 책, 107면).

이 소설이 이루어졌음은 발문을 통해서도 드러났다. 한결같이 "풍속을 교화함에 보탬"이 되기를 바란다고 하고 있으니, 소설을 교화에 이용하려는 의도가 강했음을 알 수 있다.

한편, 16세기 중반에는 보우(普雨, 1509~1565)가 국문으로 번역한 「왕랑반혼전」이 등장하기도 했다. 이 소설은 이념을 전파할 목적으로 문학작품을 활용한 예이다. 이 작품은 불교의 포교를 목적으로 한 바, 불교적 이념이 소설적으로 형상화되어 전파되었다. 「오륜전전」이 유교적 이념을 전파하는데 활용되었다면, 「왕랑반혼전」은 불교적 신심을 불러일으키는 데 활용된 것이다. 이렇게 소설은 긍정적으로 인식되고 있었던 것이다. 그것은 소설이라는 문학 양식이 가지고 있는 서사적 흥미에 기인한 것으로 여길 수 있다.

서사적 흥미를 이용한 작자의 목적 성취, 이는 이 시기에 흔히 사용된 수법이었던 것이다. 그러기에 김우옹은 남명의 명(銘)을 받자 이를 생각해 낸 것이다. 스승에게서 전을 지으라는 명령을 들은 김우옹은 효과적인 표현 방법을 찾고자 고심했을 것이다. 김우옹은 우선 전(傳)의 형식을 이용하여 심성 수양의 실천적 방법을 표현해 내려고 하였다. 추상적인 심성을 표현하려니 의인화의 방법을 택할 수밖에 없었고, 따라서 전대에 쓰였던 가전(假傳) 형식이 이용된 것이다. 그러나 문제는 「천군전」이 가전의 전통을 잇고 있지만 전대의 것과는 다른 양상을 보이고 있다는 데에 있다.10)

가전은 사물을 의인화하여 그것의 일대기를 허구적으로 구성해서 그를 통해 인간사를 우의적으로 포폄하여 세상을 경계하려는 문학 양식

---

9) 沈守慶, 「五倫全傳 跋文」(무악고소설자료연구회 편, 위의 책, 108면).
10) 조동일 교수는 천군이라고 설정한 심성의 본체가 신하 또는 주위의 인물들로 나타난 선악의 여러 방향으로 기울어져 문제가 생기는 것으로 전개 방법을 삼았으니 가전이라고만 부르기에는 어려운 점이 있다고 하면서, 이런 것까지 포괄하기 위해서 가전체라는 용어를 사용할 필요가 있다고 하였다(『한국문학통사』2(3판), 지식산업사, 1994, 482면).

이다.11) 가전은 한유(韓愈, 768~824)의 「모영전(毛穎傳)」에서 비롯되었고, 우리나라에서는 고려시대에 임춘(林椿)의 「국순전(麴醇傳)」을 필두로 조선조까지 지속적으로 등장한다. 사물의 의인화에 그치지 않고 마음을 의인화하는 경우까지도 생겨났다. 가전의 형식을 이용하여 심성(心性)을 의인화한 작품은 「천군전」이 처음이다. 심학을 이해시키고 심성수양의 방법을 제시하는 데 심성의 의인화가 효과적인 것으로 인식되었음을 뜻한다.

그런데 「천군전」이 가전의 전통을 따르는 것 같지만, 서사성을 강화하는 쪽으로 변화를 시도하고 있다는 점을 주목해야 한다. 후술하겠지만 서사성의 강화는 적강 구조를 활용한 서사적 완결성의 추구와 선악 대립 구조를 통한 흥미 지향을 통해 이루어지고 있다. 가전보다는 소설적 면모를 갖추고 있는 셈이다.

인류가 글쓰기를 시작한 이래 다양한 형태의 글쓰기 실험은 계속해서 이루어져 다양한 양식의 글이 생겨났다. 또 기록의 역사가 시작된 이래 기지(旣知)의 사실에 대한 충실한 기록과 미지(未知)의 것에 대한 호기심 넘치는 탐색의 기록은 늘 있어 온 일이었다. 그런데 미지의 것에 대한 탐색의 기록은 기록자 혹은 창작자의 상상력이 적극적으로 개입하게 된다. 이런 경향의 글에서는 '읽는 재미'가 추구되었고 그러한 재미는 소재 자체의 기이함과 그것을 전달하는 방식의 독특함이라는 양면에서 동시에 추구되었다.12)

이러한 맥락에서 「천군전」도 새로운 글쓰기 방식을 시도한 것으로 볼 수 있다. 소재 자체에서도 전 시대에서는 취하지 않았던 심성(心性)을 택하고 있고, 그것을 전달하는 방식도 가전의 형식을 어느 정도 벗어나 있다. 가전의 형식을 이용해서는 전달, 또는 표현하고자 하는 바를 충분히 성취할 수가 없었던 것이다. 따라서 새로운 표현에 대한 방법적 고

---

11) 곽정식, 『韓國 傳文學의 理解』, 경성대 출판부, 1998, 34면.
12) 김진곤, 『이야기 소설 Novel』, 예문서원, 2001, 54면.

민이 필요하였다. 그 결과 「천군전」이 등장한 것이다.

「천군전」과 같은 소위 천군소설의 등장은 16세기 소설사에서 중요한 의미를 갖는다. 성리학적 이념 가운데 하나인 심학을 소설로 형상화한 것과, 이념의 전파를 위해 서사적 흥미를 고려했다는 점이다.

여기서 다시 「천군전」의 창작 배경에 주목해 보자. 「천군전」은 1566년(명종 21)에 지어졌고, 직접적인 창작 동기가 된 것은 남명의 「신명사도(神明舍圖)」이다.

「천군전」의 작자 동강 김우옹은 남명 조식의 외손서(外孫婿)이다. 동강은 24세 되던 겨울부터 남명의 문하에서 수학하며 성리학을 배웠다. 남명은 동강에게 '뇌천(雷天)'이란 두 자를 내려 대장(大壯)의 기상을 기꺼워하였으며, 또 교만한 마음을 경계하고자 항상 차고 다니던 성성자(惺惺子)라는 금령(金鈴)을 풀어내려 격려하기도 하였다. 남명은 그가 거처하던 뇌용정(雷龍亭)·산해정(山海亭)의 창문 벽에 '경의(敬義)'라는 두 글자를 써 붙여 이를 중시하였던 바, 동강은 이 경(敬)과 의(義)를 「천군전」에서 심(心)을 바르게 하는 요체로 파악하였다. 남명 문하에서 성리학을 배운 동강은 남명의 학통을 그대로 이어 받았던 것이다.[13]

동강이 이어받은 남명학의 특성은 크게 두 가지로 요약할 수 있는데, 하나는 남명학의 요체가 경·의라는 것이고, 다른 하나는 남명의 학문이 실천적이라는 것이다.[14] 남명의 실천적 학문은 성리학적 이념을 제도화하려고 했던 사림파의 일련의 정책과 맞물린다. 사림파는 인습과 구제를 혁파하려고 했으며, 공신들의 위훈을 삭제하고, 향약을 보급하고자 했다. 소학을 장려하고 경연의 기능을 강화하고자 한 것도 사림파가 추구한 일이었다.

사림파가 마련한 사회질서 재확립의 방향은 기본적으로 각 지방 단

---

13) 김광순, 앞의 책, 54면.
14) 최석기, 「南冥의 神明舍圖·神明舍銘에 대하여」, 『남명학연구』 4집, 경상대 남명학
연구소, 1994, 157면.

위 사회에서 자치적 기능을 부여하면서, 사회적·정치적 비리(非理)의 배제가 곧 사회 안정의 근본적인 해결이란 인식 아래 그것을 유교적 도덕 윤리의 함양을 통해 실현시키려는 것이었다. 그 구체적인 노력으로 15세기 말엽의 향사례(鄕射禮)·향음주례(鄕飮酒禮) 보급운동과 16세기 초반의 향약 보급운동 등 두 가지를 들 수 있다. 향약 보급운동은 그 목적이나 시행 경위면에서 명확하게 성종대의 향사례·향음주례 보급운동의 뒤를 잇는 것이었다. 그런데 그 구체적인 수단이 향약으로 바뀐 것은 이 시기의 성리학 발전에서는 매우 중요한 의미를 가지는 변화였다. 무오사화 이후 기묘사화에 이르는 기간에 사림 계열 사이에서는 주희가 모든 학문의 기초로 제시한 『소학』의 중요성을 크게 강조하는 새로운 경향을 보였다. 향약은 바로 그 『소학』에 실린 것으로서 그 보급운동은 말하자면 『소학』 실천 운동의 성격을 띠는 것이었다. 『소학』의 가치 발견과 이에 근거한 향약 보급운동은, 중앙집권적 관료 체제 아래 만연된 관인들의 사회적 비리는 궁극적으로 성리학적 수신(修身)으로밖에 극복할 수 없다는 판단에 도달한 것을 뜻하는 것이기도 하였다. 사회현실에 대한 비판의식이 학문적 체계로 발전할 수 있는 토대가 더 확실해진 것이다. 그 학문적 발전에서 『심경(心經)』을 중시하거나 예학이 융성하는 특성을 보인 것도 결코 우연이 아니다.15)

『심경』의 보급은 15세기 중반 이후 초기 사림들에 의해서 이루어졌다. 독서층도 극히 일부 학자들에 국한되었고 그 이해 수준도 낮을 수밖에 없었다. 그러나 16세기에 들어와 새로 전래된 『심경부주(心經附註)』를 통해 『심경』을 본격적으로 이해해 가게 된다. 즉 16세기 전반기는 『심경부주』의 보급 초기 단계로, 이 무렵 이 책을 읽은 사람들은 당대 사림의 주요 학자들을 거의 포함하고 있다. 이들은 서로 연계하면서 혹은 개인적인 노력으로 『심경부주』를 접하였다. 이렇게 『심경부주』가 점차 알려

---

15) 이태진, 『朝鮮儒敎社會史論』, 지식산업사, 1989, 84~92면 참조.

지면서 독서층이 확산되어 나갔는데, 집단적이든 개별적이든 이 책의 학습에 참여한 이들은 대개 사림학자였다. 이들은 이 책의 가치를 일찌감치 주목하여 단순히 일반 학자의 수신 교과서를 넘어서 국왕의 심학 교재로까지 이용하려고 시도하였다. 16세기 전반기의 사림은 수기치인(修己治人)의 성리학 요체를 체득하여 사장(詞章)을 비판하고 도학(道學)을 주장하는 등 본격적인 성리학풍을 조성하는 가운데 이 책의 가치를 주목하고 보급한 것이다. 심학의 전파는 결국 인간의 내면세계, 특히 도덕적 수양문제에 초점을 맞추게 되었고, 그 결과 수양의 주체인 심(心)을 중시하게 되었으며 수양 방법으로는 경(敬)에 주목한 것이다.16)

남명사상의 핵심인 경의(敬義)사상도 이와 같은 사회적 배경과 밀접한 연관이 있다. 경과 의는 마음을 바르게 하는 요체로서 남명사상의 핵심인바, 이는 「신명사도」와 「신명사명」을 통해서 드러내기도 했다. 심성의 원리를 추상적인 개념으로 논술하다 보니 이해하기 어려운 흠이 있기에 도설(圖說)을 만들어 설명한 것이다. 「신명사도」는 이론적 교양인보다는 실천적 지식인을 지향했던 남명이 그의 수양론을 그림 하나로 요약하여 남긴 사실상 유일한 체계적 저술이다. 남명은 도학이 지나치게 이론화되어 실천적 기풍이 소외되는 것을 경계하였다. 따라서 퇴계학파가 번쇄한 이론적 기풍을 중시하는 경향을 보이자 비판해 마지않았던 것이다.17) 남명이 「신명사도」를 제작한 뜻은 이론적 깊이를 더하기 위한 것이 아니라 도학을 번쇄한 논의에서 건져 간략화하고, 실천적 방법을 집약하자는 데에 있었다는 것이다.18)

그러나 이 또한 쉽게 실현하기 어려웠던 것 같다. 따라서 김우옹으로 하여금 「천군전」을 짓게 함으로써 남명은 자신의 사상을 보다 더 쉽게

---

16) 김윤제, 「조선 전기 심경의 이해와 보급」, 『한국문화』 18, 서울대 한국문화연구소, 1996, 217~219면.
17) 한형조, 「남명, 칼을 찬 유학자」, 『남명 조식』, 청계, 2000.
18) 허원기, 「天君小說의 心性論的 意味」, 『古小說研究』 11집, 한국고소설학회, 2001, 138면.

전달하고자 했던 것이다. 여기서 주목해야 할 것이 바로 이념을 전달하기 위한 도구로 문학 작품이 사용되었다는 점이다.

당대에 소설은 천대를 받았던 문학 양식이었다. 그러나 「오륜전전」의 예에서 본 바와 같이 교훈성을 담보한 작품들은 용인되고 있었고, 적극적으로 대중 교화에 활용되기도 하였다. 소설이 교화에 활용될 수 있었던 가장 큰 이유는 그 자체가 가지고 있는 서사적 흥미 때문이었다. 문학적 흥미에 대한 관심은 이전 시기 패설류의 성행에서도 확인할 수 있다. 『태평한화골계전』·『촌담해이』·『어면순』 등의 패설류는 흥미로운 읽을거리로 받아 들여졌다. 이들 패설류가 가지고 있는 미의식은 골계미이다. 인간의 삶을 영위해 나아가는 데에 필요한 하나의 미의식을 드러내고 있기 때문에 패설은 조선 초기부터 근대까지 꾸준히 찬집되고 향유되어 왔다.19) 바로 패설류가 재미있는 읽을거리의 역할을 했던 것이다. 문학의 기능 가운데 교훈과 흥미는 항상 상보적인 관계를 유지해 왔다. 교훈보다는 흥미 지향적인 것이 패설류로, 이들 작품에 대한 사대부들의 독서관습은 흥미 있는 이야기가 대중 교화에 효과적이라는 인식을 하게 만들었다.

서사적 흥미를 활용하여 이념적 교화를 이루려는 지배 계층의 노력은 소설에 대한 긍정적 인식을 확대하는 계기가 되었음에 틀림없다. 이렇게 해서 소설 양식은 16세기에 이르러 자신의 영역을 넓혀 나갔던 것이다. 「천군전」에서 활용했던 문학적 장치들은 독자의 흥미를 이끌어 가는 요소로 작용한다. 심성 수양이라는 추상적 개념을 이해시키기 위해 이러한 서사적 흥미 요소를 활용함으로써 목적한 바를 이룰 수 있었다. 이렇게 이 시기에 이르러 서사적 흥미 요소는 이념 전달의 수단으로 활용되고 있었던 것이다. 이로부터 소설은 그것이 가지고 있는 양면적 기능, 즉 교훈과 흥미를 적절하게 활용하면서 때로는 교훈에, 때로는 흥미

---

19) 김준형, 「조선조 패설문학 연구—골계류를 중심으로」, 고려대 박사논문, 2003.

에 가치를 두고 발전하게 된다. 16세기 고소설의 문학사회학적 지평을 서사적 흥미와 이념적 교화라는 모순적인 관계 속에서 조망할 필요가 있다는 주장20)은 「천군전」을 통해서도 설득력을 얻을 수 있는 것이다. 그러면 「천군전」은 어떤 방식이 활용되어 심성 수양이라는 추상적 개념이 서사화되고 있는지 살펴보기로 하자.

3. 「천군전」의 서사적 특성과 의미

1) 적강 구조를 통한 서사성 강화

「천군전」은 천군(天君, 마음)을 중심으로 하여 충신과 간신의 대립을 서사화한 작품으로, 충신인 경(敬)과 의(義)가 천군을 잘 보좌하나 간신인 해(懈)와 오(傲)에 의해 나라는 혼란에 빠지고, 이를 경의 주도하에 다시 바로잡는다는 내용이 서사적 골격이다.

이 작품의 중심인물은 천군이다. 천군을 중심으로 이 작품의 서사를 따라가 보자.

작품의 서두에서, 곤륜산(崑崙山) 아래 유인씨(有人氏)라는 나라가 있었는데 그 나라는 예와 의로써 제후들의 추앙을 받아 중국의 동맹을 주관하여 상제의 덕업을 밝혔다고 하면서, 그 임금은 건원제(乾元帝)의 아들이라고 소개하고 있다. 그 임금이 바로 천군(天君)인데, 그 등극 과정이 흥미롭다.

건원제는 태초 원년에 다음과 같은 조칙을 내린다.

---

20) 제1부 정출헌, 「표기문자 전환에 따른 16~17세기 소설 미학의 변이 양상」 참조.

짐은 아득히 높은 그 위에 있으나 임금의 일이 참으로 번잡하여 홀로 운영
하지 못하겠으니, 누가 짐을 도와 이를 다스릴 이가 있으면 짐이 장차 下土에
다가 은총을 베풀어서 모든 관리들을 잘 거느리도록 하겠노라.21)

이처럼 건원제가 하토(下土)를 다스릴 인물을 구하자, 모두 그의 맏아
들을 천거한다. 이에 건원제는 칙령을 통하여 "이처럼 많은 나라가 아
득한 하계에 수풀처럼 빽빽이 늘어서 있으나, 그 주인이 정해져 있지
않으므로, 이에 내가 너에게 중앙에 있는 땅을 통치하게 명하노니, 너는
너의 형제와 함께 모든 무리들을 진무하여 우리 제실을 돕도록 하라(17
면)"고 하면서 맏아들을 유인국(有人國)에 봉하니, 나라 사람들이 그를 높
이 받들어 천군(天君)이라 불렀다.

천군의 첫 이름은 리(理)인데, 인간세계에 봉해지자 이름을 심(心)이라
고치고 흉해(胸海)에 도읍을 정한다. 그리고 태재 경과 백규 의의 도움으
로 나라를 잘 다스리다가 요망한 신하인 공자(公子) 해(懈)와 공손(公孫)
오(傲) 등에 의해 혼란에 빠지나, 공자 양(良)과 태재 경에 의해 이를 극
복하고 다시 평화를 되찾는다. 나라의 질서를 회복한 천군은 다시 하늘
로 올라감으로써 서사는 끝이 난다.

국가가 무사태평해지자 천군은 재위 일백년 만에 육룡을 타고 건원제 조정
에 올라가 배알하고 돌아오지 않았다. (24면)

이 작품의 주인공인 천군을 천상에서 하강한 인물로 설정하고 있는
점이 우선 우리의 흥미를 끈다. 천군은 건원제의 아들로 유인국에 내려
와 나라를 다스리던 중 간신들의 미혹에 빠져 나라를 혼란하게 했다가
충신들의 도움으로 태평성대한 나라를 만든 다음 천상으로 돌아간다.

---

21) 金宇顒, 김광순 역주, 「天君傳」, 『천군소설』(『한국고전문학전집』 26), 고려대 민족문
화연구소, 1996, 16면(앞으로 작품 인용은 이 책에 의거하고 인용문 끝에 면수만 표기
하기로 함).

이렇게 이 작품은 천상의 인물이 지상에 내려와 일정 기간 나라를 다스리다가 다시 올라가는 서사 구조를 취하고 있다.

남명은 「신명사도」를 찬하고 이를 바탕으로 제자이자 외손서인 동강에게 전(傳)을 지으라고 했다. 그러자 동강은 가전(假傳)이라는 서사 양식을 활용해 이 작품을 지었다. 그런데 이 작품은 기존의 가전에서 볼 수 없었던 새로운 서사 방식을 사용함으로써 우리의 흥미를 끌고 있다. 주인공의 행적을 구조화한 것이 그것인바, 주인공 천군이 인간세계로 적강하여 인간세계를 다스리고 자신의 임무를 마치자 천상으로 귀환하는, 이른바 '적강(謫降) 구조'를 이야기의 기본 골격으로 삼은 것이다. 이야기 형식에 있어서 적강 구조를 취함으로써 흥미를 갖게 하고, 동시에 전대의 가전과는 차별된 모습을 보이고 있다.

서사문학의 주인공이 자기 생의 원천을 천상에 두고, 지상에 왔다가 다시 본래의 천상으로 돌아가는, 즉 환상의 삶을 사는 존재로 그려져 있는 현상은 동서양 어느 곳에서나 찾아 볼 수가 있는 것으로 범세계적인 것이다.[22] 이러한 이야기 구조는 우리 소설사에서도 줄곧 등장한다. 우리 소설의 적강 구조는 세계를 천상계와 지상계로 나누어 보는 이원론적 세계관을 바탕으로 펼쳐진다. 즉, 인간의 본향은 하늘인데, 태어난다는 것은 이 하늘로부터 인간계로 내려오는 일이고, 죽음은 다시 천상 본향인 하늘로 돌아가는 것이다. 이것은 유교의 우주를 천(天)과 지(地), 리(理)와 기(氣)로 나누어 보는 이원론적 사유와 매우 가깝다.

그리고 적강 구조는 소설의 구조, 특히 결말 구조와 밀접하게 관련된다. 천상적 존재가 인간세계로 내려온다는 사실 자체가 지상계의 모든 시련을 이겨낼 수 있는 신이한 능력을 가지고 있다는 것을 의미하고, 죽음은 천상 본향으로의 회귀를 뜻하기 때문에 적강구조를 취한 거의 모든 작품이 다 위대한 성취와 행복한 결말로 끝을 맺고 있다. 「천군전」은

---

22) 성현경, 「적강소설 연구」, 『한국소설의 구조와 실상』, 영남대 출판부, 1981, 89면.

이렇게 적강구조를 취하고 있기 때문에 전대의 가전 형식에서 멀어진 것이다.

천상의 인물인 천군은 지상으로 내려와 신이한 능력을 발휘한다. 이 작품에서의 능력 발휘는 무질서의 세계를 질서가 잡힌 세계로 바꾸는 것으로 나타난다. 천상계의 천군이 지상계로 하강하는 것은 지상세계의 질서를 확립하기 위해서이다. 건원제는 천군을 지상에 내려 보낼 때, 태사로 하여금 칙령을 짓게 한다. 그 가운데 다음과 같은 내용이 있다.

> 너에게 仁, 義의 집과 禮, 智의 보배와 軒轅氏의 구슬과 隋侯의 구슬을 나누어 주어 王府에 중요하게 간직하도록 내려 주노니, 가서 조심해서 짐의 명을 저버리지 않도록 하라. (17면)

천군에게 내려 준 것은 인의지실(仁義之室)·예지지탐(禮智之琛)·헌원씨지주(軒轅氏之珠)·수후지벽(隋侯之璧)이다. 천군으로 하여금 왕부에 간직하도록 한 이 물건들은 사람으로서 갖추어야 할 마음가짐으로, 곧 인간의 심성 수양에 필요한 요소들이다. 이로보아 천군의 하강은 인의예지를 실천하는 도덕적 삶을 통해 도덕적 사회를 이룩해야 한다는 의도가 들어 있다고 할 수 있다.

천군(天君)의 첫 이름은 '리(理)'인데 인간세계에 봉해지고 나서는 '심(心)'으로 바꾼다. 객관적이고 분석적인 성격이 강한 '리'보다는 살아 있는 유기체적 지평을 갖고 있는 '심'을 중심에 두어서 실천의 맥락에 굳건한 뿌리를 내리게 하고 있는 것이다.[23]

여기서 남명의 '심'의 개념에 대해 언급해 보기로 한다. 남명은 '심' 개념을 '성(性)' '신(身)'과 대비시켜 정의하고 있다. 곧 '性'(성품)을 모든 이치를 갖추고 있는 것으로 인의예지가 그 실체를 이루고 있으며, 모든 선(善)이 이 성품에서 나오는 것이라 한다. 이에 비해 '心'(마음)은 이치가

---

23) 박병련 외, 『남명 조식』, 청계, 2001, 182면.

모여드는 주체요, '身'(신체)은 마음을 담는 그릇이라 한다. 따라서 이치를 갖추고 있으며 선의 근원이 되는 '성'과 이치를 모으고 실현하는 '심'은 체용(體用) 관계로 이해하는 것이요, 이치를 실현하는 주체로서의 '심(心)'과 마음을 담고 있는 그릇으로서의 '신(身)'은 주종 관계로 파악하고 있는 것이라 할 수 있다.24) 여기서 마음은 이치를 실현하는 주체로서 남명의 학문적 관심에서 중심을 이루고 있는 것이다. 이 마음을 인간답게 간직하고 충실하게 실현하는 것이 그의 학문의 기본이다. 제자인 동강은 천군을 통해 이를 형상화하고 있다.

천군의 하강은 경(敬)·의(義)가 제대로 실현된 사회를 건설하는데 그 목적이 있었다. 건원제가 천군으로 하여금 하토(下土)를 다스리도록 결정한 후 태사에게 짓게 한 칙령의 내용을 좀 더 자세히 들어보자.

> 네가 만약 군왕답지 못하면 너의 고굉의 신하들과 심복들이 모두 너의 적이 될 것이며, 안으로는 간사한 것과 밖으로는 도적이 틈틈이 일어나 너의 나라는 환란에 휩싸일 것이니 너는 이것을 경계하여 항상 염두에 두고 공경하여 성을 높이 쌓고 해자를 깊이 파며 문을 엄중히 하고 경계를 철저히 하여 조금도 소홀함이 없도록 하라. 군진을 치고 경비를 도는 일, 법을 확실하게 하고 도둑을 다스리는 일에 조금도 가벼이 하지 말지어다. 아! 경이 승하면 길하고, 게으름이 승하면 망하나니, 게을리 하지 않고 무도하게 하지 않으면 영원히 천록을 누릴지라. (17~18면)

군왕다운 행동으로 나라를 다스릴 것과 그렇지 않을 때에 닥쳐올 상황을 제시하면서 항상 경계하기를 강조하고 있다. 경이 승하면 길하고 게으름이 승하면 망한다고 한데 이르면 이 작품이 의도하는 바가 바로 성리학적 질서가 제대로 실현된 국가 사회를 이룩하기 위한 것임을 짐작할 수 있다. 다음, 천군이 천상으로 복귀하기 전의 상황 서술에서, "태재는 천군의 덕을 보필하여 만화의 근본을 맑게 하고, 백규는 만사

---

24) 금장태, 『한국유학의 心說』, 서울대 출판부, 2002, 89면.

의 변화에 응하여 한 근본의 用을 베풀어 각자가 그 직책을 공경하여 국가가 무사태평해지자"(24면) 천군은 건원제의 조정에 올라갔다고 하였다. 나라 안의 모든 사람들이 자신의 직분을 잘 감당하여 태평한 나라를 이룩했다는 것이다. 천군의 임무는 바로 여기에 있었던 것이다.

천군이 조회할 때 백규가 아뢴 말 가운데, "모든 관직을 헛되게 함이 없도록 하소서. 천군이 하늘의 일을 대신하는 것입니다"(20면)라고 한 것을 보면, 천군의 임무는 하늘의 일을 대신하는 것임을 알 수 있다. 하늘의 일이란 바로 지상에 성리학적 세계를 실현하는 것이다. 지상의 질서가 바로 잡혔으니, 곧, 마음의 안정을 되찾았으니 천군의 임무는 끝난 것이다. 그렇기 때문에 천군은 승천한 것이다. 천군의 승천은 바로 귀천(歸天)이다.

여기서 '귀천'은 지상계에 내려온 천상적 존재가 다시 천상으로 돌아가는 것을 말한다. 천군은 지상계에 내려와 나라가 혼란에 빠진 고통을 겪고, 국난을 평정함으로써 그 고통에서 벗어나 다시 천상 본향으로 돌아간다. 이것은 유교의 천과 지, 이와 기의 이원론적 사유, 또는 행복한 결말의 서사 구조와 같은 사유 체계에서 나온 것으로 볼 수 있다.

이 작품의 직접적인 배경이 된 「신명사도」는 남명의 사상을 가장 집약적으로 제시하고 있는 것으로 마음[心]을 도상화(圖象化)한 것이다. 이를 통해 남명은 마음을 이기론(理氣論)으로 분석하는 성리학적 관심이 아니라, 마음을 어떻게 다스릴 것인가를 제시하는 수양론의 실천에 중점을 두고 있음을 알 수 있다. 마음을 다스리는 수양론의 실천 방법을 마치 한 나라의 임금이 신하를 거느리고 도성(都城)을 잘 지켜 나가는 일에 비유하여 도상(圖象)으로 제시한 것이다.[25] 이것이 김우옹에 의해 「천군전」이라는 문학 작품으로 응용되었으며, 이를 통해 수양론적 과제가 서사성이 강한 이야기로 서술되면서 일반 대중 속에 접근할 수 있는

---

25) 위의 책, 118면.

가능성을 열어 준 것이다. 즉, 이야기를 엮어 가는 방식으로 천상계—지상계—천상계의 순환이라는 흥미로운 적강 구조를 활용함으로써 보다 쉽게 이념을 전달할 수 있었던 것이다.

2) 선악대립 구조와 서사적 흥미 지향

「천군전」은 적강 구조를 활용하여 서사에 있어 완결된 구성을 이룩해 냈고, 동시에 서사적인 흥미를 끌고 있다. 그러나 이에 그치지 않았다. 작품에 서사적 흥미를 부여하기 위해 사건 전개에 있어 선악이 대결하는 구조를 취했다. 즉, 경(敬)·의(義)·양(良)·지(志)·극기(克己) 대 해(懈)·오(傲)·화독(華督)·유척(柳跖)의 대결 양상을 보이는데, 이는 충신 대 간신의 대결이라는 아주 흔한 대결 구도로 설정하고 있어 흥미를 불러일으키게 하고 있다. 충신형(忠臣型)과 간신형(奸臣型) 인물들의 대립과 갈등을 거쳐 마침내 충신형 인물의 승리로 종결되는 사건 전개는 권선징악을 주제로 한 일반적인 고소설의 그것과 일치한다는 점에서 관심을 가질 만하다.[26] 그러면 이 작품에 전개된 충신형 인물 대 간신형 인물의 대결 양상과 그 의미를 살펴보기로 하자.

천군이 원년에 신명전(神明殿)에서 조회를 받고, 태재(太宰) 경(敬)과 백규(百揆) 의(義)에게 다음과 같이 명령한다.

> 태재 경에게 명하여 가로되, "너는 강자 속에 살면서 나의 궁부를 엄숙하고 맑게 해라"하고, 백규 의에게 명하여 가로되, "너는 태재와 협력하여 모든 직무에 순응하도록 하여 모든 뜻을 밝게 하라"고 하였다. (19면)

궁궐 안은 태재 경이 주관하고, 밖은 백규 의가 보필하면서 천군을

---

26) 김광순, 앞의 책, 113면.

보좌한다. 경과 의에 대한 남명의 설명은 「패검명(佩劍銘)」에 쓰여 있다. 즉, "안으로 마음을 밝히는 것은 경이요, 밖으로 행동을 결단하는 것은 의다"[27]라고 하였다. 경과 의에 대한 남명의 사상은 「천군전」에서 천군을 보필하는 태재와 백규로 형상화된 것이다. 태재와 백규, 두 재상이 마음을 같이 하여 정사(政事)를 이루고 일을 화합하게 하자, 백관(百官)과 유사(有司)가 몸가짐을 바르게 하고 엄숙하게 하니 천군이 다스리는 나라는 더욱 부강해진다.

> 이로부터 두 재상이 충성을 다하니 군신들이 크게 화합하여 국내가 잘 다스려져서 드디어 上帝의 명을 받자와 사해의 안과 우주의 밖을 통괄하여, 무릇 천지간에 생겨난 만여 국이 모두 有人氏의 소속이 되어, 남으로는 天根에 이르렀고 북으로는 月窟에 미쳐 덕화의 범위 밖에 있는 나라가 없더라. 국가의 강성함이 능히 帝室과 견줄 만했으니 이는 모두 두 정승의 힘이었더라. (21면)

두 정승의 힘으로 국가의 강성함이 제실에 견줄 만하게 되었다는 서술은, 경과 의가 제대로 실현되고 있음을 의미한다. 이로써 하늘의 질서는 인간세계, 즉 유인국에서도 실현된 것이다. 이로보아 태재 경과 백규 의는 임금인 천군을 잘 보필하는 충신형 인물이다. 그런데 갑자기 천군이 미행을 좋아하여 드나듦이 때가 없어지고 나라는 혼란에 빠지게 된다.

이 틈을 타 요망한 신하인 공자 해(懈)와 공손 오(傲) 등이 일을 꾸며서 경을 내쫓고, 이에 의도 떠나버리고 만다. 해와 오는 게으름과 거만함의 의인화로 이들은 나라를 혼란에 빠뜨리게 하는 간신형 인물이다. 간신의 승리로 인해 나라는 더욱 혼란에 빠지고 만다. 모든 법도가 풀리고 요적 화독(華督) 등이 난을 일으켜 흉해(胸海)를 습격하여 입성하게 된다. 급기야 적의 괴수 유척은 스스로 임금이 되어 방촌대(方寸臺)에 들

---

27) 曹植, 「佩劍銘」(『南冥集』 本集). "內明者敬, 外斷者義."

어와 거처한다. 요적 화독은 중국 춘추시대 송의 역신으로서 여자를 탐해 동료를 죽이고 임금까지 죽인 인물이며, 유척도 춘추시대 도적인 도척(盜跖)을 말하는데 유하혜(柳下惠)의 동생인 까닭에 유척이라 명명한 것이다.[28] 이들의 악행을 이 작품에서 간신형 인물로 형상화한 것이다.

천군이 나라를 잃자 유신들은 다 떠나갔지만 공자 양(良)만이 자리를 지키며 천군을 깨우친다. 공자 량은 자의(字義)대로 착함, 어짊의 의인화이다. 천군이 미혹하게 되었을 때 끝까지 천군을 따르며 운명을 같이하다가 시를 지어 천군을 깨닫게 한 인물로 설정되었다. 공자 양에 의해 천군은 자신의 잘못을 깨닫고 거마를 정비하여 흩어진 군사를 모은다. 이에 태재 경은 행재소로 나아가 자리를 되찾고 대장군 극기(克己)는 적을 물리친다.

> 10년 만에 천군이 다시 궁궐 안으로 들어가자, 대장군 극기는 四勿旗를 세워서 선봉이 되고 공자 志는 대중을 거느려서 원수가 되었다. 대장군이 외로이 군대를 이끌고 깊숙이 들어가 生死路頭에서 적을 만나자, 쇠솥과 시루솥을 깨뜨려 버리고 막사를 불태워 버리도록 명하여 사졸들에게 必死할 것임을 보임으로써 혈전하기 백여 차례에 적의 무리들이 크게 무너졌다. (23면)

위 인용문은 대장군 극기를 앞세워 적을 물리치는 장면 서술이다. 극기가 세운 사물기(四勿旗)는 비례물시(非禮勿視)·비례물청(非禮勿聽)·비례물언(非禮勿言)·비례물동(非禮勿動)을 말하는 것이다. 극기는 자기의 사욕을 이지로써 극복하는 것, 즉 욕망, 감정 같은 것의 과도한 발동을 억제하거나 자제하는 마음의 의인으로, 도적을 치는 데 선봉이 되어 백합의 혈전 끝에 적을 무찌른 무장이다. 공자 지(志)는 마음에 주가 되어 만사를 조성하는 것의 의인화인데,[29] 지는 대장군 극기의 원수가 되어

---

28) 김광순, 앞의 책, 113면.
29) 위의 책, 112면.

적의 무리를 무찌르는데 공헌을 한 인물로 설정되었다. 이들의 활약으로 인해 혼란에 빠졌던 유인국은 과거의 질서를 회복하고, 다시는 적의 침범을 당하지 않을 정도로 굳건해진다.

> 천군은 신명전에서 자리를 바로 잡았으며, 백규 의도 같이 와서 태재와 내외를 나누어 다스렸다. 태재는 천군에게 권하여 진을 견고히 하고 들을 깨끗이 하며 요해지를 굳건히 지키게 하니, 적의 잔당들이 변경을 자주 침범하였으나 대장군이 기운을 가다듬고 성을 자주 순회하매 적들이 모두 쫓겨 달아나 감히 그 칼날에 당하지 못하였다. (24면)

「신명사도」를 보면 태일진군이 앉은 신명사 성안에서는 총재 경이 위치하고 성 밖에서는 백규가 자리 잡고 그 외곽은 대장기가 펄럭이고 있는데, 그 형상이 바로 위의 장면과 일치하고 있다. 이는 내외에서 굳건하게 천군을 지키는 형상으로 어떠한 것에도 동요되지 않는 마음을 이렇게 형상화한 것이다. 고난을 극복하고 난 뒤에 더욱 강건해진 모습이다. 그 중심에는 물론 태재 경과 백규 의가 자리하고 있다. 태재 경과 백규 의에 의해 혼란을 극복한 천군은 나라를 되찾고 그 나라는 평온한 상태를 유지한다.

> 이로부터 삼궁이 청안하고 사야가 편안하며 금구천리가 영정해져 전혼마저도 없어지게 되어 천군은 팔짱을 끼고 옷을 드리워서 편안하게 정치를 하게 되었다. (24면)

이처럼 태재 경과 백규 의, 공자 량과 지, 대장군 극기는 천군을 올바로 보좌하는 충신으로 설정하였고, 공자 해, 공손 오, 요적 화독, 적괴 유척은 천군을 그릇되게 하는 간신으로 설정해 놓았다. 따라서 이 작품의 서사적 흥미는 천군을 중심으로 한 충신형 인물과 간신형 인물의 대립 갈등에서 찾을 수 있다.

등장인물들과 그들에 의한 연쇄적인 행위들이 무의미하게 나열되거나 단순히 일상 삶의 습관적인 반복을 재현하는 수준에서 그친다면, 문학은 독자를 사로잡기 어렵게 될 것이다. 즉 이야기 문학이란 우선 재미있어야 하고 그렇게 되기 위해서는 독자들을 사로잡을 수 있는 얼크러진 이야기를 필요로 하게 마련이다. 갈등이란 이야기의 무의미한 나열과 습관적인 반복에서 벗어나 이야기를 재미있게 얼크러지게 하는 주요한 요인의 하나이다. 천군을 보좌하는 경(敬)과 의(義)가 안팎에서 정사를 잘 돌보았기에 국가가 강성해졌고, 그로 인해 천군은 평정을 유지하였다고만 서술하였다면 「신명사도」에서 말하고자 한 것과 다름이 없다. 흥미롭게 사건을 전개시킬 필요가 있었고, 그 방법을 택한 것이 바로 인물간의 갈등 구조였던 것이다.

또한 갈등은 인물의 성격을 드러내고 세계관과 가치관의 대립 양상을 드러내는 데 주요한 역할을 수행한다. 따라서 작자의 창작 의도는 갈등을 통해서 드러나게 마련이다. 경과 의는 남명사상의 요체이다. 김우옹은 스승의 사상 가운데 핵심인 경과 의를 의인화하여 「천군전」의 주동인물로 등장시켰고, 이를 통해 경의 사상을 보다 쉽게 이해시키려고 하였다. 그리고 충신형 인물 가운데 경을 더 중요한 인물로 부각시켰다. 이는 남명의 사상을 김우옹이 받아들이면서 의보다는 경에 더욱 관심을 보인 결과이다. 즉, 사림파와 훈구파의 지난한 정치적 대립이 사림파의 승리로 이어지면서 성리학은 지배 이념화되고 체계화되는데, 이러한 과정 속에서 의보다는 경이 더욱 강조되었던 것이다. 심성 수양에 의해서 세계의 안정을 꾀하던 성리학적 처방이 경의 실현이고, 이는 「천군전」을 통해 형상화된 것이다.

한편, 선악의 대립을 통한 선의 승리는 훈구파와 대립했던 사림파의 승리와 밀접한 관련을 갖고 있다고 할 수 있다. 이 작품이 1566년에 창작된 것이니, 바로 사림 정권의 탄생과 함께 등장한 셈이다. 잘 알려진 대로 문정왕후와 윤원형의 폭정은 1565년 문정왕후가 죽음으로써 무너

지기 시작하여 보우도 죄를 얻어 물러나고 승과도 폐지되었으며, 윤원
형도 탄핵을 받아 세상을 떠나게 되면서 1567년에 이르러 본격적인 사
림정권이 등장하게 된다. 「천군전」의 충신과 간신의 대립에서 충신의
승리는 사림파의 승리를 비유한 것이다. 말하자면 정치현실과 연결시켰
다는 데에서 충간 대립의 의미를 찾을 수 있을 것이다.

조선 중기 훈구척신들과의 대결 구도 속에서 사림이 파고들었던 심
성론은 그 외형과는 달리 정치적 지향 내지는 원칙론의 문제를 내포하
고 있다고 보아야 한다. 정치적 실권을 장악했던 훈구척신들에게 사림
이 싸울 수 있는 명분이 바로 여기에 있는데, 그것은 곧 정치철학 혹은
통치철학의 원론인 셈이고 더 확대하면 훈구척신들에 대한 비판의 준
거인 셈이라는 것이다.[30] 따라서 충신의 승리는 바로 원칙의 승리이고,
선의 승리이다. 이는 훈구파에 대한 사림파의 승리를 의미하는 것이다.

인물들 간의 대립은 서사문학에서 흔히 볼 수 있는 형식으로 이야기
에 흥미를 부여하는 요소이기도 하다. 대립의 형식은 인물이나 상황을
창조할 때 흔히 사용된다. 인물의 대립은 선과 악의 대립이 가장 흔하
다. 이 대립에서 처음에는 선이 궁지에 몰리고 곤경에 처하지만, 마침내
는 승리를 거둔다. 여기에서 선이 평민(平民)으로 악이 양반(兩班)으로 나
타나기도 하고, 선이 인간으로 악이 비인간인 괴물로 되어 있는 경우도
있다. 힘과 꾀의 대립, 미(美)와 추(醜)의 대립도 있는데, 이들은 선·악의
대립과 무관하지 않다. 대립은 자세한 묘사를 하지 않고도 현실의 문제
를 선명하게 반영하는 방식이며, 또한 선이 승리하고 악이 패배해야 한
다는 신념을 나타내기 위한 수단이기에 형식적인 것만은 아니다. 「천군
전」에서 보여준 선에 대한 신뢰는 올곧은 심성에 대한 신뢰이고, 결국
올바른 인간에 대한 신뢰이다. 사림파가 견지했던 성리학적 이념의 승
리는 바로 선의 승리이고, 이는 「천군전」을 통해 형상화되었던 것이다.

---

30) 권순긍, 「「愁城誌」의 알레고리와 諷刺」, 『고전문학연구』 13집, 한국고전문학회, 1998,
313면.

4. 소설 문학의 지평 확장의 계기

지금까지 「천군전」의 서사적 특성은 적강 구조와 선악대립 구조임을 밝혀 보았다. 이 두 가지 요소는 물론 작품 창작 당시 널리 퍼졌던 심학(心學)과 관련을 맺고 있다고 할 수 있다. 특히 주인공 천군의 하강과 천상 복귀라는 설정은 「천군전」이 심학의 이념을 그 내용으로 하고 있는 것과 긴밀히 관련된다. 심학의 요체는 인간의 본성을 회복하는 것이다. 천군이 하강하여 고난을 겪고 다시 본향인 천상으로 돌아가는 것은 바로 인간의 본래성을 회복하는 것과 다름 아니다. 심학의 철학적 체계는 바로 「천군전」에서 천상계-지상계-천상계의 순환이라는 적강 구조와 관련을 가지고 있는 것이다.

인욕에 빠질 위험을 제거함으로써 인간 본성의 확립과 그 실현을 추구하고자 했던 것이 바로 심학의 요체이다. 「천군전」이 충신과 간신의 선악대립 구조를 취하고 있는 것도 이와 관련된다. 심학은 마음의 선악을 잘 조절하여 악(惡)으로 흐르기 쉬운 감정을 어떻게 잘 조절할 수 있는가 하는 성찰의 문제로 귀결된다. 본래성을 회복하고 도덕적 주체성을 확립하는 것이다. 천군이 본래의 모습으로 되돌아 갈 수 있었던 것은 선악의 대립을 통한 선의 승리에 기인한 것이다.

두 가지 서사 구조는 「천군전」의 서사성을 강화하여 독자들에게 서사적 흥미를 더욱 불러일으키게 하였다. 「천군전」에서 활용한 두 가지 서사 구조는, 이 작품이 이미 전 시대의 가전의 형식을 벗어났다는 것을 보여주는 징표로서 작용하고 있다고 하겠다.

「천군전」은 새로운 글쓰기 방식에 의해 지어진 작품이다. 소재 자체에서도 전 시대에서는 취하지 않았던 심성을 택하고 있고, 그것을 전달하는 방식도 가전(假傳)을 벗어나 있다. 가전의 형식을 이용해서는 전달, 또는 표현하고자 하는 바를 성취할 수가 없었다. 따라서 새로운 표현에 대한 방법적 고민이 필요하였다. 그 결과가 심성을 의인화한 천군소설(天君小說)의 등장이다. 천군소설의 등장은 16세기 소설사에서 중요한 의미를 갖는다. 성리학적 이념 가운데 하나인 심학을 소설로 형상화한 것과, 이념의 전파를 위해 서사적 흥미를 고려했다는 점이다.

조선 전기의 유학자들은 대체적으로 문학은 인간이 추구하는 궁극적인 도(道)를 표현해야 한다는 재도론적(載道論的)인 생각을 가지고 있었다. 이 입장에서 보면, 소설은 심성을 바로 닦고, 인륜을 교화하는데 도움을 주기는커녕 오히려 반대가 된다고 생각했다. 따라서 유학자들이 독서의 대상으로 삼은 것은 유가의 경전, 제사자집 등이었다. 그 외의 것은 이단서라고 해서 독서의 대상이 될 수 없었고, 소설도 마찬가지로 배격을 당할 수밖에 없었던 것이다.

그러나 「천군전」의 서사적 특성을 보면, 더 이상 소설이 배격의 대상이 될 수 없음을 알 수 있다. 「천군전」을 통해서 알 수 있는 바와 같이 16세기에 이르러 소설은 이념을 전달하는 역할을 하면서 자신의 영역을 넓혀 나갔다. 이 시기에 이르면 서사적 흥미 요소는 이념 전달의 수단으로 활용되고 있는 것이다. 이로부터 소설은 그것이 가지고 있는 양면적 기능, 교훈과 흥미를 적절하게 활용하면서 때로는 교훈에, 때로는 흥미에 가치를 두고 발전하게 된다. 이렇게 소설은 16세기에 사대부들에 의해서 부정당하는 중에도 소설 자체는 자기의 기반을 형성하고 있었던 것이다.

16세기 중반 「천군전」을 통해서 이루어진 이념의 소설화 경향은 소설 문학의 지평을 확대한 계기가 된 것임에 틀림없다. 이후 심성 수양에 대한 천착이 심화되면서 천군소설도 연이어 등장하게 되는데, 임제(林悌, 1549~1587)의 「수성지(愁城誌)」는 물론, 17세기에 들어와서는 황중윤(黃中允, 1577~1648)의 「천군기(天君紀)」, 정태제(鄭泰齊, 1621~1669)의 「천군연의(天君演義)」, 임영(林泳, 1649~1696)의 「의승기(義勝記)」, 정기화(鄭琦和, 1786~1827)의 「천군본기(天君本紀)」, 유치구(柳致球, 1793~1854)의 「천군실록(天君

實錄)」 등을 거치면서 그 내용을 풍부하게 갖추어 나간다. 심성을 소설화
한 천군소설의 연이은 등장은 소설문학의 지평이 이미 16세기에 확장되
고 있었다는 것을 보여주는 것이라 하겠다.

대중화의식(對中華意識)의 구현체, 「최고운전(崔孤雲傳)」

조상우

1. 「최고운전」의 존재

「최고운전」[1]은 여타 고소설과 마찬가지로 작가나 창작연대를 알 수 없을 뿐만 아니라 설화적 요소가 너무 많아 작품의 연결이 부자연스럽고 구성이 치밀하지 못하다고 하여 지금까지 문학사에서 정당한 평가를 받지 못한 작품 중 하나이다. 그럼에도 불구하고 「최고운전」은 이러한 부자연스러움으로 인해 초기 소설사의 향방을 가늠할 수 있는 잣대이기도 하여 16세기 소설을 규정함에 있어서 언제나 거론되는 작품이다. 이러한 특성으로 인해 여러 연구자의 선행 연구가 이루어졌다.

「최고운전」의 연구는 정병욱이 김집 『수택본 전기집』을 소개하면서

---

1) 본 논문의 텍스트는 『신독재 수택본 전기집』 소재 「최문헌전」으로 한다. 그렇지만 일반적으로 「최고운전」이라 지칭하므로 본고에서도 「최고운전」이라 칭한다.

부터 이루어졌다.2) 이후 「최고운전」의 연구가 활기를 띠어 여러 종의 이본3)이 확인되기도 하였고, 또 「최고운전」의 특성을 다각도에서 분석하였다. 분석의 예를 보면, 신라 말기의 사회적 상황을 반영,4) 도교문학적 측면,5) 능력과 실질이 숭상되는 사회 도래의 당위를 강조,6) 권력 구조의 틀7) 등이다. 이들의 연구는 정병욱이 지적한 설화적 측면과 함께 민족의식의 발현이라는 측면에서 임병양란 이후의 중국 사대주의에 반한 작품으로 「최고운전」을 평가하였다.

그러나 중국에 대한 반감의식을 임병란과 관련시킨 평가는 「최고운전」이 임진란이 일어난 1592년보다 적어도 12년 이전에 창작되었다는 김현룡의 논문이 나온 뒤 그 논리를 잃었다. 김현룡은 고상안(高尙顔)이 저술한 『효빈잡기(效嚬雜記)』에 「최고운전」에 관한 내용을 근거로 하여 창작 하한선을 1579년(선조 12)으로 추정하였다. 또 반중국적(反中國的) 의식의 사건으로 '종계변무(宗系辨誣)'를 들고 있다. 그리고 내용면에서는

---

2) 정병욱은 본 소설을 金猪說話, 棄兒說話, 破鏡說話, 入唐說話, 受難說話, 歸國說話 등 6개 설화군으로 파악한 뒤, 최치원이 중국에서 행하는 활약에 대해 '민족의식의 정화'라고 하였다. 정병욱, 「「최문헌전」에 대하여」, 『백낙준박사환갑기념국학논총』, 사상세계사, 1955. 『한국 서사문학의 탐구』, 신구문화사, 1999에 재수록.

3) 이본은 한문필사본 17종, 국문필사본 16종, 한문판각본 2종, 국문활자본 4종, 일어번역본 1종 등이며, 이본의 명칭 또한 「최고운전」, 「최충전」, 「최치원전」, 「고운전」, 「최문장전」, 「최문창전」, 「최문헌전」, 「최선전」, 「新羅崔郎物語」 등으로 다양하다(이정호, 「「최고운전」 연구」, 『국어국문학논집』 6, 동국대, 1966; 민영대, 「「최충전」 이본 연구」, 『한남어문학』 7·8합병호, 한남대, 1982; 한석수, 『최치원전승의 연구』, 계명문화사, 1989; 조희웅, 『고전소설 이본목록』, 고전소설 연구자료총서 I, 집문당, 1999).

4) 윤영옥, 「최고운전」, 『영남어문학』 3, 영남어문학회, 1976.

5) 설성경은 은둔적 사상을 표현한 작품이며 작가는 김시습으로 추정하였고, 최삼룡은 '신선소설'로, 최창록은 '주체선도소설'로 분류하였다(설성경, 「「최치원전」 연구」, 『연세어문학』 5, 연세대, 1974; 최삼룡, 「최치원의 인물설화와 「최고운전」」, 『고전문학연구』 3집, 한국고전문학연구회, 1986; 최창록, 『한국도교문학사』, 국학자료원, 1997). 이외에 서용규와 김용범의 연구를 더 들 수 있다(서용규, 「「수이전」에 나타나는 도교문학적 양상」, 『도교문학연구』, 도교문학회, 2001; 김용범, 「「최고운전」 연구」, 『한국문학의 도교적 조명』, 보성문화사, 1986).

6) 성현경, 「「최고운전」 연구」, 『문리대학보』 11, 영남대, 1978.

7) 최기숙, 「권력담론으로 본 「최치원전」」, 『연민학지』 5집, 연민학회, 1997.

중국소설 「백원전(白猿傳)」의 영향을 받았다고 하였다.[8]

　최근 주목할 만한 연구 성과로 박일용과 정출헌의 논의를 들 수 있다. 박일용은 「최고운전」이 「지하국대적퇴치설화」보다는 「야래자 설화」에 가깝다고 하였다. 또 「최고운전」은 '중화주의(中華主義)'에 입각한 당시의 수직적 국제 질서와 문벌 중심의 국내 질서가 하나의 축으로 통합되어 있음을 간파하고, 그 문제점을 본질적 측면에서 제시한 작품이라 하였다. 이 작품의 소설적 위상에 대해서는 16세기 후반에 비판적 지식인에 의해 창작되어 보다 다양한 계층에 수용되면서, 전기소설적 면모와 아울러 영웅소설적 면모를 갖춤으로써 영웅소설 양식의 형성 과정에 전기소설이 어떠한 형태로 개입되고 있는가를 전형적으로 보여주는 작품이라고 평하고 있다.[9]

　정출헌은 「최고운전」의 형성 과정을 조선 전기 사대부적 담론의 층위와 민간적, 무속적 담론의 층위로 나누어 고찰하고 있다. 전자에서는 서거정의 『동인시화』를 그 예로, 후자에서는 「최고운전」에 나타나는 지명과 설화적 이야기들—각기 등장하는 조원자들 포함—, 그리고 거울을 예로 들고 있다. 정출헌 논문에서의 중요성은 표기문자의 전환에서 볼 수 있다. 곧 "「최고운전」의 표기문자 전환은 전기소설이 주로 구현하던 문인지식층의 사실적 세계관과 국문소설이 종종 구현하던 민중층의 낭만적 세계관, 그리고 그로부터 비롯된 결말 처리 방식의 특징적 두 국면을 흥미롭게 보여주고 있다"고 하였다.[10]

　지금까지 선학들의 연구 성과를 통해 「최고운전」의 이해를 폭넓게

---

8) 이어 김현룡은 金滉이 작가일지 모른다는 조심스러운 주장을 펼쳤는데, 그 이유로 김황 3형제가 의병활동을 한 것과 함께 최충과 김황의 호가 '浩然'으로 일치한다는 것을 들었다(김현룡, 「「최고운전」의 형성시기와 출생담고」, 『고소설연구』 4, 한국고소설학회, 1998).

9) 박일용, 「「최고운전」의 작가의식과 소설사적 위상」, 『고전문학연구』 16집, 한국고전문학회, 1999.

10) 정출헌, 「「최고운전」을 통해 읽는 초기 고소설사의 한 국면」, 『고소설연구』 14집, 한국고소설학회, 2002.

할 수 있었다. 가장 중요한 연구 성과로는 창작 하한선을 밝힌 김현룡의 업적과 사대부의 취향에서 민간의 취향으로 전이되었다는 박일용과 정출헌의 연구를 들 수 있는데, 이들의 연구는 「최고운전」 연구의 새로운 전환점을 제시하였다. 그럼에도 불구하고 아직 「최고운전」이 왜 창작되었는가 라는 문제에 대해서는 여전히 궁금증이 풀리지 않고 있다. 「최고운전」이 임병란 이전에 창작되었는데도 불구하고 중국과 대등해지려는 의식이 두드러지는 이유는 무엇일까. 또 「최고운전」의 창작 시기는 언제쯤일까. 현재로서는 그 시기를 명확히 알 수는 없지만, 본고에서는 여러 방증 자료를 통해 「최고운전」이 형성되었던 상황을 '대중화의식(對中華意識)'이라는 관점을 가지고 「최고운전」의 형성 배경과 그 의미에 대하여 살펴보고자 한다.

2. '대중화의식(對中華意識)'의 형성 배경

1) 주체성 확보를 위한 조선 전기의 외교 정책

김현룡은 「최고운전」에서 중국에 대한 반감의 촉발로 '종계변무(宗系辨誣)'를 들고 있다. '종계변무'가 조선의 건국과 관련이 있듯, 조선과 중국은 미묘한 역사적 사건을 가지고 문제가 된 적이 많다. 이 두 나라는 근접해 있고 '사대(事大)'의 의리가 오랜 기간 지켜져 천자와 제후의 나라로 서로 인정하고 있으면서도 조선에서 볼 때 중국은 그리 좋은 나라만은 아니었다. 이러한 상황은 태종과 세조가 등극했을 때와 관련시켜 볼 수 있다. 한 나라의 임금인데도 불구하고 명나라의 허락을 받아야 했기에 임금 당사자로서는 수치감이 컸을지도 모른다.

특히, 세조는 중국에서 온 사신이 문제를 제기하면 '전례(前例)와 조선의 고사(故事)를 근거로 대답하고, 변명을 하거나 논쟁을 벌이지 말고, 모두 전하에게 미루라'고 하여 중국 사신의 고압적 태도에 직접 맞서려고 하였다. 심지어 세조는 1459년에 여진에게 직첩을 하사하였고, 1460년(세조 6)에는 중국 조정의 관작을 받은 건주 야인을 죽이기까지 하였다. 중국에서는 이를 문책하기 위하여 장녕 일행을 조선에 사신으로 보내었다. 이에 대한 세조의 대응 태도는 매우 대담하여 건주 야인들을 조선의 백성이라 하고, 또 반란의 혐의가 명백했다는 근거를 제시하여 당당하게 맞섰다.11)

이와 같은 세조의 대응은 조선이 중국과 보다 대등한 입장으로 외교에 임하려는 노력에서 비롯되었다. 세조의 자주적 외교는 중국과 조선의 관계가 상하의 수직 관계가 아니라 공동 문화권의 일원이라는 공감대를 형성하기 위한 방편이자 조선의 위상을 높이기 위한 수단이라고 할 수 있다. 이러한 노력은 집현전 학사와 중국 문사간의 시문 수창(酬唱)에서도 그대로 드러난다.

집현전 학사들은 국정의 실무에 대한 지식과 문한(文翰)의 능력까지 겸비한 문사 집단으로서 시문 수창의 주요 담당층이었다. 이들이 시문 수창을 담당했던 이유는 명나라가 문한을 겸비한 문사들을 선발하여 사신으로 보내왔기 때문이다. 중국보다 모든 것이 열세에 있었던 조선 정부는 중국과 대등한 위치를 점유할 수 있는 것이 바로 '문학'이라고 생각하였다. 그렇기에 문한이 뛰어났던 집현전 학사들을 동원하여 중국 문사들과의 시문 수창을 통해 국미(國美)를 드날리고, '문장화국(文章華國)'의 이념을 구체적으로 표현하도록 하였다.12) 이는 곧 문화적 개별성

---

11) 『세조실록』 권7, 3년 5월 27일(기축)조 사신으로 온 장녕이 고압적인 태도를 보이자 세조는 '여러 말로 묻지 말라', '칙지에 없는 내용이니 물을 것도 없다'고 하였다(『세조실록』 권7, 6년 3월 2일(기묘)조. 김남이, 「집현전 학사의 문학 연구」, 이화여대 박사논문, 2001, 194면.

12) 위의 논문, 120면.

과 조선에 대한 자부심의 표현이었다. 이와 같은 노력을 기울이는 것은 성공적인 수창이 당시 조선의 국제적 위상을 공고히 하기 위한 필수적인 외교 방편이었음을 방증해 주는 증거이다.[13]

「최고운전」에서도 이러한 상황은 그대로 드러난다. 중국 황제가 뒤뜰에서 시 읊는 소리를 듣는데, 읊는 자가 신라 유생임을 알게 된다. 이에 황제는 조그마한 나라의 선비가 과연 실력이 어떠한가를 판단하기 위해 중국의 문재들을 선발하여 신라로 보낸다.[14] 그러나 중국 사신들이 신라에서 만난 사람은 이제 겨우 6살 난 아이였다. 중국 학사들은 어린 아이라 하여 아주 얕보지만, 이러한 중국 사신들의 안이함은 아이와의 실제 시문 문답을 통해 자신들의 무지를 깨닫게 된다. 실제 시문 장면을 보기로 하자.

시를 지어 부르기를 노는 물결 아래 비친 달빛을 뚫고 하자 그 아이는 배는 물 한가운데 비친 하늘을 누르네 하였다. 학사가 다시 물새는 떴다 잠겼다 하고 하자 그 아이는 산 구름은 끊겼다 이어지곤 하네 하였다. 학사가 다시 희롱하여 새와 쥐는 어찌 짹짹거리는고 하자 그 아이는 곧 답하여 개와 닭도 멍멍 짖어 댄다네 하였다. 학사가 개가 멍멍 짖는다는 것은 괜찮다 하겠으나 닭도 멍멍대느냐 하니 그 아이는 새가 짹짹거린다는 말은 괜찮겠지만 쥐도 짹짹거

---

13) 조선에서 시문 수창의 중요성을 재차 강조하면서 서얼이나 탄핵을 받은 관리라도 제술에 능하다면 모두 불러 중국 사신에게 응대하도록 했고, 명나라 사신이 묵고 있는 방에 문장에 능한 선비를 의생으로 가장하여 출입시키는 등 일종의 첩보전을 방불케 한 예를 들 수 있다(김덕수, 「조선문사와 명사신의 수창과 그 양상」, 『한국한문학연구』 27집, 한국한문학회, 2001, 112~121면).
14) 신라는 바닷가 섬 구석에 있는 조그마한 나라인데도 어진 선비가 있는가 보네. 시 읊는 소리가 이처럼 아름답다니 가까이 있으면 진실로 가늠이나 할 수 있겠는가 하면서 칭찬하기를 마지않았다. 이에 황제가 재사를 보내 신라 선비들과 서로 재주를 겨루어 보게 하려고 여러 학사들 가운데 문재가 뛰어난 두 사람을 뽑아 보냈다("新羅僻在海島, 偏小之國, 如有賢士矣. 詠詩之美聲, 尙如此也, 況近則固可量歟, 稱善不已. 於是, 帝欲遣才士, 與新羅儒使相較才, 而召群臣, 選學士中文才卓然者, 二人, 乃遣之"). 정학성, 「최문헌전」, 『역주 17세기 한문소설집』, 삼경문화사, 2000, 102면. 본고는 정학성의 해석을 따랐음을 밝혀둔다. 이하 책명 생략.

립니까 하였다. 학사들이 말이 막혀 대답하지 못하고 스스로 재능이 그 아이에게 미치지 못함을 알고(…후략…).15)

위 예문에서는 중국 황제가 문재가 출중한 학사들을 뽑아 보냈지만 그들의 학식은 한갓 어린 아이만 같지 못함을 보여주어 중국 문사들을 조롱하고 있다. 조선이 힘의 논리에서는 약소국이지만 문장의 논리로서는 중국과 대등하다는 의지가 「최고운전」 전반에 걸쳐 드러나고 있다. 세조와 집현전 학사들이 보여주었던 조선의 주체성 확보를 「최고운전」의 작가는 어린 아이의 지략을 통해 보여주고 있다.

이처럼 「최고운전」의 내용과 세조의 외교정책에서 보듯 조선은 중국과 관련해서 주체성 확보를 위해 무단한 노력을 펼쳤다고 볼 수 있다. 그럼에도 불구하고 조선은 중국에게 '사대의 예'를 다하기도 하였다. '사대'의 정도에 따라 중국에 대한 조선의 주체의식 확보는 달라지는데, 사대의식의 변화는 '중종반정'을 통해 확연히 구분된다. 조선은 개국한 이후 왕위 계승의 문제로 인해 몇 번의 변란을 맞이한다. 조선 전기에는 태종과 세조, 그리고 중종이 그 대표라고 할 수 있다. 내부적으로도 문제가 많았지만 더욱 큰 문제는 반정으로 인한 왕위 교체가 발생함에 따라 명나라의 허락을 받기 위한 주문(奏文) 작성과 사신파견에 있었다. 특히 중종반정만큼은 그 주도가 박원종을 위시로 한 공신들이었기에 더욱 사안이 중요하였다. 그래서인지 몰라도 세조와 중종의 주문은 완전히 다른 양상을 보이고 있다.

단종과 세조의 양위 및 승습의 주문에서는 계유정란을 통해 수양대군이 정국을 주도해 감에 따라 잔약한 단종을 승계할 유일한 인물이라는 사실을 그대로 기술하고 있어 세조 즉위의 정당성을 밝히고 있다.

---

15) "仍作詩, 曰:'棹穿波底月.' 其兒曰:'船壓水中天.' 學士又曰:'水鳥浮還沒.' 其兒曰:'山雲斷復連.' 學士又戱之曰:'鳥鼠何雀雀.' 其兒卽對曰:'鷄犬亦蒙蒙.' 學士曰:'犬之蒙蒙猶之可, 鷄亦蒙蒙乎?' 其兒答曰:'鳥之雀雀猶可, 鼠亦雀雀乎? 學士語塞不答, 自知其能不及其兒(…후략…)."(「최문헌전」, 102면)

반면 중종의 경우에는 사목(事目)에서부터 반정으로 인한 왕위교체의 불가피성이나 정당성이 밝혀져 있지 않다. 게다가 중종의 부인 신씨(愼氏)를 폐위하여 출궁시킨 뒤 이를 은폐하기 위하여 잠저 때의 부인이 병으로 죽어 아직 왕비를 책봉하지 못했다는 내용이 포함되어 있다. 중종반정의 주역들이 작성한 주문과 사목은 허위 사실이었고, 계유정란 때와는 달리 반정에 의한 왕위교체의 정당성을 밝히지 못하였다. 이것은 조선 전기의 자주적 문화의식에서 16세기 이후 민족의식이 점차적으로 후퇴하는 사대론(事大論)의 변화 경향과 관련이 있다.[16]

여기에서 중요점은 사대의 흐름이 어디에서 바뀌느냐이다. 세조의 외교관에서 보듯 조선 전기에 지식인들은 조선을 중국과 대등하게 인식하려는 색채가 강하였다. 그러나 전술했듯 중종반정 이후로는 이러한 인식이 달라지고 있다는 것을 염두에 두고 볼 필요가 있다.[17] 그러면 「최고운전」에서 중국에 대한 인식 변화를 어떻게 표현하고 있는지 살펴보기로 하자.

대국은 어른입니다. 지금 중원이 어른의 도리로 소국을 대우한다면 소국이 어찌 감히 소자의 도리로써 대국을 섬기지 않을 수 있겠습니까. 이번에는 이미 그렇게 아니하고 도리어 쳐들어오려고 함 속에 계란을 담아 우리나라에 보내시를 짓게 하였습니다.[18]

---

16) 김돈, 『조선 전기 군신권력관계 연구』, 서울대 출판부, 1997, 107~109면.
17) 본고에서 필자는 '對中華의식'을 가지고 「최고운전」의 실마리를 풀어가고 있다. 지금까지의 서술을 통해 본다면 「최고운전」은 분명 중종반정을 전후로 하여 창작되었다고 생각할 수 있다. 뿐만 아니라 「최고운전」에 표출된 '對中華의식'은 중종반정 이후 사대주의가 너무 심각해지자 이에 대한 반작용으로 나왔을 것이라고 추측할 수 있다. 바로 「최고운전」에 표현된 '對中華의식'은 조선 전기 지식인이 가지고 있던 中國과 대등해지려는 인식과 주체의식이 무뎌졌다고 여겼던 16세기 인사들의 의식이 반동으로 작용하여 재생되었다고 생각한다. 이는 추후에 논의가 더 이루어져야 한다고 본다.
18) "大國長者, 今中原以長者之道遇小國, 則小國豈敢不以小者之道事大國哉! 此旣不然, 故(顧)欲侵之, 而鷄卵盛於石函, 送于我國. 使之作詩."(「최문헌전」, 107면)

중국이 대국으로서 조선을 부당하게 대우하고 있는 것에 대한 강한 반발이다. 일면 중국을 대국이자 어른으로 표현하고 있다. 이러한 표현은 이전의 관행이라는 듯 작가는 서술하고 있다. 그러나 이제부터 「최고운전」의 작가는 중국을 예전과는 다르게 인식하고 있음을 확연히 보여주고 있다. 또 「최고운전」의 작가는 최치원이 중국에 갈 때 신라왕에게 오십 척짜리 모자를 달라고 하여 쓰고 중국에 가서 모자가 문을 통과하지 못하자 "소국의 문에서도 들어갈 수 있는데 더구나 대국의 문에 모자가 걸리다니"[19]라고 하여 중국을 냉소적으로 표현하고 있다.

이상의 서술을 통해 외관상으로는 천자와 제후국이라는 동아시아의 틀을 깰 수 없지만, 문학적인 측면에서 자국의 독자성을 찾아 중국과 대등해지려는 노력을 「최고운전」에서 찾을 수 있다. 이는 동아시아 문화권에서 시문 능력의 고하가 문화국(文化國)의 우열을 드러내기에 작은 변방의 나라이지만 함부로 여길 수 없도록 하기 위한 행동으로 볼 수 있다. 이러한 행동은 세조(世祖)대의 주체적 외교정책이 뒷받침되었고, 중종반정 이후 이 정책이 절실하다고 여긴 16세기 지식인들에 의해 생성된 것이라 할 수 있다. 「최고운전」에서 어린 아이와 중국 사신의 문답을 초반부에 게재한 것은 당시 조선이 중국보다 문학적으로 우수하다는 것과 함께 중국(中國)과 대등한 의식을 보이기 위한 장치였다고 생각한다.

2) 도교의식의 확산과 문학적 수용

지금까지 「최고운전」에서 드러난 '대중화의식'을 정치적인 측면과 시대 상황을 중심으로 고찰하였다. 그러나 이것만으로 「최고운전」을 다

---

19) "小國之門尙容, 況大國之門觸帽耶!"(「최문헌전」, 111면)

설명할 수는 없다. 왜냐하면 「최고운전」 전반에 걸쳐 등장하는 '금돼지 설화'와 최치원의 신이성, 여러 조력자들의 등장, 용궁과 천상 인물들과의 만남 등이 존재하기 때문이다. 이를 어찌 설명할 수 있겠는가. 본고에서 이 문제의 실마리를 도교에서 찾아보고자 한다.

한반도에 도교가 처음 전래된 것은 삼국시대로 보고 있지만 실제로는 도교 수입 이전부터 중국 도교와 비슷한 고유의 선도(仙道)가 전하여 왔다고 한다. 이러한 도교적 요소들은 그 당시 강한 세를 가지고 전파되었던 불교의 세력에 밀려 빛을 보지 못한 채 불교에 흡수되거나 민간신앙 속에 잠적해 버리고 말았다.[20] 『열선전(列仙傳)』과 같은 원시 도교 자료에 매약상(賣藥商)·채약부목공(採藥夫木工)·목부(牧夫)·걸인(乞人)·어부(漁夫)·초부(樵夫)·점쟁이·신기료장수·마경인(磨鏡人) 등의 신선 직업들이 보이는데 이는 다양한 하층 민중들의 일거리와 관계된다.[21] 또 이들은 일반인의 모습을 하고 있는 영웅 같은 신선이지만 현실에서는 확고한 신분제로 인해 양반에게 학대받고 무슨 일이든 해야 하는 존재이기도 하다.

이러한 인물들이 조선 전기부터 영웅시되었던 것은 아니다. 조선 전기에는 세종과 같은 현군의 등장으로 이인(異人)이나 도교 설화가 회자되지 않았다. 그러나 15세기 말에서 16세기 초에는 연산군과 같은 폭군의 등장으로 지배 계층 간의 갈등과 거듭된 사화로 동·서간의 당쟁이 치열해졌다. 이러한 이유로 출사하지 않고 초야에 묻혀 방외인으로 자처하면서 선술(仙術)을 지닌 이인의 일화가 조선 전기보다는 많아졌다.[22]

---

20) 이재성, 「금오신화와 伽婢子의 비교 연구―도교적 측면을 중심으로」, 『도교문학연구』, 도교문학회, 2001, 302면.

21) 정재서, 「한국 민간 도교의 계통과 특성」, 『한국 도교문화의 위상』, 아세아문화사, 1993, 195~196면. 이와 관련된 논의로 정출헌은 「최고운전」에서 서사무가인 「차사본풀이」, 「이공본풀이」, 「원천강본풀이」를 연상하기는 자연스럽다고 하였다. 거울은 무구로 보고 있다(정출헌, 앞의 논문, 43~44면).

22) 곧 김시습으로부터 홍유손, 정희량, 서경덕, 전우치, 박지화, 서기, 이지함, 한무외, 남궁 두 등이 그들이다(최준하, 「조선조 '전'문학에 나타난 도교사상 고찰」, 『도교문학

이들은 대개가 유자(儒者)들이면서도 도교에 흥미를 느낀 인사들로 도교적 색채가 짙은 저술을 남겼다. 이는 무엇을 의미하는가. 조선 전기 도교는 신념의 종교가 아니라 문예 취향에 의해 선택된 도구였다.[23] 유자들은 현실에서 이룰 수 없는 자신들의 이상을 허구화된 세계에서 실현하고자 했는데 이를 가장 잘 구현할 수 있었던 도구가 바로 도교라고 여겼다. 도교는 신이성과 초월성을 추구하는 종교이다. 신이성과 초월성은 현실에서 이룰 수 없는 것들을 이룰 수 있도록 하는 화소이다. 그렇기에 유자들은 도교를 문학 작품에 수용하여 현실 돌파의 출구로 삼았다.[24] 이러한 의식의 흐름이 16~17세기에 형성되는데, 이 시기 도교 문학의 대표로 '신선전(神仙傳)'과 '유선문학(遊仙文學)'을 들 수 있다. 그러면 '신선전'과 '유선문학'에 대해 잠깐 살펴보기로 한다.

'신선전'은 중국의 도교적 이인설화의 영향을 받았으며, 조선에 본격적으로 등장하게 된 것은 허균이 「남궁선생전」・「장산인전」・「장생전」을 입전하면서부터다. 이를 계기로 여러 명의 작가들에 의해 지속적으로 입전되었다. 입전 대상들은 미천한 신분에다 현실에 대한 환멸, 그리고 자신들의 불우함 등으로 피세(避世)한 방외인 들이다. 신선전이 갖는 의미는 유가적 사상에 입각하여 입전하던 자세에서 벗어나 도교적 신분을 가진 자들을 입전하여 문학의 영역을 확대하였다는 것에 있다.[25]

연구』, 도교문학회, 2001, 59면).

23) 안동준은 조선 전기에 유행한 도교사상을 '내단사상'으로 특정 짓고 있다. 이 사상은 대체로 개인의 종교적 신념과 무관하게 관심 있는 지식인들 사이에 별다른 마찰 없이 수용되고 있었다(안동준, 「선가와 선가시」, 『도교의 한국적 변용』, 아세아문화사, 1996, 226면).

24) 「최고운전」에서 최치원의 활약이 바로 그것이다. 그러나 현실의 큰 벽을 넘는 것은 아주 어려운 문제였던 것 같다. 「최고운전」의 마지막을 보면 임금이 사냥 놀이를 나왔다가 최치원이 말을 타고 지나가는 것을 보고 어전으로 잡아오게 하고는 "네가 공이 많아 죄를 주지 않을 것이니 이 이후로는 내 앞에 나타나지 말라"고 한다. 중국 황제 앞에서도 최치원은 지략을 사용하며 당당한 모습을 보였지만, 정작 본국의 임금은 이런 최치원을 도외시하고 있다. 이상은 높았지만 그 이상을 실행할 수 없었던 조선의 암담했던 시대 상황을 「최고운전」의 작가는 은유적으로 표현하고 있다.

'유선문학'은 「신선전설」과 고사를 바탕으로 고대인들의 상상력이 아로새겨진 낭만적 색채가 짙은 문학으로서 굴원(屈原)·장자풍(莊子風)의 수용 양상과 도교 인식의 층위를 잘 보여주는 장르라고 할 수 있다. 유선문학은 16세기 후반 이후 17세기 초반에 성행한 학당풍(學唐風)과도 관련이 있으며,[26] 유선의 방식을 택한 이유는 중세적 현실의 좌절과 갈등에서 빠져 나오려는 통로로 삼으려고 하는 데 있었다.[27] 이렇게 신선전 유(類)나 유선시·유선사부 등이 창작된 것으로 보아 16세기에 도교가 유교를 국시로 하는 조선의 유자들에게도 상당한 영향을 끼쳤을 것이라 생각된다.

　도교는 유교와 달리 민족의 주체성과 우월성을 강조한다. 민족의 비조를 유자들은 '기자'를 섬기고 있지만, 도교에서는 '단군'으로 상정하고 있다는 것이 그 증표라고 할 수 있다. 「최고운전」에서 최치원의 적강(謫降)을 밝히는 것[28]은 그가 원래는 '천선(天仙)'이었으므로 인간계의 어느 누구든지 심지어 황제까지도 대항할 수 없음을 보여주기 위함이다. 곧, 최치원을 통해 작가는 우리 민족의 우월성을[29] 나타내고 있는 것이다.

---

25) 최준하, 앞의 논문, 89면.
26) 學唐風과 관련한 논문으로 정환국의 연구를 들 수 있다(정환국, 「車軾의 蓬萊錄에 대하여」, 『한국한문학연구』 27집, 한국한문학회, 2001; 「16세기 말 17세기 초 사상사의 흐름 속에서 본 雲英傳」, 『한국고전여성문학연구』 7집, 한국고전여성문학회, 2003).
27) 이런 류를 창작한 일군의 부류를 열거해보면 크게 두 가지로 나눌 수 있는데 첫째는 김종직의 문하로 사림의 일원이었던 유호인·남효온·심의·남곤·박상 등으로 이들은 훈구·벌열이 득세하던 시대에 사림으로서 방외적 위치에 놓여 있던 인물들이다. 둘째는 선조조에 이르러 이이·허균·조희일 등인데 이들은 방외적 일탈보다는 문예적 취향이 강한 작품을 남기고 있다(정민, 「조선 전기 유선사부 연구」, 『도교의 한국적 변용』(한국도교사상연구회 편), 아세아문화사, 1996, 199~221면).
28) "최치원은 천상에 있을 때 작은 죄를 지어 인간 세상에 귀양간 것이니 인간세상의 녹녹한 사람이 아니다. 만약에 최문장이 있어 막을 것 같으면 중지하고 부디 함부로 죽이지는 말라 하시었소[崔致遠在天上時, 幸得微罪, 而謫於人間矣, 非人間碌碌之人也. 若崔文章在則止之, 愼勿矯斬矣]."(「최문헌전」, 110면).
29) 최창록, 앞의 책, 302~303면.

「최고운전」에서도 당시 시대적 조류에 편승하듯 도교적 색채가 다분히 존재하는데, 도교적 공간과 함께 최치원의 신이성을 그 예로 들 수 있다. 금돼지가 거처하던 곳의 묘사를 보면, "세상에 어찌 이런 곳이 있으랴 반드시 신선이 사는 곳일 것이다", "천궁의 자미전과도 같았다", "이 땅은 인간 세상이 아니니 죽는 이치가 없으니"라고 하여 마치 유토피아를 보는 듯하다. 유토피아는 현실의 고난과 대비되는 곳으로 도교의 주된 공간이다. 또 최치원의 신이성은 최치원이 금돼지의 아들이라 의심하여 버렸지만 "하늘이 그 아이를 돌보아 선녀를 보내서 젖을 먹여 길렀다"고 하는 부분을 통해 간접적으로 알 수 있다. 이후 최치원의 신이성은 「최고운전」의 여러 조력자들, 이를테면 위이도의 비를 뿌려 준 이목, 간장 적신 솜을 준 한 노파, 부적을 준 여인 등으로 인해 더욱 부각된다. 이 조력자들의 행동과 말을 통해 「최고운전」의 도교적 경향을 읽어 낼 수 있다.

이로 볼 때 「최고운전」은 조선 전기부터 가지고 있던 '대중화의식(對中華意識)'을 주제로 하여 16세기에 창작된 소설이라고 규정할 수 있다. 그리고 16세기에 성행했던 도교의식의 확산으로 인하여 「최고운전」의 작가도 이를 바탕으로 민족의 주체성 및 우월성을 표현하려 했다. 김현룡의 지적대로 '종계변무'도 하나의 사례이기는 하겠지만, 태종 이후 중종대까지의 정치적 상황을 감안한다면 「최고운전」의 창작 연대는 16세기 초반까지 앞당길 수 있다고 본다.[30]

---

30) 필자는 본고에서 김현룡이 제시한 『효빈잡기』 기록의 타당성을 문제 삼지 않을 수 없다. 왜냐하면 『효빈잡기』의 이 기록이 고상안(高尙顔, 1553~1623)의 문집인 『대동패림』(大東稗林)에는 실려 있지만 『泰村集』에는 빠져 있기 때문이다(정환국, 「17세기 애정류 한문소설 연구」, 성균관대 박사논문, 2000, 3면). 같은 사람의 문집 속에서 이렇게 서로 다르게 나타나는 이유는 무엇일까. 고상안의 의도적인 누락일까, 아니면 실수일까. 이러한 사정을 감안하더라도 이 자료가 증거로 타당한 것일까. 필자는 타당하다고 본다. 어찌되었던 기록과 작품이 존재하기에 이를 사실로 인정할 수밖에 없다. 게다가 「최고운전」의 내용이 16세기 소설의 특징과 부합되기에 더욱 그러하다. 이로 볼 때 「최고운전」을 16세기 소설로 분류할 수 있다. 이에 대해서는 본고 주 37을 참고하기 바람.

3. 「최고운전」에 내포된 '대중화의식'의 의미

조선시대 전반에 걸쳐 조선은 중국에게 힘으로 저항할 수 없었기에, 중국과 대등해지기 위한 방안을 모색해야만 했다. 그 방안이 바로 뛰어난 인적 자원을 동원한 문학적 대응이다. 그리하여 「최고운전」의 작가는 중국 학사들이 6살 먹은 아이에게조차 문답에서 지는 상황을 제시하여[31] 결국 조선은 쉬운 나라가 아님을 「최고운전」에서 의도적으로 드러내고 있다. 이를 감안하여 신라시대의 명문장가였던 '최치원'을 주인공으로 내세웠던 것으로 생각한다.

최치원은 신라뿐만 아니라 당(唐)에서도 빈공과에 합격하여 관리를 지냈던 인물이었기에 더욱 적격자였을 것이라 생각한다. 겉으로는 사대의 의리를 지키며, 속으로는 우리의 독자성을 찾기 위해 '문장화국(文章華國)'의 의미를 부각하여 중국과 대등함을 표현하였다고 본다. 또 최치원은 도교의 맥을 잇는 인물로 자주 거론되고 있다.[32] 최치원의 말년 행적이 이러한 경향을 가중시키고 있는 것 또한 사실이다. 전술했듯 도교는 유교와 달리 조선 민족의 주체성을 내세우고 있었기에, 문장으로 중국에까지 이름을 날렸던 최치원은 '대중화의식'을 꾀하는 소설 주인공으로 제격이었다고 생각한다.

「최고운전」에서 '대중화의식'을 표현하면서 조선의 자존심을 세운 일화는 석함 속에 계란이 있었음을 알아맞힌 일이다. 중국이 신라에 석

---

31) 이러한 상황은 「童子問答」에서도 그대로 나타난다. 「동자문답」은 공자가 어린 아이에게 창피를 당한다는 내용이다. 민영규 선생은 이 작품의 연원을 중국 돈황으로 잡고 있다. 대개는 사역원에서 만주어 학습용으로 쓰던 교재를 번역한 것들이다(민영규, 「滿洲字 小兒論과 敦煌의 項託變文」, 『강화학 최후의 광경』, 우반, 1994, 149~158면).

32) 최창록은 도교를 주체선파, 수련선파, 위선도파로 나누고 있는데 최치원은 주체선파에 소속시키고 있다. 주체선파에 드는 대표적 인물을 보면 단군, 박혁거세, 고주몽, 김수로, 솔거, 우륵, 김법민, 옥보고, 부예랑, 최치원, 강감찬, 김안국, 혜손, 이사연, 이언휴, 이방보, 조여적, 한순계, 박엽 등이다(최창록, 앞의 책, 163면).

함을 보낸 이유는 신라에 뛰어난 인물이 있는가를 시험해보기 위해서다. 이러한 행위는 중국이 조선에 행했던 견제책 중의 하나로 볼 수 있다. 그러나 이 문제를 해결한 사람은 정부의 고관대작이 아니라 일개한 집의 파경노인 최치원이었다. 그것도 붓을 발에 꽂고 잠만 자다가 시 한 수를 완성하여 문제를 푼다. 파경노(破鏡奴)가 붓으로 문제를 해결한다는 것은 최치원이 신라 당대의 유명한 문장가였기에 가능했던 장치이다. 최치원을 내세워 붓으로 시를 써서 문제를 풀었다는 것은 조선은 중국처럼 무력으로 행세하는 것이 아닌 문치(文治)로 해결한다는 것을 보여준 것이다. 이와 관련한 것으로 최치원이 중국에 있을 때 황소와 이비의 무리를 글로 감복하게 만들었다는 일화에서도 그 증거를 찾을 수 있다.

「최고운전」에서는 중국과 대등해지려는 의식뿐만 아니라 중국을 보다 적대적으로 표현한 부분이 있는데, 최치원이 중국 황제에게 직접 항변하는 모습에서 잘 드러난다. 중국 황제는 중국의 신하들이 최치원이 '중국이 비록 크나 소국보다 못하게 여기고 있다'는 상소를 올려 최치원을 남쪽 바다 섬에 귀양을 보낸다.[33] 최치원은 그곳에서 지난 날 노파가 준 간장 적신 솜을 씹어 먹으며 몇 달 동안 연명한다. 아무 것도 먹지 못해 죽었을 것이라 생각했던 최치원이 황제에게 시를 보내고 황제가 보낸 사자를 꾸짖어 돌려보내자 이에 놀란 황제는 다시 사자를 보내지만 최치원은 이 사자를 꾸짖어 돌려보낸다. 이에 화가 난 황제는 다음과 같이 말을 한다.

온 하늘 아래에는 임금의 신하 아닌 사람이 없고, 온 세상 땅에는 임금의 땅 아닌 곳이 없다 하였다. 너는 신라인이나 신라도 나의 영토요 네 임금도 내 신

---

33) 대신들이 질투하여 많은 사람들이 참소하기를 치원은 중국이 비록 크나 소국보다 못하다고 생각하고 있습니다 하니 황제가 크게 노하여 치원을 남쪽 바다의 섬에 귀양 보내고 식량을 끊어 버렸다(大臣嫉之, 多議曰 : '致遠以爲中國雖大, 不如小國也.' 帝大怒, 貶致遠於南海島上絶食). 「최문헌전」, 112면.

하거늘 네가 나의 사신을 꾸짖는 것은 어째서인가 라고 하였다. 최치원은 공중에 한 일자를 긋고는 그 위에 뛰어 올라 여기도 폐하의 땅이요 하니 황제가 크게 놀라 용상에서 내려와 머리를 조아리며 사과하였다.34)

황제의 말에서 중국이 조선을 어떻게 인식하고 있는가를 알 수 있다. 조선은 중국의 한 영토에 불과하고 조선의 임금마저도 중국 황제의 신하이니 자신의 명령은 모두 따라야 한다는 것을 강조하고 있다. 실제로 중국이 조선에 대해서 이러한 강압으로 '업신여김'을 행했기에 조선의 주체성 회복을 주장하는 「최고운전」의 작가는 중국에 대한 반감을 노골적으로 제시하고 있다. 그리하여 「최고운전」의 작가는 뛰어난 지략과 시문의 능력을 보여준 최치원이 중국 문사보다 낫다는 것을 표현하고 있다. 요즘에야 영공까지 영토의 개념에 들어가지만, 「최고운전」에서 최치원의 공중부양35)은 그의 신비한 능력을 보여주면서 중국 황제가 얘기하는 영토 개념의 모호성을 지적하고 있다고 생각한다.

중국에 대한 반감은 최치원이 중국 조정의 모략에 대응하는 과정에서도 잘 드러난다. 여기에는 최치원의 능력에 의한 것이기도 하지만, 여러 명의 조력자들이 등장하여 도와주었기에 가능했다.

"중원은 대국이라 소국과는 사뭇 다르다. 지금 천자가 자네가 왔다는 소문을 들으면 반드시 아홉 개의 문을 만든 뒤에 너를 맞아들일 것이다. 네가 그 문에 들어갈 때는 부디 마음을 놓지 말라, 큰 화가 닥칠 것이다" 하고는 곧 차고 있던 주머니 속을 더듬어 부적을 꺼내주며 (…후략…).36)

---

34) "普天之下, 莫非王臣; 普天之下, 莫非王土. 汝新羅之人, 新羅亦我之地也, 汝君亦我之臣也, 而叱之使者, 何如? 致遠劃一字空中, 躍居其上曰:'是亦陛下之地乎?' 帝大驚, 下床頓首謝之."(「최문헌전」, 113면)

35) 이러한 공중부양은 「창세가」와 「부설전」의 영향이 아닐까 생각해 볼 여지가 있다. 또 심의 「몽기」에서도 최치원의 공중부양이 보인다.

36) "中原大國也, 與小國殊異, 今天子聞君至, 必設九門, 然後迎入汝矣. 汝入其門, 愼勿放心, 大禍將至也. 乃探所佩囊中, 出符與之 (…후략…)."(「최문헌전」, 111면)

위 예문은 한 여인이 부적을 주며 중국 황제가 설치한 함정을 피하라고 주의를 주는 장면이다. 이 여인과의 만남은 그 전에 한 노인의 만남이 있은 뒤에 이루어질 수 있었다. 그 노인도 "중원에 들어가면 반드시 큰 화를 만날 것이니 부디 조심하라"며 최치원에게 알려준다. 이 두 사람의 예언에서 중국에 대한 불신이 묘사되고 있다. 그런데 중국에 대한 불신에서만 그치는 것이 아니라 불신하는 대상을 무찌를 수 있도록 비방해준다는 것이 더 중요하다.

뛰어난 능력을 가진 최치원도 할 수 없는 일을 노인이나 여인이 해결할 수 있도록 도와준다. 이들은 조력자로 도교에서 말하는 선승이나 도사들이지만 단순한 종교적 차원이 아닌 민중의 염원이 이들의 말속에 담겨 있다고 볼 수 있다. 천제까지도 인정한 최치원이지만 조력자들의 도움이 없었다면 최치원은 중국에서 살아남지 못했다. 이 조력자들의 도움은 바로 민중의 도움이다. 곧 「최고운전」에 서술된 설화적 요소는 바로 민중들에게서 회자되었던 이야기가 소설에 투영된 것으로 볼 수 있다.37)

「최고운전」의 작가는 도교적 인물을 내세워 이들의 능력을 최치원에게 제공하여 현실에서는 조선에 압박만 가하는 중국을 조롱하며 하찮게 묘사하고 있다. 이러한 장면은 도교적 상상력이 아니었다면 있을 수 없는 설정이라고 생각한다. 도교적 상상력은 현실과는 거리를 두고 있

---

37) 이 부분에서 필자가 갖는 의문은 지금까지 학계에 알려진 「최고운전」과 『효빈잡기』에 기록된 「최문창전」의 내용이 과연 같은가에 있다. 그렇다고 지금에 와서 1579년 당시 「최고운전」을 재구할 수는 없는 일이다. 현존하는 「최고운전」의 내용을 토대로 창작 시기를 살펴볼 수밖에 없다. 이에 대한 기존의 연구 성과를 인용해보면 16세기 소설의 특징으로 '화해적 세계관', '행복한 결말', '민간적·무속적 층위가 텍스트에 포진', '언어 환경' 등을 들고 있다(김현양, 「16세기 소설사의 지형과 위상」, 『민족문학사연구』 25, 민족문학사학회, 2004, 18~19면). 도교적 인물이 등장하는 설화적 요소는 분명 후대에 추가된 것으로 보인다. 그럼에도 불구하고 16세기 소설의 특징이 「최고운전」과 부합되는 점이 많으므로 「최고운전」의 창작 시기를 16세기로 보는 데는 무리가 없다고 본다.

지만 그 지향점은 현실보다 더 적극적이라 할 수 있다. 그렇기에 「최고운전」의 작가는 중국과 대등해지면서 민족의 주체성 확보를 위해 찾은 도구가 바로 '문학'과 '도교'다. 문학은 문명의 우열을 비교하는 잣대로서의, 도교는 주체성을 확보하고 현실을 돌파하는 도구로서의 의미를 가지고 있다.

이상으로 「최고운전」에 표현된 '대중화의식'과 '중국에 대한 반감의식'에 대해 살펴보았다. '대중화의식'은 '화이론(華夷論)'에 얽매인 유자들, 즉 상층사대부 중에 민족의식을 고취하고자 노력했던 인사들의 의식이 「최고운전」 작가에 의해 이루어졌다고 볼 수 있다. 여기에 「최고운전」의 작가는 도교적 상상력을 사용하여 현실에서 이루어질 수 없는 일을 가능하도록 하여 독자들로 하여금 심리적 보상을 느끼도록 했다. 결국 「최고운전」은 16세기에 중국과의 관계에서 주체성을 찾기 위한 상층 사대부들이 문학적으로 중국과 대등해지려는 의식과 도교적 상상력에 의지해 창작된 소설이라고 말할 수 있다.

「은아전(銀娥傳)」을 통해 본 인물전의 한 양상

1. 비교 연구의 미시적 접근

전(傳) 양식에 대한 장르 논의는 교술적 성격에 대한 측면과 조선 후기 서사문학의 흐름 속에서 전이 어떤 전변을 거쳐 소설화의 양상으로 넘어가게 되었는지를 구명하는 측면에 관심이 집중되어 왔다.[1] 이런 연구 경향은 전의 장르적 성격을 세심하게 분석해내기도 하였고, 전과 소설과의 관련 양상을 치밀하게 분석하여 생산적인 논의를 제출하기도 하였다.

하지만, 전(傳)을 전으로써만 본다던지, 전을 소설의 전단계로만 인식하여, 얼마만큼이나 소설에 가까운 형태로 존재하고 있는가를 파악하는

---

[1] 이러한 연구 경향과 성과물에 대해서는 정출헌, 「한문소설 연구의 시대적 추이와 과제별 전망」, 『고전문학연구의 쟁점적 과제와 전망』 上, 월인, 2003, 주 14와 주 15에 잘 정리되어 있다.

322   문혀진 문학사의 복원—16세기 소설사

쪽으로 시각이 고정되는 경향이 보이기도 하였다. 모든 문학 양식이 그러하겠지만, 운동 상태의 변화 과정을 통해 특정 산물로 고착화되는 양상의 결과를 확인하는 것은 그 결과를 미리 알고 있고, 그렇게 되어야만 한다는 사고 자체가 고정되어 있기 때문에 그리 생산적이라고 할 수는 없다. 그렇기 때문에, 현재 진행되고 있는 고전 서사에 대한 연구 경향은 양식의 전변 과정, 그 자체에 초점이 맞춰져 있다 하겠다.[2]

일반적으로 조선 후기의 전에 비해 조선 전기 전의 경우, 선행 연구 성과가 그다지 충분하지 않다. 기존의 선행 연구를 통해 조선 전기 전의 전개 양상을 살펴보면, 조선 전기의 전은 훈구 계열과 사림 계열로 나누어 파악할 수 있는데, 훈구 계열인 성간과 성현의 전은 노장사상에 의거해 자기 계파의 무제한적인 탐욕에 대한 반대와 비판을 제기해 놓고 있는 반면, 채수의 전은 훈구계 내부에서 성장해 온 소설에 대한 취향이 전을 통해 표출된 것으로 볼 수 있다. 사림계 전은 절의의 문제를 다룬 전과 도학자의 전, 그리고 사화를 다룬 전이 있다. 절의의 문제를 다룬 전 가운데 「육신전」은 작가정신, 부분과 전체의 통일성, 서사의 박진감과 전후 조응 등의 여러 면에서 조선 전기 인물전이 이룩한 최대 성과로 평가될 만하다. 반면 도학전은 사림 세력이 성리학을 통치이념으로 정립·심화시키면서 국가권력을 장악해 갔던 조선 전기의 사회에서 그 고유성과 사적 의의를 갖는다. 또한 사화를 다룬 전에서는 전이 갖는 '역사기대성'을 극대화시켜 후대의 역사가 자기네의 억울함, 또 그 정당성을 제대로 알아줄 것을 간구하고 있다.

한편, 사림계와 훈구계를 가리지 않고 창작이 이루어진 열녀전의 경우 지배의 헤게모니를 창출하기 위한 조선왕조의 강화된 대민교화, 또 도학의 심화라는 이 시대의 일반적 분위기와 관련해, 중세적 질서에 잘

---

2) 진재교, 이강옥 등의 논의가 그런 경향을 잘 보여주고 있다. 진재교, 「구비전통과 이조후기 서사문학의 변모」, 『한국한문학연구』 22집, 한국한문학회, 1998; 이강옥, 「야담의 속 이야기와 등장인물의 자기 경험 진술」, 『야담문학연구의 현단계』 3, 보고사, 2001.

부합되는 규범적 인간상의 확립 및 그 선양이라는 이데올로기적 지향을 분명히 하고 있었다.3)

위의 선행 연구를 통해 살펴볼 수 있듯이 조선 전기에 창작된 전의 경우 정치 세력의 지향에 따라 목소리를 내고 있다. 정치 세력의 주도권이 변화하는 과정에서 생성된 산물은 그 범위를 잘 벗어나기 힘들다. 어느 한쪽의 시각이 투영된 작품이기에 그것을 읽는 독자도 그 강인한 의식 속에서 벗어나기 어려울 수밖에 없는 것이다. 이런 측면에서 봤을 때, 두 시각을 넘나드는 열녀전(烈女傳)의 존재에 대해 관심을 기울여볼 필요가 있다. 물론, 이 시기에 산생된 열녀전 자체도 결코 체제에 저항하거나, 그에 대한 이탈 조짐이 드러나는 것은 아니다. 지극히 사회 체제의 이데올로기를 강화시켜나가는 도구로 사용되고 있을 뿐이다.

그간 이런 전 장르와 관련된 논의는 많았지만, 여기서는 전의 장르적 특성에 관한 인식을 재확인하려는 것을 의도하진 않는다. 다만 이 시기 서사문학사에서 전은 과연 어떠한 형태로 존재하고 있었고, 문학사의 다양한 변화 속에서 동태적인 면모를 보이려는 시도가 있었는지를 살펴보려 하는 것이다. 물론 이 시각 자체가 획기적이거나 새로운 것은 아니다. 다만 관심의 영역이 상대적으로 미진한 측면을 주목하고자 하는 것이며, 과연 흔히들 말하는 전계소설(傳系小說)이라 불리는 작품들이 서사문학사의 저변 환경과 상관없이 평지돌출식으로 등장하지는 않았을 거라는 생각에서 시도하는 측면이 강함을 미리 밝혀둔다.

이런 시각 하에 본고는 그간 서사문학사에 있어 상대적 공백기로 여겨지는 16세기를 중심으로 살펴볼 것이며, 그 가운데서도 16세기에 창작된 전(傳) 작품을 대상으로 진행 과정을 살펴보고자 한다. 하지만, 16세기에 창작된 전(傳) 작품 전체를 연구 대상으로 삼진 않고, 「은아전(銀娥傳)」을 중심으로 살펴보고자 한다. 여기서 군이 「은아전」을 중심으로

---

3) 박희병, 「조선 전기 인물전의 양상과 문제」, 『韓國古典人物傳研究』, 한길사, 1992, 167~170면.

살펴보고자 하는 이유는, 동일 작품이 각각 다른 작가에 의해 입전되고 있는데, 그 서술 양상이 전변을 보이고 있기 때문이다. 물론 전변 자체가 특별한 의미를 지니고 있을 만큼 판이한 형태로 드러나는 것은 아니다. 하지만 그 변화 과정 자체에 중심을 두고 있기 때문에 16세기에 창작된 전(傳) 작품에 대한 일반적인 인식으로부터 시각을 달리해 작품을 살펴보고자 하는 것이다.

2. 「은아전」의 서술 분절 비교

「은아전」은 출생신분이 미천한 여자가 수성수의 소실이 되었다가, 홀로 된 이후에도 개가하지 않고 남겨준 재산과 물품에 손을 대지 않으면서 섬기다가 8년 만에 세상을 뜬 은아라는 여자를 입전한 작품이다. 이 작품은 우계(牛溪) 성혼(成渾, 1535~1598)이 기초한 것을 바탕으로 구봉(龜峯) 송익필(宋翼弼, 1534~1599)이 개작한 것인데, 전체적인 의미는 서로 비슷하다. 그러나 표현과 서술의 측면에서는 차이가 있음을 살펴볼 수 있다.4) 그럼, 먼저 두 작품의 서사 분절을 표를 통해 비교하여 표현과 서술의 측면에서 어떤 측면에서 비슷하고, 어떤 측면에서 변화가 일어나고 있는지 음미하며 살펴보도록 하겠다.

성혼의 「은아전」과 송익필의 「은아전」 서술 분절 비교

분절		송익필	성 혼
①	교하 남촌 수성댁에 의탁하게 된 동기	아버지를 여의고 어머니를 따라 유리걸식하다가 나이 13세에 수성군댁에 의탁함. 수성이 용모가 아까워 2년 뒤 첩으로 삼음.	집안의 전설에 양주여아를 데려와 아내가 없는 사람에게 시집보내려 하자 수가 불러보고 호의를 베풀고 2년 뒤에 첩으로 삼음.

4) 이 부분에 대해서는 박희병에 의해 지적된 바 있다. 위의 논문, 167면.

분절		송익필	성혼
②	은아의 성품 서술	온화하고 윗사람의 명을 받들고 아래 사람들을 어루만지며 은혜로워 집안에 틈을 벌리는 말이 없었고, 『열녀전』을 읽고 마음 씀이나 일하는데 행동의 규범으로 삼음.	화목하고 명을 그대로 따르면서 받들어 섬겼으며 집안을 다스리고 아랫사람을 어루만짐.
③	수성태수의 물음에 대한 반응	아직 미리 말씀드릴 수 없다고 답함.	아직 미리 말씀드릴 수 없다고 답함.
④	태수의 보은 양상과 그 반응에 대한 서술	은아의 정성에 감복하여 남촌 별장을 은아에게 주면서 마음대로 하라고 하자, 통곡하면서 갑자기 기절함.	은아의 정성에 감복해서 문서를 세워 전토와 재산을 주면서 네가 만약 절개를 지킨다면 재산을 주고, 아니면 자기 아들에게 맡기고 떠나라고 함
⑤	태수사후 은아의 행동 양태	삼년상 동안 머리 빗을 쓰지 않고, 반찬을 먹지 않으며, 제사상을 차릴 때 예의를 다했고, 계절이 바뀔 때마다 새 옷을 지어 통곡한 후 태움.	삼년 상제에 제사를 지낼 때 정성을 다했고, 남기신 의복과 침구를 베풀고 그 옆을 모시고 지킴. 새 종이로 창문을 발라 반드시 정결하게 했고, 계절에 맞는 물건을 얻으면 꼭 영전에 차려 놓고 절을 올림.
⑥	이웃 아낙의 개가 유혹에 대한 반응	두, 세 번 타일러도 듣지 않고 죽을 때까지 남과 대면해 이야기 하지 않음. 『여훈』을 읽으며 인간 세상의 일에 마음을 두지 않아, 끼니가 없어 먹지 못함	성을 내고 아프다 칭하고서 만나지 않음. 외로이 산지 오래되어 끼니를 잇기 힘들게 됨.
⑦	태수가 남긴 재산에 대한 반응	천하고 가난한 품팔이 거렁뱅이의 자손이기 때문에 거친 쌀이 분수에 맞으니 내려주신 필적을 팔아 좋은 옷과 음식을 구할 필요가 없음.	농사군 집 딸로 거친 밥이 분수에 맞으니 주신 땅을 남에게 팔 수 없음.
⑧	태수 손자의 권유에 대한 반응	태수가 준 것을 팔라는 손자의 권유에 독점할 수 있으며, 남의 재물을 마음대로 하여 한 사람에게 은혜를 파는 일은 내 뜻이 아니라며 그것을 거절하고 앉아서 피를 토하다가 병에 걸려 8년 만에 죽음.	태수가 준 것을 팔라는 손자의 권유에 받은 재산을 공평하게 나눠줘야지 사랑하는 사람에게만 나눠주어 사사로이 은혜를 베푸는 일로 삼을 수 없다고 함.
⑨	여생에 대한 서술	태수가 살았을 적에는 손님을 대하여 정성을 다하고 홀로 된 후에는 "주인댁 물건을 함부로 해서는 안 된다"하고 세상을 떠날 때는 예법에 따라 장사지낼 것을 바라는 유언을 함.	태수를 섬기는 것이 정성스럽고 간절하였으며, 상중에 머리 한번 빗지 않고, 반찬을 입에 대지도 않았으며, 아홉해가 지난 뒤에 세상을 떠났음. 상을 치르려고 하니 집안의 작은 것 하나마저 전과 같았음.
⑩	논평	가난해도 그 지조를 바꾸지 않고, 이해도 그 뜻을 빼앗을 수 없었으며 일마다 삼가 두려워하였으니 이치를 아는 군자와 같다. 평소에 독서하고 도를 말하면서, 임종시에 항상 가지고 있던 덕을 넘지 않고 그 운명을 편안하게 여겼으니 유독 무슨 마음이었겠는가?	옛날의 순종하는 여인네도 이보다 멀리 더 지나치지는 못했을 것이며, 일찍이 보모의 교훈을 받아 정성스럽게 양육했다면 성취가 어찌 여기서 그쳤겠는가. 세상의 군자들이 글을 읽고 도를 말하다가도 상도를 밟고 덕을 지킬 수 없어 절개를 굽히니 그 또한 부끄러운 일일 것이다.

분절		송익필	성 혼
⑪	후기	파산의 성호원은 사는 곳이 교하에 접해 있어 은아의 행실을 들은 뒤 그 이야기를 입에서 떼지 못했으며, 은아전의 초를 잡아 나에게 고쳐 지을 것을 부탁함. 이웃 아낙의 의롭지 못함을 타이른 한 단락은 태수의 손녀가 눈으로 직접 본 것이 아니어서 혹 옳지 않을지도 모른다고 했으나, 은아는 실제 죽을 때까지 다른 사람을 마주하여 말하지 않았다고 함.	

위의 표와 같이 「은아전」의 서사 분절을 총 10개의 단락으로 나누고 그에 따라 작품의 진행 과정을 비교해 제시하였다. 본질적으로 구봉의 「은아전」은 우계의 「은아전」을 바탕으로 해서 개작된 것이며, 이를 논평 부분에서 밝혀 놓고 있다. 그러나 표를 통해서 살펴볼 수 있듯이 전반적인 내용은 비슷하지만, 세부적인 작품의 진행 과정에 있어서는 차이가 드러나고 있음을 확인할 수 있다. 그러면, 세부적인 진행 과정을 우계의 「은아전」과 구봉의 「은아전」을 분절별로 비교하면서 살펴보도록 하겠다.

우선 작품의 서두인 분절 ①을 살펴보면, 일반적으로 전의 서두는 인정기술이 그 첫머리를 차지한다. 입전인물의 가계에 대해 밝혀 놓음으로써, 실존인물임을 알려주어 역사적 신빙성을 확보하려는 것이다. 「은아전」의 경우, 하층 신분의 여성이기 때문에 인정기술이 그다지 상세하진 않다. 다만 분절 ①에서 주목해야 할 부분은 은아가 어떤 방식을 통해 교하 남촌의 수성태수 댁에 의탁하게 된 것이냐 하는 점이다.

　㉠아가씨의 이름은 은이고 누구의 딸인지 모른다. 양주 사람이다. 종실 수성수가 교하 남촌에 살았는데 하루는 집안에서 전해 말하기를 그 노복이 양주 양가의 어린 여아를 데리고 와 장차 아내가 없는 사람에게 시집보내려 한다고 했다. 수가 그를 불러보고 그에게 옷을 만들어 주고 밥을 주게 했다. 그때 나이 열 셋이었다. 이년이 지난 후 드디어 거두어 첩으로 삼았다.[5]

ⓛ은아는 그의 이름으로, 그가 누구 집 자식인지 모른다. 어려서 아버지를 여의고 어머니를 따라 다니며 걸식하다가 나이 열세 살 때 교하 남촌의 수성 태수 댁에 의탁하게 되었다. 수성이 그를 가엾게 여겨 衣食을 주었고, 이년이 지난 뒤에 그 용모가 아까워 첩으로 삼았다.6)

ⓘ은 우계의 작품으로 집안에 내려오는 말에 노복이 양주(揚州) 출신의 여자아이를 데려와 아내가 없는 사람에게 시집보내려 하자 태수가 불러 보고서 호의를 베푼 뒤 2년 뒤에 첩으로 삼게 되었다는 식으로 서술하고 있다. 반면 구봉의 작품인 ⓛ에서는 은아가 아버지를 여의고 어머니를 따라 유리걸식하다가 나이 13세에 수성태수 댁에 의탁하게 되었는데, 수성태수가 은아의 용모가 아까워 첩으로 삼았다고 서술하고 있다.

수성태수 댁에 의탁하게 된 과정을 설명하고 있는데, 우계의 작품의 경우 노복이 은아를 아내가 없는 사람의 아내로 삼기위해 데려와서 수성태수 댁에 의탁하게 된 것으로 서술해놓고 있는 반면, 구봉의 작품은 은아가 어린 나이에 아버지를 여의고 나서 어머니를 따라다니면서 유리걸식하는 처참한 상황에 빠져 있는 것을 수성태수가 도와주어서 수성태수 댁에 의탁하게 된 것으로 서술하고 있다.

좀 더 살펴보면, 우계의 작품에서는 아내가 없는 사람의 아내를 만들어 주기 위해서 데려온 존재로만 담담하게 서술하고 있을 뿐, 그런 상황에 처한 은아의 처지에 대해 그다지 연민의 정을 느낀다던지 하는 작가의 감정 태도는 뒷켠으로 밀려나 있음을 알 수 있다. 반면 구봉의 작품에서는 의지할 데 없는 은아의 처지를 서술하고 그런 모습에 연민을

---

5) 成渾, 「銀娥傳」(『牛溪集』, 『韓國文集叢刊』 41). "宗室壽城守居交河南村. 一日, 家中傳說其奴携楊州良家童女, 將以嫁人之無妻者, 守召見之, 爲之製衣給食. 其時年十三, 越二歲, 遂納爲妾." 번역문은 이혜순·김경미, 『한국의 열녀전』의 것을 따랐으며, 필자가 필요에 따라 조금씩 바꾸어 사용하였다.

6) 宋翼弼, 「銀娥傳」(『龜峯集』, 『韓國文集叢刊』 42). "少喪父, 隨母流轉, 乞食於人. 年十三, 投跡於交河南村秀城守家. 秀城憐之, 衣食之. 越二年, 惜其容, 因以爲妾."

느끼고 있는 수성태수의 모습을 서술하고 있음을 알 수 있다. 이점은 수성태수에게 의탁하게 된 과정에 대해서 다소 차이를 보여주고 있으며, 은아를 바라보는 시각에 있어서도 다소 차이가 드러나고 있음을 알 수 있다.

분절 ②에서는 은아의 성품과 그 특징에 대해 설명하고 있는데, 우계의 작품이 일반적인 열녀의 행위를 나열식으로 서술하고 있는 데 비해, 구봉의 작품에서는 은아의 행동이 단순히 일반적인 열녀의 행위를 답습하는 단순한 '절의(節義)'의 표출이 아니라, '『열녀전(烈女傳)』을 읽고 마음 씀이나 일을 하는 데에 행동의 규범으로 삼았다'[7]고 밝힘으로써 상층사대부가의 여성들만큼이나 교양을 갖추고 그것에서 연유된 행위였던 것으로 서술하고 있다.

분절 ③에서는 은아의 '정절(貞節)'을 시험해 보는 장면이 서술되고 있다. 우계와 구봉의 작품 모두 은아를 의심하면서 은아의 속마음을 떠보기 위해 질문을 던지는 장면을 서술하고 있다.

> 수는 나이가 들어 늙게 되자 스스로 소녀가 싫증이 났을까 의심하여 그녀에게 말하길 "내가 죽으면 너는 다른 사람을 따르겠느냐? 아니면 신의를 지키겠느냐?"라고 하자 대답하길 "이 일은 미리 말씀드릴 수가 없습니다"라고 하였다.[8]

수의 나이가 고령이고 병이 많아 스스로 생각하기를 은아가 아름답고 나이 어리므로 혹시 싫증이 났을까 시험하여 말하길 "내가 장차 죽으면 너는 수절할 수 있느냐? 아니면 다른 뜻이 있느냐?"라고 하자, 은아는 몹시 슬퍼하며 대답하길 "아직 미리 말씀드릴 수 없습니다"라고 하였다.[9]

---

7) 송익필, 앞의 글. "嘗讀烈女傳, 處心行事, 動以爲式."
8) 성혼, 앞의 글. "守年益老, 自疑少女有厭倦之意, 語之曰 : '我死汝當從人乎. 抑守信乎!' 對曰 : '此事未可豫言也.'"

위의 장면은 분절 ③에서 태수가 자신의 나이가 고령이고 병이 많은데도 아름답고 나이 어린 은아가 혹시 싫증이 나지는 않았는지 은아의 의중을 떠보는 장면이다. 여기에 따른 은아의 반응은 우계나 구봉의 작품 모두 "미리 말씀드릴 수 없습니다"라고 동일하게 나타나고 있다. 문제는 은아의 반응이 아니라, 우계와 구봉의 작품에서 은아의 정절을 의심하는 장면에 대한 서술 방식이다. 이것은 사소한 차이로 넘겨버릴 수도 있으나, 우계의 작품에서는 태수가 은아의 정절에 대해 의심을 품고서 물어본 뒤, 은아가 위와 같이 대답하는 장면에서 그 서술 양상이 작품에서 한걸음 물러서서 '보여주려'고 하는 의도가 감지된다. 반면, 구봉의 작품에서는 은아의 '정절'에 대해 회의를 품고, 그것을 시험해봄으로써 자신의 '정절'이 쉽사리 인정받지 못하는 데 대한 은아의 서글픈 감정을 독자에게 전달하고자 하는 의도가 숨어 있는 것처럼 보인다. 이런 측면에서 두 작품 간에 미묘한 차이가 존재하고 있음을 감지할 수 있다.

분절 ④에서는 은아의 '정절'에 대한 수성태수의 보상 행위가 서술되고 있다. 분절 ④의 경우는 우계와 구봉의 작품을 둘 다 살펴보도록 하겠다.

ⓒ 태수가 그 정성에 감동하여 세상을 떠날 때 문서를 세워 전토와 재산을 주고 말하기를 "네가 만약 절개를 지킨다면 이것으로 생계를 꾸려가다가 세상을 마치거라. 그렇지 않으면 내 아들에게 맡기고 떠나거라."[10]

ⓓ 태수는 그 정성에 감동하여 세상을 떠나게 될 때 남촌 별장을 은아 혼자에게 맡기면서 말했다. "그것으로 의식을 해결하고 네 마음대로 하거라. 만약

---

9) 송익필, 앞의 글. "守年高多病, 自念娥美少, 或有厭倦意, 試娥曰 : '我且死, 汝能守節乎. 抑有他耶.' 娥慘然曰 : '未可豫言也.'"

10) 성혼, 앞의 글. "守感其誠, 臨沒, 立文給田産曰 : '汝若守義, 以此爲食終其身, 不然, 付吾子而去.'"

다른 사람에게 시집가게 되면 내 자손에게 돌려주어라."[11]

ⓒ은 우계의 작품으로, 은아의 정성에 감복한 태수가 은아에게 보답을 하는데 전토와 재산을 주면서, "네가 만약 절개를 지킨다면 재산을 주고, 아니면 자기 아들에게 맡기고 떠나가라"는 설정이 제시되고 있다. 반면, 구봉의 작품인 ⓔ에서는 태수가 은아의 정성에 감복해서 남촌의 별장을 은아에게 주면서 마음대로 하라는 설정이 제시되고 있다.

우계의 작품에서는 수성태수가 은아의 정성에 감복하여 전토와 재산을 보상으로 은아에게 주면서 마치 어떤 조건을 걸은 뒤에, 재산을 넘겨주는 식으로 표현되고 있다. 이 부분은 작가가 은아를 바라보는 시각이 투영된 부분으로 이해해 볼 수 있을 것이다. 은아의 정성에 감복하긴 했지만, 근본적으로 은아는 그 신분이 미천한 인물이기에, 정성에 감복한 것만으로도 그 보상은 충분하단 시각이 내재되어 있는 것이라 하겠다. 그렇기 때문에, 절개에 대한 보상의 측면에서도 '절개를 지킨다면'이라는 단서를 달아서 조건부 보상을 할 뿐이며, 은아가 했던 '열(烈)'을 그다지 높게 인정하고 있진 않은 것이다.

반면, 구봉의 작품에서는 은아의 '열'을 이미 확인했기 때문에, 그에 따른 보상은 하층신분임에도 '열'을 사대부 못지않게 실천했던 것을 별장 하나를 주면서도 아무런 조건을 달지 않고 온전히 주는 설정으로 서술하고 있는 것이다. 미세한 측면이긴 하나, 두 작가 사이의 시각 차이가 드러나고 있는 지점인 것이다.

이런 과정을 겪은 후 분절 ⑤에서는 태수가 죽은 이후 은아가 취한 행동에 대해서 서술하고 있는데, 우계의 작품과 구봉의 작품은 세부적인 서술 표현에 있어 차이를 보이고 있으나 전체적인 의미에서는 서로 비슷한 양상으로 서술되고 있다. 여기까지가 태수와 은아 사이의 '절개

---

11) 송익필, 앞의 글. "守感其成, 將歿, 以南村別業專付曰 : '以之衣食, 任汝自爲, 若或他適, 與五子孫.'"

(節槪)'와 그에 대한 '보상(報償)'의 상호 행위가 일단락되고 있으며, 다음부터는 본격적으로 '열'을 행하는 은아의 행위에 초점이 맞춰져 서술이 진행되고 있다.

분절 ⑥에서는 태수가 죽은 이후 이웃 아낙의 개가하라는 유혹에 대한 은아의 반응을 서술하고 있는데, 우계의 작품에서는 "나중에 여러 번 찾아와서 누차 설득시키고자 했으나, 말이 더욱 간절할수록, 은아는 더욱 미워하였다. 나중에 술을 가지고 왔다는 소리를 들으면, 병을 칭탁해서 문을 닫고 거절하였다"[12]고 서술하고 있다. 반면, 구봉의 작품에서는 보다 자세하게 은아의 행위를 서술하고 있다.

> 두 번 세 번 타일러 은아의 뜻을 움직이고자 했으나, 은아는 발끈 화를 내며 대답하지 않았고, 병을 칭탁해서 문을 닫은 뒤로 종신토록 남과 대면해 앉아 이야기하지 않았다. 매일 『여훈』을 읽으며 인간 세상의 일에는 하나도 마음에 두지 않았으며, 나물 뿌리 보리밥도 때로 떨어져 먹지 못했다.[13]

이웃 아낙의 개가권유에 반발한 것은 무엇보다 '열'을 지키려는 의지가 개재되어 있었기 때문이지만, 이웃 아낙의 개가권유는 은아의 처지를 십분 이해한 현실적인 것이었다. 어차피 개가를 하더라도 큰 지장이 없을뿐더러, '열'을 지키더라도 누가 그것을 알아주기나 했을까? 그러나, 은아의 반발은 이미 태수와 '신의'로써 교감을 소통한 뒤에 나온 당연한 결과로써 이해해야 할 것이다. 앞서, 은아의 '열'이 의심받았지만, 결국엔 태수의 감복으로 이어졌고, 그 결과 아무런 조건 없이 별장을 받을 수 있었던 일련의 과정 속에 은아는 이미 심적으로는 태수의 정실부인과도 같은 대우를 받았다고 볼 수 있는 것이다. 그렇기 때문에 당연히 하찮은 이웃 아낙의 개가권유를 단번에 내칠 수 있었던 것이며, 『여훈』

---

12) 성혼, 앞의 글. "其後屢至屢說, 辭益切, 娥益惡之. 後聞持酒來, 稱疾閉門而拒之."
13) 송익필, 앞의 글. "再說三說, 欲動娥意, 娥怫然不答, 杜戶稱疾, 終身不對人坐語. 日讀女訓, 人間世事, 一不介懷, 菜根麥飯, 有時而絶."

을 읽는 행위를 통해 스스로의 의식을 더욱 굳건하게 지켜나갈 수 있었던 것이다.

위의 장면에서 볼 수 있듯이 우계와 구봉의 작품 모두 은아가 '열'을 지켜나가는 데 있어 고난과 시련의 과정을 끊임없이 극복해내고 헤쳐나가는 모습을 그려내고 있다. 다만 우계의 작품에서는 이웃 아낙의 개가권유를 거절하는 개인적인 모습을 그려내는 것에서 그치고 있으나, 구봉의 작품에서는 그것으로 인해 죽을 때까지 이웃 아낙과 말하지 않고, 거기에서 그치는 게 아니라, 자신의 의지가 행여 꺾이지나 않을까 스스로를 다잡기 위해 『여훈』을 읽는 모습으로 그려냈다. 뿐만 아니라, 세상사에 관심을 두지 않았다고 부연 설명까지 붙여놓음으로써 은아의 의지를 보다 절실하게 전달하려는 작가의 의식을 드러낸 것이라 판단된다.

분절 ⑧에서는 수성태수에게서 받은 재산을 은아가 끼니를 굶고 있는 상황 속에서도 팔아서 생계를 잇고자 하지 않는 모습을 서술하고 있다. 우계와 구봉의 작품을 구체적으로 살펴보면, 우계의 작품에서는, 생계를 잇기 위해 태수에게서 받은 물품을 팔라고 하는 주위의 권유를 물리치는 것으로 서술하고 있으며, 그 이후에도 은아가 어떻게 행동하면서 여생을 살았는지에 대한 서술이 이어지고 있다. 반면, 구봉의 작품에선 주변의 권유를 물리치는 측면에서 같은 모습을 볼 수 있으나, 그것으로 인해 병이 들어 은아가 결국엔 죽는 것으로 끝맺고 있다.

우계의 작품에서는 재산에 대해 욕심이 없었고, 성품이 명민하고 문리에 통했으며, 거상 때까지 곡기를 끊고 최선을 다해 모시다가 병에 걸려 죽고, 죽는 날까지 옛 주인의 물건을 잘 보존하여 물려주는 행위에 대해서 순차적으로 서술하고 있다. 반면 구봉의 작품에서는 은아가 수성태수가 살아계실 적에 곁에서 조심해서 잘 모셨다는 후일담의 형식으로 은아의 행위를 서술하고 있다는 점에서 차이를 보이고 있다.

분절 ⑨에서는 우계의 전(傳)과 같이 일반적인 전 양식은 주인공의 죽

음으로 인물에 대한 논찬을 마무리하고 논평으로 넘어가지만, 구봉의
작품에서는 주인공을 죽인다음, 주인공이 태수가 살았을 적과 홀로 된
후, 그리고 세상을 떠날 때 어떤 행동들을 했었는지를 전언하는 방식으
로 다시 한 번 생애를 정리하는 서술 방식을 사용하고 있다.

분절 ⑩인 논평(論評) 부분에서는 인물을 통해 세상에게 감계를 고하
는 서술이 일반적인데, 구봉의 작품에서는 논평다음에 분절 ⑪에서처럼
우계의 작품을 읽고서 작품을 지었다는 것을 후기로 밝혀 놓고 있다.

> 파산의 성호원은 교하에 접해 있어 자못 은아의 행실을 들은 뒤 나를 대하
> 고서 그 이야기를 입에서 떼지 못했으며, 은아전의 초를 잡아 나에게 고쳐 지
> 을 것을 부탁했다. 내가 사는 귀봉에 있는 집은 교하 남촌에 더욱 가까워 수성
> 수와 왕래하여 교유하는 말을 호원과 똑같이 들었다. 또 수성의 손녀가 내 형
> 님의 처족 여인으로 더욱 그 상세한 내막을 듣게 되어, 호원이 지은 전에 의거
> 해서 삼가 초고를 고쳤으니, 호원의 은아전 밖의 것은 단지 몇 줄일 뿐이고, 다
> 른 것은 모두 호원이 지은 것이다. 단지 이웃의 아낙의 불의를 타이른 한 단락
> 은 수성의 손녀가 이르길 눈으로 직접 본 것이 아니어서 혹 옳지 않을지도 모
> 른다고 했으나, 초상부터 죽을 때까지 일찍이 다른 사람을 마주하여 말하지 않
> 았다고 했다. 후에 이 전에 의거해서 임금님께서 들으시고 정문을 내리셨다.[14]

우계가 지은 전에 의거해서 초고를 고친 정도에 지나지 않는다고 자
신의 작품에 대해 겸손하게 말하고 있지만, 작품의 진행을 살펴보면 단
지 초고를 고친 정도에서 그치고 있는 것이 아님을 알 수 있다. 구봉의
작품은 우계의 작품에 대한 가필이나 수정에서 그치고 있는 정도는 아
닌데, 그것이 가능했던 이유는 구봉이 들었던 이야기가 더욱 자세했기

---

14) 송익필, 앞의 글. "坡山成浩原, 境接交河, 頗聞娥行, 對弼說不離口, 色草娥傳, 屬
弼改作. 弼之龜峯舍, 益近交河南村, 與秀城守往來交遊之, 言又與浩原聞同. 又秀城
孫女爲弼兄妻族婦, 逾聞其詳. 憑浩原傳, 謹改草浩原傳外只數行, 而其他皆浩原傳
也. 但隣婦不義之諭一段, 守孫女云. 目所未經, 恐或非是. 自初喪至終身, 未嘗見對
人語. 後憑此傳, 上聞而旌門."

때문이라 할 수 있다. 이야기를 충분히 이해하고 있었고, 잘못된 부분에 대해서는 수정할 정도로 잘 알고 있었다는 말은 보다 더 객관적으로 서술할 수 있는 조건을 갖추고 있었다는 의미로 해석할 수 있다.

이렇게 우계와 구봉의 「은아전」을 서사 분절에 따라 비교해 살펴보았다. 이를 통해 우계의 작품과 구봉의 작품이 대략적인 틀에서는 서로 유사한 측면들이 많았지만, 세부적인 측면에서 변모된 모습을 확인할 수 있었는데, 그 구체적인 변모 양상과 그 의미에 대해 다음 장에서 논의해 보도록 하겠다.

3. 「은아전」의 서술 양상과 그 의미

1) 하층인물 입전을 통한 '열(烈)'의 이념성 강조

구봉의 작품이 우계의 작품에 비해 보다 은아의 '열' 행위를 강조하기 위한 쪽으로 기술되고 있는 이유는 무엇일까? 이 점은 아무래도 일단 전을 창작하고 있는 작가의 의식이 열녀로서의 은아의 형상을 보다 강렬하게 제시하고자 했던 데서 연유된 것으로 보인다. 앞서 부분적인 구절을 통해 살펴봤듯이 우계의 전에 비해 구봉의 전은 입전인물에 한 발짝 더 다가서려하고, 인물의 처지와 심정을 대변해주고자 하는 의도를 감지할 수 있었다.

전을 통해 드러나는 작가의 의식은 이미 이 인물이 표창을 할 만큼 뛰어난 행위를 한 것을 알고 있으며, 그것을 강조하기 위한 방향으로 작품 서술을 이끌어나가게 되어 있다. 물론, 분절 ③에서 볼 수 있듯이 입전 인물의 행위 자체에 대해 시험을 해보는 과정이 결국에는 입전인물의 정당한 행위를 보다 뚜렷하게 부각시키기 위해서 설정된 장면으로 보면 충분히 이해할 수 있을 것이다. 하지만, 같은 장면에서도 우계의 경우, 평범한 질문에 그에 합당한 '열녀'로서의 대답이 나오는 장면을 서술한 반면, 구봉의 경우 '열녀'임을 재확인하기 위해 태수와 은아의 문답(問答) 장면을 집어넣음으로써 '열녀'의 이미지가 부각되는 효과를 거두고 있는 것이다.

이 지점에 있어서 우계의 작품과 구봉의 작품은 그 지향점이 다르게 나타나고 있음을 알 수 있다. 일단 우계의 작품을 통해서 구봉이 작품이 나왔기 때문이기도 하겠지만, 구봉의 작품을 통해 나타나는 상황 설정은 하층민에 대한 시선15)도 깃들여 있는 것처럼 보인다.

이런 측면에서 구봉의 삶을 대략적으로 살펴보면 25세까지는 비교적 넉넉한 가세 속에서 경제적인 여유와 정신적인 자유를 누리며 학문에 정진 할 수 있었으며, 서얼(庶孼)과 별로 관계가 없는 삶을 살았다. 그러나 25세가 되던 해 아우와 함께 대과(大科)에 응시해서 서출(庶出)이라는 신분 문제가 불거진 이후로 인생의 패배감에 직면하게 된다. 이후에 구봉은 33세 때 문정왕후가 죽은 뒤 사림들이 다시 정권을 획득하게 되자 안처겸의 아들인 안충의 노력으로 안당이 신원 복권되는 정치적 고비를 맞게 되자, 환로 진출 봉쇄는 물론이고 학문적 활동마저 자유롭지 못할 것을 예견하고 구봉산 아래로 돌아가 은거하게 된다. 이로부터 그는 66세에 생을 마감할 때까지 후학을 양성하는데 전력을 기울였다.

구봉의 생애를 살펴본 것에서 볼 수 있듯이, 신분 때문에 인생의 굴곡이 확 바뀔 수밖에 없었고 가지고 있는 능력으로 평가받지 못했던 데 대한 울울한 심사를 버릴 수는 없었을 것이라 생각된다. 이런 측면은 그가 남긴 시(詩)를 통해서 충분히 감지할 수 있다.16) 그러나 구봉은 다

---

15) 이런 시선은 아무래도 구봉의 출신이 서얼이었던 것과 관계가 있을 것으로 여겨진다.
16) 강구율은 구봉의 시세계의 특질을 '長客'과 '達人'으로 설명하고 있다. 강구율,「龜峯 宋翼弼의 詩世界와 詩風 硏究」, 경북대 박사논문, 2001.

른 서얼 출신들에 비하면 운이 좋았던 편이라 할 수 있다. 학문에 침잠하여 많은 제자들을 양성할 수 있었고, 이로 인해 사후에 홍문관에도 제수되는 영광을 누릴 수 있었던 것이다.

그렇다면 구봉의 신분적 처지와 「은아전」에 나타난 서술 양상과의 관계는 어떻게 설명할 수 있을까? 여기에는 「은아전」에서 주인공인 은아를 사대부여성들보다 오히려 더 절개를 철저하게 고수하는 '열녀'로써 자리매김 하려는 상층 지향적 작가의식이 개입되었던 것이라 생각된다. 상층 사대부 여성들도 하기 힘든 고난의 모습을 하층 신분의 여성을 통해 보여줌으로써 '열'이란 행위가 사대부들만의 전유물이 아님을 드러낸 것이다.

이점은 구봉의 작품의 평결 부분 말미에 "이 작품을 지음으로 인해 임금께서 들으시고는 정려문을 내리셨다"는 구절에서 간취할 수 있다. 구봉은 작품을 개작하면서 '은아'의 정절을 강화하는 쪽으로 서술하고자 했던 것이며, 이 점은 당대에 전을 창작하여 의도하고자 했던 목적의식을 충분히 드러내 보여준 것이라 생각된다.

2) 구전(口傳)에 의한 작품의 사실성 강화

앞서 구봉의 전을 통해 작품의 개작이 견문기록을 통해 이루어졌음을 확인할 수 있었다. 작품의 개작에 견문기록이란 요소가 중요한 역할을 했는데, 그것은 바로 '구전(口傳)'을 뜻하는 것이다. 객관성을 요구하는 전이 개작되는 방법에 있어 다른 문헌기록에 의해서가 아닌 '구전'을 통해 이루어지고 있는 모습은 객관적이고 사실성을 강조하는 전이란 장르가 장르운동에서 결코 예외가 될 수 없음을 보여주는 것이라 생각되며, 「은아전」의 전변 과정에서 그 단초를 살펴볼 수 있는 것이라 생각된다.

앞서 분절 ⑨의 경우에서 살펴보았듯이, 구봉의 작품에서는 전언(傳言)을 통해 은아의 생애를 재정리하는 방식이 사용되고 있다. 이런 서술은 주인공의 행위를 인구에 회자되게 만들어 여운을 남기게 함으로써, 그것을 통해 인물에 대한 독자의 몰입을 유도하게 만드는 서술의 효과가 '구전'이란 요소를 통해 작품 속에서 역할을 하고 있음을 볼 수 있다.

뿐만 아니라 후기인 분절 ⑪에서 구봉은 우계의 전에 기초해서 작품을 창작했다고 밝히고 있는 측면을 서술진행에서 주목해본다면, 원 이야기의 의미가 훼손되지 않는 범위 내에서 작가가 자신의 의도 아래에 작품을 개작할 수 있었다는 것을 드러내고 있는 것이라 생각된다. 즉 이야기를 전달하는 역할이 아닌 개작자의 역할이었다면 우계의 전이 지니고 있었던 부족한 부분을 자신의 구미에 맞게 새롭게 바꿀 수 있었고 그 틈으로 독자에게 어떤 효과를 줄 수 있는 서술 방식을 구사하려 했다는 의미로도 해석할 수 있을 것이다.

그런 측면에서, 구전이 작품화되고, 그 작품화된 것을 읽고서 재창작하며, 재창작을 하면서 다시 구전을 활용하는 과정을 통해 작품의 서술이 확장되고 작품과 거리를 두고 전달하는 전달자의 역할에서, 좀 더 작품으로 접근해 표현에 사실성을 부여함으로써 작품을 읽는 독자로 하여금 작품에 보다 신뢰성을 가지게 하는 '효과'를 작품에 스며들게끔 한 것이라 볼 수 있는 것이다. 이런 측면에서 봤을 때, 「은아전」의 개작에 있어 '구전'의 의미는 중요한 역할을 하는 것이라 하겠다.

3) 「은아전」과 이산해의 전(傳) 작품에서 보이는 16세기 전의 한 양상

하층민에 대한 입전 현상은 주로 조선 후기에 활발하게 이루어졌다. 그러나 그 단초는 16세기에도 이미 나타나고 있었다. 앞서 논의한 「은아전」의 경우가 대표적인 경우인데 이뿐만 아니라, 16세기에 입전된 작품 가운데 아계(鵝溪) 이산해(李山海, 1538~1609)가 창작한 「안당장전(安堂長傳)」・「안효자전(安孝子傳)」・「안주부전(安主簿傳)」에서 특이한 양상을 볼수 있다.

아계가 입전한 작품의 주인공들은 모두 안(安)씨 성을 가진 인물들로, 아계가 54세 때 탄핵을 받아 평해 황보리로 유배가 있을 때 직접 본 인물들을 대상으로 창작한 것이다. 세 작품을 간략하게 살펴보면 「안당장전」은 황보리에 사는 안선원이란 인물을 입전한 작품으로, 노소고하를 막론하고 모든 사람들의 조롱과 모멸을 받으면서도 항상 공손한 자세를 잃지 않는 착하고 순박한 인물을 그려내고 있다. 「안효자전」은 황보리 남쪽 재 아래 살고 있는 안응준이란 효자를 입전한 작품으로, 일곱살 때 어머니가 병으로 숨이 끊어지자, 손가락을 칼로 찍어 쏟아지는 피를 어머니의 입에 흘려 넣고 밤새도록 곁에서 지켜, 결국 어머니를 소생시킨 일을 서술한 작품이다. 한편 「안주부전」은 황보리에 사는 안응국이란 난장이를 입전한 작품인데, 저자는 글의 말미에서 "형체는 멀쩡하면서 마음이 불구인 자들이 있으니, 이 둘을 서로 비교해 본다면 과연 어떠하겠는가"라고 하여, 형체는 멀쩡하면서 마음이 불구인 세상 사람들을 경계하였다.[17]

아계의 전이나 「은아전」을 통해 주목해 볼 수 있는 16세기 전의 한 측면은 당대가 지닌 이데올로기의 심각성이 작품 속의 인물에게는 그다지 심각하게 영향력을 행사하지 않다는 점이다. 즉 다시 말하면, 세종 이후로 편찬된 『삼강행실도』가 지닌 사회적 영향력을 가장 여실히 보여줄 수 있는 장르인 '전'에서 그다지 절절하게 반영되고 있지는 않은 것으로 보여진다. 실제로 17세기 이후에 창작된 '열녀전'의 경우, '열녀'를 만들기 위한 '죽음'의 과정이 상당히 중요하게 부각되고 있는 것을 볼 수 있는 반면, 16세기 열녀전에서는 '죽음'이 심각하게 그려지고 있

---

17) 이상하 역, 『국역 아계유고』 해제 참조.

지 않는 것이다. 「은아전」에서도 은아의 행위에 초점이 맞춰져 있지 '죽음'이 얼마나 장중하게 그려지고 있는가에 초점이 맞춰져 있지는 않을 것을 통해서도 그 일면을 볼 수 있다.

이런 양상은 열녀전에서 벗어나 다른 인물전에서도 포착할 수 있는데, 위에서 예를 든 아계의 전에서도 인물전이 지닌 표창의 측면에 집중하고 있음을 볼 수 있다. 그런데 여기서 좀 더 주목해야 할 것은, 작가가 지닌 입전인물에 대한 시각에서 여유로운 측면을 엿볼 수 있다는 것이다. 아계의 전에 등장하는 인물들은 사대부 신분으로 뛰어난 행적을 지닌 인물들이 아니다. '천치'나 '앉은뱅이'인 사람들로 평범한 보통 사람보다 오히려 더 못하다고도 볼 수 있는 그런 인물들이 입전되어 있다. 물론, 평범한 사람에게서 뛰어난 행적을 끌어내는 것보다, 그보다 더 못한 인물들을 통해 보통 사람보다 더 뛰어난 행적을 끌어내는 방식이 더 효과적이라는 측면을 충분히 인지한 데서 나온 결과임을 감지할 수 있다.

하지만, 그런 인물들에 대해서 보다 여유로운 시각을 가지고 포용하려는 모습을 보이는 것은 사회의 구성원들을 감싸 안고자 하는 의도를 작품으로 드러낸 것이 아니었을까 생각된다.

16세기의 다양한 서사문학 속에서 「은아전」의 존재는 그다지 크게 주목할 만한 현상은 아니며, 하나의 사례에 불과할 뿐 문제시될 만한 것은 아니라는 비판이 제기될 수 있다. 일반적으로 이 시기의 전(傳) 작품은 서사화된 뚜렷한 징후가 잘 포착되지 않으며, 그 점은 오히려 전대 필기류 소재 패설(稗說)[18] 작품들이 더 진전된 서사화 양상을 잘 보여주고 있음을 알 수 있다. 그간 16세기 서사문학사는 주로 『기재기이(企齋記異)』나 「설공찬전(薛公瓚傳)」, 「원생몽유록(元生夢遊錄)」과 같은 특정 몇 작품에 집중되는 경향이 있었고, 그렇다보니 15세기나 17세기에

---

18) 조선조 패설에 관해서는 김준형, 「朝鮮朝 稗說文學 硏究」(고려대 박사논문, 2003) 참조.

비해 그 위상이 낮게 평가되었었다. 때문에 이 시기 서사문학사 특히 소설사의 양상을 특징적으로 설명해 내기가 어려웠다. 그러나 근래에 이 시기의 소설사의 양상을 중국과 우리 전기소설의 번역 및 중국 희곡의 개작이 이루어졌던 시기로 보는 논의가 제출되면서 16세기 소설사에 대한 이해의 폭을 넓힐 수 있게 되었다.

그러나 문제의 핵심은 이러한 큰 틀의 언저리에 방치되어 있는 미시적 변화 양상의 포착인데 그 사례들이 그다지 풍족하지 않기 때문에 「은아전」만을 가지고 설명하기에는 벅찬 측면이 없지 않다. 하지만 「은아전」을 통해서 확인할 수 있는 것은 '구전'이란 측면이 작품의 개작에 중요한 요소로 작용하고 있다는 것이며, 이 점은 전대 필기류의 서문을 통해서도 충분히 확인할 수 있다. 훈구파 문인들에 의해 성립된 필기류에서 어김없이 주장하는 것이 바로 주변의 제보자들을 통해 들은 이야기들을 기록해서 전해야겠다는 의식의 소산이었고, 이것의 핵심에 바로 구전(口傳)이 존재하고 있었던 것이다. 이를 통해 본다면, 「은아전」의 경우는 조선 전기 서사문학사에서 큰 영향을 끼쳤던 '구전' 요소가 '전'장르에도 확대되어 가는 모습을 보여주는 예가 아닌가 생각된다.

보다 구체적으로 이야기해보면, '구전'이란 요인이 작품 서술에 보다 사실적인 성격을 강화시켰으며, 이것으로 인해 구봉에 의해 개작된 「은아전」은 우계의 작품에 비해 세부적인 측면에서 사실성을 확보해 나갈 수 있었던 것이다. 이점은 '사실(事實)'과 '허구(虛構)'의 측면에서 16세기 문학사의 환경을 살펴볼 필요가 있음을 제기하는 것이기도 하다. '전(傳)'과 '필기(筆記)', '소설(小說)'의 존재 양상을 통해 이미 서사문학의 다양한 면모를 확인할 수 있었지만, 문제는 이들이 모두 교훈성이라는 외피를 뒤집어쓰지 않을 수는 없었다는 것이다. 다만 외피를 뒤집어쓰는 정도에 있어, 3가지는 서로 차이가 났던 것이며 이들 가운데 '전'이 가장 늦은 변화를 경험하고 있었던 것이다. 때문에 '필기'나 '소설'이 '허구'의 요소를 수용하고 확대시키던 변화의 속도에 비해, '전'의 경우, 17

세기에 들어서야 백사(白沙) 이항복(李恒福, 1556~1618)의 「유연전(柳淵傳)」
과 같이 실사를 바탕으로 창작된 전계 소설이 나올 수 있게 되었던 것
이다.

핵심은 16세기 서사문학사의 환경에 '구전'이 저변에 자리 잡고 있었
다는 것이며, '전' 또한 그러한 환경 속에서 서서히 후대의 변주를 예비
하고 있었다는 것이다.

4. 전(傳)의 변모 과정에서의 구전(口傳)의 역할

16세기 소설사에 대한 논의가 비교적 다른 시대에 비해 덜 활발한 것
은 뚜렷한 흐름을 제대로 잡기에 어려운 측면들이 많기 때문이다. 다양
한 서사 양식의 전변 과정을 뚜렷하게 파악하기 힘들기 때문에 어떤 특
정한 측면을 포착해내기보다는 운동 양태의 과정을 주목할 수밖에 없
는 것도 다 그러한 이유가 내재되어 있기 때문일 것이다.

본고에서도 역시 그러한 난점들 때문에 특정한 측면을 추출해내는데
중점을 두기보다는, 운동의 흐름을 살펴보고자 하는데 중점을 두었으
며, 그러한 양상을 살펴보기 위해 동일 작품의 변모 양상에 초점을 두
었다. 기실 본고에서 다룬 텍스트인 「은아전」은 자체가 재창작을 통해
작품 양상이 완전히 뒤바뀔 만큼 큰 전변 양상을 구체적으로 드러내 보
이고 있진 않다. 그러므로 그 결과도 어찌 보면 다분히 예상되는 것일
수밖에 없는 것이다. 그러나 동일 작품이 개작되는 과정에서 양산된 면
모와 개작되는 과정에 영향을 주었던 면모들을 살펴보는데 중점을 두
었기에 오히려 개작된 면모 그 결과 자체는 오히려 한 발짝 뒤로 제쳐
둘 수밖에 없었다.

본고에서는 우계 성혼과 구봉 송익필이 창작한 「은아전」을 가지고 두 작품을 비교해 가면서 변모되는 측면들에 대해 살펴보았다. 그렇다 보니 아무래도 우계의 작품보다는 구봉에 의해 재창작된 작품에 더 초점을 두고 논의할 수밖에 없었다. 일단 구봉의 작품은 기본적인 작가의 식에 있어 하층인물 여성을 입전하기 위한 의도아래 창작된 것이다. 그렇다보니 기실 소설로서의 전변이 이루어지고 있진 않으며 전형적인 ‘전’ 작품으로 하층신분의 여성이 ‘열’이란 행위를 한 것에 대해 칭찬하고자 한 의도가 두드러진다. 하지만 구봉의 작품은 상황 설정에 있어 보다 세심하게 사실적으로 설명하고자 한 흔적이 두드러지며, ‘구전’이 작품의 변모에 큰 영향을 끼치고 있었음을 알 수 있다. 특히 구전의 측면은 조선 후기 서사 양식의 전변에 있어 큰 영향을 미쳤던 것이며, 각 서사 양식간의 교섭에 큰 영향을 주었던 것이다. 하지만, 이런 측면은 조선 후기에 보다 두드러지고, 영향력 있게 그 역할을 했을 따름이지, 그런 면모는 조선 전기에도 보여지고 있었다고 생각되며, 본고에서는 그 점을 주목하고자 했던 것이다.

　이런 시각이 과연 적절한가에 대해서는 보다 진전된 논의가 있어야 하겠지만, 작품의 생산과 전변이 결국 인간의 언어생활과 그것을 표현하는 문자생활의 어울림 속에 발전하는 것이라면 가능성을 탐색하는 것은 의의가 있을 것이라 생각되며, 비단 ‘전’ 양식뿐만 아니라 다른 서사 양식에 있어서 그런 측면을 보다 세심하게 파악하는 것이 16세기 서사문학의 특질을 규명하는 데 있어 유효한 방법이 되리라 생각된다.

16세기 후반 소설사 전환의 징후와 「수성지(愁城誌)」

김현양

1.

이 글에서 말하고자 하는 핵심은 두 가지이다. 하나는 임제(林悌, 1549 ~1587)의 「수성지(愁城誌)」가 매우 심중한 역사철학적 화두와 관련된다는 것이다. 인간의 존재론에 대한 역사적 질문이라고도 할 수 있는 이 화두는 역사의 정의와 이념적 인간의 불행을 문제 삼으면서 삶의 궁극적 의미를 질문한다. 임제의 「수성지」는 이러한 전통적이면서 이념적인 역사철학적 질문에 대한 임제 자신의 대답이라 할 수 있는데, 이 대답의 내용과 의미를 탐색하고자 하는 것이 이 글의 목표 가운데 하나이다.

다른 하나는 임제의 「수성지」에서 포착되는 인식론의 지평과 김시습 (金時習, 1435~1493)의 『금오신화(金鰲新話)』에서 포착되는 인식론의 지평 은 질적으로 차원을 달리한다는 것을 확인하고자 하는 것이다. 흔히 김시습과 임제는 현실에 대한 비판적 인식을 드러내는 방외자로서 등질적으로 거명되곤 하는데, 텍스트 속에 구현되어 있는 인식론의 지평은 그 층차가 분명하다는 점을 확인하는 것이 또 하나의 목표이다.

물론 이 글에서 말하고자 하는 이러한 두 가지 핵심적 내용은 모두 17세기 소설사의 전환 양상을 해명하고자 하는 문제의식과 관련된다. 우리 고전소설사에서 17세기를 그 이전의 시기와 구분해야 한다는 생각이 점차 일반화되어 가고 있지만,[1] 정작 17세기와 그 이전 시기의 차이가 그다지 깊이 있게 탐구되지 못했다는 것이 필자의 생각이다.[2] 이와 관련하여 이글에서는 16세기 후반기에 창작된 임제의 「수성지」를 대상으로 17세기 소설사의 전환을 예고하는 한 징후를 읽어내고자 한다.[3]

---

1) 김태준은 『朝鮮小說史』(청진서관, 1933)에서 17세기의 소설을 신사조, 신문학으로 지칭하고 있는데, 이는 그 이전 시기와 구별되는 17세기의 소설사적 특성을 강조한 것이다. 이러한 김태준의 시각은 이후의 연구자들에게 대체로 계승되고 있다. 특히 "본격적인 소설시대는 17세기 이후부터"(김종철, 「서사문학사에서 본 초기 소설의 성립문제」, 『다곡이수봉선생기념논총』, 1988, 185면)라든가, "고전소설의 본격적인 전개는 17세기부터"(장효현, 「전기소설의 연구성과와 과제」, 『민족문학연구』 28집, 고려대 민족문화연구소, 1995, 21면)라는 언급은 17세기를 그 이전 시기와 구별하고자 하는 시각을 좀 더 명시적으로 나타내고 있는 것이다. 최근에 조동일은 우리 소설이 17세기 이후 '중세에서 근대로의 이행기'에 성립한 것으로까지 파악하고 있다.

2) 17세기의 소설사적 특징으로 흔히 지적되는 것은 ①서사적 화폭이 확장되면서 현실이 보다 풍부하게 반영되게 된 점, ②특성을 달리하는 다양한 양식의 소설들이 공존하게 된 점, ③국문으로 창작한 소설이 등장한 점 등이다. 하지만 이러한 특성들이 나타나게 된 소설사적 원인과 조건에 대해서는 해명이 미흡한 실정이다.

3) 임제가 「수성지」를 언제 창작했는지는 정확히 알 수 없다. 李植이 「수성지」에 대해 "自北評換西評 故犯御使前導 見劾著愁城志"(『澤堂集』 續集 卷1)라 기록한 것을 따르면, 창작년은 1580년(32세)이 된다. 이 해에 임제가 서도병마평사(西道兵馬評事)로 부임하기 때문이다. 임형택은 「白湖先生年譜」에서 선조 9년(丙子 : 1576) 28세 무렵에 「원생몽유록」과 「수성지」를 지었을 것이라 추정하고 있다. 이해 7월 박계현(朴啓賢)이 왕에게 「육신전(六臣傳)」을 읽어보도록 권했다가 왕의 진노를 산 일이 있었는데, 「원생몽유록」은 이런 사실과 관련해서 지었을 것이라 추정했다. 또한 「수성지」는 「원생몽유록」과 주제의식이 통하기 때문에 함께 붙여둔다고 했다(신호열·임형택 공역, 「백호선생연보」, 『譯註 白湖全集』 하, 창작과비평사, 1997, 1047면).

2.

일찍이 허균(許筠, 1569~1618)은 "수성지란 것은 문자가 생긴 이래 하나의 별문자(別文字)이니 천지 사이에 이 글이 없다면 자연히 한 결함이 될 것이다"[4]라고 한 바 있는데, 「홍길동전」의 작자인 허균이 「수성지」에 대해 이렇듯 예사롭지 않은 평가를 한 것은 어떤 이유에서일까?

허균은 「수성지」에 대해 이렇듯 특별한 평가를 하고 있지만, 현상적으로만 보면 「수성지」는 그리 특별할 것도 없다. 마음을 의인화한 형상적 수법을 구사하고 있으며, 이러한 의인적 유비(類比)와 번다(繁多)한 중국 고사의 활용으로 인해, 작품의 서사적 의미를 해독하기 위한 수고로움은 있지만, 기실 작품의 내용은 '마음속의 시름을 술로 풀었다'는 지극히 소박한 것에 불과하다. 의인화의 수법 역시 저 고려조의 가전(假傳) 이래 사대부의 희문(戱文)으로 창작되어 왔으며, 번다한 중국 고사의 해독은 문인들에게 전혀 수고롭지 않은 것이었으니, 이러한 특징들을 주목하여 허균이 그 특별함을 언급하지는 않았을 것이다. 그렇다면 무엇이 「수성지」를 그토록 특별히 주목하게 하는가?

「수성지」의 서사세계에 등장하는 주요 인물은 천군(天君), 무극옹(無極翁), 주인옹(主人翁), 애공(哀公), 감찰관(監察官), 채청관(採聽官), 관성자(管城子), 국양장군(麴襄將軍) 등이다. 천군은 마음[心]이 의인화된 형상으로서 제왕(帝王)의 자리에 있는 인물이며, 무극옹은 관념화된 우주의 시원적인 원리가 의인화된 인물이고, 주인옹은 마음에 내재되어 있는 주체성을 의인화한 인물이다. 무극옹은 천군이 평상심(平常心)을 유지할 수 있도록 보필하는 인물이며, 주인옹은 천군이 동요하거나 평정을 잃을 경

---

4) "所謂愁城志者, 結繩以來, 別一文字. 天地間自欠, 此文字不得."(許筠, 『鶴山樵談』, 『許筠全集』, 성균관대 대동문화연구원, 1981, 354면). 번역은 임형택의 「백호선생연보」 (위의 책, 1047면)를 따랐다.

우, 천군에게 간언하여 평상심을 유지할 수 있도록 제어하는 인물이다. 애공은 슬픈 마음이 의인화된 형상이며, 감찰관과 채청관은 각각 눈과 귀가 의인화된 형상으로, 천군으로 하여금 외물(外物)에 관심을 갖고 반응하도록 하는 역할을 하는 인물이다.[5] 외물에의 반응은 곧 천군의 동요를 야기하는 요인이므로 감찰관, 채청관 등은 무극옹, 주인옹과 대립하는 인물이라 할 수 있는데, 이러한 대립적 관계에 대한 인식이 주인옹의 상소에 분명히 나타나 있다.

①신으로 말하자면 情은 골육보다 깊고 義는 기쁨과 슬픔을 같이하는 처지옵니다. 어찌 위태롭고 어지러워질 사태를 예견하고서도 앉아서 바라보며 무심히 넘기오리까? 현실을 논란하고 과거를 애달파하는 것은 存心하는 데 보탬이 없거니와, 먹을 갈아서 붓대를 휘두르는 것이 養性을 하는 데 무슨 유익함이 있사오리까? 대개 인·의·예·지 중에서 오직 羞惡가 일을 벌이고 是非가 논의를 주장하는 한편, 밖으로 감찰관과 서로 통하여 주제넘게 비분강개해서 저만 잘난 체하고 저만 고상한 체하는 태도는 심히 나라를 안정케 하는 방도가 아닌 것입니다.[6]

주인옹은 천군이 항상 죽백[史書]을 가까이 하여 놀고 고금(古今)을 노래하는 데 뜻을 두자 위와 같이 상소한다. 현실을 논란하고 과거 역사를 들추어보아 반성하고 비판하는 것의 무용함을 주장하며, 감찰관 등이 이를 부추긴다고 비난한다.

주인옹의 이러한 노력으로 평정을 유지하고 있던 천군이 결정적으로

---

5) 주인옹을 마음에 내재되어 있는 주체성을 의인화한 인물이며, 천군이 동요하거나 평정을 잃을 경우 천군에게 간언하여 평상심을 유지할 수 있도록 제어하는 인물이라고 했는데, 황패강은 이를 이성이라 파악했다(황패강, 「수성지와 원생몽유록」, 『조선왕조소설연구』, 단국대 출판부, 1983, 194면). 주인옹은 관념적인 성리학적인 원리의 의인화된 인물인 무극옹과 함께 마음을 주재하는 性을 표상한다. 그 외 애공이나 감찰관, 채청관 등은 情을 표상하는데, 이는 天君인 心이 性과 情에 의해 구성되고 있음을 보여준다.
6) 신호열·임형택 공역, 앞의 책, 677~678면.

동요하게 되는 계기는 수성(愁城)의 축성(築城) 때문이다. 어느 날 초(楚)나라 양왕(襄王)에 의해 추방당해 자결해 죽은 굴원(屈原)은 그의 제자 송옥(宋玉)을 데리고 천군에게로 와 성을 쌓고 거처하도록 허락할 것을 요청한다. 천군은 이를 허락하게 되고 드디어 천군의 지경(地境)에 수성이 자리잡게 되는데, 이로 인해 천군은 평정을 잃게 된다. 그렇다면 수성의 축성에 왜 천군이 동요하게 되는가?

②그해 가을 9월에 천군은 몸소 바닷가로 나가 성 쌓는 광경을 바라보았다. 거기엔 오직 수만 가닥의 원통한 기운과 몇천 겹의 시름의 구름이 쌓여, 옛날의 충신 의사나 억울하게 화를 당했던 사람들의 처절하고 落魄한 모습들만 그 사이로 오락가락 하는 것이었다. 그 가운데 진나라 태자 扶蘇가 있어 일찍이 만리장성을 쌓는 일을 감독하였던 터이므로 그가 蒙恬과 함께 硏谷에서 생매장을 당했던 유생 4백여 명을 동원하여 공사를 하니 급히 서둘지 않고도 며칠 안에 완성이 되었다. 이 성을 쌓는 데 있어서는 흙과 돌을 번거롭게 사용하지 않았으니 役事를 하는데 돌을 굴려오고 흙을 실어 나르는 등의 수고로움 또한 들지 않았다. 성의 규모는 크다고 보면 붙어 있는 자리가 너무도 좁고, 작다고 보면 그 안에 포괄된 것이 너무도 많다. 없는 것 같은데 있고 형체를 이루지 않았는데 형체가 있다. 북으로는 泰山을 웅거하고 남으로는 바다에 연결되었으며, 지맥은 정히 蛾眉山으로부터 내려와서 울뚝불뚝 굉장하여 시름과 원한이 온통 모여든 곳이었다. 그래서 그곳을 '愁城'이라고 이름 붙였다.[7]

②에서 성을 쌓는 그곳에는 "수만 가닥의 원통한 기운과 몇천 겹의 시름의 구름이 쌓여" 있다고 했으며, "옛날의 충신 의사나 억울하게 화를 당했던 사람들의 처절하고 낙백한 모습들만 그 사이로 오락가락하"고 있다고 했다. 그리하여 바로 그곳에 쌓은 성은 "시름과 원한이 온통 모여든 곳"인 '수성(愁城)', 곧 '시름과 근심의 성'이었던 것이며, 그렇기에 천군은 처연(悽然)히 동요하게 된 것이었다.

---

7) 위의 책, 683~684면.

그렇다면 천군이 평정심을 잃고 동요하는 것은 무엇을 의미하는가? 그것은 일찍이 중국의 역사가 사마천(司馬遷, B.C.145~?)이 비장하게 제기했던 역사(歷史)와 천도(天道)의 관계에 대한 질문의 우회적 표현에 다름 아니다.8) 사마천이 공자(孔子)의 훌륭한 제자였던 안연(顔淵)의 불행과 악행만을 일삼았던 도적(盜賊) 도척의 행(幸)에 당혹스러워 했던 것처럼, 천군 역시 의인(義人)의 역사적 불행에 대해 애도(哀悼)하고 있다. 수성 안의 네 개의 문—충의문(忠義門), 장렬문(壯烈門), 무고문(無辜門), 별리문(別離門) 안에 있던 수많은 충신(忠臣), 지사(志士), 영웅(英雄), 의인(義人), 열사(烈士)의 원통한 죽음과 그들을 목도한 천군의 슬픔, 이는 바로 천도 의 구현이라 여겨졌던 역사에 대한 심중한 회의의 표출이 아니겠는가. 천군이 수성의 인물들에 대한 기록을 관성자[붓]로부터 받아보고는 "시 름을 이기지 못한 나머지 아무 일도 하지 않고 침묵과 고민에 싸여 우 울하게"9) 지낼 수밖에 없었던 것은 바로 이러한 까닭에서였던 것이 다.10) 현군(賢君)과 충신(忠臣)을 비참한 죽음에 이르게 한 역사의 궤적.

---

8) 사마천이 역사와 천도의 관계에 대해 회의적 질문을 표출하는 해당 대목을 적시하 면 다음과 같다. "或曰:'天道無親, 常與善人.' 若「伯夷」·「叔齊」, 可謂善人者非邪? 積仁絜行如此而餓死! 且七十子之徒, 「仲尼」獨薦「顔淵」爲好學. 然「回」也屢空, 糟穅 不厭, 而卒蚤夭. 天之報施善人, 其何如哉! 「盜蹠」日殺不辜, 肝人之肉, 暴戾恣睢, 聚 黨數千人橫行天下, 竟以壽終. 是遵何德哉? 此其尤大彰明較著者也. 若至近世, 操行 不軌, 專犯忌諱, 而終身逸樂, 富厚累世不絶. 或擇地而蹈之, 時然後出言, 行不由徑, 非公正不發憤, 而遇禍災者, 不可勝數也. 余甚惑焉, 儻所謂天道, 是邪非邪?"(司馬遷, 『史記』「伯夷列傳」)

9) 신호열·임형택 공역, 앞의 책, 698면.

10) 「수성지」에서뿐만 아니라 「元生夢遊錄」에서도 임제는 역사와 천도의 모순에 대해 지적한 바 있다. 「원생몽유록」에서 임제는 夢遊者 元子虛의 꿈속 체험을 통해 세조의 왕위 찬탈과 관련하여 죽음을 당해야 했던 단종과 사육신의 역사적 정당성을 확인시 킨 후, 外史氏의 評決에서 海月居士의 목소리를 빌려 다음과 같이 토로했다. "대저 예로부터 임금이 어리석고 신하가 어두워 마침내 나라를 망치는 지경에 이른 일이 많 았다. 지금 보니 그 왕(단종—필자 주)도 틀림없이 현명한 임금으로 생각되고 그 여섯 사람(사육신—필자 주)도 역시 다 忠義의 신하였다. 어찌 이와 같은 신하들이 이러한 임금을 보필하였는데 이와 같이 참혹한 일이 있을 수 있으랴! 아아! 형세가 들어 그렇 게 만들었던가? 시기가 들어 그렇게 만들었던가? 아무래도 시기와 형세에 돌리지 않을 수 없으며, 그리고 또한 하늘에 돌리지 않을 수 없도다. 하늘에 돌리고 보면 착한 자를

이것은 착한 자를 복되게 하고 악한 자에게 화를 내리는 천도의 구현이라 할 수 없지 않은가. 참으로 이해할 수 없는 천도와 역사의 어긋남에 대해 어떻게 설명할 수 있을 것인가?

천군이 천도와 역사의 어긋남에 대해 인식하고는 이토록 시름에 잠기게 된 것은 '인간의 삶은 천도의 실현이어야 한다'는 당위적 의식이 전제되어 있기 때문이다. 천도라고 하는 삶의 이상적 규범이 전제되지 않았다면 천군이 평정을 잃고 동요할 까닭이 없다. 그러므로 우리는 여기서 천군이라는 인물은 천도를 욕망하는 인물임을 알 수 있다.[11] 하지만 천군이 천도를 욕망한다는 사실은 그가 평정을 잃고 동요하는 이유의 필요조건은 되지만 충분조건은 되지 않는다.

일찍이 공자는 "부귀라는 것이 뜻대로 얻어질 수 있는 것이라면 마부(馬夫)와 같은 천한 직업이라 할지라도 나는 사양하지 않을 것이다. 그러나 구해도 얻어지지 않는 것이라면 내가 원하는 대로 도(道)를 행하고 덕(德)을 쌓겠다"[12]고 말한 바 있다. 부귀가 뜻대로 얻어지지 않는 것이라는 공자의 말은 현실에서의 성취가 개인의 의지와 노력만으로 이루어지는 것은 아니라는 의미일 것이다. 그렇다면 추구해야 할 목표란 무엇이겠는가? 공자는 이에 대해 그것은 현실에서의 성취 여부가 아니라 현실에서 성취하고자 하는 것의 의미와 가치, 곧 도와 덕으로 표상되는 역사적·윤리적 정당성이라 대답한다. 즉, 천도는 개인에게 현재적인

복되게 하고 악한 자에게 화를 내리는 것이 천도가 아니더뇨 무릇 하늘에 돌릴 수 없다고 친다면 어둑하고 아득하니 이 이치는 알기 어렵도다. 우주는 유유한데 한갓 志士의 한만 돋울 따름이로다."(위의 책, 871면)

11) "천군이 천도를 욕망한다"고 서술한 것을 "천군은 천도가 역사적으로 실현되지 못한 것을 매우 안타까워 한다"고 재서술할 수 있다. 이를 욕망의 주체[천군]와 욕망의 대상[천도]의 관계로 서술한 것은 性에 의해 통제되지 못하는 情의 작동을 강조하고자 한 것이다. 그러므로 이때의 천군의 욕망은 마음의 개별적이면서도 심리적이고 내면적인 층위와 관련된다. '욕망'이라는 개념에 대해서도 보다 엄밀한 논의가 필요한데, 이를 위해서는 상당한 지면이 필요하므로, 別稿로 미룬다.

12) 『論語』「述而」편. "子曰 : '富而可求也, 雖執鞭之士, 吾亦爲之, 如不可求, 從吾所好.'"

보상으로 구현되는 것이 아니라 인류에게 역사적인 의미로서 구현되는 것이며, 따라서 보다 가치 있는 삶은 이러한 역사적 의미로서 후대에 평가되고 기려지는 삶이라는 것이다.13)

역사와 천도의 어그러짐에 대해 비장하게 질문했던 사마천이 자신의 질문에 대해 스스로 대답한 것도 역시 공자의 해법대로였다.

③ 백이·숙제가 현인이기는 하지만 공자의 칭송을 얻음으로써 그 이름이 더욱더 드러났고, 안연은 독실한 선비이지만 공자의 덕으로 그 덕행이 더욱더 드러났다. 이와 같이 暗窟에 숨어 사는 덕이 높은 선비가 그 진퇴에 시운이 맞았다 하더라도, 그 이름이 묻혀 칭송되지 못하는 수가 많은 것은 슬픈 일이다. 村里에 살면서 행실을 닦고 이름을 떨치고자 하더라도 공자와 같은 성현의 덕으로 칭송되지 않는다면, 어찌 그 이름을 후세에 남길 수 있겠는가.14)

사마천은 백이와 숙제 그리고 안연이 공자의 평가에 의해 역사 속에서 기려지게 된 것을 주목한다. 궁형(宮刑)을 당하는 치욕과 고난 속에서 『사기』의 저술을 완성한 저력의 바탕이 된 것도 바로 이러한 역사의식의 소산이었을 것이다.

그렇다면 임제는 어떠한가? 임제는 「수성지」에서 공자나 사마천과는 다른 태도를 보여준다. 공자와 사마천의 해법대로라면 천군이 수성에서 목도했던 불우한 역사적 인물들은 애도의 대상만은 아니다. 그들의 현실적 삶이 불우하고 기구했다 하더라도, 그리고 그들의 불우하고 기구한 삶에 대해 일시적인 애도가 불필요한 것은 아니라 하더라도, 궁극적으로 그들은 역사 속에서 칭송되고 기려져야 할 인물이며, 실제로 칭송되며 기려지고 있는 인물이었던 것이다. 그러므로 천군의 수심(愁心)은

---

13) 『論語』「衛靈公」편. "子曰 : '君子疾沒世而名不稱焉.'"
14) 司馬遷, 『史記』「伯夷列傳」. "伯夷·叔齊雖賢, 得夫子而名益彰. 顔淵雖篤學, 附驥尾而行益顯. 巖穴之士, 趣舍有時若此, 類名堙滅而不稱, 悲夫! 閭巷之人, 欲砥行立名者, 非附靑雲之士, 惡能施于後世哉?"

그들의 개인적인 불우(不遇)만에 집착하고 있는 감상적 태도에 불과한 것이며, 그렇기에 수심은 그들의 역사적·도덕적 정당성에 대한 확인과 추앙으로 대체되면서 자연스럽게 소진(消盡)되어야 마땅한 것이다.

그렇지만 「수성지」에서 천군의 수심은 그렇게 자연스럽게 소진되지 아니한다. 천군은 관성자를 통해 수성의 기록을 받아보고는 시름을 이기지 못한 채 아무 일도 하지 않고 침묵과 고민에 싸여 우울하게 보낼 뿐이었으며, 마침내 천군의 수심은 주인옹의 천거에 의해 등용되는 국양장군에 의해 수성이 격파됨으로써 사라지게 된다. 국양장군은 술의 의인화된 형상이니, 수심을 사라지게 하는 방도로 선택된 것은 결국 술이었던 것이다.

앞서 「수성지」에서 제기하고 있는 임제의 질문이 비록 우회적인 방식으로 표현되고는 있지만 쉽게 파악될 수 있다고 했는데, 질문에 대한 임제 자신의 대답은 그 질문보다도 오히려 더 간명하다. 역사적 개인의 불우에 대한 인식으로 인해 초래된 근심스러운 마음의 상태를 술로 해소해야 한다는 것이니, 이처럼 간단명료한 대답이 또 어디에 있겠는가. 그러나 이러한 표면적인 서사적 언표만으로 임제의 대답을 단순화시키는데 머물고 말 일은 아니다.

여기서 다시 한 번 사마천과 임제가 제기했던 '역사에 천도(天道)가 있는가?'라는 질문을 상기해 보자. 사실 공자와 사마천은 이 질문에 정면으로 대답하지 못했다. 공자와 사마천은 천도를 구현하고자 하는 의지를 지닌 인물이 있다고 대답했을 뿐이며, 이러한 인물의 역사적·윤리적 정당성을 후대에 확인해주는 일이 긴요하다고 대답했을 뿐이다. 그렇다면 개인적인 불우를 감내한 이러한 인물에 의해, 이러한 인물의 정당성을 확인하는 후대의 평가에 의해, 역사와 천도는 서로 행복하게 결합되었는가? 이러한 질문에 회의적으로 대답할 수밖에 없다면 '역사에 천도가 있다'고 말할 수는 없는 것이다.

임제는 「수성지」에서 수많은 역사적 인물들을 수성에 불러 모았다.

이들은 여러 시대, 여러 왕조의 인물들이며, 역사의 진행 속에서 마찬가지의 불우를 경험해야 했다. 이것은 무엇을 의미하는가. 만일 역사에 천도가 있다면 이러한 불우는 반복되지 말아야 한다. 천도를 구현하고자하는 자의 의지가 역사를 변화시키는 동력으로 작동되었더라면 그들의불우는 진정 행복한 추앙으로 귀결될 수 있었을 것이다. 그렇지만 임제는 그렇게 생각하지 않았다. 역사 속에 관념으로서의 천도와 이를 추구하고자 하는 인물이 있었음은 분명하지만 그렇다고 해서 역사와 천도가행복하게 결합된 것은 아니었다. 역사는 천도와 어긋나 그것대로 흘러가면서 불우는 무한의 순환에 빠져드는 것이 존재의 본질이라 인식했으며, 그렇기에 역사 앞에서의 근심을 술로 달랠 수밖에 없었던 것이다.

임제가 살았던 시기에 성리학적 세계관을 추앙하던 사대부들은 적어도 공자가 제시했고 사마천이 승인했던 해법을 삶의 근거로 여기고 따랐다. 명분을 위해 분투하고, 그에 따라 이름[名]이 역사 속에 기억되는한, 그들은 불우를 불우로 여기지 않았으며, 욕망은 실현될 수 있는 것이었다.[15] 하지만 「수성지」에서의 임제는 이와 달랐다. 역사 속에 끊임없이 이름이 남겨진다 하더라도 그것이 천도와 행복하게 결합되지 않고 무한히 반복되는 한 불우는 불우일 수밖에 없으며 따라서 욕망은 실현될 수 없는 것이었다. 천군이 천도를 욕망하기 때문이 아니라 이 욕망의 출구가 현실에 닫혀져 있는 것이기에 천군은 그토록 시름겨워 했으며 시름을 술로 달래고자 했던 것이다.

역사 앞에서의 근심을 술로 달래고 마음의 평정을 회복하자는 임제의 생각은 한편으로는 직설적인 것이었으며, 다른 한편으로는 역설적인것이었다. 역설적이라는 것은 공자나 사마천과 마찬가지로 역사 속의의인을 추앙하고 환기하고자 하는 의도가 그 배면에 강렬히 도사리고있다는 것이며, 직설적이라는 것은 그럼에도 불구하고 역사의 진행은

---

15) 이와 관련하여 최봉영, 『주체와 욕망』(사계절, 2000) 가운데 제6장 「조선시대 유교문화와 주체와 욕망」 참조.

천도의 구현과는 무관하다는 것을 솔직하게 토로하고 있다는 것이다. 가전(假傳)의 희필(戱筆)적 문체를 이어받아 마치 장난처럼 쓰인 것 같은 「수성지」의 세계를 경험한 독자가 오히려 비관적 정조에 휩싸이게 되는 것은 이 같은 솔직한 토로에 내재되어 있는 심중한 의미의 무게를 떨칠 수 없기 때문일 것이다.

3.

①김시습의 『금오신화』 역시 천도를 욕망하는 텍스트이다. 그 가운데 「남염부주지(南炎浮洲志)」는 천도라고 하는 이념적 이상을 욕망하는 주체의 모습을 가장 직접적으로 보여주는 작품이다.[16]

「남염부주지」에서 이념적 이상을 욕망하는 주체는 '박생(朴生)'이다. 박생은 「일리론(一理論)」을 지어 자신의 이념적 이상을 직접적으로 토로하기도 하는데, 이는 현실의 결핍을 비판적으로 인식했기 때문이다. 박생이 현실의 결핍에 대한 비판적 인식을 지닌 인물이라는 것은 염부주의 염왕과의 문답을 통해 더욱 극명하게 드러난다.[17]

---

16) 『金鰲新話』 다섯 작품 가운데 「南炎浮洲志」와 「龍宮赴宴錄」이 이념적 이상을 욕망하는 텍스트라는 점은 아래에서 기술될 것이다. 「醉遊浮碧亭記」는 이글에서 다루지는 않지만, '기씨녀'라는 상상된 인물을 통해 이념적 이상을 욕망한다는 사실은 이미 해석된 바 있다(이상택, 「「취유부벽정기」의 도가적 문화 의식」, 『한국 고전소설의 탐구』, 중앙출판, 1981). 「李生窺牆傳」과 「萬福寺樗蒲記」는 결연담이어서 이념적 이상과 직접적으로 관련되지는 않는다. 하지만 「李生窺牆傳」의 이생에게는 '최녀'가, 「萬福寺樗蒲記」의 양생에게는 '귀녀'가 '절대적 가치'이며, 따라서 이념적 이상에 대응하는 존재임을, 텍스트는 간접화된 방식으로 표상해 낸다. 「만복사저포기」의 경우는 「「만복사저포기」의 서사적 특성과 장르적 위상」, 『열상고전연구』 15집, 열상고전연구회, 2002)에서 필자가 다룬 바 있다.

17) 유학을 공부했으나 한 번도 과거에 합격하지 못했으며, 뜻과 기상이 고상해서 세력

하지만 박생의 욕망은 현실에서 실현될 수 없는 것이었다. "의기가 높고 씩씩한 청년"[18]이었지만 자신의 뜻과 기상을 펼 수 있는, 즉 이념적 이상을 구현하고자 하는 욕망을 실현할 수 있는 통로가 현실에서는 마련되지 않았다. "과거에는 한 번도 합격하지 못하여, 항상 불만스런 감정을 품고 있었다"[19]는 서술은 욕망의 출구가 막혀버린 주체의 상황을 전언하는 것이다.

박생의 욕망이 현실에서 실현될 수 없는 까닭은 현실은 오직 절대적인 결핍일 뿐이기 때문이다. 박생이 현실의 경험적 시공간과 차원을 달리하는 염부주에서 이념적 이상의 실현 가능성을 발견하는 것은 바로 현실의 절대적 결핍을 드러내는 역설적 장치인 것이다. 박생이 염부주에서 염왕을 만나고 난 후 현실에 대한 아무런 집착 없이 죽음을 맞이할 수 있었던 것도 현실이 절대적 결핍의 공간임을 확인했기 때문이다.[20]

「용궁부연록(龍宮赴宴錄)」은 「남염부주지」보다 더욱 일방적으로 현실의 결핍성을 드러낸다. 현실의 경험적 시공간과 차원을 달리하는 용궁에 다녀온 '한생(韓生)'은 아무런 미련 없이 현실세계를 떠난다. 「남염부주지」의 박생은 염부주의 차원을 경험하기 이전에 그 자신이 현실의 결핍을 비판적으로 인식하고 있었다. 하지만 「용궁부연록」의 한생에게 현

에 굴복하지 않아 오만한 청년이라 비난받는 박생의 처지는 현실에서 소외된 주변인의 모습이라 할 수 있다. 그렇지만 박생의 문제의식은 자신의 소외된 처지에서 비롯된 것은 아니다. 박생은 儒學徒로서 불교와 巫覡, 鬼神 등에 대해 의심과 불만을 품고, 이에 현혹되지 않기 위해 유교적 인식 체계라 할 수 있는 '一理論'을 기술하는 인물로 형상화되어 있는데, 이를 통해 박생의 문제의식이란 불교, 무격, 귀신 등의 관념적 인식이 현실에서 횡행하는 것임을 알 수 있다. 박생은 염부주에 가서 염왕을 만나 유교적 이념의 진리성을 분명히 확인하게 되는데, 이는 염왕이 유교적 이념을 박생과 동질적으로 공유하고 있었기 때문이다.

18) 심경호 역, 『매월당 김시습 금오신화』, 홍익출판사, 2000, 165면.
19) 위의 책, 같은 면.
20) 박생이 염부주의 이계 체험을 통해 이념적 이상을 발견하고 죽음에 집착하지 않는 태도를 보여주는 대목은 다음과 같다. "開目視之, 書冊抛床, 燈花明滅. 生感訝良久, 自念將死, 日以處置家事爲懷. 日以處置家事爲懷. 數月有疾, 料必不起, 却醫巫而逝."

실은 충족 그 자체였다. 그는 "젊어서부터 글을 잘하여 조정에 이름이
알려진 문사"21)였으며, 그가 용궁에 가게 된 것도 그의 뛰어난 문재(文
才) 때문이었다. 현실에서도, 현실과 차원을 달리 하는 세계에서도, 그는
재능을 인정받는 인물이었으며, 따라서 그에게 결핍으로 인한 불만은
서술될 필요조차 없었다. 그런 그가 용궁을 다녀온 뒤 현실을 버린 이
유는 어디에 있을까?

　그 이유는 용궁 체험 후 그에게 충족이었던 현실이 절대적 결핍으로
변모되었기 때문이다. 한생은 용왕의 부탁으로 상량문(上樑文)을 써 준
뒤 용궁 잔치에 참여하고 용궁의 궁실과 강토, 신왕(神王)의 의장과 칠보
를 구경하고는 현실세계로 돌아온다. 이러한 한생의 용궁 체험을 통해
강렬하게 환기되는 것은 조화로운 용궁세계를 이룩한 용왕의 덕화(德化)
이다. 도깨비와 귀신들이 신룡(神龍)을 찬송하고, 강신(江神)이 용왕을 찬
양하며, 한생 역시 "영묘한 모책은 어이 그리 황홀한가 / 그윽한 덕은 더
욱 깊고 깊어라"22)라며 용왕의 덕화를 찬미한다. 용왕이 다스리는 용궁
세계는 아름다운 꽃과 나무, 금모래와 금성, 유리벽돌로 이루어진 조화
의 세계이다. 이 조화의 세계를 경험한 후, 조화의 세계인 용궁은 바로
한생이 욕망하는 이념적 이상이 되었으며, 이 이념적 이상은 현실에서
는 절대적인 결핍일 수밖에 없음을 깨달았던 것이다.

　기실, 「용궁부연록」은 『금오신화』의 다른 작품에 비해 서사의 내적
논리를 명시적으로 드러내지 않고 있는 작품이다. 「만복사저포기」와 「이
생규장전」의 경우에는 사랑의 대상이 부재(不在)한 현실이, 「취유부벽정
기」의 경우에는 주체적 민족사가 굴절된 현실이, 「남염부주지」의 경우
에는 관념적 의식이 횡행하는 현실이 일상적 인물의 발화나 화자의 정
보제시적 서술로 전언되고 있지만, 「용궁부연록」에서는 한생의 용궁 체
험이 어떠한 현실의 문제와 관련되는 것인가를 텍스트의 언어로 명시

---

21) 심경호 역, 앞의 책, 198면.
22) 위의 책, 218면.

하지 않는다. 다만, 한생과 용왕의 행복한 결합을 통해 우리는 한생이 군왕의 덕화를 꿈꾸는 인물이며, 이는 현실세계에서의 결핍으로 인해 촉발된 것이리라 막연히 추측할 수 있을 뿐이다.

현실세계로 돌아온 이후 한생이 세상을 등지고 명산으로 들어가는 종결 또한 모호한데, 산으로 들어가 종적을 감추는 결말은 「만복사저포기」와 동일하지만, 서사의 맥락에는 상략(詳略)이 있다. 「만복사저포기」에서는 귀녀와 이별한 양생의 절망감을 매우 곡진하게 전달하고 있어 그 산중행(山中行)의 필연성을 암시하지만,23) 「용궁부연록」에서는 그렇지 않다. 용궁에서 돌아온 한생이 용왕에게 선물로 받은 야광주와 빙초를 보물로 여겨 상자 속에 감추고는 바로 세상의 명예와 이익에 생각을 두지 않고 산으로 들어가는 것으로 「용궁부연록」은 종결되는데, 용궁 체험에 대한 한생의 심사(心思)를 명시하지 않음으로 인해 그 내면을 알아내기 어렵다. 여기서도 우리는 추측을 감행할 수밖에 없는데, 야광주와 빙초를 감추고 세상에 보이지 않았으며 종적을 감춘 것으로 보아 한생은 용궁 체험을 통해 이상과 현실의 메울 수 없는 간격을 확인하고 좌절한 것이라 여기게 된다.

하지만 한생이 과연 좌절한 것일까? 현실에서 욕망을 실현하며 살아가야 한다는 소박한 의미의 현실적 관점에서 보자면 한생은 좌절한 것임에 틀림없다. 한생뿐만 아니라 박생 역시 좌절한 것이 분명하다. 그렇지만 현실의 절대적 결핍을 확인하고 자신의 주체적 의지에 의해 **현실을 버리고**, 현실과 다른 차원에서 그 이념적 삶을 구현하고자 한 한생과 박생의 관점에서 보자면, 이는 좌절일 수 없다. 그들의 죽음 혹은 산중행은 현실에서 절대적으로 구현될 수 없는 이념적 이상을 실현할 수 있는 유일한 방도이며, 따라서 이는 그들의 욕망을 실현하는 통로인 셈이다.24) 현실은 욕망의 출구가 봉쇄되어 있으므로 현실과 다른 차원의 존

---

23) 이에 대해서 김현양, 「「만복사저포기」의 서사적 특성과 장르적 위상」(앞의 글)에서 서술한 바 있다.

재적 전이를 통해 욕망의 출구를 마련하고자 하는 생각이 바로『금오신화』의 인식론이며 세계관인 것이다.

「수성지」의 천군 역시 '수성(愁城)'을 체험하고는 '천도(天道)'라고 하는 이념적 이상을 회의한다. "역사에 천도가 있는가?"라는 회의는 인간의 시간을 이념의 시간으로 등치할 수 없음을 드러내는 것이며, 이는 천도의 구현이라는 욕망의 출구가 봉쇄되어 있음을 의미하는 것이기도 하다. 하지만 「수성지」에서 천군은 봉쇄된 욕망의 출구 앞에서 근심할 뿐이다. 더 세밀히 묘사하자면 봉쇄된 욕망의 출구 앞에서 근심을 술로 달랠 뿐, 다른 욕망의 출구를 찾지 않는다.

허균이 「수성지」를 "結繩以來, 別一文字"로 평한 것도 이 때문일 것이다. 임제와 동시대의 그리고 그 이전의 대부분의 사람들에게 욕망의 출구는 현실 바깥에도 존재했었다. 그들은 다양한 상상을 통해 현실 바깥의 문을 열고 현실의 결핍을 대체했다. 심지어 현실 안에서 욕망을 실현코자 했던 유자(儒者)들의 경우에도 욕망의 출구가 현실 쪽으로만 나 있었던 것은 아니었다. 그렇지만 임제는 「수성지」에서 현실 바깥의 욕망의 통로를 상상하지 않았다. 김시습의『금오신화』에서 보이는 관념적 상상의 통로가 엄연히 욕망을 배출하는 출구였음에도 불구하고 임제는 이를 출구로 받아들이지 않았던 것이다.

② 「수성지」는 심성가전의 전통을 계승하고 있다고 보는 견해도 있으나, 엄밀하게 말하면 그 전통에서 벗어나 있다.25) 마음을 의인화하는

---

24)『금오신화』다섯 편의 이야기는 모두 동질성에 기초한 일상적 인물과 신이한 인물의 만남을 서사화하고 있지만, 그 만남이 동질성의 행복한 결합으로 종결되기도 하고 동질성의 분리와 이로 인한 좌절로 종결되기도 한다. 그렇지만 행복한 결합이든 분리로 인한 좌절이든 간에, 현실에 결핍되어 있는 이상적인 가치에 대한 동경이 핵심적 의미로서 텍스트에 굳건히 자리잡고 있는 것은 동일하며, 이 점을 간과해서는 안 된다.

25) 「수성지」에 선행하는, 심성가전 작품인 「天君傳」은 김우옹(1540~1603)이 1566년 군자의 心法을 제시한 南冥의 「神明舍圖」에 의거해 창작한 것이라 한다(김광순,『천군소설 연구』, 형설출판사, 1980, 104~119면). 임제의 「수성지」는 현상적으로 보면 앞선

심성가전의 특성은 「수성지」에서도 그대로 이어지고 있으나, 그 서사적 양상과 의미는 본질적으로 다르다. 이는 무엇보다도 그 서사적 대립 구도의 차이에서 분명하게 드러난다. 「수성지」에 선행하는 심성가전인 「천군전」은 천군[마음]을 보좌하는[구성하는] 충신과 간신의 대립을 서사화하고 있다. 충신인 경(敬)과 의(義)가 간신인 해(懈)와 오(傲)에 의해 패퇴되어 어지러워진 나라를 경의 주도하에 다시 바로잡는다는 내용이 「천군전」의 서사적 골격이다.

그렇다면 「수성지」는 어떠한가. 「수성지」도 주인옹·무극옹과 수성의 여러 인물 사이의 대립과 국양장군에 의한 수성의 패퇴로 그 서사적 골격을 요약할 수 있다. 현상적인 서사적 골격만으로 볼 때 두 작품은 동일한 대립 구도를 보여주고 있다. 「천군전」의 긍정적 인물인 경과 의가 주인옹·무극옹·국양장군에 대응되고, 부정적 인물인 해와 오가 수성의 여러 인물에 대응된다. 또한 부정적 인물을 패퇴시키는 주도적 인물인 경은 국양장군과 대응된다. 그렇지만 「수성지」에서 수성의 여러 인물들은 진정으로 부정되어야 할 대상이 아니다. 앞서 언급했듯이, 「수성지」는 '수성'을 일방적으로 부정하지 않는다. 그렇기에 '술'로 '수성'을 공략한다는 역설적인 풍자가 성립되는 것이며, 천도를 '회의'하는 주체[天君]의 성격화가 이루어질 수 있었던 것이다.

「천군전」의 일방적인 대립 관계가 '천도[理]의 구현'이라는 이념적 이상의 외화된 형식이라면, 「수성지」의 반어적 대립 관계는 '천도에 대한 회의'라는 탈이념의 외화된 형식이라 할 수 있다.26) 물론 이러한 탈이

시기에 창작된 김우옹의 「천군전」과 흡사해 보이는 측면이 있다. 하지만 "曹植이 『神明舍圖』를 撰하여 그에게 「천군전」을 짓게 하였다"고 한데서 알 수 있듯이 「천군전」은 이념의 교술적 서사라 할 수 있다. 이런 면에서 「수성지」는 「천군전」과 본질적으로 다르며, 심성가전의 전통에서 벗어나 있다.

26) 「수성지」가 성리학적 이념의 현실적 한계를 비판적으로 드러내고 있다는 것은 임형택·정학성에 의해 온당하게 논의된 바 있다. 임형택, 「이조 전기의 사대부문학」, 『한국문학사의 시각』, 창작과비평사, 1984; 정학성, 「임백호문학연구」, 서울대 박사논문, 1985; 정학성, 「조선 전기의 비판적 문학」, 『민족문학사강좌』 상(민족문학사연구소 편),

념의 배면에는 도심[無極翁]에 의해 일방적으로 통어될 수 없는 인심[愁城]의 심중한 존재론적 무게에 대한 인식이 자리 잡고 있는 것이며, 이 또한 현실만을 욕망의 출구로 인식하는 주체의 성립을 예고하는 인식론적 전환의 한 표징이라 할 수 있다.

4.

「수성지」는 17세기 소설사의 전환을 징후적으로 예고하는 텍스트이다. '천도(天道)'라는 이념적 이상을 욕망하나, 욕망의 충족 가능성을 본질적으로 회의하는 「수성지」의 서술시각은 제도적인 이념으로서의 천도와 화해불가능한 대립 속에서 등장하는 진정한 의미의 소설적 주체의 성립을 예고하는 것이다.27) 현실은 절대적 결핍이고 현실 바깥의 출구가 닫혀 있을 때, 이념적 이상은 현실 안에서 타락한다. 「수성지」 이후에 등장하는 17세기 소설은 이념의 이상을 고수하고자 하는 제도와 타락한 이념을 욕망하는 주체의 대립으로 구성되는데,28) 이러한 소설미

창작과비평사, 1995.

27) 진정한 의미의 소설적 주체는 욕망하는 주체이다. 이때 주체의 욕망은 사회적 관계 속에서 발생하며, 욕망하는 주체는 사회적 관계와 대립한다. 소설의 욕망하는 주체는 주인공만을 의미하는 것이 아니다. 장편 소설인 「홍길동전」과 「사씨남정기」, 단편소설인 「운영전」·「주생전」 등 17세기의 소설에서는 욕망하는 소설적 주체를 어렵지 않게 만날 수 있다. 17세기 소설과 욕망하는 소설적 주체에 대해서는 別稿를 통해 따로 논의할 것이다.

28) 주지하고 있듯이, 조선시대의 지배 이념인 성리학은 인간의 욕망을 긍정하면서 동시에 부정한다. 욕망의 소재지로서의 情을 인간의 본성으로 인정하나, 이 情이 천도의 소재지로서의 性에 종속될 경우에는 이를 긍정하지만 性의 주재로부터 벗어날 경우에는 적극 부정한다. 性의 주재는 이념[제도]과 대립하는 욕망의 억압을 의미하는바, 결국 성리학은 욕망의 억압을 통해 지배질서로부터의 해방 에너지를 봉쇄하여 사회통합

학적 특성은 그 전 시기와 명확히 구분되는 것이다.[29)]

「수성지」가 창작된 16세기 후반기는 성리학적 이념으로 무장한 사림(士林)이 본격적으로 중앙정치무대에 등장하여 국가 운영의 주도 세력으로 자리 잡기 시작하는 시기였다. 이 시기에 조선사회는 전대의 비성리학적 잔재를 거의 청산하면서 명실상부한 유교사회를 이루게 되는데,[30)] 이는 욕망의 억압체계로서의 이념의 현실적 실현을 의미한다. 바로 이러한 역사적 시기에 이상적 이념인 천도의 현실적 실현을 근본적으로 회의하는 「수성지」가 창작되었으니, 「수성지」에 내재된 인식론적 전환의 의미가 실로 심중하다 하겠다. 제도의 현실적 성립과 거의 동시에 제도를 부정하는 인식 또한 텍스트 내부에 정립되었으니 역사의 변증법을 이에서도 확인할 수 있다.

을 이루고자 하는 사회윤리적·정치적 기획이었던 것이다(권기돈, 「조선시대 성리학적 사회질서에서 욕망의 억압에 관한 연구」, 동아대 석사논문, 1995). 이때 性에 의해 억압되는 욕망이란 性에 종속되어 제어되지 않는 情을 의미하는바, 이 情은 타락한 이념에 해당된다. 필자는 17세기 소설 가운데 「사씨남정기」를 대상으로 타락한 이념인 반란하는 욕망의 의미를 살펴본 바 있다(「『사씨남정기』와 욕망의 문제—소설사적 평가와 관련하여」, 『고전문학연구』 12집, 한국고전문학회, 1997).

29) 이러한 소설미학적 특성에 대해서는 別稿를 마련해 따로 논의하고자 한다.

30) 사림이 국가 운영의 주도 세력으로 부상하는 과정에 대해서는 이병휴의 『조선 전기 사림파의 현실인식과 대응』(일조각, 1999)과 김돈의 『조선 전기 군신권력관계 연구』(서울대 출판부, 1997) 참조.

찾아보기